史夢蘭集 ◇七◇

畿輔藝文考

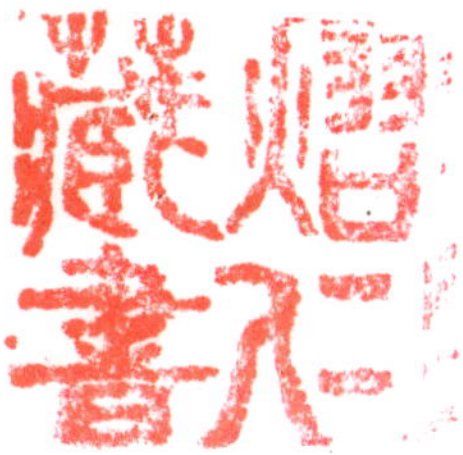

（清）史夢蘭◎原著
郭萬青◎點校

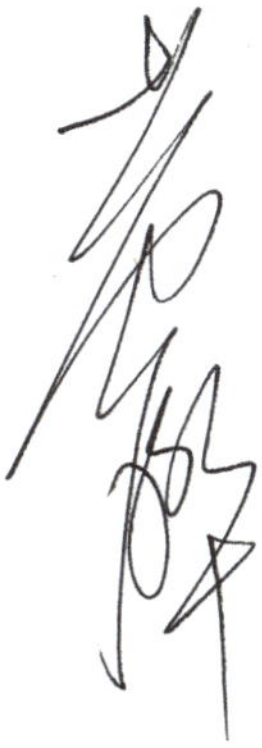

天津出版傳媒集團
天津古籍出版社

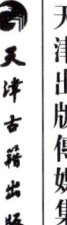

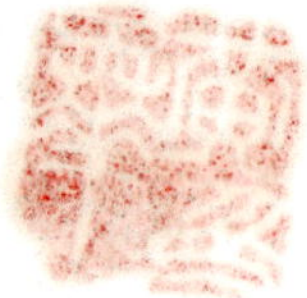

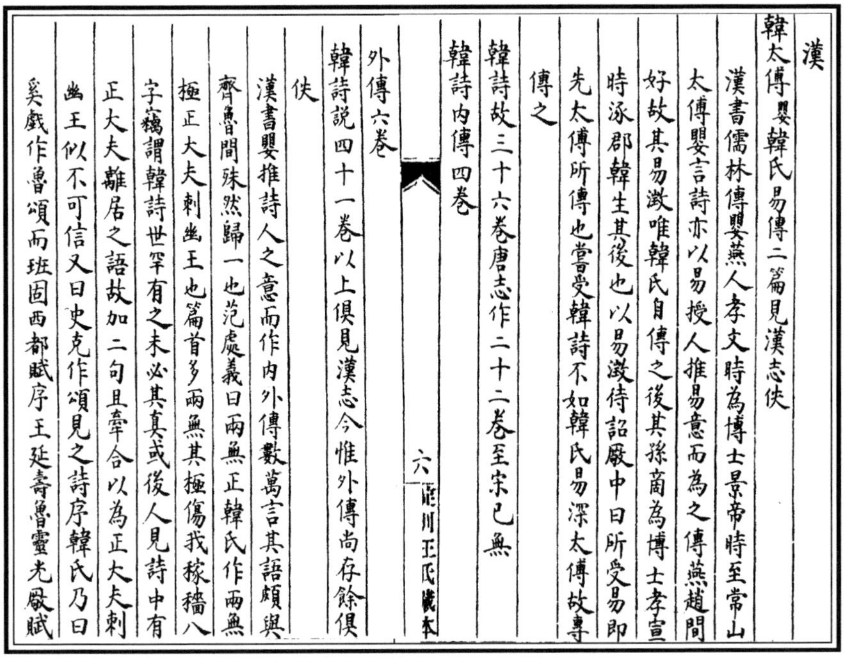
漢
韓太傅嬰韓氏易傳二篇見漢志佚
漢書儒林傳嬰燕人孝文時爲博士景帝時至常山
太傅嬰言詩亦以易授人推易意而爲之傳燕趙間
好故其易微唯韓氏自傳之後其孫商爲博士孝宣
時涿郡韓生其後也以易徵待詔殿中曰所受易即
先太傅所傳也嘗受韓詩不如韓氏易深太傅故專
傳之
韓詩故三十六卷唐志作二十二卷至宋已無
韓詩内傳四卷
六　定州王氏藏本
外傳六卷
韓詩說四十一卷以上俱見漢志今惟外傳尚存餘俱
佚
漢書嬰推詩人之意而作内外傳數萬言其語頗與
齊魯間殊然歸一也范處義曰雨無正韓氏作雨無
極正大夫刺幽王也篇首多雨無其極傷我稼穡八
字竊謂韓詩世罕有之未必其真或後人見詩中有
正大夫離居之語故加二句且牽合以爲正大夫刺
幽王似不可信又曰史克作頌見之詩序韓氏乃曰
奚斯作魯頌而班固西都賦序王延壽魯靈光殿賦

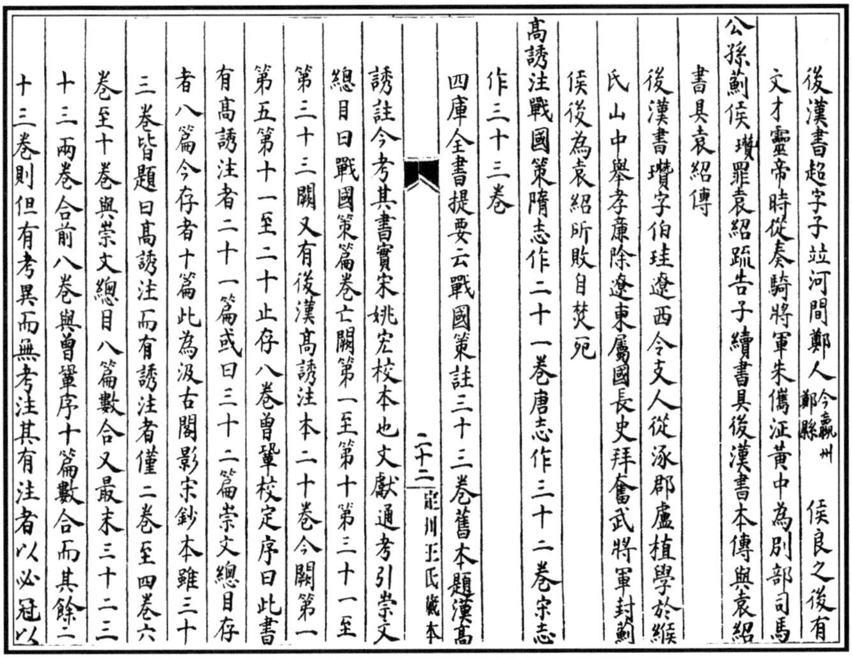
後漢書超字子竝河間鄭人今瀛州鄭縣侯良之後有
文才靈帝時從車騎將軍朱儁征黃巾爲別部司馬
公孫薊侯瓚罪袁紹疏告子續書具後漢書本傳與袁紹
書具袁紹傳
後漢書瓚字伯珪遼西令支人從涿郡盧植學於緱
氏山中舉孝廉除遼東屬國長史拜奮武將軍封薊
侯後爲袁紹所敗自焚死
高誘注戰國策隋志作二十一卷唐志作三十二卷宋志
作三十三卷
四庫全書提要云戰國策註三十三卷舊本題漢高
二十二　定州王氏藏本
誘註今考其書實宋姚宏校本也文獻通考引崇文
總目曰戰國策篇卷亡闕第一至第十第三十一至
第三十三闕又有後漢高誘注本二十卷今闕第一
第五第十一至二十止存八卷曾鞏校定序曰此書
有高誘注者二十一篇或曰三十二篇崇文總目存
者八篇今存者十篇此爲汲古閣影宋鈔本雖三十
三卷皆題曰高誘注而有誘注者僅二卷至四卷六
卷至十卷與崇文總目八篇數合又最末三十二三
十三兩卷合前八卷與曾鞏序十篇數合而其餘二
十三卷則但有考異而無考注其有注者以必冠以

◎《畿輔藝文考》書影

目録

魏

晉

宋

齊

北齊

五代

宋

元

遼

金

明

國朝

點校前言

史夢蘭（一八一三—一八九九）爲清朝後期人物。王樹枏（一八五二—一九三六）《皇清誥授通議大夫四品京卿史公神道碑銘》介紹史氏一生行止及其著述大略較詳。如下：

先生於書靡所不通，而持躬履世一以宋儒爲歸，無朱陸異同之見；其治經也，溝合漢宋，不拘守一家之學。嘗深慨國家取士域於朱注而束書不觀，於是博採古今諸儒之説，旁參互證，爲《論語翼注駢枝》二卷。又以通經必先訓詁，古書多假借，如明明、勉勉，聲轉字也；顯顯、憲憲，同音字也。學者不達假借之用而望文生義、同字異詁，遂失經旨；於是刺取經史子集中之疊字爲《爾雅》《廣雅》所未備者，爲《疊雅》十三卷。其治史也，博觀而約取之，咀其菁英而吐其糟魄，於是爲《史肪》八卷。又以諸書之言氏族者，柴虒不齊，舛牾相踵，於是爲《氏族考異》四卷。又以歷代地志因革建制之迹，其疆域名號參錯紛紜，多失統紀，於是爲《輿地韻編》二百卷。又以古今治亂興亡之故，多肇於宫闈而暨於天下，於是采掇諸史，上起黄帝，下訖元明，爲《全史宫詞》二十卷。又以里諺衢謡可以覘民俗之醇漓、國政之得失，於是取楊升庵《古今風謡》《古今諺》二書，重加訂正，爲《古今謡諺補注》二卷；又輯楊書所未録者，爲《古今風謡拾遺》四卷、《古今諺拾遺》六卷。又以人之有别號，群籍所載，往往而是，指事類行，有美有刺，實寓勸懲之意焉；於是取史傳志乘所載，匯而録之，爲《異號類編》二十卷。先生爲詩，抒寫性靈，不事雕琢；文則下筆輒數千言。然非係世道人心而周於用者，不茍爲也。於是輯平生所刪存，爲《爾爾書屋詩草》八卷、《文鈔》二卷。先生喜表彰先哲，發潛闡幽，不遺餘力。嘗刊佘一元、楊開基、倪上述、王好問諸鄉先生遺書十餘種。而手纂《四朝詩史》及《永平詩存》《畿輔藝文考》諸書又數百卷。

可以見出史夢蘭生平纂述弘富，爲當時後世留下了豐富的文化遺産。

筆者因承乏《畿輔藝文考》點校之役，得瞻史氏學術點滴以及《畿輔藝文考》之大端。今略揭數端，並就本書點校工作簡要説明如下。

一、《畿輔藝文考》的版本、内容及體例

從王樹枏記載可以看出，史夢蘭以存文獻、廣流傳、便利用爲主要目的，故以編纂匯集爲職事，不以著作發明爲的。這倒比曲學之士持一隅之見逞爲異説者要更有價值。從内容上看，《畿輔藝文考》屬於輯纂類著作。

史夢蘭《爾爾書屋文鈔》卷下有兩封書信涉及到《畿輔藝文考》這部書，其一爲《與王文泉書》，其二爲《與梅小樹書》。《與王文泉書》云：

《畿輔藝文考》一編，本因《叢書》之刻起見。然書各有義，《叢書》宜擇其善。此《考》則惟取其全，故體例微有不同。拙編尚未成書，且鈔録潦草，實無可觀。而先生嗜痂有癖，竟欲留置案頭，屬爲割愛移贈，殊益汗顔。舍下别無副本，尊諭所許代鈔一分，務祈早爲賜下。前寄示已刻各種，本應代校，惟年來精力就衰，身傍又無底本，實不能逐字逐句，詳悉辨正。此舉立意甚善，開局尤大，深冀極力贊襄，速觀厥成。緣相距千里而遥，商酌諸多不便。明春二三月間，如發遠游之興，定擬買舟西上，敬謁賢者之廬。先生或在省，或在家，祈先示知。

《與梅小樹書》云：

兹遵示奉上拙著《宫詞》四部，外舊刻數種，祈照收。雕蟲小技，有乖大雅，尚希指疵爲幸。定州王文泉孝廉，見搜刻《畿輔叢書》，已刻成四十餘種。所重在古書，國初名家次之，近代作者則仿《四庫全書》之例，别立存目一門，其意良厚，其例亦善。弟見與分校之役，已爲代採十餘種矣。弟見輯《畿輔藝文考》一書，自周末荀卿以下，凡著書者之籍貫係在今畿輔疆内者，皆分代收入，或存或佚，分注其下，共得十二卷，以備將來存目之用。至國朝著述，存者愈多，搜采愈覺難徧。吾兄平日留意斯文，津門尤係文獻之邦，尚希廣爲搜羅，襄此盛舉！

從史夢蘭的兩封書信可以得出如下的信息：（一）從荀子直到清代，凡籍貫在畿輔疆内者，都著録在内。（二）書分十二卷。（三）《畿輔藝文考》是爲《畿輔叢書》的圖書選擇所作的前期準備。（四）《畿輔藝文考》成稿之初即爲王灝攜去，史夢蘭曾敦請王氏録副。

史夢蘭的著作大部分都有刻本行世，而《畿輔藝文考》所傳只有抄本，其中之一即史夢蘭提到的十二卷本，這個本子目前較難尋找。另外一種即本次點校所依據的底本。今所據以點校的底本標爲『定州王氏藏本』，或許就是史夢蘭所説王灝倩人代鈔録副的本子。該鈔本的卷次與史夢蘭所云『十二卷』不同。該鈔本只有自周至隋部分在卷首標有『畿輔藝文考卷一』，以下唐、宋、遼金、元、明、清各部分只標『畿輔藝文考』或有『卷』字。而未注明卷次。其中清朝又分爲二卷，全書總分八卷。

今觀王氏藏鈔本所著録朝代以及人數，按照時間爲序，分别爲周八人、漢二十九人、魏四人、晉十二人、南朝宋二人、齊一人、梁一人、陳一人、北魏五十三人、北齊十九人、後周四人、隋二十三人、唐一百七十人、五代三十一人、宋六十二人、元一百零九人、遼六人、金九十人、明九十七人、清五百八十五人，總一三零七人。

所收録文獻，舉凡著作、奏疏、策、表、詩賦等，無論存世亡佚，凡著見載籍者，皆予收録。審經部著作中，《易》類著作收五十九部，《書》類著作收十六部，《詩》類著作收二十三部。所收録四部文獻中，以集部著作爲最多。

《藝文考》之纂述體例，往往先列舉傳主大略及其主要著作的存佚情形，下引述相關撰述資料予以介紹，在有現成材料可以采用的情況下，完全采用既有材料。例如所收『毛萇』條云：

毛博士萇《詩大序》，存。

陸德明《釋文》載沈重云：按《大序》是子友、毛公合作。卜商意有未盡，毛更足以成之。

《四庫全書提要》云：案《漢書·藝文志》：《毛詩》二十九卷，《毛詩故訓傳》三十卷。然但稱毛公，不著其名。《後漢書·儒林傳》始云：『趙人毛長傳《詩》，是爲《毛詩》。』其『長』字不從草。《隋書·經籍志》載『《毛詩》二十卷，漢河間太守毛萇傳。』於是詩《傳》始稱毛萇。然鄭玄《詩譜》曰：『魯人大毛公爲《訓詁傳》於其家，河間獻王得而獻之，以小毛公爲博士。』陸璣《毛詩草木蟲魚疏》亦云：『魯國毛亨作《訓詁傳》，以授趙國毛萇。時人謂亨爲大毛公，萇爲小毛公。』據是二書，作《傳》者乃毛亨，非毛萇。故孔氏《正義》亦云：『大毛公爲其傳，由小毛公而題毛也。』《隋志》殊爲舛誤。

條列傳主，指明職官、姓名，列其主要著作以及存佚情形，不同藝文目録著作著録卷數不同的也予以揭明。就毛萇《詩大序》而言，先用陸德明（五五〇—六三〇）《經典釋文》引述沈重之説，次引《四庫全書總目提要》。

《畿輔藝文考》采用了很多史料。如其清代部分藝文匯録中，相當一部分材料出自陶樑（一七七二—一八五七）的《國朝畿輔詩傳》，史夢蘭在輯纂時基本引述自《國朝畿輔詩傳》，如：

查别駕林《花農詩鈔》六卷。

《國朝畿輔詩傳》：林字松生，號花農，宛平人，官雲南州判。

史曷序：花農足蹟徧天下，其詩不主一家，沈鬱頓挫，間以流麗，讀之令人神往。

黎訥序：花農天資高邁，所學甚深。自少即聞其祖若父儉堂、梅舫兩先生之教於君家，初白老人衣鉢獨得其宗。

不僅《國朝畿輔詩傳》下面的文字出自《國朝畿輔詩傳》，史昺序、黎訥序也全部出自《國朝畿輔詩傳》，這也是要注意的。《國朝畿輔詩傳》先出一個作者小傳，然後引述各種資料對作者的創作、生平等進行評述。史夢蘭《畿輔藝文考》基本上採用了《國朝畿輔詩傳》的撰述體例。當然，在引述的過程中，史氏也適當地對引述内容進行了删削。

還有一些作者的材料是史夢蘭在編纂《永平詩存》的時候自己搜集的，這部分材料也收入，而且注明爲《止園詩話》。如：

王宜人竇氏《蘭軒未訂草》。

《永平詩存》：氏字蘭軒，灤州武舉人王廷勳繼室、舉人山東知縣庚之母、進士東昌知府汝訥之祖母也。

王燿東先生昌序云：蘭軒者，姓竇氏，余宗姪武孝廉陛臣内助也。陛臣雖業騎射，而恂恂謹飭，綽有儒風。計二十年來，與余相得無間。顧蘭軒於余爲姪婦，從未相見，素聞賢明，亦不知其能詩。嘉慶己巳，余以無孫故，欲爲子承吉置側室。陛臣篤念宗誼，謀諸内，慷慨贈一侍女。既于歸，解其裝，得《送嫁詩》三絶句，始知其能詩且工也。壬申冬，余小女來歸寧，袖出《蘭軒詩》二卷，言陛臣嫂請父安並求序。蓋小女於蘭軒，固同里姻家也。余閲之，瞻博得未曾有，摘其粹者，字追句琢，間寓空谷幽蘭、孤芳自賞之意。

《止園詩話》：造物忌才，而於女子尤甚。女子之有才者，率多貧夭，或早寡，或遇人不淑。求其才福相兼者，概難其人。灤州王太宜人賓氏，字蘭軒，閒靜工詩。所適武舉陛臣公，雖業騎射，而恂恂儒雅，白首相莊。其子若孫科第蟬聯，又得親見其盛，殆所謂才福兼者非耶？宜人娣蓮溪，弟桂園，皆能詩，刻有《詩庭合集》行於世。宜人佳句，如《晚景》云：『芙蓉凝冷豔，楊柳淡秋光。』《冬夜》云：『啼鴉驚夢斷，冷月入窗斜。』《雨後》云：『山含雲氣白，花映日光紅。』《夾竹桃》云：『榦留高士品，花映美人容。』《夜坐》云：『月冷千家杵，窗明一院霜。』《寄書與二弟》云：『夢斷蟬初咽，春歸鴈漸稀。』《陰烈婦挽詩》云：『吹簫天上伴，詠絮世間名。』《日暮》云：『疏簾迎淡月，小院帶斜暉。』《暮春雨後》云：『宿雲全隱岫，初月半近人。』《秋閨怨》云：『驛路馳驅征士淚，紅樓刀尺美人心。』又云：『瀟瀟風雨飛黃葉，杳杳山河隔碧雲。』《曉起》云：『四壁秋蟲驚短夢，一痕落月下疏欞。』《洞庭晚秋》云：『一鴈翅拖湘楚月，小蟲聲近枕函秋。』《送春》云：『一林緑暗三更雨，滿徑紅殘半樹風。』《春日》云：『細雨翠添三月草，微風紅落一庭花。』《白鸚鵡》云：『柳暗晶簾綃帳暖，花明珠樹玉樓春。緑衣那許誇公子，縞袂還應憶美人。』《清明邀蓮溪遠望》云：『柳梢微潤開青眼，杏蕊含苞點絳脣。』《題桂園書齋》云：『簾幕遥遮君子竹，莓苔亂落女兒花。』《清明道中》云：『東風楊柳塵隨馬，細雨桃花色映人。』《和紫埜》云：『寒山寥落横蒼靄，衰草淒迷鎖淡煙。』《看蓮》云：『花凝朝露潘妃步，葉挹清風楚客裳。』《柳》云：『斜挂東風枝嫋嫋，低垂曉露影娟娟。』皆烹鍊有法，不作小窗中喁喁口角。

《永平詩存》是史夢蘭輯録永平府地方詩歌的匯編，不僅體例與《國朝畿輔詩傳》類似，在引述上和《國朝畿輔詩傳》也類似，如《國朝畿輔詩傳》經常引述自己的《紅豆樹館詩話》。到目前爲止，《紅豆樹館詩話》没有單行本，其條目也僅見於陶氏《國朝畿輔詩傳》中。史夢蘭在《永平詩存》中經常引述到自己的《止園詩話》，而其《止園詩話》也無單行本，其條目也散於《永平詩存》之中。《畿輔藝文考》在輯録永平一帶作者著述尤其是詩歌著述的時候，大量徵引《永平詩存》。

二、《畿輔藝文考》的材料來源

《畿輔藝文考》的材料有這樣幾個方面：

（一）歷代正史材料。包括《史記》《漢書》《隋書》《舊唐書》《新唐書》《宋史》《元史》《明史》等正史材料，主要采其人物傳記和《經籍志》《藝文志》。

（二）歷代藝文志的相關考證著作。就今天所看到的《二十四史》而言，其中很多種史書没有藝文志，如《三國志》《元史》等。清代學者錢大昕（一七二八—一八〇四）等人爬梳補輯，有《元史藝文志考證》等書。《畿輔藝文考》引述了這些學者的考證材料，以引述錢大昕著述爲多。

（三）公私目録學著作。包括晁公武（一一〇五—一一八〇）《郡齋讀書志》、陳振孫《直齋書録解題》、馬端臨（一二五四—一三二三）《文獻通考》、王圻（一五三〇—一六一五）《續文獻通考》、黄虞稷（一六二九—一六九一）《千頃堂書目》、朱彝尊（一六二九—一七〇九）《經義考》《四庫全書總目提要》、陶樑《國朝畿輔詩傳》等相關著作。

（四）詩文總集。如元好問（一一九〇—一二五七）《中州集》、朱彝尊《明詩綜》、彭定求（一六四五—一七一九）等編校《全唐詩》、顧嗣立（一六六五—一七二二）《元詩選》、董誥（一七四〇—一八一八）主持編纂之《全唐文》、梅成棟（一七七六—一八四四）《津門詩鈔》以及史夢蘭個人輯纂的《永平詩存》等。

三、《畿輔藝文考》的價值

（一）是一部河北地方文獻的整體匯録

《畿輔藝文考》應該是一部河北歷代地方文獻的整體匯録，也可以看作是一部河北地方文獻學術通史。時間跨度從戰國時期一直到清代，收録了一千三百七人。而且完全是通過史夢蘭個人之力完成的。在河北文獻學史甚至在中國文獻學史上應該具有比較重要的地位。

（二）爲保存地方文獻、弘揚地方學術提供了珍貴的材料

除了《畿輔藝文考》之外，史夢蘭還編纂了《永平詩存》等地方文獻資料。這些材料爲進一步深入整理和研究地方文獻提供了線索和依據。

（三）有述有著，體現了『無徵不信』的學術品格

《畿輔藝文考》中，絶大多數材料都是采自前人或同時代其他著作，只有涉及到永平一帶的作者時，史夢蘭才引述自己的前期成果。此外，《藝文考》在一些條目後面加有案語予以辨析。這些，都體現了『無徵不信』的學術品格。

除了以上三個方面之外，《藝文考》抄本也具有一定的價值。從抄本的一些錯譌來看，王氏所用鈔胥的文化程度不高，不辨草書，致使很多文字隸錯，即便常見的職官、術語也多有抄寫錯誤的地方。當然，有些文字錯誤還可能是因爲方音的問題形成的，如多處『始』皆寫作『起』；另外，還有一些俗字材料，可以爲研究清代晚期的漢字使用狀況提供一定的材料和證據。

四、關於本書的點校説明

本次點校，采用底本爲定州王氏藏鈔本。本次點校，以時代爲次，不再析别卷次。另外，主要做了以下幾個方面的工作：

（一）全書不再分卷，也不改變原書順序，以原書所分朝代前後作爲次序。

（二）爲全書加標點。原鈔本没有點斷，本次點校，全部施以新式標點。

（三）原鈔本有很多異體字，如『騐』『菴』等，今統一釐作『驗』『庵』等。避諱字涉及人名、地名、書名等等專有名詞的改回本字，有些明顯錯字也直接改回本字。如此均不再出校。

（四）原鈔本有的條目和全書體例不合者，酌情爲之調整，以使與全書體例相合。有的内容有脱漏，也根據相關材料予以補齊。

（五）原鈔本文字既有錯譌，也有與引據材料不同之處，也根據相關材料予以辨正。

（六）原鈔本有注以及案語，審其案語，實與小注無異，凡可以歸入正文之下者一併歸入正文以小注出之，不能歸併者以『◎按』標記，以爲醒目。

凡各種異端，皆在相應位置以『校按』注出，明顯誤字則直接改正，不再出校。

此外，點校過程中參考了很多材料的原刻本和點校本，使得點校工作避免了很多錯誤。當然，由於時間比較緊張，點校者水平又有限，錯誤不足在所難免，祈請博雅君子不吝賜教指正。

歲在甲午，月在己巳，火盆陳郵人識於麥望館

畿輔藝文考　周

《荀子》二十卷

《四庫全書總目提要》云：趙荀況撰。《漢書・藝文志・儒家》載孫卿《荀子》三十三篇，注云：『石況，趙人，本曰荀卿，避宣帝諱，故曰孫。』劉向《校書序録》稱荀卿書凡三百二十三篇以相校，除重複二百九十篇，定著三十三篇，爲十二卷，題曰《新書》。唐楊倞[一]分易舊第，編爲二十卷，復爲之注，更名《荀子》，即今本也。況之著書，主於明周孔之教，崇禮而勸學，至其以性爲惡、以善爲僞，誠未免於理未融。然卿恐人持性善之説，任自然而廢學，因言性不可恃，當勉力於先王之教，故其言曰：『不可學、不可事而在天者，謂之性；可學而能、可事而成之在人者，謂之僞。』其辨白僞字甚明，楊倞注亦曰：『僞，爲也。凡非天性而人作爲之者，皆謂之僞。故僞字人旁加爲者，亦會意字也。』後人昧於訓詁，以爲『真僞』之『僞』，遂譁然掊擊，謂卿蔑視禮義，如老莊之所言。是非惟未覩其全量，即《性惡》一篇，自篇首二句之外，亦未竟讀矣。

◎按：況以齊宣王時[二]游稷下，後仕楚，爲蘭陵令，已歸趙。《史記》作『齊人』，非。

《孫卿賦》十篇

見《漢書・藝文志》。《隋書・經籍志》稱《荀況集》一卷，注云：『殘缺，梁二卷。』《唐書・藝文志》仍作二卷。

◎按：趙希弁《讀書附志》有《帝王曆紀譜》三卷，題曰：『秦相荀卿撰。』載周末列國世家，故一名《春秋公子血脈圖》，頗多疏略，決非荀卿所著。且卿未嘗相秦，豈世別有一荀卿耶？《宋志》亦載是書，稱《公子姓譜》一卷，一名《帝王曆紀譜》。

校按：

【一】『倞』，原誤作『係』，下文同，今皆改作『倞』。審『京』草書字形與『系』近似，或因而致誤。

【二】『時』下原有『年』字。今審《史記·孟子荀卿列傳》有『年五十始來遊學於齊』之句。恐《藝文考》誤衍『年』字，今删去。

《慎子》一卷

《漢志》：『慎名到，趙人。』注：『先申韓，申韓稱之。』

《四庫全書總目提要》云：到，趙人。《中興書目》作瀏陽人，陳振孫《書録解題》曰：『慎到，趙人，見於《史記》。瀏陽在今潭州。』吴時始置縣，與趙南北了不相涉，則稱瀏陽者非矣。《漢志》列之法家。今考其書大旨，欲因物理之當然，各定一法而守之，不求於法之外，亦不寬於法之中，則上下相安，可以清淨而治。然法所不行，勢必刑以齊之，道德之爲刑名，此其轉關〔二〕，所以申韓多稱之也。其書〔三〕《漢志》作四十二篇，《唐志》作十卷，《崇文總〔三〕目》作三十七卷，《書録解題》則稱麻沙刻本凡五篇，已非全書。此本雖亦分五篇，而文多删削，又非陳振孫之所見。蓋明人掇拾殘闕，重爲編次。觀『孝子不生慈父之家，忠臣不生聖君之下』二句，前後兩見，知爲雜録而成，失除重複矣。

◎按：《隋志》俱作十卷。《唐》云勝輔注。《宋志》作一卷，慎到，戰國時處士，今亡九卷三十七篇。

校按：

【一】『轉關』，原作『韓関』，誤。今據《四庫全書總目提要》改正。

【二】原本無『書』字，今據《四庫全書總目提要》補。

【三】『總』，原誤作『統』，今改正。

《公孫龍子》三卷

《四庫全書總目提要》云：案《史記》：『趙有公孫龍，爲堅白異同之辨。』《漢書·藝文志》：『龍與毛公等並遊平原君之門下，亦作趙人。』高誘注《吕氏春秋》謂龍爲魏人，不可知何據。《齊書》著録十四篇，至宋時八篇已亡，今僅存《疏府》《白馬》《指物》《通變》《堅白》《名實》，凡六篇。其首章所載與孔穿辨論事，《孔叢子》亦有之，謂龍爲穿所絀，而此書又謂穿欲爲弟子，彼此互異。蓋龍自著書，必欲申己説。《孔叢》僞本，出於晉漢之間，朱子以爲孔氏子孫所作，自必欲伸其祖説，記載不同，不足信也。其書大旨，庶名器乖實，乃假指物，以混是非，借白馬而齊物我，冀時君有悟而正名實，故諸史皆列於名家。明鍾惺刻此書，改其名爲《辨言》，妄誕不經。今仍從《漢志》，題爲《公孫龍子》。又鄭樵《通志略》載此書有陳嗣古注、賈士隱注各一卷，今俱失傳。此本之注乃宋謝【一】希深所撰，前有自序一篇，其注文義淺近，殊無足取，以原本所有，姑併録焉。

◎按：是書《隋志》未録，《唐志》作三卷，《宋志》作一卷。

校按：

【一】原本無『謝』字，據《四庫全書總目提要》補。

《處子》九篇 《漢志》列之法家。

顏師古曰：《史記》云：趙有處子。

《毛公》九篇 《漢書》列之名家，稱曰趙人。

虞氏卿《春秋徵傳》 《漢志》：二篇。

《史記》：虞卿說：趙孝成王爲上卿，故號虞卿。既以魏齊之故去趙，困於梁，不得已乃著書。

王應麟曰：《藝文志》：『《春秋徵傳》二篇。』按劉向《別録》云：虞卿作《抄撮》九卷，授荀卿，卿授張蒼。然則張蒼師荀卿者也，浮邱伯亦荀卿門人，申公事之，受《詩》，是爲《魯詩》。《經典·序録》：『根牟子傳趙人荀卿子，荀卿子傳魯人大毛公，是爲《毛詩》。』荀卿之門有三人焉。李斯【一】、韓非不能玷其學也。

校按：

【一】『斯』，原誤作『戯』，今改。下文『董斯張』『奚斯』『李斯』之『斯』字與此同。審《畿輔藝文考》

「斯」字往往誤作「戲」，或因「戲」「斯」草書形體近似而誤識。下文逕改，不再出。

《燕論語傳説》三卷《漢志》不知作者，佚。

《龐煖》三篇《漢志》列之縱横家。煖爲燕將，師古曰：「煖音許遠反。」後又有《龐煖》三篇，列之兵家。師古曰：「煖，又音許元反。」

畿輔藝文考 漢

韓太傅嬰《韓氏易傳》二篇見《漢志》，佚。

《漢書·儒林傳》：嬰，燕人也。孝文時爲博士，景帝時至常山太傅。嬰言《詩》，亦以《易》授人，推《易》意而爲之傳。燕趙間好《詩》，故其《易》微，唯韓氏自傳之。後其孫商爲博士，孝、宣時涿郡韓生，其後也。以《易》徵，待詔殿中。曰：『所受《易》，即先太傅所傳也。嘗受《韓詩》，不如《韓氏易》深，太傅故專傳之。』

《韓詩故》三十六卷《唐志》作二十二卷，至宋已無。

《韓詩内傳》四卷

《外傳》六卷

《韓詩説》四十一卷以上俱見《漢志》。今惟《外傳》尚存，餘俱佚。

《漢書》：嬰推詩人之意，而作内、外《傳》數萬言。其語頗與齊、魯間殊，然歸一也。

范處義曰：《兩無正》，韓氏作『兩無極』，正大夫刺幽王也。篇首多『兩無其極，傷我稼穡』八字。竊謂韓詩世罕有之，未必其真，或後人見《詩》中有『正大夫離居』之語，故加二句，且牽合以爲正大夫刺幽王，似不可信。

又曰：史克作誦，見之《詩序》。韓氏乃曰『奚斯作《魯頌》』，而班固《西都賦序》、王延壽《魯靈光殿賦序》皆云『奚斯頌魯』。揚雄《法言》亦云：『正考父嘗晞尹吉甫，公子奚斯嘗晞正考父。』意謂尹吉甫頌，周正考父、奚斯效之，殊不考。是詩曰：『新廟奕奕，奚斯所作。』是奚斯作《新廟》，非作《魯頌》也。韓氏之傳授妄矣。

王應麟曰：《韓詩序》云：『《黍離》，伯封作。』陳思王植《令禽惡鳥論》曰：『昔尹吉甫信後妻之讒，而殺孝子伯奇。其弟伯封求而不得，非《黍離》之詩。』其《韓詩》之説與？

又曰：申、毛之詩皆出荀卿子，而《韓詩外傳》多引荀書。荀卿《非十二子》，《韓詩外傳》引之，止云十子，而無子思、孟子。愚謂荀卿非子思、孟子，蓋其門人如韓非、李斯之流，託其師以毁聖賢。當以《韓詩》爲正。

晁公武曰：其書《漢志》本十篇，《内傳》四、《外傳》六。隋止存《外傳杜》十篇。其及經蓋寡，而遺説往往見於他書。如『透迤鬱夷』之類，其義與《毛詩》不同。此書稱《外傳》，雖非其解經之深旨，然文辭清婉，有先秦風。

王世貞曰：《韓詩外傳》雜記夫子之緒言與諸春秋戰國之説，大抵引《詩》以證事，而非引事以明《詩》。

董斯張曰：世所傳《韓詩外傳》亦非全書，《文選》李善注引《外傳》文曰：『孔子升泰山，觀易姓而王，可得數者七十餘人，不得而數者萬數也。』又鄭交甫將南適楚，遵彼漢皐[二]臺下，乃遇二女，佩兩珠，大如荆雞之卵。《藝文類聚》引《外傳》文云：『凡草木，花多五出。雪花多六出者，陰極之數。雪花曰霙雪，雲曰同雲。』又曰：『自上而下曰雨雪。』又曰：『溱與洧，謂鄭國之俗。三月上巳，於兩水之上招魂續魄，拂不祥也。』《太平御覽》引《外傳》文云：『精氣歸於天，肉歸於土，膏歸於露，契歸於草。』佛典引《外傳》文云：『老筐爲雀，老蒲爲葦。』今本皆無之。朱彝尊曰：《韓詩》惟《外傳》僅存。若《白虎通》所引曰：『太子生，以桑弧蓬矢六射上下四方。』又曰：『師臣者帝，交友受臣者王，臣臣者霸，虜臣者亡。』又曰：『諸侯世子三年喪畢，上受爵命於天子，乃歸即位。』又曰：『孔子爲魯司寇，先誅少正卯。』《風俗通》所引舜漁雷澤，《三禮義宗》所引曰：『天子奉玉升柴。』《周禮》注所引曰：『珮玉上有蔥衡，下有雙璜。』《大戴禮》注所引『鵁鶄胎生，孔子渡江，見而異之』，《禮記》注所引曰：『鸞在衡，和在軾。』《初學記》所引曰：『夫飲之禮，不脱履而即序者謂之禮，跣而上坐者謂之宴。能飲者飲之，不能飲者已，謂之醧；齊顔色〔二〕、均衆寡謂之沈；閉門不出者謂之湎。故君子可以醧，不可以沈，不可以湎。』杜佑《通典》所引曰：『禘取毁廟之主，皆升，合食於太祖。祫則群廟之主，悉升於太祖廟。』凡此皆《内傳》之文也。

《四庫全書總目提要》云：劉安世稱嘗讀《韓詩·兩無正篇》，然歐陽修已稱今但存其《外傳》。則北宋之時，士大夫已有見、有不見。范處義作《詩補傳》在紹興中，已不信劉安世得見《韓詩》。則亡在南、北宋間矣。《外傳》自《隋志》以後，即較《漢志》多四卷。蓋後人所分其書，雜引古事古語，證以《詩》詞，與經意不相比附，故曰《外傳》，所采多與周秦諸子相出入。班固論三家之詩，稱其或取《春秋》、采雜説，咸非其本意。殆即指此類歟？

校按：

【一】『臯』，原誤作『皇』，今正。

【二】原本無『齊顔色』三字，今據《經義考》補。

董膠西仲舒百二十三篇《漢志》列之儒家。

《漢書》：仲舒，廣川人，少治《春秋》，孝景時爲博士。武帝即位，以賢良對策。天子以爲江都王相，後相膠西王，以病免。仲舒所著，皆明經術之意，及上疏條教，凡百二十三篇。

《春秋繁露》十七卷

隋、唐、宋《志》卷數皆同，《崇文總目》凡八十二篇，《中興書目》作十卷。藻鄉所刻亦纔[一]三十七篇，今本乃樓攻媿得勝景憲本，卷篇皆與前《志》合。然亦非當時本書也，先儒疑，辨其詳真。

程大昌曰：右《繁露》十七卷，紹興間董某所進。臣觀其書，辭意淺薄，間掇取董仲舒策語，雜置其中，輒不相倫比。臣故疑非董氏本書矣。又班固記其說《春秋》凡數十篇，玉杯、繁露、清明、竹林各爲之名，似非一書。今董某進本通以『繁露』冠書，而玉杯、清明、竹林特各居其篇卷之一，愈益可疑。他日，讀《太平寰宇記》及杜佑《通典》，頗見所引《繁露》語言，顧董氏今書無之。《寰宇記》曰：『三皇抵車出谷口。』《通典》曰：『劍之在左，蒼龍之象也；刀之在左，白虎之象也；鉤之在前，朱雀之象也；冠之在首，玄武之象也。四者，人之盛飾也。』此數語者，不獨今書所無，且其體制，全不相似。臣然後敢言今書之非本真也。牛享問崔豹：『冕旒以繁露者何？』答曰：『綴玉下垂，如繁露也。』則繁露也者，古冕之旒如露而垂，是其所從優以名書也。以杜樂所引，推想其故，皆句用一物，以發己意。有垂冕擬露之象焉。則玉杯、竹林，同爲托物，又可想見也。漢魏間人所爲文名有『連珠』者，其聯貫物象，以達己意，略與杜樂所引同。如曰：『物勝搤則衡，殆形國鏡則影窮者，是其凡宜也。』以連珠而方古體，其殆繁露之所自出歟？

又曰：讀《太平御覽》，凡其部匯列敘，古繁露語特多。如曰『禾實於野，粟缺於倉』，皆奇怪非人所意，此可畏也。又曰：『金干土，則五穀傷；土干金，則五穀不成。』張湯欲以鶩當梟祠[二]祀宗廟，仲舒曰：鶩非梟，梟非鶩。愚以爲不可。又曰：『以赤統者，幘尚赤。』諸如此類，亦皆附物著理，無憑虚教語者。然後亦自信，予所證定非謬也。《御覽》太平興國間編輯，此時《繁露》之書尚存。今遂佚不傳，可歎也。

《樓鑰後序》曰：《繁露》一書，凡得四本，皆有高祖正義先生序文。始得寫本於里中，先傳而讀之，舛訛至多，恨無他本可校。已而，得京師印本，以爲必異，而相去殊不遠。又竊疑竹林、玉杯等名，與其書不相關。後見尚書程公跋語，亦以篇名爲疑。又以《通典》《太平御覽》《太平寰宇記》所引《繁露》之書，今書皆無之，遂以爲非董氏本書。且以其名，謂必類於小説家，後自爲一編，記雜事，名《演繁露》，行於世。開禧二年，今編修胡君仲、方宰藻鄉得羅氏蘭臺本，刊之縣庠，考證頗備。先程公所引三書之言，皆在書中。則知程公所見者未廣遂，謂爲小説者，非也。然止於三十七篇，終不合《崇文總目》及歐陽文忠公所藏【三】八十二篇之數。余老矣，猶欲得一善本。聞婺女潘同年叔慶景憲多收異書，屬其子弟訪之，始得此本，果有八十二篇。是藻鄉本猶未及其半也。喜不可言，以校印本，各取所長，悉加改定。義通者，兩存之。余又據《説文解字》『王』字下引董仲舒曰：『古之造文者，三畫而連其中謂之王。三者，天、地、人也。而參通之者，王也。』許叔重在後漢和帝時，今所引在《王道通三》第四十四篇中，其餘傳中對越三仁之問；朝廷有大議使使者及廷尉張湯就其家問之；求雨閉諸陽，縱諸陰，其止雨也反是；三策中言天之仁，聖人君天，道之大者在陰陽。陽爲德，陰爲刑，故王者任德教而不任刑之類，今皆在其書中，則其爲仲舒所著無疑。且其文詞亦非後世所能道也。

《四庫全書總目提要》云：『繁』，或作『蕃』。蓋古字相通，其立名之意不可解。《中興舘閣書目》謂：『繁露，冕之所垂，有聯貫之象。春秋比事，屬辭立名，或取於此。』亦以意爲説也。其書發揮《春秋》之旨，多主公羊，而往往及陰陽五行。考仲舒本傳，『繁露』『玉杯』『竹林』皆所著書名，而今本『玉杯』『竹林』乃在此書之中。故《崇文總目》頗疑之，而程大昌攻之尤力。今觀其文，雖未必全出仲舒，然中多根極理要之言，非後人所能依託也。是書宋代已有四本，多寡不同。至樓鑰所校，乃爲定本。鑰本原闕三篇，明人重刻又闕第五十五篇及第五十六篇首三百九十八字、第七十五篇中一百七十九字、第四十八篇中二十四字，又第二十五篇顛倒一頁，遂不可讀。其餘譌脱，不可勝舉。蓋海内藏書之家不見完本，三四百年於兹矣。今以《永樂大典》所存樓鑰本詳爲勘訂，凡補一千一百二十一字，删一百二十一字，改定一千八百二十九字，神明焕然，頓還舊笈，雖曰習見之書，實則絶無僅有之本也。

《春秋決事》十六卷

見《漢志》。《七録》作《春秋斷獄》五卷，隋、唐、宋《志》皆作十卷。『事』或作『獄』。《崇文總目》作《春秋決事比》，佚。

桓寬曰：春秋治獄，論心定罪。志善而違於法者免，志惡而合於法者誅。

應劭曰：膠東相董仲舒老病致仕。朝廷每有政議，數遣廷尉張湯親至陋巷，問其得失，於是作《春秋決獄》二百三十二事，動【四】以經對，言之詳矣。

王應麟曰：仲舒《春秋決獄》，其書今不見。《太平御覽》載二事，其一引春秋許止進藥，其一引夫人歸於齊。《通典》載一事，引春秋之義，父爲子隱。應劭謂仲舒作《春秋決獄》二百三十二事，今僅見三事而已。

◎按：《藝文類聚》有引《決獄》『君獵得麑』一事。

馬端臨【五】曰：按此即獻帝時應劭所上仲舒《春秋斷獄》，以爲幾焚棄於董卓蕩覆王室之時者也。仲舒通經醇儒，三策中所謂『任德不任刑』之説、『正心』之説，皆本《春秋》以爲之。至引『正誼不謀利』『明道不計功』以折江都王，尤爲深得聖經賢傳之旨趣。獨災異之對，引兩觀桓僖亳社火災，妄釋經意，而導武帝之果於誅殺，與素論大相反。西山真公論之詳矣。《決事比》之書與張湯相授受，度亦災異對之類耳。

集一卷見《隋書·經籍志》。注云：『梁二卷，亡。』新、舊《唐書》俱仍作二卷，《宋志》又作一卷，後兩本並佚。明正德己亥，巡按御史盧雍行部至景州，爲仲舒故里，因修復廣川書院，祀仲舒，並褒其逸文，以成《董子文集》一卷。然自採録本傳外，僅益以《西京雜記》《古文苑》所載數篇，不及張溥《百三家集》之完備。而溥之所輯録春秋陰陽，以經説而入之集。《四庫全書總目提要》譏之。

《請禱圖》三卷《隋志·子部》『五行家』注云：『亡。』

校按：

【一】『纔』，原誤作『財』，今改正。

【二】原本無『祠』字，今據《文獻通考》補。

【三】『藏』，原誤作『莊』，今改正。《畿輔藝文考》抄本全書『藏』多誤作『莊』，二字草書形體近似，讀音亦相近，因而誤書。下文逕改，不再出。

【四】『動』，原誤作『勁』，今據《後漢書》《經義考》改正。

【五】『臨』，原誤作『明』，今改正。

《吾邱壽王》六篇《漢志》列之儒家，佚。

《賦》十五篇見《漢志》，佚。《隋志》云：『梁有漢光禄大夫吾邱壽王集二卷，亡。』禁民攜弓弩、對得周鼎非【二】，皆具本傳。明張采《兩漢文鈔》有《壽王武德論》一篇。

《漢書》：吾邱壽王，字子贛，趙人也。年少以善格五召待詔，詔使從中大夫董仲舒受《春秋》，遷侍中中郎，坐法免。會東郡盜起，拜秦郡都尉，入爲光禄大夫。

校按：

【二】「非」，原誤作「對」，今據《漢書》改。

《趙氏雅琴》七篇 趙定撰。《漢志》：定，渤海人，宣帝時丞相魏相所，佚。

《蒯子》五篇 《漢志》列之縱横家，注云：「名通，佚。」

《漢書》：「通，范陽人，辨士也。論戰國説士權變，亦自序其説，凡八十一首，號曰《雋永》。」師古注曰：「雋，肥肉也。永，長也，言其所論甘美而味深長也。」

◎按：《蒯子》五篇，即《雋永》。通本燕人，後遊於齊，故高祖齊辨士蒯通。

《徐樂》一篇 《漢志》列之縱横家。《漢書》：「樂，燕郡無極人。」書具傳中。

待詔金馬《聊蒼》三篇 《漢志》列之縱横家。聊蒼，趙人，武帝時。顔師古曰：「《嚴煦傳》作「膠蒼」，而此《志》作「聊」。《志》《傳》不同，未知孰是。」

◎按：今《漢書·嚴煦傳》『蒼』作『倉』。

《蔡癸》一篇《漢志》列之農家。稱其人當宣帝時，以言便宜，至弘農太守。

顔師古曰：劉向《别録》云邯鄲人。

《邯鄲河間歌詩》四篇《漢志》未詳作者。

田司直仁《刺舉三阿太守書》具《史記》本傳。

仁，田叔少子。《史記》：『田叔者，趙陘城人也。陘城，今在中山國。』注徐廣曰：『陘城，縣名也。』褚先生曰『武帝以田仁爲丞相長史』『田仁尚書』云云。是時，河南河内太守皆御史大夫杜父兄子弟也。河東太守石丞相子孫也。仁已刺三河，三河太守皆下吏誅死。武帝以仁爲不畏彊禦，拜仁爲丞相司直。

路臨淮温舒《尚德緩刑書》具本傳。

《漢書》：温舒，字長君，鉅鹿東里人。元鳳中，廷尉光以治詔獄，請温舒署奏曹[一]掾，守廷尉史。會昭帝崩，昌邑王賀廢，宣帝初即位，温舒上書，言宜尚德緩刑。上善其言，遷廣陽私府長。内史舉温舒文學高第，遷右扶風丞。罷[二]歸故官。久之，遷臨淮太守。

校按：

【一】『曹』，原誤作『查』，今據《漢書》改正。

【二】『罷』，原誤作『寵』，今據《漢書》改正。

鮑司隸宣《論董賢書》極言時政，具本傳。

《漢書》：宣，字子都，渤海高城人。哀帝初，大司空何武薦爲諫大夫，遷豫州牧。歲餘，丞相司直朝欽奏宣舉錯煩苛，坐免。歸家數月，復徵爲諫大夫。宣每居位，常上言諫爭，其言少文多實，上感【一】大異，拜宣爲司隸。

校按：

【一】『感』，原誤作『載』，今據《漢書》改正。

毛博士萇《詩大序》存。

陸德明《釋文》載沈重云：按《大序》是子友、毛公合作。卜商意有未盡，毛更足以成之。

《四庫全書總目提要》云：案《漢書·藝文志》：《毛詩》二十九卷，《毛詩故訓傳》三十卷。然但稱毛公，不著其名。《後漢書·儒林傳》始云『趙人毛長傳《詩》，是爲《毛詩》。』其『長』字不從草。《隋書·經籍志》載『《毛詩》二十卷，漢河間太守毛萇傳。』於是詩《傳》始稱毛萇。然鄭玄《詩譜》曰：『魯人大毛公爲《訓詁傳》於其家，河間獻王得而獻之，以小毛公爲博士。』陸璣《毛詩草木蟲魚疏》亦云：『魯國毛亨作《訓詁傳》，以授趙國毛萇。時人謂亨爲大毛公，萇爲小毛公。』據是二書，作《傳》者乃毛亨，非毛萇。故孔氏《正義》亦云：『大毛公爲其傳，由小毛公而題毛也。』《隋志》殊爲舛誤。

崔大尹篆《易林》六十四篇見本傳。《唐志》作十六卷，佚。

《後漢書》：篆，涿郡安平人。王莽時爲建新大尹，稱疾去。建武初，幽州刺史舉篆賢良。篆自以宗門，受莽僞寵，慚愧漢朝，遂辭歸不仕。客居滎陽，閉門潛思，著《周易林》六十四篇，用決吉凶，多占驗。終臨，作賦以自悼，名《慰志》。

李石曰：篆，駰之祖，著《易林》六十四篇。或曰《卦林》，或曰《象林》。

集一卷《隋志》云：『梁有《崔篆集》一卷，亡。』《唐志》又作：『集一卷，佚。』

《慰志賦》具本傳。

崔鸞伯駰集十卷隋、唐《志》同。明張溥編集一卷。

《後漢書》：駰，字鸞伯，年十三通《詩》《易》《春秋》，博學有偉才，盡通古今，訓詁百家之言，善屬文。少遊太學，與班固、傅毅同時齊名，常以典籍爲業。後有竇憲上客，前後奏記數十，指切長短，憲不能容，稍疏之，出爲長岑長，遂不知官而歸。所著詩、賦、銘、頌、書、記、表、《七依》《婚禮結言》《達旨》《酒警》，合二十一篇。

崔子玉瑗集 《隋書》作六卷，云：『梁五卷。』《唐志》亦作『五卷，佚』。今存文八首，見明張采《兩漢文鈔》。

《後漢書》：瑗，字子玉，駰子，早孤，鋭志好學，盡能傳其父業。漢安初，爲濟北相。瑗高於文辭，尤善於爲書、記、箴、銘，所著賦、碑、銘、箴、頌、《七蘇》《南陽文學官志》《歎【一】辭》《移社文》《悔祈【二】》《草書藝》《七言》，凡五十七篇。其《南陽文學官志》稱於後世。注云：『《七蘇》，即枚乘【三】《七發》之流。』

《飛龍篇》《篆草藝》合三卷 見《唐志》。

校按：

【一】『歎』，原誤作『欲』，今據《後漢書》改正。

【二】『祈』，原誤作『新』，今據《後漢書》改正。

【三】『乘』字處，原空格無字，今據《後漢書》補。

崔尚書寔《政論》 具本傳。《隋書》作六卷，『政』作『正』。《舊唐書·經籍志》作五卷，《新唐書·藝文志》作六卷。

《後漢書》：寔，字子真。一名台，字元始。駰孫。少沈靜，好典籍。以郡舉徵詣公車，病不對策，除爲郎。明於政體，吏才有餘，論當世便事數十條，名曰《政論》，指切實要，言辨而雄，當世稱之。仲長統曰：『凡爲人主，宜寫一通，置之坐側。』後出爲五原太守，召拜尚書，以世方阻亂，稱疾，免歸。所著碑、論、箴、銘、答、七言、詞文、表、記、書，凡十五篇。

集二卷《隋志》云：『梁有漢五原太守崔寔集二卷，録一卷，亡。』

◎按：本傳所謂答者，蓋謂答譏之文也。見《兩漢文鈔》。

《四民月令》一卷見《隋志》，佚。

朱彝尊曰：按《四民月令》，其書雖佚，而賈思勰《齊民要術》引之特多。合以《太平御覽》所載，好事者尚可捃拾成卷也。

崔徵士琦集《隋志》作一卷，云『梁二卷』。《唐志》仍作『二卷，佚』。

《七蠲》一篇見《兩漢文鈔》。

《後漢書》：琦，字子瑋，濟北相瑗之宗也。少遊學京[一]師，以文學博經稱。初舉孝廉，爲郎。河南尹梁冀聞其才，請與交。冀行多不軌，琦數引古今成敗以戒之，冀不能受，乃作《外戚箴》。琦以言不從失意，復作《白鵠賦》以爲風。冀因遣歸，後除爲臨濟長，不敢之職，解印綬去。冀後竟捕殺之。所著賦、頌、銘、誄、箴、吊、論、《九咨》《七言》，凡十五篇。

《外戚箴》具本傳。

校按：

【一】『京』，原誤作『系』，今改正。審《畿輔藝文考》『京』字往往誤作『系』，如上文『倞』字誤作『係』字，亦屬此類。下文逕改，不再出。

蓋安平延《謝詔疏》見《東觀漢記》。

《後漢書》：延，字巨卿，漁陽要陽人。歸光武，拜偏將軍，號建功侯。建武之年，更封安平侯。

邳靈壽彤《報家書》具本傳。

《後漢書》：彤，字偉君，信都人。從世祖拔邯鄲，封武義侯。建武元年，更封靈壽侯。

張太尉禹《請太后回宮疏》具本傳。

《後漢書》：禹，字伯達，趙國襄國人。永平八年，舉孝廉，稍遷。建初中，拜楊州刺史。永初元年，以定策功，封安鄉侯，更拜太尉。

張司位敏《駁經侮法議》《諫定經侮法疏》具本傳。

《後漢書》：敏，字伯達，河間鄚人也。建初二年，舉孝廉，四遷。五年，爲尚書。延平元年，拜議郎，再遷潁川太守。徵拜司空[一]。

校按：

【一】『空』，原誤作『位』，今據《後漢書》改正。

寇侍中榮《亡命自訟疏》 具本傳。

《後漢書》：榮，上谷昌平人，恂曾孫。桓帝時爲侍中，性矜潔，自貴於人，少所與，以是見害於權寵。左右益惡之。延熹中，遂陷[一]以罪辟。

校按：

【一】『陷』，原誤作『諭』，今據《後漢書》改正。

盧中郎植傳成碑、誄、表、記，凡六篇 《隋志》云：『梁有《盧植集》二卷，亡。』《唐志》仍云：『集二卷，佚。』其《戲賓武書》《正五經文字疏》《日食封事》三首，具本傳。

《後漢書》：植，字子幹，涿郡涿人也。少與鄭康成具事馬融，能通古今，學好研精而不守章句。建甯中，徵爲博士。熹平四年，拜九江太守、廬江太守，復徵拜議郎，轉爲侍中，遷尚書。以薦舉，拜北中郎，歸。

《尚書章句》

《三禮解詁》 以上見本傳。

《注禮記》十卷 《隋志》《唐志》作二十卷。

酈處士炎集二卷見《唐志》，佚。其詩二首，具《文苑》本傳。《遺令》，見《兩漢文鈔》。

《後漢書》：炎，字文勝，范陽人，食其之後也。有文才，解音律，言論給捷，多服其能理。靈帝時，州郡辟命，皆不就。後風病慌忽，遭母憂，病正發動，妻始產而驚死，妻家訟之，炎病不能理對，遂死獄中，時年二十八。尚書盧植爲之誄讚，以昭其懿德。

張司馬超傳稱著賦、頌、碑文、薦、檄〔一〕**、牋、書、謁文、嘲，凡十九卷**佚。惟《與太尉朱儁書》存。

《後漢書》：超，字子並，河間鄚人，今瀛州鄚縣。侯良之後，有文才。靈帝時，從車騎將軍朱儁征黃巾〔二〕，爲別部司馬。

校按：

〔一〕『檄』，原誤作『拔』，今據《後漢書》改正。

〔二〕『征』『巾』，原誤作『沍』『中』，今據《後漢書》改正。

公孫薊侯瓚《罪袁紹疏》《告子續書》具《後漢書》本傳。**《與袁紹書》具《袁紹傳》**。

《後漢書》：瓚，字伯珪，遼西令支人，從涿郡盧植學於緱氏山中。舉孝廉，除遼東屬國長史，拜奮武將軍，封薊侯，後爲袁紹所敗，自焚死。

高誘注《戰國策》《隋志》作二十一卷，《唐志》作三十二卷，《宋志》作三十三卷。

《四庫全書總目提要》云：《戰國策注》三十三卷，舊本題漢高誘注，今考其書，實宋姚弘校本也。《文獻通考》引《崇文總目》曰：『《戰國策》篇卷亡闕，第一至第十、第三十一至三十三闕。又有後漢高誘注本二十卷，今闕第一、第五、第十一至二十，止存八卷。曾鞏《校定序》曰：此書有高誘注者二十一篇，或曰三十二篇。』《崇文總目》序者八篇，今存者十篇。此爲汲古閣影宋鈔本。雖三十三卷皆題曰高誘注，而有高誘注者僅二卷至四卷、六卷至十卷，與《崇文總目》八篇數合。又最末三十二、三十三兩卷合，而其餘二十三卷則但有考異，而無考注。其有注者必冠以『續』字，其偶遺『續』字者，如《趙策一》『郄疵』注、『雒陽』注皆引唐林寶《元和姓纂》，《越策》『而甌越』注引魏孔衍《春秋後語》，《魏策三》『甚夘』注引《淮南子》注，衍與寶在誘後，而《淮南子》注即誘所自作，其非誘注，可無庸辨置。今於原有注之卷題高誘注、姚弘校正，續注、原已注已佚之卷，則惟題姚弘校正。續注而不列誘名，庶幾各存其真。

注《呂氏春秋》二十六卷唐、宋《志》皆同。

《四庫全書總目提要》云：自漢以來，注者惟高誘一家。訓詁簡質，於引證顛舛之處，如《制樂篇》稱成湯之時穀生於庭，則據《書序》以駁之；稱南子爲蠻夫人，則據《論語》《左傳》以駁之；稱西門豹在魏襄之時，則據《魏世家》《孟子》以駁之；稱晉襄公伐陸渾〔二〕，稱楚成王慢晉文公，則皆據《左傳》以駁之；稱顔闔對魯莊公，則據《魯世家》以駁之；稱衛逐獻公，立公子黚，則據《左傳》《衛世家》以駁，皆不蹈注家附會之失。然如稱〔三〕魏文侯虜齊侯，獻之天子，傳無其事，不知誘何以不糾。其謂梅伯説鬼侯之女好，妲己以爲不好，因而見醢【三】；謂白乙丙、孟明皆蹇叔子，謂甯戚扣角所歌乃《碩鼠》之詩，謂公孫龍爲魏人，並不著所出，亦不知其何據。又共伯得乎其首，及張穀單豹事，均出《莊子》。乃於共伯事，則曰不知其出何書；於張穀、單豹事，則引班固《通幽賦》，竟未見漆園之書，亦爲可異。若其著五世之廟曰《逸書》，則梅頤僞本尚未出。引《詩》「庶姜孽孽」作「钀钀」，「鼉鼓逢逢」作「韸韸」，則經師異本，均不足爲失也。

注《淮南子》二十一卷

隋、唐《志》皆同，《宋志》作十三卷。誘序此書，大較歸之於道，號曰鴻烈，故《舊唐志》有高誘《淮南鴻烈音》二卷，言《鴻烈》之音也。

晁公武曰：許慎注。

陳振孫曰：今本題許慎注。而詳序文，即是高誘。殆不可曉。序言「自誘之少從同縣盧君，受其句讀」，盧君者植也，與之同縣。則誘乃涿郡人。又言建安十年，辟司空掾，東郡濮陽令。十七年，遷監河東。則誘乃漢末人，其出處略可見。

《正孟子章句》

《孝經解》

以上俱見《經義考》，佚。

《明堂月令》四卷

朱彝尊曰：按高誘注《禮》，隋、唐、宋《經籍》《藝文志》俱不載，近代藏書家目録亦無。惟《藝文類聚》曾引之，《月令》四卷，題曰《明堂月令》。乙亥二月，忽獵之吴興書賈舟中，乃舊本。讀之，其字句與今本《月令》頗有不同，如「季春行冬令」及「孟夏行秋令」云云。較之《吕覽》，其文正同。蓋好事者以誘所注《吕覽》鈔出成書。

校按：

【一】『渾』，原誤作『津』，今據《四庫全書總目提要》改正。
【二】原本無『稱』字，今據《四庫全書總目提要》補。
【三】『醯』，原誤作『醞』，今據《四庫全書總目提要》改正。

秦越人《難經》二卷《文獻通考》作五卷。

陳振孫曰：《難經》，渤海秦越人撰，濟陽丁德用補注。《漢志》亦但有《扁鵲内外經》而已，《隋志》始有《難經》。《唐志》遂題曰秦越人，皆不可攷。德用者，乃嘉祐中人也。序言太醫令呂廣重編此經，而楊元操復爲之注，覽者難明，故爲補之，且間爲之圖。八十一難分爲十三篇，而首篇爲診候，最詳，凡二十四難。蓋脈學自扁鵲始也。『難』當作去聲讀。

王太守尊《告屬縣教》《敕掾功曹教》《劾奏匡衡張譚疏》具本傳。

《漢書》：尊，字子贛，涿郡高陽人，官終於東郡太守。

畿輔藝文考 魏

劉常侍邵《人物志》三卷

《四庫全書總目提要》云：邵，字孔才，邯鄲人。黄初中，官散騎常侍。正始中，賜【一】爵關内侯，事蹟具《三國志》本傳。别本或作劉劭【二】，或作劉邵。此書末有宋庠跋云：『據今官書《魏志》作「勉劭」之「劭」，從力。他本或從邑者，晉邑之名。案字書，此二訓外，别無他釋。然俱不協「孔才」之義。《説文》則爲邵，音同上。但召旁從卩【三】耳，訓「高也」。李舟《切韻》訓「美也」，高、美又與孔才義符。楊子《法言》「周公之才【四】之邵」是也。』所辨精核，今從之。其注爲劉昞所作。昞字延明，燉煌人。邵書凡十二篇，首尾完具。晁公武《讀書志》作十六篇，疑傳寫之誤。其書主於論辨人才，以外見之符驗内藏之器，分别流品，研析疑似，故《隋書》以下皆著録於名家。然所言究悉物情，而精覈近理，視尹文之説，兼【五】陳黄老、申韓、公孫龍之説，惟析堅白同異者，迥乎不同。蓋其學雖近乎名家，其理則弗重於儒者也。昞注不涉訓詁，惟疏通大意，而文詞簡古，猶有魏晉之遺。

集二卷

《隋志》云亡，《唐志》仍載集二卷。其《趙都》《許都》《洛都賦》，見本傳。今惟《趙都賦》存。

《都官考課》七十二條

《説略》一篇

《樂論》十四篇以上具見本傳，佚。

《法論》十卷

《奏事》六卷以上見《隋志》，佚。

注《古今孝經》一卷

《劉氏法言》十卷疑即《法論》。

《律略論》五卷以上具見《唐志》，佚。

校按：

【一】『賜』，原誤作『歸』，今據《四庫全書總目提要》改正。

【二】原本無『或作劉劭』四字，今據《四庫全書總目提要》補。

【三】『卩』，原本誤作『口』，《四庫全書總目提要》作『目』，姚振宗《三國藝文志》作『卩』，今從姚振宗。

【四】『才』字，原本無，今據《四庫全書總目提要》補。

【五】『兼』，原誤作『燕』，今據《四庫全書總目提要》改正。

張博士揖《廣雅》十卷

《四庫全書總目提要》云：揖，字稚讓，清河人。太和中，官博士。其名或從木作『楫』，然證以『稚讓』之字，則爲『揖讓』之『揖』審矣。後魏江式《論書表》曰：『魏初博士清河張揖，著

《埤倉》《廣雅》《古今字詁》。究諸《埤》《廣》，增長事類，抑亦於文爲益者也。然其《字詁》方之許篇，或得或失矣。』是式謂《埤倉》《廣雅》勝於《字詁》。今《埤倉》《字詁》皆久佚，惟《廣雅》存。其書因《爾雅》舊目，博採漢儒箋注及《三倉》《説文》諸書，以增廣之。於揚雄《方言》，亦備載無遺。隋祕書學士曹憲爲之音釋，避煬帝諱，改名《博雅》，故至今二[一]名並稱，實一書也。前有揖《進表》，稱凡萬八千一百五十文，分爲上、中、下。《隋書·經籍志》亦作三卷，與《表》所言合。然注曰：『梁有四卷。』《唐志》亦作四卷。《館閣書目》又云：『今逸。但存音三卷。』憲所注本，《隋志》作四卷，《唐志》則作十卷。』卷數各參錯不同。蓋揖書本三卷，《七録》作四卷者，由後來傳寫，析其篇目。憲注四卷即因梁代之本，後以文句稍繁，析爲十卷，又嫌十卷煩雜，復併爲三卷。觀諸家所引《廣雅》之文，然皆具在今本，無所佚脱，知卷數異而書不異矣。然則《館閣書目》所謂逸者，乃逸其無注之本。所謂存音三卷者，即憲所注之本，揖原文實附注以存，未嘗逸，未嘗闕。惟今本仍作十卷，則又後人析之以合《唐志》耳。考唐玄度《九經字樣序》稱，音字改反爲切實起於唐開成間。憲雖自隋入唐，至貞觀時尚在，然遠在開成以前，今本乃往往云某字某切，頗爲疑竇，殆傳刻臆改，又非憲本之舊歟？

◎按：國朝高郵王念孫、王引之父子作《廣雅疏證》十卷，二分上下，是又析十卷爲二十卷矣[二]。

《埤倉[三]》三卷

《古今字詁》三卷或作二卷。『詁』或作『訓』。

《難字》一卷

《錯誤字》一卷

《三倉訓詁》二卷或作一卷。

《雜字》一卷以上俱見隋、唐《書·志》。

《集古文》無卷數，見《通志》。

校按：

【一】「二」，原誤作「之」，今據《四庫全書總目提要》改正。

【二】本句「郵」「念」「之」，原誤作「穎」「愈」「言」，今並改正。

【三】此處「倉」字，原作「蒼」，今統一改作「倉」。

盧司空毓《九州人士論》一卷隋、唐《志》同。

《三國·魏志》：毓，字子家，涿郡涿人，漢盧植子也。十歲而孤，以學行見稱。正元中，官終司空，進爵封容城侯。

《駁「亡士妻白等始適夫家。數日，未與夫相見，大理奏棄【一】市」議》具本傳。

校按：

【一】「棄」，原誤作「異」，今據《三國志》改正。

孫司空禮《與曹爽爭論清河、平原地界疏》具本傳。

《三國·魏志》：禮，字德達，涿郡容城人，司隸校尉，凡臨七郡五州，皆有威信，遷司空，封大利亭侯。

畿輔藝文考 晉

張司空華集《隋志》作十卷，録一卷。《唐志》作集一卷，《宋志》作集二卷，又詩一卷。晁公武《讀書志》、陳振孫《書録解題》皆作集三卷。

晁公武曰：華，字茂先，范陽人，惠帝時爲司空，趙王倫、孫秀黨謀害之。華學業博優，辭藻温麗。圖緯、方伎等書，舊不詳覽，家有書三十乘，天下奇秘悉在。博物洽聞，世無與比。集有詩一百二十，哀詞、册文二十一，賦三。

陳振孫曰：前二卷爲四言、五言詩，後一卷爲祭、祝、哀、誄等文。

◎按：明張溥《漢魏六朝百三名家集》所收，有詩七十七，文二十二，賦八。詩減五十三，而文則增其一，賦則增其五矣。

《博物志》十卷隋、唐、宋等《志》卷數皆同。

陳振孫曰：其書作奇聞異事。華能辨龍鱗，識劍氣，其學固然也。

《四庫全書總目提要》云：考王嘉《拾遺記》，稱華好觀秘異圖緯之部，捃採天下遺逸，自書契之始，考神怪及世間閭里所説，造《博物志》四百卷，奏於武帝。帝詔詰問：『卿才綜萬代，博識無倫。然記事采言，亦多浮妄，可更芟截浮疑，分爲十卷。』云云。是其書作於武帝時。今第四卷『物性類』中，稱武帝泰始中，武庫火，則武帝以後語矣。晁公武【二】《讀書志》稱卷首有理略，後有讚文。

今本卷首第一條爲地理，稱『地理略』。自魏氏曰以前云云，無所謂【二】理略，讚文惟地理有之，亦不在卷後。又趙與時《賓退録》稱張華《博物志》卷末載湘夫人事，亦誤爲堯女。今本此條乃在八卷之首，不在卷末，皆相矛盾。則並非宋人所見之本。或原書散佚，好事者掇取諸書所引《博物志》而雜採他小説以足之。故證以《藝文類聚》《太平御覽》所引，亦往往相符。其餘爲他書所未引者，則大抵剽掇《大戴禮》《春秋繁露》《孔子家語》《本草經》《山海經》《拾遺記》《搜神記》《異苑》《西京雜記》《漢武内傳》《列子》諸書，餖飣成帙【三】，不盡華之原文也。書中間有附録，注或稱盧氏，或稱周日用。案《文獻通考》載周、盧注《博物志》十卷，又盧氏注《博物志》六卷。此所載寥寥數條，殆非完本。或亦後人偶爲摘附歟？

《張公雜記》一卷 《隋志》注云：『梁有五卷，《博物志》相似，小小不同。』

《列異傳》 《舊唐書·志》作三卷。《新書》作一卷，佚。

《異物評》二卷

《小象賦》一卷

《乾象録》一卷

注東方朔《神異經》二卷 以上具見《宋志》，佚。

《雜記》十一卷

《小象千字詩》一卷 以上見《通志》，佚。

校按：

【一】原本『武』後衍『曰』字，今據《四庫全書總目提要》删。

【二】原本無『謂』字，今據《四庫全書總目提要》補。

【三】『帙』，原誤作『快』，今據《四庫全書總目提要》改正。

盧侍中欽《小道》數十卷佚。

《晉書》：欽，字子若，范陽涿人。祖植，父毓，世以儒業顯。欽清澹有遠識，篤志經史。舉孝廉不行，後爲侍御史，襲父爵，遷吏部尚書，進封大梁侯。武帝受禪，以爲都督沔北諸軍事、平南將軍，入爲尚書僕射，加侍中，奉車都尉，領吏部。咸甯四年卒。所著詩、賦、論難數十篇，名曰《小道》。其孫湛，字子諒，清敏有理思，好老、莊，善屬文。選尚武帝女滎陽公主，拜駙馬都尉，未成禮而公主卒。劉琨爲司空，以湛爲主簿，轉從事中郎。值中原喪亂【一】，淪陷非所，雖顯於石氏，恒以爲辱。湛每謂諸子曰：『吾身没之後，但稱晉司空從事中郎爾。』撰《祭法》，注《老子》及文集皆行於世。

校按：

【一】『亂』，原作『難』，今據《晉書》改。

盧中郎湛《祭法》《唐志》作《雜祭法》，佚。

注《莊子》佚。

文集十卷《隋志》云：『梁有録，一卷。』《新唐書》亦作十卷，佚。

束博士皙集

《隋志》作七卷，注云：『梁五卷，録一卷。』《新唐書·志》亦作五卷，《宋志》作一卷，明張溥編集一卷，其中駢賦止寥寥數語，不及《類函》《事文類聚》等書所載。

《晉書》：皙，字廣微，陽平元城人。漢太子太傅疏廣之後也。王莽末，廣曾孫孟達避難，自東海徙居沙鹿山南，因去疏之足，遂改姓焉。皙性沈退，不慕榮利，作《玄居釋》以擬《客難》。張華見而奇之，召爲掾，復以爲賊曹屬。轉佐著作郎，撰《晉書·帝紀》、十志。遷轉博士，著作如故。趙王倫爲相國，請爲記室，皙辭疾歸【一】，教授生徒，年四十卒。元城市里廢業。

《三魏人士傳》

《七代通記》

《晉書》紀、志

以上，傳皆稱遇亂亡失。

《五經通論》

亦見本傳，佚。

《教蒙記》一卷

《隋志》云：『載物産之異。』

校按：

【一】『歸』，原誤作『寵』，今改正。

張侍郎載集

《隋志》作七卷，注云：『梁一本二卷，録一卷。』《舊唐書》作三卷，《新書》作二卷，明張溥編集一卷。

《晉書》：載，字孟陽，安平人。性閑雅，博學有文章。太康初，至蜀，省父道，經劍閣。以蜀人恃險好亂，因著銘以作誡。益州刺史張敏表上其文，武帝遣使鐫之劍閣山。載又爲《榷論》《濛汜賦》，傅玄見而嗟歎，爲之延譽，遂知名。起家佐著作郎，出補肥鄉令，復爲著作郎，轉太子中書舍人，遷樂安相、弘農太守。長沙王又請爲記室，督拜中書侍郎。後頌[一]著作，見世方亂，稱疾告歸。

校按：

【一】『復領』，原誤作『後頌』，據《晉書》改正。

張黃門協集《隋志》作三卷，注云：『梁四卷，録一卷。』《唐志》作二卷，張溥編集一卷。

《晉書》：協，字景陽，載弟，與載齊名。永嘉初，徵爲黃門侍郎，托疾不就，卒於家。

張常侍亢《述曆贊》一篇見《律曆志》。

《晉書》：亢，字季陽，才藻不逮二昆，亦有屬綴，又解音樂、伎術。時人謂載、協、亢爲『三張』。中興初過江，拜散騎侍郎，秘書監荀崧舉亢領佐著作郎。

劉太尉琨集《隋志》作九卷，云：『梁十卷，别集十二卷。』唐、宋《志》作十卷，陳振孫謂：『前五卷差全可觀，後五卷闕誤，末卷《劉府君誄》尤多訛，未有别本可以是正。』明張溥編集一卷。

《晉書》：琨，字越石，中山魏昌人，漢中山靖王勝之後。少得儁朗之目，與范陽祖納俱以雄豪著名，官太尉，爲王敦所害。

石司徒苞《終制令》具本傳。

《晉書》：苞，字仲容，渤海南皮人，雅曠有智局。武帝踐阼，遷大司馬，進封樂陵郡公，加侍中，位終司徒。

石衛尉崇集《隋書》作六卷，云：『梁有録一卷。』《唐志》作：『五卷，佚。』其《救兄表》《封賞議》，皆具本傳。

《晉書》：崇，字季倫，苞子，少敏，直勇而有謀。武帝以崇功臣子，有幹局，深器重之，拜太僕，出鎮下邳。免官，復拜衛尉，孫秀矯詔殺之。

趙從事至《與稽蕃書》具本傳。

《晉書·文苑傳》：至，字景真，代郡人，占户遼西幽州，三辟部從事，斷九獄，見稱精審。

崔太傅豹《古今注》《隋志》作三卷，《唐志》作五卷，《宋志》仍作三卷。

趙希弁《讀書附志》云：《古今注》三卷，晉太傅丞崔豹正熊所注也。一、輿服；二、都邑；三、音樂；四、鳥獸；五、蟲魚；六、草木；七、雜記；八、問答釋義。

◎按：劉孝標《世説注》載：豹字正能，晉惠帝時官至太傅。『正能』『正熊』，『太傅』『太傅丞』，當有一誤。

《四庫全書總目提要》云：豹，燕人。《晉書》無傳。

《論語大義解》十卷見《唐志》，佚。

《論語集義》八卷《通志》云：『晉尚書左中兵郎崔豹撰。』官名異前，未知孰是。

畿輔藝文考 宋

中刺史恬《請勿遷換郡守表》具本傳。

《宋書》：恬，字公休，魏郡魏人也。高祖踐阼，拜東宫殿中將軍。元嘉二十一年，督濟南、樂安、太原三郡諸軍事，冀州刺史。孝建二年，遷督豫州軍事、甯朔將軍、豫州刺史。明年疾病，徵還於道，卒。

業朝請遵《禮記注》《七録》作十二卷，新、舊《唐書·志》卷同，『業』作『葉』，佚。

陸德明曰：遵，字長孺，宋奉朝請。

畿輔藝文考 齊

祖校尉沖之集《隋志》云：『梁有五十一卷，亡。』其《上造曆新法表》《安遥論》，具本傳。

《述異記》十卷見《唐志》。

《綴術》五卷李淳風注，見《唐志》。《通志》作六卷。本傳所稱《九章造綴述》數十篇，當即謂此。

《易義釋》

《老子義釋》

《莊子義釋》

《論語注》

《孝經注》以上俱見本傳，佚。

《南齊書·文學傳》：沖之，字文遠，范陽薊人，少稽古，有機思。宋元嘉中，用何承天所制曆，比古十一家爲密。沖之以爲尚疏，乃更造新法，會帝崩，不施行。出爲婁縣令、謁者僕射，轉長水校尉。永元二年卒。

許庶子懋集十五卷見本傳，佚。其《止封禪議》《駁明堂服衮冕議》皆俱本傳。内《風雅比興義》十五卷，見本傳。《陳書》：其子亨，傳作《風雅比興義類》。

《行紀》四卷見本傳。《陳書》：其子亨傳作《述行紀》。

《梁書》：懋，字昭哲，高陽新城人，篤志好學。十四入太學受《毛詩》，因撰《風雅比興義》十五卷，盛行於世。尤曉故事，稱爲儀注之學。僕射江祐甚推重之，號爲『經史笥』。天監初，吏部尚書范雲舉懋參詳五禮，待詔文德省。時有請封會稽禪國山者【一】，高祖雅好禮，因集儒學之士草封禪儀，將欲行焉。懋以爲不可，因建議上之，事遂停。十年，韓太子家令。宋、齊舊儀，郊天祀帝皆用衮冕。至天監七年，懋始請造大裘。至是，有事於明堂，儀注猶云『服衮冕』，懋疏駁之，凡諸禮儀多所刊正。以足疾出爲始平太守，加散騎常侍，轉天門太守。中大通三年【二】，章皇太子召諸儒參録《長春義記》。四年，拜中庶子，卒。

校按：

【一】『山者』，原誤作『嶽』，今據《梁書》改正。

【二】原無『三年』二字，今據《梁書》補。

畿輔藝文考　陳

許衛尉亨《文筆》六卷見本傳，佚。

《陳書》：亨，字亨道，高陽新城人，晉徵士詢之六世孫也。父懋以學藝聞，亨少傳家業，孤介有節行，博通群書〔一〕，多識前代舊事，名輩皆推許之。高宗即位，拜衛尉卿。太建二年卒。

《齊書》並志五十卷傳稱遇亂失亡。

《梁史》五十八卷傳稱撰《梁史》，成者五十八卷，佚。

校按：

【一】『書』，原誤作『言』，今據《陳書》改正。

畿輔藝文考　北魏

張太保衮《太祖南伐請遺書》《燕容寶奏》《臨終上太祖疏》具本傳。

《北魏書》：衮，字洪〔一〕龍，上谷沮陽人。純厚篤實，好學有文才。太祖時，拜奮武將軍、幽州刺史。天興初，徵還京師。衮年過七十，闔門守靜，手執經書，刊定乖失。愛〔二〕好人物，善誘無倦，士類以此高之。永興二年，疾篤，上疏。後數日卒。贈太保，謚文康。

校按：

【一】『洪』，原誤作『世』，今據《魏書》改。

【二】『愛』字處，原本空格無字，今據《魏書》補。

張尚書白澤《上顯祖表》《諫文明太后疏》具本傳。

《魏書》：白澤，衮曾孫，本名鐘葵，顯祖賜名白澤。出行雍州刺史，轉散騎常侍，遷殿中尚書。太和五年卒，謚曰簡。

劉鉅鹿潔《請振水災奏》具本傳。

《魏書》：潔，長樂信都人，性彊力多智，從征討有功，進爵會稽公。世祖即位，超遷尚書令，改爲鉅鹿公。

封都坐懿《燕書》具本傳，佚。

《魏書》：懿，字處德，渤海蓚人。儁偉有才氣，能屬文。仕慕【一】容寶，位至中書令、民部尚書。寶敗歸闕，除給事黄門侍郎、都坐大官、寗朔將軍、章安子。太祖數引見，問以慕容舊事。懿應對疏慢，廢，還家。太宗初，復徵拜都坐大官，進爵爲侯。

校按：

【一】『慕』，原誤作『燕』，今據《魏書》改正。

封廷尉軌《修明堂辟雍議》具本傳。傳文又稱軌爲《務德》《慎言》《遠佞》《防姦》四戒文，多不載。

《魏書》：軌，字廣度，懿之族也。沈謹好學，博通經傳，與光禄大夫武邑孫惠蔚同志友善。惠蔚每推軌曰：『封生之於經義，非但章句可奇，其標明綱格，統括大歸，吾所弗如者多矣。』官終廷尉少卿、征虜將軍。

封常侍偉伯《明堂圖説》六卷，《封氏本録》六卷，《孝經解詁難例》，《禮傳詩易疑事》，詩、賦、碑、誄、雜文以上具見本傳。

《魏書》：偉伯，字君良，軌長子，博學有才思。弱冠除太學博士，每朝廷大議，偉伯皆預焉。正光末，尚書僕射蕭寶夤以爲關西行臺郎。及寶夤爲逆，偉伯潛結【一】關中豪右，謀舉義兵，事發【二】見殺，年三十六，時人惜之。永安中【三】，追贈散騎常侍、征虜將軍、瀛州刺史。

校按：

【一】『結』，原誤作『慎』，今據《魏書》改正。

【二】原無『發』字，據《魏書》補。

【三】原無『中』字，據《魏書》補。

李黄門騫集佚。其《釋情賦》，贈親友、盧元明、魏收詩，具本傳。

《魏書》：騫，字希義，趙郡平棘人，博涉經史，文藻富盛。官終征南將軍、給事黄門侍郎。所著詩、賦、碑、誄，別有集録。

刁特進雍《請開河渠表》《便國利民表》《請造城儲穀表》《請興禮樂表》皆具本傳。傳稱詩、賦、頌、論並雜文百餘篇，又著《教誡》二十餘篇，俱佚。

《魏書》：雍，字淑和，渤海饒安人，博覽書傳。姚興以爲太子中庶子。泰常二年，姚泓滅，與司馬休之等歸國。延和二年，爲平南將軍、徐州刺史，歸爵東安侯。真君五年，以本將軍爲薄骨律鎮將。興光二年，詔還都，拜特進將軍，如故。雍性寬柔，好尚文典，手不釋書，明敏多智。

李儀同訢《求立學校疏》具本傳。

《魏書》：訢，字元盛，范陽人，聰敏機辯，强記明察。官終侍中、鎮南大將軍、開府議同三司、徐州刺史。

盧秘書淵《諫高祖伐蕭賾表》具本傳。

《魏書》：淵，字伯源，范陽涿人。景明初，除秘書監。卒，官贈安北將軍、幽州刺史，復本爵固安伯，謚曰懿。淵習家法，善草迹，代京寶殿，多淵所題。

盧太常道將文筆數十篇佚。

《魏書》：道將，字祖業，淵長子。應襲父爵而讓其第八弟道舒。道將涉獵經史，風氣謇諤，頗有文才，爲一家後來之冠，諸父并敬憚之。出爲燕郡太守，入爲司徒、司馬。卒，贈龍驤將軍、太常少卿，謚曰獻。所爲文筆數十篇。

盧常侍昶《因洛陽猴白鼠奏請親賢遠佞疏》《兩上增兵益糧表》皆具本傳。

《魏書》：昶，字叔達，淵弟，敏之子，學涉經史，早有時譽。太和初，爲太子中舍人、燕員外散騎常侍。世宗時，拜太常卿，除安西將軍、雍州刺史，又進號鎮西將軍，加散騎常侍。西平元年，卒於官。

盧黄門元明集《隋志》作十七卷，《唐志》作六卷，佚。

《魏書》：元明，字幼章，昶子，涉歷群書，兼有文義。永熙末，居洛東緱山，作《幽居賦》。天平中，拜尚書右丞，轉散騎常侍，監起居，又兼黄門郎、本州大中正。元明善自標置，不妄交游，飲酒賦詩，遇興忘返，性好玄理，作《史子新論》數十篇。文筆别有集録。

高令公允集《隋志》作二十一卷，《唐志》作二十卷。明張溥編集一卷。具本傳者凡八篇，餘如《塞上詩》《代郡賦》《名字論》《告老詩》及《左氏公羊釋》《毛詩拾遺論》《雜解》《議何鄭膏肓事》，凡百餘篇，皆不傳。

《魏書》：允，字伯恭，渤海人。性好文學，博通經史，天文術數，尤好《春秋公羊》。神䴥四年，徵拜中書博士，遷侍郎。後詔與司徒崔浩述成國記，以本官領著作郎，拜中書令，轉太常卿。高宗重允，常不名之，恒呼爲令公，令公之號播於四遠。

《算數》三卷見本傳，佚。

李大中藉之《忠誥》一篇佚。

《魏書》：藉之，字修遠，趙郡人。性謹正，粗涉書史。歷員外郎、給事中、司徒諮議、參軍、前將軍、大中大夫。著《忠誥》一篇，文多不載。

皮淮陽豹子《乞增兵糧表》具本傳。

《魏書》：豹子，漁陽人。世祖時，爲散騎常侍，歸爵新安侯，進爵淮陽公，鎮長安真君。四年，除都督秦雍荊梁益五州諸軍事，進號征西大將軍，開府、仇池鎮將、持節、公如故。討群胡無捷而還，坐免官。尋以前後戰功，復擢爲内都大官。卒贈淮陽王。

李豹子《乞襲爵書》具本傳。

《魏書》：豹子，趙郡人，孝伯子。

李趙公安世《請禁占奪民田疏》具本傳。

《魏書》：安世，孝伯兄，祥子。幼而聰悟。天安初，拜中散，以温敏敬慎，顯祖親愛[一]之。累遷主客給事中，出爲安平將軍、相州刺史、假[三]節趙郡公。

校按：

【一】『愛』字處，原本空格無字，今據《魏書》補。

【二】『假』，原誤作『優』，今據《魏書》改正。

游僕射肇《易集解》，《冠婚儀》，《白圭論》，詩、賦、表、啟，凡七十五篇傳稱皆傳於世。又曾撰《儒碁》，以表其志，今皆佚。其《請許賊將以宿豫易朐山表》《諫授徐玄明表》《諫以高肇伐蜀表》，皆具本傳。

《魏書》：肇，字伯始【一】，廣平任人，明根子也。幼爲中書學士，博通經史及《蒼》《雅》《林》《説》。景明末，授黄門侍郎，遷散騎常侍，兼侍中，轉太府卿，從【二】廷尉卿兼御史中尉，遷尚書右僕射。卒謚文貞。肇外寬柔，内剛直，耽好經傳，手不釋書，治《周易》《毛詩》，尤精《三禮》。

校按：

【一】『始』，原誤作『起』，今據《魏書》改正。

【二】『從』，原誤作『往』，今據《魏書》改正。

崔殷州楷《請賑冀定數州水害疏》《刺殷州請兵仗表》具本傳。

《魏書》：楷，字季則，博陵安平人。孝昌初，分定、相二州四郡，置殷州，以楷爲刺史，加後將軍。州既新立，了無禦備之具，及賊來攻，楷率力抗拒，力竭城陷，執節不屈，賊遂害之。

高光禄祐《奏收書籍疏》《慎選舉集疏》皆具本傳。

《魏書》：祐，字子集，渤海人，司空允從祖弟也。博涉書史，好文字雜説，材性通放，不拘小節。初，拜中書學生，轉博士侍郎。高宗末，兗州吏獲一異獸，京師咸無識者。詔以問祐，祐曰：『此是三吴所出。厥【一】名鯪鯉，餘域率無。今我獲之吴楚之地，其有歸國者乎？』又有人於零丘得玉印，詔以示祐，祐曰：『印上有籀書二字，文曰「宋壽」。壽者，命也。我獲基命，亦是歸我之徵。』顯祖初，劉義隆子義陽王昶來奔，薛安都等以五州降附，時謂祐言有驗。高祖時，拜光禄大夫，徵爲宗正卿，而祐留連彭城，久而不赴。詔免卿任，還復光禄。太和二十三年卒。

校按：

【一】『厥』字處，原空白無字，今據《魏書》補。

高忠侯諒《親表譜録》四十卷佚。

《魏書》：諒，字修【一】賢，祐之孫也，少好學，多識强【二】記。正光中，爲徐州行臺，至彭城。屬元法僧反叛，逼諒同之，諒不許，爲法僧所害，謚曰忠侯。諒造《親表譜録》四十許卷，自五世以下，内外曲盡【三】。覽者服其博記。

校按：

【一】『修』，亦作『脩』。

【二】『强』，原誤作『贈』，今據《魏書》改正。
【三】『曲盡』，原誤作『典畫』，今據《魏書》改正。

崔司馬挺《諫罪犯逃越立重制疏》具本傳。

《魏書》：挺，字雙根，博陵安平人，授本州大中正。景明初，見代北海王詳爲司徒，録尚書事，以挺爲司馬，固辭，不免，世人皆嘆其屈，而挺處之夷然。詳大加稱歎，自爲司馬，詳未曾呼名，常【一】稱州號，以示優禮。

校按：
【一】『常』，原誤作『嘗』，今據《魏書》改正。

崔儀同孝芬集佚。

《魏書》：孝芬，字恭梓，挺長子，早有才識，博學好文章。高祖召見，甚嗟賞之。李彪謂挺曰：『比見賢子謁帝，旨諭殊優，今當爲群拜紀。』太昌中，加儀同三司，兼吏部尚書【一】，出帝入關。齊獻【二】武王至【三】洛，與尚書辛雄、劉廞等並誅，時年五十。孝芬博文口辯，善談論，愛【四】好後進，終日忻然。商榷古今，間以嘲謔，聽者忘疲。所著文章數十篇。

校按：
【一】『尚書』，原誤作『侍郎』，今據《魏書》改正。

【二】「獻」，原誤作「戲」，今據《魏書》改正。
【三】「至」，原誤作「玉」，今據《魏書》改正。
【四】「愛」字處空格無字，今據《魏書》補。

崔長史纂《無談子論》佚。

《魏書》：纂，字叔則，挺族子，博學有文才。景明中，太學博士轉員外散騎常侍郎、襄威將軍。既不爲時知，乃著《無談子論》。熙平初，爲甯遠將軍、廷尉正。每於大獄，多所據明，有當官之譽。除左中郎將【一】，領尚書三公【二】郎中，未幾以公【三】事免。後爲洛陽令。卒，贈司徒左長史。凡所製文，多行於世。

校按：

【一】「將」，原誤作「歸」，今據《魏書》改正。
【二】「三公」，原誤作「部」，今據《魏書》改正。
【三】「以公」，原誤作「監」，今據《魏書》改正。

甄僕射琛《磔四聲》《姓族廢興》《會通緇素三論》及《家誨》二十篇，《篤學文》一卷皆佚。惟《請弛鹽禁表》《請重京邑吏品表》具本傳。

《魏書》：琛，字思伯，中山毋極人。肅宗時拜侍中，鄭光五年卒，贈司徒公、尚書左僕射。琛性輕簡，明解有幹具，在官清白。自孝文、宣武【一】，咸相知待，肅宗以師傅之義而加禮焉。所著文章鄙碎無大體，時有理詣。

校按：

【一】『孝文、宣武』，原誤作『宋高世宗』，今據《魏書》改正。

甄刺史密《風賦》佚。

《魏書》：密，字叔雍，琛從父弟，清謹少嗜欲，頗涉書史。太和中，奉朝請。密疾世俗貪競【一】，乾没榮寵，曾作《風賦》以見意。莊帝以密全鄴之功，賞安市縣開國子，遷平東將軍，轉征東將軍。孝明初，廷尉卿，出爲徐州刺史。

校按：

【一】『競』，原誤作『兢』，今據《魏書》改正。

高光禄聰集二十卷佚。

《魏書》：聰，字僧智，本渤海蓚【一】人，徙青州，因居北海之劇縣。族祖允視之若孫，數稱其美，言之朝廷，由是拜中書博士，轉侍郎。世宗末，拜散騎常侍，平北將軍，出爲幽州刺史。久之，拜光禄大夫，加安北將軍。所作文筆二十卷，别有集。

校按：

【一】『蓚』，《魏書》作『脩』。

陽博士承慶《字統》二十卷佚。

《魏書》：陽尼，字景文，北平無終【一】人，少好學，博通群集。時中書監高閭侍中李沖等以尼碩學博識，舉爲國子祭酒。後兼幽州中正，出爲幽州平北府長史，帶漁陽太守，未拜，坐事免官。有書數千卷，所造《字釋》數十篇，未就而卒。其從孫太學博士承慶遂撰爲《字統》二十卷，行於世。

校按：

【一】『終』，原誤作『極』，今據《魏書》改正。

陽太常固集三卷隋、唐《志》同。今惟《應詔上讜言表》《演賾賦》《刺讒疾嬖幸詩》二首具本傳。

《魏書》：固，字敬安，尼從子也。性俶儻，不拘小節，少任俠，好劍客，弗事生産。年二十六起折節好學，遂博覽篇籍，有文才。正光二年，京兆王繼爲司徒，高選官寮，辟固從事中郎，加鎮【一】遠將軍。府解，除前軍將軍。卒，贈輔國將軍，太常少卿，謚曰文。固居官清潔，家無餘財。初著《緒制》一篇，務從儉約。臨終，又勅諸子一遵先制。《緒制》一篇佚。

校按：

【一】『鎮』，原作『寧』，據《魏書》本傳改。

高康公謙之集佚。其《請復縣令得面陳得失舊制疏》《二鑄三銖錢疏》具本傳。

《魏書》：謙之，字道讓，渤海蓚人，少事後母，以孝聞。及長，屏【一】絶人事，專意經史，天文、算曆、圖緯之書，多所該涉。襲爵釋褐，奉朝請，加宣威將軍，轉奉車都尉，廷尉丞。孝昌初，行河陰令，尋詔除甯遠將軍，正河陰令，除國子博士。以父舅氏沮渠蒙遜曾據涼土，國書漏闕，謙之乃修《涼書》十卷，行於世。以時所行曆，多未盡善，乃更改元修撰，爲一家之法。雖未行於世，議者嘆其多能。所著文章百餘篇，別有集録。卒，謚曰康。

《涼書十卷》佚。

校按：

【一】『屏』，原誤作『庶』，今據《魏書》改正。

高奉騎恭之《上御史中尉元匡奏記》及《改鑄大錢表》《請復置司直疏》具本傳。

《魏書》：恭之，字道穆，行字於世，學涉經史，非名流儁士不與交【二】。莊帝時加衛將軍，假車騎將軍大都督，兼尚書右僕射，南道大行臺，又除車騎將軍，餘官如故。

校按：

【一】『與』字處空白無字，今據《魏書》補。

張寅恭普惠《上任城王澄奏記》《廣陵王恭、北海王灝擬爲所生祖母服期【一】與三年議》《諫靈太后贈父相國太上秦公表》《諫徵綿麻疏》《諫道蠕蠕主阿那環【二】還國疏》《應詔爲勳親訟寬疏》皆具本傳。

《魏書》：普惠，字洪【三】賑，常山九門人。身長八尺，容貌魁偉。父曄爲齊州中水縣令，隨父之縣，受業齊土，專心【四】墳典，克厲不息。及適鄉里，就程玄請習，精於《三禮》，兼善《春秋》。百家之説，多所窺覽，諸儒稱之。太和十九年，爲主書帶制局監，頗爲高祖所知，轉尚書都令，官終左將軍、東豫州刺史，謚寅恭。

校按：

【一】『期』，原誤作『碁』，今改正。

【二】『蠕』『那』，原誤作『懦』『冰』，今據《魏書》改正。

【三】『洪』，原誤作『世』，今據《魏書》改正。

【四】『心』，原誤作『以』，今據《魏書》改正。

成定公淹《接輿釋遊論》佚。

《魏書》：淹，字季文，上谷居庸人，好文學，有氣尚。皇興中，兼著作郎。時顯祖於仲冬之月，欲巡漠[一]北，朝臣以寒甚固諫，並不納。淹上《接輿釋遊論》，乃勅停[二]行。淹小心畏法典，客十年，四方貢聘皆有私遺，毫釐不納，乃至衣食不充，遂啓之[三]外禄。景明三年，出除平陽太守，將軍如故。還朝病卒，謚曰定。

校按：

[一]『漠』，原誤作『漢』，今據《魏書》改正。

[二]『停』，原誤作『信』，今據《魏書》改正。

[三]『之』，《魏書》作『乞』。

馮光禄元興文集，佚。**《浮藻詩》**具本傳。

《魏書》：元興，字盛東，魏郡肥鄉人也。學通《禮》《傳》，頗有文才。領寮[一]孝廉，對策高第，又舉秀才。元叉[二]秉政，引爲殿中郎，領中書舍人。普泰初，安東將軍，光禄大夫。文集百餘篇。

校按：

[一]『領』，原誤作『頒』，今據《魏書》改正，下同。又『寮』，《魏書》作『僚』。

【二】「叉」，原誤作「乂」，今據《魏書》改正。

祖司徒瑩文集佚。

《魏書》：瑩，字元珍，范陽迺【一】人也。年八歲，能誦《詩》《書》；十二爲中書學生，耽書，以晝繼夜，由是聲譽甚盛，内外親屬呼爲「聖【二】小兒」。高祖以才名，拜太學博士，徵署司徒彭城王勰法曹門參軍。尚書令王肅曾於省中詠《悲平城》詩云：「悲平城，驅馬入雲中。陰山常晦雪，荒松無罷【三】風。」彭城王勰甚嗟其美，欲使肅更咏，乃失語云：「王公吟詠，性情聲律殊佳，可便爲誦《悲彭城》詩。」肅因戲勰云：「何意《悲平城》爲《悲彭城》也？」勰有慚色，瑩在座，即云：「所有《悲彭城》，王公自未見耳。」肅云：「可爲誦之。」瑩應聲曰：「悲彭城，楚歌四面起，尸積石梁亭【四】，血流睢水裏。」肅甚嗟賞之。勰亦大悦，退，謂瑩曰：「即定是神口。今日若不得卿，幾爲吴子所屈。」及【五】出帝登阼，瑩以太常行禮，封文安縣子。天平初，以功遷儀同三司，進爵爲伯。薨，贈尚書左僕射、司徒公、冀州刺史。瑩以文學見，常語人云：「文章需自出機杼，成一家風骨，何能共人同生活也？」其文集行於世。

《神龜壬子元曆》一卷見《通志》。

校按：

【一】「迺」，《魏書》作「遒」，字同。

【二】「聖」，原誤作「金」，今據《魏書》改正。

【三】「無罷」，原誤作「善寵」，今據《魏書》改正。

【四】『亭』，原作『高』，今據《魏書》改。
【五】原無『及』字，審《魏書》『出帝』前有『及』字，今據補。

平秘書恒《略注》百餘篇佚。

《魏書》：恒，字繼叔，燕國薊人。研綜經籍，多所博聞。自周以降，暨【一】於魏世，帝王傳代之由，貴臣升【二】降之緒，皆撰録品第，商略是非，號曰《略注》，合百餘篇。好事者覽之，咸爲甚善。徵爲中書博士，出爲幽州别駕。太和十年，以恒爲秘書令，而恒固請爲郡，未授而卒。

校按：
【一】『暨』，原誤作『墍』，今據《魏書》改正。
【二】『升』，《魏書》作『昇』。

劉徵君獻之《三禮大義》四卷、《三傳略例》三卷、《注毛詩序義》一卷、《章句疏》三卷佚。

《魏書》：獻之，博陵饒陽人，善《春秋》《毛詩》。本郡舉孝廉，不就。高祖幸中山，詔徵典内校書，固以疾辭。魏承喪亂之後，《五經》大義雖有師説，而海内諸生多有疑滯，咸決於獻之。六藝之文，雖不悉注，然所標宗旨，頗異舊義。

高文侯閭集三十卷佚。其《至德頌》《諫討淮北表》《駁淮南王奏求斷禄表》《請筑長城表》《餞鍵應詔上言表》《諫淮南置戍表》，皆具本傳。餘如《鹿苑頌》《北伐碑》《伐吴策》《諫遷都表》《諫奉駕親本懸瓠表》《諫奉駕南討漢陽表》《累請遜位表》《陟北邙所上望闕表》，皆不傳。

《燕志》十卷記馮跋事，隋、唐《志》同，佚。

《魏書》：閭，字閻士，漁陽【一】雍奴人。早孤，少好學，博綜經史，文才鐫偉，下筆成章。本名驢，司徒崔浩見而奇之，乃改『閭』而字焉。高允以閭文章富逸，舉以自代，遂爲顯祖所知。永明初，爲中書令，加給事中，委以機密，文明太后甚重之。景明二年，卒，謚曰文侯。閭好爲文章，軍國書檄【二】、詔令、碑、頌、銘、贊百有餘篇，集爲三十卷。其文亦高允之流，後稱二高，爲當時所服。

校按：

【一】『陽』，原作『州』，今據《魏書》改。

【二】『檄』，原誤作『檝』，今據《魏書》改正。

程憲公駿文集，佚。**《請重名器表》《信諸州兵表》《上慶國頌表》《遺令》**皆具本傳。傳又稱駿奏文明太后《得一頌》，起於固業，終於無爲，十篇。文多不載。

《魏書》：駿，字驎駒，廣平曲安人。少師事劉昞，性機敏好學，晝夜無倦。昞謂門人曰：『舉一隅而以三隅反者，此子亞【三】之也。』駿謂昞曰：『今世名教之儒，咸謂老莊其言虛誕，不切實要，弗可經世。駿意以爲不然，夫老子著抱一之言，莊生申性本之旨，若斯者可謂至順矣。人若秉一則煩僞生，爽性則沖真喪。』昞曰：『卿年尚稚，言若老成，美哉！』由是聲譽益播。文成踐阼，拜著作佐郎，未幾遷著作郎。皇興中，除高密太守，假〔二〕散騎常侍，賜爵安豐男。卒，贈曲安侯，謚曰憲。所制文筆，自有集録。

校按：

〔一〕『亞』，原誤作『惡』，今據《魏書》改正。

〔二〕『假』，原誤作『優』，今據《魏書》改正。

邢文定巒《請節用疏》《圖蜀表》一、《諫率衆渡淮與征南犄角表》一皆具本傳。

《魏書》：巒，字洪〔一〕賓，河間鄚人也。少而好學，負帙尋師。家貧厲節，遂博覽書傳，有文才幹略。州郡表貢，拜中書博士，遷員外散騎侍郎，爲高祖所知，賞兼員外騎常侍，除正黄門，兼御史中尉、瀛洲大中正，累遷殿中尚書，加撫軍將軍。延昌三年，暴疾，卒，年五十一。巒才兼文武，朝野瞻望，上下悼惜之，詔贈車騎大將軍、瀛洲刺史。初，世宗欲〔二〕贈冀州，黄門甄琛以巒前曾劾己，乃云：『瀛洲巒之本郡〔三〕，人情所欲。』乃從之，謚曰文定。

校按：

〔一〕『洪』，原誤作『從』，今據《魏書》改正。

〔二〕『欲』，原誤作『頌』，今據《魏書》改正。下『欲』字同此。

〔三〕『郡』，原誤作『利』，今據《魏書》改正。

盧孝穆同《請禁軍功冒濫表》一 具本傳。

《魏書》：同，字叔倫，范陽涿人，盧玄之族孫。太和中起家北海王祥國常侍，稍遷司空祭酒、昌黎太守。普泰初，除侍中，進號驃騎將軍、左光禄大夫。以舊恩，除儀同三司。薨，謚孝穆。

李刺史瑒《請禁絶户爲沙門疏》《自理疏》 皆具本傳。

《魏書》：瑒，字琚羅，安世子，涉歷史傳，頗有文才。延昌末，司徒行參軍，遷司徒長，兼主簿，轉尚書郎，加伏波將軍。隨蕭寶夤西征，還朝，除鎮遠將軍、岐州刺史，作辭【一】不赴任，免官。建義初，於河陰遇害。瑒俶儻有大志，好飲酒，篤於親知。每謂弟郁曰：『士大夫學問稽博古今而罷【二】，何用專經爲老博士也？』與弟謐特相友。

校按：

【一】『辭』，原誤作『亂』，今據《魏書》改正。

【二】『罷』，原作『一新』，今據《魏書》改。

李逸士謐《春秋叢林》十二卷 隋、唐《志》同，佚。

《册府元龜》曰：謐鳩集諸經，廣校同異，比《三傳》事例，名《春秋叢林》。

《明堂制度論》佚。

李靚曰：後魏有李謐者，愍大禮之淪亡，憤先儒之異議，作《明堂制度論》以折衷於世。其指【一】以《月令》爲宗，而采《周禮》《大戴》之言以參合之。

《神士賦》《詩》具本傳。

《魏書》：謐，字永和，趙【二】郡人，安世子。少好學，博通諸經，周覽百氏【三】。初師事小學博士孔璠，數年後，璠還就謐請業。同門生爲之語曰：『青成藍，藍謝青，師何常，在明經。』謐以公子徵拜著作佐【四】郎，辭以授弟郁，詔許之。州再舉秀才，公府二辟，皆【五】不就，惟以琴書【六】爲業，有絶世之心。

校按：

【一】『指』，原作『始』，今據《李覯文集》《經義考》改。

【二】『趙』，原作『涿』，今據《魏書》改。

【三】『氏』，原作『代』，今據《魏書》改。

【四】原無『佐』字，今據《魏書》補。

【五】『皆』，《魏書》作『並』。

【六】『書』，原誤作『之』，今據《魏書》改正。

眭逸士夸《朋友篇》《知命論》俱佚。

《魏書》：夸，一名昶，趙郡高邑人。少有大度，不拘小節，耽志書、傳，未曾以世務經心，高尚不仕，寄情丘壑。少與崔浩爲莫【一】逆之交，浩爲司徒，奏徵爲其中郎，辭疾不赴。及浩誅，爲之素服，受鄉人吊唁，經一時乃止，歎曰：『崔公既死，誰能更容眭夸？』遂作《朋友篇》，辭意【二】爲時人所稱。或謂夸曰：『吾聞有大才者必居貴仕，子何獨在桑榆乎？』遂著《知命論》以釋之。

校按：

【一】『莫』，原誤作『董』，今據《魏書》改正。

【二】『意』，《魏書》作『義』。

酈中尉道元《水經注》四十卷隋、唐《志》同。

《四庫全書總目提要》云：自晉以來，注《水經》者凡二家。郭璞注三卷，杜佑作《通典》時猶見之。今惟道元所著存。《崇文總目》稱其中已佚五卷，故《元和郡縣志》《太平寰宇記》所引滹沱水、洛水、涇水，皆不見於今書。然今書仍作四十卷，蓋宋人重刻分析，以足原數也。是書自明以來，絕無善本，惟朱謀㙔所校盛行於世，而舛謬亦復相仍。今以《永樂大典》本所引，各案水名，逐條參校，非惟字句之譌層見疊出，其中脱簡錯簡，有自數十字至四百餘字者。其道元自序一篇，諸本皆佚，亦惟《永樂大典》僅存。蓋當時所據屬宋槧善本也【三】。僅排比原文，與近代本鉤稽校勘，凡補其闕漏者二千一百二十八字，删其妄增者一千四百四十八字，正其臆改者三千七百一十五字，神明焕然，頓還舊觀。至於經文注語，諸本率多混淆，今考驗原文，得其端緒。凡水道所經之地，經則云『過』，注則云『逕』。經則統舉都會，注則兼及繁碎地名。凡一水之名，經則首句標明，後不重舉；注則文多旁涉，必重舉其名以更端。凡書内郡縣，經則但舉【三】當時之名，注則兼考古城之跡，皆尋其義例，一一釐定，各以案語附於下方。至塞外群流、江南諸派，道元足跡皆所未經，故於灤河之正源、三藏水之次序、白檀要陽之建置，俱不免附會乖錯。甚至以浙江妄合姚江，尤爲傳聞失實。自我皇上命使履視，盡得其脈絡曲折之詳。《御製熱河考》《灤源考證》諸篇，爲之抉摘舛謬，條分縷擘【三】，謹録弁簡，永昭定論。

《魏書》：道元，字善長，范陽人。肅宗時除安南將軍、御史中尉，後爲蕭寶夤所害。道元好學，歷覽奇書，撰《注水經》四十卷、《本志》十三篇，又爲《七聘》及諸文，皆【四】行世。

校按：

【一】《四庫全書總目提要》「當時」前有「蓋」字，「屬」前有「猶」字。今據《四庫全書總目提要》補「蓋」字。

【二】「舉」，原誤作「飛」，今據《四庫全書總目提要》改正。

【三】「擘」，原誤作「劈」，今據《四庫全書總目提要》改正。

【四】原無「皆」字，據《魏書》補。

孫光禄慧蔚《請正定東觀典籍疏》具本傳。

《魏書》：慧蔚，字叔炳，武邑武遂人，世以儒學相傳。慧蔚年十五，通《詩》《書》及《孝經》《論語》。十八，師董道季講《易》。十九，師程玄讀《禮經》及《春秋三傳》，周流儒肆，有名於冀方。太和初，郡舉孝廉，對策於中書省。時中書監高閭宿聞慧蔚，稱其英辯，因相談，薦爲中書博士。肅宗初，出爲濟州刺史，還京，除光禄大夫。

盧博士景裕《注老子道德經》二卷見《隋志》。《新唐書》作『與梁曠等注』，佚。

《注周易》

《注尚書》

《注孝經》

《注論語》

《注禮記》

《注毛詩》

《注春秋左氏》以上具見本傳，佚。

《魏書》：景裕，字仲儒，范陽涿人【一】，專經爲學。前廢帝初，除國子博士。天平中，還鄉里。齊文襄【二】入相，於第開講，招延時俊，令景裕解所注《易》。理義精微，吐發閑雅，士君子嗟美之。普泰初，復除國子博士。興和中，補齊王開府屬，卒於晉陽。景裕雖【三】不聚徒，所注《易》大行於時。

校按：

【一】『人』，原誤作『州』，今據《魏書》改正。

【二】『襄』，原誤作『宣』，今據《魏書》改正。

【三】『雖』，原誤作『聚』，今據《魏書》改正。

封郎中肅文集佚。《還園賦》亦不傳。

《魏書》：肅，字元邕，渤海人。早有文思，博涉經史，爲《還園賦》，其辭甚美。位至尚書左中兵郎中，所制文章多亡失，存者十餘卷。

邢安東臧文集、文譜俱佚。

《魏書》：臧，字子良，河間人。幼孤【一】，早立操尚，博學有藻思。神龜中，舉秀才，問策五條，考上第，爲太學博士，後除濮陽太守，加安東將軍。爲特進《甄琛行狀》，世稱其工【二】。撰古來文章，并敘作者氏族，號曰《文譜》，未就，病卒，時賢悼惜之。其文筆凡百餘篇。

校按：

【一】『孤』，原誤作『聰』，今據《魏書》改正。審《畿輔藝文考》『孤』往往誤作『聰』，下文逕改，不再出。

【二】『工』，原作『道』，今據《魏書》改。

邢常侍昕文集佚。《述躬賦》亦不傳。

《魏書》：昕，字子明，河間人，尚書巒弟偉之子。幼孤，好學，早有才情。太昌初，除中書侍郎，加平東將軍、光禄大夫。時言冒竊官級，爲中尉所劾，免官，乃爲《述躬賦》。天平初，司徒孫勝引爲中郎，尋除通直常侍，加中軍將軍。所著文章，自有集録。

宋太守世景撰《晉書》未就而卒。

《魏書》：世景，廣平人，河南尹翻之弟也。下帷誦讀，博覽群言，尤精經義。族兄弁甚重之，舉秀才，對策上第，以薦爲國子博士，尋加伏波將軍。

竇廷尉瑗《駁母殺其父子不得告制》《難局制文》皆具本傳。

《魏書》：瑗，字元珍，遼西遼陽人。《北史》作『陽洛』。『陽洛』即『陽樂』。按：遼陽不在遼西地，當是『陽洛』之譌。自言本扶風平陵人，漢大將軍竇武之曾孫。崇爲遼西太守，子孫遂家焉。瑗年十七，便荷帙從師，遊學十載。始爲御史，轉奉朝請，兼太常博士，以軍功賜爵陽洛男，封容城縣伯。天平中，除大宗正卿，加衛將軍，領本州大中正，以本官加廷尉卿。卒，謚曰明。

畿輔藝文考　北齊

盧記室詢祖文集十卷見本傳，佚。其《築長城賦》《趙郡王妃鄭氏挽歌詞》，具傳内。

《北齊書》【一】：詢祖，范陽涿人，文偉孫，襲祖爵大夏【二】男。有術學，文章華靡【三】，爲後生之俊。舉秀才，入京。李祖勳嘗宴文士，顯祖使小黄門敕祖勳曰：『茹茹既破，何故無賀表？』使者佇立待之，諸賓皆爲表，詢祖俄頃便成。後朝廷大遷除，同日催拜。詢祖立於東止車門外，爲二十餘人作表，文不加點，辭理可觀。邢邵曾戲曰：『卿少年，才學富盛，戴角者無上齒，恐卿不壽。』對曰：『詢祖初聞此言，實懷恐懼。見丈人蒼蒼在鬢，差以自安。』邵大【四】重其敏贍。歷太子舍人、司徒記室，卒官【五】。

校按：

【一】自本條至『李公緒』條，原皆誤作『魏書』，今逕改作『北齊書』。

【二】『夏』，原誤作『教』，今據《北齊書》改正。

【三】『靡』，原作『麗』，據《北齊書》改。

【四】『大』，《北齊書》作『甚』。

【五】原無『官』字，據《北齊書》補。

李左丞神威《樂書》佚。

《北齊書》：神威，趙郡高邑人。義深族弟，幼有風裁，傳其家業。禮學粗通義訓，又好音樂，撰集《樂書》，近於百卷。魏武之末，尚書左丞。

杜膠州弼《注老子道德經》二卷其《上書表》具本傳。

《新注義苑》佚。

《北齊書》：弼，字輔玄，中山曲陽人。幼聰敏，家貧無書。年十三，寄郡學受業，講授之際，師每奇之。同郡甄琛爲定州長史，簡試諸生，見而策問，義解閑明，應答如響〔一〕，大爲琛所嘆異。延昌中，以軍功起家。顯祖受魏禪，以預定策之功，遷驃騎將軍、衛尉卿，别封長安縣伯，除膠州刺史。嘗與邢邵扈從東山，共論名理，前後往復再三，邢理屈而止。子蕤臺卿，兼有學業，臺卿文筆尤工，見稱當時。

校按：

【一】『響』，原誤作『闇』，今據《北齊書》改正。

李徵士公緒《典言》十卷

《質疑》五卷

《喪服章句》一卷

《古今略記》二十卷

《玄子》五卷

《趙語》十三卷以上俱見本傳，佚。

《北齊書》：公緒，字穆叔，趙郡柏人，渾族兄籍之子。性聰敏，博通經傳。魏末爲【一】冀州司馬，屬【二】疾去官，後以侍御徵，不至，卒。公緒沈冥樂道，不關世務，故誓心不仕，尤善陰陽、圖緯之學。

校按：

【一】原無『爲』字，今據《北齊書》補。

【二】原無『屬』字，今據《北齊書》補。

邢特進邵集三十卷《隋志》作三十一卷，明張溥編集一卷。

《北齊書》：邵，字子才，河間鄚【一】人，《北史》作『鄭人』。魏太常貞之後。少時有避，遂不行名。十歲便能屬文，雅有才思，聰明强記，日誦萬言。族兄巒有人倫鑒，謂子弟曰：『宗室中有此兒【二】，非常人也。』累遷太常卿、中書監，除國子祭酒。及文宣皇帝崩，兇禮多見訊訪，敕撰哀策，後加特進，卒。

校按：

【一】殿本《北齊書》『鄴』即作『鄭』。

【二】『兒』，原誤作『誼』，今據《北齊書》改正。

魏特進收集七十卷

《隋志》作六十八卷，《唐志》仍作七十卷，明張溥編集一卷。《枕中篇》辭具本傳。餘如傳中所稱，《封禪書》《南狩賦》《庭竹賦》《聘游賦》《皇居新殿臺賦》《懷離賦》，今具不傳。

《北齊書》：收，字伯起，鉅鹿下曲陽人。天保元年，除中書令，仍兼著作郎。二年，詔撰《魏史》。後主即位，除尚書右僕射，總議監五禮事，位特進。武平三年薨，謚文貞。有集七十卷，收碩學大才。初，河間邢子才及季景與收並以文章顯世，稱『大邢』『小魏』，言尤俊也。

《魏書》一百三十卷

《四庫全書總目提要》云：收以是書爲世所詬厲，號爲『穢史』。今以收書考之，如云：『收受爾朱榮子金，故減其惡。』其實榮之凶悖，收未嘗不書於册。至論中所云：『若修德義之風，則韓、彭、尹、霍，夫何足數？』反言見義，正史家之微詞。指以虛褒，似未達其文義。又云：『楊愔、高德正勢傾朝野，收遂爲其家作傳。其預修國史，得陽休之之助，因爲休之父固作佳傳。』案：愔之先世爲楊椿、楊津，德正之先世爲高允、高祐。椿、津之孝友亮節，允之名德，祐之好學，實爲魏代聞人。甯能以其門祚方昌，遂引嫌不録？況《北史·陽固傳》稱：『固以譏切聚斂，爲王顯所嫉，因奏固勵請米麥，免固官，從征硤石，李平奇固勇敢，軍中大事，悉與謀之。』不云固以貪虐，先爲李平所彈也。李延壽書作於唐代，豈亦媚陽休之乎？又云：『盧同位至儀同，功業顯著，不爲立傳。崔綽位止功曹，本無事蹟，乃爲首傳。』夫盧同希元乂之旨，多所誅戮，後以乂黨罷官，不得云功業顯著。綽以卑秩見重於高允，稱其道德，固當爲傳獨行者所不遺。觀盧文詆辭，徒以父位儀同，綽僅功曹，較量官秩之崇卑，爭專傳、附傳之榮辱，《魏書》初定本，盧同附見《盧元傳》。崔綽自有傳，後奉勅更審，同立專傳，綽改入附傳。是亦未足服收也。蓋收恃才輕薄，有『驚蛺蝶』之稱，其德望本不足以服衆。又魏、齊世近，著名史籍者並有子孫，孰不欲顯榮其祖父，既不能一一如志，遂譁然群起而攻。平心而論，人非南董，豈信其一字無私？但互考諸書，證其所著，亦未甚遠於是非。『穢史』之説，無乃已甚之詞乎？李延壽修《北史》，多見館中墜簡，參核異同，每以收書爲據。其爲收傳論云：『勒成魏集，婉而有章，繁而不蕪，志存實録。』其必有所見矣。今魏澹等之書俱佚，而收書終列於正史，殆亦恩怨併盡，而後是非乃明歟？

祖特進珽《修文殿御覽》三百六十卷見《唐志》。

陳振孫曰：按《唐志》，類書在前者，有《皇覽》《類苑》《華林》《編略》等六家，皆不存。則此書當爲古今類書之首。又按《隋志》作『臣壽堂御覽』，卷數同。臣壽者，實齊後主所居。

《北齊書》：珽，字孝徵，范陽狄道人。父瑩，魏護軍將軍。珽神情機警，詞藻遒逸，少馳令譽，爲世所推。起家秘書郎，對策高第，爲尚書儀曹郎中、典儀注。嘗爲冀州刺史，署珽開府倉曹參軍，神武口授珽三十六事，出而疏之，一無遺失，大爲僚類所賞。時神武道魏蘭陵公主出塞嫁蠕蠕，魏收賦《出塞》及《公主遠嫁詩》二首，珽皆和之，大爲時人傳詠。後主時，拜尚書左僕射、監國史，加特進。入文林館總監撰書，封燕郡公，出爲北徐州刺史，卒於州。

陽儀同斐《答東郡太守陸士佩書》具本傳。

《北齊書》：斐，字叔鸞，北平漁陽人。乾明中，拜儀同三司，食廣阿縣，卒於位。

盧弘農懷仁《中表實録》二十卷佚。

《北齊書》：懷仁，字子友，范陽涿人，魏司徒司馬道將之子。涉學有文辭，情性恬靖，常蕭然有閑放之致。歷太尉記室，弘農郡守，不之任，寓[一]居陳留界。所著詩、賦、銘、頌，二萬餘言，又撰《中表實録》二十卷。懷仁有行檢，善與人交，與琅琊王衍、隴西李壽之情好相得。曾語衍曰：『昔太邱道廣，許邵知而不顧；嵇生性情，鐘會過而絶言。吾處季、孟之間，去其泰甚衍。』衍以爲然。武平末卒。

校按：

【一】『寓』，《北齊書》作『卜』。

盧光禄叔武《勸討關西畫地陳兵勢疏》具本傳。傳稱《平西策》一卷，佚。

《北齊書》：叔武，范陽涿人，青州刺史文偉從子也。少機悟，豪率輕俠，好奇策，慕諸葛亮之爲人。世祖踐阼，拜儀同三司，都官尚書，出爲合州刺史。武平中，遷太子詹事、右光禄大夫。

陽少保休之文集三十卷《舊唐書·志》作二十卷，《新書》仍作三十卷。

《幽州人物志》三十卷

《辨嫌音》二卷

《韻略》一卷以上俱見《唐志》，佚。

《北齊書》：休之，字子烈，北平無極人，固子。少勤學，具文藻，弱冠擅勝，爲後來之秀。武平元年，除中書監，尋以本官兼尚書右僕射，加特進。六年，除正尚書右僕射，尋除開府儀同，歷納言中大夫、太子少保。

刁舍人柔《五等爵邑承襲議》具本傳。

《北齊書》：柔，字子温，渤海人。少好學，綜習經史，尤留心禮儀，性强記，至氏族内外，多所諳悉。天保初，除國子博士、中書舍人。

李博士鉉《春秋三傳異同》《舊唐書·志》作十一卷，《新書》作十二卷。

《孝經義疏》

《論語義疏》

《毛詩義疏》

《三禮義疏》

《周易義例》以上，傳稱合《三傳異同》爲三十餘卷，俱佚。

《字辨》亦見本傳。

《春秋先儒異同》三卷見《通志》，佚。

《北齊書》：鉉，字寶鼎，渤海南皮人。九歲入學，書《急就篇》，月餘便通。年十六，從浮陽李周仁受《毛詩》《尚書》，章【一】武劉子猛受《禮記》，常山房虬受《周官》《儀禮》，漁陽鮮于靈馥受《左氏春秋》。謁大儒徐遵明，受業，居門下五年。稱高第，舉秀才，除太學博士。文襄徵詣晉陽，天保初兼國子博士。

校按：

【一】『章』，原作『重』，今據《北齊書》改。

劉孔昭書《高才不遇傳》本傳作三篇，隋、唐《志》皆作四卷。

《北齊書》：晝，字孔昭，渤海阜城人。少孤貧重【二】學，負笈從師，伏膺無倦。與儒者李【三】寶鼎同鄉里，甚相親，愛【三】受其三禮。又就馬敬德習服氏《春秋》，俱通大義。恨下里【四】少墳籍，便杖策入都，知太府少卿。宋世良家多書，乃造焉。世良納之，恣意披覽，晝夜不息。河清初，還冀州，舉秀才【五】入京，考策不第，乃恨不學屬文。方復輯綴辭藻，言甚古拙。每云：『使我數十卷書行於後世，不易齊景之千駟也。』由是竟無仕進。

《劉子》三卷見唐、宋《志》。晁公武《讀書志》、陳振孫《書録解題》皆作五卷。

陳振孫曰：《劉子》五卷，劉晝孔昭撰，播州録事參軍袁孝政爲序，凡五十五篇。案《唐志》十卷，劉勰撰。今序云：『晝傷己不遇，天下陵遲，播遷江表，故作此書，時人莫知，謂爲劉勰，或曰劉歆。劉孝標作孝政之言云爾。』終不知晝爲何代人，其書近出，傳記無稱，莫詳其起末，不知何以知其名晝而字孔昭也。

◎按：晝名、字著於《北史·儒林傳》，何以云不知爲何代人。惟考晝未嘗播遷江表，與孝政之序不合。《唐書·藝文志》列於雜家。

校按：

【一】『重』，《北齊書》作『愛』。

【二】『李』，原作『徐』，今據《北齊書》改。

【三】『愛』，原誤作『重』，今據《北齊書》改正。

【四】『里』，原誤作『具』，今據《北齊書》改正。

【五】原無『才』字，據《北齊書》補。

張博士思伯《左氏刊例》十卷佚。

《北齊書》：思伯，河間樂城人，善説《左氏傳》，爲馬敬德之次，撰《刊例》十卷，行於世。亦治《毛詩章句》，以二經教齊安王廓。武平初國子博士。

祖太守鴻勳《與陽休之書》具本傳。

《北齊書》：鴻勳，涿郡范陽人。高祖曾徵至并州，作《晉祠【一】記》。好事者翫其文。位至高陽太守。

校按：

【一】「祠」，原誤作「詞」，今據《北齊書》改正。

李書記廣文筆十卷佚。

《北齊書》：廣，字弘基，范陽人。博涉群書，有才思，文義之美，少與趙郡李謇齊名，爲邢魏之亞。顯祖初嗣霸業，命掌書記。天保初，欲以爲中書郎，遇其疾篤而止。廣曾薦畢義雲於崔暹，廣卒後，義雲集其文筆十卷，託魏收爲之序，其族人子道亦有文章。

荀侍郎士遜《典言》佚。

《北齊書》：士遜，廣平人。好學有思理，爲文清典，即所謂醜舍人者。累遷中書侍郎，號爲稱職，與李若等撰《典言》，行於世。

宋太守世良《字略》五篇

《宋氏别録》十卷以上俱見本傳，佚。

《北齊書》：世良，字元友，廣平人。年十五便有膽氣，應募從軍北討，屢有戰功。尋爲殿中侍御史，出除清河太守。世良才識閑明，尤善治術，在郡未幾，聲聞甚高，除東郡太守，卒官。世良强學，好屬文，與弟世軌俱有孝友之譽。

畿輔藝文考 後周

盧大將軍辯《稱謂》五卷

《墳典》三十卷

《祀典》五卷以上見隋、唐《志》。

《大戴禮注》朱彝尊《經義考》云存。

《六官述》以上見本傳。

《周書》：辯，字景宣，范陽涿人，累世儒學。辯少好學，博通經籍，舉秀才，爲太學博士，以《大戴禮》未有解詁，辯乃注之。其兄景裕爲當世碩儒，謂辯曰：『昔侍中注《小戴》，今爾注《大戴》，庶纂前修矣。』孝武至長安，授給事黄門侍郎，領著作郎。太祖以辯有儒術，甚〔二〕禮之，尋除太常卿、太子少傅。魏太子及諸王公〔三〕皆行束脩之禮，受業于辯。進爵范陽公，轉少師，累遷尚書右僕射。世宗即位，進位大將軍。初太祖欲行《周官》，命蘇綽專掌其事，未幾綽卒，乃命辯成之。於是依《周禮》建六官，置公卿大夫士，并撰次朝儀車服器用，多依古禮，革漢魏之法，事並施行。今録辯所述六官，著之於篇，《天官府》《地官府》《春官府》《夏官府》《秋官府》《冬官府》，史雖具載，文多不録。

也。

王應麟曰：《大戴禮》盧辯注非鄭氏，朱文公引《明堂篇》鄭氏注云：「法龜文。」未考《北史》

校按：

【一】「甚」，原誤作「正」，今據《周書》改正。

【二】殿本《周書》無「公」字。

盧燕公光《道德經章句》見本傳，佚。

《周書》：光，字景仁，范陽公辯之弟也。性温謹，博覽群書，精於《三禮》，善陰陽，解鐘律，又好玄言，爵燕國公。武成二年，出爲虞州刺史，尋治陜州總管府長史。天和二年卒。

熊博士安生《周禮義疏》二十卷

《禮記義疏》四十卷

《孝經義疏》一卷以上具見本傳，《隋志》不著録，《唐志》止載《禮記義疏》四十卷。

《周書》：安生，字植之，長樂阜城人。少好學，勵精不倦，初從陳達受《三傳》，又從房虬受《周禮》，並通大義。後事徐遵【二】明，伏膺歷年。東魏天平中，受《禮》於李寶鼎，遂博通五經，然專以《三禮》教授弟子，自遠方至者千餘人，乃討論圖【三】緯，捃拾【三】異同，先儒所未悟者皆發明之。

校按：

【一】『遵』，原誤作『道』，今據《周書》改正。

【二】『圖』，原作『經』，今據《周書》改。

【三】『捃拾』，原作『抉摘』，今據《周書》改。

崔儀同猷《復王思政書》具本傳。

《周書》：猷，字宣猷，博陵安平人，漢尚書寔之十二世孫也。少好學，風度閒雅，性鯁正，有軍國籌略。建德四年，出爲同州司會。六年，徵拜小司徒，加上開府儀同大將軍。

畿輔藝文考　隋

盧刺史賁《請定宫懸用八表》具本傳。

《隋書》：賁，字子徵，涿郡范陽人。父光周，開府燕郡公。賁略涉書記，頗解鐘律。周武帝時襲爵，高祖受禪，拜散騎常侍，兼太子左庶子、檢校太常卿。未幾拜郢州刺史，尋轉虢州刺史，後遷懷州，轉齊州刺史，除名爲民。

李懷州德林文集十卷唐、隋《志》同，佚。傳稱文集八十卷，遭亂亡失，見五十卷行世。明張溥編篇一卷。

《霸朝集》三卷見隋、唐《志》，作《霸朝雜記》五卷。

《北齊未修書》二十四卷見《唐志》。

《隋書》：德林，字公輔，博陵安平人。幼聰敏，數歲誦左思《蜀都賦》，十餘日便度。年十五，誦《五經》及古今文集，日數千言，俄而該博。墳典、陰陽、緯候，無不通涉，善屬文，辭覈而理暢，仕至懷州刺史。

《開皇曆》一卷見《通志》。

張滄州羨《道言》五十二篇

《隋書》：張煚，河間鄚人。父羨，少好學，多所通涉。仕周，以年致仕。高祖受禪，以書徵之，俄而卒，時年八十四。贈滄州刺史，謚曰定。撰《老子》《莊子》義，名曰《道言》五十二篇。

高刺史勱《上所陳五策表》具本傳。

《隋書》：勱，字敬德，渤海蓨人。高祖時以功拜上開府洮州刺史。

盧武陽思道集三十卷《隋志》與本傳同，《唐志》作二十卷，明張溥編集一卷。《知己傳》一卷，見《隋志》，佚。

《隋書》：思道，字子行，范陽人。聰爽俊辯，通侻不羈。年十六，遇中山劉松，松爲人作碑銘，以示思道，思道讀之，多所不解。於是感激，閉户讀書，師事河間邢子才。後思道復爲文以示劉松，松又不能甚解。思道乃喟然嘆曰：『學之有益，豈徒然哉？』因就魏收借異書，數年之間，才學兼著。文宣帝崩，當朝文士各作挽歌十首，擇其善者用之，魏收、陽休之、祖孝徵等不過得三首，唯思道獨得八首，時稱『八米盧郎』。高祖作丞相，遷武陽太守，非其志也。歲餘，被徵奉詔郊勞陳使，頃之，遭母憂，未幾起爲散騎常侍，奉内史侍郎事，是歲卒。

李刺史孝貞文集二十卷見本傳，佚。

《隋書》：孝貞，字元操，趙郡柏人，入仕至金州刺史。

魏學士澹文集傳稱三十卷，《隋志》作三卷，《唐志》作四卷。

《後魏書》傳稱九十二卷，《隋志》作一百卷，《唐志》作一百七卷，佚。例言具本傳。

《諸書要略》一卷見《隋志》。

《後魏書紀》一卷本七卷，見《宋志》。

《隋書》：澹，字彦深，鉅鹿下曲陽人，世以文學自業。澹年十五而孤，專精好學，博涉經史，善屬文，詞采贍逸，與魏收、陽休之、熊安生同修《五禮》，又與諸學士撰《御覽》，書成，除殿中〔一〕郎中、中書舍人，後與李德林俱修國史。及高祖受禪，除太子舍人。庶太子勇深禮遇之，令注《庾信集》，復撰《笑〔二〕苑》《詞林集》，世稱其博物。數年遷著作郎，仍爲太子學士。高祖以魏收所撰書褒貶失實，平繪爲中興書，事不倫序，詔澹别成《魏史》。澹自道武下及恭帝，爲十二紀、七十八傳，别爲史論及例一卷，并目録，合九十二卷。澹之義例與魏收多不同。

《崇文總目》云：澹書退東魏孝靜帝，稱傳，矯正收繪之失，收天子名則書，太子名諱。澹諱皇帝名，書太子。自收諱太武獻文之弑，使同善終天年。澹顯書之，以懲逆。收書敵國皆曰死，澹書曰卒。體裁簡正，帝甚善之。然世以收書爲主，故澹書亡闕，今纔紀一卷存。

《注庾信集》

《笑苑》《詞林集》以上見本傳，佚。

校按：

【一】『中』，原誤作『郎』，今據《隋書》改正。

【二】『笑』，原誤作『哽』，今據《隋書》改正。

許文節善心《神雀頌》《梁史序傳》具本傳。

《隋書》：善心，字務本，高陽北新城人，九歲而孤，幼聰明有思理，所聞輒能誦記，多聞默識，爲當世所稱。家有舊書萬餘卷，皆徧通涉。十五能屬文，父友徐陵大奇之，呼爲神童。開皇十七年，除秘書丞。于時秘藏圖籍，尚多淆辭，善心放阮孝緒《七録》，更製《七林》，各爲總敘，冠於篇首。初，善心父撰著《梁史》，未【一】就而没。善心述成父志，修續家書，其《序傳》末述制作之意。大業末，授通義大夫，詔還本品，行給事中，爲宇文化及所害，謚文節。

《靈異記》十卷傳稱與崔祖濬同撰，《隋志》作《符瑞記》，卷同。

《方物志》二十卷

《皇隋瑞文》十四卷以上具見《隋志》。

《梁史》七十卷以上俱見本傳。

校按：

【一】原無『初，善心父撰著《梁史》』，今據《隋書》補。又『未』，原誤作『又』，今據《隋書》改正。

李從事文博《治道集》十卷見本傳，佚。

《隋書》：博陵李文博，性貞介鯁直，好學不倦，至於教義名理，特所留心。每讀書至治亂得失、忠臣烈士，未嘗不反覆吟翫。開皇中爲羽騎尉，特爲吏部侍郎薛道衡所知。後直秘書内省，典校墳籍，稍遷校書郎，出爲縣丞，數歲不調，道衡愍之，奏爲從事。

崔尚書仲方《取陳策》具本傳。

《隋書》：仲方，字不齊，博陵安平人。少好讀書，有文武才幹。煬帝時進位大將軍，拜民部尚書，轉禮部尚書，坐事免，尋爲國子祭酒，轉太常卿、信都太守。

李刺史諤《請端禮教疏》《請正文體疏》《請戒當官好自矜伐書》皆具本傳。

《隋書》：諤，字士恢，趙郡人。上以諤前後所奏頒示天下，四海靡然向風，深革其弊，仕終通州刺史。

郎左丞茂《州郡圖經》一百卷見本傳。傳稱有《登隴賦》，皆佚。

《隋書》：茂，字蔚之，恒山新市人。少敏慧，七歲誦《騷》《雅》，日千餘言。十五，師事國子博士河間権會，受《詩》《易》《三禮》及玄象刑名之學，又就國子助教長樂張率禮受《三傳》群言，至忘寢食。及長，稱爲學者，頗解屬文，位至尚書左丞。

《劾宇文愷、于仲文競河東銀窟疏》具本傳。

房涇陽彦謙《諭黄門侍郎張衡書》具本傳。

《隋書》：彦謙，字孝沖，本清河人，世爲著姓官，終涇陽令。彦謙所得俸禄，皆以䘏親友，雖至屢空，怡然自得。嘗從容獨笑，顧謂其子玄敬曰：『人皆以禄富，我獨以官貧。所遺子孫，在於清白耳。』所有文筆，雅有古人之深致。又善草隸，人有得其尺牘者，皆寶翫之。

劉博士炫《論語述議》十卷

《春秋攻昧》十卷

《五經正名》十二卷

《孝經述議》五卷按：《崇文總目》謂唐明皇《孝經注》頗采其説。

《春秋述義》四十卷

《尚書述義》二十卷

《毛詩述議》四十卷

《注詩序》一卷

《算術》一卷以上，《隋志》與傳卷數皆同，惟《攻昧》作十二卷。《唐志》《毛詩述義》作三十卷，《春秋述義》作三十七卷，《五經正名》作十五卷，《新書》仍作十二卷，與《隋志》及傳微有不同。

《春秋左傳杜預序集解》一卷見《隋志》。

《春秋觀過》三卷
《論語章句》二十卷以上見《唐志》。
《春秋述義略》一卷
《春秋義囊》二卷以上《宋志》。
《尚書百篇義》一卷
《略義》三卷
《尚書孔目》一卷
《毛詩譜》二卷
《七經小傳》五卷
《洪孝經》一卷以上《通志》。
《自贊》一篇及《駁年弘論喪服》《上桂國宜降旁觀一等議》具本傳，餘如《諫庶學校表》《撫夷論箎塗文》，俱不傳。

《隋書》：炫，字光伯，河間景城人，少以聰敏見稱，與信都劉焯閉户讀書，十年不出。炫眸子精明，視日不眩，强記默識，莫[一]與爲儔[二]。左畫方，右畫圓，口誦、目數、耳聽，五事同舉，無有遺失。除内殿將軍。時牛弘奏請購求天下遺逸之言，炫遂僞造書百餘卷，題爲《連山易》《魯史記》等，録上送官取賞。而後有人訟之，經赦免死，坐除名，以教授爲業。太子勇聞而召之至京，敕令事蜀王秀，遷延不往。蜀王怒，枷送益州，俄而釋之，典校書史。炫因擬屈原《卜居》，爲《箎塗》以自寄。及蜀王廢，與諸儒修定《五禮》，授旅騎尉。納言楊達舉炫博學有文章，射策高第，除太學博士。歲餘，以品卑去位。

校按：

【一】『莫』，原誤作『董』，今據《隋書》改正。

【二】『儁』，原誤作『倚』，今據《隋書》改正。

孫司直萬壽集十卷見本傳，佚。惟《贈京邑知友五言詩》具傳内。

《隋書》：萬壽，字仙期，信都武强人。年十四，就阜城熊安生受《五經》，略通大義，兼博涉子、史，善屬文。仁壽初，徵拜豫章王長史，王轉封於齊，即爲齊王文學，因謝病免，久之，授大理司直，卒於官。

劉博士焯《稽極》十卷

《曆書》十卷

《五經述議》傳稱並行於世，佚。

《隋書》：焯，字士元，信都昌亭【一】人。犀額龜背，坐高視遠，聰敏沈深，弱不好弄【二】。少與河間劉炫結【三】盟爲友，同受《詩》於同鄉劉軌思，受《左傳》於廣平朝懋常，問《禮》於阜城熊安生，皆不卒業而去。武强交津橋劉智海家，素多墳籍，焯、炫就之讀書。向經十載，雖衣食不繼，宴【四】如也。遂以儒學知名。爲州博士，刺史趙煚引爲從事。舉秀才，射策甲科，與著作郎王邵同修【五】國史，兼參議律曆，仍直門下省，以待顧問，俄除員外將軍。後於秘書省考定群言，與國子共論古今滯義、前賢所不通者。遂【六】爲飛章所謗，除名爲民。於是優遊鄉里，專以教授、著述爲務，孜孜不倦。賈、馬、王、鄭所傳章句，多所是非。《九章筭術》《周髀》《七曜曆書》十餘部，推步日月之經，量度山海之術，莫不覈其根本，窮其秘奧。其後典校書籍，又與諸儒修定禮、律，除雲騎尉。煬帝即位，遷太學博士。

《尚書義疏》二十卷見《唐志》。

《毛詩義疏》

《皇極曆》一卷以上見《通志》。

校按：

【一】『亭』，原作『鸞』，今據《隋書》改。

【二】『弄』，原誤作『美』，今據《隋書》改。

【三】『結』，原作『慎』，今據《隋書》改。

【四】『宴』，《隋書》作『晏』。

【五】『修』，原作『應』，今據《隋書》改。

【六】『遂』，原作『每』，今據《隋書》改。

劉舍人善經《酉州德傳》三十卷

《諸劉譜》三十卷

《四聲指歸》一卷以上俱見本傳。

《隋書》：善經，河間人，博物治聞，尤善詞筆，仕歷著作佐郎、太子舍人。

李隱逸士謙《刑罰論略》具本傳。

《隋書·隱逸傳》：士謙，字子約，趙郡平棘人。博覽群籍，兼善天文、術數。齊吏部辛術召署員外郎，趙郡王叡舉德行，皆稱疾不就。和士開亦重其名，將諷朝廷，擢爲國子祭酒，士謙知而固辭，得免。隋有天下，畢志不仕。

崔長史賾詞、賦、碑、誌十餘萬言俱佚。其《答豫章王書》具傳内。

《洽聞志》七卷

《八代四科志》三十卷

《區宇圖志》二百五十卷

《東征記》以上俱見本傳，佚。

《隋書》：賾，字祖濬，博陵安平人。七歲能屬文。開皇初，秦孝文薦之，射策高第，詔與諸儒定禮樂，授校書郎，尋轉協律郎。太常卿蘇威雅重之【一】。官終越王長史。

校按：

【一】原無『蘇威雅重之』五字，今據《隋書》補。

張太史胄玄《七曜曆疏》五卷見《隋志》。《唐志》作三卷。

《開皇曆》一卷

《元曆術》一卷以上《唐志》。

《大業曆》十卷見《通志》。

《隋書》：胄玄，渤海蓨人，博學多通，尤精術數。冀州刺史趙煚薦之，高祖徵，授云騎尉，直太史參議律曆事，時輩多出其下，擢拜員外散騎侍郎，兼太史令。

杜著作臺卿集十五卷

《齊記》二十卷

《玉燭寶典》十二卷以上俱見本傳，佚。

《隋書》：臺卿，字少山，博陵曲陽人。父弼，齊衛尉。卿少好學，博覽書記，解屬文。仕齊，爲中書黄門侍郎。周平齊，歸鄉里，以《禮記》《春秋》講授子弟。開皇初，被徵入朝，拜著作郎。十四年，上表請致仕，敕以本官還第。

陳振孫曰：《玉燭寶典》以《月令》爲主，觸類而廣之，博采諸書，旁及時俗月爲一卷，頗號詳洽，開皇中所上。

陽正字玠松《談藪》二卷見《書録解題》。

陳振孫曰：事綜南北，時更八代。隋開皇中所述。

◎按：玠松，北平人，秘書省正字，北齊人入隋者。

釋靈裕《孝經義記》佚。

《續高僧傳》：靈裕，鉅鹿曲陽人，相州演真古僧，隋大業中卒。

畿輔藝文考　唐

張鄭公公謹《條突厥可取狀》具本傳。

《新唐書》：公謹，字弘慎，魏州繁水人。爲王世充洧【一】州長史，與刺史崔樞挈城歸天子，授檢校、鄒州別駕。以功授左武【二】將軍，封定遠郡公。貞觀初，爲代州都督，後副李靖經略突厥，進封鄒國公，改襄州都督，以惠政聞。卒官，謚曰襄，追封郯國公。

校按：

【一】『洧』，原誤作『隋』，今據《新唐書》改正。

【二】『候』，原誤作『舊』，今據《新唐書》改正。

高申公儉《請誅元昌奏文思博要序》具本傳。

《舊唐書》：儉，字士廉，渤海蓨人，少有氣局，頗涉文史。隋爲治禮郎、行軍司馬。武德五年，上表歸國，累遷吏部尚書，封許國公，加特進上柱國，授申國公。貞觀二十一年薨，謚文獻。

《文思博要》一千二百卷

《舊唐書》貞觀十六年，儉受詔與魏徵等撰。
《氏族志》

《新唐書》：儉，字士廉，以字顯，齊清河王兵之孫。敏惠有度量，狀貌若畫，觀書一見輒誦，敏於占對。初，太宗嘗以山東士人尚閥閲，後雖衰，子孫猶負世望，嫁娶必多取資，故人謂之賣【一】昏。由是詔士廉與虎【二】挺、岑文本、令狐德棻責天下譜諜，參考史傳，檢正真僞，進忠賢，退悖惡，先宗室，後外戚，退新門，進舊望，右膏粱，左寒畯，合二百九十三姓，千六百五十一家，爲九等，號曰《氏族志》，而崔幹仍居第一。帝曰：『我於崔、盧、李、鄭無嫌，顧其世衰，不復冠冕，猶恃舊地以取貲，不肖子偃【三】然自高，販鬻松檟，不解人間何爲貴之？齊據河北，梁、陳在江南，雖有人物，偏方下國，無可貴者。故以崔、盧、王爲重。今謀士勞臣，以忠孝學藝從我定天下者，何容納貨舊門，向聲背實，買昏爲榮耶？太上有立德，其次有立功，其次有立言，其次有爵爲上卿大夫，世世不絶，此謂之門户。今皆反是，豈不惑耶？朕以今日冠冕爲等級高下。』遂以崔幹爲第三姓，班其書天下。高宗時，許敬宗以不敘武后世，又李義府耻其家無名，更以孔志約、楊仁卿史玄道、吕才等十二人刊定之，裁廣類例，合二百三十五姓，二千二百八十七家。帝自敘所以然，以四後姓、酇公、介公及三公、太子三師、開府儀同三司、尚書僕射爲第一姓，文武二品及知政事三品爲第二姓，各以品位高下敘之，凡九等，取身及昆弟子孫，餘屬不入，改爲《姓氏録》。當時軍功入五品者皆昇譜限，搢紳耻焉，目爲『勳格』。義府奏悉索《氏族志》燒之。又詔後魏隴西李寶、太原王瓊、滎陽鄭温、范陽盧子遷、盧澤、盧輔，清河崔宗伯、崔元孫，前燕博陵崔懿，晉趙郡李楷，凡七姓十家，不得自爲昏。三品以上，納幣不得過三百匹，四品、五品二百，六品、七品百，悉爲歸裝，夫氏禁受陪門財。先是，後魏太和中，定四海望族，以寶等爲冠。其後，矜尚門地，故《氏族志》一切降之，王妃、主壻皆取當世勳貴名臣家，未嘗尚山東舊族。後房玄齡【四】、魏徵、李勣復與昏，故望不減。然每姓第其房望，雖以姓中，高下懸隔。李義府爲子求昏不得，故奏禁焉。其後天下衰宗落譜，昭穆所不齒者，皆稱『禁昏家』，益自貴。凡男女皆潛相聘娶，天子所不能禁，世以爲敝云。

校按：

【一】『賣』，原誤作『異』，今據《新唐書》改正。

【二】『韋』，原誤作『虎』，今據《新唐書》改正。

【三】『偃』，原誤作『侮』，今據《新唐書》改正。

【四】『齡』，原誤作『敬』，今據《新唐書》改正。

魏鄭公徵集二十卷 佚。今《全唐詩》編詩一卷，《全唐文》編文三卷。**《類禮》二十卷**《舊唐書》作《次禮記》，佚。

朱子曰：以《小戴禮》綜匯不倫，更作《類禮》二十篇，數年而成。太宗美其書，録寘内府，今此書不復見，惜哉！

《自古諸侯王善惡録》二卷

《列女傳略》七卷

《諫書理要》五十卷

《時務策》五卷《宋志》作一卷。

《隋靖列傳》一卷

《祥瑞録》十卷

《玄成勵忠節》十卷

《類儀》一卷

《周易義》六卷

《周易口訣》六卷

《明堂議》一篇

《隋書》八十五卷

晁公武曰：紀五，列傳五十五，長孫無忌等撰。志三十，初詔顔師古、孔穎達修述，徵總其事。序、論皆徵自作。

《新唐書》：徵，字元成，魏州曲城人。少孤，落魄有大志，通貫書術。隋亂，詭爲道士，入閔，隱太子引爲洗馬。秦王即位，拜諫議大夫，封鉅鹿縣男。貞觀七年，爲侍中尚書，進鄭國公。多病辭職，乃拜太子太師。十七年，薨，謚文貞。按：魏徵，《舊書》作鉅鹿曲城人，《全唐詩小傳》作魏州曲城人。

《鄭公諫録》五卷

《四庫全書總目提要》云：唐王方慶撰。方慶，名綝，以字行。《唐書·藝文志》以爲《魏徵諫事》，司馬光《通鑒書目》以爲《魏徵玄成故事》。標題互異，惟從洪邁《容齋【二】隨筆》作《魏鄭公諫録》，與此相合。方慶在武后時，嘗以言忤主，召還廬陵，後建言，不斥太子名，以示復位之漸，皆人所難能。蓋以思以伉直自見者，故於徵諫爭之語摭録最詳。司馬光《通鑑》所記徵事多以是書爲依據，其未經採録者亦皆確實可信，足與正史相參證。

《鄭公諫續録》二卷

《四庫全書總目提要》云：不著撰人名氏。案元伊足鼎《魏鄭公諫録序》云：唐王綝《諫録》五卷。至順初，下邳翟思忠爲常州知事，摭其録爲《續録》二卷，其書刻於元統中，明初已罕流傳。此本載《永樂大典》中，綴王綝所作《諫録》之後，篇數與伊足鼎所説合，蓋翟思忠所續本也。王氏所輯《諫録》，僅據其所見聞，未能賅備。《唐書》魏徵本傳所云前後凡二百餘奏，無不剴切當帝心者，已不盡傳。其他片語單詞隨時獻納者，更爲史所不盡紀。此本雖捃拾衆説，與史傳間有異同。且有實非諫諍之事濫入録中者，然大旨明白切要，與治道頗爲有補，要非他小説雜記比也。

校按：

【一】『齋』，原誤作『高』，今改正。

李貞公綱《諫高祖以舞【二】人安叱奴爲散騎常侍疏》《諫太子建成書》《奏齊【三】王元吉表》皆具本傳。《全唐文》有《論時事表》一首。

《新唐書》：綱，字文紀，觀州蓨人，少慷慨，尚風節。始【三】名瑗，慕張綱爲人，改焉。事隋，爲太子洗馬，擢尚書右丞。高祖受禪，拜禮部尚書，兼太子詹事、太子少保。請老，詔拜尚書。貞觀四年，復爲少師。明年卒，年八十五，謚曰貞。

校按：

【一】『舞』字處空格無字，今據《新唐書》補。

【二】『齊』，原誤作『策』，今據《新唐書》改正。

【三】『始』，原作『起』，今據《新唐書》改。

崔侍郎仁師《駁反逆兄弟從死議》具本傳。傳稱《體命賦》《清暑賦》，俱不傳。

《舊唐書》：仁師，定州安喜人。武德初，應制舉授管州録事參軍。貞觀二十二年，遷中書侍郎、參知機務。會有伏閤上訴者，仁師不奏。太宗以罔上，配龔州，會赦還。永徽初，起授簡州刺史，尋卒。

高憲公季輔《上太宗封事》五條具本傳。

《舊唐書》：季輔，德州蓨人。貞觀初，擢拜監察御史，累轉中書舍人。上封事五條，太宗稱善。十七年，授太子右庶子，又上疏切諫時政得失，特賜鍾乳一劑，曰：『進藥石之言，故以藥石相報。』二十二年，遷中書令，兼檢校吏部尚書，監修國史，賜爵蓨縣公。卒，謚曰憲。

《新唐書》：高馮字季輔，以字行。

李康公百藥集三十卷佚。今《全唐詩》編詩一卷，《全唐文》編文二卷。本傳所稱《省躬賦》，已不傳。

《舊唐書》：百藥，字重規，定州安平人。隋內史令安平公德林子也。兒時多病，祖母趙故以百藥爲名，七歲解屬文。貞觀十年，以撰《齊史》成，加散騎常侍，行太子左庶子，俄除宗正卿。十一年，以撰《五禮》及律令成，進爵爲子。後數年，以老請致仕，許之。太宗嘗制《帝系篇》，命百藥並作。上歎其工，手詔曰：『卿何身之老而才之壯，何【一】齒之宿而意之新乎？』二十二年卒，年八十四，謚曰康。百藥以名臣子，才行相繼，四海名流莫不宗仰，藻思沉鬱，尤長於五言詩。雖樵童牧豎，並皆吟諷。子安期【二】。

《北齊書》五十卷

《四庫全書總目提要》云：《北齊書》五十卷，百藥蓋承其父德林之業纂輯成書，猶姚思廉之繼姚察也。大致仿《後漢書》之體，卷後各繫論、贊。然其書自北宋以後漸就散佚，故晁公武《讀書志》已稱殘缺不完。今所行本，蓋後人取《北史》以補亡，非舊帙矣【三】。

校按：

【一】原無此『何』字，今據《舊唐書》補。

【二】『期』，原誤作『郡』，今據《舊唐書》改正。下文同，逕改，不再出。

【三】『矣』，原誤作『金』，今據《四庫全書總目提要》改正。

李長史安期《對高宗用才當忘親仇論》具本傳，《新書》較《舊書》少九句。

《舊唐書》：安期幼聰辯，七歲解屬文。貞觀初，累除主客員外郎。龍朔中爲司列少常伯，參知軍國，出爲荊州大都督府長史。咸亨初，卒。

張定公行成《諫太宗疏》《請太子監國疏》具本傳。

《舊唐書》：行成，定州義豐人也。少師河間劉炫，勤學不倦。炫謂門人曰：『張子體局方正，廊廟才也。』大業末察孝廉，爲謁者臺，散從員外郎。王世充僭號，以爲度支尚書。世充平，以隋資補宋州穀熟尉，又應制舉乙科，補殿中侍御史。貞觀二十三年，遷侍中，兼刑部尚書。高宗即位，封北平縣公。二年，拜尚書左僕射，尋加太子少傅。四年，卒，謚曰定。

祖太常孝孫《大唐雅樂》

《舊唐書》：孝孫【一】，幽州范陽人。博學曉曆算，早以達識見稱。初，開皇中鍾律多缺。及平，江左得陳樂官蔡子元、于普明等，因置清商署。時牛【二】弘爲太常卿，引孝孫爲協律郎，與子元、普明參定雅樂。又得陳陽山太守毛爽，妙知京房律法，布琯【三】飛灰，順月皆驗。爽時年老，弘恐失其法，於是奏孝孫從其受律。孝孫得爽之法，然牛弘既初定樂，難復【四】改張。至大業時，又採晉、宋舊樂，唯奏《皇夏》等十有四曲，旋宫之法，亦不施用。高祖受禪，擢孝孫爲著作郎，太常少卿。時軍國多務，未遑改創樂府，尚用隋氏舊文。武德七年，始命孝孫及秘書監竇璡修訂雅樂。孝孫以陳、梁舊樂雜用吴、楚之音，周、齊舊樂多涉故戎之伎，於是斟酌南北，考以古音，作《大唐雅樂》。以十二月各順其律，旋相爲宫，制十二樂，合三十二曲，八十四調，事具《樂志》。旋宫之義，亡絶已久，世莫能知，一朝復古，自孝孫始也。

校按：

【一】此『孫』字，原誤作『經』，今改正。

【二】『牛』，原誤作『中』，今據《舊唐書》改正。下同。

【三】原無『琯』字，今據《舊唐書》補。

【四】『復』，原誤作『没』，今據《舊唐書》改正。

孔祭酒穎達《五經正義》一百八十卷

《舊唐書》：穎達，字仲達，冀州衡水人。八歲就學，日誦千餘言。及長，尤明《左氏傳》《鄭氏尚書》《王氏易》《毛詩》《禮記》，兼善算曆，解屬文。同郡劉焯名重海内，穎達造其門，焯初不之禮，穎達請質疑滯，多出其意表，焯改容敬之。隋大業初，舉明經高第，授河内郡博士。時煬帝徵諸郡儒官，集於東都，令國子秘書學士與之論難，穎達爲最。時穎達少年，而先輩宿儒耻爲之屈，潛遣刺客圖之。禮部尚書楊玄感【一】舍之於家，由是獲免。太宗平洛，授文學館學士。貞觀十二年，拜國子祭酒。庶人承乾令傳《孝經義疏》，穎達因文見意，更廣歸諷之，道學者稱之。先是與顔師古、司馬才章、王恭、王琰諸儒受詔，撰定《五經》義訓，凡一百八十卷，名曰《五經正義》。

《周易正義》十四卷

《新唐書·志》與《宋志》同。《舊書·志》作十六卷，陳振孫《書録解題》作十三卷，謂：「《館閣書目》亦云今本止十三卷。《宋志》有補闕七卷。」

晁公武曰：序稱江南義疏十有餘家，辭尚虚誕，皆所不取。唯王弼之學獨冠古今，以弼爲本，採諸説附益之。

《尚書正義》二十卷

晁公武曰：穎達因梁費甝疏廣之。《唐·儒學傳》稱穎達與顔師古、司馬才章、王恭、王琰[二]撰《五經》義訓百餘篇，號義贊，詔改爲正義。包括衆異家，爲詳備，然其中不能無謬冗，馬[三]嘉運駁正其失。永徽中，于志寧、張行成、高季輔就加增損，始布天下。

陳振孫曰：《尚書正義》，穎達與博士王德韶等共爲之。其序云：『歐陽、夏侯二家之所説，蔡邕碑石刻之古文，安國所注，寢而不用。及魏晉稍興，故馬、鄭諸儒，莫覩其學。江左學者咸悉祖焉。隋初，始流河朔。爲正義者，蔡大寶、巢猗、費甝、顧彪，文義皆淺略，惟劉焯、劉炫最爲詳雅。然焯穿鑿煩雜，炫就而删焉。雖稍省要，義更太略，辭又過華，未爲得也。』

《毛詩正義》四十卷

陳振孫曰：穎達與王德韶等撰，專疏毛、鄭之學，且備鄭譜於卷首。蓋亦增損劉焯、劉炫之書而爲之也。晁氏《讀書志》云：自晉東遷，學有南北之異。南學簡約，得其英華；北學深博，窮[四]其枝葉。至穎達義疏，始混南北而爲一。雖未必盡得聖人之意，而其形名度數亦已詳矣。自兹以後，郊、社、宗廟、冠、婚、喪、祭，其儀法莫不本此。元豐以來，廢而不行，甚亡謂也。

《禮記正義》七十卷

晁公武曰：穎達貞觀中奉詔撰。其序稱：『大、小二戴，共氏而分門；王、鄭兩家，同經而異注。爰從晉、宋，逮於周、隋，傳禮業者江左尤盛，其爲義疏者正多。唯皇甫侃、熊安生見於世，然皇氏爲勝，今據以爲本，其不備，以熊氏補焉。』

《春秋正義》三十六卷《唐書·志》作三十七卷。

晁公武曰：自杜預專治左氏學，其後沈文阿、蘇寬、劉炫皆有義疏，而炫性矜伐，雅好非毁，規杜氏之失一百五十餘事，義特淺近。然比諸家尤有可觀，今書據以爲本，而以沈氏補其闕焉。

《孝經義疏》《唐志》云卷亡。

《儀禮正義》五十卷

朱彝尊《經義考》云：按孔氏不聞有《儀禮正義》，唐、宋《志》俱無。《授經圖》獨著之，恐記憶之誤也。其載《周禮正義》亦然。

《周易玄談》六卷

《公羊疏》三十卷以上見《宋志》。《紹興書目》亦有之，今佚。

集五卷佚。《全唐文》存文七首，本傳所稱《釋奠頌【五】》不傳。

校按：

【一】『感』，原誤作『載』，今據《舊唐書》改正。

【二】原脱『唐儒學傳』至『王琰』文字，據《郡齋讀書志》《經義考》補。

【三】『馬』，原誤作『尊』，今據《郡齋讀書志》《經義考》等改正。

【四】『窮』字處原空格無字，今據《直齋書録解題》補。

【五】原『奠頌』處空格無字，今據《舊唐書》本傳補。

賈博士公彦《周禮疏》五十卷

晁公武曰：今併爲十二卷，世稱其發揮鄭學，最爲詳明。

陳振孫曰：其《序周禮廢興》言鄭衆以爲《書·周官》即此《周官》，失之。《書》止一篇，

《周禮》乃六篇，文異數萬，非《書》類，是則然矣。但《周禮》六官實本於《周官》，《周官》舉其凡，《周禮》詳其目，則鄭衆之説未得爲失。而其可疑者則邦工、邦事之不同也。《廣川藏書志》云：公彦此《疏》據陳邵《異同評》及沈重《義疏【一】》爲之，二書並見《唐·藝文志》，今不復存。

朱子曰：《五經》中，《周禮疏》最好，《詩》與《禮記》次之。

《儀禮疏》四十卷《讀書志》作五十卷，《書録解題》作《古禮疏》。

晁公武曰：齊黄慶、隋李孟悊各有《疏義》，公彦删二疏，爲此書。

《禮記疏》八十卷

《論語疏》十五卷佚。

《舊唐書》：公彦，洺州永年人。永徽中，官至太學博士。

校按：

【一】原無『疏』字，今據補。

李學士玄植《三禮音義》佚。

《舊唐書·賈公彦傳》：時有趙州、李玄植受《三禮》於公彦，撰《三禮音義》行於世。玄植兼習《春秋左氏傳》於王德韶，受《毛詩》於齊威，博涉《漢》《史》及《老》《莊》諸子之説。貞觀中，累遷太子文學、弘文館直學士。高宗時，屢被召見，帝深禮之。後坐事，左遷汜水令，卒官。

封郎中行高詩一首

《全唐詩小傳》：行高，觀州蓨人，以文學知名。貞觀中，官至禮部郎中。兩《唐書》行高附《封倫傳》，倫兄子。

張長史大素《後魏書》一百卷佚。

《舊唐書》：大素，公謹子。龍朔中，歷位東臺舍人，兼修國史，卒於懷州長史。撰《後魏書》一百卷、《隋書》三十卷。《崇文總目》載《天文志》二卷，謂：『書凡百篇，今悉散亡，唯此二篇存焉。』

《北齊書》二十卷

《隋書》三十二卷《通志》與本傳異。

《隋後略》十卷

《燉煌張氏家傳》二十卷

《説林》二十卷

《册府》五百八十二卷

集十五卷以上俱見《通志》，佚。

張司馬大安詩一首見《全唐詩》。

《范蔚宗後漢書注》

《舊唐書》：大安，公謹子。上元中，歷太子庶子，同中書門下三品。時章懷太子在春宮，令大安與太子洗馬劉訥言等注范曄《後漢書》。宫廢，左授普州刺史。光宅中，卒於横州司馬。

《新唐書》：大安子悱，仕玄宗，時爲集賢院判官，詔以其家所著《魏書》《説林》入院，綴修所闕。累擢知圖書括，訪異書，使進國子司業，以累免官。

魏侍郎玄同《請吏部各擇寮萬疏》具本傳，《舊書》較《新書》爲詳。

《舊唐書》：玄同，定州鼓城人。舉進士，累轉司馬大夫，遷禮部侍郎。則天臨朝，遷大中大夫，鸞臺侍郎，封鉅鹿男。永昌初，爲周興所構，賜死於家。

崔郡王玄暐《行己要範》十卷

《友義傳》十卷

《義士傳》十五卷

《訓注文館詞林第》二十卷以上俱見本傳，佚。

《舊唐書》：玄暐，博陵安平人。龍朔中舉明經，累遷鳳閣侍郎，加錢青光禄大夫，以預誅張易之功，擢拜中書令，封博陵郡公，尋進爵爲王。其後被累，貶授白州司馬，在道病卒。玄暐少時頗屬詩、賦，晚年以爲非己所長，乃不復構思，唯篤志經籍，述作爲事。

王左丞晙《請移突厥降人於南中安置疏》見本傳。全唐《詩》《文》存詩一首，文五首。

《舊唐書》：晙，滄州景城人，弱冠明經擢第。以破突厥【二】功，累遷户部尚書，朔方軍節度使。卒，贈尚書左丞相，謚忠烈。

校按：

【一】『突厥』，原作『故』，今據新、舊《唐書》本傳改。

蘇長史味道集十五卷見唐、宋《志》作一卷，《全唐詩》編詩一卷。

《舊唐書》：味道，趙州欒城人。少與鄉人李嶠俱以文辭知名，時人謂之『蘇李』。弱冠，本州舉進士。孝敬皇帝妃父裴居道再登金吾將軍，訪當時才子爲謝表，託於味道，援筆而成，辭理精密，盛傳於世。歷遷鳳閣舍人，檢校鳳閣侍郎，同鳳閣鸞臺平章事，尋加正授長安中，左授坊州刺史。未幾，除益州大都督府長史。神龍初，卒，贈益州刺史。

李别駕嶠集五十卷《舊書·志》作三十卷。今《全唐詩》編詩五卷。雜詠詩十二卷。《宋志》：詩十卷，新詠一卷。

《新唐書》：嶠，字巨山，趙州贊皇人。早孤，事母孝。爲兒時，夢人遺雙筆，自是有文辭。十五通《五經》，二十擢進士第，授監察御史，稍遷給事中。會來俊臣構狄仁傑、李嗣真、裴宣禮等獄，將抵死。敕嶠與大理少卿張德裕、侍御劉憲覆驗，德裕等内知其冤，不敢異。嶠曰：『知其枉不申，是爲見義不爲者。』卒與二人列其枉，忤武后旨，出爲潤州司馬。久，乃召爲鳳閣舍人，文册、大號令，多主爲之。俄知天官侍郎事，進麟臺少監，同鳳閣鸞臺平章事，遷尚書，加修文官大學士，封趙國公，以特進同中書門下三品。睿宗立，罷政事，下除懷州刺史。至玄宗嗣位，獲其表宫中，貶滁州別駕，改爲廬州，卒。嶠富才思，有所屬綴，人多傳諷。武后時，汜水獲瑞石，嶠爲御史上皇符一篇，爲世譏薄。晚諸人没，而爲文章宿老一時學者取法焉。

《評詩格》一卷見《書録解題》。

陳振孫曰：唐李嶠撰。嶠在昌敬之前，而引昌敬詩格八病，亦未然。

盧長史藏用集二十卷《新唐書·志》作三十卷，今《全唐詩》存詩八首，《全唐文》編文一卷。

《新唐書》：藏用，字子潛，幽州范陽人。舉進士，不得調，與兄徵明偕隱終南、少室二山。學練氣，爲辟〔二〕穀，登衡、廬，彷洋岷、峨，與陳子昂、趙貞固友善。長安中，召授左拾遺，吏部黄門侍郎，修文館學士。坐親，累降工部侍郎，進尚書右丞，流驩州，改昭州司户參軍，遷黔州長史，判都督事，卒於始興。

《春秋後語》十卷

《注老子》二卷

《注莊子》十二卷

《子書要略》一卷以上俱見《唐志》。《宋志》《子書要略》作三卷。

《范陽家志》五卷見《通志》。

校按：

【一】『辟』，原誤作『醉』，今據《新唐書》改正。

張修撰昌齡【一】文集二十卷 佚。《全唐文》止載其《對刑獄》《對高潔之士》二策。

《舊唐書》：昌齡，冀州南宫人，充進士貢舉及第【二】。貞觀中，轉【三】長安尉，出爲襄州司户，後爲北門修撰。

校按：

【一】『齡』，原誤作『敬』，今據《舊唐書》改正，下同。

【二】『充進士貢舉及第』，原作『第進士』，今據《舊唐書》改。

【三】『轉』，原作『補』，今據《舊唐書》改。

張學士昌宗《古今紀年新傳》三十卷

《舊唐書·張昌齡傳》：兄昌宗亦有學業，官至太子舍人，修文館學士。

崔少監行功集六十卷 佚。《全唐文》止載《贈太師魯國公文宣公碑文》一首。

《舊唐書》：行功，恒州井陘人。少好學，中書侍郎唐儉重其才，以女妻之。儉前後征討，所有文表，皆行功之文。累遷蘭臺侍郎。咸亨中，改秘書少監。上元元年，卒。行功前後預撰《晉書》及《文思博要》等。

李侍郎至遠《左氏春秋編》《紀周書》俱見本傳，佚。《全唐文》存文一首。

《新唐書》：李素立，趙州高邑人。孫至遠，始名鵬。而素立方奉使，謂家人曰：『古有侍事名子。吾此役，可命子孫矣。』遂以名之。少秀悟，能治《尚書》《左氏春秋》，未見杜預《釋例》而作《編紀》，大趣略同。復撰《周書》，起后稷，至赧，爲傳記。令狐德棻許[一]其良史。上元時制策高第，歷司勳吏部員外郎，中遷天官侍郎。因事，出爲壁州刺史，卒。

校按：

【一】『許』，原誤作『訴』，今據《舊唐書》改正。

郭平章正一《問禦戎之策對》具本傳。

《舊唐書》：正一，定州鼓城人。貞觀中舉進士，累轉中書舍人、弘文館學士。永隆二年，遷秘書少監，檢校中書侍郎，與魏玄同、郭待舉同中書門下平章事。宰相以平章事爲名目，正一等始也。則天臨朝，轉國子祭酒，罷知政事，尋出爲晉州刺史，入爲麟臺監，又檢校陜州刺史。永昌元年，爲酷吏所陷，流配嶺南而死。

郎[一]著作餘令《孝子後傳》三十卷佚。《全唐詩》存詩一首。

《舊唐書》：餘令，定州新樂人。少以博學知名，舉進士。初授霍王元軌府參軍，數上詞賦，元軌深禮之。孝敬在東宮，餘令續梁元帝《孝德傳》，撰《孝子後傳》三十卷。以獻，甚見嗟重。累轉著作佐郎，撰《隋書》未成。會病卒，時人惜之。

校按：

[一]「郎」，原誤作「顧」，今據《舊唐書》改正。下「郎」字同。

郎都督餘慶集十卷見《唐志》，佚。

《舊唐書》：餘令兄餘慶，高宗時萬年令。理有威名，京師路不拾遺，後卒於交州刺史[一]。

校按：

[一]「刺史」，《舊唐書》本傳作「都督」。

彭禮部景直《請信陵每日祭奠疏》具本傳。

《新[一]唐書》：景直，瀛洲河間人。中宗神龍末爲太常博士，後[二]歷禮部郎中，卒。

校按：

【一】『新』，原作『舊』，今改。

【二】原無『後』字，據《新唐書》補。

盧昇之照鄰集二十卷《宋志》作十卷。《幽憂子》三卷，《四庫》所收七卷。

《四庫全書總目提要》云：《唐書·文苑傳》稱照鄰初爲鄧王府典籤，調新都尉，以病去官。後手足攣廢，竟自沈潁水而死。考集中《相里夫人檀龕序》稱乾封紀歲，當爲乾封元年丙寅。《對蜀父老問》稱『龍集荒落』當爲總章二年己巳，皆在益州時所作。《病梨梅賦序》稱『癸酉之歲』卧病長安，則其罷官當在咸亨四年以前，計其羈棲一尉僅五六年。又《窮思賦序》稱曾以横事被拘，將致之深議。則中間又遭非罪。其病廢以後，與洛陽名流朝士乞藥借書，至每人求乞錢二千，其貧亦可想見。蓋文士之極坎坷者。故平生所作大抵歡寡愁殷，有騷人之遺響，亦遭逢使之然也。其集，晁氏、陳氏書目俱作十卷。此本僅七卷，則其散佚者已多。又《窮思賦序》稱嘗思報德，故冠之於篇首。則照鄰自編之集，當以是賦爲第一。而此本列《秋霖》《馴鳶》二賦後。其《與在朝諸賢書》亦非完本，知由後人拾掇而成，非其舊帙矣。

李中丞嗣真《請來臣俊構陷無罪書》具本傳。餘如《上武后疏》《書品序》《書後品贊》載於《全唐》者凡六首，具本傳者《舊書》爲詳。

《孝經指要》一卷見《唐志》，佚。

《明堂新禮》十卷

《詩品》《書品》《畫品》各一卷以上俱見《舊書》本傳，佚。

《續畫記》一卷見《讀書志》，佚。

晁公武曰：蓋補南齊謝赫之缺者也。

《四庫全書總目提要》云：《續畫品録》一卷，舊本題李嗣真撰。案《舊唐書》：李嗣真，滑州匡城人。永昌中，拜御史大夫，中丞知事。此本前題職銜爲御史大夫，而張彦遠《歷代名畫記》亦稱爲李大夫，與《舊唐書》合。彦遠又稱嗣真爲尹琳弟子，善畫佛道鬼神。琳高宗時人，時代亦符，當即其人也。是書名載《唐·藝文志》。朱景元《唐朝名畫録序》稱嗣真真録人名而不記其善惡，無品格高下，與此本體例合。然《名畫記》引李嗣真云『曹不興以一蠅輒擅重價，列於上品，恐未爲當。況拂蠅之事，一説是楊修』。論赫黜衛進曹，是涉貴耳之論』云云，凡數條。又李綽《尚書故實》亦引嗣真云：『顧畫屈居第一，然虎頭又伏衛協畫《北風圖》。』是嗣真之書又本有論斷，同出唐人，而所言互異。晁公武《郡齋讀書志》載嗣真《名畫記》一卷，又《畫人名》一卷。豈彦遠所引爲《名畫記》之文，而此爲《畫人名》耶？然嗣真唐人，而稱梁元帝爲『湘東殿下』，仍同姚最之文。其序又云：『今之所載，並謝赫之所遺。』轉不及最一字。恐嗣真原本已佚，明人剽姚最之書，稍爲附益，僞託於嗣真耳。《法書要録》載嗣真《後書品》一卷，所載八十一人分爲十等，各有敘録，又有評有贊，條理秩然。計其《書品》體例，亦必一律，不應草草如此，是尤作僞之明證矣。

《古今書人名》一卷見《讀書志》，佚。

《新唐書》：嗣真，字承胄，趙州柏人[二]人。多藝數，舉明經，中之。累調許州司功參軍，直弘文館。永昌初，以右御史中丞知大夫事，巡撫河東。來俊臣獄方熾，嗣真上書諫，不納。出爲潞州刺史，俊臣誣以反，流滕州，久得還。自筮死日，預具棺斂，如言，卒桂陽。

◎按：《舊唐書》：嗣真，滑州匡城人。

校按：

【一】『柏人』，亦作『柏仁』。

李尚書懷遠集八卷佚。《全唐詩》存詩一首。

《舊唐書》：懷遠，邢州柏仁人。早孤貧，好學，善屬文。有宗人欲以高陰相侮者，懷遠竟拒之，退而歎曰：『因人之勢，高士不爲。侮陰求官，豈吾本志？』未幾應四科舉，擢第，累除司禮少卿。神龍初，兵部尚書，同中書門下三品，進封趙國公，卒，謚曰成子景伯。

李常侍景伯《迴波辭》，具《舊書》本傳。**《上太子啟》具《新唐書》本傳**。

《舊唐書》：景伯景龍中爲給事中，又遷諫議大夫。中宗嘗宴侍臣，及朝集，使酒酣，令各〔二〕爲《迴波辭》，衆皆爲諂佞之辭，及自要榮位。次至景伯，曰：『迴波爾時酒巵，徵臣職在箴規。侍宴既過三爵，諠譁竊恐非儀。』中宗不悦，中書令蕭至忠稱之曰：『此真諫官也。』景雲中，累遷右散騎常侍，尋以老病致仕。

校按：

【一】原無『各』字，今據《舊唐書》補。

袁南陽恕己詩一首見《全唐詩》。

《舊唐書》：恕己，滄州東光人。長安中，歷遷司刑少卿，兼知相王府司馬事。敬暉等將誅張易之兄弟，恕己預其謀議，又從相王統率南衙兵仗，以備非常。事定，加銀青光禄大夫，行中書侍郎，同中書門下三品，封南陽郡公，進封王。後與敬暉等貶黜，流琦州，爲周利貞所逼，飲野葛汁，不死，乃擊殺之。

宋文貞璟集十卷見《唐志》，佚。今《全唐詩》存詩六首，《全唐文》存文八十卷。

《旁通開元格》一卷見唐、宋《志》，佚。

《無逸圖》一卷

崔植曰：開元初，宋璟爲相，手寫《無逸》一篇，爲圖以獻，玄宗置之内殿，出入觀省。

《舊唐書》：璟，邢州南和人。其先自廣平徙焉。少耿介，有大節。博學，工【二】於文翰。弱冠舉進士，累轉鳳閣舍人。當官鯁正【三】，則天甚重之。尋遷左御史臺中丞，神龍元年遷吏侍郎。睿宗踐阼，遷尚書，同中書門下三品。開元初，累封廣平郡公。二十年，以年老致仕。卒謚文貞。

校按：

【一】『工』，原誤作『士』，今據《舊唐書》改正。

【二】『鯁正』，原誤作『正色』，今據《舊唐書》改正。

劉左丞幽求詩一首見《全唐詩》。

《舊唐書》：幽求，冀州武强人。聖曆中應制舉，授朝邑尉，以功擢拜中書舍人，令參知機務，賜爵中山縣男。睿宗即位，行尚書右丞，進封徐國公。開元初，授尚書右丞相，貶睦州刺史，遷杭州，轉桂陽郡，在道憤恚，【一】卒。

校按：

【一】『恚』，原誤作『恙』，今據《舊唐書》改正。

郭【二】代公元振文集二十卷佚。今《全唐詩》編詩一卷，《全唐文》存文五首，具本傳者三首。

《舊唐書》：元振，魏州貴鄉人。舉進士，授通泉尉。景雲二年，同中書門下三品，進封代國公，又令兼御史大夫，持節爲朔方軍大總管，以備突厥，未行。玄宗於驪山講武，坐軍容不整，流新州，起爲饒州司馬。元振自恃功勳，怏怏不得志，道病卒。

《定遠安遥策》三卷《讀書志》作《安遥策》三卷。

晁公武曰：以總兵進兵，聚衆退守，不可無權謀。乃著此書，故舊題曰《定遠安遥策》。

《九諫書》一卷

《安邦策》一卷以上俱見《唐志》，佚。

◎按：《新唐書》：元振，名振，以字顯。

校按：

【一】『郭』，原誤作『顧』，今據《舊唐書》改正。

張燕公説集二十五卷

《四庫全書總目提要》云：説與蘇頲並稱，朝廷大述作多出其手，號曰『燕許』。《唐書·藝文志》載其集三十卷，今所傳本止二十五卷。然自宋以後，諸家著録並同。則其五卷之佚久矣。集中《元處士碣銘》稱序爲處士子，將作少監行沖撰，而《唐書·行沖傳》乃不載其爲此官。《爲留守奏慶山醴泉表》稱：『萬年縣令鄭國公狀，六月十四日，縣界霸陵鄉有慶山，見醴泉出。』而《唐書·武后傳》載此事乃作新豐縣，皆與史傳頗有異同。然説在當時必無訛誤，知《唐書》之疏舛多矣。此書所以貴舊本也。集首永樂七年《伍德記》一卷稱，兵燹之後，散佚僅存，録而藏之。至嘉靖間，其子孫始爲梓行，而訛舛特甚。又參考本傳及《文粹》《文苑英華》諸書，其文不載於集者尚多。今旁加搜輯，於集外得頌一首，箴一首，表十八首，疏二首，狀六首，策三首，批答一首，序十一首，啟一首，書二首，露布一首，碑四首，墓志九首，行狀一首，凡六十一首，皆依類補入。而原集目次錯互者，亦詮次更定，仍厘爲二十五卷，庶幾復成完本焉。

《外集》一卷

《五代新説》二卷

《鑑龍圖記》一卷

《燕公事對》十卷

《明皇寶録》二十卷

《錢本草》一卷

《從崖先生傳》一卷以上俱見《宋志》，佚。今全唐《詩》《文》編詩五卷，文十三卷。

《新唐書》：説，字道濟，或字説之。其先自范陽徙河南。永昌中，武后策賢良方正，説對第一，後署乙等，授太子校書郎，遷左補闕。玄宗即位，召爲中書令，封燕國公。開元十七年，遷左丞相。十八年，卒，謚文貞。

魏尚書知古集《傳》稱七卷，《志》作二十卷，佚。今全唐《詩》《文》存詩五首，文四首。

《舊唐書》：知古，深州陸澤人。舉進士。長安中歷遷鳳閣舍人，衛尉少卿。先天二年，封梁國公，知吏部尚書事。開元元年，官名改易，改爲黄門監。二年，除工部尚書，罷知政事。三年卒，謚曰忠。

李尚書乂集五卷佚。今《全唐詩》存詩一卷，《全唐文》存文三首。

《舊唐書》：乂，本名尚真，趙州房子人。舉進士，累遷中書舍人、開元初刑部尚書。卒，謚曰貞。兄尚一、尚貞俱以文章自名，弟兄同爲一集，號《李氏花萼集》，乂所著正多。尚一終清源尉，尚貞博州刺史。

《李氏花萼集》總二十卷佚。

◎按：《全唐文》有尚一《開業寺碑》並序一首。

解常侍琬詩二首見《全唐詩》。

《舊唐書》：琬，魏州元城人。少應幽【一】素舉，拜新政尉。聖曆初，以功擢拜御史中丞，兼北庭都護、持節西域安撫使、朔方軍大總管，賜爵濟南縣男，以年老乞骸骨。未幾，吐蕃寇邊【二】，復召拜左散騎常侍，令與吐蕃分定地界。俄又請致仕，不許，遷太子賓客。開元五年，出爲同州刺史。卒年八十餘。

校按：

【一】『幽』，原作『豐』，今據《舊唐書》改。

【二】『寇邊』，原誤作『道還』，今據《舊唐書》改正。

盧少監粲文三首見《全唐文》，具本傳者二。

《舊唐書》：粲，幽州范陽人。博覽經史，弱冠舉進士。景龍二年，累遷給事中。以忤旨，出爲陳州刺史，累遷秘書少監。開元初，卒。

趙祭酒冬曦集《唐志》已云卷亡，今全唐《詩》《文》存詩十九首，文三首。

《新〔一〕唐書》：冬曦，定州鼓城人。進士擢第，歷左拾遺。開元初，遷監察御史，考宫員外郎、直學士。俄遷中書舍人，内供奉，以國子祭酒卒。

校按：

〔一〕「新」，原作「舊」。今檢趙冬曦《舊唐書》無傳，故改作「新」。

蘇内教安恒《請復立皇太子疏》《請復位太子第二疏》《理魏〔一〕元忠疏》皆具本傳。

《舊唐書》：安恒，冀州武邑人。博學，尤明《周禮》及《春秋左氏傳》。大足元年，投〔二〕匭上書。神龍初，爲習藝館内教。節愍太子之殺武三思也。或言安恒預其謀。遂下獄死。

校按：

〔一〕原重「魏」字，今據本傳删一「魏」字。

〔二〕「投」，原作「報」，今據《舊唐書》改。

王司功適集二十卷見《唐志》，今全唐《詩》《文》存詩五首，文三首。

《舊唐書》：適，幽州人。官至雍州司功。

高衡尉正臣詩一首

《全唐詩小傳》：正臣，廣平人，襄州刺史。衡尉卿習右軍書法，睿宗最重其筆。

高進士瑾詩四首

《全唐詩小傳》：瑾，渤海人士廉之孫。登咸亨元年進士第。

尹補闕懋詩四首

《全唐詩小傳》：懋，河間人，官補闕。

趙太守居貞詩一首

《全唐詩小傳》：居貞，鼓城人，天寶中，官北海郡太守。按：《新【一】唐書·居貞附趙冬曦傳》云：居貞，吴郡採訪使。

校按：

【一】『新』，原誤作『舊』，今改正。

張浮休鷟《龍筋鳳髓判》十卷

陳振孫曰：唐以書判拔萃科選士。《龍筋鳳髓》凡百題，自省臺寺【二】監百司下及州縣，類事屬辭，蓋待選預備之具也。鷟自號浮休子。

《四庫全書總目提要》云：其文臚比官曹，條分件系，組織頗工。蓋唐制以身、言、書、判銓試選人，今見於《文苑英華》者頗多，大抵不著名氏，惟白居易編入文集，與鷟此編之自爲一書者，最傳於世。居易判主流利，此則縟麗，各一時之文體耳。洪【三】邁《容齋隨筆》嘗譏其堆垛故事，不切於蔽罪議法。然鷟作是編，取備程試之用，則本爲隸事而作，不爲定律而作，自以徵引賅洽爲主。言各有當，固不得指爲鷟病也。

《朝野僉載》六卷

《四庫全書總目提要》云：此書《新唐書·藝文志》作三十卷，《宋史·藝文志》作二十卷，又補遺三卷。《文獻通考》則但有補遺三卷。此本六卷，參考諸書，皆不合。晁公武《讀書志》又謂其分三十五門，而今本乃逐條聯綴，不分門目，亦與晁氏所紀不同。考莫休符《桂林風土記》載：『鷟在開元中，姚崇誣其奉使江南受遺，贈死，其子上表請代，減死，流嶺南。數年，起爲長吏而卒。』計其時，尚在天寶之前，而書中有寶曆元年資陽石走事。寶曆乃敬宗年號，又有孟弘微對宣宗事，時代皆不相及。案尤袤《遂初堂書目》亦分《朝野僉載》及《僉載補遺》爲二書。疑《僉載》乃鷟所作，《補遺》則爲後人附益。凡闌入中唐後事者，皆應爲《補遺》之文。而陳振孫所謂『書三十卷，此其節略』者，當即此本。蓋嘗經宋人摘録，合《僉載》《補遺》爲【三】一，删併門類，已非原書。又不知何時析三卷爲六卷也。其書皆紀唐代故事，而於詭譎荒怪，纖悉臚載，未免失於纖碎。故洪邁《容齋隨筆》譏其記事瑣雜檀裂，且多媟語。然耳目所接，可據者多，故司馬光《通鑑》亦引用之。兼收博採[四]，固未無裨於見聞也。

《才命論》一卷

《唐志》云：郗昂注。一作張説撰，潘詢注。

詩一首見《全唐詩》。

文三卷見《全唐文》。案：文即《龍筋鳳髓判》。

《舊唐書》：張薦，字孝舉，深州陸澤人。祖鷟，字文成，聰警絶倫，書無不覽。爲兒童時，夢紫色大鳥，五彩成文，降於家庭。其祖謂之曰：『五色，赤文鳳也。紫文，鸑鷟也，爲鳳之佐。吾兒當以文章瑞於朝廷。』因以爲名字。凡應八舉，皆登甲科，再授長安尉，遷鴻臚丞。開元初，坐貶嶺南，入爲司馬員外郎，卒。

校按：

【一】『寺』，原誤作『古』，今據《直齋書録解題》改正。
【二】『洪』，原誤作『從』，今據《四庫全書總目提要》改正。
【三】原『一』上有『第』，今據《四庫全書總目提要》删。
【四】『採』，原誤作『授』，今據《四庫全書總目提要》改正。

齊太守澣詩二首，文二首

《全唐詩小傳》：澣，字洗心，定州義豐人。聖曆中，制科登第，與修四庫群書，拜平陽太守。

盧處士鴻一詩一卷見《全唐詩》。

《全唐詩小傳》：鴻一，字浩然，范陽人。少有學業，頗善籀、篆、楷，隱於嵩山。開元中，諫議大夫召，鴻一固辭，乃聽還山。按：《舊書》作『鴻一』，《新書》無『一』字，字顥然。

《嵩嶽記》一卷

《華山記》一卷

《衡山記》一卷

《峨眉山記》以上俱見《宋志》。

高常侍適集《唐志》二十卷。《宋志》：詩集十二卷。《讀書志》作集十卷，集外文二卷，别詩一卷。

晁公武曰：適，字達夫，又字仲武，渤海人。天寶八年，舉有道科，中第。永泰中，終散騎常侍。五十始爲詩，即工，以氣質自高，每一篇出，好事者輒傳布云。

《四庫全書總目提要》云：適，《唐書》作渤海人。其集亦題曰『渤海』。《河間府志》據其《封邱縣》詩『我本漁樵孟諸野』句，又《初至封邱》詩有『去[二]家百里不得歸』句，定爲梁、宋間人。然集中《别孫沂》詩題下又注『時俱客宋中』，則又非生於梁、宋者。志所辨，似亦未確。考唐代士人多題郡望，史傳亦復因之，往往失其里籍。劉知幾作《史通》，極言其弊，而終不能更。適集既[三]無定詞，則亦闕疑可也。其集，《唐志》作十卷，《通考》又有集外文一卷，詩一卷。此本從宋本影鈔，内『廓』字闕筆，避寧宗嫌名，當爲慶元以後之本。凡詩八卷，文二卷，其集外詩文則無之。考明人所刻適集，以《太平廣記》高鍇侍郎茂中之狐妖絶句『危冠高髻楚宫粉，閑步前庭趁夜涼。自把玉簪敲砌竹，清歌一曲月如霜』一首，併載入之，蕪雜殊甚。又《九日》一詩見宋程俱《北山集》。毛奇齡選唐人七律，亦誤題適作，此本不載，較他本特爲精審。第十卷中有《賀安禄山死表》稱『臣得河南道及諸州牒，皆言逆賊安禄山苦痛而死，手足俱落，眼鼻殘壞』，則禄山竟以病死，與史載李豬兒事迥異。蓋兵戈雲擾，得諸傳聞之故也。

校按：

【一】『去』，原誤作『古』，今據《四庫全書總目提要》改正。

【二】『既』，原誤作『阮』，今據《四庫全書總目提要》改正。

劉隨州長卿集

《唐志》作十卷，内詩九卷。《宋志》作二十卷，《讀書志》作詩九卷，雜文一卷，與《唐志》合。四庫本作十一卷。

《四庫全書總目提要》云：長卿，字文房，河間人。姚合《極元集》作宣城人，莫能詳也。開元二十一年登進士第，官終隨州刺史。故今稱曰『劉隨州』。是集凡詩十卷，文一卷。長卿詩號『五言長城』，大抵研煉深穩【一】，而自有高秀之韻。其文工於造語，亦如其詩。故於盛唐、中唐之間，號爲名手。但才地稍弱，是其一短。高仲武《中興閑氣集》病其『十首以後語意略同』，可謂識微之論。王士禎【二】《論詩絶句》乃云『不解雌黄高仲武，長城何意貶文房』，非篤論也。

校按：

【一】『穩』，原誤作『桓』，今據《四庫全書總目提要》改正。

【二】『禎』，原誤作『正』，今據《四庫全書總目提要》改正。

李吏部華集本傳作十卷，《唐志》作三十卷，《宋志》作二十卷。《四庫》止作四卷。今《全唐詩》編詩一卷，《全唐文》編文八卷。

《四庫全書總目提要》云：華，字遐叔【一】，趙州贊皇人。累中進士弘詞科。天寶中，遷監察御史，徙右補闕。安禄山反，華爲賊所得，僞屬鳳閣舍人。賊平，貶杭州司户參軍。李峴表署幕府，擢吏部員外郎，以風痹去官，卒。新、舊《唐書》俱載入《文苑傳》中，《舊唐書》稱華有文集十卷，獨孤及序則稱自監察以前十卷，號爲前集，其後二十卷爲中集，卷數頗不合。馬端臨《經籍考》不列其目，則南宋時原本已亡。此本不知何人所編，蓋取《唐文粹》《文苑英華》所載，裒集類次，而仍以及序冠之，有編次而無卷目。今釐爲四卷，著於録。華遭逢危亂，汙辱賊庭，晚而自傷，每託之文章以見意。如《椎皋銘》云：『瀆而不滓【二】，瑜而不瑕。』《元德秀銘》云：『貞玉白華，不緇不磷。』《四皓銘》云：『道不可屈，南山采芝，竦慕玄風，徘徊古祠。』其悔志可以想見。然大節已虧，萬事瓦裂，天下不獨與之論心也。至其文詞綿麗，精采焕發，實可追配古之作者。蕭穎士見所著《含元殿賦》，以爲在《景福》之上，《雲光》之下。雖友朋推挹之詞，亦庶幾乎近之矣。

校按：

【一】『遐叔』，原誤作『匪升』，今據《四庫全書總目提要》改正。

【二】『滓』字處，原空白無字，今據《四庫全書總目提要》補。

沈右丞若水《諫江南採捕諸鳥表》《劾奉祝欽明朝山惲疏》皆具本傳。

《新唐書》：若水，字子泉，恒州稾城人。擢進士第。開元初，歷遷中書舍人，尚書右丞，出爲汴州刺史，尋入拜户部侍郎。七年，復授尚書右丞，卒。

盧補闕履冰《請復父再爲母服期表》，《再請》《三請》二疏皆具本傳。

《舊唐書》：履冰，幽州范陽人。開元五年，仕歷右補闕。

崔侍郎器《將軍王在榮殺人議》具本傳。

《舊唐書》：器，深州安平人。舉明經，歷官清謹。天寶六載，爲萬年尉，踰月拜監察御史，肅宗時爲吏部侍郎【一】。

校按：

【一】『侍郎』，原誤作『尚書』，今據《舊唐書》改。

啖主簿助《春秋集傳》佚。

《春秋統例》佚。

《春秋統例序》二首 具本傳。

邵子曰：《春秋三傳》之外，陸淳、啖助可以兼治。

陸子曰：啖、趙説得有好處，故人謂啖助有功於《春秋》。

程珌曰：聖人作《春秋》，一用周典，而啖助以爲用夏[一]爲本。

《四庫全書總目提要》云：助之説《春秋》，務在考三家得失，彌縫闕漏，故其論多異先儒。如謂[二]『《左傳》非邱明所作』，『《漢書》「邱明授魯曾申，申傳吴起，自起六傳至賈誼」等説亦皆附會』，『公羊名高，穀梁名赤，未必是實』。又云：『《春秋》之文簡易，先儒各守一傳，不肯相通，互相彈射，其弊滋甚。《左傳》序周、晉、齊、宋、楚、鄭之事獨詳，乃後代學者固師授衍而通之，編次年月，以爲傳記。又雜[三]採各國諸卿家傳及卜書、夢書、占書、縱横、小説。故序事雖多，釋經殊少，猶不如《公》《穀》之於經爲密。』其論未免一偏，故歐陽修、晁公武諸人皆不滿[四]之。而程子則稱其『絶出諸家，有攘異端、開正途之功』，蓋舍傳求經，實導宋人之先路。生臆斷之弊，其過不可掩；破附會之説，其功亦不可没也。助書本名《春秋統例》，僅六卷。卒後，淳與其子異裒録遺文，請匡損益，始名《纂例》。成於大曆乙卯，定著四十篇，分爲十卷。《唐書·藝文志》亦同。

《新唐書》：助，字叔佐，趙州人，後徙關中。淹該經術。天寶末，調臨海尉、丹陽主簿，秩滿屏居，甘足疏糗，善爲《春秋》。考三家短長，縫綻漏闕，號《集傳》，凡十年乃成。復攝其綱條爲《例統》。門人趙匡、陸質，其高弟也。

◎按：晁公武《讀書志》以啖助爲閩人，不知何據。

校按：

【一】『夏』，原誤作『受』，今據《經義考》改正。

【二】『謂』，《四庫全書總目提要》作『論』。

【三】『雜』，原誤作『敬』，今據《四庫全書總目提要》改正。

【四】『滿』，原誤作『流』，今據《四庫全書總目提要》改正。下文同。

李偃師希仲詩三首

《全唐詩小傳》：希仲，趙州人。天寶初，宰偃師。范陽兵起，挈家避亂，入江淮。

李刺史嘉祐《詩集》二卷唐、宋《志》及《讀書志》《書録解題》皆作一卷。

晁公武曰：嘉祐，别名從一，趙州人。天寶七年進士，爲秘書正字，袁、台二州刺史。善爲詩，綺靡婉麗，有齊、梁之風，時人以比吴均、何遜云。

顧刺史士元詩《唐志》一卷，《宋志》作二卷。《全唐詩》仍編一卷。

晁公武曰：士元，字君胄，中山人。天寶十五年進士，爲郢州刺史。與錢起俱有詩名，而士元尤清雅【二】。時朝廷公卿出牧奉使，若兩人無詩祖行，人以爲愧。

校按：

【一】『尤清雅』，《郡齋讀書志》原作『尤更嫻雅』。

吴彭山保安《與顧仲翔書》

《全唐文小傳》：保安，字永固，魏州人。睿宗時爲義安尉。李蒙爲姚州都督，表掌書記。終彭山丞。

郭長史仲翔《與吴保安書》

《全唐文小傳》：仲翔，宰相元振從子。李蒙爲姚州都督，表爲判官，與姚嶲蠻戰，被執。遷代州户曹，後爲嵐州長史。感保安之義，迎其子爲娶而讓以官。

王守泰文一首

《全唐文小傳》：守泰，莫州人。

蘇參軍俛文二首

《全唐文小傳》：俛，一【二】作『娩』。常山人。開元中爲太原府録事參軍。

校按：

【一】原無『一』字，今據《全唐文》補。

韋御史迴文一首

《全唐文小傳》：迴，蘇人。天寶中官監察御史。

李贊皇棲筠文二首

《全唐文小傳》：棲筠，字貞一，趙人。第進士，累擢工部侍郎，封贊皇縣子，終御史大夫。

宋秘書儋《報友書》

《全唐文小傳》：儋，字藏諸，廣平人。開元中以宇文融薦爲秘書省校書郎。

張河南利貞文一首

《全唐文小傳》：利貞，河間人。開元中，領河南道採訪處置使【二】。

校按：

【二】原無『置使』二字，今據《全唐文小傳》補。

張刺史秀文一首

《全唐文小傳》：秀，范陽人。官檀州刺史。

程司封休文一首

《全唐文小傳》：休，字士美，廣平人。肅宗朝官左司封員外郎。

李司勳至遠文一首

《全唐文小傳》：至遠，始名鵬，趙州高邑人。上元時制策高第，歷遷天官侍郎，出爲壁州刺史。

李少監陽冰詩一首，文八首

《全唐詩小傳》：陽冰，字仲温，趙郡人，李白之從叔。寶應元年爲當塗令，白往依之，曾爲白序其詩集。官止將作少監，工篆書。

《翰令禁經》八卷見《讀書志》，佚。

晁武公曰：謂論書勢筆法所禁，故以名書。

《筆法要訣》一卷《通志》：佚。

《科斗書孝經》佚。

《韓子記略》曰：李監陽冰，能篆書。貞元中，愈事董丞相幕府於汴州，識開封令服之者，陽冰子。授予以其家科斗《孝經》，予寶蓄之而不暇〔一〕學。後來京師，四門傳士識歸公登。歸公好古書，能通之。愈曰：『古書得其據依，蓋可講。』因進其所屬歸氏。元和來思，凡爲文辭，宜略識字，因從歸公乞觀，留月餘。張籍令進士賀拔恕寫以留愈，蓋得其十四五，而歸其書於歸氏。

校按：

【一】『暇』，原誤作『晦』，今據《經義考》改正。

張侍郎薦文集

《傳》稱三十卷，今全唐《詩》《文》存詩三首，文三首。

《舊唐書》：薦，字孝舉，深州陸澤人。少精史傳，顔真卿一見歎賞之。自拾遺至侍郎僅二十年，皆兼史館修撰，三使絶域，皆兼憲〔一〕職，以傳洽多能、敏於占對被選。

《史遁先生傳》

《五服圖》

《宰輔略》

《靈怪集》

《江左寓居録》以上俱見本傳。《唐志》：《五服圖》《江左寓居録》並稱卷亡，止有《靈怪集》二卷。今俱佚。

校按：

【一】『憲』，原誤作『寅』，今據《舊唐書》改正。

賈平章耽詩一首，文三首見全唐《詩》《文》。

《唐七聖曆》一卷見《唐志》。

《皇華四達記》十卷

《貞元十道録》四卷

《國要圖》一卷

《方志圖》一卷

《三代地理志》六卷

《地理論》六卷

《醫牛經》卷亡。以上俱見《宋志》，佚。

《舊唐書》：耽，字敦詩，滄州南皮人。天寶中舉明經，授臨清縣尉，改正平尉，從事河東檢校膳部員外郎，歷領州刺史，入爲鴻臚卿。自大曆至貞元，三爲節鎮，徵拜右僕射，同中書門下平章事。在相位十三年。耽好地理書，外國使至，必訊其山川土俗[一]，因撰《海内華夷圖》及《古[二]今郡國縣道四夷述》四十卷。

校按：

【一】『土俗』，《舊唐書》作『土地之終始』。

【二】『古』，原誤作『士』，今據《舊唐書》改正。

崔庶子造文一首

《全唐文小傳》：造，字元宰，深州平安人。貞觀元年，同中書門下平章事，罷爲太子右庶子。

齊賓客抗集二十卷見《唐志》，佚。今《全唐文》存文二首。

《舊唐書》：抗，字遐【一】舉，天寶中平陽太守瀚之孫。貞元初爲水陸運副使，歷秘書監、太常卿、中書侍郎，用中書門下平章事。遇疾，上表請罷，改太子賓客。二十年，卒。

校按：

【一】『遐』，原誤作『匪』，今據《舊唐書》改正。

李司馬端集三卷

《全唐詩小傳》：端，字正己，趙郡人。大曆五年進士，爲十才子之一。嘗客駙馬郭曖第，賦詩，冠其坐客。初授校書郎，後移居江南，官杭州司馬。

司空郎中曙詩集三卷《宋志》作一卷，今編詩二卷。

《全唐詩小傳》：曙，字文明，廣平人。登進士，從韋皋於劍南。貞元中爲水部郎中，終虞部郎中。爲大曆十才子之一。

張從事衆甫詩三首

《全唐詩小傳》：衆甫，字子初，清河人。拜〔一〕監察御史，爲淮寧軍〔二〕從事。

校按：

〔一〕原無「拜」字，今補。

〔二〕「軍」，原誤作「事」，今據《唐詩紀事》《全唐詩》改正。

盧賓客邁《議元旦不受誓誡狀》具本傳。

《舊唐書》：邁，字子玄，范陽人。少以孝友謹厚稱，兩經及第，歷太子正字，遷尚書右丞。貞元九年，以本官同中書門下平章事，遷中書侍郎，以疾乞休，除太子賓客。

馮常侍伉詩三首，文一首見全唐《詩》《文》。

《三傳異同》三卷

《論蒙書》一卷蓋令醴泉時著，以勸俗者。以上並見《唐志》，佚。

《新唐書》：伉，魏州元城人，徙貫京兆，第五經弘辭，以散騎常侍召領國子祭酒者耳。

裴京掾抗文一首

《全唐文小傳》：抗，平州人。官京掾。

邢宙文一首

《全唐文小傳》：宙，字次宗，河間人。

盧舍人景亮詩一首，賦一首見全唐《詩》《文》。

《三足記》二篇

《新[一]唐書》：景亮，字長晦，幽州范陽人。少孤，學無不覽。第進士弘詞，授秘書郎，遷右補闕。德宗朝，貶郎州司馬。憲宗時召還，再遷中書舍人。景亮善屬文，根於忠仁，有經國志。嘗謂：『人君足食、足兵，而又得士，天下可爲也。』乃興軒頊以來至唐，刓治道之要，著書上下篇，號《三足記》。又作《答問》，言輓運大較及陳西戎利害，切指當世。公卿服其達古今云。

校按：

【一】『新』，原作『舊』，今改。

齊河間映文十四首

《全唐文小傳》：映，瀛洲高陽人。舉進士博學弘詞，累授監察御史。貞元二年拜平章事，改中書侍郎，河間縣男。貶夔州刺史，歷衡州、洪州【二】。

校按：

【二】『衡』『洪』，原誤作『衝』『從』，今據《舊唐書》《全唐文小傳》改正。

高仲武嵩文二首

《全唐文小傳》：嵩，高陽人。代宗朝官殿中侍御史。

崔侍郎損文十一首

《全唐文小傳》：損，字至無，博陵人。大曆中進士，中博學弘詞科，授校書侍郎。貞元十二年轉門下侍郎。

劉少尹孺之文一首

《全唐文小傳》：孺之，廣平人，官京兆少尹。

韋稔文一首

《全唐文小傳》：稔，魏州人。

高貞公郢文一卷

《全唐文小傳》：郢，字公楚，其先渤海蓨人。寶應初進士，刑部尚書。元和初，以右僕射致仕。

高參軍定《周易外傳》二十二卷見本傳。《唐志》同。

《舊唐書》：定，郢子。幼聰警絶倫，年七歲讀《尚書·湯誓》，問郢曰：『奈何以臣伐君[一]？』郢曰：『應天順人，不爲非道。』又問曰：『用命賞於祖，不用命戮於社，是順人乎？』父不能對。仕至京兆參軍，尤精王氏《易》。嘗爲《易圖》，合八出以畫八卦。上圓下方，合則重，轉則演，七轉而六十四卦，六甲、八節備焉。

校按：

【一】『君』，原誤作『矣』，今據《舊唐書》改正。

崔常山縱文二首

《全唐文小傳》：縱，渙子。以蔭補協律郎。貞元中禮部尚書，授河南尹，徵拜太常卿，封常山縣公。

崔惠公衍《請減虢州賦錢疏》具本傳。

《舊唐書》：衍，左丞倫之子。歷蘇、虢二州刺史，貞元二十一年詔加工部尚書。

《新唐書》：衍，字著，深州安平人，卒謚曰惠。

劉節度怦文一首

《全唐文小傳》：怦，幽州昌平人。累遷涿州刺史。貞元二年，朱滔死軍中，推怦總軍事，詔授幽州大都督府長史兼御史大夫，盧龍節度副大使，知節度事，彭城郡公。

崔郎中元翰集《唐志》三十卷，今存文十三首。

《全唐文小傳》：元翰，名鵬，以字行，博陵人。舉進士，應博學弘詞、賢良方正、直言極諫科，三舉皆甲第。累遷禮部員外郎，知制誥。終比部郎中。

雍郎中維良文一首

《全唐文小傳》：維良，信都棗强人。貞元初官殿中侍御史，内供奉，遷主客員外郎、倉部郎中。

李尚書巽文六首

《全唐文小傳》：巽，字令叔，趙州贊皇人。以明經調補華州參軍，登拔萃科。順宗初官兵部尚書，徙[一]吏部。

校按：

【一】『徙』，原誤作『往』，今據《新唐書》《全唐文小傳》改正。

劉侍中濟文一首

《全唐文小傳》：濟，怦子，嗣節度。元和初，加侍中，兼中書令。

李尚書遜文一首

《全唐文小傳》：遜，字友道，趙郡人，客居荊州。長慶中吏部尚書，徙鳳翔，入爲刑部尚書。

張參軍南史詩一卷唐、宋《志》同。

《全唐詩小傳》：南史，字季直，幽州人。好弈棋[二]，其後折節讀書，遂入詩境，以試參軍。後[三]避亂在揚州。再召，未赴而卒。

校按：

【一】『弈棋』，原誤作『炙椎』，今據《全唐詩小傳》改正。

【二】原無『後』字，今據《全唐詩小傳》補。

高南平崇文詩一首

《全唐詩小傳》：崇文，其先自渤海徙幽州。崇文少籍平盧軍，憲宗朝拜東川節度使，西蜀平封南平郡王。

盧節度群詩一首

《全唐詩小傳》：群，字載初，范陽人。曹王臯節度江西，奏爲判官。入爲監察御史，累遷兵部郎中，秘書監，終天成軍節度使。

張河南署詩一首

《全唐文小傳》：署，河間人。貞元中監察御史，謫臨武令。歷刑部郎，虔、澧二州刺史，終河南令。

封氏演《聞見記》十卷

晁公武曰：演分門記儒道、經籍、人物、地理、雜事，且辨説訛謬。蓋著其聞見如此。

陳振孫曰：前記典故，末及雜事，頗有可觀。

《四庫全書總目提要》曰：演里貫未詳。考封氏自西晉、北魏以來，世爲渤海蓨人。然《唐書·宰相世系表》中無演名，疑其疏屬也。書中『石經』一條稱『天寶中爲太學生』，『貢舉』一條記其登第時張繟有『《千佛名經》之獻』，然不云登第在何年。『佛圖澄碑』一條記大曆中行縣至内邱，則嘗刺邢州。卷首結銜題『朝散大夫檢校尚書吏部郎中兼御史中丞』，而『尊號』一條記貞元間事，則德宗時終於是【二】官也。是書，《唐書·藝文志》《通志》《通考》皆作五卷，《書録解題》作二卷，殆輾轉傳鈔，互有分合。此本十卷，末有元至正辛丑夏庭芝疏，又有明吴岫、朱良育、孫允伽、陸貽典四跋。唐人小説多涉荒怪，此書獨語必徵實。前六卷多陳掌故，七、八兩卷多記古蹟及雜論，均足以資考證。末二卷則全載當時士大夫軼事，嘉言善行居多。惟末附諧語數條而已。其中『音韻』一條，記唐韻部分爲陸法言之舊，其同用、獨用則許敬宗所定，爲諸書之所未言。『文字』一條，辨隸書不始程邈，援《水經注》爲證，明楊慎矜爲獨見者，乃演之所已言。又顔真卿《韻海鏡源》，世無傳本。此書詳記其體例，知元陰時夫《韻府群玉》實源於此，而後人不察。有稱真卿『取句首字，不取句末字』者，其説爲杜撰欺人，併知《永樂大典》别篆、隸諸體於字下，乃從此書竊取其式而諱所自來。『月中桂』一條，記『桂子月中落』一聯爲宋之問《台州》詩，足證計有功《唐詩紀事》駱賓王爲僧之妄。他如論金雞、露布、鹵簿、官銜、石志、碑碣、羊虎、拔河諸條，亦皆源委詳明。唐人説部，自顔師古《匡謬正俗》、李匡易【二】《資暇集》、李涪《刊誤》之外，固罕其比偶矣【三】。

《古今年號録》一卷唐、宋《志》同。

《續錢譜》一卷

《元正一作『正元』。占書》一卷以上皆見《宋志》，佚。

校按：

【一】『是』，原誤作『邑』，今據《四庫全書總目提要》改正。

【二】『易』，《四庫全書總目提要》作『乂』。

【三】『矣』，原誤作『書』，今據《四庫全書總目提要》改正。

劉賓客禹錫文集三十卷，外集十卷今全唐《詩》《文》編詩十二卷、文十二卷。

《四庫全書總目提要》云：《唐書》禹錫本傳稱爲彭城人，蓋舉郡望，實則中山無極人。是編亦名《中山集》，蓋以是也。陳振孫《書録解題》稱原本四十卷，宋初佚其十卷，宋次道裒其遺詩四百七篇、雜文二十二首爲外集，然未必皆十卷所遺也。其古文則恣肆博辨，於昌黎、柳州之外，自爲軌轍。其詩含蓄不足而精鋭有餘，氣骨亦在元、白上，均可與杜牧相頡頏，而詩尤矯出。陳師道稱蘇軾詩初學禹錫，吕本中亦謂蘇轍晚年令人學禹錫詩，以爲用意深遠有曲折處。劉克莊《後村詩話》乃稱其詩多感慨，惟『在人雖晚達，於樹似冬青』十字差爲閑婉，似非篤論也。其雜文二十卷、詩十卷，明時曾有刊版，獨外集世罕流傳。藏書家傳爲秘笈。今揚州所進鈔本，乃毛晉汲古閣所藏，紙墨精好，尤從宋刻影寫，謹合爲一編。著之於録，用還其卷目之書焉。按：禹錫子劉子傳自序其先爲漢中山靖王之後，子孫因封爲中山人。

李尚書翱集《舊唐書·志》作十卷，《新書》作十八卷，《宋志》作十二卷，《四庫書目》仍作十八卷。

《四庫全書總目提要》云：翱，字習之，涼武昭王暠之裔也。貞元十四年進士，官至山南東道節度使、檢校户部尚書，事蹟具《唐書》本傳。翱爲韓愈之侄壻，故其學皆出於愈。蘇舜欽謂其辭不逮韓，而理過於柳，誠爲篤論。惟集中《皇祖實録》立名頗爲僭越，夫皇祖皇考文見《禮經》，至明英宗時始著爲禁令。翱在其前稱之，猶有説也。若《實録》之名，則六代以來已定爲帝制，《隋志》所載班班可考【二】。唐、宋以後，臣庶無敢稱者，翱乃以題其祖之行狀，殊爲不經。編集者無所刊正，則殊失別裁矣。陳振孫謂集中無詩，獨載《戲贈》一篇，拙甚。葉夢得《石林詩話》曰：『人之才力有限，李翱、皇甫湜皆韓退之高弟，而二人獨不傳其詩，不應散亡無一篇者。計或非其所長，故不作耳。二人以非所長而不作，賢於世之不能而强爲之者也。』斯言允矣。

《易詮》三卷見《宋志》。

王得臣曰：李翱作《易詮》，論八卦之性。古今説《易》者未嘗及。曰：自古小人，在上最爲難去。蓋得位得權而勢不得摇奪。以四凶，尚歷堯至舜而後能去。嘗玩《易》之夬，夬一陰在上，五陽並進，以剛夬柔，宜若易然。乃【三】爻詞俱險而肆，蓋一小人在上，故《易》曰『剛長乃終』也。又曰：『道生一，一生二，二生三，三生萬物。』故自道而下，數至於三，則天、地、人之道備【三】矣。聖人畫卦，起止於三，謂三才之道，因而重之，乃可以觀變。予觀重卦之内，至於三，位則有小成，變革之理，如乾之九四則曰『乾道乃革』、革之九三曰『革言三就』是也。推此而求其變，則可以思過半矣。

董真卿曰：《李氏易》七卷，先説八卦，次列六十四卦並雜卦。

《論語筆解》二卷

《四庫全書總目提要》云：《論語筆解》，舊題韓愈、李翺同注。中間所注以『韓曰』『李曰』爲別。趙希弁《讀書志》曰：『其間翺曰者，李習之也。』明舊本愈不著名，而翺所説則題名以別之。此本改稱『韓曰』『李曰』，亦非其舊矣。

《中庸説》《經義考》云未見。

黄震曰：《中庸》，至唐李翺始爲之説。

《卓異記》一卷

晁公武曰：《卓異記》，唐李翺撰。或題陳翔。開成中，在襄陽記唐室君臣功業殊異者二十七類。

《一統志》：李翺，趙郡人。

校按：

【一】『考』，《四庫全書總目提要》作『稽』。

【二】『乃』，《麈史》作『然』。

【三】原無『備』字，今據《麈史》補。

李校書觀集三卷見《唐志》。《讀書志》作文編三卷，外編二卷。今《全唐詩》存詩四首，《全唐文》編文四卷。

《四庫全書總目提要》云：觀，字元賓，趙州贊皇人，李華之從子也。貞元八年登進士第，九年復中博學弘詞科，官至太子校書郎。年二十九卒，事蹟具《新唐書·李華傳》内。韓愈爲志其藝文，載《昌黎集》中。是集前三卷爲大順元年給事中陸希聲所編，希聲自爲之序，後爲外編二卷，題曰蜀人趙昂編。晁公武《讀書志》稱昂所編凡十四編。此本闕《帖經日上王侍御書》一篇，又時時有闕句、闕字，蓋輾轉傳寫，脱佚久矣。觀與韓愈、歐陽詹爲同年，並以古文相砥礪。其後，愈文雄視百世，而二人之集寥寥僅存。論者以元賓蚤世，其文未極退之窮老不休，故能獨擅其名。希聲之序則謂：『文以理爲本，而詞質在所尚。元賓尚於詞，故詞勝於理。退之尚於質，故理勝其詞。退之雖罷老不休，不能爲元賓之詞。假使元賓後退之死，亦不及退之之質。』今觀其文，大抵雕琢艱深，或格之不能自達其意。殆與劉蜕、孫樵同爲一格，而鎔鍊之功或不及，則不幸早凋，未卒其業之故也。然則當時之論，以較蜕、樵則可，以較於愈則不可及。希聲之序爲有見，宜不以論者爲然也。顧當瑀章繪句之時，方競以駢偶鬬工巧，而觀乃從事古文，以與愈相左右。雖所造不及愈，固非餘子所及。

李貞公絳集三十卷或作二十二卷。《宋志》文集六卷，今《全唐詩》存詩二首，《全唐文》編文二卷。

《舊唐書》：絳，字深之，趙郡贊皇人。舉進士，登弘科，授秘書省校書郎。元和中，爲中書侍郎，同中書門下平章事。鯁直，多所規諫，以足疾，拜章求免，罷知政事，授禮部尚書、檢校户部侍郎，出爲華州刺史。未幾，入爲兵部尚書。長慶元年，轉吏部尚書。二年，檢校本官，兖州刺史、兖海節度觀察等使。寶曆初，入爲尚書左僕射，李逢吉惡之，罷絳僕射，改授太子少師，分司東都。文宗即位，徵爲太常卿，出爲興元尹、山南西道節度使。南蠻寇西蜀，詔徵赴援，爲亂兵所害。贈司徒。

《論諫集》七卷見《讀書志》。

晁公武曰：絳偉儀質，以直道進退，望冠一時，屢爲謬邪所中。平生論諫數十百事，其甥夏侯孜所編《大中史官》，蔣偕爲序。

《李相國論事集》六卷

《四庫全書總目提要》云：舊本題曰《李深之文集》。深之，絳字也。今考其書，乃唐史官蔣偕編絳奏議文與論諫之事。雖以集名，實魏徵《諫録》之類也。前有大中五年偕自序，稱今中執法，夏侯公授余以公平生所論、諫，凡數十事。其所爭，皆磊磊有直臣風概，讀之，令人激起忠義。始自内廷，終於罷相，次成七篇，著之東觀，目爲《李相國論事集》云云。其説本明此本標題，殆後人傳寫所妄改與？偕序稱七篇，今佚其一，所存惟爲翰林學士時四十六事，爲户部侍郎時四事，爲宰相時十五事，共六十五條。敘事樸拙，頗乏文采。謝狀、賀表之類雜録其間，多與論諫無關。又『批答賀屏風』一條、『宣示李栻密疏』一條、『盛夏對宰臣』一條，皆憲宗之事，尤與絳無涉。編次蕪雜，亦乖體例。然遺聞舊事，紀録頗詳，多新、舊《唐書》所未載，亦足以備考核。王懋《野客叢書》引其『救鄭絪』一條，論『採擇良家子』一條，謂足備《唐書》之疏。葉夢得《避暑録語》引其『論吐突承璀安南寺碑樓』一條，訂《唐書》之誤。是亦有裨史事之一證矣。

李忠懿吉甫集二十卷見《唐志》。今《全唐文》編文一卷。

《新唐書》：吉甫，字弘憲，御史大夫棲筠子，以蔭補官。貞元初爲太常博士，年尚少，明練典，故德宗稱善。元和二年，擢中書侍郎，同中書門下平章事，以封贊皇縣侯，徙趙國公。九年卒，謚忠懿。

《易象異義》《舊唐書》傳稱附《一行集》注之下。《經義考》云：一作注一行易。

《六代略》三十卷見《舊唐書》本傳。

《元和郡縣志》四十卷

《四庫全書總目提要》云：是書據宋洪邁跋，稱爲元和八年所上。然書中更置宥州一條，乃在元和九年。蓋其事爲吉甫所經畫，故書成之後，又自續入之也。前有吉甫原序，稱起京兆府，盡隴右道，凡四十七鎮，成四十卷。每鎮皆圖在篇首，冠於敘事之前。並目録兩卷，共成四十二卷，故名曰《元和郡縣圖志》。後又淳熙二年程大昌跋，稱圖至今已亡，獨志存焉。故《書録解題》惟稱《元和郡縣志》四十卷。此本又闕第十九卷、二十卷、二十三卷、二十四卷、二十六卷、三十六卷，其第十八卷則闕其半，二十五卷亦闕二頁，又非宋本之舊矣。篇目斷續，頗難尋檢。考《水經注》本四十卷，至宋代佚其五卷，故水名闕二十有一。南宋刊版仍均配爲四十卷，使相聯屬，今用其例，亦重編爲四十卷，以便循覽，仍注其所闕於卷中以存舊第。其書《唐志》作五十四卷，證以吉甫之原序，蓋志之誤。又按《唐六典》及新、舊《唐書·地理志》，貞觀初，分天下爲十道，一關内道，二河南道，三河東道，四河北道，五山南道，六隴西道，七淮南道，八江南道，九劍南道，十嶺南道。此書移隴右爲第十，殆以中葉後陷没吐蕃，故退以爲殿。至淮南一道，在今本闕卷之中。以《唐志》淮南道所屬諸州考之，今本河南道内有所屬申、光二州列蔡州之後，江南道内有所屬蘄、黄、安三州列鄂、沔二州之後，似乎傳寫之錯簡。然考《唐書·方鎮表》，大曆十四年淮西節度使復治蔡州，尋更號申、光、蔡節度使。又永樂四年，蘄、黄二州隸鄂嶽節度使，升鄂州都團練使爲觀察使，增領嶽、蘄、黄三州。元和元年，升鄂州觀察使爲武昌軍節度使，增領安、黄二州。則申州、光州嘗由淮南道割江河南道。《唐志》偶失移併，非今本錯亂也。輿記圖經，《隋書·志》所著録者，率散佚無存。其傳於今者，惟此書爲最古。其體例亦爲最善，後來雖遞相損益，無能出其範圍。

《元和國計簿》十卷見《舊書》本傳。《宋志》作一卷，『簿』作『略』。

《十道圖》見《書録解題》與《縣郡志》分列爲二書。

陳振孫曰：首載州縣總數、文武官員數、俸料。《唐志》云十卷，今不分卷。

《元和百司舉要》二卷見《書録解題》。《宋志》作一卷，與本傳合。

陳振孫曰：首稱文班八十四司四百六十員，武班二十四司一百八十員，都計六百四十員。末稱京文、武官及府縣，總三千七百九十九員。意者當時實數也。

《古今地名》三卷

《删水經》十卷

《古今説苑》十一卷

《古今文集略》二十卷

《國朝柬册文》四卷以上俱見《唐志》。

《三命行年韜鈐秘密》二卷

《麗則集》五卷

《類表》五十卷以上俱見《宋志》。

《佚行傳》一卷

《大行年秘術》三卷

《三命大行年入局韜鈐》三卷

《行年禄命骨》一卷以上俱見《通志》。

張舍人仲素詩一卷唐、宋《志》同。今《全唐詩》仍編詩一卷，《全唐文》編文一卷。

《賦樞》三卷

《詞圃》十卷

《肘經》一卷以上俱見《唐志》。《宋志》：《賦樞》作一卷。

《全唐詩小傳》：仲素，字繪之，河間人。憲宗時爲翰林文士，終中書舍人。

崔節度護詩六首，賦二首見全唐《詩》《文》。

《全唐文小傳》：護，字殷功，博陵人。貞元十二年進士，終嶺南節度使。

盧玉川仝詩一卷見《唐志》，《讀書志》卷同。今全唐《詩》《文》編詩三卷，文四首。

晁公武曰：仝，范陽人。隱少室山，號玉川子。徵諫議，不起。韓愈爲河南令，重其詩，厚禮之。嘗作月餘詩以譏元和逆黨，稱其工，後死於甘露之禍。

又曰：按其詩云元和庚寅，蓋五年也。憲宗遇殺在十五年後十歲也。豈追託庚寅歲事爲詩乎？不然，則史誣也。

《春秋摘微》四卷見《宋志》，《讀書志》同。《中興書目》作一卷，云：十二公，凡七十六事。

晁公武曰：仝解經不用傳，然旨意甚疏。韓愈謂『《春秋》三傳束高閣，獨抱遺經究終始』，蓋實録也。祖無擇得之於金陵，《崇文總目》所不載。

巽齊李氏燾曰：仝治《春秋》，不以傳害經，最爲韓愈所稱。今觀其書，亦未能度越諸子，不知愈所稱果何等義也？舊聞仝解『惠公仲子』曰『聖辭也』，而此乃無之，疑亦多所亡逸云。

劉刺史真詩一首

《全唐詩小傳》：真，一作貞。廣平人，磁州刺史。

盧供奉真詩一首

《全唐詩小傳》：真，范陽人，侍御内供奉。

張刺史渾詩一首

《全唐詩小傳》：渾，清河人，永州刺史。

崔刺史玄〔二〕亮《三州倡和集》佚。今《全唐詩》存詩二首，《全唐文》存文一首。

《全唐詩小傳》：玄亮，字晦叔，磁州人。貞元中，同元、白登第，官終虢州刺史。

◎按：《全唐文》作元亮，當有一誤。《通志》：玄亮有《海上集驗方》十卷。

校按：

【一】『玄』，原誤作『弘』，今據《全唐詩小傳》改正。

劉棗强言史歌詩六卷《宋志》作十卷，今編詩一卷。

《全唐詩小傳》：言史，邯鄲人。初客鎮冀王武陵，奏爲棗强令。辭疾不受，人因稱爲『劉棗强』。

盧殷詩十三首

《全唐詩小傳》：殷，范陽人，爲登封尉。

封尚書敖《翰稿》八卷見《唐志》，佚。今全唐《詩》《文》存詩二首，文一卷。

《舊唐書》：敖，字碩夫，其先渤海蓨人。元和十【二】年登進士第，會昌初【三】召入翰林爲學士，拜中書舍人。敖構思敏速，語近而理勝，不務奇澀，武宗深重之。嘗草《賜陣傷還將詔》，警句云：『傷居爾體，痛在朕躬。』帝覽而善之，賜之宫錦。李德裕在相位，定策破迴鶻，誅劉稹，議兵之際，同列或有不可之言，唯德裕籌計指畫，竟立奇功。武宗賞之，封衛國公，守太尉。其制語有：『遏横議於風波，定奇謀於掌握。逆稹盜兵，壺關畫鏁，造膝嘉話，開懷靜思，意皆我同，言不他惑。』制出，敖往慶之。德裕口誦此數句，撫敖曰：『陸生有言，所恨文不迨意。如卿此語，秉筆者不易措言。』座中解其所賜玉帶以遺敖，深禮重之。宣宗即位，遷禮部侍郎。大中十一年拜太常卿，出爲淄青節度使，入爲户部尚書。

校按：

【一】『十』下，原有『一』字，今據《舊唐書》删。

【二】『會昌初』，原誤作『太和中』，今據《舊唐書》改正。

盧司馬嶠文一首

《全唐文小傳》：嶠，范陽人。貞元四年，官永州司馬。

顧適賦二首

《全唐文小傳》：適，魏郡貴鄉人。

崔膺文二首

《全唐文小傳》：膺，博陵人。爲徐、泗、濠節度使張建封客。

孔尚書戣文七首傳所稱《論時政疏》《論南海進蚶菜疏》俱不傳。

《全唐文小傳》：戣，字君嚴，冀州人，巢父從子。登進士第。元和初授嶺南節度使，穆宗時以禮部尚書致仕。

李侍郎虞仲文十八首其《謚議》具《新唐書》本傳。

《全唐文小傳》：虞仲，字見之，趙郡人，端子，亦工詩〔一〕。元和初進士，又擢弘詞科。累拜中書舍人，太和中累遷兵部侍郎，改吏部。

校按：

〔一〕『端子』見《全唐詩小傳》，《全唐文小傳》無之。『亦工詩』三字，《全唐詩小傳》《全唐文小傳》並無之。

張左司又新文二首

《全唐文小傳》：又新，字孔昭，工部侍郎薦之子。元和中進士，終左司郎中。

《煎茶水記》一卷唐、宋《志》同。

晁公武曰：其所嘗水凡二十種，因第其味之優劣。

《畫總裁》一卷見《宋志》。

崔平章龜從文八首見《全唐文》。

《舊唐書》：龜從，字玄告，清河人。元和十二年進士第，又登賢良方正制科及書制拔萃二科。釋褐，拜右拾遺，改太常博士。龜從長於禮學，精歷代沿革，問無不通。大中四年爲中書侍郎，同平章事，兼吏部尚書。五年罷相檢校吏部尚書、汴州刺史，宣武軍節度觀察使。累遷方鎮，卒。

《續唐曆》三十卷見本傳。《宋志》作二十二卷。

盧太保鈞文一首見《全唐文》。

《新唐書》：鈞，字子和，范陽人。元和四年進士第，以拔萃補秘書正學。大中十一年，檢校司徒，同中書門下平章事。興元尹衮山南遷道節度使，入爲太子太師。懿宗初，復節度宣武，辭不拜，以太保致仕。

李司空鋋文八首見《全唐文》。

《舊唐書》：鋋，字待價，趙郡人。進士擢第，又登書判拔萃科。大中二年，檢校尚書右僕射，淮南節度使，上柱國贊皇郡開國〔一〕公。卒，贈司空。

校按：

〔一〕原無『開國』二字，今據《舊唐書》補。

賈長江島集十卷《唐志》：又小集二卷。《宋志》小集八卷，詩一卷。《四庫》本仍作十卷。

《四庫全書總目提要》云：島，字閬仙，范陽人。初爲僧，名無本。後返初服，舉進士不第。坐謗，責授長江主簿，終於普州司倉參軍。島之謫也，《唐書》本傳謂在文宗時，王定保《摭言》謂在武宗時。晁公武《讀書志》謂長江祠中有宣宗大中九年墨制石刻，陳振孫《書録解題》亦稱遂寧刊本首載此制，二人皆辨是非。今考集中卷二有《寄與令狐相公詩》，不署其名。卷五有《送令狐綯相公詩》，卷六有《諭令狐綯相公賜衣九事詩》，又有《寄令狐綯相公詩二首》，則顯出綯名。考綯本傳，其爲相在大中四年十月，與石刻墨制年號相合。然韓愈《送無本師歸范陽詩》，年譜在元和六年。本傳【二】載島卒時五十六。從大中九年逆數至元和六年，凡四十五年，則愈贈詩島才十二歲，自長江移普州又在其後，則愈贈詩時島不滿十歲，恐無此理。今檢與綯諸詩，皆明言在長江以後，尚無顯證。至送綯詩中有『梁園趨旌節』句，又有『是日榮遊汴，當時怯往陳』句，當是楚鎮河中之時。若綯則未嘗爲是官，島安得有是語乎？知原集但作『令狐相公』，遂寧本各增一『綯』字，以遷就大中九年之制。經晁、陳二家辨明，故後來刊本，削去此制。而詩題所妄增，未及改正耳。晁氏稱《長江集》十卷，詩三百七十九首，此本共存三百七十八首，僅佚其一，蓋猶舊本。《唐音統籤》載島《送無可上人》詩『獨行潭底影，數息梅遥身』二句之下【三】自注一絶云：『二句三年得，一吟雙淚流。知音如不賞，歸卧故山秋。』晁氏其併此數之爲三百七十九耶？

《詩格》一卷 見《唐志》。《宋志》作《詩格密旨》。陳振孫《書録解題》《詩格密旨》作《二南密旨》，凡十五門，恐亦依託。

《四庫全書總目提要》云：《二南密旨》一卷，舊本題唐賈島撰。案陳振孫《書録解題》曰：『《二南密旨》一卷，唐賈島撰。凡十五門，恐亦依託。』此本端緒紛繁，綱目混淆。卷末總題一條云：『以上十五門，不可妄傳。』卷中又總題一條云：『以上四十七門略舉大綱。』是於陳氏所云十五門外增立四十七，已與《書録解題》互異，並所謂四十七門、一十五者輾轉推尋，數皆不合，亦不解其何故。而議論荒謬，詞意拙俚，殆不可以名狀。如以盧綸『月照何年樹，花逢幾度春』句爲大雅，以錢起『好風能自至，明月不須期』句爲小雅，以《衛風》『日居月諸，胡迭而微』句爲變大雅，以『緑衣黄裳』句爲變小雅，以《召南》『林有樸樕，野有死鹿』句及鮑照『申黜褒女進，班去趙姬昇』句、錢起『竹憐新雨後，山重夕陽時』句爲南宗，以《衛風》『我心匪石，不可轉也』句、左思『吾重段干木，偃息藻魏君』句、盧綸詩『誰知樵子徑，得到葛洪【三】家』句爲北宗。皆有如藝語。其論總例物象一門，尤爲一字不通。島爲唐代名人，何至於此？此殆又僞本之重儓矣。

《詩句圖》一卷見《宋志》，佚。

◎按：《全唐詩》賈島詩四卷。

校按：

【一】『傳』，原誤作『載』，今據《四庫全書總目提要》改正。

【二】原無『下』字，今據《四庫全書總目提要》補。

【三】『葛洪』，原誤作『蕭從』，今據《四庫全書總目提要》改正。

李衛公德裕《會昌一品集》二十卷，别集十卷，外集四卷《四庫》本與《書録解題》卷數同。

晁公武曰：右唐李德裕文饒也，趙郡人，宰相吉甫之子。少力於學，既冠，卓犖有大節，不喜與諸生試有司。憲宗時以廕補校書郎，穆宗初擢翰林學士。號令、大典皆出其手，進中書舍人，召兵部尚書、中書門下平章事。會昌初，復秉政。平澤潞，策功拜太尉，封衛公。大中貶崖州司户參軍，三年卒。裕德性孤峭，明辨有風采，善爲文章。雖在大位，手不去書。謀議援古，究究可喜，爲武宗所知。常以經綸天下爲己任，時王室幾中興焉。《一品集》，鄭亞爲之序，皆會昌制誥、表狀、外内册贊、碑、序文也。賦詩四首，《窮愁志》乃崖州所撰，《姑臧【二】集》題段全緯纂，上四卷亦制誥，第五乃《戛黠斯朝貢傳》與八詩。别集乃裒合古賦、《平泉詩》、集外雜著，又有古賦一卷，載《金松》等四賦。

陳振孫曰：《一品集》者，皆會昌在相位制、誥、詔、册、表、疏之類也。别集詩、賦雜者，外集則《窮愁志》也。德裕自穆宗時已掌内外制，累踐方鎮，遂相文宗。平生著述詎止此？此外有《姑臧集》四卷而已，其不傳於世者亦多矣。《窮愁志》，晚年遷謫後所作，凡四十九篇，其論精深，其辭峻潔，猶可見其英偉之氣。《周秦行紀》一篇，奇章怨家所爲，而文饒遂信之爾。

《四庫全書總目提要》云：是編凡分三集，明代袁州有刊本。然僅《會昌一品集》十卷、《外集》四卷。此本正集二十卷，别集十卷。外集四卷即《窮愁志》，與晁公武《讀書志》所載相合。意即蜀本之書歟？陳振孫《書録解題》稱衛公備全集五十卷，年譜一卷。又稱蜀本之外有《姑臧集》五卷，《獻替録》《辨謗略》諸書，共詩一卷，則其本不傳久矣。德裕在穆宗朝，號令大典册，咸出其手。而文多不傳，意皆在五十卷内也。按《書録解題》：備全集五十卷，乃知鎮江府江陰耿秉直所輯。蓋於永嘉及蜀本三十四卷之外，合《姑臧集》等書十六卷爲之。陳振孫曰：其曰姑臧，未詳。

《平泉雜文》一卷

陳振孫曰：即别集第九卷、第十卷，平泉出居所作詩、賦、記也。

《兩朝獻替記》三卷

晁公武曰：德裕相文宗、武宗，録當時奏、對、議、論。

《太和辨謗略》三卷

晁公武曰：先是唐，次録周秦迄隋忠賢罹讒謗事。德宗覽之，不悦。後憲宗以爲善，命令狐楚等廣之，成十卷。太和中，文盛上之。陳振孫曰：德裕以令狐楚所著，删其繁蕪，益以唐事，裁成三卷。集賢裴潾爲之序，元和書今不存，《邯鄲書目》亦止有前五卷。

《西南備邊録》十三卷見《唐志》。《宋志》作一卷。

陳振孫曰：太和中鎮蜀所作，内州、縣、城、鎮、兵食之數，大略具焉。巽齊李氏曰：此特存其第一卷，而《崇文總目》亦止載一卷。豈嘉祐以前已亡逸乎？德裕之深謀遠慮，雖至今可用也。而所存止，此可惜哉！

《異域歸忠傳》《唐志》不載，《宋志》二卷。

陳振孫曰：會昌二年，嗢没内斯附，德裕奉詔采秦漢以來，由絶域歸中國，以名節自著功業始終者，凡三十人，爲之傳。

《會昌伐叛記》一卷

陳振孫曰：記平澤潞事。

《平泉草木記》一卷

晁公武曰：其别墅奇花異草，梅石名品，仍以詠歎其美者詩二十餘篇附於後。平泉即别墅地名。

《上黨紀叛》一卷《唐志》云：劉從諫事。

《御臣要略》《唐志》云卷亡。

《黠戛斯朝貢圖》一卷見《宋志》。晁公武《讀書志》『圖』作『傳』，支機寶一卷。

《幽怪録》一卷以上俱見《宋志》。

《服飾圖》三卷見《讀書志》，共五十五事。

《次柳氏舊聞》一卷

晁公武曰：上元中，史官柳芳與高力士同遷【二】黔中，爲芳言開元天寶年事，乃論次，號《問高力士》。李吉甫與芳子冕貞元中俱爲尚書郎，嘗道力士之説。吉甫每爲其子德裕言，歲祀既久，遺藁不傳，但記十七事。後文宗訪力士行事於裕德，裕德編次上之。多同《明皇雜録》。

《四庫全書總目提要》云：是書所記，皆玄宗遺事。前有德裕自序，《舊唐書·文宗本紀》載太和八年九月己未，宰相李裕德進《御臣要略》及《柳氏舊聞》，蓋即其事。惟卷數與今本不合，殆二書共爲三卷歟？中如元獻皇后服藥、張果飲堇汁、無畏三藏祈雨、吴后夢金甲神、興慶池小龍、内道場素黄文事，皆涉神怪。其姚崇、魏知古相傾軋及乳媪以他兒易代宗事，亦似非實録，存以備異同可也。柳珵常侍言旨按：此書無别行之本。此據陶宗儀《説郛》所載。首載李輔國逼脅元宗遷西内事，云此事本在朱崖太尉所續《柽史》第十六條内，蓋以避時事，所以不書也。考德裕所著，别無所謂《柽史》者，知此書初名《柽史》，後改題今名。又知此書本十八條，删此一條，今存十七。至其《柽史》之義，與所以改名之故，則不可詳矣。

校按：

【一】『臧』，原誤作『減』，今據《四庫全書總目提要》改正。

【二】『遷』，原誤作『竄』，今據《郡齋讀書志》改正。

田太尉弘正文二首見《全唐文》。

弘正，本名興，字安道，平州人。田季安時爲衙内兵馬使，季安死，忽請弘正爲帥，與將吏約，請歸六州版籍於朝，然後視事。憲宗嘉之，加銀青光禄大夫兼上柱國沂國公，充魏博節度觀察處置度支營田等使，乃賜今名。元和十四年進侍中。穆宗立，王承元以成德軍請帥，詔弘正兼中書令節度使。長慶元年爲王庭湊所害，册贈太尉。

《舊唐書》：弘正樂聞前代忠孝立功之事，於府舍起書樓，聚書萬餘卷。視事之隙，與賓佐講論古今言行可否。今河朔有《沂公史例》十卷，弘正客爲弘正所著也。

田僕射布《遺表》具《唐書》本傳。

《全唐文小傳》：布，字敦禮，魏博節度使弘正之子，拜河陽節度使。長慶初，徙涇原牙將，史憲誠叛，逼布行河朔舊事，布度衆且亂，爲書謝帝，引刀自刺，年三十八，贈尚書右僕射。

崔節度鉉《續會要》四十卷見本傳。

《唐書》：鉉，字台碩，博陵人，元略子。登進士第。大中三年，召拜御史大夫，尋加中書侍郎，同平章事，博陵縣公。咸通八年，爲荊州節度。卒於江陵。

高司馬瑀文一首見《全唐文》。

《舊唐書》：瑀，渤海蓨人。少好論兵，釋褐，右金吾冑曹。太和初，檢校左散騎常侍、許州刺史，忠武節度使。六年徵爲刑部尚書，拜太子少傅，復檢校右僕射，陳、蔡、許節度使。卒贈司空。

李尚書藩《國家貧富對禳祈説對》具本傳。

《舊唐書》：藩，字叔翰，趙郡人。少恬淡修檢，雅容儀，好學。年四十餘未仕，讀書揚州，困於自給，妻子怨尤，晏如也。張建封在徐州，辟爲從事。德宗除秘書郎。元和初，遷給事中。斐垍【二】言於帝，以爲有宰相器，屬鄭絪罷免，遂拜藩門下侍郎同平章事。六年出爲華州刺史，未行，卒，贈户部尚書。

校按：

【二】原『垍』字處空格無字，今補。

魏尚書謩文集十卷

《魏氏手略》二十卷以上俱見本傳，《唐志》卷同。

《舊唐書》：謩，字申之，鉅鹿人。太和七年登進士第，以薦爲右拾遺。文宗以謩魏徵之裔，頗奇待之。大中十一年以本官平章事，成都尹，劍南西川節度副大使，知節度事。十二年徵拜吏部尚書，守太子少保。卒贈司徒。

《文宗寶録》十卷

晁公武曰：起即位，盡開成五年，凡十四年。宣宗大中八年，史官蔣偕、牛業、王諷、盧吉同修。

陳振孫曰：蓍監修，偕等史官也。

裴舍人素文一首

《全唐文小傳》：素，平城人。寶曆初進士，官中書舍人。

劉諫議蕡《對賢良方正直言極諫策》具本傳。

《舊唐書》：蕡，字去華，昌平人。寶曆二年進士，博學善屬文，尤精《左氏春秋》。言及世務，慨然有澄清之志。太和二年策試賢良極諫，以忤官被黜詘，以罪貶柳州司户參軍。卒，昭宗朝贈正諫議大夫。

高尚書元裕文二首見《全唐文》。

《舊唐書》：元裕，字景圭，渤海人。登進士第。本名允，中太和初爲侍御史，奏改。大中初爲刑部尚書，襄州刺史，渤海郡公，山南東道節度使。入爲吏部尚書，卒。

盧郡守求《成都記》五卷，唐、宋《志》同。《來都記序》一首，見《全唐文》。詩一首見《全唐詩》。

《全唐詩小傳》：求，范陽人，宰相攜之父，李翺壻也。登寶曆二年進士第，官郡守。按《唐書》，求附其子攜傳内，《唐志》作《成都記》者，乃西川節度使，當誤。

《襄陽故事》十卷

《湘中記》一卷以上見《宋志》。

盧平章攜詩一首

《全唐詩小傳》：攜，字子升，范陽人。大中九年擢進士第，由臺省歷户部侍郎、翰林學士。乾符中，拜門下侍郎，同平章事。黄巢入闕，仰藥死。

崔僕射彦昭文一首見《全唐文》。

《舊唐書》：彦昭，字思文，清河人。大中三年進士擢第，乾符初以本官同平章事制度支，累遷門下侍郎，兼刑部尚書，弘文館大學士，與鄭畋、李蔚同知政事，三加兼官，皆領度支如故。進特進，累兼尚書右僕射。罷相歷方鎮。以太子太保分司卒。

高尚書少逸《四夷朝貢録》十卷

陳振孫曰：少逸，渤海人。會昌中，宰相李德裕以黠戛獻朝貢，莫知其國本，原詔爲此書。本二十卷，合之爲十卷。按：少逸，元裕兄。附《舊唐書·元裕傳》。長慶末爲侍御使，大中初檢校禮部尚書、華州刺史，入爲散騎常侍、工部尚書，卒。

張嫁尉著《翰林盛事》一卷

陳振孫曰：著，字處晦，常山人。嫁尉此書，記儒人盛事，自武德中，迄於天寶。首載張文成七登科者，即著之祖也。

李騰《説文字源》一卷見《唐志》。

《崇文總目》云：騰，陽冰從子。初陽冰爲滑州【一】節度使，李勉篆《驛記》，賈耽鎮滑州，見陽冰書，歎其精絶，因命陽冰侄騰集許慎《説文》録目五百餘字。

校按：

【一】原『滑州』處空白無字，今據《崇文總目》補。

時夜光《三元異義》三十卷

《唐書·藝文志》：夜光，幽州人。開元二十年上。

邢南和《注老子》見《唐志》。開元二十一年上。

崔貞文良佐《三國春秋》《唐志》云卷亡。

《新唐書》：良佐，深州安平人，日用從子。居白鹿山，門人謚曰貞文孝父。按唐《宰相世系表》，良佐，湖城簿。

集十卷

《易忘象》三卷

《尚書演範》卷亡。以上俱見《通志》，佚。

冀子泉重《冀子》五卷

《唐志》：重，字子泉，定州容城人。

崔光禄慤《儒元論》三卷

《唐志》：慤，字敬之，後魏白馬侯浩七世孫，中和光禄丞。

慕容東初宗本《五經類語》十卷

《唐志》：宗本，字東初，大中初幽州人。

谷司户況《燕南記》三卷

陳振孫曰：唐恒州司户魏郡谷況撰。專記成德一鎮事，自建中二年至太和七年，起張孝忠，終王承元。古語有『燕南垂，趙北際』，今以其在燕之南，故名。然河北諸鎮連叛事蹟，大略具矣。

崔節度珙文二首

《全唐文小傳》：珙，博陵安平人，書判拔萃高等，累佐使府。仕至鳳翔節度使。大中三年辭疾，以太子少師分司東都，就拜守留。復節度使鳳翔。

張承吉祜詩集《唐志》一卷，《宋志》作十卷，《讀書志》仍作一卷。今《全唐詩》編作二卷。

晁公武曰：祜，字承集，清河人，以宫詞得名。長慶中，令狐楚表薦之，不報。辟諸侯府，多不合，自劾去。嘗客淮南，愛[二]丹陽曲阿地，築室卜隱。作詩有『人生只合揚州死，禪智山光好墓[三]田』之句。大中中，果終丹陽隱舍。人以爲讖云。

校按：

【一】『愛』，原誤作『首』，今改正。

【二】『墓』，原誤作『茂』，今改。

李尚書訥詩一首

《全唐詩小傳》：訥，字敦正，趙郡人。大中時爲浙東觀察使，終兵部尚書、太子太傅。

盧從事順之詩一首

《全唐詩小傳》：順之，字子謹，范陽人。大中時桂管從事。

李刺史續詩一首

《全唐詩小傳》：續，趙郡人，嘗爲柳公綽幕僚，終曹州刺史。

封舍人彥卿詩一首

《全唐詩小傳》：彥卿，蓨人。大中進士第，咸通中累官中書舍人，坐子琮，貶司户。

盧司徒渥詩一首

《全唐文小傳》：渥，字平章，范陽人。大中進士第，終檢校司徒。

高平章琚詩一首

《全唐詩小傳》：琚，字瑩之，渤海人。登進士第，咸通中守中書侍郎平章事。

崔常侍璞詩二首

《全唐詩小傳》：璞，清河人。蘇州刺史，咸通初歷右散騎常侍。

盧郎中嗣業《愈風集》十卷見《通志》，佚。今存詩一首。

《全唐詩小傳》：嗣業，范陽人，綸孫。乾符五年登進士第。廣明初，以長安尉直昭文館，累遷右補闕，後辟都督制官檢校禮部郎中。

孫樂安偓詩三首

《全唐詩小傳》：偓，字龍光，武邑人。乾寧中宰相，封樂安公。

張侍郎讀《宣室志》十卷見《書録解題》。

陳振孫曰：讀，字聖用，常山人，吏部侍郎。宣室者，漢文帝問鬼神之處也。按：《文獻通考》「聖用」作「聖朋」[一]。

校按：

【一】「朋」字處原空白無字，今據《文獻通考》補。

許大中淑《左氏傳注解》佚。

陸德明曰：大中大夫許淑，字惠卿，魏郡人。

李膳部綽《秦中歲時記》一卷

陳振孫曰：綽，趙郡人，膳部郎中。綽別未見，此據《中興書目》云爾。其序曰：「緬思庚子之歲，洊周戊辰之年。」庚子，唐廣明元年。戊辰，梁開平二年也。又曰：「偶記昔年皇居舊事，絶筆自歎，横襟出涕。」然則唐之舊臣，國亡之後，傷感疇昔而爲此書也。按朱藏一《紺珠集》、曾端伯《類説》載此書有「杏園探花使」「端午扇市」「歲除儺公儺母」及「太和八年無名子詩」數事，今皆無之。豈別一書乎？

《輦下歲時記》一卷

晁公武曰：綽經黄巢之亂，避地蠻隅，偶記秦地盛事，傳之晚學。

◎按：以上二書，疑是一書而異名。《文獻通考》兩載之，當亦未見其書耳。

《尚書故實》一卷

晁公武曰：《崇文總目》謂尚書即張延賞。綽記延賞所談，故又題曰《尚書談録》。按其書稱嘉貞爲四世祖，疑非延賞也。

陳振孫曰：其書首言賓護尚書河東張公三代相門，謂嘉貞、延賞、弘靖。弘靖盧龍失御，貶賓客分司。綽唐末人，未必及弘靖。弘靖之後，文規、次宗、彦遠皆不登八座，未詳所謂。《唐書》即以爲延賞，尤不然。

《四庫全書總目提要》云：綽仕履未詳。考《新唐書·宰相世系表》，趙郡李氏南祖之後有名綽、字肩孟者，爲吏部侍郎舒之曾孫。書中自稱趙郡人，或即其人歟？是書《宋史·藝文志》凡兩載之，一見《史部·傳記類》，一見《子部·小説類》。而注其下曰：『綽，一作綽。實，一作事。』今按曾慥《類説》所引亦明標李綽之名，則作『綽』者誤矣。自序稱賓護尚書張公，三相盛門，博物多聞。綽避難圃田，每容侍話，凡聆徵引，必異尋常家。遂纂集尤異作此書。蓋皆據張尚書之所述也。惟張尚書不著其名，《新唐書·藝文志》沿《崇文總目》之譌，以張尚書爲即延賞。晁氏公武、陳振孫已斥其誤。然書中稱嘉貞爲四世祖，又稱嘉祐爲高伯祖，則所謂尚書者當在彦遠、天寶、彦修、曼容諸兄弟中。其文規、次宗乃弘靖子。於嘉貞爲曾孫，不可稱高祖。振孫乃皆以其不登八座爲疑，亦非也。觀其言賓護移知廣陵，又言公除潞州旌節，則必嘗爲揚州刺史、昭義節度使者。當以史於天保諸人下略其官位，遂致無可考耳。其書雜記近事，亦兼考舊聞，如司馬承禎、王谷、盧元公、尉遲迥、韋卿材、謝真人、淪落衣冠章仇兼瓊、郭承嘏諸條，雖頗涉語怪，然如蘭亭敘入昭陵，顧長康畫清夜遊西園圖，謝赫、李嗣真評畫，百衲琴，戴容刻佛像，碧落碑，尤骨帖，寶章集，靈芝殿，佛教屬鬼宿，昌黎生改金根車，謝安無字碑，鄭虔三絶，顧況工話諸軼事，皆出此書。而墓碑有圓空德政碑不當有圓空一條、楊子華畫牡丹花已見北齊一條、《晉書》寒具一條、省試鶯出穀時一條、杜牧未爲北部一條、王右軍書千字文一條，尤頗有考證。王愨《野客業書》引據最爲博洽。而牡丹引楊子華事，天廚引西園圖事。又引其東方朔一條，證《山海經》事，皆據爲出典。在唐人小説中，亦因話録之亞也。惟張弘靖《蕭齋記》本爲李約作，原記尚存，而云蕭齋在張氏東都舊第。李商隱僅兩任校書郎，一任太學博士，本傳可考，而云臺儀自大夫以下至監察，通謂之五院御史，唐國歷五院者，惟李商隱、張延賞、温造之人。皆爲失實。要之，瑕不掩瑜，固不以一二小節廢矣。

僧一行《大衍論》三卷

《天一太乙經》一卷

《太乙局循甲經》一卷《通志》作遁甲十八局。

《釋氏系譜》一卷《通志》『系譜』作『系傳』。

《大衍玄圖》一卷

《義決》一卷以上皆見本傳。

《易傳》十二卷《經義考》云：佚。今惟《大演周易本義》一卷存。

《心機算術括》一卷

《六壬明鑒連珠歌》一卷

《六壬髓經》三卷

《諸家要術宅經》一卷

《二宅黄黑道秘訣》一卷

《魁綱庫樓修造法》一卷

《五音地理經》十五卷以上俱見《通志》。《讀書志》作《五音地理新書》三十卷。

晁公武曰：以人性五音驗八山三十六將吉凶之方，其學今世不傳。

《開元大衍曆經》見本傳。

陳振孫曰：唐《大衍曆議》十卷，僧一行作。新曆草成，而卒詔張説與曆官陳元景等，次爲《曆術》七篇、《略例》一篇、《曆議》十篇，《新史》《志略》見之。十議者，一曆本，二日度，三中氣，四合朔，五卦候，六九道，七日晷，八分野，九五星，十日食。大抵皆以考證古今得失也。《曆志略》，取其要著於篇者十有二，曰曆本、曰中氣、曰合朔、曰卦候、曰卦議、曰日度、曰九道、曰日食、曰五星，蓋《曆議》之八篇而分卦候爲二，故共爲九條。其没滅盈縮、晷露、中星三條，則皆取之《略例》。餘《曆議》日晷、分野二篇。則具之《天文志》。

《舊唐書·方伎傳》：一行姓張氏，先名遂，魏州昌樂人，襄州都督、郯國公公謹之孫也。父擅，武功令。一行少聰敏，博覽經史，尤精曆象、陰陽五行之學。時道士尹崇博學先達，素多墳籍。一行詣崇，借揚雄《太玄經》，將歸讀之。數日，復詣崇，還其書。崇曰：『此書意指稍深，吾尋之積年，尚不能曉，吾子試更研求，何遽見還也？』一行曰：『究其意矣。』因出所撰《大衍玄圖》及《義決》

一卷以示崇。崇大驚，謂人曰：『此後生顔子也。』一行由是知名。武三思慕其學行，就請與結【一】交，一行逃匿以避之，尋出家爲僧，隱於嵩山。睿宗以禮徵，不應命。開元五年，玄宗令其族叔禮部郎中洽齎勑書强起之，一行至京，置於光太殿。訪以安國撫人之道，言皆切直，無有所隱。時《麟德曆經》推步漸疏，勑一行考前代諸家曆法，改撰新曆，又令率府長史梁令瓚等與工人創造黄道遊儀，以考七曜行度，互相證明。於是一行推《周易》大衍之數，立衍以應之，故撰《開元大衍曆經》。至十五年卒，謚曰大慧禪師。初一行從祖東臺舍人大素，撰《後魏書》一百卷，其《天文志》未成，一行續而成之。上爲一行製碑文，觀書於石。

《燕僧利正長慶人事軍律》三卷

校按：

【一】『結』字處原空白無字，今據《舊唐書》補。

僧無可集一卷

陳振孫曰：唐僧賈無可撰，島弟也。

畿輔藝文考 五代

羅太師紹威集五卷佚。今存詩二首。

《全唐詩·附傳》：紹威，字瑞已，魏州貴鄉人。唐末官魏傳節度使，封鄭王。入梁，累拜太師兼中書令。

馮瀛王道集六卷，《河間集》五卷，詩集十卷今存詩五首、文十一首。

《全唐詩·附傳》：道，字可道，景城人。初爲劉守光參軍，後歷唐、晉、漢、周，事四姓十君，並在政府，自號長樂老，追封瀛王。

崔平章協文一首

《全唐文·附傳》：協，字思化，清河人。舉進士，爲渭南尉，直史館。入梁，累官兵部、吏部侍郎。後唐同光初，改御史中丞。天成初，遷禮部尚書、太常卿拜平章事。

封學士舜卿文一首

《全唐文·附傳》：舜卿，字贊聖，渤海蓨人。仕梁爲吏部侍郎，知貢舉。開平三年，奉使幽州，入爲翰林學士。

李尚書德休文一首

《全唐文·附傳》：德休，字表逸，趙郡贊皇人。舉進士。天佑初，河朔定州節度使。後唐莊宗徵爲御史中丞，轉兵部、吏部侍郎，以禮部尚書致仕。

封給事翹文四首

《全唐文·附傳》：翹，舜卿從子。梁貞明中爲翰林學士，後唐天成中爲給事中【一】。

校按：

【一】原無『中』字，今據《全唐文·附傳》補。

李都監嚴文一首

《全唐文·附傳》：嚴，本名讓坤，幽州人。初仕燕，爲刺史。後唐同光中爲客省使，奉使於蜀，知蜀可伐，贊來其謀。蜀平，遷泗州防禦使。長興初，授西川兵馬都監。爲孟知祥所害。

李特進愚文三首

《全唐文・附傳》：愚，字子晦，渤海無棣人。自稱趙郡平棘西祖之後。初名晏平，舉進士，又登弘詞科。由梁入後唐，爲翰林學士。清泰[一]初，加特進弘文館大學士。

《後唐功臣列傳》三十卷

《册府元龜》：李愚爲門下侍郎，監修國史，與諸儒修成《創業功臣傳》三十卷。愍帝應順元年閏正月，愚與修撰制館事張昭遠等謁閤門，進新修《唐功臣列傳》三十卷。

校按：

【一】『泰』，原誤作『泉』，今據《全唐文・附傳》改正。下同。

趙太保鳳文五首

《全唐文・附傳》：鳳，幽州人。由梁入後唐，天成四年拜門下侍郎，同中書門下平章事。尋罷爲安國軍節度使。清泰初，召還，授太子太保。

《後唐太祖莊宗兩朝實録》

《册府元龜》：天成四年十一月，史館進呈太祖武皇帝、莊宗先聖神閔孝皇帝兩朝實録。是日，賜門下侍郎兼工部尚書平章事，監修國史，趙鳳雜綵五十疋、蓋椀一副。

賈修撰緯《草堂集》三十卷見本傳，佚。今存文三首，附見《全唐文》。

《唐年補録》六十五卷見《書録解題》。

陳振孫曰：後晉起居郎史館修撰，鉅鹿賈緯撰。以武宗後無實録，故爲此書。終唐末，其實補實録之闕也。唯論次多闕誤而事蹟粗存，亦有補於史氏。

《晉高祖實録》三十卷，《少帝實録》二十卷見《書録解題》。

陳振孫曰：監修竇正、固史官賈緯等撰。周廣順元年上。

《漢高祖實録》十七卷見《書録解題》。

陳振孫曰：監修蘇逢吉史官賈緯撰。乾祐二年上書。本十二卷，今缺末三卷。《中興書目》作十卷。

《賈氏備史》六卷見《書録解題》。

陳振孫曰：漢諫議大夫賈緯撰。敘石晉禍亂，每一事爲一詩繫之。

《五代史緯》：真定獲鹿人，少苦學爲文。唐末舉進士，不第。唐天成中，范延光鎮定州，表授趙州軍事判官，遷石邑令。晉天福中，入爲監察御史，改起居郎史館修撰。漢乾祐二年，授左諫議大夫。周祖即位，出爲平盧軍行軍司馬。

劉秘書贊文二首

《全唐文·附傳》：贊，魏州人。少舉進士。後唐天成中，改秘書監。秦王得罪，長流嵐州。清泰二年詔歸田里，卒。

崔尚書居儉文一首

《全唐文·附傳》：居儉，清河人。少舉進士。由梁入唐，終户部尚書。

吕侍郎琦文一首

《全唐文·附傳》：琦，字輝山，幽州安次人。由後唐入晋，遷刑、户、兵三部侍郎，爵開國子。

崔賓客棁文七首

《全唐文·附傳》：棁，字子文，深州安平人。由梁、唐入晋，拜太子賓客，分司西京。

張節度希崇文一首

《全唐文·附傳》：希崇，字德峰，幽州薊縣人。後唐邠州節度使。晋祖入立，除靈武，卒。

殷舍人鵬文二首

《全唐文·附傳》：鵬，字大舉，大名人。少舉進士。由後唐入晋，天福中擢中書舍人。

盧尚書損文三首

《全唐文·附傳》：損，范陽人，梁開平初進士，由唐入晉。

王節度殷文一首

《全唐文·附傳》：殷，瀛洲人。歷唐、晉、漢、周，終天雄軍節度使。

龍尚書敏文一首

《全唐文·附傳》：敏，字欲訥，幽州永清人。由後唐入晉，終工部尚書。

曹司馬國珍文二首

《全唐文·附傳》：國珍，字彦輔，幽州固安人。少舉進士。晉祖即位，自吏部郎中拜左諫議大夫、給事中。少帝嗣立，貶陝州行軍司馬，卒。

王平章周文一首

《全唐文·附傳》：周，魏州人。由後唐入晉，授武勝軍節度使。漢祖入立，徙鎮武甯加同平章事。

張侍郎允文四首

《全唐文·附傳》：允，鎮州東鹿人。由唐、晉入漢，終吏部侍郎。

劉太保昫文七首

《全唐文·附傳》：昫，字耀遠，涿州歸義人。初爲定州王處直觀察推官。後唐莊宗朝，累遷庫部郎中。明宗即位，歷户部侍郎，同中書門下平章事。清泰初，加吏部尚書、門下侍郎，罷知政事，守右僕射。晉天福初，詔爲東都留守，遷太子太保，兼左僕射，封譙國公，改太子太傅。開運初，授司空平章事。契丹至，以目疾罷守太保。卒。

《舊唐書》二百卷

《四庫全書總目提要》云：晉劉昫等奉勑撰。《五代史記》昫本傳不言昫撰此書，史漏略也。自宋嘉祐後，歐陽修、宋祁等重撰此新書，此書遂廢。然其本流傳不絶，儒者表昫等之長以攻修、祁等之短者，亦不絶。今觀所述，大抵長慶以前，《本紀》惟書大事，簡而有體；《列傳》敘述詳明，贍而不穢。頗能存班之書法。長慶以後，《本紀》則詩語、書序、婚狀、獄詞，委悉具書，語多支蔓；《列傳》則多敘官資，曾無事實。或載寵遇，不具首尾，所謂繁略不均者，誠如宋人之所譏。案《崇文總目》：初，吴兢撰《唐史》，自創業迄於開元，凡一百一十卷。韋述因兢舊本，更加筆削，刊去《酷吏傳》，爲記、志、列傳一百十二卷。至德、乾元以後，史官于休烈又增《肅宗紀》二卷。史官令狐峘等復於紀、志、傳隨篇增輯，而不加卷帙，爲《唐書》一百三十卷。是《唐書》舊稿實出吴兢。

雖經衆手續增，規模未改。眴等用爲藍本，故具有典型。觀《順宗紀·論題史官韓愈》《憲宗紀·論題史官蔣系》，此因仍前史之明證也。至長慶以後，史失其官，無復善本，眴等自採雜説傳記，排纂成書，動乖體例，良有由矣。至於卷一百三十二，既有《楊朝晟傳》，卷一百四十四復爲立傳。蕭穎士既附見於卷一百二，復見於卷一百九十《文苑傳》。宇文韶《諫獵表》既見卷六十二，復見於六十四卷。又《諫張茂宗尚主疏》既見於卷一百四十一，復見於卷一百四十九。《輿服志》所載條議，亦多同列傳之文。蓋李崧、賈緯諸人，各自編排，不相參校。眴掌領修之任，曾未能鉤稽本末，使首尾貫通，舛漏之譏，亦無以自解。平心而論，蓋瑕瑜不掩之作。黨新書者，必謂事事勝舊書；黨舊書者，必謂事事勝新書。此偏見也。我皇上獨秉睿裁，定於正史之中。二書並列，相輔而行，誠千古至公之道。論史諸家可無庸復置一議矣。

扈學士載集二十卷見《通志》，佚。今存文一首，見《全唐文》，多闕。本傳所稱《運源賦》《碧鮮賦》亦不傳。

《五代史記》：載，字仲熙，北燕人。少好學，善屬文。周廣順【一】初舉進士高第，拜校書郎，直史館。再遷監察御史，拜水部員外郎，知制誥。遷翰林學士。卒年三十六。

校按：

【一】原無『順』字，今據《舊五代史》補。

張金堂蠙詩一卷見《讀書志》。

晁公武曰：蠙，字象文，清河人。登乾寧二年進士第，爲校書郎，櫟楊尉、犀浦令。入蜀，拜膳部員外郎，終金堂令。王衍與徐后遊大慈寺，見壁間『牆頭細雨重纖草，水面迴風聚落花』，重之，問之，云：蠙句。因〔一〕給禮〔二〕，令以詩進，蠙以二百首獻。衍重之，將召爲知制誥，朱〔三〕光嗣以其輕傲，止賜白金而已。蠙生而穎秀，幼能爲詩，作《登單于臺》，有『白日地中出，黄河天外來』之句，爲世所稱。

校按：

〔一〕原無『因』字，據《郡齋讀書志》補。

〔二〕『禮』，原誤作『札』，今據《郡齋讀書志》改正。

〔三〕『朱』，原作『宋』，今據《郡齋讀書志》改。

盧侍郎延讓詩十卷〔一〕見《漢書·志》，今《全唐詩》存詩十首〔二〕。

晁公武曰：延讓，字子善，范陽人。光化九〔三〕年進士第，朗陵雷滿辟從事。滿敗歸，王建授水部員外郎，累遷給事中，終刑部侍郎。延讓師薛能詩不尚奇巧，人多誚其淺俗，獨吳融以其不蹈襲，大奇之。

校按：

【一】盧延讓爲後蜀之人，其事見《十國春秋》等，《宋史·藝文志》等皆載其詩爲一卷，各本皆無『十卷』之説。則恐『十卷』爲『一卷』之誤，『漢書』爲『宋史』之誤。

【二】『首』，原誤作『卷』，今據《全唐詩》改正。

【三】『九』，《郡齋讀書志》作『元』。《文獻通考》等作『九年』，《太平廣記》等作『三年』。

張太傅格詩一首

《全唐詩·附傳》：格，字義師，河間人。仕蜀，爲翰林學士，拜中書侍郎，同平章事，累加右僕射太傅。

高侍郎越詩一首

《全唐詩·附傳》：越，字仲遠，幽州人。仕吴，授秘書郎，累遷户部侍郎。

潘舍人佑【一】《滎陽集》十卷 《通志》作二十卷，今存詩四首。

《全唐詩·附傳》：佑，幽州人。南唐時，累官虞部員外郎，内史舍人。按：晁公武《讀書志》，潘佑作金陵人，云性貞介，文章瞻遠，尤長議論。坐無事悖慢下獄自剄死，人頗言張洎譖之。

校按：

【一】『佑』，《唐詩品匯》《全唐詩》等作『佐』。

韓御史定辭詩一首

《全唐詩·附傳》：定辭，深州人，爲鎮州觀察使判官，檢校尚書祠部郎中兼侍御史。

張學士易《太玄注》

《南唐書》：易，字簡能，元城人，右諫議大夫，制大理寺，改勤政殿學士，制御史臺。注《太玄》未成，卒。

畿輔藝文考　宋

范魯公質集三十卷

晁公武曰：質，字文素，大名宗城人。後唐長興中，舉進士。時和凝典貢舉，覽質程文，器之，自以登第名在十三，即以其數處質舉子，詔之傳衣鉢。晉天福中爲翰林學士，周廣順初拜相，太祖受禪，加兼侍中。乾德二年起，罷爲太子太傅。卒年五十四。將終，戒其子勿請謚，勿刻著碑。質力學强記，好聚書。既〔一〕登朝，猶手不釋卷。國史載其《示從子詩》、《家書》、《自序》、《薦吕餘慶、趙普》。

表三篇

按：今《宋史》本傳正載薦吕、趙表略，餘未録。其集卷數與《讀書志》合。《請封建子弟奏》具傳内，《奉契丹主表》《進契丹主狀》附載《全唐文》。

《刑統》

《南郊行禮圖》

《五代通録》六十五卷

以上俱見本傳，佚。

晁公武曰：《五代通録》，起梁開平元年，盡周顯德六年。《五代實録》中三百六十卷，質删其煩文，遮其要言，以成是書。自乾化壬申至梁亡，十二年間，簡牘散亡，亦采當時制、敕、碑、碣以補其闕。

《魏公桑維翰傳》三卷

見《通志》，佚。按：《宋史·藝文志》有質所撰《桑維翰傳》三卷，後又有《魏公家傳》三卷，疑是重出。

《晉朝陷番[二]記》四卷

佚。

晁公武曰：質石晉末在翰林，爲出帝草降虜表，知其事爲詳。記少主初遷於黄龍府，後居於建州，凡十八年而卒。按契丹丙午歲入汴，順數至甲子歲爲十八年，實國朝太祖乾德二年也。

陳振孫曰：據蕭田鄭氏書目云：范質撰。本傳不載。故《館閣書目》云不知作者。未悉鄭氏何所據也。

校按：

【一】『既』，原誤作『阮』，今改正。審《畿輔藝文考》『既』往往誤作『阮』，下文逕改，不再出。

【二】『陷番』，原誤，今據《崇文總目》《通志》等改正。又『番』亦作『蕃』。

趙韓王普集三卷

晁公武曰：趙普，字平則，薊州人。其父遷洛陽，占籍焉。乾德中，代范質爲平章事。太平興國六年，及端拱，初三入相，薨，封真定王，謚忠獻，年七十一。普初無學術，太宗勉之，晚年頗該博。

陳振孫曰：遺稿凡十卷。普開國元臣，不以文章著，而《彗星》《班師》二疏，天下至今傳誦。末有劉昌言所撰《行狀》。按《館閣書目》惟有奏議一卷，今麻沙書坊刊本奏議止數篇，餘者表狀之屬。

《韓王文集》五卷

趙希弁曰：《讀書志》云三卷而敘述甚略。希弁所藏文集一册，列劉昌言所作行狀於前，記一，表、疏二十九，附手詔批答五，奏、狀、劄子二十五，附御詩二十一，啟、狀十，詞帖三。希弁又得其《謝【一】請班師批答》一表於國史本傳，《賀平江南》一表及《與諸公遺書》於《國朝文粹》，通六十八篇。以《太宗皇帝御制神道碑》冠於帙首，並行狀爲一卷，次以記，又次以表、疏，又次以奏、狀、劄子，又次以啟、狀、詞、帖，成五卷。碑稱晚歲酷首讀書，經史百家常存几案，强記默識，經目諳心，碩學老儒宛有不及。

巽齊李氏《遺稿序》曰：王禹偁嘗賦詩哭【二】普，謂其章疏與夏訓、商謨相表里。本傳獨載普《諫伐幽州》，詞多剛潤，每恨弗見其全。網羅披索，久乃得普遺文，而幽州之奏咸在。後有《論星變》及《薦張齊賢》二奏，其言淳淳，要本於仁。嗚呼賢矣！禹偁褒贊，諒不爲私，而史官簡編，誠可歎息。乃次第其遺文，以傳於世。其四六表狀往往見禹偁集，蓋禹偁代作也。雖禹偁代作，必普之心夫云耳，因弗敢異，顧草疏決不止此，當博求而附益之。

《藝祖受禪録》一卷《永樂大典》本。

《四庫全書總目提要》云：舊本題宋趙普、曹彬同撰。記太祖初生及幼時事特詳，末云：先是晉天福中，兩浙兒童聚戲，率以趙字爲語助，如得曰趙得，可曰趙可云云。亦侈陳符瑞之故智。帝王受命自有本原，豈以小兆爲驗耶？

《龍飛記》一本《永樂大典》本。

《四庫全書總目提要》云：普既有《受禪録》，何以又爲此書？疑與《受禪録》皆後人所依托，以普與曹彬爲文武佐命，各假【三】借其名耳。

《飛龍記》一卷見《宋志》。《讀書後志》作《龍飛日歷》。

趙希弁曰：皇朝趙普撰記【四】。顯德【五】七年正月，藝祖受禪事，是年改元建隆。二月，普撰此書，普時爲樞密學士。

校按：

【一】『謝』，原誤作『徹』，今據《郡齋讀書志》改正。

【二】『哭』，原誤作『巽』，今據《文獻通考》改正。

【三】『假』，原誤作『優』，今據《四庫全書總目提要》改正。審《畿輔藝文考》『假』多誤作『優』，下文逕改，不再出。

【四】原唯『記』字，不辭，今據《郡齋讀書志》補。

【五】原無『德』字，今補。

竇僕射儀《刑統》三十卷

《宋史》：儀，字可象，薊州漁陽人。父禹鈞與兄禹錫皆以詞學名。儀十五能屬文，晉天福中舉進士。周恭帝即位，遷兵部侍郎。建隆元年遷工部尚書，罷學士，兼制大理寺。奉詔重訂《刑統》爲三十卷。乾德四年卒，贈右僕射。

晁公武曰：皇朝竇儀以尚書制大理寺，與法官鄭曉、奚嶼、張希峺等修定。古者議事以制，使民不知所爭也。後世鑄刑書，使民知所避也。雖若不同，所以爲民之意則一。然議事以制者，委重於人；鑄刑書者，委重於法。委重於人，則上之人將輕重由心，以虐其下。委重於法，則下之人將徼於書，以慢其上。其爲先也亦均。要之，以人行法，不使偏重，然後爲得耳。陳振孫曰：初，范質既相周，建議律條繁廣，輕重無據。特詔詳定，號《大周刑統》，凡二十一卷，至是重加詳定。建隆四年頒行。

《建隆編敕》四卷《宋志》云：儀與法官編。

《端揆集》四十五卷佚。其《條陳貢舉事例》《奏請建屏藻疏》，具《宋史》本傳。

竇侍郎儼文集七十卷《通志》作五十卷，佚。其《請禁非形疏》及《治理設官》二疏，皆具本傳。

《義訓》十卷《宋志》列經學小學類中。

《東漢文類》三十卷

《周正樂成》一百二十卷

《宋史》：儼，字望之，儀弟。幼能屬文，既冠舉晉天祐六年進士。宋初，轉禮部侍郎，代儀知貢舉。當是時，事祀樂章、宗廟謚號，多儼撰定。議者服其該博。卒年四十二。儼於儀尤爲才俊，對景覽古，皆形諷詠，更迭唱和，至三百篇，多以道義相敦厲，並著作集。

宋司空琪《應詔陳遷事疏》《陳十策疏》又《上書陳遷事》，皆具本傳。其臨終作《多歲老人敘文》，未載。

《宋史》：琪，字升寶，幽州薊人，少好學。晉祖割燕地以奉契丹，契丹歲開貢部，琪舉進士中第，署壽安王侍讀。時晉天福六年也。端拱初，以舊相進位史部尚書。至道二年春，拜右僕射，特令月給實奉一百千，又以其衰老，詔許五日一朝，是年九月卒，贈司馬，謚直安。

趙右丞上交集二十卷張昭爲序，佚。其《請趙選朝官能活寬獄奏》具本傳。

《宋史》：上交，涿州范陽人。本名遠，字上交，避漢祖諱，遂以字稱。周顯德二年，拜吏部侍郎，免官。宋初起爲尚書右丞，建隆二年卒。子矚，字可畏，十二能屬文，與兄晙同舉進士，未成名而兄夭，遂以蔭補千牛【一】備身。歷秘書郎，殿中丞著作郎。卒年二十六，有集十卷，太宗嘗取入内。

校按：

【一】『牛』，原誤作『年』，今據《宋史》《續通志》改正。

趙著作矚集十卷見上，佚。

劉侍郎載集佚。

《宋史》：載，字德輿，涿州范陽人。後唐清泰中舉進士，嘗著《五論》，曰爲君、爲相、爲將、去讒、納諫，頗爲文士稱。【一】

校按：

【一】原『稱』字下即别行爲『周顯德三年』，顯係有脱文。今據《宋史》李昉本傳補，並依《畿輔藝文考》之例補條目。

李司徒昉集五十卷

《宋史》：昉，字明遠，深州饒陽人。父超晉，工部郎中，集賢殿直學士。周顯德二年，宰相李穀征淮南，昉爲記室。世宗覽軍中章奏，首其辭理明白，已知爲昉所作。及見相圓寺《文英院集》，乃昉與扈蒙、竇儼及昉弟載所題，益善昉詩而稱賞之，曰：『吾久知有此人。』【二】乃命爲屯田郎中翰林學士。六年，恭帝嗣位，賜金紫。宋初加中書舍人，淳化二年以本官加中書侍郎平章事，監修國史。四年昉以私門連遭憂戚，求解機務，詔不見。復起視事，後數月，罷爲右僕射。明年昉年七十，以特進司空致事。至道二年薨，贈司徒，謚文正。

《内制》十卷佚。

《歷代年號》一卷佚。

陳振孫曰：丞相饒陽李昉明升在翰苑時所纂。

《歷代宮【三】殿名》一卷佚。

陳振孫曰：歷代及僭僞宮殿、門闕、樓、觀、園苑、池館名，無不畢録。

《太平御覽》一千卷

晁公武曰：太平興國中，昉被詔輯經史故事分門。《春明退朝録》云：書成，高帝日覽三卷，一年而讀周，賜名《太平御覽》。

陳振孫曰：以前代《修文御覽》《藝文類聚》《文思博要》，及諸家參詳，條次修纂，本號《太平編類》。太平興國二年受詔，八年書成，改名《御覽》。或云：國初，古書多未亡，以《御覽》所引用書名改也。其實不然。特因前諸家類書之舊耳，以三朝國史考之館閣及禁中書總三萬六千餘卷，而《御覽》所引書多不著録，蓋可見矣。

《太平廣記》五百卷

晁公武曰：太平興國初，詔李昉等取古今小説編纂成書，同《太平御覽》上之，賜名《廣記》。

夾漈鄭氏[三]曰：《太平廣記》乃《太平[四]御覽》中别出一書，專記異事。

《文苑英華》一千卷

陳振孫曰：太平興國七年，命學士李昉、扈蒙、宋白等，閲前代文學，撮其精要，以類分之。續又命蘇易簡、王祐等。至雍熙三年，書成。

《四庫全書總目提要》云：梁昭明太子撰《文選》三十卷，迄於梁。初此書所録，則起於梁末，蓋即以上續《文選》，其分類編輯體例亦略相同。而門目更爲繁碎。則後來文體日增，非舊目所能括也。周必大《平園集》有是書跋，稱《太平御覽》《册府元龜》，今閩、蜀已刊，惟《文苑英華》士大夫間絶無而僅有。蓋所集止唐文章，如南北朝間存一二，是時印本絶少。雖韓、柳、元、白之文尚未甚傳，其他如陳子昂、張説、張九齡[五]、李翱諸名士文籍，世尤罕見。故修書於柳宗元、白居易、權德與、李商隱、顧雲、羅隱，或全卷收入。當真宗朝，姚鉉銓則十一，號《唐文粹》，由簡故精，所以盛行。近歲唐文摹[六]印漫多，不假《英華》而傳，其不行於世則宜云云。蓋六朝及唐代文集，南宋初存者尚多，故必大之言如是。迄今四五百年，唐代詩集已漸滅於舊，文集則《宋志》所著録者殆十不存一。即如李商隱、樊南甲乙集，久已散亡，今所存本，乃全自是書録出。又如張説集雖有傳本，而以此書所載互校，尚遺漏雜文六十一篇。則考唐文者，惟賴此書之所存，實爲著作之淵海，與南宋之初其事迥異矣。書在當時已多爲譌脱，彭叔夏嘗作《辯證》十卷，以糾其舛漏重複。然如劉孝威《紹古詞》一收於二百三卷，一收於二百五卷，而字句大同小異者，叔夏尚未盡究也。

《太平總頌》五十卷

晁公武曰：太平興國中，昉被詔纂經史故事，分門編次，《六帖》《初學記》之類也。

《開寶重訂神農本草》廿一卷佚。

《圖經》無卷數。見《讀書志》，佚。

校按：

【一】『乃』前，原衍『我』字，今據《宋史》、《續通志》删。

【二】『宫』，原誤作『寶』，今據《宋史》《直齋書録解題》等改正。

【三】『夾漈鄭氏』，原作『鄭夾際』，今據《文獻通考》改。

【四】『平』，原誤作『中』，今改正。

【五】『齡』，原誤作『猷』，今改正。

【六】『摹』，原誤作『葉』，今改正。

扈尚書蒙《鼇山集》二十卷佚。其《請立官紀時政書》具本傳。

《宋史》：蒙，字日用，幽州安次人。晉天福中舉進士，宋初由中書舍人遷翰林學士。開寶中，受詔與李穆等同修《五代史》，詳定古今本草。九年正月，受朝乾元殿，降王在列，聲明大備。蒙上《聖【二】功頌》，述太祖受禪、平一天下之功，其詞誇麗，有詔褒之爲、盧多遜所惡，出知江陵府。太宗即位，召拜中書舍人，旋復翰林學士，與李昉同修《太祖實録》。雍熙三年被疾，以工部尚書致仕，卒贈右僕射。

《周世宗實録》四十卷與監修官晉陽王溥同撰。見《書録解題》，佚。

《周恭帝日歷》三卷見《通志》，佚。

《宋太祖實録》與李昉同修，佚。

《古今本草》與李穆同定，佚。

校按：

【一】『聖』，原誤作『臣』，今據《宋史》等改正。

邊尚書歸讜《請禁使臣騷擾館驛奏》《請諸道舉精加考試不得濫送奏》《請禁無名文書疏》附載《全唐文》，其二具本傳。

《宋史》：歸讜，字安正，幽州薊人。漢初歷禮部、刑部二侍郎，周廣順初遷兵部、户部二侍郎，宋初遷刑部尚書。建隆二年告老，拜户部尚書，致仕。

劉廷尉可久《請改定推勘盜賊奏》《請賞罰理刑等官疏》附載《全唐文》。

《宋史》：可久，字尚賢，涿州范陽人。沈毅方正，明律令。後唐同光初補徐州司法，以幹職聞名，爲大理評事。晉遷大理卿，周廣順初改太僕卿，復爲大理卿。世宗以刑書深古【一】，條目繁細，難於檢討，又前後敕格畫，方難詳審，命可久等於都省集議删定。五年書成，凡三十卷，目曰《刑統》。

建隆三年告老，改光禄卿致仕。可久在廷尉四十年，用法平允，以仁恕稱。

《刑統》三十卷佚。

校按：

【一】『深古』二字處，原空格無字，今據《宋史》《歷代名臣奏議》等補。

范唐州旻集十卷

《邕管記》三卷以上俱見本傳。

陳振孫曰：《邕管雜記》一卷，庫部員外郎范旻撰。國初宰相質之子。嶺南初平，旻知邕州，兼轉運使。

◎按：《宋史》：旻，字貴參。十歲能屬文，宋初爲度支郎外郎，太平興國中加給事中，坐事貶房州司户，量移唐州。

李諫議宗諤文集六十卷

佚。其《論駁遷制勝疏》具本傳。

《内外制》三十卷

《大中祥符封禪汾陰記》

《西垣集制》

《諸路圖經》以上俱見本傳，《宋志》作《圖經》九十八卷，又七十七卷。

《樂纂》一卷

《永熙寶訓》一卷

《翰林雜記》一卷

《陽明洞天圖經》十五卷

《越國圖經》九卷以上俱見《宋志》。《書録解題》作《越州圖經》。陳振孫曰：《越州圖經》九卷，李宗諤祥符所上也，末有秘閣校理李垂、邵焕修及覆修名銜，然則書成於衆手，而宗諤特提總其凡耳。

《黄州圖經》四卷，《附録》一卷

陳振孫曰：宗諤祥符所修，亦頗有後人附益者。郡守李訦又以近事爲附録焉。訦，參政邴漢老之子也。

《蘇州圖經》六卷《通志》作《吴郡圖經》。

陳振孫曰：景德四年，詔以四方郡縣所上圖經刊修，校定爲一千五百六十卷。以大中祥符四年頒下，今皆散亡。館中僅存九十八卷。余家所有惟蘇、越、黄三州刻本耳。

《西李文正公談録》一卷亦【二】作《家傳談録》。

晁公武曰：西李文正公，昉也，相太宗。其子宗諤録其平生所談十七事。

陳振孫曰：所記凡三十七事。

《宋史》：宗諤，字昌武。七歲能屬文，耻以父任得官，獨由鄉舉得進士，授校書郎。明年獻文自薦，遷秘書郎，集賢校理，同修《起居注》。真宗即位，拜起居舍人，預重修《太祖實録》。大中祥符初，徙封東山，改工部郎中。三年知審官院，屬祀汾陰后土，命爲經度制置副使，同權河中府事。禮成，優拜右諫議大夫。宗諤究心典禮，凡創制損益，靡不與聞。修定皇親故事、武舉武選入官資敘。閤門儀制、臣僚導從、貢院條貫，餘多裁正。

校按：

【一】原無『亦』字，今增。《宋史》《歷代名臣奏議》《續通志》等皆作《家傳談録》，《郡齋讀書志》《文獻通考》作《西李文正公談録》，《直齋書録解題》作《李公談録》。

李參政玉集三十卷《通志》作四十卷，佚。其《議征范陽疏》《答真宗訪靈武事疏》皆具本傳。又有《五君詠》，爲鉉及李昉、石熙載、王祐、李穆作也，辭未載。

《宋史》：玉，字言幾，真定人。幼沉靜好學，能屬文。及長，辭華典贍，舉進士，釋褐，將作監丞，通判鄂州，於擢著作郎直史館。雍熙中，加給事中。真宗即位，拜工部尚書參知政事。咸平元年，以目疾求解政柄，授武信軍節度，入亂節制，不允。居二年，住知河南府。四年以病求歸本鎮，詔甫下，卒。

《皇親故事》一卷

《王辭録》一卷

《元豐會朝儀注》一卷

《元豐大禮前天興殿儀》二卷以上俱見《宋志》，佚。

李太尉沆《太宗實録》五十卷

陳振孫曰：監修國史肥鄉李沆，太初史官，集賢院學士，河南錢若水淡成重修。初淳化中，命李玉、張洎等修《太祖史》未成，及咸平元年，《太祖實録》成書，以太祖朝事多漏略，故再命若水修撰。二年書成，上之。卷首有沆《進言表》，敘前録之失及新書勘修條目甚詳。

《宋史》：沆，字太初，洺州肥鄉人。太平興國五年舉進士甲科。真宗即位，遷户部侍郎參加政事。咸平初以本官平章事，監修國史，改中書侍郎。景德元年薨，贈太尉中書，謚文靖。

李尚書維《真宗實録》一百五十卷

陳振孫曰：學士承旨肥鄉李維仲方、學士臨行晏殊同叔撰。乾興元年受詔，天聖二年，監修新喻王欽若定國上之。

《宋史》：維，字仲方，沆弟，第進士，爲保信軍節度推官。真宗初，獻《聖德詩》，召試中書，擢直集賢院。仁宗初，預修《真宗實録》，遷工部尚書。會塞下傳契丹將絶盟，遣維往使。其主隆緒重維名，館勞加禮，使賦《兩朝悠久詩》。詩成，大喜。既還，帝欲用爲樞密副使，或斥維賦自稱小臣，乃寢。遷刑部尚書，辭不拜，出知陳州，卒。維博學，少以文章知名，至老手不廢書。景德以後，巡幸四方，典章名物，多維所參定。嘗預定《七經正義》，修《續通典》《册府元龜》。性寬易，喜愠不見於色，奬借後進，嗜酒善謔，而好爲詩。

賈魏公昌朝奏議、文集 佚。其《慎選遷將》《備邊六事》及《召對邇英殿問乾卦》諸奏，皆具本傳。

《宋史》：昌朝，字子明，真定獲鹿人。晉史官緯之從曾孫也。天禧中，獻頌，召試，賜同進士出身。慶曆中，同中書門下平章事。英宗即位，加左僕射，進封魏國公。治平元年，以侍中守許州，明年以疾留京師，乃以左僕射觀文殿大學士制尚書都省。卒謚文元，所著《群經音辨》《通紀時令》、奏議、文集百二十二卷。

《邇英延義記注》 佚。

《群經音辨》三卷 《讀書志》《書録解題》皆作七卷，《宋志》當是字畫之誤。

昌朝自序曰：臣聞古之人，三年而通一藝，三十而五經立。蓋資性敏悟，材智特出者焉。臣自蒙恩先朝，承乏庠序。今入侍【一】內閣凡二十年，年逾不惑，裁能涉獵五經之文，於五經之道，固未有所立。常患後世字書摩滅，惟唐陸德明《經典釋文》備載諸家音訓。先儒之學，傳授異同，大抵古字不繁，率多假借，故一字之文，音詁殊別者，衆當爲辨晰。每講一經，隨而録之，因取天禧以來巾【二】橐所志，編成七卷，凡五門，號《群經音辨》。一曰辯字同音異。凡經典有一字數用者，咸類以篆文，釋以經據，先儒稱『當作』『當爲』者皆爲字誤，則所不取。其『讀爲』『讀如』之類則是借音。故當具載。二曰辯字音清濁。夫經典音深作深，音廣作廣，世或誚其儒者迂疏，强爲差別。臣今所論，則固不然。夫輕清爲陽，陽主生物，形用未著，字音常輕。重濁爲陰，陰主成物，形用既著，字音乃重。信乎自然，非所强别。以昔賢未嘗著論，故後學罔或思之，如衣施諸身曰衣，冠加諸首曰冠，此因形而著用也。物所藏曰藏，人所處曰處，此因用而著形也。並參考經故爲之訓説。三曰辨彼此異音。謂一字之中，彼此相形，殊聲見義。如求於人曰假，與人曰假。毀他曰敗，自毀曰敗。觸類而求其意趣。四【三】曰辨字音疑混【四】。如上上下下之類，隨聲分義，所傳已久，今用集録。五曰辨字訓得失。如冰、凝同字，汜、氾異音，學者昧之，遂相淆亂。既本字法，爰及經義，從而敷暢，著於篇末。此書斷自《易》《書》《詩》《禮》三經、《春秋》三傳暨《孝經》《論語》《爾雅》，凡字有出自經、箋、傳中者，先儒之説沿【五】經著義，既《釋文》具載，今悉取焉。凡字之首音雖顯而經傳不載者，則依《説【六】文》爲解；凡字之音義重灼者，則不復引據。《音辨》之作，欲使學者知訓詁之言咸有所自，聊資稽古之論，少助同文之化。謹上。

《四庫全書總目提要》曰：書中沿襲舊史不免謬誤者，如卷一《言部》『謙，慊也』下云：『鄭康成説謙爲慊。慊，厭也。厭爲閉藏貌。』據《禮記注》曰：『謙讀爲慊，厭也。』此解正文『自慊』。注又曰：『厭讀爲魘。魘，閉藏貌也。』此解正文『厭然』，與上文『厭足』之『厭』絶不相蒙，昌朝混爲一之，殊爲失考。又卷二《丌部》：『典，堅刃貌也。』據《考工記》『輈欲欣典』注曰：『欣典，堅刃貌。』以『欣典』爲形容之辭，不得單舉一『典』字。卷三《巾部》：『幓頭，括髮【七】也。』幓本『幧』字之譌。據《儀禮注》：『一以解婦人之髽，以麻申之。曰以麻者，如著幓頭焉。一以解括髮以麻免，而以布申之。曰此用麻布爲之，狀如著幓頭矣。』【八】是括頭免髽皆如著幓頭。幓頭自是吉服。揚雄《方言》：『幓頭【九】，自河以北，魏、趙之間曰幧頭。』劉熙《釋名》作『綃頭』，又有『鬢帶』『髤帶』等名，豈可以括髮釋之？是皆疏於考證之故。然釋文散見各經，頗難檢核。昌朝會集其音義，絲牽繩貫，同異粲然，俾學者易於尋省，不爲無益。小學家至今不廢，亦有以也。

《通紀》八十卷

《慶曆祀儀》六十三卷

《慶曆編敕律學武學敕式》二十二卷

《元豐武學敕令格式》一卷

《元豐明堂赦條》一卷以上俱見《宋志》，佚。

《太常新禮》四十卷佚。

陳振孫曰：提舉編修賈昌朝之子明等上。景祐四年，同知太常禮院浦城吴育春卿言：本院所藏禮文故事，未經刊修，請拜官參定，至慶曆四年始成。凡通禮所存，悉仍其舊。裒其異者，列之爲一百二十卷。

《春秋要論》十卷見《玉海》，佚。

王應麟曰：景祐元年十二月，崇政殿説書，賈昌朝撰。

《春秋節解》八十卷見《玉海》，佚。

王應麟曰：景祐二年正月，御延義閣，命賈昌朝講《春秋》。皇祐五年十月，上《春秋節解》八十卷。

《國朝時令集解》十二卷《通志》作《國朝時令》，與《宋志》異。

晁公武曰：景祐初，復《禮記》舊【十】文。其唐《月令》别行。三年，詔昌朝與丁度、李淑采國朝律曆典禮、百度昏曉、中星祠祀、配侑【十二】歲時施行，約唐《月令》，定爲《時令》一卷，以備宣讀。後昌朝注爲十二卷，奏上頒行。

陳振孫曰：唐因《禮記·月令》【十三】舊文，增損爲《禮記》首篇，天寶中改爲《時令》。景祐初始命復《禮記》舊文，其唐之《時令》别爲一篇。遂命禮院修書官丁度等約唐《時令》，撰定爲《國朝時令》，以便宣讀。蓋自唐以來，有明堂讀《時令》之禮也。及昌朝解【十三】相印治郡，五臣皆已淪没，乃采經、史諸書及祖宗詔令、典式，爲之集解上之。

校按：

【一】『侍』，原誤作『傳』，今改正。

【二】『來帀』，原誤作『年中』，今改正。

【三】原脱『四』字，今補。

【四】『混』，原誤作『津』，今改正。

【五】『沿』，原誤作『詔』，今改正。

【六】『説』，原作『釋』，今據《群經音辨自序》改。

【七】『頭』『髮』，原誤作『郡』『髮』，今據《四庫全書總目提要》改正。下文同。

【八】『一以解括髮以麻免』至『狀如著幓頭矣』，原引省，今據《四庫全書總目提要》補。

【九】『幓頭』，原誤作『帕郎』，今改正。下『幧頭』『綃頭』之『頭』亦誤作『郎』，今逕改。

【十】『舊』，原誤作『唐』，今改正。

【十一】『侑』，原誤作『值』，今改正。

【十二】原無『月令』二字，今補。

【十三】『解』，原作『拜』，今據《直齋書録解題》改。

宋宣獻綬《常山秘殿集》三卷

《托奉集》五卷《通志》作三卷。

《文館集》五十卷

《常山遺禮》三卷

《本朝大詔令》二百四十卷

晁公武曰：宋宣獻公家所編纂也。皆中興之前典故。嘉定三年，李大異刻於建寧。

《孝經節要》一卷《經義考》云佚。

《論語輔注》見《續通考》，佚。

《内東門儀制》五卷佚。

《天聖鹵簿圖記》十卷《宋志》作《鹵簿記》，本傳作《鹵簿圖》。

陳振孫曰：始太祖朝鹵簿以繪易畫，號『繡衣鹵簿』。真宗朝，王欽若爲《記》二卷，闕於繪事，弗可詳識。綬與馮元、孫奭受詔質正古義，傳以新制，車騎、人物、器服之品，皆繪其首者，名同飾異，亦别出焉。天聖六年十一月上之。其考訂援證，詳洽可稽。

《歲時雜詠》二十卷

晁公武曰：宣獻公昔在中書第三閣手編故事。及魏晉，迄今唐人，歲時章什一千五百有六，釐爲十八卷。今益爲二十卷云。

《請仁宗獨對前殿疏》《乞禁大臣朋黨疏》《請飭群司不以承平自怠疏》《論馭下之道有三疏》皆具本傳。

《宋史》：綬，字公垂，趙州平棘人。幼聰警，額有奇骨，爲外祖楊徽之所器愛〔一〕。徽之無子，家藏書悉與綬。綬母亦知書，每〔二〕躬自訓教，以故博通經史百家，文章爲一時所尚。年十五召試中書，真宗愛其文，遷大理評事，聽於秘閣讀書。大中祥符元年復試學士院，爲集賢校理，後賜同進士出身，兵部尚書，參知政事。卒贈司徒兼侍中，謚宣獻。朝廷大議論，多綏所裁定。楊億稱其文沉壯淳麗，曰：『吾殆不及也。』及卒，帝多取其書字藏禁中。

校按：

【一】『愛』，原誤作『首』，今據《宋史》改正。下文同。

【二】『每』，原誤作『當』，今據《宋史》改正。

賈侍郎黄中文集三十卷

《神醫普救方》一千卷以上俱見《宋志》。

《宋史》：黄中，字娲民，滄州南皮人。父玭嚴毅，善教子。黄中幼聰悟，方五歲，玭每旦令正立，展書卷比之，謂之等身書，課其誦讀。六歲舉童子科，七歲能屬文，十五舉進士，授校書郎，集賢校理。淳化二年，與李沆並拜給事中，參知政事。太宗召見其母王氏，命坐，謂曰：『教子如是，真孟母矣。』作詩以賜之。至道初，黄中遘疾。會建儲宫，擇大臣有德望者爲賓友，黄中在選中。以久疾，改命李玉、李沆兼賓客，黄中亦【一】特拜禮部侍郎，代玉兼秘書監。二年以疾卒。

校按：

【一】『亦』，原誤作『以』，今據《宋史》改正。

宋文安白集一百卷《讀書志》與本傳同。

晁公武曰：白，字素臣〔一〕，開封人。《史》作『大名人』。年十二，善屬文，建隆二年進士，調嘉州玉津令，從太宗平晉，獻頌，上嘉之。累擢翰林學士。卒祥符中，謚文安。白之文頗浮麗而理致，或不工典。貢舉取王禹偁，田錫胡旦〔二〕，時稱得人。又名《廣平集》。

《建章集》

《宋史》：白嘗類故事千餘門，號《建章集》。唐賢編集遺落者，多纘綴之。

《柳枝詞》一卷見《宋志》。

《續通典》二百卷

陳振孫曰：翰林學士承旨大名宋白太素等撰。咸平三年奉詔，四年九月書成，起唐至德初，迄周顯德末。王欽若言：杜佑《通典》上下數千載爲二百卷，而其中四十卷爲《開元禮》。今之所載二百餘年，亦如前書卷數，時論非其重複。

校按：

〔一〕『素臣』，原作『太素』，今據《郡齋讀書志》改。

〔二〕『胡旦』，原誤作『故思』，今據《郡齋讀書志》改正。

柳河東開集一卷

晁公武曰：開，字仲塗，大名人。開寶六年進士，太平〔一〕興國中上書願備邊〔二〕用，授崇儀使知寧邊軍，往【三】全、桂二州，貶復州團練副使。居久之，復官歷環、邠、曹、忻、滄五州。咸平四年卒於京師。開幼奇警，有膽氣，學必宗經，慕【四】韓愈、柳宗元爲文，因名肩愈，字紹先。既而易今名字，自以爲能開臣道之途也。集乃門人張景所編，歐公常推本朝古文自仲塗始。

《河東先生文集》十五卷

趙希弁曰：《讀書志》柳中塗集一卷。希弁所藏乃十五卷。咸平三年，張景序曰：緝其遺文，得九十六首，成十五卷，命之曰《河東先生集》，行狀附於後，亦景所撰也。開著書，號東郊野夫，又號補亡先生，作二傳以見意。開垂【五】絶，語景曰：『吾十年著一書，可行於世。』景爲名之曰《默書》，辭義稍隱，讀者難遽曉。今載文集第一卷第一篇，凡六百二十三言。

《四庫全書總目提要》云：盛如梓《恕齋【六】叢談》載開論文之語曰：『古文不在詞澀【七】言苦，令人難讀，在於古其理，高其意。』王士禎【八】《池北偶談》譏開能言而不能行，非過論也。要其轉移風氣，於文格實爲有功。

校按：

【一】『平』，原誤作『中』，今改正。

【二】『邊』，原誤作『遷』，今據《郡齋讀書志》改正。

【三】《郡齋讀書志》『往』作『徙』。

【四】『慕』，原誤作『若』，今據《郡齋讀書志》改正。

【五】『垂』，原誤作『首』，今據《郡齋讀書志》改正。

【六】『齋』，原誤作『高』，今據《四庫全書總目提要》改正。

【七】『言』上原衍『之』字，今據《四庫全書總目提要》删。
【八】『禛』，原誤作『正』，今改正。

潘逍遥閬詩集三卷

晁公武曰：閬，字逍遥，大名人。通《易》《春秋》，尤以詩知名。太宗嘗召對，賜進士第，將官使之，不就。王繼【一】恩與之善，繼恩下獄，捕閬甚急【二】，久之弗得。咸平初，來京師，尹收繫之。真宗釋其罪，以爲滁州參軍。後卒於泗上。與王禹偁、孫何、柳開、魏野交好最密，集有祖無擇序，錢易、張逵皆碣其墓【三】，附於集。蘇子瞻少年時過一山院，見壁上有詩曰：『夜涼知有雨，院靜若無僧。』而不知何人詩。今集載此聯，乃閬《夏日宿西禪院》詩也。小説中謂閬坐盧多遜黨，嘗追捕，非也。

陳振孫曰：閬賜及第，後坐追奪，變姓名，僧服入中條山，卒於泗州。又有嚴陵刻本同，但少卷末三首。

《四庫全書總目提要》曰：晁公武《讀書志》謂其字曰逍遥，江少虞《事實類苑》則謂其自號逍遥子，少虞説或近是歟？《事實類苑》又記其在浙江時，好事者畫爲《潘閬詠潮圖》。郭若虛《圖畫見聞志》又記長安許道寧愛【四】其《華山詩》，畫爲《潘閬倒騎驢圖》。一時若王禹偁、柳開、寇準、宋白、林逋諸人皆與贈答，蓋宋人絶重之也。《讀書志》載《逍遥詩》三卷，《宋史·藝文志》則作《潘閬集》一卷，原本久佚，未詳孰是。今考《永樂大典》所載，裒而録之，編爲一卷，而遺篇逸句載在他書者亦並采輯，以補其闕。雖不能如晁氏著録之數，而較《宋志》所載，則約略得其八九矣。

校按：

【一】『繼』，原誤作『挻』，今改正。

〔二〕『甚急』，原誤作『正直』，今改正。
〔三〕『墓』，原誤作『藝』，今改正。
〔四〕『愛』，原作『李』，今據《四庫全書總目提要》改。

閻自若《唐末汎聞録》一卷

陳振孫《書録解題》題常山閻自若撰，記五代諸僭僞事。其序自言：乾德中，得於先人。及舅氏聞見且曰：『傳者難驗，見者易憑，攷之史策，不若詢之耆舊也。』然所記亦時有不同者。如李濤納命事，本謂張彦澤，今乃云謁周高祖。未詳孰是。

晁文元迥《道院别集》十五卷，《通志》作二十卷

晁公武曰：五世祖文元公也，諱字明遠，澶州人。自父徙家彭門，幼從王禹偁學。太平興國五年進士，至道末擢右正言直史館，知制誥，入翰林爲學士，承旨眷禮優厚。天禧中，新解近職判西京留司御史臺。居六年，請老，以太子少保致仕，終少傅，年八十四。文元，謚也。楊億謂其所作之命，得代言之體。李獻臣亦言服膺墳典，耆年不倦，文章典贍，書法楷正，時輩推重。自唐以來，世掌誥命者，惟楊於陵及見其子，晁氏挺之，延譽後進，其門人如宋宣獻、晏元獻、李邯鄲皆世顯人。集皆自序及李尊勗後序，自經兵亂六世，圖書焚棄無孑遺。《法藏碎金》世傳最廣，先得之於趙郡蘇符，《昭德新編》則得之丹稜李燾，《道院集要》則得之於知閬州王輔，《耄智餘書》則得之於眉山程敦厚，《理樞》則得之於澠池卷中。

《道院集要》三卷

晁公武曰：皇朝王古編。其序云：文元晁公博觀内書，不徒力行，復勤於撰述，以開導後學。其書《道院集要》曰：自擇增修百法曰《法藏碎金》，曰《隨因記述》，曰《耄智餘書》。余嘗編閲之，以爲明理之妙。雖白樂天不逮也。輒删去重複，總集精粹，以便觀覽云。古，元祐中侍從。雲龕[一]李氏書後曰：晁公《道院集要》，觀之始則簡暢清遠，如聞超世特立之士希微之言。反復數十過，乃知深入理窟，開道後學，直而不迂，簡而易行，非有道君子莫能爲也。

《昭德新編》三卷《書録解題》作一卷。

《四庫全書總目提要》云：是編爲其晚年所作。因居昭德坊，故以名書。宋初承唐餘俗，士大夫多究心内典，故回著書大旨雖主於勉人爲善，而不免兼入於釋氏。自序謂：『東魯之書文而雅，西域之書質而備。故此五説酌中而作。』蓋指下卷《指迷五説》也。

陳振孫曰：昭德者，京師居第坊名也。晁氏子孫皆以爲稱。

《别書金坡遺事》一卷

陳振孫曰：明遠因錢惟演寄示《遺事》，别書真宗待遇恩禮三則於其後。按：惟演自有《金坡遺事》三卷，載宋禁林儀式事蹟並學士名士。

《耄智餘書》三卷

陳振孫曰：澶州晁回撰。回善養生，兼通釋老書。年至八十四，子孫多聞人。

《法藏碎金録》十卷

《隨因紀述》三卷

《理樞》一卷

《禮部考試進士敕》一卷

《咸平新書》五十篇

《翰林集》三十卷以上俱見《宋史》志、傳。

校按：

【一】原『雲龕』與上『侍從』不别行，今據《文獻通考》别行。

田左丞況【二】《金巖集》二卷

晁公武曰：況，字元均，其先冀州信都人。登學究進士賢良科，終尚書左丞。況嘗知成都，聽斷之明，以比張乖崖。

《皇祐會計録》六卷

晁公武曰：況，字元均，兩爲三司使。謂夏竦阻命之後增兵，比之景德，幾一倍加之。吏員益繁，經費日侈，民力日疲，乃約丁謂《景德會計録》。以皇祐財賦所入多於景德，而其出又多於所入，著成此書上之。庶幾朝廷稽祖宗之舊，省浮費以裕斯民云。

陳振孫曰：元均倣景德之舊，取一歲最中者爲準，又爲《儲運》一篇以補其闕。

奏議二十卷見本傳，佚。其《論攻守》《論名實》《請燕閑召對大臣疏》，皆具傳内。

文集三十卷

《策論》十卷以上俱見《宋志》。

《儒林公議》二卷《稗海》范名振鷺堂重編本，定爲況撰。

校按：

【一】『況』，《郡齋讀書志》皆作『貺』。

王學士巖叟【一】《大名集》四十卷

陳振孫曰：巖叟，字彦霖，大名清平人，韓魏公客也。

《繫年録》一卷

《元祐時政記》一卷

《中宫儀範》一部卷亡。本傳作《懿範》，佚。

《韓忠獻别録》一卷以上俱見《宋志》。後又有《韓琦别録》三卷，當是重出而卷數不符。

晁公武曰：韓魏公琦，相仁宗、英宗。其門人王巖叟記其言論事實，以國史考之，歲月往往牴牾，蓋失之誣也。

《易》《詩》《春秋》傳見本傳，佚。

《論社稷安危疏》《大計疏》《極陳時事先絶害本疏》《劾禁確疏》《請裁抑僥體疏》

《乞補陳官疏》《論人主三德疏》《聖學當辨邪正疏》皆具本傳。

《宋史》：巖叟幼時，語未正，已知文字。仁宗患詞賦致經術不明，初置明經科。巖叟十八鄉舉，省試、廷對第一。元祐六年拜樞密直學士，簽書院事，罷，爲端明殿學士知鄭州。明年，往河陽。卒，贈左正議大夫。巖叟爲文語省理該，深得制誥體。

校按：

【一】『叟』，原誤作『啖』，今據《宋史》改正。

李太常京【一】**《諫日食不食群臣皆賀疏》《被謫自訟疏》**具本傳。

《宋史》：京，字伯升，趙州人。進士中第，歷監察御史，授右正言，直集賢院，同管勾國子監，加史館修撰。數上書言事。宰相賈昌朝不悦，謫太常博士，監鄂州税，卒官。

校按：

【一】『京』，原誤作『象』，今據《宋史》改正。下同。

陳工部琰《諫復丁謂疏》具本傳。

《宋史》：琰，字伯玉，澶州臨河人。進士及第，歷監察御史，遷至尚書工部郎中，卒。

田諫議京《天人流術通儒子十數書》《奏議》十卷以上俱見本傳。

《宋史》：京，字簡之，世居滄州，其後徙亳州鹿邑。舉進士，歷提點淮南刑獄事，京西轉運使，累遷兵部員外郎，特遷工部郎中，改兵部郎中，復知滄州，拜右諫議大夫。卒。京喜論議，然語繁而迂，頗通兵戰曆算雜家之術。

劉中山筠《刀筆》三卷，《淝川集》四卷

晁公武曰：筠，字子儀，大名人。咸平元年進士，三遷右正言，直史館，以司諫知制誥，出知鄧、陳兩州，召入翰林爲學士。嘗草丁謂、李迪罷相制，既而又命草制復留丁謂。筠不奉召，遂出知廬州，再召爲學士。月餘，以疾知潁州。三召入翰林，加承旨。未幾進户部龍圖閣學士，再知廬州。爲人不苟合，學問弘博，文章以理爲宗，辭尚緻密，尤工篇詠，能侔揣情狀，音調淒麗。自景德以來，與楊億以文章齊名，號爲『楊劉』，天下宗之。《刀筆集》並《淝川集》有黄鑑〔二〕序。

陳振孫曰：《刀筆集》皆四六應用之文。筠與楊大年同時，詩號西昆體。

《册府應言集》十卷

《榮遇集》二十卷《館閣書目》作十二卷。

表、奏六卷《通志》作七卷。以上皆見《宋志》。

《禁林新著》一卷

《中山雜述》二卷

《泗陰雜述》一卷

《玉堂雜編》一卷

《淝川後集》一卷

《五服年月敕》一卷

《喪服加減》一卷

《五服敕》一卷與宋綬等撰。以上俱見《宋志》。

《宋史》：筠著《册府應言》《榮遇》《禁林》《淝川》《中司》《泗陰》《三入玉堂》，凡七集。

校按：

【一】『鑑』，原作『明金』，今據《郡齋讀書志》改。

趙都監珣《陝西聚米圖經》五卷

陳振孫曰：珣父振博州防禦使，久在西邊。珣訪得五路徼外山川道里，康定二年爲此書。韓魏公經略言於朝，詔取其書，召見。執政吕許公、宋莒公言用兵以來，策士之言以千數，無如珣者。擢涇原都監，定川之敗死焉。珣特好學，恂恂類儒者，人皆惜之。

《十五陳圖兵事》十餘篇見本傳。

《宋史》：趙振，雄州歸信人。子珣、瑜，皆工騎射。珣年十六，仁宗召試便殿，授三班借職。景祐中，有言珣藝益進且習書史。復召見，閱武伎，又試策略於中書，條對數千言。

郭潞州諮《議置弩疏》《平燕疏》皆具本傳。

《宋史》：諮，字仲謀，趙州平棘人。八歲始能言，聰明過人。舉進士，知冀州，往忻州。轉運使任顓言諮有巧思，自爲兵械，皆可用。詔以所作刻、漏、圓盾、獨轅弩、生皮甲來上，帝頗嘉之。除益州洛兵馬鈐轄，許置弩五百，募士兵教之。詔立獨轅弩軍，以西上閤門，使知潞州。

劉忠肅摯文集四十卷《忠肅制誥》附於後。元城先生劉安世序之。

趙希弁曰：摯，字莘老，永靜軍東光人。嘉佑中登進士甲科，元祐六年拜右僕射，出知鄆州。紹興四年責鼎州團練副使，新州安置。薨，詔許歸葬，追復觀文殿學士，中興贈少師，謚正肅，以家諱改忠肅。

《四庫全書總目提要》云：文集四十卷，見於《宋史·藝文志》，久無傳本。今從《永樂大典》各韻中裒輯編綴，共得文二百八十五首，詩四百四十三首。以原書卷目相較，尚可存十之六七。謹以類撰，釐爲二十卷，而仍以劉安世原序冠之於首。摯忠亮骨鯁，於邪正是非之介辨之甚嚴。終以見憎群小，貶死荒[二]裔。其爲御史時，論率錢助役之害，至王安石設難相詰。而摯反復條辨，侃侃不撓。今其疏並在集中。他若劾蔡確、章惇諸疏，見於宋史者，亦並存無闕。其所謂修嚴憲法，辨別淄澠者，言論風采，猶可想見。固不獨文辭暢達，能曲鬯情事已也。至集中有《訟韓琦定策功疏》頗論王同老攘功明賞之罪，而《道山清話》遂謂文彥博再入，摯於簾前言王同老劄子皆彥博教之，乞下史官改正。宣仁不從。彥博因力求退。今考此事，史所不載。而集中有《請彥博平章事疏》，其推重者甚至，尤足證小說之誣。

《行年記》一卷

陳振孫曰：丞相東平劉摯莘老撰。東光人，居東平，故又稱東平人。

校按：

【一】『荒』，原誤作『若』，今據《四庫全書總目提要》改正。

邵先生古《周易解》五卷

晁公武曰：古，字天叟，雍之父也。世本范陽而卒於洛，其學先正音文云。

邵康節雍《皇極經世》十二卷

晁公武曰：雍，字堯夫，謚康節，隱居博學，尤精於《易》。此書以元經會，以會經運，以運經世，起於堯即位之二十一年甲辰，終於周顯德六年已未，編年紀興亡治亂之事，以符其學。又有《觀物篇》繫於後，其子伯温解。

《四庫全書總目提要》云：據晁説之所作《李之才傳》，邵子數學本於之才，之才本於穆修，修本於种放，放本於陳摶，蓋其術本自道蒙而來。當之才初見邵子於百泉，即授以義理、物理、性品之學。《皇極經世》蓋即所謂物理之學也。其書以元會經，以會經運，以運經世，起於堯帝甲辰，至後周顯德己未，凡興亡治亂之跡，皆以卦象推之。厥後王湜作《易學》，祝密作《皇極經世解起數訣》，張行成作《皇極經世索隱》，各傳其學。《朱子語録》嘗謂：『自《易》以後，無人做得一物如此整齊，包括得盡。』又謂：『康節《易》看了，卻看别人的不得。』其推之甚至。然《語録》又謂：『《易》是卜筮之書，《皇極經世》是推步之書。《經世》以十二辟卦管十二會，綳定時節，卻就中推吉凶消長，與《易》自不相干。』又謂康節自是《易》【二】外别傳。蔡季通之數學亦傳邵氏者也。而其子沈作《洪範皇極内篇》，則曰：『以數爲象，則畸零而無用，《太玄》是也；以象爲數，則多耦而難通，《經世》是也。』是朱子師弟於此書，亦在然疑之間。明何瑭議其天以日月星辰變爲寒暑晝夜，地以水、火、土、石變爲風、雨、露、雷，涉於牽强。又議其乾不爲天而爲日，離不爲日而爲星，坤反爲水，坎反爲土，與伏羲之卦象大異。至近時黄宗炎、朱彝尊攻之尤力。夫以邵子之占驗如神，此書亦似乎可信，而此書之取象配數，又往往實不可解。據王湜《易學》所言，則此書實不盡出於邵子。流傳既久，疑以傳疑可矣。至所云『學以人事爲大』，又云『治生於亂，亂生於治，聖人貴未然之防，是謂《易》之大綱』，則粹然儒者之言，非數家所能及。斯所以得列於周、程、張、朱間歟？

《觀物外篇》六卷

晁公武曰：邵雍之没，門人記其生平之言，合二卷。雖以次筆授，不無小失，然足以教明成書爲多，故以外篇名之，或分爲六卷。

陳振孫曰：康節門人太常寺簿張崏子望記其言，雖十纔一二，而足以教明成書。

《觀物内篇》三卷

陳振孫曰：康節之子右奉直大夫伯温撰，即《經世書》之第十一、第十二卷也。

張崏曰：先生《觀物》有内、外篇。内篇，先生所著之書也。外篇，門人所謂先生之言也。内篇理深而數略，外篇數詳而理顯。學先天者，當自外篇起。先生詩云：『若無楊子天人學，安有莊周内外篇？』以此知外篇亦先生之文，門人蓋編集之耳。

又曰：《皇極經世》者，康節之易，先天之嗣也。《觀物篇》立言廣大，措意精微，如《繫辭》然。稽之以理，既無不通；參之以數，亦無不合。

《漁樵問對》一卷

晁公武曰：設爲問答，以論陰陽化育之端、性命道德之奥云。邵氏言其祖之書也，當考。

《四庫全書總目提要》云：《漁樵問對》一卷。舊本題宋邵子撰。晁公武《讀書志》又作張子，《劉安上集》中亦載之。三人時代相接，未詳孰是也。其書謂爲問答以教明義理，所稱無有温泉，無寒火者，楊慎《丹鉛録》嘗引葛洪《抱朴子》蕭秋寒焰以駁之。不知儒者論理，論其常耳，其偶異者，即使有之，不足爲據。執松柏而謂冬不肅殺，執靡草而謂夏不茂育，則拘墟之見也。且蕭邱誰得而見之？葛洪又何自而知之？摭百家迂怪之言，以曲相詰難，則道經釋典理外之事亦多矣，可援以爲證乎？至『天何依？曰依乎地。地何附？曰附於天。天地何依何附？曰自相依附』一條，慎亦駁之。然地處天中，大氣包而舉之，所以不墜。卵黄脬豆，厥譬正明，是即依附之明證。慎不知曆術，所以斯疑，均不足爲是書病。然書中所論大抵習見之談，或後人接其緒論爲之，如《二程遺書》不盡出於口授歟？

《古周易》八卷 《宋志》無見。

《周易會通因革》 《經義考》云未見。

《太玄準易圖》 《經義考》云未見。

雍自序曰：夫《玄》之於《易》，猶地之於天也。天主太極而地總元氣，元氣轉而爲三統，在

《玄【二】》則謂之三元，三元轉而爲九州，九州轉而爲二十七部，二十七部轉而爲八十一首。首有九贊，贊分晝夜，而剛柔之用見矣。故《玄》之贊七百二十九而有奇，以應三百六旬有六日之度，蓋本出乎元氣而作者也。太極生兩儀，兩儀生四象，四象生八卦，八卦因而爲六十四。故《易》有乾、坎、艮、震、巽、離、坤、兑八卦，以司八節。又以坎、離、震、兑四正之卦二十四爻，以司二十四氣。以復、臨、泰、大壯、夬、乾、姤、遁、否、觀、剥、坤十二卦，以司七十二候。節也，氣也，候也，既各有統矣。然周天之度，未見其所司也。於是又去四正之卦，分取六十卦，引而伸之爲三百六十爻，各司其日，則周天三百六十度，而寒暑進退之道、陰陽之運備矣。蓋本乎太極而作者也。由是觀之，則天地各有生成之數，而相爲表裏之用，故天數西行，上承而左轉者，在地之元氣也。地數東行，下順而右運者，在天之太極也。太極運三辰五星於上，元氣轉三統五行於下，此所謂成變化而行鬼神者也。所謂《玄》之於《易》，猶地之於天者，如斯而已。準而作之，不亦宜乎？若夫分天度、列次舍、序氣候、明卦爻、冠首贊，位列八重。先以夜贊布諸外，然後晝贊。首位爻象，候卦氣卦，宫分度數次諸内，復會於辰極，而《玄》《易》顯仁藏用之道，循乎數者可見矣。是故始於上元甲子天正朔旦日躔牛宿之初，後四千六百一十七年後復會於太初之上元者，《玄》之贊也。自上元甲寅青龍之首氣，起未濟之九四，後三萬一千九百二十年復會於太極之上元者，《易》之爻也。原始要終，究其所窮，則體用雖殊，其歸一而已矣。按：是序載元吴草廬《支言》，然晁以道《嵩山集》即載之，當屬康節之作。

《擊壤集》二十卷

晁公武曰：堯夫隱居洛陽。熙寧中，與常秩同召，力辭不起，遂於《易》數，始爲學。至二十年不施枕而睡，其精如此。歌詩蓋其餘事，亦頗切理，盛行於時，集自爲序。

《四庫全書總目提要》云：自班固作《詠史》詩，始兆論宗。東方朔作《誡子》詩，始涉理路。

沿及北宋，鄙唐人之不知道，於是以論理爲本，修詞爲末，而詩格於是乎大變。此集其尤著者也。朱國楨《湧幢小品》曰：『佛語衍爲《寒山詩》，儒語衍爲《擊壤集》。此聖人平易近人，覺世喚醒之妙用。』是亦一説。然北宋自嘉佑以前，厭五季佻薄之弊，事事反樸還淳【三】，其人品率以光明豁達爲宗，其文章亦以平實坦易爲主，故一時作者，往往衍【四】長慶餘風。王禹偁詩所謂『本與樂天爲後進，敢期杜甫是前身』者是也。邵子之詩，其源亦出白居易，而晚年絶意世事，不復以文字爲長，意所欲言，自抒胸臆，原脱然於詩法之外。毁之者務以聲律繩之，因所謂『謬傷海鳥，横斥山木』。譽之者【五】以爲《風》《雅》正傳。莊昶諸人轉相摹仿，如所謂『送我一壺陶靖節，還他兩首邵堯夫』者，亦爲刻畫無鹽，唐突西子，失邵子之所以爲詩矣。况邵子之詩，不過不苦吟以求工，亦非以工爲厲禁。如邵伯温《聞見前録》所載《安樂窩詩》曰：『半記不記夢覺後，似愁無愁情倦時，擁衾側卧未欲起，簾外落花撩亂飛。』此雖置之江西派中，有何不可？而明人乃惟以鄙俗相高，又烏知邵子哉？集爲邵子所自編，而楊時《龜山語録》所稱『須信畫前原有《易》，自從删後更無《詩》』一聯，集中乃無之，知其隨手散佚，不復收拾，真爲寄意於詩而非刻意於詩矣。

校按：

【一】『易』後原有『卦』字，今據《四庫全書總目提要》删。
【二】『玄』，原作『天』，據《全宋文》改。
【三】『還淳』，原誤作『遠浮』，今據《四庫全書總目提要》改正。
【四】『衍』，原作『沿』，今據《四庫全書總目提要》改。
【五】原脱『者』字，今據《四庫全書總目提要》補。

李上交《近事會元》五卷

《四庫全書總目提要》云：上交，贊皇人，始末未詳。是書成於嘉佑元年，前有上交自序。陳振孫《書録解題》曰：『《近事會元》五卷，李上交撰。自唐武德至周顯德，雜事細務皆紀之。』錢曾《讀書敏求記》曰：『上交退寓鐘陵，尋近史及小説、雜記之類，凡五百事，釐爲五卷，目曰《近事會元》。』唐史所失記者，此多載焉。此末題萬曆壬午元素高録副本，猶明人舊鈔，卷數與二家所記合。其記事起訖年月與振孫所言合，條數及自序之文亦與曾所言合。蓋即原本。惟振孫以爲皆記雜事細務，今觀其書自一卷至三卷，首載宫殿之制，次載輿服之制，次載官制、軍制，其次亦皆六曹之掌故，四卷爲樂曲，爲州郡沿革，惟五卷頗載瑣聞。然如歸人簷子、兜籠、線韡、線鞋、親迎、舉樂、幰車、公主事舅姑、公主賜謚、山川嶽瀆封號、國忌行香、上元點燈、散從親事官、處士謚先生、律格、赦書、投匭、刑統、律令、死罪覆奏、斷獄禁樂、逐句問罪人、表狀、書奏、制敕及始流沙門島【二】、起配銜前安置、始貶崖州諸條，亦皆有關於典制。大抵體例在崔豹《古今注》、高承《事物紀原》之間。其中如《霓裳羽衣曲》，考證亦極精核，不可徒以雜事細務目之。振孫殆未詳核其書，但見其標題列説如《雲仙雜記》《清異録》之式，遂謾以爲小説歟？

《豫章西山記》二卷

見《宋志》。《書録解題》作一卷，嘉祐丁酉歲。

《廣西郡邑圖志》一卷

張維序，見《宋志》。

《樂儀》十卷

《樂府記》一卷

《柴先生脈訣》一卷以上俱見《通志》。

校按：

【一】『𩾀』字處，原空格無字，今據《四庫全書總目提要》補。

李侍郎清臣《淇水集》八十卷

陳振孫曰：門下侍郎大名李清臣，韓魏公壻。治平二年中制科，歐陽公重其文，以比蘇軾，其爲人亦寬博有度。

《重修都城記》一卷

文集一百卷

奏議三十卷

《進策》五卷以上皆見《宋志》。

宋學士敏求《唐大詔令集》一百三十卷

《四庫全書總目提要》云：敏求，字次道，趙州平棘人，參知政事綬之子。進士及第，官至史館修撰，龍圖閣直學士。事蹟具《宋史》本傳。敏求嘗預修《唐書》，又私撰唐武宗以下實録一百四十八卷，於唐代史事最爲諳悉。此集乃本其父綬手輯之本，重加緒正爲三十類。熙寧三年，自爲之序，稱繕寫成編。會忤權解職。顧翰墨無所事，第取《唐詔令》，目其集而藏弆之云云。蓋其以封還李定詞頭，由知制誥罷奉朝請時也。其書世無刊本，輾轉抄傳，僞誤頗在。中闕卷十四至二十四、八十七至九十八，凡二十三卷。參校諸本皆同，其脱佚蓋已久矣。唐有天下三百年，號令、文章粲然明備。敏求父子復爲裒輯編類，使一代高文典册，眉列掌示，頗足以資考據。其中不盡可解者，如裴度《門下侍郎彰義軍節度使宣慰等使制》，據《舊唐書》，其文乃令狐楚所草。制出後，度請改制内『翦其類』爲『革其志』，改『更張琴瑟』爲『近輟樞衡』，改『煩我臺席』爲『授以成算』，憲宗從之，楚亦因此罷内職。是當時宣布者即度奏改之辭。今此集所載，尚仍楚原文，不從改本，未詳何故。又《寶曆元年册尊號赦書》，據敬宗《本紀》，時李紳貶官，李逢吉不欲紳量移，乃於赦書節文内但言左降官已經量移者量移近處，不言未量移者宜與量移。翰林學士上言論列，帝命追赦書添改之。今此集所載祗及赦罪一條，而無左降官量移之文，疑亦有所佚脱。又《舊唐書》所載詔旨最多，今取以相較，其大半已入此集，而亦有遺落未載者。如紀號則改元天祐詔；除授則尹思貞御史大夫、李光弼兵馬副元帥諸制；追贈則張説贈太師，楊綰、顏真卿、李絳贈司徒，郭曖贈太傅，鄭朗贈司空，田布贈僕射，諸詔；優禮則杜佑、蕭俛致仕諸詔；奬勸則勞解琬、奬李朝隱、褒美令狐彰、奬伊西北庭二鎮諸詔；謫降則王毛仲、韓皋、吕渭、張又新、李續之、熊望貶官諸詔；誅竄則決殺長孫昕，流裴景仙、裴茂諸敕。皆關朝廷舉措之大者，而此集並闕而不登。以敏求博洽，不應疏於披采，或即在散佚之中。得以考見者，實藉有是書。亦可稱典故之淵海矣。

錢曾《讀書敏求記》云：《唐大詔令》一百三十卷，宋宣獻公裒唐之德音、號令匯之，未次甲乙，未爲標識，而公薨。其子敏求緒正舊槁，釐十三類，編録成帙，目爲《唐大詔令》。余考之開元二十三年乙亥十二月壬子朔，二十四日乙亥，册河南府士曹參軍楊玄璬長女爲壽王妃。蓋妃之父爲蜀州司户玄琰，生而早孤，養於叔父玄璬家，故册稱玄璬女也。開元二十八年十月，玄宗幸温泉宫，使高力士取楊氏女於壽邸，命孫逖撰敕度爲女道士，號太真，住内太真宫。天寶四載乙酉七月丁巳朔二十六日壬辰，册左勳衛二府右郎將韋昭訓第二女爲壽王妃。是月即於鳳凰園册太真宫女道士楊氏爲貴妃。按壽王妃前後二册文，及楊妃入道敕，諸書俱不載，今全録於此，時日皆班班可考。千載而下，覽者能不爲之失笑【一】乎？玉溪生《龍【二】池》絶句：『夜半宴歸宫漏永，薛王沈醉【三】壽王醒。』詩人言外托諷，詠之殊難爲情。箋《義山集》者應取二册文並入道敕，爲此詩之注脚，何如？

◎按：十三類、三十類，當有一誤。此書外鮮傳本，《天一閣書目》有之。

《長安志》十卷

晁公武曰：敏求以韋述《西京記》爲未備，演之爲《長安》《河南志》，司馬光爲之序。

《四庫全書總目提要》云：是編凡城郭、官府、山川、道里、津梁、郵驛，以至風俗、物産、宫室、寺院，纖悉畢具。其坊市曲折，及唐盛時士大夫第宅所在，皆一一能舉其處。粲然如指諸掌。司馬光嘗以爲考之韋記，其詳不啻十倍。今韋氏之書已亡佚，而此志精博弘贍，舊都遺事藉以獲傳，實非他地志所能及。程大昌《雍録》稱：『其引類相從，最爲明晰。然孜孜校之，亦不免時有駁複。如曲臺既入未央，而又入之三雍，是分一爲二矣。長門宫在都城之外，長門高畔而列諸長信宫内，則失其位置矣。況宫殿園囿又多空存其名，不著事蹟，則亦無可尋繹矣。』云云。其説雖不爲無見，實則淩雲之材，不以寸折爲病也。敏求尚有《河南志》，與此凡例稍異而並稱贍博，今已不存。

《河南志》二十卷

《東京記》三卷

陳振孫曰：上卷爲宫城，周五里，唐宣武節度治所。建隆三年，廣城之北隅，用洛陽宫殿之制修之。中卷爲舊城，周二十一里一百五十步，唐汴州城也。號闕城，亦曰里城。下卷爲新城，周四十八里二百三十三步，周世宗所築羅城也。號曰國城，又曰外城。三城之外，宮殿、官府、坊巷、第宅、寺觀、營房，次第記之

《寶刻叢章》三十卷，《拾遺》三十卷《宋志》《文獻通考》止載三十卷。

晁公武曰：次道聚天下古人詩歌、石刻一千一百三十篇，多有別集中所逸者。以其相附近者相從，又次以歲月先後。王益柔爲之序云：『文章雖能者莫如詩。凡刻之金石者，則必其自以爲得，或作於人所愛重者，故多有清新環麗之語，覽者其深究焉。』

《春明退朝録》三卷

晁公武曰：多記國朝典故。其序云：『熙寧三年，會奉朝請於春明堂，因纂所聞也。』

陳振孫曰：所記多故實，其父宣獻公綬居第在春明坊，晁氏稱昭德也。

《唐武宗實録》二十卷，《宣宗實録》三十卷，《懿宗實録》三十五卷，《僖宗實録》三十卷，《昭宗實録》三十卷，《哀宗實録》八卷《讀書志》《懿宗實録》作三十卷，且與《書録解題》俱闕《武宗實録》。

晁公武曰：次道所補《宣録》《懿録》《僖録》《昭録》《哀録》，通百二十八卷。世服其博聞。

陳振孫曰：五録者，皆敏求追述爲書。按兩朝史志初爲一百卷，其後增益爲一百四十八卷。今按《懿録》三十五卷，止有二十五卷，而始終皆備，非闕也。實一百四十三卷。《館閣書目》又言闕[四]第九一卷，今亦不闕。

《唐百家詩選》二十卷

晁公武曰：次道爲三司制官，嘗取其家所藏唐人一百八家詩選，擇其佳者凡一千二百四十六首，

爲一編。王介甫觀之，因再有所去取，且題云：『欲觀唐詩者，觀此足矣。』世遂以爲介甫所纂。

《韻類次宗室譜》五十卷

《三川官下記》二卷

《諱行後録》五卷

《入蕃録》二卷以上俱見《宋志》。

《唐餘録目》一卷

《書垣前後集》《西垣制詞文集》四十八卷

《東觀絶筆》二十卷以上俱見《通志》。

校按：

【一】『失笑』，原誤作『先更』，今據《讀書敏求記》改正。

【二】『龍』，原作『鳳』，今據《讀書敏求記》改。

【三】『醉』，原誤作『駿』，今據《讀書敏求記》改正。

【四】『閿』，原誤作『範』，今據《文獻通考》改正。

劉忠定安世《語録》三卷，《諱録》一卷，《道護録》兩卷

趙希弁【一】曰：劉忠定公，安世之謚也。維揚馬永卿大年爲之序。器之，大名人，中熙寧六年進士第，哲宗朝歷正言左史司諫，右諫議中書舍人，貶黜。久之，至除名勒停道峽州編管，起提舉鴻慶，

復直龍圖閣以卒。昔有與子瞻論元祐人才者，至公則曰：『器之真鐵漢，不可及也。』

《四庫全書總目提要》云：《元城語録》三卷，宋馬永卿編。徽宗初，劉安世與蘇軾同北歸。大觀中，寄居永城，永卿方爲主簿，受學於安世，因撰集其語爲此書。安世之學出於司馬光，故多有光之遺説，惟光有疑孟而安世則篤信之，亦足見君子之交不爲苟同矣。安世風裁嶽嶽，氣節震天下。朱子作《名臣言行録》，於王安石、吕直卿皆有所節取，乃獨不録安世。董復亨《繁露園集》有是書序曰：『朱文公《名臣言行録》不載先生，殊不可解。及閲《宋史》，然後知文公所以不録先生者，大都有三：蓋先生嘗上疏論程正叔，且與蘇文忠交好，又好談禪。文公左袒[二]正叔，不與文忠。至禪則尤心薄[三]力拒者，以故不録。』其説不爲無因。《行録》一卷，明崔銑所續編，大名兵備副使于文熙又補綴其文。舊本附《語録》之末，今亦並存之，庶讀者知安世之行，益足證安世之言焉。

《盡言集》十三卷

《四庫全書總目提要》云：安世有集二十卷，今未見傳本。此集皆具奏劄，不知何人所編。史稱安世忠孝正直，似司馬光，而剛勁則過之，故彈擊權貴，盡言不諱，當時有『殿上虎』之稱。集中所論諸事，史不具載，頗足以考見時政。惟是氣質用事，詞或過激，故王禹偁《東都事略》論之曰：『爲君子，不能深思遠慮，優遊浸漬，以消小人之勢，而痛心疾首，務以口舌爭之，事激勢變，遂成朋黨。』是爲平允之論。至朱子作《名臣言行録》，以安世嘗劾程子之故，遂不載其一字，則似有意抑之矣。按：《盡言集》十三卷，《書録解題》與《宋志》卷數符。《宋志》又有《言行録》二卷，《語録》二卷，《文集》二十卷，與《讀書附志》所載異。《言行録》當即《譚録》《行録》。《通志》《元城諫草》二十卷，當即文集二十卷。

校按：

【一】審本條和《郡齋讀書志》所述相同，或『趙希弁』當爲『晁公武』。

【二】『袒』，原誤作『祖』，今改正。

【三】『心薄』，原誤作『以簿』，今據《四庫全書總目提要》改正。

李提舉之儀《姑溪集》五十卷，《後集》二十卷見《書録解題》。又歌詞類有《姑溪集》一卷。

陳振孫曰：朝請大夫趙郡李之儀端叔撰【一】。嘗從東坡辟中山幕府，後代范忠宣作遺表，爲世傳誦，然坐【二】是得罪。編置當塗，遂居焉。弟之純，官至尚書。

《四庫全書總目提要》云：之儀，《宋史》稱滄州無棣人。而吴芾作《前集序》乃曰景城人。考《元豐九域志》，熙寧六年，省景城人樂壽。則當爲樂壽人。史殆因滄州景城郡横海軍節度，治平九年嘗由清池徙治無棣，遂誤以景城爲無棣也。陳氏《書録解題》據所題郡望稱爲趙郡人，益失之矣。之儀元豐中舉進士，元祐初爲樞密院編修官，通判原州。元符中監内香藥庫，以嘗從蘇軾幕府，爲御史石豫劾罷。崇寧中提舉河東常平，坐草范純仁遺表過於鯁直，忤蔡京意，編管太平。是編前集五十卷爲乾道丁亥吴芾所輯，並爲之序。姑溪居士，之儀南遷後自號，因以名其集也。後集二十卷，不知誰編。然《文獻通考》已著録，則亦出宋人手法。之儀在元祐、熙寧間，文章與張耒、秦觀相上下。王明清《揮麈後録》稱其尺牘最工，然他作亦皆神鋒俊逸，往往具蘇軾之一體，蓋氣類漸染，與之化也。其詩名稍有不及黄、陳，論者因蘇軾題其詩後有『暫借好詩消永夜，每遑佳處輒參禪』句，遂爲【三】諷其過於僻澀。今觀集中諸詩，雖魄力雄厚不足敵蘇軾，然大抵軒豁磊落，實無郊、島鈉棘艱苦之狀。

注家所論，附會其詞，非軾本意矣。

校按：

【一】原無『撰』字，今據《直齋書録解題》補。

【二】『坐』，原誤作『臣』，今據《直齋書録解題》改正。

【三】原『爲』後衍『過』字，今據《四庫全書總目提要》删。

劉朝奉跂《學易集》二十卷

陳振孫曰：朝奉郎東光劉跂斯立撰【一】。忠肅公摯之長子也，與其弟蹈同登元豐二年進士第。元祐初，以其父在言路，政府不得用。紹聖以後復坐黨家，連蹇終其身，晁景迂志其墓【二】，比孫明復、石守道之徒。爲文無所不言，《宣防宫賦》《學易堂記》，世傳誦之。

《四庫全書總目提要》云：跂，《宋史》附見摯傳。稱其能文章遭黨事，爲官拓落，家居避禍，以壽終，而不詳著其仕履。惟晁説之作跂墓誌，稱跂登元豐二年進士，初選亳州教授，元祐初除曹州州學教授，以雄州防禦推官知江州彭澤縣，其後改管城、蘄水，所至有政聲。復主管成都府永寧觀，政和末以朝奉郎卒。所敘生平梗概，頗爲詳悉。説之又稱跂晚作學易堂，鄉人稱爲『學易先生』，其集名蓋取諸此也。紹聖初，摯以黨籍竄新州，世稱其孝。吕本中《紫微詩話》稱跂初登科，就亳州，見劉攽所稱引皆所未知，於是起有意讀書，厥後與孫復、石介相埒。蓋其行誼學問，均不愧於古人。所作古文，類簡勁有法度，詩則多似陳師道體，雖時露生拗，要自落落無凡語。《江西宗派圖》中不列其名，殆以摯爲朔黨，門户不同歟？然淳熙中吕祖謙奉召修《文鑑》，多取跂作，其辨冤時上執政啓所云『晚歲離騷，魂竟招於異域；平生精爽，夢猶托於故人』者，吕本中《詩話》及王銍《四六話》亦具極推其隸事之工。即以文章而論，亦北宋末年卓然一作者矣。其集原本二十卷，陳振孫《書録解題》謂最初李相之得於跂甥蔡瞻明，紹興中洪邁傳於長樂舍，後施元之刻版行世。今元之舊刻久無傳本，惟《永樂大典》載跂詩文頗多，雖未免有所脱佚，而掇拾排次，尚可得十之六七，一類編訂，録爲十有二卷。今恭承聖訓，於刊刻時削去青詞，重假編次，釐爲八卷。用昭鑑古斥邪之訓，垂萬世立言之準焉。

校按：

【一】原無『撰』字，今據《直齋書録解題》補。

【二】『墓』，原誤作『茂』，今據《直齋書録解題》改正。審《畿輔藝文考》『墓』字往往誤作『茂』，下文逕改，不再出。

王逢原令《廣陵集》三十卷，《拾遺》一卷

《四庫全書總目提要》云：令，元城人，幼隨其叔祖乙居廣陵，遂爲廣陵人。初字欽美，後萃字之曰逢原。少不檢，既而折節力學。王安石以妻無氏之妹妻之，年二十八卒。遺腹一女，適無師禮，生子曰説，其集即説所編。凡詩賦十八卷，文十二卷，又拾遺一卷，墓誌、事狀、記交遊、投贈、追思之作皆附焉。令才思奇軼，所爲詩磅礴奥衍，大率以韓愈爲宗，而出入於盧仝、李賀、孟郊之間。雖得年不永，未經鍜鍊以老其材，或不免縱横太過，而視局促剽竊者流，則固倜倜乎遠矣。劉克莊《後村詩話》嘗稱其《暑旱苦熱》詩骨力老蒼，識度高遠，又稱其《富公並門入相》《答孫莘老》《聞

雁》諸篇。明馮惟訥編《古詩紀》，以其《於忽操》三章誤收入古詩、逸詩中，以寵德公作，豈非其氣格遒上，幾與古人相亂，故惟訥不能辨歟？古文如《性説》等篇亦自成一家之言。王安石於人少許可，而最重令。同時勝流如劉敞等，並推服之。固非阿私所好矣。

《論語解》十卷

晁公武曰：其解《堯曰》篇云：『四海不困窮，則天禄不永終矣。』王安石《書新義》取之。

◎按：王令，史無傳。《東都事略·文藝傳》止載王安石所撰墓誌。

《孟子講義》五卷見《宋志》。《經義考》云未見。

陳振孫曰：所講才盡一篇，其第三篇二章而止。令自序曰：『自孔子没，百家之説興而聖人之道始散。逮至於今，而天下之説亂矣。故學者求其有知而無所從焉。自堯舜三代之書既缺，先王之言亡於世者幾半，而異端之説日興，則天下之學者幾希不去先王以從夷狄也。夫五經雖存，而説者謬異，學者安所取信哉？昔孔子没，群弟子各取所聞集於書，今之《論語》是也。幸而聖人嘗言之，幸而弟子能存之，今其書則此耳。不幸言之不及而不存者固多矣。有如仁，有如性，有如命，皆一時之罕聞，而習不及之，皆孔子所不對也。故語以謂孔子罕言，然則《論語》之載亦略矣。世之傳《論語》者多矣，少而讀之，壯而不知其義，老而忘之，終不察其何用，故世通以剌書爲習，而未聞篤信好學守死善道者。其於五經之學可知矣。今嘗自孔子之後，考古之書合於《論語》者，獨得《孟子》，以其言新，其人與孔子不異，惜古之人學是書者稀矣。自戰國荀卿、劉漢揚雄、隋末王通，皆有書以配《孟子》稱於世，而荀卿之非孟子見於書，王通蓋未嘗道也。夫不知而非之，於不知而不言，其爲雖殊，要皆不知孟子者也。就三家之中，獨揚雄以謂孟子知言之要，知德之奧，非苟知之，亦允蹈之，其言雖不多見，然亦足以發雄之知言也。彼孟子之所爲，直與聖人者並信，夫二子亦何預之哉？昔韓愈有言曰：「夫沿河而下，苟不止，雖有疾遲，必至於海。如不得其道，雖疾不止，終莫老而至焉。故學者必慎其所道。」求觀聖人之道，必自孟子始。雖愈斯言則然，今其書具存而可考，其他亦多與孟不合，然則愈視揚、墨以排釋老，此愈之得於孟子者。至於性命之際、出處致身之大要，則愈之與孟異者固多矣。故王通力學而不知道，荀卿言道而不知要，韓愈立言而不及德，獨雄其庶夫！學亦難矣哉。是其能力學名世，如此三子者亦稀矣。然或失如此，使孟子而在，三子者同時固應有辨也。假孟子而出其後，於其書固應有所取舍，惟雄切近也，庶幾取合焉。令嘗考求古書之當否，以聖人折之，蓋所見如此。令於《孟子》嘗願學焉，猶病其未能，故於所疑者皆闕之。今其所言，皆令所已信者，然亦不敢自以爲必與孟氏合。諸君盍去其不肖而加擇焉。夫道豈難能哉？顧其力行何如耳！苟聽之於耳，以存於心，用會於行事，則古之好學者皆然也。不然亦何爲出入於口耳之間，徒以爲煩耶？孔子曰：『知之者不如好之者，好之者不如樂之者。』學者可不勉乎？

田概《京兆金石録》六卷

陳振孫曰：北平田概纂，元豐五年王欽若爲序，自爲序後。皆記京兆府縣古碑所在。覽之使人慨然。

劉毅肅昌祚《射法》佚。

《宋史》：昌祚，字子京，真定人。父賀戰没於定州，録爲右班殿直，主秦州威遠寨，累遷武康軍節度使。年六十八，贈開府儀同三司，謚曰毅肅。昌祚氣貌雄偉，最善騎射，箭出百步之外。夏人以得箭爲神，持歸事之。所著《射法》行於世。

董逌《廣川詩故》四十卷見《宋志》，佚。

陳振孫曰：逌説兼取三家，不專毛、鄭，謂《齊詩》尚存，可據按。逌《讀書志》有《齊詩》六卷，今《館閣》無之。逌自言隋唐亦已亡久矣，不知今所傳何所從來，或疑後依托爲之，然則安得便以爲《齊詩》尚存也？然其所援引諸家文義與毛詩異者，亦足以廣見聞，續微絶云。

《錢譜》一卷見《通志》，佚。

張預《百將傳》一百卷見陳振孫《書録解題》。

《四庫全書總目提要》云：預，字公立，東光人。其書采歷代名將百人，起於周太公，終於五代劉鄩，各爲之傳，而綜論其行事，凡有一節與孫武書合者，皆表而出之，别以《孫子兵法》題其後。蓋欲述古以觀時，亦戴少望《將鑑論斷》之類。

劉概《易繫辭》十卷見《宋志》，佚。

董真卿曰：概，字平仲，東明人。

胡一桂曰：劉概《繫辭解》有論以括其大意。

張重《海門集》八卷佚。

陳振孫曰：渤海張重撰【一】。有《上蘇子瞻内翰》詩，又有《與張伯玉遊鑑湖晚歸》詩。伯玉知越州當嘉祐末，而東坡爲翰苑在元祐間，重皆與同時，特未詳其人。

校按：

【一】原無「撰」字，今據《直齋書録解題》補。

龔侍御夬奏疏一卷見《書録解題》，佚。其《請辨忠邪疏》《論章惇蔡卞疏》皆具本傳。

《宋史》：夬，字彦和，瀛洲人。清介自守，有重名。進士第三，簽書河陽判官。紹聖初，擢監察御史，以親老求通判相州，知洺州。徽宗立，召拜殿中侍御史。削籍，編管房州，繼徙象，又徙化。逢赦令得歸，政和六年卒，紹興元年贈直龍圖閣，六年再贈右諫議大夫。

陳振孫曰：二陳、任、龔，皆建中靖國言事官，極論蔡京者也。

張侍郎慤《三河巡社議》具本傳。

《宋史》：慤，字誠伯，河間樂壽人，登元祐六年進士第，官至中書侍郎。

賈侍郎炎《論錢法表》具本傳。

《宋史》：炎，字長卿，以昌朝蔭，更歷筦庫，積遷至工部侍郎。

權參政邦彦《瀛海殘編》十卷見《續通考》。

王圻曰：邦彦，河間人，崇寧中上舍登第，累官簽書樞密院事，嘗獻《十議》以圖中興，尋兼權參知政事。

《中興十議》按：《宋史》，邦彦字朝美。《十議》之獻，當在簽書樞密院事時也，其大略具本傳。

劉學士昺《大成樂書》二十卷

《宋史》：昺，字子蒙，東明人。初名炳，賜今名。元符末進士甲科，起家太學博士，加宣和殿學士，知河南府，積官金紫光禄大夫。

《樂論》八卷

《運譜四議》二十卷

《政和〔二〕頒降樂曲樂章節次》一卷

《政和大晟樂府雅樂圖》一卷以上俱見《宋志》。

校按：

【一】原無『政和』二字，今據《宋史·藝文志》補。

王太保安中《初寮集》十卷，《内制》十八卷，《外制》八卷

晁公武曰：安中，字履道，真定人。政和中有密薦於上者，自監大名倉，累擢掌内外制，後拜太保，鎮燕山。建炎初貶象州。爲文瓌奇高妙，最長於制誥。李邴入翰林，嘗請於上，以方今詞林之式上，首尾舉履道之名。自號初寮先生。

《初寮詞》一卷見《書録解題》。

李忠愍若水集三卷《永樂大典》本。

《四庫全書總目提要》云：若水，本名若冰，欽宗爲改今名。字清卿，曲周人。靖康初以上舍登第，由太學博士歷官吏部侍郎。從欽宗如金營，以力爭廢立，不屈死。建炎初，贈觀文殿學士，謚忠愍。事蹟具《宋史》本傳。《書録解題》載《忠愍集》十二卷，蓋以其追謚名集。《宋史·藝文志》作十卷。考《書録解題》稱後二卷爲附録其死節時事。《宋志》蓋但舉其詩文，其實一也。詩具有風度而不失氣格，文亦光明磊落，肖其爲人。南宋時蜀中有鋟本，今原集不傳。兹就《永樂大典》中所散見者，掇拾編次，釐爲三卷，以建炎初誥詞三道附録於後。雖蒐羅補綴，非復蜀本之舊。然唐儲光羲詩格古雅，其集哀然具存，徒以苟活賊庭，身汙僞命，併其詩亦不甚重。至於張巡所作，僅《聞笛》

及《守睢陽》兩篇，而編唐詩者無不采録，豈非以忠孝者文章之本耶？今若水詩文尚得三卷，不止巡之兩篇。殘編斷簡，固皦然與日月爭光也。

劉安撫甲奏議十卷佚。

《宋史》：甲，字師文，其先永靜軍東光人，元祐宰相摯之後也。淳熙二年進士，累官至寶謨閣學士，知興元府，利路安撫使，節制本路屯駐軍馬，權四川制置司事。嘉定七年卒於官。甲幼孤多難，母病，刺股以進。生平嘗謂：『吾無他長，惟足履實地。』書所爲，夜必書之，名曰『自監』。爲文平淡，有奏議十卷。理宗詔謚清直。

郭【一】勇節永《大谷抵幕府書略》具本傳。

《宋史》：永，大名元城人，少剛明勇決。以祖任爲丹州司法參軍，遷河東提點刑獄，時高宗在揚州，命宗澤守京師，以大名當衝要，欐永與帥杜充、漕張益謙相犄角。永朝夕謀戰守城。陷，駡敵，死，謚勇節。

校按：

【一】『郭』，原誤作『劉』，今據《宋史》改。下同。

李侍郎椿《周易觀畫》二卷見《宋志》，佚。

《宋史》：椿，字壽翁，洺州永年人。以父澤，補迪功郎，歷官至吏部侍郎，以敷文閣待制致仕。椿年三十始學《易》，其言於朝廷，措諸行事，皆《易》之用。卒年七十三。朱熹嘗銘其墓，謂其「逆知得失，不假蓍龜，不阿主好，不詭時譽」云。

魏了翁序云：故吏部侍郎廣平李公，嘗大書六十四卦之象於屋壁，玩之三月而有得焉。於是爲書，題曰《觀畫所見》。既自序所作，厥七十年，其孫大謙守邵則公觀畫所見之地也。是書久失而俄得，故不無爛脱。大謙又敘所以然，而屬余申其義。嗚呼！得於畫而不滯於亂，亦可謂善觀《易》矣。《易》言六畫、六爻、六位、六虚，是四者相近而不同。蓋爻者動也，專指九六，則父母之策也。畫者卦也，兼七、八、九、六，則包男女之策也。總而言之，畫即爲爻。析而言之，爻與畫之見者又爲位，爻之變者又爲虚，故曰『變動不居，周流六虚』。位從爻而爲虚也，曰六畫成卦、六位成章。虚從畫而爲位也，然其實皆自奇偶之畫起。奇偶則太極之分者也。今李公之於《易》，不觀諸辭而觀諸畫，不惑乎諸儒之異傳，而求諸心目之良知，雖兼收衆善，而片詞折衷皆純體獨得之妙。雖不離乎玄變伏及之等，而因體明用，無牽合附會之煩，至於發二五剛柔之義，斥異端邪遁之説，則進而告君，退而省己，造次必是。秦漢以來爲《易》者多矣，顧拳拳乎諸葛氏之出處，又舉一隅以明《易》道之用，有非佔畢陋儒所能盡識。嗚呼！斯亦異乎世之所謂讀《易》耳【二】。

《論君臣體用疏》《論宦之盛疏》具本傳。

校按：

【一】『耳』，《經義考》作『矣』。

程學士珌《洛水集》三十卷

《四庫全書總目提要》云：珌，字懷古，休寧人，以先世居洺州，因號洺水遺民。登紹熙四年進士，理宗朝遷官禮部尚書、翰林學士、知制誥。歷端明殿學士致仕。事蹟具《宋史》本傳。珌立朝以經濟自任，詩詞皆不甚【一】擅場，至於論備邊、蠲税諸疏，則拳拳於國政民瘼，詳明剴切，利病井然，蓋所長在此不在彼也。其跋洪邁《萬首絶句》以爲不當進之於朝，與張栻詆吕祖謙撰《文鑑》大意相類，未免操之已蹙。至於跋張載《西銘》論，其欲復井田爲不可，則深明古今之宜，破除門户之見。其識迥在講學諸儒上矣。集本六十卷，載於《書録解題》。此本乃崇禎乙巳，其裔孫至遠所刻，僅三十卷。後序稱『歲久散佚，舊闕其半』云。

校按：

【一】『甚』，原誤作『古』字，今據《四庫全書總目提要》改正。

劉朐山彝《七經中義》百七十卷見《續通考》。

王圻曰：彝，懷安人。幼從胡瑗學，善治水，第進士，爲朐山令。凡所以魚民者無不至，邑人目其事曰治範。

劉翰《經用方書》三十卷，《論候》十卷，《今體治世集》二十卷

《宋史·方伎傳》：翰，滄州臨津人，世習醫業。

畿輔藝文考　元

李學士冶《敬齋文集》四十卷佚。存詩五首，見《詩選》；文一首，見《文類》）

顧嗣立《元詩選》曰：冶，字仁卿，真定欒城人。登正大末進士第，壬辰北渡，居太原藩府，交辟皆不就。至元二年召拜翰林學士，明年以疾辭，居元氏之封龍山。十六年卒，年八十八。敬齋自幼穎悟，與河中李欽叔、龍山冀京甫、平李長源爲同年友，李屏山令代作藝志數篇，一夕而就，屏山大加賞異。嘗贈詩云：『仁卿不是人間物，太白精神義山骨。』時趙閒閒、楊文獻以道德文章爲一代宗師，敬齋與元遺山皆二公門下客，自南都時才名以相埒，世謂之『元李』。

《測圓海鏡》十二卷《元史》作《測圓鏡海》。

《四庫全書總目提要》云：其書以勾股容圓爲題，自圓心圓外縱横取之，得大小十五形，皆無奇零。次列識[二]別雜記數百條，以窮其理。次設問一百七十則，以盡其用。探賾索隱，參伍錯綜，雖習其法者不能驟解。而其草則多言立天元一。按立天元一法見於宋秦九韶《九章大衍數》中，厥後《授時草》及《四元玉鑒》等書皆屢見之，而此書言之獨詳，其關乎數學者甚大。然自元以來，疇人皆株守立成，習而不察，至明遂無知其法者。故唐順之與顧應詳書，謂立天元一漫不省爲何語。顧應詳演是書爲分類釋術，其自序亦云『立天元一無下手之術』。則是書雖存，而其傳已泯矣。明萬曆中，利瑪竇與徐光啟、李之藻等譯爲《同文算指》諸書，於古《九章》皆有辨訂，獨於立天元一法闕而不言。

徐光啟於《勾股義序》中引此書，又謂欲説其義而未逴，是此書已爲利瑪竇所見，而猶未得其解也。迨我國家醲化翔洽，梯航鱗萃，歐邏巴人始以借根方法進呈。聖祖仁皇帝授蒙養齊，諸臣習之，梅㲉成乃悟即古立天元一法，於《赤水遺珍》中詳解之，且載西名阿爾熱巴拉，即華言東來法。知即冶之遺【三】書流入西域，又轉而還入中原也。今用以勘驗西法，一一吻合。㲉成所説信而有徵，特録存之以爲算法之秘鑰，且以見中原、西法互相發明，無容設畛域之見焉。

錢曾《讀書敏求記》：敬齋病革，語其子兑修曰：『吾生平著述，死後可盡燔去。獨《測圓海鏡》雖九九小數，精心致力，後世必有知之者。』嗟！昔人成一藝，篤信守死而後矣。今人留心學問，奈何半途而廢乎？

《益古演【三】段》三卷

《永樂大典》本。《元史》作《益古衍疑》三十卷。

《四庫全書總目提要》云：據至正壬午硯堅序，稱冶【四】《測圓海鏡》既已刻梓，其親舊省掾李師徵，復命其弟師珪請冶是編刊行。是成在《測圓海鏡》之後矣。其曰《益古演段》者，蓋當時某氏算書，以方圓周徑冪積和較相求，定爲諸法，名《益古集》。冶以爲其藴猶匿而未發，因爲之移補條目，釐定圖式，演爲六十四題，以闡發奥義，故踵其原名。其中有草，有條段，有圖，有義。草即古立天元一法，條段即方田、少廣等法，圖即繪其加減開方之理，義則隨圖解之。蓋《測圓海鏡》以立天元一法爲根，此書即設爲問答，爲初學明是法之意也。所列諸法，文皆淺顯，蓋此法雖爲諸法之根，然神明變化不可端倪，學者驟欲通之，茫無門徑之可入。爲因方圓冪積以明之，其理猶屬易見，故冶於方圓相求各題，皆以此法步之爲草【五】，俾學者得以易入。自序稱今之爲算者未必有劉、李之工，而褊心跼見，不肯曉然示人。惟務隱互錯糅，故爲溟涬黯黮，惟恐學者窺其仿佛云云。可以見其著書之旨矣。至其條、段、圖、義，觸類雜陳，則又必習於諸法，而後可以通此法，故取以互相發也。其書世無傳本，顧應詳、唐順之等見《測圓海鏡》而不解立天元一法，遂謂秘其機以爲奇，則明之中葉業已散佚。今檢《永樂大典》尚載有全編，特録存之，俾復見於世，以爲算家之圭臬。硯堅序稱三卷，今約略篇頁，釐爲三卷。其文則無所增損，惟傳寫【六】訛謬者，各以本法推之，咸爲校正焉。

錢曾曰：元人有以方圓移補成編，號《益古集》，大小六十四問。敬齋惜其未盡剖【七】露，爲之移補條段，細翻圖式，目爲《益古演段》，使後人易曉，亦數家之一勗也。

《敬齋古今黈》八卷《永樂大典》本。

《四庫全書總目提要》云：此書原目凡四十卷。其以名黈者，案《漢書·東方朔傳》「黈纊充耳，所以塞聰」顔師古注曰：「示不外聽。」冶殆以專精覃思，穿穴古今【八】，以成是書，故有取於不外聽之義歟？《元史》本傳、邵經邦【九】《弘簡録》、黄虞稷《千頃堂書目》俱作《古今難》。當因字形相似，傳寫致譌。《文淵閣書目》題作宋人，則並其時代亦誤矣。其書皆訂正舊文，以考證佐其議論。詞鋒駿利，博辨【十】不窮。其「説《毛詩》草蟲阜螽」一條云：「師説相承，五經大抵如此，學者止可以意求之。膠者不卓，不膠則卓矣。」是其著書之大旨也。其中如謂「蚩尤之名，取義於蚩蚩之尤」，謂「《内則》一篇卑鄙煩猥，大類世所傳食纂」，謂「《中庸》索隱行怪乃素餐之素」，謂「《孟子》兄戴蓋爲一句，録萬鍾爲一句，戴蓋即乘軒之義」，或不免於好爲僻論，横生别解。又如《淳化閣帖》，漢章帝書《千字文》、米芾《書史》、黄伯思《法帖刊誤》、秦觀《淮海集》俱以爲僞帖，而據以駁《千字文》非周興嗣作。《太平廣記》載徐浦鹽官李伯禽戲侮廟神，其事在貞元中，具有年月，而冶即以爲李白之子伯禽，亦偶或失考。然如辨《史記》微子面縛，左牽羊，右把茅，乃其從者之牽之把之。司馬遷所記不謬，孔穎達《書正義》所駁爲非。辨《鄭語》「收經入，行姟極」，謂「經即京，姟即垓，韋昭不當注經爲常」。辨《論語》「五十以學《易》」，謂「《論語》爲未學《易》時語，《史記》

所載則作《十翼》後語，不必改五十字作卒』。辨《孟子》隴斷即《列子》所謂冀之南漢之北無隴斷焉。辨《史記·自序》甌、駱相攻，謂『當爲閩越相攻』。辨張耒《書鄱陽傳後》，謂『韓安國實兩見長公主，《漢書》不誤而耒誤』。辨《衛青傳》三千一十七級，謂『級字蒙上斬字，顔師古誤蒙上捕字，遂以生獲爲級』。辨《魏志》穿方負土，謂『即《算經》之立方定率』。辨《吴志》孫權告天文，謂『不當呼上帝爲爾』。辨《通鑒》握槊不輟，謂『胡三省誤以長行局爲長矛』。以及辨古者私家及官衙皆可稱朝，引《後漢書》劉寵、成瑨及《左傳》伯有事爲證。辯佝僂丈人承蜩所以供食，引《内則》鄭玄注、《荀子》楊倞注爲證。辨《吴都賦》『猩子長嘯』當是『常笑』，引《山海經》爲證。皆具有根據，要異乎虚騁浮詞，徒憑臆斷者矣。至於所引《戰國策》『蔡聖侯因是已君王之事，因是已』二『已』字，今本並作『以』，而證以李善注阮籍《詠懷》詩所引實作『已』字，足以考訂古本。又《大學挈矩》，今本章句作『挈度』也，冶所見本則作『挈圍束』也。蘇軾《赤壁賦》今本作『吾與子之所共適』，冶所見本則作『共食』，而駁一本作『共樂』之非，亦足以廣異聞。有元一代之説部，故未有過之者也。雖原本久佚，今采掇於《永樂大典》者不及十之四五，然菁華具在，猶可見其崖略。謹以經、史、子、集依類分輯，各爲二卷以備考證之資焉。

《壁書藂削》十二卷佚。

《泛説》四十卷佚。

校按：

【一】『識』，原誤作『淺』，今據《四庫全書總目提要》改正。

【二】『書』前原有『文』字，今據《四庫全書總目提要》删。

【三】『演』，原作『衍』，今據《四庫全書總目提要》改。審各書亦『衍』『演』雜用，如《國史經籍志》《文淵閣書目》《千頃堂書目》《清續文獻通考》《補遼金元藝文志》《元史藝文志》等作『益古衍段』，《四庫全書總目提要》等多種文獻則作『益古演段』。下文即引《四庫全書總目提要》，則字當作『演』。

【四】『稱治』，原倒作『治稱』，今據《四庫全書總目提要》改正。

【五】『草』，原誤作『學』，今據《四庫全書總目提要》改正。

【六】『寫』，原誤作『雪』，今改正。

【七】『剖』，原誤作『刻』，今據《讀書敏求記》改正。

【八】『今』，原誤作『文』，今據《四庫全書總目提要》改正。

【九】『邦』，原作『利』，今據《四庫全書總目提要》改。

【十】『辨』，原誤作『麗』，今據《四庫全書總目提要》改正。

王承旨鶚《應物集》四十卷佚。存詩一首，見《詩選》；文五首，見《文類》。

顧嗣立曰：鶚，字百一，曹州東明人。鶚始生，有大鳶至於庭，鄉先生張大淵曰：『鶚是也，況其有大名乎？』其父因名之。金正大元年中進士第一甲第一人出身，元世祖訪求遺逸之士，遣使聘鶚至，召對進講，至夜分乃罷。歲餘，乞還繼命，徙居大都，賜宅一區。世祖即位，建元中統首授翰林學士承旨，五年致仕，卒謚文康。所爲文章不事雕飾。嘗曰：『學者當以窮理爲先，分章析句乃經生舉子之業，非爲己之學也。』

《元史》：王鶚，曹州東明人。其《請修實録》《請立學士院疏》具本傳。

《論語集義》一卷佚。

《汝南遺事》四卷

《四庫全書總目提要》云：是編即隨哀宗在蔡州圍城所作，故以汝南命名。所記始天興二年六月，迄三年正月，隨日編裁，有綱有目，共一百有七條。皆所身親目擊之事，故紀載最爲詳確。其稱哀宗爲義宗，則用息州行省所上謚也。《金史·哀宗本紀》及《烏古論鎬》《完顔仲德》《張天綱》等傳，皆全採用之，足徵其言皆實録矣。自序云四卷，《元史》本傳作二卷，蓋傳寫之譌。

劉文獻肅《讀易備忘》佚。

《元史》：肅，字才卿，威州洺水人。金興定二年詞賦進士，中統二年授左三部尚書官曹，典憲多所議定，兼商議中書省事。三年致仕，卒謚文獻。

張中庸特立《易集説》佚。

《歷年議事記》佚。

《元史》：特立，字文舉，東明人。初名永，避金衛紹王諱，易今名。中泰和進士，拜監察御史。白撒[二]訴所言事失實，遂歸田里。特立通程氏《易》，世祖在潛邸傳旨，諭特立曰：『前監察御史張特立，養素邱園，易代如一，今年幾七十，研究聖經，宜錫嘉名，以光潛德。可特賜號曰中庸先生。』『名其讀書之堂曰麗澤。』

校按：

【一】『白撒』，原作『□□薩』，今據《元史》改。

杜處士瑛《緱山集》見《元詩選》。

顧嗣立曰：瑛，字文玉，其先霸州信安人。辟地河南緱氏山中，讀書講學，博覽古今。金亡，間關，轉徙教授汾晋間，中書粘合珪開府于相，瑛赴其聘，遂家焉。與良田千畝，辭不受。歲己未，元世祖南伐，至相召對，見瑛身長七尺，美鬚髯，氣貌魁偉，條奏從容，謂可大用，命從行。以疾，弗果。江南平詔徵之，辭不就。右丞張文謙宣撫河北，奏爲懷孟、彰德、大名等路提舉學校官，又辭。於是杜門著書。至元十年卒於家，年七十。遺命其子曰：『我死棺中，第置《杜甫詩集》一編。』題其志『石雲處士杜緱山墓』。天曆間贈資德大夫、翰林學士、上護軍，追封魏郡公，謚文獻。

《春秋地理源委》十卷

《語孟旁通》八卷按：《論語旁通》，《經義考》云未見，《聚樂堂目》有之。

黄虞稷曰：緱山杜氏《論語旁通》二卷，或作四卷，中山李桓序之。

《皇極疑事》四卷

《皇極引用》八卷

《極學》十卷

《律吕律曆禮樂雜志》三十卷

《中山文集》十卷以上俱見《金史·隱逸傳》，佚。其《遺執政書》具傳内。

王教授好古《醫壘元戎》十二卷

《四庫全書總目提要》云：好古，字進之，趙州人，官本州教授。據好古所作《此事難知序》，蓋其學出於李杲。然此書『海藏黄芪湯』條下，稱杲爲『東桓李明之先生』，而『易老大羌活湯』條下稱『先師潔古老人』，則好古實受業張元素。殆如趙匡、陸淳同受《春秋》於啖助，而淳又從匡講問歟？自跋稱：『是書已成於辛卯，金哀宗正大八年。至丁酉春元滅金之第四年。爲人陰取之，元稿已絶，更無餘本。予職州庠，杜門養拙，齏鹽之暇，無可用心，想像始終，十得七八，試書首尾，僅得復完。』前有自序亦題丁酉歲，蓋初成於金末，而重輯於元初也。其書以十二綱，皆首以傷寒，附以雜證。大旨祖長沙緒論而參以東桓、易水之法，亦頗採用《和劑局方》，與《丹溪門徑》小異。然如『半硫丸』條下注云：『此丸古時用，今時氣薄不用。』則斟酌變通，亦未始不詳且慎矣。其曰《醫壘元戎》者，自序謂『良醫之用〔二〕藥，若臨陣之用兵也』。此本爲嘉靖癸卯遼東巡撫右都御史餘姚顧遂所刻，萬曆癸巳兩淮鹽運司鄞縣屠本畯又重刻之。體例頗爲參差，蓋書帕之本，往往移易其舊式。今無原本可校，亦姑仍屠本録之焉。

《此事難知》二卷

《四庫全書總目提要》云：是編專述李杲之緒論，於傷寒證治尤詳。其問三焦有幾，分别手足，明孫一奎稱其功。與右尺同論，又謂包絡亦有三焦之稱，未免誤會經旨耳。史稱杲長於傷寒，而《會要》一書元好問實序之，今其書已失傳，則杲之議論猶賴此以存其一二。前有至大元年自序，稱『得師不傳之秘，旬儲月蹟，浸就篇帙』，蓋好古自爲裒輯，今本《東桓十書》竟屬之杲，殊爲謬誤。考明李濂《醫史》，亦以是書爲杲作，則移甲爲乙，已非一日矣。

《湯液本草》三卷

《湯液大法》四卷

《陰證略例》一卷

《癍論萃英》一卷

《錢氏補遺》一卷

《四庫全書總目提要》云：湯液者，取《漢志》湯液經方義也。上卷載東垣《藥類法象》《用藥心法》，附以五宜、五傷、七方、十劑。中、下二卷【一】以《本草》諸藥配合三陽三陰、十二經絡，仍以主病者爲首，臣佐使應次之。每藥之下，先氣次味，次入某經。所謂象云者，《藥類法象》也。心云者，《用藥心法》也。珍云者，潔古《珍珠囊》也。其餘各家，雖有採輯，然好古受業於潔古，而講肆於東垣，故於二家用藥尤多徵引焉。考《本草》藥味不過三品三百六十五名，陶弘景《别録》以下，遞有增加，往往有名未用，即《本經》所云主治，亦或古今性異，不盡可從。如黄連，今惟用以清火解毒，而《經》云『厚腸胃』，醫家有敢遵之者哉？好古此書所列皆從名醫試驗而來，雖爲數無多，而條例分明，簡而有要，亦可云適乎實用之書矣。

校按：

【一】『用』後原衍『也』字，今據《四庫全書總目提要》删。

【二】原脱『中下二卷』四字，今據《四庫全書總目提要》補。

魏中丞初《青崖集》五卷《永樂大典》本。

《四庫全書總目提要》云：初，字太初，號青崖，弘州順聖人。從祖璠，金末官翰林修撰，以伉直稱。元世祖徵至和林，甚見禮重，璠無子，以初爲後。少辟中書省掾吏，告歸。有薦於朝者，帝問之璠子，即授國史院編修。尋拜監察御史，官至南臺御史中丞。事蹟具《元史》本傳。焦竑《經籍志》載魏初《青崖集》十卷，《文淵閣書目》亦載魏太初《青崖文集》一部七册，是明初原集尚存，其後乃漸就亡佚，今從《永樂大典》所載詩文披輯裒綴，釐爲五卷，猶可見其崖略。史稱初好讀書，尤長於《春秋》，爲文簡而有法。而集中所記，自稱與姜彧同辱遺山先生教誨，又稱先生入燕，初朝夕奉杖履。是其學本出元好問，具有淵源。故所作皆格律堅蒼，不失先民軌範。於開國規模，多有裨益。集中《奏議》一門，皆詳職歲月，分條臚列。中如《請定法令》《請肅朝儀》《請免括大興民兵》《請令御史按察司官歲舉一人自代》諸議，《元史》皆採入本傳中。其他若《請緩椿配鹽貨》《請禁刁蹬客來》《請優護儒户》《請旌鄭江死節》《請修孟子廟》《請和雇工匠》《請罷河南簽軍》諸議，史所未載者，類皆當時要務，切中事情。今幸遺集僅存，猶足以補史闕，固不徒以文章貴矣。

楊宣撫惟中詩三首見《元詩選》。

顧嗣立曰：惟中，字彦誠，定州人。金末，以孤童子事元太宗，知讀書，太宗器之。歲乙未，皇子闊出伐宋，命於軍前，行中書省事。克宋，得名士數十人。收伊、洛諸書，送燕都。立宋大儒周敦頤祠，建太極書院，延儒士趙復、王粹等講授其間，遂通聖賢學。拜中書令。憲宗即位，世祖以太弟鎮金蓮川，立河南道經略司於汴梁，奏惟中爲使。己未，世祖統總東師，奏爲江淮京湖南北路宣撫使。師還，卒於蔡州，年五十五。中統二年，追謚忠肅。元朝始膺天命，奄冀區夏，經略海外，既一再傳，始究内治，用彦誠爲相，與天下休息。乃恢張規模，維繫綱紀，整頓衣冠，收藏典籍，斯道賴以不亡。天下復見中國之治，皆彦誠之力也。

史丞相天澤詩一首見《元詩選》。

顧嗣立曰：天澤，字潤甫，大都永清人。中統元年授河南宣撫使，尋兼江淮軍馬經略使，二年入拜中書右丞相，至元二年遂拜左丞相，十一年與丞相伯顔總兵伐宋，至郢，以疾還。薨，謚忠武，追封鎮陽王。潤甫身長八尺，聲如洪鐘，善騎射，勇力絶人。年四十，始折節讀書，酷嗜《資治通鑒》，立論出人意表。北渡後，諸名士多流寓失所，王滹南、元遺山、李敬齋輩偕來遊依，與之講論，古今悉治。爲料【一】其生理，而賓禮之人稱其好賢樂善云。

校按：

【一】原無『爲料』二字，今據《元史》《元名臣事略》補。

李蒙齋簡詩六首見《元詩選》。

《學易記》九卷佚。

顧嗣立曰：簡，信都人。中統間爲泰安州倅。學者稱爲『蒙齋先生』，著《學易記》九卷。其自序曰：『歲在壬寅春三月，予自東山之萊蕪挈家遷東平，時張中庸、劉佚庵二先生與王仲徽輩，方聚諸家《易》解而節取之，一相見，遂得厠於講席之末。前後數載，凡讀六七過，其書始成。己未歲承乏倅泰安。山城事少，遂取向之所集《學易記》【一】觀之，重加去取焉。時中統建元庚申秋七月望日。』

校按：

【一】原無『學易記』三字，今據《元詩選》《經義考》補。

高尚書鳴文集五十卷佚。《請修實録》《請立學士院疏略》具本傳。

《元史》：鳴，字雄飛，真定人，少以文學知名。河東元好問上書薦之，不報。諸王錫具庫【一】將征西域，聞其賢，遣使者三輩召之。鳴乃起，爲王陳西征二十餘策，王數稱善，即薦爲彰德路總管。世祖即位，賜誥命金符，已而召爲翰林學士，兼太常少卿。至元五年，立御史臺，以鳴爲侍御史。鳴每以敢言被上知，九年遷吏禮部尚書。

校按：

【一】『錫具庫』，《元史》《元史類編》《新元史》作『旭烈兀』。

劉郁《西使記》一卷

《四庫全書總目提要》云：郁，真定人。是書記常德西使皇弟錫具[一]庫，軍中往返道途之所見。王惲嘗載入《玉堂雜記》中。此蓋别行之本也。《元史·憲宗紀》：二年壬子秋，遣錫喇征西域蘇丹諸國，是歲，錫喇薨。三年癸丑夏六月，命諸王錫具庫及烏蘭哈達帥師征西域法勒噶巴、哈台等國。八年戊午，錫具庫討回回、法勒噶巴，平之，擒其王，遣使來獻捷。考《世系表》，睿宗十一子，次六曰錫具庫，而諸王中别無錫喇。《郭侃傳》：『侃壬子從錫具庫西行。』與《記》所云『壬子歲，皇弟錫喇統諸軍，奉詔西征，凡六年，拓境幾萬里』者相合。然則錫喇即錫具庫，因《元史》爲明代所修，故譯者訛舛，一以爲錫喇，一以爲錫具庫，誤分二人。而《憲宗紀》二年書錫喇薨，三年重書錫具庫西征，遂相承誤載也。此《記》言常德西使在己未正月，蓋錫具庫獻捷之明年所記。雖但據見聞，不能考證古蹟，然亦時有異聞。《郭侃傳》所載與此略同，惟譯語時有譌異耳。

校按：

【一】『具』，《四庫全書總目提要》作『里』，下同。

梁侍御曾詩七首見《元詩選》。

顧嗣立曰：曾，字貢父，燕人。中統間以翰林承旨，王鶚薦辟中書左部令史，三轉爲中書省掾，至元間兩以尚書使安南。皇慶元年特授昭文館大學士，累乞致仕，不允，復起爲集賢侍講學士。

《元史》本傳：曾使安南，還，進所與陳日烜往復議事書，帝大悦，解衣賜之。今其書不傳。

苟祭酒宗道詩三首見《元詩選》。

顧嗣立曰：宗道，字正甫，號確齋，保定清苑人。中統初年，弱冠，從陵川郝經使宋，爲行府都事治書狀。都管三年，被留儀生真授以學，遂以儒名家。至元間爲江南行臺治書侍御史，仕至國子監祭酒。正甫詩、文、書、畫俱有晉唐風致。尤善書，以行草名於時。

劉待制德淵詩三首見《元詩選》。

顧嗣立曰：德淵，字道淳，襄國内邱人，好學，能自刻勵，及遊滹南王若虚門。北渡後，赴戊戌試，魁河北西路。逮中統建元三府，辟其性能，授翰林待制。晚年家居教授。著《三爲書》數萬言，劉太保秉忠、許文正衡雅敬之。

《三爲書》佚。

馮徵君渭詩一首見《元詩選》。

顧嗣立曰：渭，燕京人。中統元年，與真定劉鬱、邢州郝子明、彰德胡祗遹、燕京王光益、楊恕、李彦通、趙和之、東平韓文獻、張昉等同應召票傳，赴闕。

張總管礎詩一首見《元詩選》。

顧嗣立曰：礎，字可用，其先渤海人，徙家真定。中統元年立中書省，命權左右司事，官終安豐路總管，贈昭文館大學士，封清河郡公，謚文敏。

劉太傅秉忠《藏春集》六卷商挺編。

《平砂玉尺經》六卷

《後集》四卷

《玉尺心鏡》二卷

《文集》十卷，《詩集》二十二卷

《四庫全書總目提要》云：秉忠，初名侃，字仲晦，其先瑞州人，曾祖官邢州，因徙家焉。少補邢臺節度府令史，旋棄去，隱武安山中，從浮屠法，更名子聰。世祖在潛邸，僧海雲邀與入見，大悦之。留贊大計，人稱總書記。及世祖即位，始創議建國號，規模制作，皆所草定。至元元年，拜光禄大夫、太保，參預中書省事，更賜今名。十一年，卒，贈太傅趙國公，謚文貞，後改謚文正，追封常山王。事蹟具《元史》本傳。秉忠博覽好學，尤邃於《易》。凡天文、地理、律曆、三式、六壬、遁甲之屬，無不精通。故術數家言多託之以行世，往往不可盡信。至其所著文集見於本傳者十卷，今此本祇六卷，乃明處州知府馬瑋所刊。前五卷爲各體詩，末一卷爲附録誥、敕、志、文、行狀，而不及所著雜文，故秉忠所上萬言書及其他奏疏見於本傳者，概闕焉。蓋文佚而僅存其詩，故卷目多寡與本傳不合也。秉忠起自緇流，身參佐命，與明道衍事頗同。然道衍首構逆謀，獲罪名教，而秉忠則從容啓沃，以典章禮樂爲先務，卒開一代治平。其人品相去懸絶。故所作大都平正通達，無噍殺之音。史稱其詩蕭散閑澹，類其爲人。雖推之稍過，然如小詩中『鳴鳩唤住西山雨，桑葉如雲麥始華』之類，未嘗不時露風致也。

顧嗣立曰：仲晦自幼好學，至老不衰。既貴，齋居蔬食澹然不異平昔。自號藏春散人，有集十卷，學士閻復序之。

劉尚書秉恕詩一首見《元詩選》。

顧嗣立曰：秉恕，字長卿，秉忠之弟，嘗受《易》於威州劉肅。世祖召同侍潛邸，至元中，累官禮部尚書，歷湖州平陽兩路總管，有惠政。卒於官。秉忠無子，以秉恕子爲後。

敬提舉鉉《春秋備忘》三十卷《續通考》作四十卷，集佚。

《明三傳例》八卷佚。

吴澂序曰：《春秋》一經，自《三傳》以來，諸家異同，殆如聚訟，今於衆言淆亂之中折衷，以歸於一，是誠有補於後學。澂之庸下有志於斯者，亦得因先生之所同以自信，又得引先生之所異以自考。先生諱鉉，易水人，金朝參知政事之孫。興定四年登進士第，主郟城薄，改白水令。值中州多虞，北渡隱處，國朝訪求前代遺逸，鉉授中都提舉學校官。舊讀書大甯山下，號爲『大甯先生』云。

《續屏山杜氏春秋遺説》八卷佚。

張萱曰：敬氏《續杜屏山遺説》，從孫儼編。内曲折辯論，扶持左氏，罔敢訂砭，爲左設也。

張太師弘範《淮陽集》一卷，附録《詩餘》一卷

《四庫全書總目提要》云：弘範，字仲疇，易州定興人，汝南忠武王柔之第九子也。官至鎮國上將軍，蒙古漢軍都元帥將兵入閩廣滅宋於厓山，師還而卒，累贈太師、淮陽王，謚憲武。事蹟具《元史》本傳。其遺詩一百二十篇，詞三十餘篇，燕山王氏嘗刻之敬義堂，廬陵鄧光薦爲之序。光薦即宋禮部侍郎，弘範南征時被獲不屈，因命其子珪事以爲師者也。後其曾孫監察御史旭重刊，明正德中公安知縣周鉞又重刊之。此本即從刊鉞刻傳録，蓋猶舊帙。弘範嘗從學郝經，頗留心儒術。其詩皆五七言近體，雖頗沿南宋末派，然大抵爽朗可誦。其中如『中酒未醒過似病，披詩不得勝如愁』置之《江湖集》中不辨也，以元勳世胄，宣力疆場，用餘力從事於吟詠，亦無愧於曹景宗之賦兢病矣。

《斷宋餉道議》具本傳。

劉贊善因《四書集義精要》二十八卷

《四庫全書總目提要》云：因，字夢吉，號靜修，容城人。世祖至元十九年徵授承德郎、右贊善大夫，未幾辭歸，以集賢學士徵，不起，事蹟具《元史》本傳。朱子爲《四書集注》，凡諸人問答與《集注》有異同者，不及訂歸於一。而卒後，盧孝孫，取《語類》《文集》所説輯爲《四書集義》，凡一百卷。讀者頗病其繁冗，乃擇其指要，删其復雜，勒成是書。張萱《内閣書目》作三十五卷，《一

齋書目》則作三十卷。考蘇天爵作因《墓誌》，亦稱是書三十卷，則萱所記誤矣。此本僅存二十八卷，至《孟子·滕文公上篇》而止，其後並已闕佚，亦非完帙。然朱彝尊《經義考》注云『未見』，則流傳頗罕。亦元人遺笈之僅者，不以殘闕病也。其書删削浮詞，標舉要領，使朱子之説不惑於多歧。蘇天爵以簡嚴粹精稱之，良非虚美。蓋因潛心義理，所得頗深，故云取分明如别白黑，較徒博尊朱之名不問已定、未定之説，片言隻字無不奉若球圖者，固不同矣。

《靜修集》三十卷

《四庫全書總目提要》云：其早歲詩文，才情馳騁，既乃自訂《丁亥詩集》五卷，盡【一】取他文焚【二】之。卒後，門人故友裒其佚稿，得《樵庵詞集》一卷，《遺文》六卷，《拾遺》七卷。最後楊俊民又得《續集》二卷，捃拾殘賸，一字不遺。其中當有因所自焚者，未必因本意也。後房山賈彝復增入《附録》二卷，合成三十卷。至正中，官爲刊行，即今所傳之本。其文遒健排奡，迥在許衡之上，而醇正乃不減於衡。張綸《林泉隨筆》曰：『劉夢吉之詩，古選不減陶、柳，其歌行、律詩直溯盛唐，無一字作今人語。其爲文章，動循法度，春容有餘味。如《田孝子碑》《桐川圖記》等作，皆正大光明。較文士之筆，氣象不侔。今考其論詩有曰：魏、晉而降，詩學日盛，曹、劉、陶、謝，其至者也。隋唐而降，詩學日變，變而得正，李、杜、韓其至者也。周宋而降，詩學日弱，弱而復强，歐、蘇、黄至者也。云云。』所見深悉源流，故其詩風格高邁，而比興深微，闖然升作者之堂，講學諸儒未有能及之者。王士禛作《古詩選》，於詩家流别，品録頗嚴，而七言詩中獨録其歌行爲一家，可謂豪傑之士，非門户所能限制者矣。

《櫝著記》見《續通考》。

王圻曰：至元十年春二月作。

《小學四書語録》《易繫辭説》《元史》本傳：《小學四書語録》，皆門人故友所録。惟《易繫辭説》乃因病中親筆云。

校按：

【一】『盡』，原誤作『進』，今據《四庫全書總目提要》改正。

【二】『焚』，原誤作『懋』，今據《四庫全書總目提要》改正。審《畿輔藝文考》『焚』往往誤作『懋』，下文逕改，不再出。

張知府之翰《西巖集》二十卷《永樂大典》本。

《四庫全書總目提要》云：之翰，字周卿，邯鄲人，《元史》無傳，惟《松江府志》載之。翰至元末自翰林侍講學士知松江府事，有古循吏風。時民苦荒，租額以十萬計。之翰力除其弊，得以蠲除，至今猶祠於名宦。平生著述甚富，晚號『西巖老人』，故以西巖名集。其詩清新宕逸，有蘇軾、黄庭堅之遺文，亦頗具唐宋舊格。其集據《松江府志》所載，本三十卷，今於《永樂大典》中蒐採綴輯，分體編次，釐爲二十卷。雖當時舊本篇目多寡不可知，而約略大數，計已得什之六七矣。

顧嗣立曰：周卿嘗作《鏡燈詩》，膾炙人口，時呼爲『張鏡燈』。

王内翰磐《鹿庵集》，見《元詩選》。**文七首**見《元文類》。

顧嗣立曰：磐，字文炳，廣平永年人。登金至大四年經義進士第。元中統初，擢義都等路宣慰副使，頃之以疾免。樂青州風土，乃買田淛河之上，題其居曰『鹿庵』，有終焉之志。至元元年，召入翰林，進承旨，累乞致仕，不許。年八十，始遂所請。卒年九十二，贈太傅，追封洛國公，謚文忠。文炳人品高邁，氣概一世。嘗曰：『文章以自得，不蹈襲前人一言爲貴。』又曰：『爲學務要精熟。當鎔成汁，瀉成錠，團成塊，按成餅。』故其文詞波[一]瀾弘放、浩無津涯。李野齊稱其爲文沖粹典雅，得體裁之正，不敢尖新以爲奇，不尚隱僻以爲高。詩則述事遺情，閒逸豪邁，不拘一律。其居翰林也，持文柄者餘二十年，天下想望風采，得[二]從容晉接，終身爲榮。元初開國諸公未有出其右者。

《請肅朝儀疏》《諫省併按察司疏》《議更定官制疏》 皆具本傳。

《鈔輕物種議》 見《玉堂嘉話》。

《大定治績》

《元史考證》：磐以金有天下，凡九帝，一百二十年，世宗稱宜。因摭其行事一百八十餘條以進，名曰《大定治績》。見《元文類》。傳未載。

校按：

【一】『波』，原誤作『淡』，今據《元詩選》改正。

【二】『得』，原作『自』，今據《元詩選》改。

鮮于太常樞《困學齋集》 見《元詩選》。

顧嗣立曰：樞，字伯機，漁陽郡人。至元間，以材選爲浙東宣慰司經歷，改江浙行省都事。公卿以祠翰屢薦館閣，不果用，遷太常典薄。晚年閉户謝客，營一室，名曰『困學之齋』，自號『困學民』，又號『直寄老人』。大德六年卒。伯機居錢塘時，吳興趙子昂嘗貌其神，蜀郡虞伯生贊之曰：『斂風沙裘劍之豪，爲湖山圖史之樂，翰墨軼米薛而有餘，風流儗晉宋而無怍。』當時伯機文望，亦與子昂相伯仲云。

《困學齋雜録》一卷

《四庫全書總目提要》云：是書所記當時詩話雜事爲多，原本不著姓氏。故嘉靖中袁袠跋稱撰人未詳，曹溶收入《學海類編》，以鮮于樞自號『困學民』，題所居曰『困學齋』，遂以此書爲樞撰。今考其書雖隨筆劄録，不甚經意，而筆墨之間具有雅人深致，非俗士所能僞託。且元初諸人，亦别無稱『困學齋』者。溶定爲樞作，似乎可信。末有萬鶚跋，謂卷中金源人詩可補劉祁《歸潛志》之闕，存之可資採録也。開卷引李平、許绪二事，但録舊聞，無所論斷，莫詳其意。卷中趙復初二詩，前後兩見，字句亦有異同，殆亦偶然雜録，未經編定之本。後人因其墨跡，繕録成書如蘇軾《志林》《仇池筆記》之類歟？

盧承旨摯《疎齋集》，見《元詩選》。文四首見《元文類》。

顧嗣立曰：摯，字處道，一字莘老，號『疎齋』，涿郡人。至元五年進士，博洽有文思。大德初，授集賢學士，遷承旨。所著曰《疎齋集》。元初，中州文獻，東人往往稱李、閻、徐，推能文辭、有風致者曰姚、盧，蓋謂李謙受益、閻復子靖、徐琰子方、姚燧端父及疎齋也。而推詩專家，必以劉因静修與疎齋爲首。趙郡蘇天爵曰：『國家平定中原，士踵金、宋餘習，率皆麤豪衰苶，涿郡盧公始以清新飄逸爲之倡。』臨川吳澄曰：『涿郡盧學士所作古詩，類晉清言，古文出入《盤誥》中，字字土盆瓦缶，而倏有三代虎帷瑚璉之器，見者莫不改視。』踈齋嘗著《文章宗旨》云：『大凡作詩，須用《三百篇》與《離騷》。言不關乎世教，義不存於比興，詩亦徒作。』又云：『清廟茅[一]屋謂之古，朱門大廈謂之華屋可，謂之古不可。太羹玄酒謂之古[二]，八珍謂之美味可，謂之古不可。知此可與古文之妙，極與臨川之論相合。』亦即踈齋自言其得力歟？

《文章宗旨》

校按：

【一】『茅』，原誤作『第』，今據《元詩選》改正。

【二】『古』，原作『香』，今據《元詩選》改。

王承旨思廉詩二首，見《元詩選》。文二首見《元文類》。

顧嗣立曰：思廉，字仲常，真定獲鹿人。幼師太原元好問，至元十年世祖召見，授符寶局掌書，累進翰林學士、工部尚書。仁宗即位，以翰林學士承旨致仕。

尚祭酒野詩一首見《元詩選》。

顧嗣立曰：野，字文蔚，其先保定人，徙滿城。至元十八年，以處士徵爲國史院編修。大德六年，遷國子助教。諸生入宿諸生入宿衛者，歲從幸上都。丞相哈喇哈[一]始命野分學於上都，以教諸生，仍鑄印給之，上都分學自野始。陞國子博士，進司業。延祐元年，改集賢侍講學士，兼國子祭酒。

二年，移病歸。文蔚誨人，先經學而後文藝，在國學時，每謂諸生曰：『學未有德，徒事華藻，若持錢買水，所取有限。能鑿井及泉而汲之，不可勝用矣。』文蔚之持論如此。史稱其文辭典雅，一本於理，信不誣也。

校按：

【一】『哈喇哈』，《元史》本傳作『哈剌哈孫』。

張參政立道《效古集》佚。存詩一首，見《元詩選》。

顧嗣立曰：立道，字顯卿，其先陳留人，後徙大名。至元四年，皇子忽歌赤封雲南王，詔爲王府文學，即署大理等處勸農官，尋與侍郎甯端甫使安南，定歲貢之禮。王薨，召入朝。八年，復使安南。二十七年，命爲北京總管。未行，會安南世子陳日燇遣使告襲爵，授禮部尚書，再使安南，且責日燇上表論罪。二十八年，奉使按行兩浙，行爲四川南道宣慰使。大德二年，以陝西行臺侍御史拜雲南行省參政。視事期月，卒於官。

《平屬總論》佚。

《安南録》佚。

《雲南風土記》佚。

《六詔通説》佚。

《元史》本傳：先是，雲南未知尊孔子，祀王逸少爲先師。立道首建孔子廟，置學舍，勸士人子弟以學。擇蜀士之賢者，迎以爲子弟師。歲時率諸生行釋菜禮，人習禮讓，風俗稍變。

劉中丞宣詩三首見《元詩選》。

顧嗣立曰：宣，字伯宣，其先潞人，徙居太原。至元二十五年，由集賢學士除御史中丞。行御史臺事，爲江浙行省丞相忙古臺誣告，被逮，自刭於舟中。聞著莫不嗟悼。仁宣沈毅清介，讀書有經世之志。江南既平，作詩百韻，鋪張偉績，宋臣有能守死節義者，必加歎奬。

何平章榮祖詩一首見《元詩選》。

顧嗣立曰：榮祖，字繼先，其先太原人，徙家廣平。累官尚書右丞，改中書左丞，以老疾乞解機務，詔拜昭文館大學士，加平章政事。歸廣平，卒謚文憲。所著有《大畜十集》《學易記》《載道集》《觀物外篇》等書。詩僅傳《齋居》一首，詞語甚腐，因收入。蘇天爵《元文類》今姑存之。

《大畜十集》佚。

《學易記》佚。

《載道集》佚。

《觀物外篇》佚。

《至元新格》見《續通考》。

王圻曰：榮祖以公規治民、禦盜、理財等大事輯爲此書。

《元史》：何氏世業吏，榮祖尤所通習，遂以吏累遷中書省掾，擢御史臺都事，始折節讀書，日記數千言。

董承旨文用詩三首見《元詩選》。

顧嗣立曰：文用，字彦材，真定槁城人。弱冠試詞賦中選，初事潛邸。中統初，大名宣撫奏爲左右司郎中，歷兵部。至元二十五年，拜御史中丞。明年，除大司農。又明年，除翰林學士承旨。大德元年，歸老於家。

王賓客利用詩三首見《元詩選》。

顧嗣立曰：利用，字國賓，通州潞縣人。幼穎悟，弱冠與魏初同學，遂齊名。初事元世祖於潛邸，官終太子賓客。卒謚文貞。廉【二】希憲當時名相，簡重，慎許可。嘗語人曰：『方今政事文章兼備者，王國賓其人也。』《元史》本傳：利用以切於時政者疏，上十七事。帝及太子嘉納之。皇后聞之，命録別本以進。

校按：

【二】『廉』，原誤作『庭』，今據《元史》改正。

劉總管愻詩一首見《元詩選》。

顧嗣立曰：愻，威州洺水人，肅次子，歷官大名路總管。

劉承旨賡詩十首見《元詩選》。

顧嗣立曰：賡，字熙載，肅之孫。初有文名，師事翰林學士王磐。至元十二年，用薦者授國史院編修官。至大、皇慶、延祐間，三入翰林爲承旨。天曆元年卒，年八十一。

《元史》本傳：賡久典文翰，當時大製作多出其手。

郝平章天挺詩二首見《元詩選》。

顧嗣立曰：天挺，字經先，號新齋，出於朶魯別族，居安肅州。至元中，以勳臣子召見。世祖嘉其容止有旨，俾執文字，備宿衛春宮。建省雲南，除參議，雲南行尚書省事。歷遷御史中丞，拜河南行省平章政事。卒謚文定。繼先嘗受業於元遺山，多所撰述。修《雲南實録》五卷，注《唐人鼓吹集》一十卷，行於世。按《金史·隱逸傳》：郝天挺字晉卿，澤州陵川人，爲國信史經之祖。遺山嘗從學進士業。夫以同時而同姓同名，乃一爲其師，一爲其弟子，亦一奇也。附識於此。

《雲南實録》五卷佚。

《注唐人皷吹集》十卷

《四庫全書總目提要》云：是集所録，皆唐人七言律詩。凡九十六家，共五百九十六首。作者各題其名，惟柳宗元、杜牧題其字，未喻何故。第四卷中宋邕詩十一首，天挺注以爲實出曹唐集中，題作宋邕當必有據。然第八卷胡宿詩二十三首，今並見文恭集中，實爲宋詩[二]誤入。則亦不免小有疏舛。顧其書與方回《瀛奎律髓》同出元初，而去取謹嚴，軌轍歸一，大抵遒健弘敞，無宋末『江湖』

『四靈』瑣硫寒儉之習，實出方書之上。天挺之注雖頗簡略，而但釋出典，尚不涉於穿鑿，亦不似明廖文炳所解横生枝葉，庸而至於妄也。

校按：

【一】『詩』，原作『人』，今據《四庫全書總目提要》改。

王吴江柔詩一首見《元詩選》。

顧嗣立曰：柔，字不剛，大都人。爲安西王相府令史，至元二十九年知吴江縣。

庚恭詩一首見《元詩選》。

顧嗣立曰：恭，燕山人。官爵未詳。

王學士約《潛邱稿》三十卷佚。存詩四首，見《元詩選》。

顧嗣立曰：約，字彦博，其先汴人，北徙真定。至元十三年，翰林學士王磐薦爲從事，授從仕郎、翰林國史館編修，官遷中書右司員外郎。成宗立，調兵部郎中，改禮部拜翰林直學士，奉使高麗。還報程旨，除太常少卿。延祐二年，命宣撫燕南山東道，遷拜樞密副使。至治二年，以年七十致仕。三年，復起拜集賢大學士。至順四年卒，年八十三。彦博性穎悟，風格不凡，從魏中丞初遊，博覽經史，工文詞。平生著作有《史論》三十卷，《高麗志》四卷，《潛邱稿》三十卷。

《史論》三十卷佚。

《高麗志》四卷佚。

竇太師默《請用正人疏》具本傳。

《銅人針經密語》一卷

《標幽賦》二卷

《王鏡潭注》《指迷賦》《瘡瘍經驗全書》十二卷

《元史》：默，字子聲，初名傑，字漢卿，廣平肥鄉人。幼知讀書，毅然有立志，與姚樞、許衡朝暮講習，至忘寢食。至元十七年，加昭文館大學士。卒，贈太師，謚文正。

崔左丞敬《諫放皇弟雅克特古獻於高麗疏》《諫巡本上都疏》《諫以珍寶賜近侍疏》皆具本傳。

《元史》：敬，字伯恭，大甯之惠州人。通刑名法律之學。至元六年，拜監察御史，除山東行樞密院副使，遷江浙行省左丞。

郭太史守敬《推步》七卷

《立成》二卷

《授時曆經》三卷
《曆議擬稿》三卷
《授時曆法撮要》
《轉神選擇》二卷
《上中下三曆注式》十二卷
《時候箋注》二卷
《修改源流》一卷
《儀象法式》二卷
《二至景規考》二十卷
《五星細行考》五十卷
《古今交食考》一卷
《新測二十八舍雜坐諸星入宿去極》一卷
《新測無名諸星》一卷
《月離考》一卷本傳無，並藏之官。

《元史》：守敬，字若思，順德邢臺人。至元三十一年加昭文館大學士，知太史院事。

齊太史履遷《春秋諸國統紀》六卷，《目録》一卷

履謙自序曰：孔子曰：『屬辭比事，《春秋》教也。』所謂《春秋》者，古者史記之通稱也。何以明之？孟子曰：『王者之跡熄而《詩》亡，《詩》亡然後《春秋》作。』莊子曰：『《春秋》，先生經世之志。』墨子曰：『吾見百國《春秋》。』皆非謂今之《春秋》也。又嘗考之古文，有夏商《春秋》、晉《春秋》。《國語》晉羊舌肸習於《春秋》，悼公使傅其太子；楚莊王使申叔時傅太子箴，教之《春秋》。《左傳》韓宣子適魯，見魯《春秋》。至於後世，史學亦多以春秋名其書者，若《虞卿春秋》《吕氏春秋》《陸賈春秋》《吴越春秋》《漢魏春秋》《唐春秋》之類，往往有之。故知春秋者，古者史記之通稱。而今之《春秋》，一經聖人以同會異、以一統萬之書也。始魯終吴，合二十國史記而爲之也。然自三傳既分，世之學者類皆以褒貶爲工，至於諸國分合，與夫《春秋》之所以爲《春秋》，未聞其有及之者。予竊疑之久矣。暇日輒以所見，妄爲敘類，私之中篋，蓋不惟有以備諸家之闕，庶幾全經之綱領，自此或可以尋究云。

吴澄序曰：伯恒之説《春秋》，不承陋襲故，皆苦思深究。而自得内魯尊周之外，經書其君之卒者十八國，乃分匯諸國之統紀，凡二十。已所特見，各傳於經縷數旁通務合。書法餘事，闕而不録。其義視李則明決多，其辭視吕則簡淨勝。予之所可〔一〕靡或〔二〕不同，間有不同亦其求之太過耳，而非苟爲言也。

《四庫全書總目提要》云：履謙，字伯恒，大名人，官至太史院使。事蹟具《元史》本傳。此書乃其延祐丁巳爲國子司業時所作。前有自序，謂今之《春秋》，蓋聖人合二十國史記爲之，自三傳專言褒貶，於諸國分合，與《春秋》所以爲《春秋》，未之及。故敘類此書，以備諸家之闕，凡二十有二篇。首魯，次周，次宋，次齊，次晉，次衛，次蔡，次陳，次鄭，次曹，次秦，次薛，次杞，次滕，次莒，次邾，次許，次宿，次楚，次吴。自内魯尊周外，各以五等之爵爲次。其入春秋後降爵者，則隨所降之爵列之，而楚、吴以僭王殿焉。《目録》謂此皆國史具在，聖人據以作《春秋》者。又以諸小國、諸亡國釐爲二十篇，附録於末。《目録》謂此無國史，因二十國事所及而載者。皆先於各國下列敘大勢與其排比之意，題曰某國春秋統紀。蓋據《墨子》有百國《春秋》，徐彦《公羊疏》有『孔子求周《史記》，得百二十國寶書』之文，故不主因魯史從赴告之義也。案《春秋》如不據魯史，不應以十二公紀年，如不從赴告，不應僖公以後晉事最詳，僖公以前晉乃不載一事。此蓋綴拾雜説，不考正經。且魯史不記周年，内魯可也。履謙分國編次，而魯第一，周第二，不曰王人雖微加於諸侯之上乎？況天王也？至於隱公八年葬蔡宣公，宣公十七年葬蔡文公，並經有明文，履謙漏此二條，乃於桓公十七年葬蔡桓侯，謂諸國皆僭稱公，惟蔡仍舊章，反引《左傳》爲證，殊爲疏舛。又經書桓公三年，夫人姜氏至自齊，六年九月丁卯子同生，其事更無疑義。《穀梁傳》疑故志之説已爲不核事實，履謙乃竟以莊公爲齊侯之子，尤爲乖謬。以其排比經文，頗易尋覽，所論亦時有可採，故録存之。吴澄序稱其縷數旁通，務合書法，間或求之太過，要之不苟爲言[三]。蓋暇瑜不掩，澄已有微辭矣。

《元史》本傳：父義善算術，履謙生六歲，從父至京師，七歲讀書一過即能記憶。年十一，教以推步星曆，盡曉其法。十三從師聞聖賢之學，自是以窮理爲務，非洙、泗、伊、洛之書不讀。至元十六年初，立太史局，改治新曆，履謙補星曆生。履謙篤學勤苦，家貧無書。及爲星歷生，在太史局，會秘書監輦亡宋故書，留置本院，因晝夜諷誦，深究自得。故其學博洽精通，自六經、諸史、天文、地理、樂律曆，下至陰陽、五行、醫藥、卜筮，無不淹貫，尤精經籍。

《大學四傳小注》一卷

《中庸章句續解》一卷

《論語言仁通旨》二卷

《書傳詳説》一卷

《易擊辭旨略》二卷

《易本説》四卷

吴澄序曰：《易》者，天地鬼神之奥，而五經之原也。夫豈易究哉？古魏齊履謙柏恒，篤學窮經，其志堅，其思深。其於《易》也，悉去古諸儒支蔓之説，而存其本，著《本説》四卷。其辭簡，其法嚴，能以一字一句該卦爻之義。余讀之而有所取焉。於乾之乾，而曰上乾名，下卦名。於坤之黄裳，而曰不外事，無上侵。於蹇之來反、來連，而曰反二連三。於解之負且乘，而曰負四乘二。以悔亡爲功能掩過，以無悔爲功過俱亡。此其訓釋之善者也。於屯之二曰，辭之遜，所以見履亡危，斯之速於以明守之堅。於訟之三，曰食舊德，則人莫與爭，能從王事無成，則人莫與爭功。於遯之三與上曰，係者情牽於私，而功業非所勉，肥者弘博自大，而職事非所屑。此其文義之暢者也。無妄之『妄』，謂《史記》作『望』，意尤明白。則同乎先儒而擇之精。坎三來之，謂『之』爲語辭，而不訓往復。彖來復，謂一陽始生於冬至之後，而謂十月微陽已生者，不然，則異乎先儒，而語之當。姑舉其概如此，他未暇偏舉。嗚呼！伯恒其知《易》教之以潔淨精微爲貴焉。然則簡嚴太甚也，觀者鮮或細玩而詳窺茲。蓋未易與寡見聞議也。

黄虞稷曰：其書初補注《繫辭旨略》二卷，以敷暢本義之旨，後更其説四卷，專釋卜爻之旨。至於彖象諸傳，夫子所以贊翼、卦爻一二疑滯，已具説下。其餘不全釋。

《經世書入式》一卷《經義考》作《義式》。

《元史》：履謙以皇極之名見於《洪範》，皇極之數始於邵氏《經世書》。數非極也，特寓其數於極耳。著《經世書入式》一卷。

《外篇微旨》一卷

《元史》：《經世書》有内外篇，内篇則因極而明數，外篇則由數而會極。著《外篇微旨》一卷。

《二至晷景考》二卷

《元史》：授時曆行五十年，未嘗推考。履謙日測晷景，並晨昏五星宿度。自至治三年冬至，至泰定二年夏[四]至，天道加特真數，各減見行曆書二[五]刻，著《二至晷景考》二卷。

《經串演撰八法》一卷

《元史》：《授時曆》雖有經、串，而經以著定法，串以紀成數，然求其法之所以然、數之所從出，則略而不載。作《經串演撰八法》一卷。

校按：

【一】『可』，原作『取』，今據吴澄序改。

【二】『或』，原誤作『所』，今據吴澄序改正。

【三】『言』，原作『之』，今據吴澄序及《四庫全書總目提要》改。

【四】『夏』，原作『冬』，今據《元史》改。

【五】『二』，原作『三』，今據《元史》改。

李學士元禮《諫皇太后臨老五臺佛寺疏》具本傳。

《元史》：元禮，字庭訓，真定人。資性莊重，燕居不妄言笑。元貞元年，擢拜監察御史，彈劾無所回撓。未幾，改國子司業。以疾卒，贈翰林直學士。

李學士衎詩一首見《元詩選》。

顧嗣立曰：衎，字仲賓，薊邱人。起家將仕佐郎，遷承直郎、考功德使司經歷。元貞初，安南罷兵，擢拜朝請大夫、禮部侍郎，以兵部郎中蕭泉登爲副，往諭其國。復命請補外，除同知嘉興路總管事，再遷婺州。皇慶初，召爲吏部尚書，超拜集賢大學士。以疾，辭歸。仲賓初表所居曰『息齋』，自號『息齋道人』，晚號『醡奉先生』，作傳以自適。翰墨餘暇，善圖空竹、木、石，庶幾王維、文同之高致。

《竹譜》見《續通考》。

高尚書克恭《房山集》見《元詩選》。

《文簡公文集》七卷

顧嗣立曰：克恭，字彦敬，其先西域人，後居燕之房山。大德初爲御史，官至刑部侍郎，卒贈尚書。彦敬好作墨竹，畫山水，初用二米法，寫林巒煙雨，晚更出入董北苑。自號『房山老人』，因皆稱曰『高房山』。爲詩不尚鉤棘，自得天趣。柳道傳嘗謂：高公畫入能品，故其詩神超韻勝，如王摩詰在輞川、李伯泊院口舟中，思與境會，脱口成章，自有一種奇秀之氣。其畫中題句如『木落秋宇空，天寒遠山靜』『、』峭寒留剩〔二〕雪，暮影入濃雲『、雲氣外無出路，水聲中有人家』『冷光溼翠相摶處，曾向廬山月下來』『青山萬疊雲無屋，中有仙人問月臺』，具有妙思。

校按：

【一】『剩』，原誤作『荊』，今據《元詩選》改正。

李宣慰京《鳩巢漫稿》見《元詩選》。

顧嗣立曰：京，字景山，河間人。起家掌故樞府，不數年遂長其幕，遽坐廢。大德五年，奉命宣慰烏蠻，尋陞烏撒烏蒙道宣慰副使，佩虎符，監管軍萬户，悉其見聞爲《雲南志略》四卷。三年而報使，因以其書上之。即移病歸鄉里。景山於書酷好《老子》，獨慕白樂天之爲人。平生爲詩凡數百篇，而雲南諸作尤爲世所傳誦。總題曰《鳩巢漫稿》。『鳩巢』，其自號也。

《雲南志略》四卷佚。

馬煦詩一首見《元詩選》。

顧嗣立曰：煦，字德昌，滏陽人。大德間，與霍肅、周密、顔天賜、張伯淳、廉希貢、喬簣成、楊肯堂、李衎、王芝、趙孟順、鄧文原、鮮于樞，稱賞鑑名家。

王學士德淵詩一首見《元詩選》。

顧嗣立曰：德淵，廣平人。歷官翰林直學士。

張修撰埜《古山集》佚。存詩一首，見《元詩選》。

顧嗣立曰：埜，字野夫，邯鄲人。官修撰，家世文儒，詩詞清麗，有《古山集》。

李助教鳳《西林集》佚。存詩三首，見《元詩選》。

顧嗣立曰：鳳，字翔卿，一字舜儀，大名東明人。好文之父也。幼嗜學，從鄉先生孫曼慶學詩，久之，曼慶謂曰：『詩，吾無以加子矣。其爲義理之學乎！』乃屏絶金末律賦舊習，而究伊洛之遺書。留居嵩、潁間，讀書三年，而後歸爲郡學【一】録，遷廣平學正。大德間除國子助教。所著書數百篇，曰《西林集》。西林者，翔卿所居也。

校按：

【一】『學』，原作『國』，今據虞集《國子助教李先生墓碣銘》改。

李南豐彝詩一首見《元詩選》。

顧嗣立曰：彝，字憲文，薊人。大德二年，知建昌路南豐州，纂圖志。

《南豐州圖志》佚。

武絳州叔安詩三首見《元詩選》。

顧嗣立曰：叔安，趙郡人。任絳州知州，與王惲、劉遂初同時。

曹尚書鑑詩一首見《元詩選》。

顧嗣立曰：鑑，字克明，號『以齋』，宛平人。大德五年，因翰林侍讀學士郝彬薦爲鎮江淮海書院山長。後至元元年，以中大夫陞禮部尚書。克明家無餘貲，惟蓄書數千卷，皆手校定。爲賦，詩尚《騷》《雅》，作文法西漢。每篇成，學者爭相傳頌。有文集若干卷，藏於家。

滕司業安上《東庵集》四卷《永樂大典》本。

《四庫全書總目提要》云：安上，字仲禮，定州人。以薦除中山府教授，歷禹城主簿，徵爲國子博士，轉太常丞，拜監察御史。以地震上疏，不得達，遂引疾去。尋起爲國子司業，流於官，《元史》不爲傳。其事實見於姚燧所作《墓碣銘》。而吴澄《文正集》亦謂安上爲人乃有學有行而有文者。蓋束脩自好之士也。燧又稱所著有《東庵類稿》十五卷，江西廉訪使趙秉政版之行世。又有《易解洗心管見》藏於家，而安上之集闕焉。則其佚久矣。今從《永樂大典》中裒輯編次，得詩二百餘篇，分爲四卷。其詩格以樸勁爲主，不免少失之粗獷，而筆力健舉。七言古詩尤有開闔排宕之致，視元末穠豔纖媚之格全類詩餘者，又不以彼［二］易此矣。考蘇天爵《文類》載有安上《祭硯司業文》一篇，而姚燧亦謂其文一本理義，辭旨暢達，不爲險譎，非有裨世教者不言是。原集當兼載詩文，惜《永樂大典》

僅存其詩，其文已無可考也。

《易解洗心管見》佚。

校按：

【一】『彼』，原誤作『淡』，今據《四庫全書總目提要》改正。

侯正卿克中《艮齋詩集》十四卷

《四庫全書總目提要》云：克中，字正卿，真定人。幼喪明，聆群兒誦書，不終日，能悉記其所授。稍長，習詞章，自謂不學可造詣。既而悔之。以爲刊華食，實莫首於理，原《易》以求，乃爲得之。於是精意讀《易》，著書名《大易通義》，年至九十餘而卒。今《通義》已不傳，而袁桷【二】所作序尚見《清容居士集》中，可略見克中本末。此所作詩集，猶元時舊刻，卷首有毛晉私印，蓋汲古閣所藏。中間律體最多，而七律尤夥。卷一、卷二皆誦詠經史之作。卷八爲諧音格。乃每首全以音通字異者相叶，如一東叶同、峒、桐、銅、童，二冬叶鏞、庸、容、墉、蓉之類，凡七言三十一首，五言二十一首，亦克中自創之格。其詩近【三】『擊壤』一派，多涉理路，而抒情賦景之作亦時有足資諷詠者。昔唐汝詢幼而失明，長而能詩，《姑蔑》一集，明人詫爲古所未見，而不知克中已在前。又汝詢能注《唐詩解》，而克中乃至能詁經，是所學又在汝詢上矣。

《大易通義》佚。

袁桷序曰：郡侯郭【三】文卿示《大【四】易通義》一帙，曰：『此真定侯先生所述也。』讀其書，浩乎其詳也，簡乎其著也，因理以察【五】象，若遺焉而不敢廢也。桷學《易》蓋亦有年矣，原夫八卦既列，象斯立焉。故卦有理者焉，有象者焉，理有以言爲象，象有以理爲用，理與象不得而偏也。後之儒，先言理者過於浮，略象廣喻，而泥象者微言隻字，咸取【六】以爲象，角【七】立交病，三聖之旨泯然莫知所歸。自宋文公發變象之説，學者始知所宗。君思深而識幽，據會提要，蓋將爲程子之功臣，倣文公以入乎【八】邵子之室，非潛心尊聞者不能也。今年逾九十，康色未艾，郭侯俾敘其書，將入於梓，不讓而爲之序焉。

校按：

【一】『桷』，原誤作『栴』，今改正。下同。
【二】『近』，原誤作『迎』，今據《四庫全書總目提要》改正。
【三】『郭』，原作『顏』，今據袁氏《清容居士集·大易通義序》改。下文同。
【四】袁氏序文無『大』字。
【五】『察』，袁氏序文作『測』。
【六】『取』，原作『所』，今據袁氏《清容居士集·大易通義序》改。
【七】『角』，原誤作『每』，今據袁氏《清容居士集·大易通義序》改正。
【八】『乎』，袁氏《清容居士集·大易通義序》作『夫』。

安處士熙《默庵集》五卷

《四庫全書總目提要》云：熙，字敬仲，藁城人。少慕劉因之名，欲從之遊，因亦願傳所學於熙，會因卒，不果，然所學一以因爲宗。其門人蘇天爵作熙《行狀》，稱朱子《四書集注》初至北方，滹南王若虚起而辨之，陳天祥益[一]闡其說，熙力與[二]爭，天祥遂焚其書。今天祥之書故在，焚之之說雖涉於誇飾，然熙之力崇朱學，固於是可見也。熙没後，天爵輯其詩文，而虞集爲之序。天爵稱集十卷，《目録》後熙子暨附記亦云『内集五卷，外集五卷』。此本僅存詩文五卷，附録一卷，或舊本散佚，後人重爲編綴歟？

《詩傳精要》

《春秋左氏綱目》佚。

蘇天爵狀曰：先生深於六經。病近世治春秋者，第知讀《左氏》，不讀正經。因節左氏傳文議論敘事始末，依倣《通鑒綱目》作小字，分注經文之下，以類相從。凡左氏浮誇乖戾之語，悉去之。秦漢以來，大儒先生之言及諸家之説可取者，附注其後。庶觀《春秋》者可以考傳，讀《左氏》者亦知有經。其大旨一以朱子[三]爲本，而達於程、張，以求聖人之意。絶筆於莊公十二年。

《四書精要考異》佚。

《續皇極經世書》佚。

校按：

【一】『益』，原誤作『蓋』，今改正。

【二】『與』，原作『爲』，今據《四庫全書總目提要》改。

【三】『朱子』，蘇天爵《默庵先生安君行狀》作『程朱』。蘇氏原文無『而達於程張』五字，《經義考》有之。是《畿輔藝文考》本《經義考》。

潘學士迪《周易述解》佚。

《庸學述解》

《春秋述解》佚。

《六經發明》佚。

《考訂石鼓文音訓》一卷，《憲臺通紀》二十三卷

《格物類編》佚。以上俱見《續通考》及《千頃堂書目【一】》。

黄虞稷曰：迪，元城人，至元中官國子司業，歷集賢學士。

校按：

【一】『目』，原作『録』，今改。

焦學士悦《詩講疑》一篇

蘇天爵表墓曰：先生姓焦氏，諱悦，字子和，與同郡安熙講説六經之旨、伊洛諸家之訓，莫不究其精微。中臺御史表其學行，可爲人師，授真定郡學官，號其居曰『兑齋』。有《詩講疑》一編藏於家。

張教授延《周易備忘》十卷佚。

蘇天爵碣曰：節齋先生諱延，字世昌，家藁城，以薦除真定路教授。著《周易備忘》十卷。

《張公文集》十卷

《要言》一卷

《東晉書》二卷以上俱見《續通考》，佚。

王左丞結《文忠集》六卷《永樂大典》本。

《四庫全書總目提要》云：結，字儀伯，定興人。仁宗在潛邸時，以薦充宿衛。及即位，遷集賢學士。元統中官至中書左丞。文忠，其謚也。事蹟具《元史》本傳。史稱結有集十五卷，王圻《續文獻通考》所載亦同。今久散佚，惟散見《永樂大典》者採掇排比，尚得詩一百三十四首，詩餘十三首，編爲三卷。又雜文九首爲一卷，問答五首爲一卷，《善俗要義》三十三條爲一卷，共成六卷。結爲元代名臣，張珪稱其非聖賢之書不讀，非仁義之言不談。今觀是集，殆非虚語。

《易説》一卷佚。《經義考》《易説》作十卷，與史異，疑誤。

王應奉執謙詩三首見《元詩選》。

顧嗣立曰：執謙，字伯益，大名人。年少遊京師，日與彰德田師孟、河間李景山、濟南張希孟飲酒賦詩，爲神交。人望見之，皆以爲古仙異人，冀得一遇，待爲老。後十餘年，始爲應奉翰林文字承務郎，同知制誥，兼國史院編修官。皇慶二年卒，年四十八。其友楊仲弘、杜伯原訪其平生所爲詩文傳之。

王思魯沂《伊濱集》二十四卷《永樂大典》本。

《四庫全書總目提要》云：沂，字思魯，先世雲中人，徙於真定。父元父，官至承事郎，監黄池税務。馬祖常《石田集》有所作《元父墓碣銘》，敘其家世甚詳。而沂始末不概見。今以集中所自述與他書參考之，尚可得其大略。據馬祖常《碣銘》，稱與沂同榜，則嘗爲延祐初進士。據集中《送〔二〕李縣令序》，則嘗爲秦淮縣尹。據《義應侯廟記》，稱延祐四年，佐郡伊陽，考《地理志》，伊陽在嵩州，則嘗爲嵩州同知。又詩中有『綸巾羽服卧伊濱』之句，則集名『伊濱』亦即起於此時。據《祀南鎮》《北嶽》諸記，則至順三年嘗爲國史院編修官。據《送瞿生序》及《故節母詩序》諸篇，則元統三年嘗在國子學爲博士。據《送余闕序》，稱元統初，佐考試，見闕封策云云，則嘗入試同考，而余闕實爲所得士。據《祀西鎮記》《御書跋》諸篇，則至元六年嘗爲翰林待制，並嘗待詔宣文閣。又宋、遼、金三史成於至正五年，而書前列修史諸臣，有『總裁官中大夫禮部尚書王沂』之名，則是時已位至列卿。其後遷轉，遂不可考，疑即致仕以去。然集中《壬寅紀異詩》有『壬寅仲春天雨雹〔三〕，南平城中晝驚愕。自從兵革十年來，澒洞風塵亘沙漠』之句，又《隣寇逼境倉皇南渡詩》有『隣邑舉燧燧，長驅寇南平。中宵始聞警，挈家速遠行』之句，又有《寓吉安林塘避桃林兵警詩》。壬寅爲至正二十二年，正中原盗起之時，距沂登第已五十載，尚轉側兵戈間，計其年亦當過七十矣。沂歷躋館閣，多居文字之職，廟堂著作多出其手。與傅若金、許有壬、周伯琦、陳旅等俱相唱和，故所作詩文舂容和雅，猶有先正軌度。惜其名不甚著，集亦絶尠流傳。選録元詩者並不能舉其名氏。今從《永樂大典》中裒掇編次，釐爲二十四卷。庶梗概尚具，不至遂就湮没焉。

《陶集注》三卷，詩一卷見《續通考》，佚。

校按：

【一】『送』，原誤作『道』，今據《四庫全書總目提要》改正。

【二】『雹』，原作『雪』，今據《四庫全書總目提要》改。

蘇參政天爵《名臣事略》十五卷

《四庫全書總目提要》云：天爵，字伯修，真定人，由果子。學生試第一，釋褐授從仕郎，蘇州判官，終浙江省參知政事。事蹟具《元史》本傳。此書記元代名臣事實，始穆呼哩【二】，終劉因，凡四十六人。大抵據諸家文集所載墓碑、志、行狀、家傳爲多，其雜書可徵信者亦採綴焉，一一注其所出，以示有徵。蓋倣朱子《名臣言行録》例，而始末較詳。又兼倣杜【三】大珪《名臣碑傳琬琰集》例，但有所棄取【三】，不盡録全篇耳。後蘇霖作《有官龜鑒》，於當代事蹟皆採是書。《元史》列傳亦皆與是書相出入，足知其不失爲信史矣。

《讀詩疑問》一卷

《劉文靖公遺事》一卷

《四庫全書總目提要》云：是編乃所述容城劉因行實也。考天爵《名臣事略》第十五卷即紀因事，然此卷所述皆《事略》所未言。天爵於《事略》既成之後，别採舊聞，補其所闕，故命曰《遺事》。《元史》劉因本傳多採用此卷。亦以後來披輯較爲詳備歟？

《治世龜鑒》一卷

《四庫全書總目提要》云：此書爲成化丙午吴江知縣太和陳堯弼所刊。篇首天爵結銜題『中奉大夫、浙江等處行中書省參知政事』。考《元史》本傳，凡兩拜是官，一在至正七年，一在至正十二年。此書前有林興祖、趙汸[四]二序，皆標至正十二年壬辰正月，則作於再任之日。是時妖寇自淮右延及江東，詔天爵總兵饒信，克復一路六縣。正干戈俶擾之際，乃能留心於治理，所採皆宋以前善政嘉言[五]，而大旨歸於培養元氣。其目凡六，曰治體，曰用人，曰守令，曰愛民，曰爲政，而終之以止盜，殆有深意也。天爵著述載於本傳者，《名臣事略》十五卷，《文類》七十卷，《松廳章疏》五卷，《春風齋筆記》二卷，詩七卷，文三十卷，又載有《遼金紀元》《黄河源委》二書未及脱稿，而不載此書。然趙汸序今載《東山存稿》第二卷中，與此本一一相合，知非僞託。本傳蓋偶遺之。

《元文類》七十卷，《目録》三卷

《四庫全書總目提要》云：是編刊於元統二年，監察御史王理、國子助教陳旅各爲之序。所録諸作，自元初迄於延祐，正元文極盛之時，凡分二十有三類。而理《序》仿《史記·自序》《漢書·敘傳》之例，區爲十有五類，蓋目録標其詳，序則撮其綱也。天爵三居史職，預修《武宗實録》，於當代掌故最爲嫻習。而所作《滋溪文集》詞章典雅，亦足追蹟前修。故是編去取精嚴，具有體要。

《滋溪文集》三十卷

《四庫全書總目提要》云：天爵有詩稿七卷，《元百家詩》尚録之，今未見其本。此爲其文稿三十卷，乃天爵官浙江行省政時，屬掾高明、葛元哲所編。天爵少從學於安熙，然熙詩文鄙野，不入格。

天爵乃詞華淹雅，根柢深厚，蔚然稱元代作者。其波瀾意度，往往出入於歐、蘇，突過【六】其師遠甚。至其述事之作，詳明典核，尤有法度。集中碑版幾至百有餘篇，於元代制度、人物，史傳缺略者多可藉以考見。

《滋溪詩集》見《元詩選》，稿七卷。

顧嗣立曰：延祐四年，馬祖常以御史監試國子員，試《碣石賦》。天爵文雅馴美麗，考究【七】詳實，拔至第一。爲文長於序事，而詩尤得古法。

《武宗實録》見《續通考》。

王圻曰：至順元年修。

《兩漢詔令》

《松廳章疏》五卷

《春風齋筆記》二卷

《遼金紀年》

《黄河源委》

校按：

【一】『穆呼哩』，《四庫全書總目提要》作『木華黎』，《元史·蘇天爵傳》作『穆呼哩』。

【二】原無『杜』字，今據《四庫全書總目提要》補。

【三】『棄取』，原作『去棄』，今據《四庫全書總目提要》改。

【四】『汸』，原作『防』，今據《四庫全書總目提要》改正。下文同。

【五】『善政嘉言』，原誤作『嘉之』，今據《四庫全書總目提要》改正。

【六】『過』後原衍『甚』字，今刪。

【七】『詳實』上，原衍『詳究』二字，今據《元詩選》刪。

元學士明善《清河集》見《元詩選》。

顧嗣立曰：明善，字復初，大名清河人。延祐間爲集賢侍讀學士，進翰林學士。至治二年卒，謚文敏。復初早以文章自豪，晚益精詣。吴伯清稱其文脱去時流畦徑，而追古作者之遺。馬伯庸亦謂：『公文刻而不見其跡，新而必自己出。蔚乎其華敷，鏗乎其古聲，倡古學於當世，爲一代之文宗者，柳城姚燧暨公而已。』初，復初在江西金陵，每與虞伯生劇論，相得正驩。至京師，乃復不能相下。真人吴閑閑與復初交尤密，嘗求作文。既成，謂閑閑曰：『伯生見吾文必有譏彈，爲吾治具，招伯生來觀之。』明日，伯生至。復初出文，問：『何如？』伯生曰：『公能從集言，去百有餘字，則可傳矣。』復初即泚筆屬伯生，凡删百二十字，而文益精當。復初大喜，乃驩好如初。伯生亦嘗謂『復初文章發揚蹈厲，藐視秦漢』云。

《龍虎山志》三卷

《四庫全書總目提要》云：元明善撰，明張國修祥續修。明善事蹟具《元史》本傳。國祥則嗣封真人也。是書乃皇慶三年，明善官翰林學士時，奉敕所修。然原本體例不可復考，惟存延祐元年程鉅夫序及吴全節《進表》。此本載山川、建置、人物、道侶並累朝制敕、藝文，頗爲龐雜。殆已多所竄亂，非其舊矣。

《尚書節文》佚。

陸元輔曰：復初事仁宗於東宮，譯《尚書》，節文以進，每奏一篇，必稱善。

李知州士行詩一首見《元詩選》。

顧嗣立曰：士行，字遵道，衎子，爲詩清遠肅散，畫品尤高。仁宗嘉其能，命中書與五品官，與集賢侍讀商琦同在近列。衎歸老，維揚特命知泗州侍行，再調知黄巖州，兼勸農事。移疾去。遵道少從文簡公官吴越，及見故國遺老，而吴興趙子昂、漁陽鮮于伯機又朝夕從學者也。故其歌、詩、字、畫悉有前輩風致。

陳學士灝詩一首見《元詩選》。

顧嗣立曰：灝，字仲明，其先居盧龍，後徙青州。遊京師，登翰林承旨王磐、安藏之門。磐熟金典章，藏通諸國語，灝兼習之。藏薦入宿衛，尋爲仁宗潛邸説書。從行懷慶，及即位，以推戴舊勳，特拜集賢大學士、榮録大夫，仍宿衛紫中。以父老，力請歸養，弗許。仁宗崩，辭録家居者十年。文宗立，復起前職。後至元四年致仕，命食全俸於家。

宋祭酒本《至治集》史稱四十卷。今存詩一首，見《元詩選》。

顧嗣立曰：本，字誠夫，大都人。至治元年爲廷試第一人，賜進士及第，授翰林修撰。元統二年，轉集賢直學士，兼國子祭酒、經筵官。卒贈翰林直學士，范陽郡侯，謚正獻。其弟褧顯夫〔二〕次輯其遺文爲四十卷，曰《至治集》。參政許有壬、蘇天爵爲之序。

校按：

【一】『鞏顯夫』三字，原誤作『裝』，今據《元詩選》改正。

宋學士褧《燕石集》十五卷，《附録》一卷

《四庫全書總目提要》云：褧，字顯夫，泰定元年進士，歷官翰林直學士，兼經筵講官，謚文清。褧博覽群籍，與兄本後先入館閣，並有集行世，時人以『大宋』『小宋』擬之。褧集爲其姪太常奉禮郎彍所編。凡詩十卷，文五卷。首載《至正八年，御史臺咨浙江行中書省刊行咨呈》一道，歐陽元、蘇天爵、許有壬、吕思誠、危素五序。末附謚議、墓誌、祭文、輓詩，又有從武中何之權、吕熒二跋。蓋猶舊本。

顧嗣立曰：顯夫自少敏悟，出語驚人。延祐中挾其所作詩歌，從其兄入京師。清河元明善、濟南張養浩、東平蔡文淵、王士熙方以文章顯於朝，爭慰薦之。至治辛酉，誠夫登進士第一。後三年，而顯夫亦擢第，出於曹元用、虞集、孛術魯翀之門，士論【一】榮之。

校按：

【一】原『士論』後衍『之』字，今據《元詩選》刪。

瞻文孝思《奇偶陰陽消息圖》一卷佚。

《元史》：瞻思，字得之，其先大食國人，既内附加真定。泰定五年以遺逸徵，天曆三年召爲翰林應奉文字，至正十年爲秘書少監。卒謚文孝。瞻思邃於經，《易》學尤深。至於天文、地理、鐘律、算數、水利，旁及外國之書，皆究極之。家貧饘，粥或不撻。其考訂經傳，嘗自樂也。

《四書闕疑》佚。《通考》作《闡疑》。

《五經思問》佚。以上見本傳。

《帝王心法》

《至大諸臣列傳》

《文集》三十卷以上俱見《續通考》，佚。「瞻思」作「詹思」。

《鎮陽風志記》

《續東陽志》六卷

《河防通譯》二卷

《金哀宗紀》

《審聽要訣》

《西域異人傳》

《西國圖經》

《老莊精詣》

陳學士天祥《劾奏右丞盧世榮疏》《弭盜方略疏》《論征西南夷事疏》皆具本傳。

《元史》：天祥，字吉甫，趙州甯晉人。因兄祐仕河南，自甯晉徙家洛陽，其居近緱氏山，因號曰『緱山先生』。初，天祥未知學，祐未之奇也。別去數歲，獻所爲詩於祐。祐疑假手佗人，及與語，出入經史，談辨該博，乃大稱異。元貞八年，以集賢大學士致仕。

尚平章文《防河策》具本傳。

《元史》：文，字周卿，世爲祁州深澤人，後徙保定。文幼穎悟，負奇志。張文謙宣撫河東，辟掌書記。延祐六年，拜太子詹事。泰定三年，以中書平章致仕。

蓋中丞苗《諫毀民居建佛寺疏》具本傳。

《元史》：苗，字耘夫，大名元城人。幼聰敏好學，善記誦。及弱冠，遊學四方，藝業大進。延祐五年登進士第，官終陝西行御史臺中丞。

李承旨好文《太常集禮》五十一卷

《端本堂經訓要義》十一卷

《大寶録》

《大寶龜鑒》

《歷代帝王故事》百六篇

《成均志》三十卷

《元史》：好文，字惟中，大名東明人。登至治元年進士第，泰定四年出太常博士。好文言：『祖宗建國以來七八十年，每遇大禮，皆臨時取具。博士不過循故事應答而已。往年有詔爲《集禮》，而乃今各省及各郡縣置局纂修，宜其久不成也。禮樂自朝廷出，郡縣何有哉？』白掌院者，選僚屬數人，請出架閣文牘，以資採録。三年書成，凡五十一卷，名曰《太常集禮》。至九年，帝以皇太子年漸長，開端本堂，命皇太子入學，命好文以翰林學士兼諭德。好文言：『欲求二帝三王之道，必由孔氏。其書則《孝經》《大學》《論語》《孟子》《中庸》。』乃摘其要略，釋以經文。又取史傳及先儒論説有關治道而協經旨者，加以所見，仿真德秀《大學衍義》之例，爲書十一卷，名曰《端本堂經訓要義》。奉表以進，詔付端本堂，令太子習焉。好文又集歷代帝王故事總百有六篇，一曰聖慧，如漢孝昭、後漢明帝幼敏之類；二曰孝友，如舜、文王及唐玄宗友重之類；三曰恭儉，如漢文帝卻千里馬、罷露臺之類；四曰聖學，如殷宗緝學，及陳、隋諸君不善學之類。以爲太子問安餘暇之助。又取古史，自三皇迄金宋，歷代授受國祚久速治亂興衰，爲書曰《大寶録》。又取前代帝王是非善惡所當法、當戒者，爲書，名曰《大寶龜鑒録》。皆録以進。久之，升翰林學士承旨，階〔二〕榮録大夫。

《長安志圖》三卷

《四庫全書總目提要》云：自序稱圖舊有碑刻，元豐三年吕大防爲之跋，謂之《長安故圖》。蓋即陳振孫所稱《長安圖記》，大防知永樂軍時所訂者。好文因其舊本，芟除譌駁，更爲補訂。又以漢之三輔及元所屬者附入。凡漢、唐宫殿、陵寢及渠徑、沿革、制度皆在焉。總爲圖二十有二，其中渠徑圖説，詳備明晰，尤有裨於民事，非但考古蹟、資博聞也。此本乃明西安府知府李經所録，列於宋敏求《長安志》之首，合爲一編。然好文是書，本不因敏求而作，强合爲一，世次紊越。既乖編録之體，且圖與志兩不相應，尤失古人著書之意。今仍分爲二書，各著於録。《千頃堂書目》載此編作《長安圖記》，於本書爲合。此本題曰《長安志圖》，疑李經與《長安志》合刊改題此名。今未見好文原刻，而千頃堂傳寫多訛，不盡可據。故仍以《長安志圖》著録，而附載其異同於此，備考核焉。

校按：

【一】『階』，原誤作『張』，今據《元史》改正。

何處士失《得之集》一卷見《元詩選》。

顧嗣立曰：失，字得之，昌平人。負才氣，與高尚書彦敬、鮮于太常伯機同學爲詩。家善織紗縠，日出買紗，騎驢歌吟道中，指意良遠。嘗有詩云：『一井當門涼，寒光照四隣。』又云：『我往東街北，鐘樓在屋西。』其景象可知也。至正間，名公交薦，以親老不就，年八十而終。得之詩集散亡，京兆杜伯康稍憶其所口授者，敘而傳之，蜀郡虞伯生爲記其後。

王處士鑑《明卿集》見《元詩選》。

顧嗣立曰：鑑，字明卿，真定平安人。父瑁，爲吴縣尹。鑑少侍父宦，居吴中，介然自處。長受學於虞文靖公集，喜唐人近體詩。時有賦詠，皆平實沉毅。遊燕都，朝貴交章以茂才舉試侍儀司舍人。鑑斂裳宵遁，隨父寓盤門，隱居杜門二十餘年。家貧無甔石儲，應門獨一老婢。客過，輒扣隣家問酒，酒至對客劇飲，談論不輟，晚節益高。張士誠據吴，獨造廬訪之。嘗語人曰：『明卿高世士也，吾之益友。』至正丙午年卒，年七十三。誠令有司送葬，恤其家。

王進士鈞《潛邱稿》三十卷見《續通考》，佚。存詩一首，見《元詩選》。

顧嗣立曰：鈞，真定人。嘗受業於水村先生錢仲鼎，舉進士第。

秦縣尹景容詩二首見《元詩選》。

顧嗣立曰：景容，字裕伯，大名人，官高密尹。

郭君彦詩十五首見《元詩選》。

顧嗣立曰：君彦，字以道，真定人。

李復詩一首見《元詩選》。

顧嗣立曰：復，趙郡人。

趙景文詩四首見《元詩選》。

顧嗣立曰：景文，長垣人。

文均範詩一首見《元詩選》。

顧嗣立曰：均範，東安縣人。

哈删沙詩一首見《元詩選》。

顧嗣立曰：哈删沙，字子山，燕山人。

郭縣尹夢起詩一首見《元詩選》。

顧嗣立曰：夢起，燕人。元統二年爲范縣尹。

都事賈實烈門詩三首見《元詩選》。

顧嗣立曰：賈實烈門，字德舉，真定獲鹿人。官内史院都事。祖文正公，當中統至元間，以偉才雄略，佐元世祖定天下。其清慎廉介，尤爲太祖所稱。後出鎮荊、湖，繼遷江西行省參知政事。嘗賦古詩十首，有『卜居鹿泉，懷處荊鄂』之句，釋來復曾題其後，有『勳烈已看垂後世，文章還憶重當時』。

高理官克禮《古今樂府》佚。存詩一首，見《元詩選》。

顧嗣立曰：克禮，字敬臣，河間人。蔭官至慶元理官，治政以清浄爲苛刻，以簡澹自處。工古今樂府，有名於時云。

董忠定摶霄詩二首見《元詩選》。

顧嗣立曰：摶霄，字孟起，磁州人。至正十四年除水軍都萬户，陞同僉淮南行樞密院事。十七年，毛貴陷益都、般陽等路，命摶霄討之，而濟南更告急。乃提兵援濟南，賊敗走。詔就陞淮南行樞密院副，使兼山東宣慰使都元帥。有疾其功者，譖於總兵太尉紐的該，令依前詔征益都。摶霄即出濟【一】南城，屬老且病，請以弟昂霄代領其衆，授淮南行樞密院制官。未幾，命摶霄守河間之長蘆。十八年，以兵北行，濟南復陷，詔拜河南行省右丞。甫拜命，毛貴兵已至，因拔劍督兵以戰。而賊衆突至，衆刺殺之，無血，惟見其有白氣衝天。是日，昂霄亦死之。事聞，贈宣忠守正保節功臣、榮禄大夫、河南行省平章政事、柱國，追封魏國公，謚忠定。昂霄追封隴西郡公，謚忠毅。

《防守江淮要衝議》見《元史》本傳。

校按：

【一】『濟』，原誤作『海』，今改正。

蘇御史天民詩八首見《元詩選》。

顧嗣立曰：天民，字堯叟，保定人，官南臺監察御史。

李繹詩二首見《元詩選》。

顧嗣立曰：繹，字叔成，薊邱人。

閆相如詩一首見《元詩選》。

顧嗣立曰：相如，古燕督亢人。

曾樸詩二首見《元詩選》。

顧嗣立曰：樸，字彥魯，燕山人。

何體仁《空谷樵音》見《續通考》。

王圻曰：體仁，無極人。

王延德《南宫事蹟》三卷見《續通考》。

王圻曰：延德，東明人。好傳集舊事，所著又有《司膳録》《版築記》，凡若干卷。

高尚書謙《吏部格例》一百八十卷見《續通考》。

王圻曰：謙，磁州人。幼翹俊，業兼儒吏。釋褐，將仕佐郎，歷轉河間等路都轉運鹽使，後加吏部尚書。按：錢辛楣作雄州人。

趙材卿《陰符經記》見《續通考》。

王圻曰：材卿，定州人。

郭子明文德詩集見《續通考》。

王圻曰：文德，字子明，廣平人。劉誠意曰：『其詩不尚險澀，不求奇巧，惟心所適，因言成章。而其自得之妙，則有己獨知之者。』

李承旨士瞻《經濟集》見《續通考》。

王圻曰：士瞻，東安人。爲翰林學士承旨，嘗使閩，諭海賊出降。

李檢討守成《一山文集》見《續通考》。

王圻曰：守成，士瞻子。官至翰林檢討，河朔學者多師之。

張淳《四書拾遺》見《續通考》。

王圻曰：淳，南樂人。

李佑《節齋集》見《續通考》。

王圻曰：佑，甯晉人。

林魯庵〔一〕起宗《四書圖解》

《志學指南》

《心學淵源》二圖

《孝敬圖解》一卷

《小學題辭》

《教明魯庵家説》等書俱見《續通考》。

王圻曰：起宗，内邱人。自幼力學，嘗從劉因遊，深得道學之旨。既而教授於鄉，後學多宗之。

校按：

【一】『魯庵』，原本空格無字。林起宗自號『魯庵』，依《畿輔藝文考》體例補『魯庵』二字。

魏德剛《春秋左氏傳類編》

德剛，鉅鹿人。【一】

校按：

【一】厲鶚《東城雜記》以魏德剛爲東城人。

張在《四傳歸經》

在，字文在，真定藁城人。濮州教授、

王元恭《四明續志》十二卷

元恭，字居敬，真定人，慶元路總管。

王志謹《磐山語録》一卷

志謹，東明人，號棲雲真人。

安思承《竹齋詩集》

思承，磁州人。山東廉訪使，謚貞肅。

席郁文集

郁，字士文，元城人。延祐監察御史。

楊俊民《滹川文集》

俊民，真定人。

武伯威詩集

伯威，宣德人。大德中，以神童貢於朝，官汾西縣尹。

◎按：以上俱見錢辛楣《元史藝文志》。

畿輔藝文考　遼

王學士鼎《焚椒録》一卷

《四庫全書總目提要》：鼎，字虚中，涿州人。清甯五年進士，官至觀文殿學士。事蹟具《遼史·文學傳》。是書紀道宗懿德皇后蕭氏爲宮婢單登構陷事，前有大安五年自序，稱待罪可敦城，蓋謫居鎮州時也。王士禎《居易録》曰：《契丹國志·后妃傳》道宗蕭皇后本傳云：性恬寡欲，魯王宗元之亂，道宗同獵，未知音耗。后勒兵鎮帖中外，甚有聲稱。崩，葬祖州云云而已。《焚椒録》所紀，絶無無一字及之。又《録》稱后爲南院樞密使惠之少女，而《志》云贈平章事顯烈之女。《志》云勒兵，似[一]嫻武略，而《録》言幼能誦詩，旁及經子，所載《射虎》、應制諸詩，及《回心院》詞，皆極工，而無一語及武事。且《本紀》[二]道宗在位四十七年，改元者三，清甯、咸雍、壽昌，初無太康之號。而耶律乙辛密奏太康元年十月云云，皆牴牾不合。按《遼史·宣懿皇后傳》雖略，而《焚椒録》所紀同，蓋《契丹志》之疏耳。今考葉隆禮《契丹國志》，皆雜採宋人史傳而作。故蘇天爵《三史質疑》譏其未見國史，傳聞失實。又沈括《夢溪筆談》稱遼人書禁甚嚴，傳至中國者，法皆死。是書事涉宮闈，在當日益不敢宣布，宋人自無由而知。士禎以史證隆禮之疏，誠爲確論。或執《契丹國志》以疑此書，則誤矣。

校按：

【一】『似』，原作『如』，今據《四庫全書總目提要》改。

【二】『道宗』前，原有『通』字，今據《四庫全書總目提要》删。

耶律尚父儼《皇朝實録》七十卷佚。

《遼史》：耶律儼，字若思，析津人，本姓李氏，父仲禧。清甯六年，賜國姓。儼儀觀秀整，好學，有詩名。登咸雍進士第，壽隆六年遷知樞密院事。賜經邦佐運功臣，封越國公。修《皇朝實録》七十卷。乾統三年，徙封秦國。六年，封漆水郡王。天慶中薨，贈尚父，謚忠懿。

王圻《續文獻通考》曰：太安元年十一月，史臣進太祖以下七帝實録。疑即儼所進也。

王白《百中歌》

《遼史·方伎傳》：王白，冀州人。明天文，善卜筮，撰《百中歌》行於世。

史愿《北遼遺事》二卷佚。

晁公武曰：不題撰人。蓋遼人也，記女真滅遼事。

陳振孫曰：燕人史愿撰。一名《金人亡遼録》。

楊平章佶《登瀛集》佚。

《遼史》：楊佶，字政【一】叔，南京人。幼穎悟異常，讀書自能成句，識者奇之。統和二十四年舉進士第一，歷官翰林學士，文章號得體。除吏【二】部尚書兼門下侍郎，同中書門下平章事。三請致政。有《登瀛集》行於世。

校按：

【一】『政』，《遼史》本傳作『正』。

【二】『吏』，《遼史》本傳作『工』。

劉都尉三嘏詩一首見《儒林公議》。

田況曰：契丹既有幽薊及雁門以北，亦開舉選以收士人。幽州劉氏昆弟，其名曰二玄、三嘏、四端、五常、六符，皆被任【二】遇。三嘏、四端復尚僞【三】主。慶曆四【三】年秋，三嘏携嬖【四】妾、一子投廣信軍【五】，詞情悲切。自言僞主【六】凶很，必欲殺其妾與子，故歸朝廷。詢其國中機事，復爲詩以自陳云云。朝廷以誓約既久，恐納之生釁，又移文邊郡，求索峻切，期於必得。朝廷乃遣還三嘏。比三嘏至幽州，其妻已先在矣，乃殺其妾與子，械送【七】三嘏。以其昴弟皆方委任，遂貰三嘏死。使人監錮之。

《聖宗一矢斃雙鹿賦》佚。

《遼史》：三嘏獻《聖宗一矢斃雙鹿賦》，上嘉其贍麗。

校按：

【一】『被任』，原作『在被』，今據田況《儒林公議》改。
【二】原無『僞』字，今據《儒林公議》補。
【三】原無『四』字，今據《儒林公議》補。
【四】『孌』，原誤作『娶』，今據《儒林公議》改正。
【五】『軍』，原誤作『半』，今據《儒林公議》改正。
【六】原『自言』後無『僞主』二字，今據《儒林公議》補。
【七】『送』，原誤作『道』。《儒林公議》本句作『械三塅送虜主帳前』，《畿輔藝文考》略作『械送三塅』。

畿輔藝文考　金

張秘書斛存詩十八首見《中州集》。

元好問曰：斛，字德容，漁陽人。仕宋爲武陵守，國初理索北歸，官秘書省著作郎，有南遊、北歸等【一】詩行於世。漁陽有峒陽，故詩中多及之。如賦《小孤山》云：『天圖秋漲闊，山背夕陽孤。岸樹晴猶濕，汀烟近卻無。』巫山對月云：『雲開千里月，風動一天星。』《河池出郭》云：『細草沙遥樹，疏烟嶺外村。』《中江縣樓》云：『緑漲佗山雨，青浮近市烟。』《中秋》云：『月色四時好，人心此夜偏。』《松門峽》云：『春木有秀色，野雲無俗姿。』賦《禮部侍郎張浩然遼海亭》云：『晴光接【二】碧海，遠色帶滄州。』又《賦臨漪亭》詩：『雨聲喧暮島，水色籍秋空。』《秋興樓》云：『碣石晚風催雁急，昭祁寒漲與雲平。』人多誦之。予嘗見其文筆字畫，皆有前輩風調。宇文大學甚激【三】賞之。

校按：

【一】原無『能』字，今據元好問《中州集》補。

【二】『接』，《中州集》以及其他各書所引，字皆作『摇』。

【三】『激』字處原空格無字，今據《中州集》補。

蔡丞相松年集 佚。存詩五十九首，見《中州集》。

元好問曰：松年，字伯堅。父靖，宋季守燕山，仕國朝，爲【一】翰林學士。伯堅行臺尚書省令出身，官至尚書右丞相。鎮陽別業有蕭閒堂，自號『蕭閒老人』。薨謚文簡。百年以來樂府推伯堅與吳彥高，號『吳蔡體』，有集行於世。其一自序云：『王夷甫神情高秀，宅心物外，爲天下稱。首言少無宦情，使其雅詠玄虛，不經世務，超然遂終其身，則亦何必減嵇、阮輩。而當衰世頹俗，力不可爲之時，不能遠引高蹈，顛危之禍，卒【二】與晉俱，爲千古名士之恨。又嘗讀《山陰詩引》，考其論古今，感慨事物之變，既言修短隨化，期於共盡，而世殊事異，興懷一致，則死生終始，物理之常。正當乘【三】化歸盡，何足深歎？乃區區列叙一時述作，刊紀歲月，豈逸少之清真簡裁亦未盡忘情於此耶？故因作歌，併及之。』好問按：此歌以『離騷痛飲』爲首句，公樂府中最得意者，讀之則其平生自處爲可見矣。二子：珪，字正甫；璋，字特甫。俱第進士，號稱文章家。

《金史》：天會中，遼、宋舊有官者皆換授。松年爲太子中允，除真定府判官，自此爲真定人。正隆三年進拜右丞相，加儀同三司，封衛國公。四年薨，加封吳國公。

文一首 見《式古堂書畫匯考》。

校按：

【一】原無『爲』字，今據《中州集》補。

【二】『卒』，原誤作『來』，今據《中州集》改正。

【三】『乘』，原誤作『票』，今據《中州集》改正。

韓鄆公昉《太祖睿德神功碑文》見本傳，佚。

《金史》：昉，字公美，燕京人。遼天慶二年中進士第一，補右拾遺，轉史館修撰，累遷禮部尚書、翰林學士兼太常，拜參知政事。皇統四年表乞致仕，不許。六年，再乞，仍除汴京留守，封鄆國公。以儀同三司致仕。昉雖貴，讀書未嘗去手，善屬文，最長於詔册。

曹玨《卷瀾集》一卷

錢大昕曰【一】：玨，字子玉，滏陽人。

校按：

【一】原無『錢大昕曰』四字，因本條據錢大昕《元史藝文志》，故據錢文與《畿輔藝文考》體例加『錢大昕曰』四字。

曹尚書望之詩集三十卷見本傳，佚。其《論便宜事》《三及鹽場用人工部營造》各書，具傳内。

《金史》：望之，字景蕭，其先臨潢人，遼季移家宣德，天會間以秀民子選充女直字學生。年十四，業成，除西京教授，累官户部尚書。

王内翰樞存詩一首見《中州集》。

元好問曰：樞，字子慎，良鄉人。遼日登科，仕國朝直史館。

邢内翰具瞻存詩一首見《中州集》。

元好問曰：具瞻，字嚴夫，遼西人。天會二年進士，與吴、蔡爲文章友，仕至翰林待制。

韓内翰汝嘉存詩一首見《中州集》。

元好問曰：汝嘉，字公度，宛平人。父昉，遼末狀元，仕國朝至宰相。嘗作《武元聖德神功碑》，爲作者所稱。公度皇統二年進士，累遷真定路轉運使，坐公事，遷清州防御使，召爲翰林侍講學士。

王大尹翛存詩一首見《中州集》。

元好問曰：翛，字翛然，范陽人。皇統二年進士，資稟鯁峭，甫入仕，即以材幹稱。大定中坐爲怨家所誣，奪官。宰相有爲辨理者，得鄭州防禦使。章宗即位，召拜禮部尚書，以選爲大興尹，兩月政成。發【二】姦擊强，剖繁理劇，百年以來無有出其右者。尋爲護前者所排，繫獄累月。天子知其非罪，出之，翛然幅巾【三】歸范陽。明年，起爲定國軍節度使。致仕。

校按：

【一】『發』，原誤作『受』，今據《中州集》改正。

【二】『市』，原誤作『中』，今據《中州集》改正。

石荦公琚《郊天配響疏》具本傳。

《金史》：琚，字子美，定州人。幼讀書過目成誦。既長，博通經史，工詞章。天眷三【一】年，中進士第一。官至右丞相，封荦國公。卒，謚文憲【二】。

校按：

【一】『三』，《金史》本傳作『二』。

【二】『憲』，原誤作『獻』，今據《金史》改。

程節度寀《請肅禁禦疏》《請加太祖謚號疏》《論巡狩疏》《請振紀綱疏》《請嚴禁衛疏》皆具本傳。

《金史》：寀，字公弼，燕之析津人。祖冀，仕遼廣德軍節度使。冀凡六男，父子皆擢科第，士族號其家爲『程一舉』。冀次子四穆，遼崇義軍節度使。寀，四穆之季子也。自幼如成人，及冠篤學，中進士甲科，累遷殿中丞。天輔七年，太祖入燕，授尚書都官員外郎。皇統八年，由翰林侍講學士爲横海軍節度使，移彰德軍，卒官。

楊莊獻柏雄《瑶山往鑒》《羽獵箴》《保成箴》皆具本傳，佚。

《金史》：柏雄，字希雲，真定藁城人，登皇統二年進士，遷翰林應奉文字。海陵篡立，改修《起居注》。夏日，海陵登瑞雲樓納凉，命柏雄賦詩，其卒章云：『六月不知蒸欝到，清凉會與萬方同。』海陵示左右曰：『出語不忘規戒，人臣當如是矣。』大定初，丁母憂。顯宗爲皇太子，選東宫官屬，張浩薦柏雄，起復少詹事。集古太子賢不肖爲書，號《瑶山往鑒》，進之。及進《羽獵》《保成》等箴，皆見嘉納。復爲左諫議大夫，遷禮部尚書。十二年，改沁南軍節度使，改平陽尹，徙河中尹。卒謚莊獻。

董右丞師中《漳州集》佚，存詩一首，見《中州集》。『州』一作『川』。

元好問曰：師中，字紹祖，邯鄲人，後徙洺州。皇統九年進士。承安中入政府，直道自立，而以通材濟之。泰和初，元始李氏方寵幸，兄喜兒爲宣徽使，有楊國忠之權。一日，德州教授田庭方上書言事，云：『大臣持禄，近臣怙寵。此言路所以塞也。』道陵顧謂紹祖言：『大臣持禄，當謂公等。近臣怙寵者爲誰？』時喜兒侍立殿上，紹祖倒笏指之曰：『莫非謂李喜兒之屬否？』上頷之。紹祖嘗言：『作宰相不難，但一心正、兩眼明足矣。』有《燕賜邊部詩》傳於世，有《漳州集》傳於家。

蔡太常珪文集五十五卷佚。存詩四十六首，見《中州集》。

元好問曰：珪，字正甫，大丞相松年之子。七歲賦菊詩，語【二】意驚人，日授數千言。天德三年進士擢第，後不赴選，調求未見書讀之。其辨博爲天下第一。歷澄州軍事判官、三河簿。正隆三年，銅禁行官得三代以來鼎鐘彝器，無慮千數。禮部官以正甫博物，且識古文奇字，辟爲編類官。丁父憂，起復翰林修撰，同知制誥，改户部員外郎，太常丞。朝廷稽古禮文之事，取其議論爲多。大定十四年，由禮部郎中出守濰州，道卒【二】。國初文士，如宇文大學、蔡丞相、吴深州之等，不可不謂之豪傑之士，然皆宋儒，難以國朝文派論之，故斷自正甫爲正傳之宗，黨竹谿次之，禮部閒閒公又次之。自蕭户部真卿倡此論，天下迄今無異議云。

《續歐陽文忠公集古録金石遺文》六十卷見《中州集》，佚。

《古器類編》三十卷見《中州集》，佚。

《補南北史志書》六十卷見《中州集》。《金史》謂合沈約、蕭子顯、魏收宋、齊、北魏《志》作《南北史志》三十卷，佚。

《水經補亡》四十篇見《中州集》，佚。《金史》稱補正《水經》五篇，錢辛楣作三卷。

《晉陽志》十二卷見《中州集》，《金史》同，佚。

《金石遺文跋尾》見《中州集》，共十卷。《金史》稱《續金石遺文跋尾》十卷，佚。

《燕王墓辨》一卷見《中州集》，《金史》亦載其事。

◎按：《金史》稱《補正水經》《晉陽志》、文集今存，餘皆亡。今並此三者亦亡矣。

校按：

【一】『語』，原作『詩』，今據《中州集》改。

【二】原脱『卒』字，今據《中州集》補。

王都運寂《拙軒集》 見《中州集》，佚。《永樂大典》本編爲六卷。

《遼東行部誌》一卷

《鴨江行部誌》一卷

《北遷録》

元好問曰：寂，字元老，薊州玉田人。天德三年進士，興陵朝以文章政事顯，終於中都路轉運使。謚文肅，有《拙軒集》《北遷録》傳於世。元老專於詩，有云：『生涯貧到骨，家具【二】少於車。』《元夕感懷》云：『殘夢關河龕，禁月舊游燈。』《火馬行春留别郭熙民》云：『五年風雪黄州閏，萬里關河渭水秋。』《與涿郡先主廟》詩：『當年竹馬戲兒曹，笑指樓桑五丈高。故國神遊得無恨，壞垣風雨夜蕭騷。』人共傳之。

《四庫全書總目提要》曰：寂，《金史》不爲立傳，元好問《中州集》載其詩入乙集中。而仕履亦僅見梗概。今以寂詩文所著年月事蹟參互考證，知【三】寂自登第後，於世宗大定二年爲太原祁縣令，十五年嘗奉使往白霫治獄。十七年，以父艱歸。明年起復真定少尹，兼河北西路兵馬副都總管，遷通州刺史，兼知軍事。又遷中都副留守。二十六年冬，由户部郎出守蔡州。二十九年，被命提點遼東路刑獄。章宗明昌初召還，終於轉運使之職。而集中《謝帶笏表》有『世宗饗國，臣得與諫員【三】』語，則又嘗爲諫官。又有『群言交搆，擠臣不測之淵』語，而《丁未肆眚》詩有『萬里湘纍得自新』句，丁未爲大定二十七年，《世宗本紀》載是年三月辛亥，以皇長孫受册肆赦，並與集合。是寂之刺蔡州，當以人言去國。而集中情事不具，其顛末莫能詳也。《中州集》稱寂著有《拙【四】軒集》《北遷録》諸書，今《北遷録》已失傳。而好問所選寂詩僅七首，及附見《姚孝錫傳》後一首，其他久佚不見。惟《永樂大典》所載寂詩文尚多。雖如好問所摘《留别郭熙民》詩諸聯及蔣一葵《長安客話》所紀《盧植墓》詩逸句，皆未見全篇，亦不能盡免於脱闕，而各體具存，可以得其什七矣。寂詩詩境清刻鏑露，有戛戛獨造之風。古文亦博大疏暢，在大定、明昌間卓然不愧爲作者。金朝一代文士，見於《中州集》者不下百數十家，今惟趙秉文、王若虚二集尚有集傳本，餘多湮没無存。獨寂是編，幸【五】於沉埋【六】晦蝕之餘復顯於世，而文章體格亦足與《滹南》《滏水》相與抗行。謹次第裒綴，釐爲六卷，俾讀者覽其崖略，猶得以考見金源文獻之遺，是亦可謂寶貴矣。

校按：

【一】『具』，原作『里』，今據《中州集》改。
【二】原無『知』字，今據《四庫全書總目提要》補。
【三】『員』，原作『垣』，今據《四庫全書總目提要》改正。
【四】『拙』，原誤作『絀』，今改正。
【五】『幸』，原誤作『老』，今據《四庫全書總目提要》改正。
【六】『埋』，原誤作『霾』，今據《四庫全書總目提要》改正。

鄭内翰子聃

史稱詩文二千餘篇，佚。存詩一首，見《中州集》。

元好問曰：子聃，字景純，大定人。少日有賦聲，時輩莫與敵。天德三年，第三人登科。士論仍以爲屈，而海陵不之許也。正隆二年，詔景純再試，擇能賦者八人，先以題付【一】之，以困景純，且將試其中與否罪賞之。御題『天賜勇智正萬邦』，海陵謂侍臣：『漢高祖諱不避之，可乎？』乃改作『萬國』。及開卷，景純果第一人。楊伯仁、張汝霖中選，劉幾綦戩、李師顔輩皆被黜。海陵終不以景純爲工，與被黜者兩罷之。趙獻之賀啓云：『丹桂一枝，不失舊物，青錢萬選，無愧古人。』其爲名流所稱道如此。累官吏部侍郎，改侍講學士卒。其賦《酴醾》有『玉斧無人解修月，珠裙有意欲留仙』之句，其爲詩家所稱。

《金史》：子聃天德二年廷試，中第一甲第三人。子聃以才望自負，常慊不得爲第一人。正隆二年會試畢，海陵以第一人程文問子聃，子聃少之。海陵問作賦何如，對曰：『甚易。』因自矜，且謂他人莫己若也，海陵不悦，乃使子聃與翰林修撰綦戩、楊伯仁、宣徽制官張汝霖、應奉朝翰林文字李希顔同進士雜試。七月癸未，海陵御寶昌門臨軒觀試，以『不貴異物民【二】乃足』爲賦題，『忠臣猶孝子』爲詩題，『憂國如飢渴』爲論題。丁亥御便殿親覽試卷，中第者七十三人，子聃果第一，海陵奇之。有頃，進官三級，除翰林修撰，改侍御史，遷翰林直學士，顯宗甚器重之。以疾求補外，遂爲沂州防禦使。召還，爲左諫議大夫兼直學士，改吏部侍郎，同【三】修國史。上曰【四】：『修《海陵實録》，知其詳無如子聃者。』蓋以史事專責之也。子聃英俊有直氣，其爲文亦然。按：史與《中州集》所載微異。

校按：

【一】『付』，原作『副』，今據《中州集》改。

【二】『物民』，原誤作『民物』，今據《金史》改正。

【三】『同』，《金史》作『兼』。

【四】原無『上曰』二字，今據《金史》補。

高内翰士談《蒙城集》佚。存詩三十一首，見《中州集》。

元好問曰：士談，字子文，一字季默，宋韓武昭王瓊之後。宣和末，任忻州户曹。仕國朝，爲翰林直學士。皇統初，與宇文大學之禍。有《蒙城集》行於世。如云：『寒花貪晚日，瘦竹强秋霜。』又題《禹廟》云：『可憐風雨胼胝苦，後世山河屬外人。』時人悲之。子公振，字特夫，亦有詩名。

按：士談，《金史》無傳。《宋史》云：『瓊家世燕人。』

任南麓詢詩數千首佚。存詩九首，見《中州集》。

元好問曰：詢，字君謨【一】，易州軍市人。慷慨多大節，書法爲當時第一，畫亦入妙品。評者謂畫高於書，書高於詩，詩高於文。然王内翰子端，獨以其才具許之。君謨正隆二年進士，歷省掾大名總幕，益都都司判官，北京鹽使。課殿，降泰州節廳，時無藉力者，故連蹇不進。六十四致仕，優游鄉里。家所藏法書名畫數百軸，日夕展玩，不知老之將至。平生詩數千首，殁後皆散失。今所録皆得於傳聞之間。如《山居》云：『種竹六七箇，孤茅三四間，稍通溪上路，不礙屋頭山，黄葉水清淺，白雲風往還。』《戊申春晚》云：『水旁團月翻歌扇，【二】風裏垂楊學舞霄。』《南郊小隱》云：『林邊鳥語風微下，竹裹花飛春又深。』前輩喜稱道云【三】。

校按：

【一】『謨』，原誤作『謹』，今據《中州集》《金史》改正。

【二】『扇』，原誤作『風』，今據《中州集》改正。

【三】『云』，《中州集》作『之』。

馮臨海子翼存詩七首見《中州集》。

元好問曰：子翼，字士美，大定人，正隆二年進士。性剛果，與物多忤，用是仕宦不進，以同知臨海軍節度使事致仕。居真定，有詩、樂府傳於世。士美詩有筆力，如《賦臨海乳山萬松堂》爲可見矣。

王吏部啓存詩一首見《中州集》。

元好問曰：啓，字希畢，大興人。正隆二年進士，累遷户部員外郎、通州刺史，用宰相萬公薦，權右司郎中。章宗即位，不一歲，遷工部侍郎，即以河南北路提刑使，拜吏部尚書，使宋。使還，出爲絳陽軍節度使。致仕還鄉里，與左丞董公、參政馬公、宣徽盧公、尚書郭公爲九老會。年七十九卒。子師楊，字仲雄，南度後隱居崧山，時年已六十餘，經傳子史皆手自鈔之，如健舉子孫結【一】夏課然。希顔説仲雄在太學，同舍號爲『閉户王先生』，其謹厚蓋家法云。

校按：

【一】原無『結』字，今據《中州集》補。

魏雷[一]溪道明《鼎新詩話》佚。存詩二首，見《中州集》。

元好問曰：道明，字元道，易縣人。有詩學知名，仕至安國軍節度使。暮年居雷溪，自號「雷溪子」，有《鼎新詩話》行於世。《元道春興》云：「燕來燕去烏衣巷，花落花開穀雨天。」《高麗館偏涼「涼」或作「梁」。亭》云：「碧海半彎[二]蝸角[三]國，春風十里鴨頭波。」《中秋》云：「丹桂知經幾寒暑，冰壺別是一山川。」其所得者也。

校按：

【一】「雷」，原作「處」，今據《中州集》等改，下文同。

【二】原「彎」前衍「鸞」字，今據《中州集》删。

【三】「角」，原誤作「再」，今據《中州集》改正。

路冀州仲顯詩一首見《中州集》。

元好問曰：仲顯，字伯達，冀州人。家世寒微，其母有賢行，教伯達讀書。國初，賦學家有類書名《節事》者，新出價數十金。大家既有得之者，輒私藏之。母爲伯達買此書，撙衣節食[二]，累年而後致。戒伯達言：「此書當入學舍中，必使同業者皆得觀。少有靳固，吾即焚之矣[三]。」伯達正隆五年進士，明昌初授武安軍節度使，鄉人榮之。

《金史》作「伯達字仲顯」，云：性沉厚，有遠識，博學能詩。其《諫世宗本》《上京書略》具本傳。

校按：

【一】『搏衣節食』，《中州集》作『搏節衣食』。

【二】『矣』前原有『耳』字，今據《中州集》删。

高工部有隣詩一首見《中州集》，郭元釪補三首。

元好問曰：有隣，字德卿，遂城人。大定三年第進士。歷州縣，爲尚書省令史。時相議絀詞賦，專明經。德卿以賦有譎諫之義，反復詰難，竟得不罷。爾後擢第者廷試時務策，亦自德卿受之。明昌初，累遷安國軍節度使。泰和中使宋，還拜工部尚書。致仕。

許内翰安仁詩六首見《中州集》。郭元釪補二首。

元好問曰：安仁，字子靖，河間樂壽人。大定七年進士，歷禮部員外郎，出守澤州，遷同知河南府事，以汾陽軍節度使致仕。

《無隱論》十篇

《金史》：安仁爲澤州刺史，作《無隱論》上之，凡十篇：曰本朝，曰情欲，曰養心，曰田獵，曰公道，曰養源，曰允官，曰育財，曰限田，曰理財。

趙太常之傑詩三首見《中州集》。

元好問曰：鼎，字德新，欒城人。大定十六年進士，喜作詩，頗知道學，屏山所許如此。仕至西京路轉運使。《元日》詩云：『拜嗟筋力隨年改，飲覺屠蘇到手遲。』惜不多見也。子中立，字正卿，第進士，文譽正著。

田轉運特秀詩一首見《中州集》。

元好問曰：特秀，字彦實，易縣人。大定十九年進士，仕至太原轉運使。喜作詩，爲周德卿、李之純所賞。《感興》云：『散木不材甯適用，虚舟無意任乘[一]流。百年身世槐[二]安國，千古人情羹頡侯。』賦《古塔》云：『締構百年人换世，消沉千古鳥盤空。』他類此。彦實所居里名半十，行第五，以五月五日生，小字五兒。二十五歲，鄉、府、省、御四試俱中第五。年五十五，八月十五日卒。造物之戲人如此。

校按：

【一】『乘』，原作『隨』，今據《中州集》改。

【二】『槐』，原誤作『愧』，今據《中州集》改正。

劉左司昂詩十一首見《中州集》。

元好問曰：昂，字之昂，興州人。大定十九年進士。昂天資警悟，律賦自成一家，輕便巧麗，爲場屋捷法，作詩得晚唐體，尤工絶句，往往膾炙人口。張秦娥者，頗能小詩，其賦《遠山》云：『秋水一抹碧，殘霞幾縷紅。水窮霞盡處，隱隱兩三峰。』其後流落。之昂贈詩曰：『遠山句好畫難成，柳眼才多總是情。今日衰顔人不識，依爐共聽煮茶聲。』又云：『二頃山田半欲蕪，子孫零落一身孤。寒窗昨夜蕭蕭雨，紅日花梢入夢無。』娥爲之泣下。屏山《故人外傳》記之。泰和初，自國子司業，擢左司郎中，降上京留守判官，道卒。

趙禮部閑閑秉文《滏水集》前後三十卷

元好問曰：秉文，字周臣，滏陽人。閑閑，其自號也。幼穎悟，讀書若夙習。大定二十五年進士，應奉翰林文字。泰和四年，除翰林侍講學士，明年轉侍讀。興定中拜禮部尚書兼侍讀，同知集賢院。薨年七十四。自幼至老，未嘗一日廢書不觀，大概公之文出於義理之學，故長於辨析，極所欲言而止，不以繩墨自拘。七言長詩，筆勢縱放，不拘一律。律詩壯麗，小詩精絶，多以近體爲之。至五言大詩則沉鬱頓挫學阮嗣宗，真淳簡澹學陶淵明。以他文較之，或不近也。字畫則有魏晉以來風調，而草書尤警絶，殆天機所到，非學所至。

《四庫全書總目提要》：史稱所著詩文三十卷，此本乃二十卷，與史互異。然篇目完具，不似有所佚脱。考劉祁《歸潛志》：『趙閑閑本喜佛學，晚年自擇其文，凡主張佛老二家者皆削去，號《滏水集》。首以《中和誠諸説》冠之，以擬退之《原道》。其爲二家所作文及其《葛藤詩句》另作一編，號《閒閒外集》，以與少林寺長老英粹使刊之，故二集皆行於世。』則《滏水集》本二十卷，别有十卷爲外集。本傳合而計之，故爲三十卷也。《歸潛志》又曰：『李屏山教後學爲文，欲自成一家。趙閒閒教後進爲詩文則曰：文章不可拘一體。李嘗與余論趙文曰：才甚高氣，象正雄然，不免有失支墮節處。蓋學東坡而不成者。又趙詩多犯古人語，一篇或有數句，此亦文章病。』又曰：『趙於詩最細，於詩【二】頗疏，止論詞氣才巧。故余於趙則取其作詩法，於李則取其爲文法。』云云。今觀是集，祁之論可謂公矣。

《易叢説》十卷見《中州集》。《金史》同，佚。

《象數雜説》卷亡。按：此書見楊雲翼傳，辛楣當是誤入。

《中庸説》一卷見《中州集》。《金史》同，佚。

《貞觀政要》《申鑒》

《百里指南》一册

《揚子發微》一卷見《中州集》。《金史》同，《經義考》作《法言微旨》，佚。

《太玄箋贊》六卷見《中州集》，《金史》同。《歸潛志》云：『秉文所著有《太玄解》。』疑與此是一書。《經義考》作《箋太玄贊》，佚。

《文中子類説》一卷見《中州集》，《金史》同，佚。

《南華略釋》一卷《金史》同。《歸潛志》有《南華指要》，亦疑是一書，佚。按：錢辛楣《元史藝文志》作《南華略説》。

《列子補注》一卷見《中州集》，《金史》同，佚。

《删集論語》《孟子解》各十卷見《中州集》，《金史》同，佚。

《老子解》見《歸潛志》，佚。

《無逸直解》一卷見《經義考》，佚。

校按：

【一】「詩」，原誤作「文」，今據《四庫全書總目提要》改正。

史内翰公奕《洹水集》佚。存詩一首，見《中州集》。

元好問曰：公奕，字季弘，系出石晉鄭王弘肇。父良臣，宣和中擢第，終於潞州觀察副使。季弘大定二十八年進士，再中博學弘詞科。程文極典雅，遂無撻之者。累遷著作郎，翰林修撰，同知集賢院。正大，置益政院。楊吏部之美與季弘，皆其選也。以學士致仕。季弘文章、書翰皆有前輩風調，下至碁槊之枝，亦絶人遠甚。閒閒稱其温厚謙退，與人交愈久而愈不厭，其學問愈扣而愈無窮。其見重如此。詩文號《洹水集》，兵後失之。

《歸潛志》：史翰林公奕工書，有能名，自號「歲寒堂主人」。

盧節度庸詩一首郭元釪補。

《金史》：盧庸，字子憲，薊州豐潤人。大定二十八年進士，仕至安海軍節度使，以病致仕。

吕陳州子羽詩四首見《中州集》。

元好問曰：子羽，字唐卿，大興人。大定末進士，仕至陳州防禦使。元光末，爲酷吏所誣，以乏軍興繫獄。比赦至，唐卿自縊死。朝臣有辨其冤者，詔復官。希顔爲制辭云：『毁譽之來，在仁賢而不免；是非之論，至久遠而乃公。』人謂唐卿於此語爲無愧。屏山《故人外傳》：吕氏自國朝以來，夫子昆弟凡中第者六人，以六桂名其堂。貞幹字周卿，尤自刻苦，酷嗜文書，著《碣石志》數十萬言，皆近代以來事迹。幽隱、譎怪、詼諧、嘲評，無所不有。在史館論正統，獨異衆人。謂國家止當承遼，大忤章宗旨，謫西京運幕，量移北京。致仕，自號『虎谷道人』。晚年感末疾，又號『吕跛子』，自作傳以見志。閒閒公亦以爲篤志君子也。弟士安，字晉卿；卿雲，字祥卿；子鑒，字德昭。皆名士。唐卿其從子云。

崔崧山遵詩三首見《中州集》。

元好問曰：遵，字懷祖，北燕人。父建昌，大定二十五年進士，仕至同知武安軍節度使事。懷祖事繼母孝，與人交有終始。少日載太學，有賦聲。南渡後不就舉選，居崧山三十年，課僮僕治生，生理亦粗給。前輩如趙吏部子文、張左丞信甫、馮亳州叔獻，或懷祖丈人行，皆與詩酒相往來。嘗有《宿少林詩》云：『青山已有十年舊，小雪又爲三日留。』其他往往稱是。

趙文學承元詩一首見《中州集》。

元好問曰：承元，字善長，先世汴人，兵火間旅寓河間，遂占籍焉。大定十三年，詞賦第一人，除應奉翰林學士，兼曹王府文學。以疏俊少檢得罪，王府貶廢。久之，遇赦量叙。卒於臨洮。

梁參政瑝詩一首見《中州集》。

元好問曰：瑝，字國寶，別字瑩中，范陽人。大定十六年進士，歷州縣，稍遷巡警使。治尚嚴肅，權貴斂跡。朝廷知其才，累試繁劇，由中都路轉運使拜户部尚書，俄參知政事。資方正，敢言大事。北兵動，立和議，有笑其懦者，卒如其言。未幾薨於位。虎賊咤曰：『梁瑝在，族矣。』其爲人可知。

周常山昂《常山集》佚。存詩一百首，見《中州集》。郭元釪補二首。

元好問曰：昂，字德卿，真定人。父伯録，字天錫，師事元真先生諸承亮。大定初第進士，仕至同知沁南軍節度使事。德卿年二十一擢第，釋褐南和簿，有異政，遷良鄉令，入拜監察御史。路宣叔以言事被斥，德卿送坐謗訕停銓。久之，起爲龍州都軍。以邊功得復召起三司判官。大安軍興，權行六部員外郎。德卿傳其甥王從之文法云：『文章工於外而拙於内者，可以驚四筵，而不可以適獨坐，可以取口稱，而不可以得首肯。』又曰：『文章以意爲主，以字語役。主强而役弱，則無令不從。今人往往驕其所役，至跋扈難制。甚者反役其主，雖極詞語之工。而豈文之正哉？』德卿初有《常山集》，喪亂後不復見。從之能記三百餘首，因得傳之。屏山《故人外傳》：德卿以孝友聞，又喜名節。藹然仁義人也。學術醇正，文章高雅，以杜子美、韓退之爲法，諸儒皆師尊之。既歷臺省，爲人所擠，竟坐詩得罪，謫東海上下數年。始入翰林，言事愈切，出佐三司，非所好。從宗室承裕軍，承裕失利，跳走上國，衆欲徑歸，德卿獨不可。城陷，與其從子嗣明同死於難。嗣明字晦之，短小精悍，有古俠〔一〕士風。年未三十，交游半天下，識高而志大，善談論而中節。作詩喜簡澹，樂府尤温麗。最長於義理之學，下筆數千言，初不見其所從來。試於府、於禮部，俱第一擢第。主淶水簿，從其叔北征得還，而不忍去。使晦之不死，文字不及其叔，而理性當過之。嘗謂：『學不至邵康節、程伊川，非儒者也。』其説類此而天不假年，悲夫！

校按：

【一】『俠』，原作『傑』，今據《中州集》改。

王隱君磵詩十三首見《中州集》。

元好問曰：磵，字逸賓，先世家臨洺，至逸賓遂爲汴梁人。博學能文，不就科舉。孝友天至，非其食不食。家封舉逸賓德行才能，得鹿邑主簿，就乞致仕。人以高士目之。閒閒公嘗集嘗黨承旨、趙黃山、路司諫、劉之昂、尹無忌、周德卿與逸賓七人詩，刻木以傳，目爲明昌辭人雅製云。

趙秉文《遺安先生言行碣》云：先生姓王氏，諱磵。其先臨洺人，先生實生於汴梁，嘗以洺川自稱，不忘本也。

盧待制元詩一首見《中州集》。

元好問曰：元，字子達，玉田人。父啓臣，字雲叔，第進士，仕宦亦達，自號『洹水先生』。《和趙元夏、劉師魯、葛藤韻》云：『乳兔生〔一〕長角，鏖湯結厚冰。木終成假佛，髮不碍真僧。莫認指爲月，須明火是燈。拈花微笑〔二〕處，只記老胡曾。』子達幼而敏惠。年未二十，試於長安，爲策論魁。擢第後，又中策魁。明昌初，章宗設弘科，命公卿舉所知。子達與郭敭、周詢、張復亨就試，凡七日，並中選。遂入翰苑，累遷至待制。

校按：

【一】『生』前原有『長』字，今據《中州集》《全金詩》等删。

【二】『笑』，原誤作『唤』，今據《中州集》《全金詩》等改正。

劉治中濤詩六首見《中州集》。

元好問曰：濤，字及之，夏〔一〕津人。明昌二年同進士，用户部尚書孫鐸薦入翰苑。歷太原運、汾州倅，入爲太子贊善，以彰德治中致仕。

校按：

【一】『夏』，原作『天』，今據《中州集》《全金詩》等改。

李治中遹詩六首見《中州集》。

元好問曰：遹，字平甫，欒城人。明昌二年進士。高才博學，無所不通。爲人滑稽多智，而不欲表表自見。工畫山水，得前輩不傳之妙，龍虎亦入妙品，然皆其餘事也。泰和中，大興幕官。時虎賊知府事，賣〔一〕權恃勢，奴視同列。平甫每以公事相可否，不少假藉。又摘其陰事數十條，欲發之。虎謀纂者也，聲勢焰焰，人莫敢仰視，乃爲一書生所抗，積不平。先以非罪誣染之，幾至不測。雖有以自解，竟坐是仕宦不進，以東平治中致仕。閒居陽翟十餘年，自號『寄庵先生』。詩文正多，如云：『舊管新收粧鏡在，昨非今是酒杯乾。』《贈筆工》云：『工不能書何以筆，士須知筆乃能書。』《感事》云：『半錢利路人乃虎，一鉤名餌吾其魚〔二〕。』《魯山道中》云：『老夫自喜林野僻，路人頗喚衣裳寬。』散失之餘，不復全見矣。子治，字仁卿，正大七年收世科。屏山贈詩所謂『仁卿不是人間物，太白精神義山骨』者也。

校按：

〔一〕『賣』，原誤作『異』，今據《中州集》改正。

〔二〕『魚』，原誤作『思』，今據《中州集》改正。

李天英經詩五首見《中州集》。

元好問曰：經，字天英，大定人。作詩極刻苦，如欲絶去翰墨蹊徑間者，李、趙諸人頗稱道之。嘗有詩云：『雁奴失寒更，拍拍叫秋水。天長夢已盡，秋思紛難理。』最爲得意。其餘或有不可曉者。

累舉不第，卒。

《歸潛志》云：天英號『無崖道人』。《題太真圖》云：『君前欲拜還未拜，花枝無力東風羞。』又《夜雨》：『燈火萬家夜，蕭蕭簾下聲。』《晚望》云：『夕陽萬里眼，人立秋黄中。』《夜起》云：『夜起不得月，河漢共星辰。』又《步雲意》云：『一片崑崙心，夕陽小烟樹。』又四言云：『老峰蹙雲，璧立挽秀。林陰灑雨，蒼蒼玉斗。虚明滿鏡，夜氣成晝。』此其詩體也。

李刺史好復詩二首見《中州集》。

元好問曰：好復，字仲通，安喜人。明昌二年進士，榆次令，有能聲。入爲警巡使。嘗以事縛一護衛，道陵有投鼠之喻，出爲歷城令，終於滑州刺史。

劉左司中集佚。存詩二首，見《中州集》。

元好問曰：中，字正夫，漁陽人。屏山《故人外傳》云：正夫爲人短小精悍，滑稽玩世。中明昌五年詞賦經義第。詩輕便可喜，賦其得楚辭句法，尤長於古文，典雅雄放，有翰柳氣象。教授弟子王若虚、高法颺、張履、張雲卿，皆擢高第。學古文者翕然宗之，曰『劉先生』。以省掾從軍南下，改授應奉翰林文字，爲主師所重，常預秘謀，書檄布告〔一〕皆出其手。軍還，授左司都事，將大用矣，會卒。有文集藏於家。周德卿嘗謂：『正夫可敬，從之可重，之純可畏，皆人豪也。』

校按：

【一】原『檄』字處空格無字，『布告』誤作『露布』，今據《中州集》改正。

許司諫古詩四首見《中州集》。

《請擇將相疏》《乞安集逃亡疏》《請開言路疏》《請除職官決杖疏》《議迎敵疏》《諫伐宋疏》皆具本傳。

《金史》：古，字道真，交河人，汾陽軍節度使安仁子也。登明昌五年詞賦進士第。貞祐初，自左拾遺拜監察御史。哀宗即位，遷左司諫。未幾，致仕。按《中州集》，道真承安中進士。與《史》異。

田防禦琢《至陝請墾田疏》具本傳。

《金史》：琢，字器之，蔚州安定人。中明昌五年進士。貞祐二年，以爲宣差兵馬提供同知，忠順軍節度使事，經略山西。頃之，西山諸隘皆不能守。琢移軍沃州，加河北西路宣撫副使，遥授濬州防禦使，屯濬州。三年，詔盡徙屯陝。

楊禮部雲翼《龜鑒萬年録》《聖學》《聖孝》之類凡二十篇，《君臣政要》，文集若干卷，《校大金禮儀》若干卷，《續通鑒》若干卷，《周禮辨》一卷，《左氏》《莊》《列》賦各一篇，《五星聚井辨》一篇，《縣象賦》一篇，《勾股機要》，《象數雜説》等書俱見本傳，佚。其《諫伐宋書》具傳内。

《金史》：雲翼，字之美，其先贊皇檀山人。六代祖忠客平定之樂平縣，遂家焉。

詩二十一首見《中州集》。郭元釪補一首。

元好問曰：之美明昌五年經義進士第一人，詞賦亦中乙科。天資穎悟，博通經傳。至於天文、律曆、醫卜之學，無不臻極。南渡後二十年，與禮部閒閒公代掌文柄，時人號『楊趙』。而公以後輩自處，不敢當也。正大五年，終於翰林學士。謚文獻。百餘年來，大夫士身備四科者，惟公一人而已。《歸潛志》：正大初，上鋭於政，朝議置益政院官，院居宮中。選一時宿望有學者，如楊學士雲翼、史修撰公燮、吕待制造數人，兼知輪值。每日朝罷，侍上講《尚書》《貞觀政要》數篇，間亦及民間事，頗存補益。楊公與趙學士秉文共集自古治術，分門類，號《君臣政要》，爲一編進之。此亦開講學之漸也，然歲餘亦罷。

龐都運鑄詩二十首見《中州集》。

元好問曰：鑄，字才卿，大興人，家世貴顯。明昌五年進士。風流文采，爲時輩所推。字畫亦有藴藉。仕至京兆運使，自號『默翁』。

韓内翰玉詩二首見《中州集》。其《臨終與子書》具《金史》本傳。《元勳傳》佚。

元好問曰：玉，字温甫，漁陽人。明昌五年經義、詞賦兩科進士，入翰林爲奉承應制。一日百篇，文不加點。又作《元勳傳》，稱旨。道陵嘆曰：『勳臣何幸得此？』泰和中，陞授同知陝州東路轉運使事。大安三年，都城受圍，夏人連〔一〕陷邠、涇、陝。安撫司檄温甫以鳳翔總管判官爲都統府募軍〔二〕，旬月得萬人。出屯華亭，與夏人戰，敗之，獲牛羊千餘。時夏兵五萬方圍平凉，又戰於北原，夏人疑大軍至，是夜解去。當路者忌其功，驛奏温甫與夏寇有謀，朝廷疑之，使使授温甫何平軍節度副使，且覘其軍。先是，華州李公直以都城隔絶，謀舉兵入援。而温甫恃其軍爲可用，亦欲爲勤王之氣，乃傳檄州郡云：『事推其本，禍有所【三】基。始自賊臣，貪容姦賂。繼緣二帥，貪錮威權。既止夏臺之師，旋致會河之敗。』又云：『齊魏以高壘爲能堅，蒲絳以穿共爲得計。裹糧坐費，盡膏血於生民。棄甲復來，竭資儲於國計，要權力而望形勢，連歲月而守妻孥。』又云：『命令不至，京師奈何？眄眄四集之師，懸懸半歲之上，人誰無死，有臣子之當然。事至於今，忍君親之弗顧，勿謂百年身後，虚名一聽史臣。只是如今日目前，何顔以居人世？公直一軍行有日矣，將佐違約，國朝人有不從者，輒以軍法從事。』京兆統軍便謂公直據華州反，遣都統楊珪襲取之，皆置極刑。公直曾爲書約温甫，温甫不預知。其書乃爲安撫所得，及使者覘温甫軍，且疑預公直之謀，即實其罪。温甫赴官，道出華州，被囚，死於郡學。臨終書二詩壁間，士論寬之。温甫先賦怪松云：『昂藏殊未展，傴僂旋自縮。惜爾雲外姿，耐此胯下辱。』又云：『木高衆必摧，地厚敢不蹐。河中皆泛泛，澗底自鬱鬱。』未幾被禍，人以爲讖云。

校按：

【一】『連』，原誤作『在』，今據《中州集》改正。

【二】『軍』，《中州集》作『兵』。

【三】『所』，原誤作『由』，今據《中州集》改正。

王都運擴詩一首見《中州集》。

元好問曰：擴，字充之，永平人。明昌五年進士。崇慶初，遷河北東北路按察僉事。上書言時病四：一、將不知兵；二、兵不可用；三、事不素定；四、用人違其長。貞祐二年，太原受兵，充之之功爲多。最後權陝西西路轉運使，行六部尚書。

《諫置三司治財疏策》《河東守禦疏》皆具《金史》本傳。

趙吏部伯成詩三首見《中州集》。

元好問曰：伯成，字子文，宛平人。昌明五年，經義、詞賦兩科進士。博通書傳，有真積之力。性沉厚，言必中理。從在太學日，以「趙骨鯁」目之。哀宗即位，召爲吏部尚書，坐飛語罷官。

趙禮部思文詩六首見《中州集》。

元好問曰：思文，字廷玉，永平人，明昌五年進士。貞祐中，陷没都城，間關南渡，遂爲朝廷所知，歷禮部尚書。

《歸潛志》：趙尚書思文，所在鎮靜，吏民賴之。公暇以詩酒爲樂，好吹笛，多著樂章，爲人傳誦。

路防禦鐸《虛舟居士集》佚。有詩二十六首，見《中州集》。

《金史》：鐸，字宣叔，伯達子也。明昌三年，爲左三部司正，上書言事，召見便廟，遷右拾遺。泰和六年，除孟州防禦使。貞祐初，城破，投沁水死。鐸剛正，歷官臺諫，有直臣風。爲文尚奇，詩篇温潤精緻，號《虛舟居【一】士集》云。本傳又稱有《教民十二訓》。

校按：

【一】『居』，原誤作『字學』，今據《金史》改正。

王内翰若虛《慵夫集》《滹南遺老集》見《金史》本傳。

《四庫全書總目提要》云：史稱若虛有《慵夫集》《滹南遺老集》，均曰若干卷，不詳其數。黄虞稷【二】《千頃堂書目》載《滹南遺老集》四十五卷，與王鶚序合。《慵夫集》，虞集雖著録，而卷數則闕。考大德三年王復翁序稱，以《中州集》所載詩二十首附卷末，則《慵夫集》元時已佚，惟此集存耳。此本凡《五經辨惑》二卷，《論語辨惑》五卷，《孟子辨惑》一卷，《史記辨惑》十一卷，《諸史辨惑》二卷，《新唐書辨惑》三卷，《君事實辨》二卷，《臣事實辨》三卷，《議論辨惑》一卷，《謬誤雜辨》一卷，雜文及詩五卷，與四十五卷之數合。然第三卷惟《論語辨惑序》一篇、《總論》一篇，僅三頁有奇，與他卷多寡懸殊，疑傳寫佚【三】。此一卷，後人割第四卷首三頁，改其標題以足原數也。蘇天爵作《安熙行狀》云：『國初有傳朱氏《四書集注》至北方者，滹南王公推以博辨自負，爲説非之。』今考《論語》《孟子》辨惑，乃雜引先子者亦不少，實非專爲辯駁朱子而作。其《五經辨惑》頗詰難鄭學，於《周禮》《禮記》及《春秋三傳》亦時有所疑，然所攻者皆漢儒附會之詞，亦頗樹偉觀。其自稱不深於《易》，不置一詞，所論實止四經，則亦非强所不知者矣。《史記辨惑》《諸史辨惑》皆考證史文，掊擊司馬遷、宋祁，似未免過正，或乃毛舉細故，亦失之煩瑣。然所摘遷之自相抵牾與祁之過於雕斵，中其病者亦十之七八。《雜辨》《君事實辨》皆所作史評，《議論辨惑》《著述辨惑》皆品題先儒之是非，其間多持平之論，頗足破宋儒之拘攣。《雜辨》二卷，於訓詁亦多訂正。《文辨》宗蘇軾，而於韓愈間有指摘。《詩話》尊杜甫，而於黄庭堅多所訾議。蓋若虚詩文不尚劖削鍛煉之格，故其論如是也。統觀全集，偏駁之處誠有，然金元之間學有根柢者，實無人出若虚右。吴澄稱其『博學卓識，見之所到，不苟同於衆』，亦可謂不虚美矣。

《尚書義粹》三卷

《天一閣》、《萬卷堂目》載之。《經義考》云未見。詩三十八首，見《中州集》。郭元釪補二首。

元好問曰：　若虚，字從之，藁城人。承安二年經義進士。少日師其舅周德卿及劉正甫，得其論議爲多。博學强記，誦古詩至萬餘首，他文稱是。善持論，李屏山杯酒間談辯鋒〔三〕起，時人莫能抗從之。能以三數語窒之，使噤不得語。其爲名流所推服類此。釋褐鄜州録事，歷門山令，入翰林。自應奉轉直學士，居冷局十五年。崔立之變，群小獻諂，爲立起功德碑，以都堂命召從之。從之外若遜辭，而實欲以死守之，時議稱焉。北渡後，居鄉里。癸卯三月東游，與劉文季輩登泰山，憩於黄峴峰之萃美亭，談笑而化，時年七十。

《歸潛志》：　正大中，王翰林從之在史館領史事，雷翰林希顔爲應奉編修官，同修《宣宗實録》。二公文體不同，多紛爭。蓋王平日好平淡紀實，雷尚奇峭造語也。王則云：『實録止文其當時事，貴不失真。若自作史，則又異也。』雷則云：『作文無字無句法，萎靡不振不足觀。』故雷所作，王多改竄。雷大憤不平，語人曰：『請將吾二人所作，令天下文士定其是非。』王亦不屑，王嘗曰：『希顔作文好用惡硬字，何以爲奇？』雷亦曰：『從之持論太高，文章亦難，止以經義科舉法繩之也。』

校按：

【一】『千』前原有『曰』字，今據《四庫全書總目提要》删。

【二】『佚』，原作『遺』，今據《四庫全書總目提要》改。

【三】原『辯鋒』處空格無字，今據《中州集》補。

李屏山純甫《内外稿》

《莊子解》

《老子解》

《中庸集解》一卷

《鳴道集解》以上俱見《歸潛志》，《金史》同，佚。

詩二十九首見《中州集》。

碑文一首見《棲霞縣志》。

《金史》：純甫，字之純【一】，洪州襄陰人。幼穎悟異常，初業詞賦，及讀《左氏春秋》，大重之，遂更爲經義學。擢承安二年經義進士，爲文法莊周、列禦寇、《左氏》《戰國策》，後進多宗之。又喜談兵，慨然有經世心。章宗南征，兩上疏策其勝負，上奇之，給送軍中，後多如所料。宰執重其文，薦入翰林。及大元兵起，又上疏論時事，不報。宣宗遷汴，再入翰林。時丞相高琪擅威福柄，擢爲左司都事，純甫審其必敗，以母老辭去。既而高琪誅，復入翰林，連知貢舉。正大末，坐取人踰新格，出倅坊州。未赴，改京兆府判官，卒於汴，年四十七。純甫爲人聰敏，少自負其材，謂『功名可俯拾』。作《矮柏賦》，以諸葛孔明、王景略自期。由小官上萬言書，援宋爲證，甚切。當路者以迂闊見抑。中年，度其道不行，益縱酒自放，無仕進意。得官未成考，旋即歸隱。日與禪僧士子游，以文酒爲事，嘯歌袒裼，出禮法外。或飲數月不醒，人有酒見招，不擇貴賤，必往，往輒醉，雖沉醉亦未嘗廢著書。然晚年喜佛，力探其奥義，自類其文，凡論性理及關佛老二家者，號《内稿》；其餘應物文字爲《外稿》。又解《楞[二]嚴》《金剛經》《老子》《莊子》，又有《中庸集解》《鳴道集解》，號『中國心學』『西方文教』，數十萬言，以故爲名教所貶云。

《楞嚴外解》

《鳴道集説》五卷

《歸潛志》：公，天子喜士，後進有一善，極口稱推，一時名士皆由公顯於世龍門。嘗自作《平山居士傳》，其自贊曰：『軀幹短小而芥視九州，形容寢陋而蟻蝨公侯。語言蹇吃而連琦可解，筆札迂滯而挽回萬牛。甯爲時所棄，不爲名所囚，是何人也耶？吾所學者，淨名莊周。』

校按：

【一】『純』，原誤作『甫』，今據《金史》改正。

【二】『楞』，原誤作『楞』，今據《金史》改正，下文同。

李坊州芳詩一首見《中州集》。

元好問曰：芳，字執剛，大興人。承安二年進士，歷乾坊兩州刺史，同知都轉運使事。爲人敬賢下士，款曲周至。聞人一善，極口稱道。士論以此歸之。

李治中著詩一首見《中州集》。

元好問曰：著，字彦明，真定人。高才博學，詩文得前人體。工於字畫，頗尚京言。承安二年經義第一人。在翰林七年，出副定州，召爲户部員外郎，遷彰德府治，中城再陷，避於塔上。兵人招降，不從。掘塔，倒而死。

王防禦良臣詩十首見《中州集》。郭元釪補一首。

元好問曰：良臣，字大用，潞人。承安五年進士。作詩以敏捷稱。入翰林，與李欽叔善。從軍南征道中，酬唱甚多。有詩云：『蕎花冉冉蜜肝香，禾植纍纍鶻眼黄。一縷晚烟吹不去，爲誰著意獲秋霜。』欽叔重之。興定初，自請北行，歿軍中。贈孟州防禦使。

《歸潛志》：王翰林良臣，潞州人。長於律詩，尖新，工對屬。其《上移刺總管》云：『筆底有神扶氣力，人間無處著虚名。』人多傳之。

劉太常鐸《柳溪先生集》佚。存詩七首，見《中州集》。

元好問曰：鐸，字文仲，冀州棗强人。承安五年進士，以武昌軍節度副使致仕，自號『柳溪先生』，有集傳於家。武成王著作序，言：『文仲生能言，已識百餘字。及授學，穎悟過人。爲人誠實，少許可，不徇流俗，不慕榮利。』蓋實録云。

范滑州中詩一首見《中州集》。

元好問曰：中，字極之，大興人。承安中進士。累宦京西路司農少卿、滑州刺史。好賢樂善，有前輩風流。貞祐中，高琪當國，專以刑威肅物，士大夫被捃摭者，笞辱與徒隸等。醫家以酒下地龍散，投以蠟丸，則受杖者失痛。此方大行於時。極之有戲云：『嚼蠟誰知味最長，一杯卯酒地龍香。年來紙供長安貴，不重新詩重藥方。』時傳以爲笑。極之嗜讀書，一以資於詩，詩亦往往可傳。

王隱居文[一]詩四首，見《中州集》。又八首見《中州集》。

元好問曰：文，字子彧，洺州人。承安中進士。性剛，決不可犯，爲尚書省掾，知管差除，與郎官相可否，即棄官去。往來登封盧氏山中，改名知非，字無咎，自號『照了居士』。居山中二十年。正大壬辰，參知政事宗室思烈行臺洛陽，以知非有重名，力致之，使參議臺事。城陷，不知所終。

《歸潛志》：子文少擢第，爲省掾，睹時政將亂，棄妻子入嵩山，剪髮爲頭陀，居達摩庵，苦行自修，當世號『王隱居』，名正高。後十餘年，忽下山歸其家，復與妻子如舊。妻死更娶，又爲洛陽行省參議。遭亂，不知所終。

校按：

【一】審各書所載，王文，字子彧。《畿輔藝文考》誤爲王彧字子文。今改正。

董道人文甫詩八首見《中州集》。

元好問曰：文甫，字國華，潞人。承安中進士。爲人淳質，恬於世味，於心學有所得。歷金昌府判官、禮部員外郎、武昌軍節度使。正大中，以公事至杞縣，自知死期，作書與家人及同官，又作詩貽杞縣令。作詩畢，擲筆於地，以扇障面而逝。

《歸潛志》：董治中文甫，潞州人。南渡，嘗爲大理司直，後爲河南府治中，卒。自號『無事道人』。爲人淳謹篤實，學道有得。其於六經、《論》《孟》諸書，凡一章一句，皆深思而必得，以力行爲事，不徒誦説而已。後於郝文國才處，得所著一編，皆論交之文，迄今藏余家。

張仲揚著詩二首見《中州集》。郭元釪補一首。

元好問曰：著，字仲揚，永安人。泰和五年，以詩名召見，應制稱旨，特恩授監御府詩畫。

麻徵君九疇詩二十九首見《中州集》。

元好問曰：九疇，字知幾，莫【二】州人。三歲識字，七歲能草【三】書，作大字有及數尺者，所至有

『神童』之目。章廟召見，問：『汝入宮殿中，亦懼怯否？』對曰：『君臣，父子也。子甯懼父耶？』上大奇之。弱冠住太學，有聲場屋間。南渡後，讀書北陽山中。始以古學自力，博通五經，於《易》《春秋》爲尤長。嘗爲鄜城張伯玉賦透光鏡，欽叔傳之京師，趙禮部大加賞異。興定末，府試經義第一、詞賦第二，省試亦然。簾試以脱悞下第。正大三年，右相侯蕭公、趙禮部連章薦知幾可試館職，乃賜盧亜榜第二甲第一人及第，授太祝，權太常博士，應奉翰林文字。未幾，謝【三】病去。作詩工於賦物，如《夏英公篆韻》及《手植檜印章》等詩可見也。

《歸潛志》：九疇初名文純，易州人。初因經義學《易》，後喜邵堯夫《皇極書》，因學算數，又喜卜筮、射覆之術。晚更喜醫方，與名醫張子和游，盡得其學。爲文精密巧健，詩尤奇峭，妙處如唐人。

校按：

【一】『莫』，《金史》《大金國志》作『易』，《續夷堅志》作『獻』。

【二】『草』，原誤作『學』，今據《金史》《中州集》等改正。

【三】『謝』，原誤作『後』，今據《金史》《中州集》改正。

王遯齋元節詩集 佚。存詩三首，見《中州集》。

元好問曰：元節，字子元，弘州人。祖山甫，遼户部侍郎。父詡，海陵朝左司員外郎。子元婿於南山翁，傳其賦學，第進士。雅尚氣節，不能從俗俯仰，故仕不達。既罷密州觀察判官，即閒居鄉里，以詩酒自娛。號『遯齋老人』。

《金史》：元節幼穎悟，雖家世貴顯，而從學甚謹。渾源劉撝重【二】其才俊，以女妻之，遂傳賦學，登天德三年詞賦進士第，有詩集行世。

校按：

【一】『重』，《金史》本傳作『愛』。

宋内翰九嘉詩十一首見《中州集》。

元好問曰：九嘉，字飛卿，夏津人。黄裳榜進士乙科，歷藍田、高陵、扶風、三水四縣令，皆有能聲。入爲右警巡使，應奉翰林文字。正大中，没於癸巳之禍。嘗有詩曰：『浩歌風露下，醉袖拂南山。』又《題壽安烟霞亭》云：『粧鑾土壁紅千點，界【二】畫銀沙緑一鈎。』其才藻可略見矣。

《金史》：九嘉爲人剛直豪邁。少遊太學，有能賦聲。長從李純甫讀書。爲文有奇氣，與雷淵、李經相伯仲，中至甯元年進士第。

校按：

【一】『界』，原作『累』，今據《中州集》改。

吕信臣中孚《清漳集》佚。存詩九首，見《中州集》。

元好問曰：中孚，字信臣，冀州南宫人。孝友純至，累舉不第，以詩文自娱。有《清漳集》行於世。其賦《紅葉》云：『張園多古木，肅寺半斜陽。』先君子甚重之。

康司農錫詩一首見《中州集》。

元好問曰：錫，字伯録，甯晉人。黄裳榜擢第，拜監察御史，選授左司都事、京南路司農丞。《歸潛志》：伯録爲人厚重有爲，頗讀書。嘗賦《打毬詩》云：『高飛遠走偶然爾，坎止流行知所之。』余先生云：『亦有理也。』

刁涇州白詩三首見《中州集》。

元好問曰：白，字晉卿，新都人。吕造牓乙科，歷涇州幕官，入補省掾卒。作詩極致力，樂府尤有風調，今散失不復見矣。

張内翰本詩十首見《中州集》。

元好問曰：本，字敏之，觀津人。貞祐二年進士。工於大篆及八分。四十歲後學詩，詩殊有古意。正大九年，以翰林學士從曹王出質，客居燕京長春宫。

田德秀紫芝詩三首見《中州集》。

元好問曰：紫芝，字德秀，滄州人。年十三賦《麗華引》，語意驚絶，人謂李長吉復生。資性穎悟，一〔一〕覽萬言。與同郡王元卿齊名。貞祐初，避兵臺山，倉卒遇害，年二十四〔二〕。

校按：

【一】『一』下原有『鑒』字，今據《中州集》删。

【二】《畿輔通志》引《中州集》亦作『四』，《中州集》本文則作『三』。

李警院天翼詩三首見《中州集》。

元好問曰：天翼，字輔之，固安人。貞祐二年進士，歷滎陽、長社、開封三縣令，所在有治聲。遷右警巡使。汴梁既下，僑寓聊城，辟濟南漕司從事，方鑿圓枘，不與世合。衆口媒蘖，竟罹非命。

郭德明宣道詩一首見《中州集》。

元好問曰：宣道，字德明，邢州人。貞祐中，有聲場屋間。正大末，没兵中。

高應庵永詩一首見《中州集》。

《歸潛志》：高永信卿，漁陽人。尚氣輕財，好交游。頗讀書，喜談兵。文辭豪放，長於論事。嘗從屏山遊，與李長源、元裕之、社仲梁、李稚川相善。屢【一】舉不第。在南京被圍。嘗上書言事，不報，以病死。自號『應庵』。

校按：

【一】『屢』，《歸潛志》作『累』。

王翰林彪詩一首郭元釪補。

《歸潛志》：彪，字武叔，大興人。貞祐五年經義魁也。爲文頗馳騁波瀾。初對廷策，宣宗喜其文，以爲似古人，特授太子副司經、國史院編修官，進司經。後入翰林，爲應奉，遷修撰，出爲平凉府治中，入爲待制。

馬録事舜卿詩一首見《中州集》。

元好問曰：舜卿，名肩龍，以字行，宛平人。先世遼大族。舜卿在太學有賦聲。宣宗初，人有告宗室從坦殺人，從坦賢將帥，處猜嫌之地，人以爲必死，而不敢言其冤。舜卿以太學生上書，大略謂〔一〕：從坦有將帥材，方今人物無有出其右者，臣一介書生，無用於世，願代從坦死，留爲天子將兵。書奏，詔問：『汝與從坦交分厚耶？』舜卿對：『臣知有從坦，從坦未嘗識臣。從坦冤人，不敢言。臣以死保之。』宣宗感悟，赦從坦，授舜卿東平録事，委行臺試驗。宰相侯莘公與之語，不契，留數月，罷歸。正大四年冬，薄遊鳳翔，德順州將愛〔二〕申，以書招舜卿。欲往，鳳翔總管以敵兵勢張，德順不可守，勸勿往。舜卿曰：『愛申平生未嘗識我，一見爲知己我。知德順不可守，往必死，然以知己，故不得不死也。』乃舉行囊付〔三〕族父明之爲死别，冒險而去。既至，不數日受圍，城中義兵七八千而已。州將假舜卿鳳翔總管判官，守禦一以委之，凡受攻百日，食盡乃陷。軍中募生致之，不知所終。時五十三。詔贈某官，配食襃忠廟。舜卿年少時過襄垣，題詩酒家壁，辭氣縱横，時輩少有及者。如云：『玉鞭再過長安道，人面依然似花好。殷勤勸我梨花春，要看樽前玉山倒。』他語類此。

校按：

【一】原無『謂』字，今據《中州集》補。

【二】『愛』，原作『重』，今據《中州集》改。

【三】『付』，原誤作『副』，今據《中州集》改正。

田主簿錫詩一首見《中州集》。

元好問曰：錫，字永錫，宛平人。興定五年進士，調新蔡主簿，閒居南陽驥立山下。少日有聲場屋間。作詩甚多。《吊蘇墳》一篇有『英靈還【一】卻眉山秀，依舊東風草木天』之句，世閧傳之。

校按：

【一】『還』，原誤作『遥』，今據《中州集》改正。

王主簿革詩一首見《中州集》。

元好問曰：革，字德新，一名著，臨【一】潢人，以蔭補官，碌碌筦庫餘三十年。正大中，以六赴廷試，賜出身，調宜君簿。爲人有温藉，善談笑。密公與之唱酬，相得甚歡。初在太原，作詩有『赤心遭白眼，笑面得嗔拳』之句，公甚重之，有詩寄之云：『柳塘雲觀千鐘酒，笑面嗔拳五字詩。』蓋志此也。及第後，呈同年云：『孤身去國五千里，一第遲人四十年。』大爲閒閒公【二】所稱。

校按：

【一】『臨』，原誤作『淮』，今據《中州集》改正。

【二】原無『公』字，今據《中州集》補。

王酒官元粹詩三十三首見《中州集》。

元好問曰：元粹，字子正，初名元亮，後止名粹，平州人，系出遼世衣冠家。年十八九，作詩便有高趣。正大末，用門資叙爲南陽酒官。遭亂，流寓襄陽。襄陽破，隻身北歸，寄食燕中，遂爲黄冠師。有『十月風霜侵病骨，數家針線補殘衣』之句。四十餘病卒。從弟鬱亦攻詩，方之其兄，蓋商周矣。

王飛伯鬱詩十二首見《中州集》。

元好問曰：鬱，字飛伯。少日作樂府《擬古別離》，有『黄鶴樓高雲不飛，鸚鵡洲寒星已曙』之句，人多傳之。其後入京師，大爲李欽叔所稱，與之詩云：『詩句媲國風，下者猶楚詞。』贈詩者正多，有云：『憶昔潁亭見飛伯，恍若夢中逢李白。』又云：『紫陘仙人今渺雲，騎風御氣七尺身。』又云：『良金原有價，白璧況無瑕。』又云：『王郎少年詩境新，氣象慘淡含古春。筆頭仙語復鬼語，只有温李無他人。』飛伯用是頗自貴重云。

《歸潛志》：王飛伯，奇士也。少居釣臺，閉户讀書，不接人事數載。爲文閎肆奇古，動輒數千百言。法柳二州歌詩，飄逸有太白氣象。正大末，南京被圍，天興改元。秋，飛伯忽過余，别曰：『吾跧伏陷穽不自得，今將突圍遠舉，然生死未可知。』因出其所作《王子小傳》屬余，『茲不朽之託也。』余不能止之而去，三年不知存亡。丙申歲南遊，交遊輩説東諸侯兵士所得，將厚遇之。飛伯徑行不設機，久之爲其下所忌，見殺。臨終，懷中出書曰：『是吾平生著述，可傳副中州士大夫，王飛伯死矣。』計其時年甫三十餘。

靖南湖天民詩一首見《中州集》。

元好問曰：天民，字達卿，滏陽人。其父國初官原武，遂家焉。少日嘗兩魁鄉試，所與交如龐才卿、楊茂材、劉之昂、王逸賓，皆一時名士。晚年買田南湖，葺園圃，植竹梅，以詩酒爲事，自號『南湖老人』。

桑之才之維《東皋集》佚。存詩一首，見《中州集》。

元好問曰：之維，字之才，恩州人，蔡丞相伯堅之子壻也。以樂府著稱，有《東皋集》傳於世。

張子榮庭玉集佚。存詩一首，見《中州集》。

元好問曰：庭玉，字子榮，易縣人。能日賦百篇，有集行於世。號『盤溪老人』【一】。

校按：

【一】《中州集》無『號盤溪老人』五字，《河北通志稿》謂《中州集》作『廷玉，字子榮，易州人，嘗隱居盤溪，因號盤溪居士』。

趙内翰攄詩一首見《中州集》。

元好問曰：攄，字子充，宛平人。自號『醉全老人』。

孫伯英邦傑詩一首見《中州集》。

元好問曰：邦傑，字伯英，雄州容城人。少日往太學，有時名。興定初，知世將亂，棄家爲黄冠師。

師右丞安石《上章言備禦二事疏》具本傳。

《金史》：安石，字子安，清州人。本姓尹，避國諱改焉。承安五年詞賦進士，累遷御史中丞。正大四年，進尚書右丞。

韓伯暉道昭《五音集韻》十五卷

《四庫全書總目提要》：道昭，字伯暉，真定松水人。世稱以等韻顛倒字紐，始於元熊忠《韻會舉要》。然是書以三十六母各分四等，排比諸字之先後，已在其前。所收之字，大抵以《廣韻》爲藍本，而增入之字則以《集韻》爲藍本。考《廣韻》卷首云：『凡二萬六千一百九十四言。』《集韻》條例云：『凡五萬三千五百二十五言，新增二萬七千三百三十一言。』是書亦云：『凡五萬三千五百二十五言，新增二萬七千三百三十言。」合計其數，較《集韻》僅少一字，殆傳寫偶脱。《廣韻》注十九萬一千六百九十二字，是書云注三十三萬五千八百四十言，新增十四萬四千一百四十八言。其增多之數，則適相符合。是其依據二書，足爲明證。又《廣韻》注『獨用』『同用』實仍唐人之舊，封演《聞見記》言許敬宗奏定者是也。終唐之世，下迄宋景祐四年，功令之所遵用，未嘗或改。及丁度編定《集韻》，始因賈昌朝請，改併窄韻十有三處。今《廣韻》各本，『儼』移『豏』『檻』之前，『釅』移『陷』『鑒』之前，獨用、同用之注，如通『殷』於『文』，通『隱』於『吻』，皆因《集韻》頒行后竄改致舛。是書改二百六韻爲百六十，而併『忝』於『琰』，併『檻』於『豏』，併『儼』於『范』，併『㮇』於『豔』，併『鑒』於『陷』，併『釅』於『梵』。足證《廣韻》原本上、去聲末六韻之通爲二，與平聲、入聲不殊。其餘如『廢』不與『隊』『代』通，『殷』『隱』『焮』『迄』不與『文』『吻』『問』『物』通，尚仍《唐韻》之舊，未嘗與《集韻》錯互。故十三處犂然可考，尤足訂《重刊廣韻》之訛。其等韻之學，亦深究要渺，雖用以顛倒音紐，有乖古例，然較諸不知而妄作者，則尚有間矣。

韓允中孝彦《四聲篇海》十五篇

《四庫全書總目提要》：孝彦，字允中，真定松水人。是編以《玉篇》五百四十二部，依三十六字母次之，更取《類篇》及《龍龕手鑑》等書，增雜部三十有七，共五百七十九部。凡同母之部，各辨其四聲爲先後。每部之内，又計其字畫之多寡爲先後，以便於檢尋。其書成於明昌、承安間。迨泰和戊辰，孝彦之子道昭改併爲四百四十四部，韓道昇爲之序。殊體僻字，靡不悉載，然舛謬實多，徒增繁碎。道昇序稱『泰和八年，歲在强圉單閼』，考泰和八年乃戊辰，而强圉單閼則丁卯矣。刻是書者又記其後云：『崇慶己丑，新集雜部，至今成化辛卯，删補重編。』考崇慶元年壬申，明年即改元年至甯，曰『己丑』者亦誤。道昭又因《廣韻》改其編次，爲《五音集韻》十五卷。明成化丁亥，僧文儒等校刊二書，合稱《篇韻類聚》。《篇》謂孝彦所編，以《玉篇》爲本。《韻》謂道昭所編，以《廣韻》爲本。二書共三十卷，較之他本，多《五音類聚徑指目録》，餘無增損云。

張司徒通古詩一首見《全金詩》。

《金史》：通古，字樂之，易縣人。讀書舉目不忘，該綜經史，善屬文。遼天慶二年進士第，補樞密院令史。丁父憂，起復，懇辭不獲，因遁去，屏居興平。太祖定燕京，割以與宋。宋人欲收人望，召通古。通古辭謝，隱居易州太甯山下。宗望復燕京，召爲樞密院主奏，累遷平章政事。正隆元【一】年，以司徒政致仕，封曹王。

校按：

【一】『元』，原作『二』，今據《金史》改。

劉守真完素《素問元機原病式》一卷

《四庫全書總目提要》：完素，字守真，河間人。事蹟具《金史·方伎傳》。是書因《素問·至真要論》，詳言五運、六氣盛衰勝復之理，而以病機一十九條附於篇末。乃於十九條中，採一百七十六字，演爲二百七十七字，以爲綱領，而反復辨論以申之。凡二萬餘言。大旨多主於火，故張介賓作《景岳全書》攻之最力。然完素生於北地，其人秉賦多强，兼以飲食久而蘊熱，與南方風土原殊。又完素生於金時，人情淳樸，習於勤苦，大抵充實剛勁，亦異乎南方之脆弱，故其持論多以寒涼之劑攻其有餘，皆能應手奏功。其作是書，亦因地、因時，各明一義，補前人所未及爾。醫者拘泥成法，不察虚實，概以攻伐戕生氣，譬諸檢譜角抵，宜其致敗[二]，其過實不在譜也。介賓憤疾力排，盡歸其罪於完素。然則參桂誤用，亦可殺人，又將以是而廢介賓書哉？張機《傷寒論》有曰：『桂枝下咽，陽盛乃斃。承氣入胃，陰盛以亡。』明藥務審證，不執一也。故今仍録完素之書，並著偏主之弊，以持其平焉。

《宣明論方》十五卷 或作『方論』。

錢辛楣《元史藝文志》：《傷寒直格》三卷，《後集》一卷，《續集》一卷，《别集》一卷。《精要宣明論》五卷，《治病心印》一卷，《河間劉先生十八劑》一卷，《素問要旨》八卷，《傷寒直格論方》三卷，《傷寒醫鑒》一卷。

《四庫全書總目提要》：是書皆對病處方之法。首諸證門，自煎厥、薄厥、飧洩、䐜脹以及諸痹、心疝，凡六十一證，皆採用《内經》諸篇。每證各有主治之方，一宗仲景，次諸風，次熱，次傷寒，次積聚，次水濕，次痰飲，次勞，次燥，次瀉痢，次婦人，次補養，次諸痛，次痔瘻，次瘧疾，次眼目，次小兒，次雜病，共十七門。每門各有總論，亦教明運氣之理，兼及諸家方論。於軒歧奥旨，實多闡發。而多用涼劑，偏主其説者不無流弊，在善用者消息之耳。考《原病式自序》云：『作《醫方精要宣明論》一部三卷，十萬餘言。』今刊入《河間六書》者乃有十五卷。其二卷之菊葉法、薄荷白檀湯，四卷之妙功藏用丸，十二卷之華澄茄丸、補中丸、楮實子丸，皆注『新增』字。而七卷之信香十方、青金膏不注『新增』字者，據其下方小序稱，灌頂法王子所傳，併有偈咒。金時安有灌頂法王？顯爲元、明以後之方，則竄入而不注者不知其幾矣。卷增於舊，殆以是歟？

《傷寒直格方》三卷，《傷寒標本心法類萃》二卷

《四庫全書總目提要》：《傷寒直格方》大旨出於《原病式》，而於傷寒證治議論較詳。前序一篇，不知何人所撰。馬宗素《傷寒醫鑒》引平城翟公『宵行遇燈』之語，與此序正相合，殆即翟公所撰歟？《醫鑒》又云：『完素著《六經傳變直格》一部，計一萬七千零九字。又於《宣明論》中集緊切藥方六十道，分六門，亦名《直格》。』此書有方有論，不分門類，不能確定原爲何種。卷首又題爲『臨川葛雍編』，蓋經後人竄亂，未必完素之舊矣。《傷寒標本心法類萃》上卷分别表裏，辨其緩急；下卷則載所用之方，其中『傳染』一條稱雙解散、益元散皆爲神方，二方即完素所製，不應自譽至此。考完素治傷寒法已在《宣明論》中，不别爲書。二書恐出於依託。然流傳已久，姑存之，以備參考焉。

《運氣要旨》一卷見《續通考》。

校按：

【一】『敗』，原誤作『改』，今據《四庫全書總目提要》改正。

張潔古元素《病機氣宜保命集》三卷一名《活法機要》。

《注叔和訣》十卷，《本草》二卷，《醫學啓源》三卷

《四庫全書總目提要》：元素，字潔古，易州人。八歲應童子舉，二十七試進士，以犯廟諱下第，乃去而學醫，精通其術，因抒所心得，述爲此書。凡分三十二門，首原道、原脉、攝生、陰陽諸篇，次及處方用藥、次第加減君臣佐使之法。於醫理精藴，闡發極爲深至。其書初罕傳播，金末楊威始得其本刊行，而題爲『河間劉完素所著』。明初甯王權重，刊亦沿其誤，并僞撰完素序文詞，調於卷首以附會之。至李時珍作《本草綱目》始糾其謬，而定爲出於元素之手，於序例中辨之甚明。考李濂《醫史》稱：『完素嘗病傷寒八日，頭痛脉緊，嘔逆不食。元素往候，令服某藥。完素大服，如其言，遂愈。元素自此顯名。』是其造詣深邃，足以自成一家，原不必訛完素以爲重。今特爲改正，其僞訛之序亦並從删削之。

李東垣杲《内外傷辨惑論》三卷

《四庫全書總目提要》：杲，字明之，自號『東垣老人』，真定人。嘗以納貲得官，監濟源稅。案：元硯堅作《東垣老人傳》，稱『杲以辛亥年卒，年［二］七十二』，則當生於世宗大定二十年庚子，金亡時五十五，入元十七年乃終。故舊本亦或題元人，而《元史》亦載入《方技傳》也。初，杲母嬰疾，爲衆醫雜治而死，迄莫知爲何證。杲自傷不知醫理，遂捐千金，從易州張元素學，盡得其法，而名乃出於元素上，卓爲醫家大宗。是編發明内傷之證，有類外感，亦辨别陰陽、寒熱，有餘不足，而大旨總以脾胃爲主。故特製補中益氣湯，專治飲食勞倦、虚人感冒，法取土生金，升清降濁，得陰陽生化之旨。其闡發醫理至爲深微。前有自序題『丁未』，雖序中稱『此論東之高閣十六年』，以長曆推之，其書蓋出於金哀宗之正大九年辛卯也。

《脾胃論》三卷

《四庫全書總目提要》：杲既著《辨惑論》，恐世俗不悟，復爲此書。其説以土爲萬物之母，故獨重脾胃，引經立論，精鑿不磨。明孫一奎《醫旨緒餘》云：『東垣生當金、元之交，中原擾攘，士失其所，人疲奔命，或以勞倦傷脾，或以憂思傷脾，或以飢飽傷脾。病有緩急，不得不以急者爲先務。』此真知杲者也。前有元好問序。考《遺山文集》有杲所著《傷寒會要引》一篇，備載其所治驗，《元史·方技傳》全取之，而此序獨不見集中。意其偶有散佚歟？又有羅天益後序一篇。天益字謙父，杲晚年弟子，盡得其傳。元硯堅《東垣老人傳》稱杲臨終，取平日所著書，檢勘卷帙，以次相從，列於几前，囑謙父曰『此書付汝』者，即其人也。

《蘭室秘藏》三卷一作『六卷』，一作『五卷』。

《東垣試效方》九卷，《内外傷寒辨》三卷，《用藥法象》一卷，《傷寒會要》

《醫學發明》九卷

《四庫全書總目提要》：其曰《蘭室秘藏》者，蓋取黄帝《素問》『藏諸靈臺之室』語。前有至元丙子羅天益序，在杲歿後二十五年，疑即硯堅所謂臨終以付天益者也。其治病分二十一門，以飲食勞倦居首，他如中滿腹脹，如心[三]腹痞，如胃脘病諸門，皆諄諄於脾胃。蓋其所獨重也。東垣發明内傷之類外感，實有至理。而以土爲萬物之母，脾胃爲生化之源。《脾虚損論》一篇，極言寒凉峻利之害，尤深切著明。蓋預睹劉、張兩家末流攻伐之弊，而早防其漸也。至於前代醫方，自《金匱要略》以下，大抵藥味無多。故《唐書·許允宗傳》紀允宗之言曰：『病之於藥有正相當，惟須單用一味，直攻彼病，藥力既專，病即立愈。今人不能别脉，莫識病證，以情臆度，多安藥味。譬之於獵，未知免所，多發人馬，空地遮圍，或冀一人偶然逢也。如此療病，不亦疏乎？』其言歷代醫家傳爲名論，惟杲此書載所自製諸方，動至一二十味，而君臣佐使相制相用，條理井然。他人罕能效之者。斯則事由神解，不涉言詮。讀是書者，能喻法外之意，則善矣。

校按：

【一】『年』，原誤作『卒』，今據《四庫全書總目提要》改正。

【二】『如心』，原誤作『怒』，今據《四庫全書總目提要》改正。

畿輔藝文考　明

張尚書鏡心《易經增注》十卷《經義考》十二卷，云孫徵君奇逢序之。

《四庫全書總目提要》：鏡心，字用晦，磁州人。天啟壬戌進士，官至兵部尚書。是編用注疏之本，隨文闡發，多釋義理，無弔詭之詞，亦無深微之論。説《易》家之墨守宋儒者也。

《馭〔一〕爻記》十四卷見《文瑞樓書目》。

校按：

〔一〕「馭」，原誤作「駁」，今改正。

喬鶯通制中和《説易》十二卷

《四庫全書總目提要》：中和，字還一，内邱人。崇禎中，由拔貢生官至太原府通判。是書前列圖説，次卦象，次彖傳，次爻象，次《文言》，次《繫辭》，次《説卦》，次《序卦》，次《雜卦》，次附録。其分卷前後與古今本皆不合，頗近臆斷。第二卷先列卦象，以孔子之《易》移於文、周之前，尤乖次序。案朱彝尊《經義考》載中和《易林補》四卷，又名《大易通變》。今此書名《説易》，版心又標『躋新堂集』，疑即從文集中析出單〔二〕行。而其卷數不止四卷，則《易林補》又當在此書之外也。

又《圖書衍》五卷

《四庫全書總目提要》云：是編爲《四書講義》，而名之爲《圖書衍》者，凡四書所言，皆以五行八卦配合之也。如説《大學》明德爲火、新民爲水、至善爲土之類，皆穿鑿無理。

校按：

【一】『單』，原誤作『學』，今據《四庫全書總目提要》改正。

張華麗楨宸《尚書解意》六卷

《四庫全書總目提要》：楨宸，字華麗，任邱人。是編不甚訓詁名物，亦不甚闡發義理，惟尋繹語意，標舉章旨、節旨，務使明白易曉而止。蓋專爲初學而設，故名以『解意』云。

馬都憲從聘《四禮輯》一卷

《四庫全書總目提要》：從聘，字起莘，靈壽人。萬曆乙丑進士，官至右僉都御史，巡撫延綏。崇禎十一年，靈壽城破，與三子同殉節。乾隆乙未賜謚忠節。是書亦多以意爲之。考《儀禮·士冠禮》賈疏：古者天子諸侯皆十二而冠，士庶人二十而冠，故《曲禮》稱二十曰弱冠。《後漢書·馬防傳》年十六乃自稱未冠。此書《冠禮目録》謂男子年十五至二十皆可冠，如此主之類，皆於古義未協，未可據爲確論也。

《蘭臺奏疏》無卷數

《四庫全書總目提要》：是集爲從聘所自編，凡二十六疏。前有自序稱『萬曆戊戌題於兩淮公署』，蓋其爲江西道御史，出理〔一〕鹽課時所刊也。

校按：

【一】原無『理』，今據《四庫全書總目提要》補。

趙忠毅南星《學庸正説》三卷

《四庫全書總目提要》云：南星，字夢白，號『儕鶴』，高邑人。萬曆甲戌進士，官至吏部尚書，以忤魏忠賢，削籍謫戍。崇禎爲追謚忠毅，事蹟具《明史》本傳。是編凡《大學》一卷，《中庸》二卷，每節衍爲口實，逐句闡發，而又以不盡之意附載於後。雖體例近乎講章，然詞旨醇正，詮釋詳明。其説《大學》，不從姚江之知本，而仍從朱子之格物，併《補傳》一章，亦爲訓解。其説《中庸》，不以無聲無臭虚論性天，而始終歸本於慎獨，皆確然守先儒之舊。南星爲一代名臣，端方勁直，其立朝不以人情恩怨爲趨避，故其説理亦不以流俗好尚爲是非。雖平生不以講學名，而所見篤實，過於講學者多矣。未可以其平近而忽之也。

《忠毅公集》二十四卷見明《志》。

姚孟長曰：夢白詩淋漓沉痛，讀之如聞易水擊筑之聲。

廖尚書紀《大學管窺》一卷

《四庫全書總目提要》：紀，字時陳，號龍灣，東光人。弘治乙丑進士，官至吏部尚書，謚靖僖，事蹟具《明史》本傳。是書首載琴川周木所集《大學》古本及二程、朱子改本。其後依《大學》古本次序，採輯衆説，加以己意而疏解之。其書流傳絶少，朱彝尊《經義考》僅列其目，亦未之見也。

鹿忠節善繼《四書説約》無卷數《經義考》云未見。

《四庫全書總目提要》云：善繼，字伯順，定興人。萬曆癸丑進士，官至太常寺少卿。崇禎壬午，大兵攻定興，善繼率鄉人拒守，城破死之，贈太常寺卿，謚忠節，事蹟具《明史》本傳。是書就《四書》以講學，與明人講義爲時文而作者頗殊。卷首爲《認理提綱》九條，如曰：『此理不是涉玄空的，子臣弟友是他著落。不然則日新顧諟，成湯且謂枯禪矣。』其自序亦曰：『夫讀聖賢書而不反求之心，延平所謂玩物喪志者，可汗人背也。即云反求之心，而一切著落不以身實踐之，徒以天倪之頓現，虚爲承當，陽明所稱將本體只作一番光景玩弄者，更可汗人背也。』其持論亦頗篤實，然學出姚江，大旨提唱【二】良知，與洛閩之學究爲少異。

文稿四卷見明《志》。

校按：

【一】『唱』，原誤作『臨』，今據《四庫全書總目提要》改正。

李文康時《南城召對録》一卷

《四庫全書總目提要》云：時，字宗易，號松溪，任邱人。弘治壬戌進士，官至華蓋殿大學士，謚文康，事蹟具《明史》本傳。是編乃世宗親祀祈嗣壇，時與大學士翟鑾、尚書汪鋐、侍郎夏言等侍於南城御殿。召見論郊廟禮制，兼及用人賑災之事，時因録諸臣問答之詞。史稱時恒名對便殿，接膝咨詢，雖無大匡救，而議論多本於厚。於是編亦略見一斑云。

《藻花堂稿》

明《志》：時有《文華盛紀》一卷。

尹僉事耕《南泰紀略》一卷

《四庫全書總目提要》云：耕，字子莘，蔚州人。嘉靖壬辰進士，官至河南按察司僉事。明嘉靖四年，廣西土舍李寰、盧四、趙楷等煽亂，副使翁萬達以計討平之，而未蒙遷擢。耕因作是書紀其功。然書中於盧四煽九司作亂及韋應附從諸事，俱未能悉叙，未免脱略，不及《明史》張經、翁萬達、及土司列傳中載此事爲詳也。

《朔野集》 耕戍遼左時所作。

《靜志居詩話》：李何詩派並行，曾未幾時而學李者轉少，宗何者日多。學李，得其風骨者，前有陵溪，後有朔野而已。朔野以遷才自負，一蹶不振，坎坷而終。詩如曉角秋笳，聽者淒楚。

余文恪繼登《典故紀聞》十八卷

《四庫全書總目提要》云：繼登，字世用，號雲衢，交河人。萬曆丁丑進士，官至禮部尚書，謚文恪，事蹟具《明史》本傳。是編雜記前明故事，自洪武迄於隆慶。然其『帝曰』云云之屬，多屬空談。大抵皆記注實録潤色之詞，亦頗及瑣屑雜事，不盡關乎政要。如太祖攻婺城時見五色雲，無論其事真僞，總不在法戒之列。又如成祖時靈邱民一産三男，有司議給廩至八歲，成祖命給十歲，亦細故不足毛舉也。

李襄毅化龍《平播全書》十五卷

《四庫全書總目提要》云：化龍，字于田，長垣人。萬曆甲戌進士，歷官兵部尚書，謚襄毅，事蹟具《明史》本傳。播州楊氏，自唐乾符中據有其地，歷二十九世，八百餘年。萬曆初，楊應龍爲宣慰使，恃險作亂。詔起化龍巡撫四川，尋進總督四川、湖廣、貴州軍務，進討平之，以其地置遵義、平越二府。因裒軍中前後文牘，編爲是書。前五卷爲進軍時奏疏，六卷爲善後事宜奏疏，七卷爲咨文，八卷至十一卷爲牌票，十二卷至十四卷爲書札，十五卷爲評批、爲祭文。明代用兵，大抵十出九敗，不過苟且以求息事，而粉飾以奏功。惟平播一役，自出師至滅，凡百有十四日，求功頗速，史稱化龍是役可與韓雍、項宗埒。其出師次第雖載其大綱，而情形曲折則不及此書之詳具。録存其目，亦足資參考。頁末有萬曆辛丑四川布政使參議王嘉謨後序，稱身在軍中，備見行事。蓋所言猶爲實録云。

《邦政條例》十卷見明《志》。

而棄之不録，未免矯枉也。

《襄毅詩文稿》

《静志居詩話》曰：詩雖沿王、李餘波，然頗爽豁。虞山錢氏以其爲故元瑞所稱，譏其醲厚肥腯，而棄之不録，未免矯枉也。

邵副憲錫《石峰奏疏》四卷

《四庫全書總目提要》云：錫，字天佑，號石峰，安州人。正德戊辰進士，官至右副都御史，巡撫山東。是集前三卷爲官御史給事中所上奏疏，後一卷爲官巡撫時所上奏疏。錫立朝頗著風節，武宗幸昌平，疏請回鑾。議北征，陳不可者十。及駕出，又偕同官遮道泣諫。史不具載。今諸疏並在集中，尚可考見云。

白侍郎瑜《夷齊志》六卷

《四庫全書總目提要》云：瑜，字紹明，永平人。萬曆乙未進士，官至刑部左侍郎，事蹟具《明史》本傳。此書乃因張玭《夷齊録》損益而成，所載視舊録加詳。

范文忠景文《大臣譜》十六卷

《四庫全書總目提要》云：景文，字夢章，一字质公，號思仁，吴橋人。萬曆癸丑進士，官至東陽大學士。殉流寇之難，國朝賜謚文忠，事蹟具《明史》本傳。其書皆紀明代大臣，内閣、七卿各爲二卷，起自洪武，迄於泰昌，皆用編年之體，而不分列傳。《凡例》稱一憑《實録》，不置褒貶。其銓前後無序、跋而有景文二私印，中多墨筆添改之處，蓋即其家初印覆校之稿本也。除去就，國史有佚者，則採傳誌補之，或人非大臣而章奏事與大臣相關者，亦附見焉。此本世罕流傳，

樊通政深《嘉靖河間府志》二十八卷

《四庫全書總目提要》：深，號西田，河間人。嘉靖壬辰進士，官至通政司通政使，事蹟具《明史·楊思忠傳》。其以深爲大同人，非因深以軍籍登第也。是編成於嘉靖庚子，凡十六門，分子目六十有一。是時天津衛未分爲府，興濟縣亦尚未廢，河間所屬凡州二、縣十六，故今天津、滄州、靜海、青縣、鹽山、慶雲、南皮皆併載志中。深自序稱『一方之山川、墳土、習俗、往蹟，咸蒐輯罔遺』，若夫述怪誕以表奇特，著事應以實祥美，增仙釋以備觀覽，名教之所禁者，皆得而略焉。其體例頗謹嚴，而採掇古事不免貪多，假借附會均不免。仍不出明人地志之積習也。

《西田語略》二十三卷，《續集》二十九卷

《四庫全書總目提要》：此書皆敬采先儒語類，以多爲貴。

傅太常梅《嵩書》二十二卷

《四庫全書總目提要》：梅，字元鼎，邢臺人。萬曆辛卯舉人，由登封縣擢刑部主事，與員外郎陸夢龍力爭梃擊一案。鄭氏之黨中以查典罷官，後起爲台州府知府。崇禎中解職家居。大兵下順德，抗節死，贈太常少卿，事蹟附見《明史·張問達傳》。乾隆乙未，贈謚忠節。是編乃其官登封知縣時所作，分星政、峙勝、卜營、宸望、嶽生、官履、巖棲、黃裔、竺業、物華、靈緒、顏始、章成，爲十

三篇，立名頗嫌塗飾。全書意在廣搜[一]，亦殊多駁雜。

《簡翁詩集》

校按：

【一】『搜』，原作『撥』，今據《四庫全書總目提要》改正。

李衡州安仁《石鼓書院志》二卷

《四庫全書總目提要》：安仁，字裕居，遷安人。萬曆中官衡州府知府。是編因周詔舊志重修，分上、下部。上部紀地理、室宇、人物、名宦，下部載藝文，採據較詔志爲詳。

魏縣尹純粹《開荒十二政》一卷

《四庫全書總目提要》：純粹，柏鄉人。官永城縣知縣，因萬曆三十六年純粹在永城開墾荒田，招集流民，條上十二議，併以其事繪爲圖，其時上官批荅及士民歌頌皆附焉。純粹即大學士裔介祖也。

《龍德堂詩文稿》二卷

《四庫全書總目提要》：是集詩文各一卷，多其官永城知縣時作。末附爲御史時請假省親疏一篇。

張工部問之《造甎圖說》一卷

《四庫全書總目提要》：問之，慶雲人。嘉靖癸未進士，官至工部郎中。自明永樂中，始造甎於蘇州，責其役於長洲窯户六十三家。甎長二尺二寸，徑一尺七寸，其土必取城東北陸墓所産乾黄作金銀色者，掘而運，運而晒，晒而椎，椎而舂，舂而磨，磨而篩，凡七轉而後得土。復澄以三汲之池，濾以三重之羅，築地以晾之，布瓦以晞之，勒以鐵弦，蹋以人足，凡六轉而後成泥。揉以手，承以托版，砑以石輪，椎以木掌，避風避日，置之陰室，而日日輕築之。閲八月而後成坯，其入窯也，防驟火激烈，先以糠草薰一月，乃以片柴燒一月，又以棵柴燒一月，又以松枝柴燒四十日，凡百三十日，而後窨水出窯。或三五而選一，或數十而選一。必面背四旁，色盡純白，無燥紋，無墜角，叩之聲震而清者，乃爲入格。其費不貲。嘉靖中營建宫殿，問之往督其役。凡需甎五萬，而造至三年有餘乃成。窯户有不勝其累而自殺者。乃採錬燒造之艱，每事繪圖貼説，進之於朝，冀以感悟。亦鄭俠繪流民意也。其書成於嘉靖甲午，而明之弊政已至於此。蓋其法度淩夷，民生塗炭，不待至萬曆之末矣。

晁司業瑮《寶文堂分類書目》三卷

《四庫全書總目提要》：瑮，字君石，號春陵，開州人，宋太子太傅迥之後。嘉靖辛丑進士，官至國子監司業。其子東吴，字叔權，嘉靖癸丑進士，選翰林院庶吉士。父子皆喜儲藏，嘗刊行諸書，有飲月圃、百忍堂諸版本。以御製爲首，上卷分總經、五經、四書、性理、史子、文集、詩詞等十二目，中卷分類書、子雜、樂府、四六、經濟、舉業等六目，下卷分韻書、政書、兵書、刊書、陰陽、醫書、農圃、藝譜、算法、圖誌、年譜、姓氏、佛藏、道藏、法帖等十五目。其著録極富，雖不能盡屬古本，而每書下間爲注明某刻，亦足以考見明人版本源流。特其編次無法，類目叢雜，複見錯出者不一而足，殊妨檢閲。蓋愛博而未能精者也。

朱副憲正色《涉世雄談》八卷

《四庫全書總目提要》：正色，字應明，南和人。萬曆乙丑進士，官至右副都御史，巡撫甯夏。是編乃其備兵甘肅時所著。取諸史記傳所載事蹟之有關兵法及才智明决足啓發人意者，分門摘録，各附評語於條末。

蔡巡按叆《洨濱語録》二十卷

《四庫全書總目提要》：叆，字天章，號洨濱，甯晉人。嘉靖乙丑進士，官拜監察御史，巡按河南。叆少從韓邦奇、湛若水游，故講學宗旨不出二家。其論《周禮》，謂遺公孤而詳細職，詳略失宜。又謂六卿之上，皆有『惟王建國，體國經野』數語，亦覺繁複，則一隅之見也。

《洨濱集》十卷，附録二卷

《四庫全書總目提要》：是集爲其門人李登雲等所編，凡文六卷，銘贊之類附於詩末。附録二卷，則其朋友贈答、門人稱頌之作也。叆早師真定張璿，入仕後師朝邑韓邦奇、增城湛若水，平居務講學，立朝務氣節，文章蓋非所長云。

蘇副憲志皋《寒邨集》四卷

《四庫全書總目提要》：志皋，字德明，别號寒邨，固安人。嘉靖壬辰進士，官至副都御史。此集凡詩二卷，雜文二卷。有汪來後序，稱其尚有《巡撫奏議》十八卷，《譯語》《畫跋》《恒言》各一卷。

今並不傳。

《明詩綜》：志皋有《寒邨》《抱罕》二集。

邢副使雲路《古今律曆考》七十二卷

《四庫全書總目提要》云：雲路，字士登，安肅人。萬曆庚辰進士，官至陝西按察司副使。是書詳於曆而略於律，七十二卷中言律者不過六卷，亦罕所發明。惟辨黄鐘三寸九分之非，頗爲精當。而編在歷代日食之後，步氣朔之前，不知何意。曆法六十六卷，則自六經以下，迄於明代大統曆，一一考訂。其論周改正即改月，大抵本於張以甯《春王正月考》。惟於書惟元祀十有二月，則指爲建丑之月，謂商能以丑爲正，而紀數之月仍以寅爲首。與《春王正月考》之説不同。然均之改正，而於周則云改月，於殷則云不改月，究不若張以甯説之爲允也。六十五卷中有駁《授時曆》八條，駁《大統曆》七條。其駁《大統曆》，謂斗指析木日躔娵訾，非天星分野之次，乃月辰所臨【一】之名。而《大統曆》乃以天星次舌加爲地盤月建，殊襲趙緣督之誤。又謂《授時曆》至元辛巳黄道躔度十二交宮界，郭守敬所測，至今三百餘年，冬至日躔已退五度，則宜新改日躔度數。而《大統曆》乃用其十二宮界，不合歲差。又謂《大統曆》廢《授時》消長之法，以至中節相差九刻。蓋【二】雲路工於推算，多創新術，《大統》爲當時見行之曆，故辨之尤力。又《大統》僅廢《授時》消長一術，其餘多所承襲，故因併及《授時》也。按文鼎《勿庵曆算書》記曰：『從黄俞邰借讀邢觀察《古今律曆考》，驚其卷帙之多。然細考之，則於古法殊略。所疏《授時法》意，多未得其旨。』又曰：『邢氏書但知有《授時》，而姑援經史以張其説。古曆之源流得失未能明也。無論西【三】術矣。』是文鼎於雲路此書，蓋有未滿。然推步之學，大抵因已具之法而更推未盡之奥。前人智力之所窮，正後人心思之所起。故其術愈闡愈精，後來居上。雲路值曆學壞敝之時，獨能起而攻其誤，其識加人一等矣。創始難工，亦不必定以未密譏也。

《戊申立春考證》

《四庫全書總目提要》：萬曆三十六年戊申，欽天監推十二月二十一日己卯子正立春。雲路立表推之，謂當在二十日戊寅亥初。由元統《大統曆》輕改郭守敬《授時法》，測驗俱差。遂詳爲考證，以成【四】此書。蓋其官蘭州時所作也。陶珽《續説郛》亦載此書，但顯曰《立春考證》，删其『戊申』二字，已爲舛謬。又因雲路字士登，遂誤以『邢雲』爲地名，但題曰『路士登撰』，蓋足資笑噱矣。

《太乙書》十卷見明《志》。

校按：

【一】『臨』，原誤作『慎』，今據《四庫全書總目提要》改正。

【二】『雲路』以下至於『僅廢』，原脱，今據《四庫全書總目提要》補。

【三】『西』，原誤作『正』，今據《四庫全書總目提要》改正。

【四】『成』，原誤作『來』，今據《四庫全書總目提要》改正。

王子晦英明《曆體略》三卷

《四庫全書總目提要》：英明，字子晦，開州人，萬曆丙午舉人。是編成於萬曆壬子。上卷六篇，曰天體、地形，曰二曜，曰五緯，曰辰次、曰刻漏、極度，曰雜説；中卷三篇，曰極宮，曰象位，曰天漢；下卷則續見歐邏巴書，撮其體要，曰天體、地度，曰度里之差，曰緯曜，曰經宿，曰黃道宮界，曰赤道緯躔，曰氣候刻漏，凡七篇。又附《論日月交食》一篇。然其上、中二卷所講中法，亦皆與西法相吻合。蓋是時徐光啟《新法算書》雖尚未出，而利瑪竇先至中國，業有傳其説者。故英明陰用之耳。所論皆天文之梗概，不及後來梅文鼎、薛鳳祚諸人，兼備測量推步之法。然學天文者，必先知象緯之文與運行之故，而後能因其度數究其精微。是書説雖淺近，固初學從入之門徑也。卷首冠以五圖，據翁漢麐序，英明原著書而不著圖，此本乃順治丙戌英明之子懩官江南督糧道時，以原本重刊，屬漢麐所補。懩跋稱位置編帙，與前刻少異。考書中《步天歌》第一章下有附注，稱：『步天歌無善本，兹從先生訂正。庶鮮思魯之訛。』云云。核其文義，亦漢麐之語。則是書蓋經漢麐重訂，非其原本耳。

朱仲福《折衷曆法》十三卷

《四庫全書總目提要》：仲福，靈壽人。初，元郭守敬作《授時曆》，明洪武中因其書作《大統曆》，而去其上考下求歲實消長之法。是以嘉靖中以《大統》《授時》二曆相較，考古則氣差三日，推今則時差九刻。何塘、邢雲路、鄭世子載堉諸人，紛紛攻詰，迄無定論。仲福是書成於萬曆二十二年，用萬曆九年爲曆元，折衷二曆强弱之間，以爲活法，大抵勉强牽就，非能密合天行。且《授時》所定歲實，其小餘爲二千四百二十五分，已爲不密。以史所載考之，丁丑年冬至在戊戌日夜半後八刻半。又定戊寅冬至在癸卯日夜半後三十三刻，己卯冬至在戊申日夜半後五十七刻，庚辰冬至在癸丑日夜半後八十一刻，辛巳冬至在巳未日夜半後六刻。夫一歲，小餘二十四刻二十五分。積之四歲，正得九十七刻。無餘無欠。而丁丑至辛巳四年，已多半刻，其積算未精，已概可見。仲福步日躔術，乃定日平行一度躔周爲三百六十五度二十五分，仍是後漢時四分最疏之率，是名爲折衷《授時》《大統》二法，實較二法爲尤舛矣。

萬參議民英《星學大成》十卷

《四庫全書總目提要》：民英，字育吾，大甯都司人。嘉靖庚戌進士，歷官河南道監察御史，出爲福建布政司，右參議。是編取舊時星學家言，以次編排，間加注釋論斷。卷一曰星曜圖例，卷二曰觀星節要宫度主用十二位論，卷三曰諸家限例琴堂虛實，卷四曰耶律秘訣，卷五至卷七曰仙城望斗三辰通載，卷八曰總龜紫府珍藏星經雜著，卷九曰碧玉真經鄧史喬鄧史喬廟，卷十曰光喬淵微星曜格局。其於星家古法，纖鉅不遺，可稱大備。自來言術數者，惟章世純所云『其法有驗不驗，驗者人之智計所及，不驗者天之微妙所存』，其言最爲允當。而術加必欲事事皆驗，故多出其途以測之，途愈多而愈不能中。其尤難信者，無過於喬廟一說。其說以火土二星相反而相成，晝火參軫及箕壁，無咎乃大吉。夜土角斗及井奎，降福亦如之。不知五行之理，惟主生克。如季土坐於凋零之木，本自借其疏通。旺火流於瀺灂之流，亦轉樂其滋益。若乃冬火生水鄉，春土居木位，豈可目爲喬廟而定其吉乎？且土雖盛而木亦被其沉埋，火即熾而水已虞其枯涸，有利於此，即不利於彼，是皆好奇求驗而不計五行生克之故者。民英於此類大抵沿襲舊聞，未能駁正其謬。且今之五星躔度，歲差既異於古，亦難必其盡合。然其鳩集衆説，多術家不傳之本，實爲五星之大全，與子平之《三命通會》並行不悖。後來言果老術者參互考證，要必於是取資焉。《明史·藝文志》及黄虞稷《千頃堂書目》皆以此書爲陸位撰，而别出萬民育《三命通會》十二卷。今檢此書卷首自序及凡例，確爲民英所撰。《藝文志》蓋沿黄氏之誤，故仍以民英名著録云。

岳太常正《類博雜言》一卷

《四庫全書總目提要》：正，字季方，號蒙泉，漷縣人。正統戊辰進士第一，由編修改修撰。天順中，入閣預機事。以謀去石亨曹吉祥不成，謫欽州同知。後逮繫，杖戍肅州。憲宗立，復本官，留侍經筵。又以忤大學士李賢，出爲興化府知府。嘉靖初，追贈大常寺卿，謚文肅。事蹟具《明史》本傳。此書雜論陰陽、五行及醫卜、星算之説，中間論大衍之數及皇極經世之數，亦頗有發明。《明史·藝文志》作二卷，今已編入《正類博稿》中。此本乃曹溶《學海類編》所收，僅存六頁，非其全也。

《彌衣注疏》一卷

《類傳稿》十卷

《與雅言》二卷俱見明《志》。《經義考》云：《彌衣纂疏》一卷，未見。

魏時父大成《養成》《弗佛》二論一卷

《四庫全書總目提要》：大成，字時夫，柏鄉人。其《養生論》以平情爲怯病之本，而深明醫之不足恃。其《弗佛論》則明儒理以闢釋也，持論頗不詭於正。然《養生論》稱聖有心而無爲，無爲則能平情，情平總歸無情，所以長生久視，則闢佛而轉入黄老矣。故退而列之雜家類焉。

穆吏部文熙《七雄策纂》八卷

《四庫全書總目提要》云：文熙，字敬止，東明人。嘉靖壬戌進士，官吏部員外郎。是編取《戰國策》之文，加以評語，並集諸家議論附於上闌。大抵剿襲陳因，無所考證。

《左傳國語策評苑》六十一卷

《四庫全書總目提要》：是編凡《左傳》三十卷、《國語》二十一卷、《戰國策》十卷，《左傳》用杜預注、陸德明《釋文》，而標預名，不標德明之名。《國語》用韋昭注、宋庠《補音》，《戰國策》用鮑彪注，參以吴師道之補正。均略有所删補，非其原文。蓋明人凡刻古書，例皆如是，然後見其所改定，非徒翻刻舊文也。其曰『評苑』者，蓋於簡端雜採諸家之論云。

《四史鴻裁》四十卷

《四庫全書總目提要》云：是編選録《左傳》十二卷、《國語》八卷、《戰國策》八卷、《史記》十二卷，皆略注字義，無所發明，批點尤爲弇陋。其括此四書曰『四史』，亦杜撰無稽也。

《國概》二卷見明《志》。

《逍遥園集》二十卷

《四庫全書總目提要》：是集爲南師仲所編。凡詩十卷、文十卷。《明史·藝文志》作《逍遥園集》十卷，疑刊本誤脱『二』字也。

石文介珤《熊峰集》十卷

《四庫全書總目提要》：珤，字邦彦，藁城人。成化丁未進士，官至文淵閣大學士，謚文隱，改謚文介，事蹟具《明史》本傳。珤出李東陽之門，東陽每稱『後進可託以柄斯文者，惟珤一人』。皇甫防嘗删定其集爲四卷，歲久版佚。國朝康熙丁未，餘姚孫光悬爲藁城知縣，得别集遺稿於其家，爲合而重刊之。嗣聞真定梁清標家有其全稿，乃購爲續刊，共爲十卷。即此本。自一卷至四卷爲詩，五卷、六卷爲文，七卷至九卷又爲詩，十卷又爲文。蓋刊版已定，而能依類續入，故其體例叢脞如是也。琋詩文皆平正通達，具有茶陵之體。故東陽特許之。當北地、信陽騣騣代興之日，而琋獨堅守師說。屢典文衡，皆力斥浮夸，使粹然一出於正。雖才學皆遜東陽，而湜湜持正，不趨時好，亦可謂堅立之士矣。

《恒陽集》二卷見《文瑞樓書目》。

孫大僕緒《沙溪集》二十三卷

《四庫全書總目提要》：緒，字誠甫，沙溪其自號也，故城人。弘治乙未進士，官至太僕寺卿。是集文八卷，賦一卷，雜著一卷，無用閒談六卷，詩七卷。其文沉著有健筆。其《無用閒談》有曰：『文章與時高下，人之才力亦各不同。今人不能爲秦漢戰國，猶秦漢戰國不能爲六經也。世之文士，尺寸步驟，影響摹擬，晦澀險深，破碎雖讀。』云云。其意蓋爲李夢陽發，可以見其趨向矣。至於《古今仕學變》之類參以排偶，不古不今，則編次者失於删汰，轉爲作者累耳。其《無用閒談》多深切著名之語，論文、論詩亦各有確見。王士禎《池北偶談》嘗摘其誤，以五代王祚馬事爲彭時事，其説良是。他如論楊雄事亦失當，然要不害其大旨。詩格頗近李東陽，而深以何孟春等注《東陽樂府》稱其過於李、杜爲非。蓋譏譽者之溢量，非排擊東陽也。此集舊歟馬中錫《東田集》合刊，然學問筆力皆勝中錫，故今摘録緒集，而《中錫集》則存其目焉。

《静志居詩話》：沙溪《無用閒談》，足資國史之採擇。詩不見佳。

楊太常繼盛《忠愍集》三卷，《附録》一卷

《四庫全書總目提要》：繼盛，字仲芳，號椒山，容城人。嘉靖丁未進士，官至兵部武選司員外郎，以疏劾嚴嵩，爲所構陷棄市，後追贈太常寺卿，謚忠愍。事蹟具《明史》本傳。繼盛本以經濟氣節自許，不屑屑於文字，後人重其人品，拾掇求編。仰蒙世祖章皇帝御製序文，表其忠藎。一經褒予，曠世猶生，故雖朽蠹陳編，彌深寳惜。此本乃康熙間蕭山章鈺所校，凡疏奏一卷，雜文一卷，行狀、碑記别爲一卷附焉。其《論馬市》《劾嚴嵩》二疏，史傳限於體裁，僅存大略。集本乃其全文，披肝瀝膽，伉直之氣如生。自作《年譜》一篇，學問人品，具見本末，尤史傳所不能詳。《遺囑》一篇作於臨命前一夕，墨迹至今世守。倉卒之際，數千言無一字塗乙，足見其所養。詞雖質樸，而忠孝之意油然，尤足以感動百世。惟《年譜》中自記從韓邦奇學樂律，夜夢虞舜一事，頗涉怪異。然繼盛非妄語者，蓋覃思之極，緣心搆象。《世説》載衛玠以夢問樂廣，廣云是想。《管子》曰：『思之思之，鬼神通之。』固亦理之所有，昔吴與弼作日録，自稱夢見孔子，疑其僞。繼盛此語，頗與相類，明以來無疑之者。此則繫乎其人，有不待口舌爭者矣。

《擬補樂經》一卷，《家訓》一卷見明《志》。

宋布衣登春集三卷

《四庫全書總目提要》：登春，字應元，新河人。少能詩善畫，年二十餘即棄家遠遊，足迹幾遍天下。晚乃依其兄子，居江陵之天鵝池，因自號『鵝池生』。徐學謨爲荊州守，深敬禮之。後學謨以尚書

致政歸，登春訪之吴中，買舟浮錢塘，徑躍入江水以死。邢侗《來禽館集》有《弔宋叟詩序》稱登春嘗語侗：『君視宋登春，豈杉柏四周中人？』其生平立志如此。蓋亦狂誕之士也。詩本名《鵝池集》，文名《燕石集》。學謨嘗刻之荊州。此編爲康熙乙丑培益所刊，始併詩文爲一集。登春文章簡質，可匹【二】盧枏《蠛蠓集》而奇古之趣勝之。其論詩，先性情而後文詞，故所作平易自然，而頗乏深意。然五言頗淡遠可誦。朱彝尊《静志居詩話》以賈島、李洞爲比亦，庶幾擬於其倫矣。

校按：

【二】『匹』，原作『遠』，今據《四庫全書總目提要》改。

趙山人迪《鳴秋集》二卷

《四庫全書總目提要》：迪，字景哲，懷安人，自號『白湖小隱』。朱彝尊《静志居詩話》謂余憲《百家詩》以迪爲山人。徐庸《湖海耆英集》載其《元夕應制詩》。徐泰明《風雅》則云迪宜陽人，官吏部侍郎。然《鳴秋集》有景泰五年迪仲子壯後序，中云：『先人值時多故，投老林泉。而同時閩人均有《挽鳴秋山人》詩。』則二徐所云自是别一人矣。

馬都憲中錫《東田漫稿》六卷

《四庫全書總目提要》：中錫，字天禄，别號東田，故城人。成化乙未進士，官至左都御史。事蹟具《明史》本傳。是集爲其子師言所編，同邑孫緒序之。稱其詩卑者亦邁許渾，高者當在劉長卿、陸軀蒙之列。而其末力詆竊片語，撏數字，規規於聲韻步驟，摹仿愈工，背馳愈遠。蓋爲李夢陽而發，其排斥北地，未爲不當。然中錫詩格實出於《劍南集》中，精神魄力尚不能逮夢陽也。

《箋經寓意》《經義考》云未見。

《宣府志》十卷，《奏疏》三卷，《東田集》六卷見明《志》。**又《東田文稿》五卷**見《文瑞樓書目》。

周大理東《雨村集》四卷

《四庫全書總目提要》：東，字伯震，號雨村，阜城人。成化甲辰進士，官至大理寺少卿。以伉直忤劉瑾，時寘鐇將變，乃使勘事陝西。會亂作，死之【一】。是集詩一卷，雜文一卷，其後二卷爲《正論》八篇。蓋東子所著之書，編以入集，詩文皆不甚留意。《正論》多刺時之語，蓋亦發憤而著書。然東之足不朽者，終在氣節也。

校按：

【一】『之』，原誤作『人』，今據《四庫全書總目提要》改正。

顧長史銳《鷗汀長古集》二卷，《前集》二卷，《別集》二卷，《續集》一卷，《漁嘯集》二卷，顧詩一卷

《四庫全書總目提要》：銳，字叔養，涿州人。正德辛未進士，官代府右長史。銳少負詩名，當時稱『涿郡有才一石，銳得八斗』，晚年卜居懷玉山，吟詠自適。其五言古詩，氣韻清拔，頗爲入格。七言古詩跌蕩自喜，而少剪裁。近體專尚音節，數篇以外意境多同。蓋變化之功猶未至也。

龔祭酒用卿《雲崗選稿》二十卷

《四庫全書總目提要》：用卿，字鳴治，懷安人。嘉靖丙戌進士第一，官至南京國子監祭酒。是編首賦，次詞，次詩，次雜文。考古人以詞爲詩餘，今編入詩前，殊乖體例。所作亦大抵館閣體也。

岳太常倫《雲石集》五卷

《四庫全書總目提要》云：倫，字雲石，懷安衛人。嘉靖丙戌進士，官至工部郎中。卒贈太常寺少卿。是集文三卷，詩二卷，附其子《魯訟冤疏》。按集中最著之文，莫若《劾張總桂萼疏》，疏後附世宗諭旨曰：『張璁著回家省改；桂萼革去散官，以尚書致仕。』然考璁、萼本傳，璁之罷也，一由給事中陸粲，再由御史譚績、端廷赦、唐愈賢，三由魏良弼、秦鼇。萼之罷也，獨由給事中陸粲。不見有倫劾罷二人之事，與史傳絕不相符，疑以傳疑可矣。

王都督尚文《藎心堂集》二卷

《四庫全書總目提要》：尚文，字寶江，真定人。嘉靖壬辰武進士，累官福建總兵官，掛征蠻將軍印，都督同知。明萬曆戊寅，廣西桂林、柳州苗獞煽亂，馬平獞、韋王朋率東甌大産諸蠻，攻掠邨落，尚文剿平之。是書所載，只當時奏疏、劄啟，附以贈言、壽序之類。故標題《藎心堂集》，而以《征蠻紀略》爲子目。然韋王朋與堡兵爭鬥之由，及要挾東甌大産諸蠻事實，書中多不一敘，又十寨先後分合開設事宜，亦未能備載，均不及《明史·土司傳》及《廣西通志》之詳實。非紀事之書，與紀略之名，殊不相應。今從其總名，仍題曰《藎心堂集》，存其目於集部，庶不失實焉。

宋兖州諸《金齋集》四卷

《四庫全書總目提要》：諸，字子重，號金齋，故城人。嘉靖乙未進士，官至兖州府知府。是集文三卷、詩一卷，而别以策對、書啟之類附入詩後。其《歷官條教》又標《政績》一目，體例頗爲糅雜〔一〕。

校按：

【一】「糅雜」，原誤作「□雅」，今據《四庫全書總目提要》改正。

劉監丞乾《雞土集》六卷

《四庫全書總目提要》：乾，字仲坤，號易庵，保定人。嘉靖戊戌進士，官國子監丞。是集詩詞二卷，賦、記、雜文四卷。其以「雞土」命名者，自序謂夢入太極宫，見玉雞，以爲文章之兆。其説頗荒唐不經，詩文亦不入格。而《夢上天詩》《夢戚賦》《紀夢文》諸篇，乃屢屢見之集中，何其好説夢歟？

周尚書世選《衛陽集》十四卷

《四庫全書總目提要》：世選，字文賢，故城人。嘉靖壬戌進士，官至南京兵部尚書。是集以衛陽爲名，蓋故城在衛河之陽，世選以自號，因以名集也。世選以風節著，文章非所留意，然集中章奏，如《諫穆宗馳馬於禁掖》《神宗講武於宮中》，皆不知明之積弱由於朝廷之宴安，朝廷之宴安由於諸帝之不知兵事，持論殊爲迂闊。又姚希孟序謂：大學士高拱構禍華亭，將引世選效指臂，弗應，遂被逐去。復引其祭拱文中『隱顯參商』語以證之。然世選出拱之門，不受指嗾，具見特立之操。乃拱既卒，而必特彰其事於祭文，是又不如置之不辨之爲厚矣。

董參政復亨《繁露園集》二十二卷

《四庫全書總目提要》：復亨，字元仲，元城人。萬曆壬辰進士，官至吏部郎中。外轉布政司參政，未上而卒。是集凡文十七卷、詩五卷。復亨没後，其同里張銓序而刻之。其文喜剽掇詞藻，如《廣武郡理胡懷南治最承恩序》曰：『閒請所謂舉業讀之，其沈詞怫悦，如游魚銜鉤，而出重淵之深；其浮藻聯翩，若翰鳥嬰繳，而墜層雲之峻；其涵緜邈而吐滂沛，又若風飛猋豎，若芳蕤馥而青條森也。』割裂文賦以入散體，古今有是格律耶？詩尤非所擅長矣。

石參政九奏詩稿四卷

《四庫全書總目提要》：九奏，字伯成，冀州人。萬曆壬辰進士，官至兵備副使，進右參政。其詩多學《才調集》，而風格未成。朱彝尊《明詩綜》選入《春郊》一絶。閱其全稿，實無有過之者也。

李文敏國楷遺集三卷

《四庫全書總目提要》：國楷，字元治，號績溪，高陽人。萬曆癸丑進士，官至中極殿大學士。事蹟附見《明史·李標傳》。國楷遺文明季佚於兵燹。國朝順治己亥，其子大學士霨掇拾殘闕，緝爲一編。康熙丁未，始獲其刻本於同里張亦純，删除重複，得文二十二篇，詩一百一十四首。辛酉纂修《明史》，復於書局得其奏疏十三篇，因重編爲三卷，而以志銘、墓表、碑附焉，即此本也。其詩文多館閣酬應之作。蓋霨所得於亦純者本其官翰林時課稿，故所存止是云。

劉司馬師朱《江皋吟》一卷

《四庫全書總目提要》：師朱，字仲文，號嵩潭，大名人。萬曆中由貢生官至廬州府同知。是集原序稱作於廬州，故名曰《江皋吟》。然集中有都門所作，有出塞所作，有超然臺所作。則亦不盡廬州詩，特刻於廬州耳。詩多淺語，原序亦稱『其由兖州間曹改廬江劇任，有顧盼自喜之意』云。

紀厚齋坤《花王閣賸稿》一卷

《四庫全書總目提要》：坤，字厚齋，獻縣人。崇禎中諸生。是集後有其孫容舒跋，稱坤少有經世志，久[二]而不遇，乃息意逃禪，晚榜所居曰『花王閣』。蓋自傷文章無用，如牡丹之華而不實也。崇禎己卯，嘗自編其詩爲六卷，殁後盡毁於兵燹。此本爲其子鈺所重編，蓋於敗簏中得藉物殘紙，録其可辨識者，僅得一百餘首，非原帙矣。其詩大致學蘇軾，而戛戛自造，不循蹊徑，惟遭逢亂世，坎壈以終，多感時傷俗之言。故刻露之語爲多，含蓄之致較少焉。

校按：

【一】『久』，原誤作『天』，今據《四庫全書總目提要》改正。

傅文毅珪《北潭集》

《明詩綜》：珪，字邦瑞，清苑人。成化丁未進士，累官禮部尚書，兼翰林學士，贈太子太保，謚文獻。

《北潭稿》八卷見《文瑞樓書目》。

吕侍郎時中《潭西存稿》

《明詩綜》：時中，字道夫，清豐人。嘉靖辛丑進士，改庶吉士，累官户部右侍郎。

張子言詩《崑崙山人集》

《明詩綜》：詩，字子言，本姓李，宛平人。按：《永平府志》作盧龍人，有傳。

《靜志居詩話》：岳氏《今雨瑶華》以崑崙山人詩壓卷。

袁知府淮《汾淮泗西征諸集》

《明詩綜》：淮，字伯昭，任邱人。正德丁丑進士，歷官知府。

成文穆靖之《雲石堂集》

《明詩綜》：靖之，初名基命，字呰人，大名人。萬曆丁未進士，改庶吉士，累官禮部尚書、文淵閣大學士，贈太保，謚文穆。

劉尚書榮嗣《半舫集》

《明詩綜》：榮嗣，字敬仲，曲周人。萬曆丙辰進士，累官工部尚書，總督河道。

丁簡討乾學《擁膝齋集》

《明詩綜》：乾學，字天行，宛平人。萬曆己未進士，除簡討。天啟中落職。

米廉訪萬鍾《北征吟》

《明詩綜》：萬鍾，字仲詔，宛平人。萬曆乙未進士，累官江西按察使。

劉宮保遵憲《恕疏齋集》

《明詩綜》：遵憲，字可椎，大名人。萬曆甲辰進士，累官工部尚書，改工部，加太子太保。

王廉訪嘉謹《薊邱集》

《明詩綜》：嘉謹，字伯俞，直隸豹韜衛人。萬曆丙戌進士，官至按察使。

王布政愛《息機園存稿》

《明詩綜》：愛，字仁甫，宛平人。履歷注任邱人。萬曆壬辰進士，累官陝西參政，進右政使。

王吏部樂善《鶡適軒詩稿》《扣角集》

《明詩綜》：樂善，字存初，霸州人。萬曆壬辰進士，除行人，改吏部主事。

申端愍佳允《君子亭集》

《明詩綜》：佳允，字孔嘉，永年人。崇禎辛未進士，累官太僕寺丞。都城陷，投井死。初謚節愍，定謚端愍。

《靜志居詩話》：申公循吏，治最中州，及考牧近畿。聞寇逼居庸，郡縣望風奔潰，或勸毋入。都慷流涕曰：『固知京師不支，如天子立，何疾馳以入？』時三月十二日也。徧謁大臣，畫戰守策，皆不省。城陷，自投王恭廠井中。其詩娟秀，不囂不浮，近劉半舫一派。

《詩經鐸》《詩鏡》《四書鐸》《經義考》云未見。

石少保星《東泉集》

《明詩綜》：星，字拱辰，東明人。嘉靖己未進士，累官兵部左右侍郎，升工部尚書，加太子少保，尋改户部，復加兵部削籍。少保在王弇州續五子之列。

魏吏部允中《仲子集》

《明詩綜》：允中，字懋權，南樂人。萬曆庚辰進士，除太常博士，遷吏部主事。

王少保好問《春煦軒集》三十六卷

《明詩綜》：好問，字裕卿，樂亭人。嘉靖庚戌進士，歷官南京户部尚書，贈太子少保。

王尚書一鶚《春陵集》

《明詩綜》：一鶚，字子薦，曲周人。嘉靖癸丑進士，歷官太子少保，兵部尚書。

韓畕《天樵子集》

《明詩綜》：畕，字石耕，宛平人。

《静志居詩話》：石耕善琴，所操北音，恥作妮妮兒女之語。終身不娶[一]，游覽江湖以終。今之牧犢子也。五律清穩，頗足名家。

校按：

【一】『娶』，原誤作『妥』，今據《静志居詩話》改正。

劉文炤《攬蕙堂偶存》

《明詩綜》：文炤，字雪舫，任邱人[一]。新樂忠恪侯文炳弟。

校按：

【一】《明詩紀事》《晚晴簃詩匯》載劉文炤爲宛平人。

張蓋《覆輿集》

《明詩綜》：蓋，字覆輿，一字命士，永年人。

《静志居詩話》：覆輿詩哀憤過情，五言又高簡。

胡彧《媿林吟稿》

《明詩綜》：彧，字蓊生，容城人。

于文學奕正《樸草》

《明詩綜》：奕正，初名繼魯，字司直，宛平儒學生。

《静志居詩話》：司直好古，嘗集天下金石志，雖未詳核，亦足繼東陽王象之書。其詩南學於楚，然燕趙之風骨尚存。

成布政仲龍《東壁樓集》

《明詩綜》：仲龍，字爲霖，長垣人。崇禎辛未進士，累官陝西參政，歷布政使。

宫進士偉鏐《采山外紀》《入燕集》

《明詩綜》：偉鏐，字紫京，泰州籍静海人。崇禎癸未進士。

孫文正承宗《督師全書》一百篇

《明詩綜》：承宗，字稺繩，高陽人。萬曆甲辰進士第二，除編修，累官文華殿大學士，加少師。

崇禎七年，高陽失守，自縊死，贈太傅，謚文忠。

《車營百八扣》一卷

《奏議》三十卷

文集十八卷《文瑞樓書目》集作二十卷。

錢受之云：公生北方，遊學都下。負燕趙悲歌之節。爲詩不問聲病，不事粉澤，卓犖沈寒，元氣鬱盤。

魏環極云：孫公古風、近體靡不本英分攄，雄才高步作者之林，而究無泥於古。

《静志居詩話》：先生自任天下之重，盡瘁師中。司馬之檄方馳，欒羊之篋已滿，見危授命，無媿全人。集中《三十五忠》詩，蓋有感於璫禍而作。先生之言曰：『起三十五人于九京，未必人人大有勛烈。而有勛烈者，必此三十五人。』痛惜人才之至矣。

張侍郎欽《保定府志》二十五卷、《大同府志》十八卷見明《志》。

《明詩綜》：欽，字敬之，順天通州人。正德六年進士，由行人授御史。嘉靖時，歷右副都御史，巡撫四川。召爲工部左侍郎。被論罷。

張學顔《萬曆會計録》四十三卷見明《志》。

梁夢龍《海運新考》三卷見明《志》。

《史要編》十卷《存目提要》云：見《文瑞樓書目》【一】。

《四庫全書總目提要》：夢龍，字乾吉，真定人。嘉靖癸丑進士，官至吏部尚書，謚貞敏，事蹟具《明史》本傳。其書雜採諸史之文，爲正史三卷，編年三卷，雜史三卷，史評一卷。自序謂學者罕睹全史，是編上下數千載盛衰得失之蹟，大凡具在。蓋爲鄉塾無書者設也。

校按：

【一】本行原在最末，今據《四庫全書總目提要》置於此處。

詹仁甫榮《河東運司志》十七卷，《山海關志》八卷見明《志》。

《明詩綜》：榮，字仁甫，山海衛人。

張行人綱【一】**《永平府志》十一卷**見明《志》。

校按：

【一】《明史》《畿輔通志》作「廷綱」，又《畿輔通志》「十一卷」作「十卷」。

許莊《康衢集》一百卷見明《志》。

莊，灤州人。《永平府志》有傳，其書載《明史·藝文志》。

王尚書崇慶《周易議卦》二卷

《姓譜》：崇慶，字德徵，開州人。正德戊辰進士，歷南京吏、禮二部尚書。崇慶自序曰：夫《易》以象道，而顯神開務而昭化也。慶行年四十有九，乃始取而讀之，然而未之入也。則以六十四卦大義，本諸象，質諸象，而又粲諸人、事考焉，慎斯以往，其庶乎！

《書經説略》一卷

崇慶自序曰：五經莫古於《易》，其次莫如《書》。《易》以道，道之體，所謂先天而天弗違；《書》以道，道之用，所謂後天而奉天時。其致一也。然二帝以揖讓而官天下，古未有也。故其書皆曰典。典，主也，主夫道也，非三王比也，先儒以其事可爲後世之法，故曰典，失傳經之大旨矣。夫《書》，先人之家傳，慶讀有年矣。五十而後，再取讀之，始若粗有得焉。於是乃述四代而撮其要，斷其義，因名曰《説略》。聊復以備自考，且爲家塾童蒙之地云爾。

《詩經衍義》一卷

崇慶自序曰：《詩》三百，周詩也。《商頌》十二，得之周太師氏而亡其七，亦周人爲之也。夫上公之封、禮樂之備，所以思康微子也。周先王之用心篤矣。是故學莫大乎性情，風所以風此也，雅所以雅此也，頌所以頌此也。然則學詩奈何？曰：本之吾心，以審其幾。粲之事物，以觀其變。弘之學問思辨，以廣其志。反之無聲無臭，以會其極。其庶幾哉！作《詩經衍義》。

《禮記約蒙》一卷

《春秋析義》二卷

《五經心義》五卷【一】《經義考》云：分見經。

《南京户部志》二十卷

《開州府志》十卷

《端溪集》八卷

《海樵子》一卷

《四庫全書總目提要》云：是編僅二十六則，多摹仿王通《中説》、周子《通書》、張子《正蒙》之體，大抵老生常談。末一條論爲將必用儒者，謂『有張良之楚歌，則項羽之魂自褫；有諸葛之雲鳥，則南人之反自定。』夫渡瀘之役，未必徒恃陣圖。至於四面楚歌出自張良，《史記》《漢書》皆不載，不知其何所本矣。

《五經心義》無卷數

《四庫全書總目提要》云：此本合所著《書經説略》《詩經衍義》《春秋斷義》《禮記約蒙》與《議卦》共爲一編。唯《周易》【二】無序，餘皆有《自序》。大抵皆剽掇舊文，罕【三】所心得。

《山海經釋義》十八卷，圖二卷【四】

《四庫全書總目提要》云：是書全載郭璞注，崇慶閒有論説，詞皆膚淺。其圖亦書肆俗工所臆作，不爲典據。

校按：

【一】此書上下兩收之，實爲一書，然《畿輔藝文考》此處用《經義考》説，下則引《四庫全書總目提要》。今仍其舊。

【二】『易』，原誤作『句』，今改正。

【三】『罕』，原誤作『四十』，今據《四庫全書總目提要》改正。

【四】本條原誤繫在『許莊』下，今移至王氏條目最末。

高燿大保家藏集六卷見《文瑞樓書目》。

燿，字□□，清苑人，乙未進士。

《酒史》二卷明古趙馮時化編次，見《文瑞樓書目》。【一】

校按：

【一】本條與《畿輔藝文考》體例不符，原文如此，今仍其舊。

蔡副使國熙《易解》《經義考》云未見。

《廣平府志》：國熙，字春臺，永年人。嘉靖己未進士，歷官山西提學副使。

劉氏慶孫《詩經朱注》《經義考》云未見。

《廣平府志》：慶孫，永年人。崇禎庚午舉人。

傅尚書永淳《禮經解義》八卷《經義考》云未見。

憧隴其曰：熙宇傅氏永淳，靈壽人。天啟壬戌進士，累官吏部尚書。

史氏煒《尚書纂要》《經義考》云未見。

《廣平府志》：史煒，成安人。崇禎癸酉舉人，知縣。

郭參議恕《春秋宗傳》佚。

《廣平府志》：郭恕，字安化，雞澤人。永樂甲午舉人，歷官山西布政使參議。

張錦衣承祚《春秋歸正書》《經義考》云未見。

《廣平府志》：承祚，肥鄉人。萬曆中歲貢生，官同知。以子懋忠貴，贈錦衣衛左都督。

喬中和《說疇》一卷存目。

《四庫全書總目提要》云：是編凡分五目，一曰正誤，皆踵宋元諸儒錯簡之說，顛倒經文之序。二曰釋次，明五行之序。其曰五星，惟金、水三十度，殊不可解。案金、水附日而行，日行一度，而又有遲疾順逆之差，此云三十度，是統以月計之矣。三曰廣形，推衍五行之類，其云百餌爲金、姜汁爲金之類，分配牽强，毫無確據。四曰辨是，以十爲《洛書》、九爲《河圖》，申劉牧之説，亦空言聚訟。五曰卜繇，以雨霽蒙驛克錯綜相乘爲二十有五，分屬五方，每方得五九四十五疇，各係以詞，如《易林》之體。末爲用骰代龜説，殆與盧氏《籤易》同一兒戲。如其説，則神祠珓杯，其法更捷，何必紛紛然繳繞河洛乎？

《大易通變》六卷

《四庫全書總目提要》云：是書一名《焦氏易林補》，取焦贛《易林》删其詞之重複者，而以己意〔一〕補綴其闕，凡一千餘首。《焦易》四千九十六變，傳世既久，字多訛誤，如以『快』爲『快』、以『羊』爲『缶』之類。宋黄伯思、薛季宣已極論之。然古書訛誤，豈後人所可續貂！況焦氏之學，雖所稱源出孟喜者，施讎等力詆其誣，而占驗無訛。要於《易》外别傳，自有專門授受，非儒生研求卦畫所可臆推。中和之術不聞出贛以上，乃竟刊補其文，殊昧於度德量力之義矣。其曰《大易通變》者，焦氏舊本有唐王俞序，稱曰大易通變，故中和用以爲名云。

校按：

〔一〕『以己意』，原誤作『已適』，今據《四庫全書總目提要》改正。

趙南星《史韻》二卷

《四庫全書總目提要》云：是編摘録史事，儷以四言韻語。凡西漢、東漢、三國、兩晉、南北朝、唐、五代、宋、元各爲一首，詞簡而該。蓋其謫戍代州以後借以遣日之筆。後人重其忠義，因録而傳之。順治丁亥，高邑李士部刊於杭縣，版旋〔二〕散佚，乙未又刊於淮海道署。

校按：

【一】『旋』，原誤作『於』，今據《四庫全書總目提要》改正。

廖紀《中庸管窺》一卷

《四庫全書總目提要》：是書不用朱子章句，亦不從鄭玄舊注。分《中庸》爲二十五段，與《章句》同者十四段。其異者以《中庸》『其至矣乎』以下二章爲第三段，『道其不行矣夫』二章爲第四段，『人皆曰子知』二章爲第五段，『天下國家可均也』三章爲第六段，『道不遠人』至『亦勿施於人』爲第八段，『君子之道四』一節爲第九段，『武王周公』至『孝之至也』爲第十五段，『郊社之禮』一節爲第十六段，『哀公問政』合『自誠明』二章爲第十七段，『大哉聖人之道』至『王天下』三章爲第二十三段，『仲尼祖述堯舜』至『唯天下至誠』三章爲第二十四段。其中如以『道其不行』一節與『舜其大知』一節合爲一段，殊爲牽强。謂『君子之道』一節與上文不相蒙，以『郊社之禮』一節承上起下，亦未能深思文意，特自抒其一人之見而已。後附《性學》《心學》二篇，亦無甚精微之論。

余繼登《澹然軒集》

余繼登撰。繼登，謚文恪。

《靜志居詩話》：文恪古詩指陳時事，鏗奇磊落，卓然名家。其在容臺，值國儲未建，災變頻仍，雷擊太廟樹，南都火，太白經天，秦、晉、齊皆地震，西寧鐘不扣自鳴，紹興地出血。公俱直言無諱。

先公册封周藩公詩，惟以旱熯爲憂，不失古人贈言之義。聞公先是使周藩渡河，舟膠柁折，公告于神曰：『使臣縱有罪，神敢震驚龍節，亦有佚罰，維神實圖利之！』禱畢，而波恬若有翼舟以濟者。斯亦異矣。

范景文《昭代武功録》十卷

《南樞志》一百七十卷

《師律》十六卷以上與《大臣譜》俱載明《志》。

《冰餐堂草》

錢受之曰：夢章羸弱，身不勝衣。論詩顧曲，每以江左風流自命。一旦持大議、抗大節，屹然與高陽、定興並峙，崆峒戴牛爲之生色。《静志居詩話》：啓、禎之際，秦聲變而至文天瑞，楚調變而至尹宣子，越吟變而至王季重，正音掃地矣。吴橋博綜舊章，領袖群雅，其詩發揚而不厲，新警而不佻，獨自成家，不飲狂泉之水。

萬民英育吾《三命通會》十二卷

《四庫全書總目提要》：不著撰人名氏。卷首但題曰育吾山人。《明史·藝文志》有萬民育《三命會通》十二卷，與此本卷數相合，惟以『通會』作『會通』，爲稍異。考世所傳《星學大成》一書爲萬民英所撰，英字育吾。與此本所題合，當亦出民英之手。《藝文志》蓋誤以『民英』爲『民育』，又『通』『會』二字傳寫互倒耳。自明以來談星命者，皆以此本爲總匯，幾於家有其書。中間所載仕宦八字，往往及明季之人，蓋後來坊刻所攙入，已非其舊。然其闡發子平之遺法，於官印、財禄、食傷之名義，用神之輕重，諸神煞所系之吉凶，皆能采撮群言，得其精要，故爲術家所恒用，要有未可遽廢者。至其立論多取正官、正印、正財，而不知偏官、偏印、偏財亦能得力。知食神之能吐秀，而不知傷官之亦可出奇，是則其偏執之見，未爲圓徹。且胎元等論施之今日，亦多有不驗。言命學者但當得其大意，而變通之可矣。若所引《珞琭子》與今《永樂大典》中所輯完本，其文迥殊。則其時秘册僅存，外間莫由窺見，遂誤信依託之本，固未足以爲病也。

岳正《類博稿》十卷，附録二卷

《四庫全書總目提要》：是集爲其門人李東陽蒐輯遺稿而成。凡詩二卷，雜文八卷。又附録二卷，前一卷載諸人志銘、傳贊等作，後一卷則東陽以葉盛所作志銘多所隱諱，爲正補傳也。傳稱：『正晚好《皇極書》，故所作《雜言》二篇，皆闡邵子之學。而詩亦純爲邵子《擊壤集》體。』東陽《懷麓堂詩話》稱『蒙翁才甚高，俯仰一切，獨不屑爲詩。云既要平仄，又要對偶，安得許多工夫』云云，蓋得其實。而傳乃稱以雅健脱俗，未免阿其所好。至稱其文高簡峻拔，追古作者，則不失爲公評。

申忠愍嘉允詩集六卷

《四庫全書總目提要》云：嘉允，字孔嘉，永平【一】人，崇禎辛未進士，官至太僕寺丞，甲申殉流寇之難。世祖章皇帝賜謚忠愍，事蹟具《明史》本傳。佳允爲杞縣知縣時，死守孤城，卒擊破流寇掃地王。其經濟有足稱者。官考功時，以舉劾公正忤温體仁降謫。及官寺丞，方出巡牧場，而李自成圍京師，勢可避匿，或勸之弗入，佳允流涕曰：『固知京師必不守，然吾君在焉，安危共之，何所逃避？』卒以甲申三月十二日崎嶇還京，十九日死於國難。其氣節亦震耀千古。是集爲其子涵光所編。卷首有《家傳》，稱其於詩好稱李夢陽、何景明。今觀其作，與何、李頗不相似。大抵直抒胸臆，如其爲人，但體格尚未成就，且不免浸淫明末纖仄之習。然凜然剛正之氣，足使後人起敬，不敢復以詩格繩之。言以人重，烏可没也。舊本首載孟津王鐸序，不著年月。核其所述，蓋作於崇禎初佳允官杞縣時。後人重刻此集，仍録以冠首。然鐸何如人，乃操筆弁冕佳允詩，今特削之，俾無爲佳允辱焉。

校按：

【一】『平』，原作『年』，今據《四庫全書總目提要》改。

畿輔藝文考　國朝

劉尚書餘祐《燕香齋文集》四卷，詩集六卷

《四庫全書總目提要》云：餘祐，字申徵[一]，號玉吾，又號燕香居士，宛平人。其自稱濱宛者，先世濱州人也。明萬曆丙辰進士，官兵部左侍郎，入國朝官至户部尚書。是集爲其子方哲所編，每篇之末皆有評語。如《坊客時文之式》後附餘祐行略，猶前人所有之例。至附以其妻之行略、其父母之墓誌，則非古法矣。

校按：

【一】《國朝畿輔詩傳》謂餘祐字『五孺』。

提侍郎橋《詩説簡正録》十卷

《四庫全書總目提要》云：橋，字景如，號澹如居士，河間人。明天啓壬戌進士，入國朝官至刑部侍郎。是編以《詩經大全》諸書卷帙浩博，難以披尋，因採摘諸説，輯爲一編，名曰《簡正録》。言其説簡而義正也。每篇首列經文，次摘採諸家之説，融會訓釋，又次附以己見。皆以通俗之語講解

文義，蓋取便於初學而已。

范吏部士楫《橘洲詩集》六卷

《四庫全書總目提要》云：士楫，字箕生，定興人。明崇禎丁丑進士，入國朝官至吏部郎中。是集皆其順治乙酉以後之作。其詩尚染明季僞體，卷首自序一篇故爲奥[一]澀，亦當時習氣也。

陶樑《紅豆樹館詩話》：箕生崇禎丁丑成進士，官陽曲、從洞兩縣令。入國朝爲選司郎中，申明銓法，以不阿忤權要告歸。其父文源，明繕司郎，曾輯《范陽志略》一書，未竟。箕生致仕後踵而成之，雖文筆詰屈，而網羅散佚，亦足備一邑之文獻也。

校按：

【一】『奥』，原誤作『輿』，今據《四庫全書總目提要》改正。

高相國爾儼《古處堂集》四卷

《四庫全書總目提要》云：爾儼，字岱輿，靜海人。明崇禎庚辰進士，授編修。入國朝，官至大學士，謚文端。是集大抵應酬之作，亦尚沿明季之餘習。

王崇簡序曰：公沈涵經史，淡瀾諸子百家，而性情流衍其中。觸境而形，皆其不得不言者。世有識者，或以子爲知言。

梁相國清標《蕉林詩集》

《四庫全書總目提要》云：清標，字玉立，清苑人。明崇禎癸未進士，改庶吉士。入國朝，官至保和殿大學士。所著詩稿各以古、近體爲分，不列卷次。其詩作於明季者多感慨風刺之言，及入國朝以後，則渢渢乎春容之音矣。按：《國朝畿輔詩傳》，清標作真定人，云有《蕉林詩集》十八卷。

《紅豆樹館詩話》：蒼巖相國雍容閒雅，宏獎風流，一時如張敦復、汪蛟門、繆歌起、方渭仁諸公，皆游其門。先生自公退食，日抱芸編，黄閣青燈，互相酬唱。前輩風流可想像。於辰告訏謨之外，詩麗而有則，莊而不佻，可稱臺閣中鉅手。倚聲尤工，所作《棠村詞》當與梅村、香巖並傳也。

王尚書崇簡《冬夜箋記》一卷

《四庫全書總目提要》云：崇簡，字敬哉，宛平人。明崇禎癸未進士，入國朝，補選庶吉士，官至禮部尚書。是編成於康熙乙巳，皆其隨筆劄記之語。所述格言，皆先儒名論。亦間摘録古事及同時耳目所見聞，然徵引舊聞，多不載其出典，亦或偶然記憶未真。如『伯夷叔齊姓氏』一條云出《吕氏春秋》及《韓詩外傳》，今二書並無此文。案《論語》所引乃出《春秋》少陽篇也。

《青箱堂文集》三十三卷

《四庫全書總目提要》云：崇簡練習掌故，爲禮官，嘗議移祀北嶽於渾源州，今其疏具[二]在集中。然其文類皆平近淺易。徐乾學序謂其卮詞讕語，無非仁義道德，殆不免於微詞。詩集以編年爲次，始於天啓丙寅，迄於國朝康熙戊午。蓋萊陽宋琬所删定也。

《茶餘客話》：王文貞嘗建言，帝王廟祀宜及守成，令主因列商中宗以下七人。又言宋臣潘美、張俊宜罷祀。詔從〔二〕之。公爲禮部尚書，年六十三以老乞休。年七十，依古人以每歲讀盡五經爲夏課，嘗作《青箱堂記》云：『階前〔三〕花鬪露臺方丈餘。夏秋日暮，父子兄弟六七人，率坐臺上，或述祖德，旁及故舊家世之興衰，以爲勸戒。』公出身寒素，父子同時官九卿，享上壽，乞休於主恩方渥之時。視其子爲宰相，徜徉林下者十有五年，一生端謹，無可指摘，可謂極人爵之榮者。

校按：

〔一〕原『疏』處空格無字，『具』誤作『里』，今據《四庫全書總目提要》改正。

〔二〕『從』，原誤作『語』，今據《國朝畿輔詩傳》改正。

〔三〕原無『階前』二字，今據《國朝畿輔詩傳》補。

成相國克鞏《倫史》五十卷

《四庫全書總目提要》云：克鞏，字清壇，大名人。明崇禎癸未進士，國朝補選庶吉士，官至保和殿大學士。是編以五倫分五門，各有子目。考克鞏休致在康熙三年，此書成於康熙十六年，蓋晚歲田居，借編摩以送老。採摭蕪雜，固非所計也。

《清慎堂集》四十四卷

杜相國立德《太傅詩選》一卷

立德，字純一，寶坻人。明進士。國朝歷官保和殿大學士。謚文端，祀鄉賢。

《畿輔通志》：立德選給事中，累遷刑部尚書。一日入奏退，世祖顧左右曰：『爾等識此人乎？此新授刑部尚書杜立德也。不要一錢，亦不妄殺一人。』聖祖嘗言：『閣臣如杜立德，真不愧古大臣。』後以疾陳請御製五言詩一章及怡情洛社圖章以榮其歸。

《紅豆樹館詩話》：韓文懿公菼，癸丑會卷，已遭本房勒帛。總裁杜文端謂無元文，搜遺卷，獲之，拍案激【一】賞，顧已批抹，咸爲惋惜。文端執筆，就直處改『千里來龍』四字，遂定首選。寶坻李樸園太守光庭詩云：『吾邑少耆宿，大老推文端。史傳【二】未曾見，軼事問里言。公爲前進時，家乘【三】無諱譋。仰荷世祖知，珥筆翔詞垣。開科主浙試，龍飛之三年。己未鴻博科，玉貢兼珠掄。甲辰及癸丑，兩次典春官。丑歲尤鼎盛，首選長洲韓。韓卷初未薦，幾抱荊璞嘆。公嫌少傑作，鐵網搜紅珊。果得文懿文，擊節爭傳觀。無奈當頭棒，一痕難洗湔。公曰此易耳，執筆髯微掀。改千里來龍，四字如綫穿。遂以冠多士，會狀開其先。終爲大作家，於師無愧顏。』云云。蓋紀實也。

校按：

【一】『激』字處原空格無字，今據《國朝畿輔詩傳》補。

【二】『傳』，原誤作『票』，今據《國朝畿輔詩傳》改正。

【三】『乘』，原誤作『票』，今據《國朝畿輔詩傳》改正。

戴尚書明説《定圃詩集》

梅成棟《津門詩鈔》：明説，字道默，號巖犖，晚號定圃，滄州人。崇禎甲戌進士，本朝官至户部尚書。工詩善畫，著有《定圃詩集》。《詩觀》及《百家詩鈔》俱入選。

魏憲《百家詩鈔》：巖犖詩淵乎其神，蔚乎其彩。如王新齋初見新建時，冠則有虞，服則老萊，攝衣上座，儼若懷葛間人。【一】陳遇堯爲作傳云：曾拜教孫鐘元先生門，以閑邪存誠之義相質先生。先生歎曰：定圃入眼出手，皆有確據，可謂腳踏實地矣。博學能悟，公餘苦心風雅，爲詩與王覺斯、吴駿公、范箕生齊名。善書畫，特受世廟之知，賜銀圖章，勒『米芾畫禪，烟巒如覿』。明説克傳，圖章用錫』。著述有六朝及明歷朝詩家兩集、《唐詩類苑選》《篆書正》《禮記提綱廣注》等書，晚年有《定圃近集》《鄒鹿合編》《偶見録》。

校按：

【一】『陳遇堯爲作傳云：曾拜教孫鐘元先生門，以閑邪存誠之義相質先生。先生歎曰：定圃入眼出手，皆有確據。可謂腳踏實地矣。博學能悟』等語見於《津門詩鈔》，《國朝畿輔詩傳》《百名家詩選》俱不見録。又『博學能悟』以下見於《津門詩鈔》《國朝畿輔詩傳》。

倪【一】太僕光薦詩集

《津門詩鈔》：光薦，字相如，前明舉人，科分無考。歷官通州坐糧廳，加太僕寺卿。按：《國朝畿輔詩傳》作明進士，國朝官太僕寺卿。

高懋恒序云：余總角時，聞先文端稱先生詩古文詞皆出自機軸，與古人相上下。余寄居津門，先生以先文端故，推好於余。因得讀先生詩文，文沈雄博大，爲唐宋而不爲六朝。詩高華典貴，爲北地而不爲竟陵。余雖未能深窺堂奥，然以觀【二】昔【三】『自出機軸，上下古人』之言，先文端其真知先生者哉。

校按：

【一】『倪』，原誤作『沈』，今據《津門詩鈔》《國朝畿輔詩傳》等改正。

【二】《國朝畿輔詩傳》引高懋恒序無『余雖未能深窺堂奧，然』九字，此實據《津門詩鈔》。

【三】『昔』，原誤作『苦』，今據《津門詩鈔》改正。

王侍郎公弼《景慶堂詩文選》

《津門詩鈔》：公弼，字直卿，號梅和，滄州人。萬曆丙辰進士，國朝户部侍郎，都察院都御史。

按：《國朝畿輔詩傳》止作户部侍郎。

孫恭憲昌齡【一】《亦園集》四十卷

《國朝畿輔詩傳》：昌齡，字二如，一字念劬，號元嶽，甯晉人。明進士，國朝官都察院副都御史，卒贈都御史，謚恭憲。

校按：

【一】『齡』，原誤作『敬』，今據《國朝畿輔詩傳》改正，下同。

董侍郎國祥《了餘園吟草》

《國朝畿輔詩傳》：國祥，字福口【一】，隆平人，明進士，國朝官吏部侍郎。

校按：

【一】『口』字，原闕，今據《國朝畿輔詩傳》補。

金廉訪鎮《清美堂詩集》

《國朝畿輔詩傳》：鎮，字又鑣，號長真，宛平人。明舉人，國朝歷官江南按察使。毛奇齡爲志其墓。

王明府蔚《韋庵集》

《畿輔通志》：蔚，字昌之，號文徵，邢臺人。明舉人，國朝官知縣。

梁觀察維樞《玉劍尊聞》十卷

《四庫全書總目提要》云：維樞，字慎可，真定人。在前明，由舉人官工部主事。是書作於順治甲午，取有明一代軼聞瑣事，依義慶《世説新語》門目，分三十四韻，而自爲之注。文格亦全仿之。然隨意鈔撮，頗乏持擇。如李贄嘗云『宇宙内有五大部文章，漢有司馬子長《史記》，唐有《杜子美集》，宋有《蘇子瞻集》，元有施耐庵《水滸傳》，明有李獻吉』之類，皆狂謬之詞，學晉人之放誕而失之者。其注尤多膚淺。至所以名書之義，吴偉業諸人之序及維樞自作小引均未之言，今亦莫得而詳焉。

《畿輔通志》：維樞，明兵部尚書夢龍之孫，萬曆舉人。受業趙忠毅南星之門。忠毅嘗曰：『風雅不墜，復見之梁生矣。』復從楊忠烈漣[一]游，會逆奄起，詔獄，趙首被禍，維樞傾身翼之。楊鋃鐺道出正定，維樞往迓之，大言檻車之傍。曰：『公此行足以垂名竹帛，死者[二]公之本志，豈足畏哉！』於時邏卒獰立，人謂：『不爲門户計？』維樞灑然不顧也。尋授中書舍人，入本朝爲工部郎，擢武德兵備。武德多鳴髇，暴客難以勦治，維樞練營卒，飭法令，境内肅然。絶苞苴，恤徭役，惠政流聞。乞養歸，著有《玉劍尊聞》《姓譜》《日牋》《内閣小識》《見君子日牋》等集數百卷行世。

校按：

【一】『漣』，原誤作『隨』，今據《國朝畿輔通志》改正。

【二】原無『死者』二字，今據《國朝畿輔通志》補。

李侍郎士焜《麟篆齋集》

《國朝畿輔詩傳》：士焜，字又白，任邱人，明進士，國朝歷官工部左侍郎。

《任邱縣志》：士焜著有《刑垣語草》。

胡太守鳳閣《伏櫪齋集》

《國朝畿輔詩傳》：鳳閣，字君榮，永年人，明貢生，國朝歷官安徽廬州府知府。

李司馬芳莎《威如堂詩集》

《國朝畿輔詩傳》：芳莎，字臺辰，永年人。明貢生，國朝歷官廣西柳州府同知，有《威如堂詩集》。

《畿輔通志》：臺辰以以拔貢知武鄉，有惠政。遷柳州同知，未赴乞歸。性質實，好讀書，寢食於經史百家，爲文淵渟無涯涘，詩極沈雄，得少陵氣骨。

宋犖筠《廟廊偶筆》：順治三年七月二日，上出大内歷代珍藏書畫賜廷臣，先文康公以大學士蒙賜。臨洺李臺辰侍先文康夜飲，先公以論表相委。李揮毫座上如風雨，脱稿時纔二鼓耳。一時輦下侈爲美談。

邊太守大綬《虎口餘生録》

《國朝畿輔詩傳》：大綬，字素一，號長白，任邱人。明孝廉，國朝官至山西太原府知府。

《任丘縣志》：大綬崇禎己卯孝廉，授陝西米脂縣知縣。米脂乃闖賊李自成故里，時闖逆猖獗，流毒海内。綬下車偵知其先墓，伐之。迨賊破神京，移明祚，綬全家被執，幾死者再。國朝起用，補河南修武縣知縣，陞山東青州府海防同知、山西太原府知府。

孫徵君奇逢《讀易大旨》五卷

《四庫全書總目提要》云：奇逢，字啓東，號鐘元，又號夏峰，容城人。前明萬曆庚子舉人。是書乃其入國朝後，流寓河南時之所及。撮其體要以示門人子弟，原非逐字逐句作解，故曰大旨。其門人耿極爲之校訂，末附《燕山堂問答》及與三無道人李岢論《易》之語，别爲一卷。岢，雄縣人，奇逢所從學易者也。後奇逢曾孫用正，復取其論《易》之語散見他著述者五條，匯冠卷首，題曰義例。跋稱原本序文、凡例皆闕，故以是補亡。案奇逢説《易》不顯攻圖書，亦無一字及圖書大意，發明義理，切近人事，以象傳通一卦之旨，由一卦通六十四卦之義。凡所訓釋，皆先列己説，後附舊訓。其平生之學主於實用，故所言皆關法戒，有足取焉。

《尚書近旨》六卷

《四庫全書總目提要》云：是書前有自序，以『主敬存心』爲《尚書》之綱領。其説多標舉此意，不止詮釋經文然，蔡沈《書集傳序》所謂『堯舜存此心，桀紂亡此心，大甲、成王困而存此心』者，已先揭大旨，不煩重演矣。

《四書近旨》二十卷

《四庫全書總目提要》云：是編於四子之書挈其要領，統論大旨，間引先儒之説以證異同。然旨意不無偏，如云『聖人之論，無非是學』，此論最確。乃兩論逐章皆牽合『學』字，至謂『道千乘之國』章敬信、節重、時使皆時習事。《大學》『聖經』章所論本末先後，以明德須在民上明，修身須在天下、國家上修。又云『格物無傳，是《大學》最精微處，以物不可得而名，無往非物，即無往非格。朱子所謂窮至事物之理，乃通《大學》數章而言』云云，皆不免高明之病。蓋奇逢之學兼採朱、陸，而大本主於『窮則勵行，出則經世』，故其説如此。雖不一一皆合於經意，而讀其書者知反身以求實行實用，於學者亦不爲無益也。

《中州人物考》八卷

《四庫全書總目提要》云：是編載河南人物分爲七科：一理學，二經濟，三忠節，四清直，五方正，六武功，七隱逸。而文士不與焉。蓋意在黜華藻，勵實行也。所録皆明人，惟忠節之末附元蔡子英一人。人各爲傳贊，多者連數紙，少者或一行，云無徵者則不詳，不以詳略爲褒貶也。後一卷曰補遺，曰續補云耳，不以七科標目，蓋不欲入之七科中，故托詞於續補云耳。然尤與七科一例，雖布衣以公稱，最後有名無傳者三十四人，則直書其名矣。其贊恕於常人而責備於賢者，頗爲不苟，惟《張玉傳贊》最爲紕繆。考玉〔一〕以元樞密知院叛而歸明，而奇逢以爲善擇主。是亦六臣奉璽歸梁，皆善擇主也。玉後輔佐燕王，稱兵犯順，歿於鐵鉉濟南之戰，而奇逢以爲得死所。是李日月助李希烈隕身鋒鏑，亦得死所也。且蔡子英義不忘元，間關出塞，卒歸故主以終，奇逢既列之忠節矣，而又奬張玉之叛亂，不自相矛盾乎？奇逢雖以布衣終，而當時實負重望，湯斌至北面稱弟子。其所著作，非他郡邑傳記無足輕重者比。故存其書而具論之，俾讀是編者知其瑕瑜不相掩焉。

《畿輔人物考》

《歳寒居答問》二卷，附録一卷

《四庫全書總目提要》云：皆自録朋友間答問之語。奇逢之學主於明體達用，宗旨出於姚江，而變以篤實，化以和平，兼採程、朱之旨，彌其闕失。故其言有曰：『門宗分裂，使人知反而求之事物之際，晦翁之功也。然晦翁没而天下之實病不可不瀉，詞章繁興，使人知反而求之心性之中，陽明之功也。然陽明没而天下之虚病不可不補。』是其宗旨所在也。舊本前有《附録》一卷，爲奇逢所作《格物説》及楊東明《興學會約》八條。既曰附録，不應弁首，或裝輯時誤置卷首耳。

《理學傳心纂要》八卷

《四庫全書總目提要》云：孫奇逢撰，漆士昌補。士昌，江陵人，奇逢之門人也。奇逢原書録周子、二程子、張子、邵子、朱子、陸九淵、薛瑄、王守仁、羅從先、顧憲成十一人，以爲直接道統之傳人，爲一篇。皆前敘其行事，而後節録其遺聞，凡三卷。又取漢董仲舒以下至明末周汝登，各略載其言行，以爲羽翼理學之泒，凡四卷。奇逢没後，士昌復删削其《語録》一卷，挽列於顧憲成後，共爲八卷。奇逢行誼，不愧古人，其講學參酌朱陸之間，有體有用，亦有異於迂儒。故湯斌慕其爲人，至解官以從之遊，然道統所歸，談何容易。奇逢以顧憲成當古今第十一人，士昌又以奇逢當古今第十二人，醇儒若董仲舒等，猶不得肩隨於後。其猶東林標榜之餘風乎？

《方苞傳》：奇逢年十七，舉萬曆二十八年順天鄉試。先是，高攀龍、顧憲成講學東林，海内士大夫立名義者多附焉。天啟初，逆閹魏忠賢得政，目東林君諸君子爲黨，由是楊漣、左光斗、魏大中、周順昌次第死廠獄，禍及親黨。而奇逢獨與定興鹿正、新城張果中傾身爲之，諸公卒賴以歸骨，世所稱范陽之烈士也。方是時，孫承宗以樞輔經略薊遼，奇逢之友歸安第元儀及鹿正之子善繼皆在幕府，奇逢密上書樞輔，樞輔以軍事疏請入見，忠賢大懼，繞御床而泣，以嚴旨遏於途，而世以此益高奇逢之義。臺垣及巡撫交薦屢徵不起，樞輔欲疏請以職方起贊軍事，使元儀先之，奇逢亦不應也。其後，畿内盜賊數駭，容城危困，乃攜家人入易州五公山，門生親故從而相保者數百家。奇逢爲條教部署守禦，而絃歌不輟。國朝定鼎，以國子祭酒徵，有斯敦趣，卒固辭[二]。移居新安，繼而渡河，止蘇門百泉。水部郎馬光裕奉以夏峰田廬，遂率子弟躬耕，四方來學願留者，亦授田使耕，所居遂成聚。奇逢始與鹿善挺講學，以象山、陽明爲宗，晚年乃更和朱子之説。其治身務自刻砥，執親之喪，率兄弟廬墓側凡六年。人無愚賢，苟問學，必開以性之所近，使自力於庸行。其與人無町畦，雖武夫、悍卒、工、商、隸、圉、野夫、牧豎，比以誠意接之。用此名在天下，而人無忌嫉者。居夏峰二十有五年卒，年九十有二。天下無知與不知，皆稱曰夏峰先生。

湯斌《孫徵君墓志》：順治初，公絶意仕進，移家共城，闢燕山堂，讀《易》其中，涵養益邃。每晨起，謁先祠畢，退居一室，誠心端坐，即疾病，未嘗有惰容。聞節孝事，必爲表揚。先賢祠祀癈墜者，倡衆修葺。著有《理學宗傳》《四書近指》《讀易大旨》《書經近指》《聖學録》《兩大案録》《甲申大難録》《答問日譜》《畿輔人物考》《中州人物考》《孝友堂家乘【三】》《四禮酌》《孫文正公年譜》《取節録》《蘇門即事》共若干卷。

《夏峰集》十四卷

《紅豆館詩話》：徵君講學蘇門，從者麕集，巖棲谷飲。雖不乏人，而如中州湯文正公諸人，皆從之游，出爲典朝良佐，勳業彪炳，載在史册。昔文中子講學河汾，而房、杜諸公皆其所造。就此一代氣運所繫，非偶然也。徵君詩多樸實，説理而品學，卓越如岱頂蒼松，豈屑與吟風弄月之輩較短長乎？

校按：

【一】『玉』，原誤作『至』，今據《四庫全書總目提要》改正。下同。

【二】『辭』，原誤作『亂』，今據《方苞傳》改正。

【三】『乘』字處原空白無字，今據《國朝畿輔詩傳》補。

刁孝廉包《易酌》十四卷

《四庫全書總目提要》云：包，字蒙吉，祁州人。前明天啟辛卯舉人。是書用注疏本，以程《傳》《本義》爲主。雖亦偶言象數，然皆陳摶、李之才之學，非漢以來相傳之法也。原序稱陸隴其官靈壽時，欲爲刊板，不果。雍正初，其孫顯祖又以己意附益之。卷首《凡例》《雜卦》諸圖及卷中細字稱『謹案』者，皆顯祖筆。原序又稱此書爲『經學之津梁，亦舉業之準的』。考包在國初，與諸儒往來講學，其著書一本於義理，惟以明道爲主，絶不爲程試之計。是書推闡《易》理，亦大抵明白正大，足以羽翼程、朱，於宋學之中實深有所得。以爲科舉之書，則失包之本意多矣。

包自序曰：《易》何昉乎？自庖犧氏一畫始也。由一畫而加之，至三百八十有四，變易、交易，妙有權衡，故用酌。或仰酌諸天，或俯酌諸地，或中酌諸人。文王作於前，酌羲之畫而爲彖，周公酌羲之畫而爲爻。孔子晝酌羲彖、酌六爻、酌周公用，成《十翼》。《易》由此爲古今第一完書，雖秦火不能焚已。嗣是而後，言《易》若焦延壽、若京房、若郭璞，皆相傳爲卜筮之書，以自神其術數。惟韓康伯之注、王輔嗣之疏，粗知義理。惜其旁注《老》《莊》，未免影響支離，揣摩其皮膚，而無由洞貫其腠理也。伊川程子以周元公爲師，既有以酌其源流，以明道爲兄，又有以酌其體用。行年七十有三，尚冀少進，不輕以其書示人，竭終身之力破除術數小技。原本孔《翼》，發揮三聖之藴，以教天下來世於無窮。誠《十翼》功臣也。國家以制科取士，其始程之《傳》、朱之《本義》，蓋嘗並列學官。其既也，厭博而就約，避難而趨易，於是專主《本義》，程《傳》不得而與焉，義理之存焉者蓋寥寥也。包也有憂之，竊以爲學《易》者，學畫、學彖、學爻，功夫固有次第，使非肆力於孔子之《翼》以求作《易》者於憂患之中。則羲之畫、文之彖、周公之爻懵如也。使非肆力於程子之《傳》以求贊

《易》者之心於韋編之外，則孔子之《翼》懵如也。夫是以矻矻窮年，纂輯成書，大都以孔子《十翼》爲三聖之階梯，以程子《傳》爲孔子之階梯。或録其辭而表章之，或述其辭而推廣之，而亦間以朱義補程所未備，而亦間以諸儒及己意補程、朱所未備。總之，酌朱以合於程，酌程以合於孔，酌孔以合於羲、文、周公。統四聖、二賢之《易》於一心，極而至於家、國、天下，何莫非一《易》之洋溢也哉？

《四書翊注》四十二卷

《四庫全書總目提要》云：是編凡《大學》五卷、《中庸》三卷、《論語》二十卷、《孟子》十四卷。於《大學》三綱八目，詮解特備。又以《中庸》《論》《孟》爲格物之書，《五經》、諸史皆條貫於其中，故於格物條目尤爲曲盡。其他闡發義理，於史傳事蹟、先儒議論，亦多所徵引。然其去取是非，總以朱子之説爲斷，不必自有所見也。卷首有黄越所作《綱領》一篇，其孫顯祖所作《緣起》一篇，敘述著書大旨及刊刻始末。

《潛室劄記》二卷

《四庫全書總目提要》云：其書以平日所見隨筆劄記。王士禎《池北偶談》嘗稱其中爲蓋世豪傑易，爲愜心聖賢難一條；又稱其趨吉避凶蓋言趨正避邪，若認作趨福避禍便誤一條。然所言心性及格致誠敬，類多拾前人緒餘。其謂『讀《春秋》而不知胡傳之妙，不可以言《春秋》』，亦不出里塾拘墟之見。又稱吾輩第一座名山在《大學》知止一節，且謂此山又不在書本上，還祇在腔子里。語殊虚渺，尤不免墮入姚江門徑矣。

《斯文正統》十二卷

《四庫全書總目提要》云：是編所録歷代理學諸儒之文凡二百一十有六篇。其凡例稱專以品行爲主，若言是人非，雖絶技無取。蓋本真德秀《文章正宗》之例，持論可云嚴正。然三代以前，文皆載道。三代以後，流派漸分。猶之衣資布帛，不能廢五采之華；食主菽粟，不能廢八珍之味。必欲一掃而空之，於理甚正，而於事必不能行。即如《文章正宗》，行世已久，究不能盡廢諸集，其勢然也。至蘇軾《大悲閣四大菩薩》諸記，因題製文，原非講學。言各有當，義豈一端？而包於歐陽修本論評語中極詞詆斥，然則真德秀《西山集》中爲二氏而作者不知凡幾，包既講學，不應不見是集，何以置之不言？豈非以蘇氏爲程子之敵，真氏則朱子之徒乎？恐未足服軾之心也。

《用六集》十二卷

《四庫全書總目提要》云：是集包所手編，自謂有得於《易》，故取『永貞』之義，以『用六』爲名，其中如《寄魏環極書》，稱砥礪躬行，不欲以議論爭勝；《希聖堂學規》，多留意於灑掃應對，語皆平易近人。又謂時文之士，不知考究史事，昧於治亂之原。每舉《春秋綱目書法》，風諭學者，在講學家中，較空談心性者，特爲篤實，然持論每多苛刻，如裴度、韓愈皆懸度其事，力加詆毀，殊失《春秋》善善從長之意。又如《重修秦王廟疏》，多引委巷無稽之言，不知折衷於古，亦其所短也。

李安節孔昭《秋塹吟》一卷

《國朝畿輔詩傳》：孔昭，字光四，號潛翁，薊州人。明進士，入國朝不仕。

《寶坻縣志》：孔昭天性孤峭。崇禎癸未成進士，見世事日非，不赴廷對。奉母隱於盤山。我朝定鼎，求遺賢，撫按交章薦。謝病不出。一日，當道遣吏持書幣往，遇薪者，呼問：『若識李進士耶？』負薪者張目曰：『問李進士奚若？』吏具道意，乃以手遥〔一〕指，負薪去。吏至，其室虚矣。鄰叟曰：『若面失之，向所見薪者是也。』後屢物色之，卒不得，當道太息而已。寶坻劉繼寧方擇師，慕其高義，固請，許焉。每一念母，雖深夜必歸。庚子卒，門人私謚曰安節先生。

《紅豆樹館詩話》：處士愛陶詩，晚自號『潛翁』。蹟其出處，亦與靖節同。與杜文端公立德少同學，長同年。寄文端詩曰：『黄門青瑣君思我，流水高山我憶君。』時當道徵辟，文端勸駕，而處士《招隱》一時傳爲佳話。《梁蒼巖相國登盤山訪同年李光四不遇留詩》云：『憶昔看花傍帝畿，十年避弋羨鴻飛。登山欲問湘江叟，風雨冥冥冷釣磯。』商邱宋中丞犖《桃花寺弔李光四處士》句云：『鹿裘邈何許，猿鶴尚思君。』『山高水長，其風可想。』又處士句：『棋爲輸人歇，琴因好我隨。』『嶺同詩骨瘦，雲比道心濃。』皆别有寄託也。

校按：

【一】原『遥』字處空白無字，今據《國朝畿輔詩傳》補。

魏刺史一鰲《雪亭詩草》

《國朝畿輔詩傳》：一鰲，字蓮陸，新安人。明舉人，官忻州知州，祀鄉賢。

殷伯巖岳《留耕草堂詩》一卷

《國朝畿輔詩傳》：岳，字宗山，號伯巖，雞澤人。明舉人，國朝官江蘇睢寧縣知縣。

朱彝尊《殷先生墓志》：先生少跅弛【二】，然篤于孝友，與其弟淵並負才名。崇禎三年舉鄉試。京師陷，遁居西山，與淵討賊。事泄，淵被執，不屈死。永年申涵光者，素與先生爲友，留城中，聞賊索先生急，募死士，夜馳與賊戰，脱先生于難。遂渡河，同遊吴越。逾年，乃還。吏部按籍，除知睢寧縣，事布袍皂帽，騎驢至官舍。時兵革甫定，先生爲政持大體，與民休息，治聲甚著。涵光遺書勸之歸，先生遂力請上官投劾，仍騎驢，布袍皂帽還里。所居鄉日小砦草屋三楹，與涵光晨夕唱和相樂也。先生爲詩，自晉魏下屏不觀，尤不喜律詩，謂徒費對儷，無益性情。故平生所作，惟五言古風一體。莽莽然肖其爲人。

校按：

【一】『弛』，原誤作『地』，今據《國朝畿輔詩傳》改正。

梁明府以樟《印否集》

《國朝畿輔詩傳》：以樟，字公狄，號鶊民，清苑人。明進士，官河南商丘縣知縣。

史太史可程《浮叟詩集》

《國朝畿輔詩傳》：可程，字赤豹，號邃庵，大興人。明進士，官翰林院庶吉士。

《明史·史可法傳》：弟可程，京師陷，南歸養母，遂居南京。後流寓宜興，閲四十年而卒。

辛孝廉民《辛子詩集》

《國朝畿輔詩傳》：民，字霜翊，又字先民，一字嚴公，宛平人。明舉人。

喬刺史鉢《文衣詩集》

《國朝畿輔詩傳》：鉢，字文衣，内邱人。明貢生，國朝歷官四川劍州知州。

申涵光序：文衣詩横臆而出，肝膽外露，摧堅洞隙，一息千里。燕趙人多沈毅英爽，無夸毗之習，文衣其尤著哉。

王士禎《望劍州懷喬文衣》詩：次公狂自好，名字滿人間。才士無高位，吟魂寄百蠻。音書湖口縣，生死劍門關。太息青蠅弔，交州幾歲還。

米明府壽都《吉士詩集》

《國朝畿輔詩傳》：壽都，字吉士，宛平人。明貢生，國朝官江蘇沭陽縣知縣。

王崇簡序：吉士韶齡英穎，傳其家學。揮毫落紙，所謂高山檑具，蒼佩華纓，有廊廟之容焉。既而海内多故，歌板蕩，傷大東，欷歔感慨之音作矣。迄於今，悲激淒閔，纏綿引抑，亦其發於情之不得已乎？

杜徵君依中《雨花詩集》

《國朝畿輔詩傳》：依中，字遯公，號致虛，靜海人。明諸生，入國朝，以疾不赴徵。

徐秉義序：徵君生而穎異。明末嘗叩闕陳書，所獻十七策皆關天下大計，利害鑿鑿。懷廟嗟異，手署紙尾曰：『賈陸重生。』鋭意欲大用之，爲當塗所阻，以此賢名震天下。甲申後，棄功名，縱情邱壑。忠義剛正，篤於彝倫。目擊不平，以危言繩之，爲人敬憚。國初召用遺才，以疾力辭者三，竟不應。

張處士蓋《張子詩選》

《國朝畿輔詩傳》：蓋，字覆輿，永年人，明諸生。

朱彝尊《張處士墓誌》：永年有隱君子曰張蓋，以能詩文、工草書，亂後謝去學官弟子，悲吟侘傺，遂成狂疾。嘗遊齊、晉、楚、豫間，歸，自閉土室中，引酒獨酌，醉輒痛哭。雖妻子不得見，惟同里申涵光、雞澤殷岳至，則延入土室，談甚洽。其爲詩哀憤過情，恒自毀其稿，或作狂草累百過，至不可辨識乃已。久之，狂益甚，竟死。涵光輯其遺稿，僅得百篇，刻之。其五言詩尤高簡，方詣古人。

韓石耕畕《天樵子集》

《國朝畿輔詩傳》：畕，字經正，號石耕，大興人。

《池北偶談》：石耕亂後游江南，徧歷台、宕諸勝，客死平湖。善鼓琴，尤工五言詩。有句云：『春愁當二月，酒渴起三更。』

《靜志居詩話》：石耕善琴，所操北音，耻作妮妮兒女子語。終身不再娶，游覽江湖以終。今之牧犢子也，五律清穩，頗足名家。

劉雪舫文炤《攬蕙堂偶存》

《靜志居詩話》：文炤，字雪舫，任邱人。孝純皇太后姪新樂忠恪侯文炳弟。按：《明史·后妃傳》，孝純劉皇后，莊烈帝生母也，海州人，後籍宛平。此與《明詩綜》之任邱互異。

王清有體健《讀騷齋詩集》

《曲周縣志》：體健，字清有，介子前明諸生，伉爽有奇氣。值兵荒苦盜，以什伍法部署，里人皆獲無恙。國初棄舉子業，從夏峰孫徵君講性命之學，深入窔奥。喜爲詩，入元、白之室。

申涵光序：清有先生晚篤理學，而好詩不衰。負笈蘇門，觸緒成詠，所謂『見周茂叔後吟風弄月』，有『吾與點也』之意。

李相國霨《心遠堂詩集》十二卷

《四庫全書總目提要》云：霨，字坦園，高陽人。順治丙戌進士，官至大學士，謚文勤。是集爲霨所自編，初刻於康熙辛亥，至於丁巳，又續廣之。其論詩，謂王、李、鍾、譚其詞皆予，而所不予者在其效顰學步之流，持論最爲平允。故集中諸作，皆沖和雅正，不爲叫囂之音，亦不蹈纖仄之習。其門人陳廷敬序稱：『其寫一時交泰之盛，蓋遭際盛時，故其詩有雍容太平之象，古人所謂臺閣文章者，蓋若是矣。』

《紅豆樹館詩話》：國朝定鼎之初，北方實多賢輔，而文章彪炳，開一代風氣之先者，首推坦園相國。蓋承其父文敏公國楷遺訓，黼黻昇平，殫心獻替，不動聲色，勳業偉然。今讀《坦園集》，六代三唐，合爐而治，聯珠綴玉，蔚爲盛世元音。以視唐之燕許、宋之楊劉，洵足方軌齊軫。

魏相國裔介《孝經注義》一卷

《四庫全書總目提要》云：裔介，字石生，號貞庵，柏鄉人。順治丙戌進士，官至保和殿大學士。乾隆元年追謚文毅。是書以《孝經》分章詮釋。其訓詁字義者，標題曰『注』。其敷衍語意者，標題曰『義』。詞旨淺近，蓋課蒙〔一〕之作也。

《聖學知統録》二卷

《四庫全書總目提要》云：是録凡載伏羲、神農、黄帝、堯、舜、禹、皋陶、湯、伊尹、萊朱、文王、太公望、散宜生、周公、孔子、顔子、曾子、子思、孟子、周子、二程子、張子、朱子、許衡、薛瑄二十六人。博徵經史，各爲紀傳。復引諸儒之説附於各條之下，而衷以己説。其《自序》謂見知聞知之統，具載於此。然惟聖知聖，惟賢知賢，惟接道統之傳者能知道統之所傳。《孟子》末章，惟孟子能言之耳，奈何遽以自任乎？

《聖學知統翼録》二卷

《四庫全書總目提要》云：裔介既作《知統録》，復作此録以翼之。自序謂：『以之羽翼聖道，鼓吹六經，亦猶淮泗之歸於江海，龜蒙之儕於岱宗也。凡録伯夷、柳下惠、董仲舒、韓愈、胡瑗、邵雍、楊時、胡安國、羅從彦、李侗、吕祖謙、真德秀、趙複、金履祥、劉因、曹端、胡居仁、羅倫、蔡清、羅欽順、顧憲成、高攀龍二十二人。』其去取之故，亦莫得而詳焉。

《四書大全纂要》無卷數

《四庫全書總目提要》云：是編以明永樂間所著《四書大全》泛濫廣博，舉業家鮮能窮其説。乃采其要領，俾簡明易誦。然《大全》龐雜萬狀，沙中金屑，本自無多。裔介所摘，又未能盡除枝蔓，獨得精華，則亦虚耗心力而已。

《鑑語經世編》二十七卷

《四庫全書總目提要》云：是編以《通鑑》卷帙浩繁，學者難以卒讀。於是摘録司馬光《資治通鑑》及王宗沐《宋元資治通鑑》凡有關經世者，加以案語。其議論尚皆平正，然亦不能無因謬襲誤之弊。如信宋太宗燭影斧聲之事，而曰『燭影摇紅，心田變黑』，殊爲失考。又謂明《永樂四書》《五經大全》爲不刊之典，亦未免儒生章句之見也。

《教民恒言》一卷

《四庫全書總目提要》云：是書本聖諭十六條，衍爲通俗之詞，反覆開闡，以訓愚蒙。前列《講約》二圖，蓋其家居時所作也。

《致知格物解》二卷

《四庫全書總目提要》云：是編上卷載程子、朱子格致之説，下卷列諸儒格致之説，而附以裔介所作辨二篇，一曰《致知格物非物欲扞格》，一曰《致知格物非去不正以全其正》。又《與孫承澤論學書》一篇，《或問》一篇。

《周程張朱正脈》無卷數

《四庫全書總目提要》云：是編首録周子《太極圖説》，次張子《西銘》《東銘》，次周汝登所輯

《程門微旨》，次國朝孫承澤所輯《考正晚年定論》及朱子與廖德明問答。題曰『正脈』，以諸儒之脈在是也。其自序謂：『周海門所輯《程門微旨》，王陽明所輯《朱子晚年定論》，未足發蒙啟迷。於《微旨》取十之五，於王陽明所輯則盡删之，而取北海考正定論。』云云。然《微旨》内『如覺悟便是性』一條及『漢江老父云心存誠敬固善，不若無心』一條，依然王門之宗旨，則持擇猶未審也。

《論性書》二卷

《四庫全書總目提要》云：是書引《書》《易》《孝經》《論語》《家語》《左傳》《禮記》《中庸》《孟子》《孔叢子》《子華子》《荀卿子》《論衡》《老子》以及唐、宋以來諸家論性之語，而衷以己説。末自附《性説》二篇。

《樗林三筆》五卷

《四庫全書總目提要》云：是書分三種：《樗林閒筆》一卷，《樗林偶筆》二卷，《樗林續筆》二卷。《閒筆》所載多息心養生之論，《偶筆》上卷多講學之語，下卷皆論史事，《續筆》則援引先儒，間參己見，亦頗及明季時事。裔介以講學名，而是編多以二氏爲宗，殆不可解。至《續筆》内稱『楊嗣昌起復入都，白帢布袍，所過驛傳蔬粳而已。剿殺流賊，不遺餘力。襄陽之破，鬱鬱而死』云云。未免爲之回護，則亦不盡公論矣。

《約言録》二卷

《四庫全書總目提要》云：是編乃順治甲午冬裔介在告時所筆記。内篇多講學，外篇則兼及雜論。

《巡城條約》一卷

《四庫全書總目提要》云：順治丁酉，裔介爲左都禦史，立此約以釐清五城之事，凡四十條。然其中有瑣屑過甚者，如禁鋪户唱曲、禁擊太平鼓、禁小兒踢石拋球之類，皆必不能行之法。即令果能禁絶，於民生國計，亦復何裨，徒滋吏役之擾而已。

《風憲禁約》一卷

《四庫全書總目提要》云：皆巡按條約，凡五十四條。考《五朝國史》裔介本傳，載其由庶吉士授工科給事中，轉吏科兵科給事中，累遷太常寺少卿、左都御史、吏部尚書、保和殿大學士，不載其巡按外省。不知此書何時所作也。

《柏鄉魏氏傳家録》二卷，附《家約》一卷

《四庫全書總目提要》云：是編皆訓導子孫之詞，多講舉業。後附《家約》一卷，凡十事。大旨主於謹身守法，保全富貴。蓋其爲大學士時作也。

《牛戒續鈔》三卷

《四庫全書總目提要》云：裔介因世祖章皇帝刊印《牛戒匯鈔》，乃裒集諸書所載有關於牛戒者，列爲三篇。自序謂『發明《匯鈔》之本旨，而推廣皇上好生之德』云。

《希賢録》十卷

《四庫全書總目提要》云：分爲學、敦倫、致治、教家、涉世五門，每門又各分子目，以嘉言善行分注，乃康熙辛酉裔介致仕後所作。

《兼濟堂文集》二十卷

《四庫全書總目提要》云：是編奏疏三卷，序六卷，書牘二卷，傳志二卷，祭文、論二卷，雜著二卷，樂府、古今體詩三卷，附《年譜》一卷。其平生著述，刻於江南者，有《兼濟堂集》十四卷；

刻於荊南者，有《兼濟堂集》二十四卷；刻於京師者，有文選二集上、下二編，《昆林小品》上、下二編，《昆林外集》一編，《奏疏尺牘存餘》七卷。其刻於林下者，有文選十卷，《嶼舫近草》五卷，詩集七卷，《樗林三筆》五卷。此集乃詹明章裒輯諸本，簡汰繁冗，合刊爲一編者也。裔介立朝頗著風節，其所陳奏多關國家大體。詩文醇雅，亦不失爲儒者之言。雖不以詞章名一世，而以介於國初作者之間，固無忝焉。

《溯洄集》十卷

《四庫全書總目提要》云：裔介嘗選國初詩爲《觀始集》，今未見傳本。是編乃所選康熙中詩，以續前集者也。意求備一時之人，故限於卷帙，不能備一人之詩，大抵一人三數首而已。惟每體之末，必附以己作，所收較他人爲夥。則似不若待諸他人之論定焉。

《今文溯洄集》十卷

按：是書卷首有順治辛丑花朝裔介自序，末云：「詩既以溯洄名茲集也，並列爲盛事焉。」蓋繼前《溯洄集》而成者也。《四庫全書總目提要》未著録，其時殆未見云。

校按：

【一】「蒙」，原誤作「家」，今據《四庫全書總目提要》改正。

魏尚書象樞《寒松堂集》九十二卷

《四庫全書總目提要》云：象樞，字環極，蔚州人。順治丙戌進士，歷官至都察院左都御史，遷刑部尚書，以病乞休，聖祖御書「寒松堂」額以寵其歸，卒謚敏果。其平生立朝端勁，爲人望所歸，講學亦醇正篤實，無空談標榜之習，文章樸直，亦如其爲人。惟其子學誠編此集時，意在於先人手澤，一字無遺，遂細大不捐，幾盈百卷，未免有榛楛勿翦之憾耳。

王士禎《池北偶談》：康熙辛酉二月，上謁孝陵。諸公卿三品已上皆從，多賦詩紀事。蔚州魏公環溪一詩，極令人感動。詩曰：『薊門西望望皇畿，共侍鑾輿展謁歸。禮罷陵門雲自闔，夢迴寢殿淚頻揮。老臣將去填溝壑，何日重來拜翠微。廿載承恩無寸補，鐘鳴漏盡尚依依。』予謂五六句最沁人心脾。

沈德潛《別裁集》：公爲本朝直臣第一，彈劾必匪人，如余司仁、劉顯貴、程汝璞諸人是也。薦引必正人，如湯文正斌、陸清獻龍其二公是也。任都御史時，特命巡察畿輔，攘除尤見風力。歸田後，書數千卷外無長物。嘗笑曰：『尚書門第，秀才家風。』又可想其清節矣。

《紅豆樹館詩話》：敏果以益都馮公疏薦起用，清操峻節，有聲臺諫。所爲論事、薦賢諸疏，皆敷陳剴切，具古大臣風度。嘉慶五年，睿皇帝詔求賢良，後裔公六世孫煜以《寒松堂集》進，上覽奏疏稱善，謂『居諫垣者當以爲法』。賜煜舉人。先是，集版燬于火。至是始重刊行世，聖世不忘耆舊，恩禮優隆，固爲超邁前古。而公于數世後，猶能上荷主知，賞延于世，亦其公忠侃直，有以致之也。

傅尚書維鱗《明書》一百七十一卷

《四庫全書總目提要》云：維鱗，初名維楨，靈壽人，順治丙戌進士，官至工部尚書。是書爲其子汀州府知府燮詷所鐫。冠以移取咨送諸案牘。蓋康熙十八年詔修《明史》，徵其書入史館。凡《本紀》十九卷、《世家》三十三卷、《宫闈紀》二卷、《表》十二卷、《志》二十二卷、《記》五卷、《世家列傳》七十六卷、《敘傳》二卷。自謂搜求明代行藏印抄諸書，與家乘文集碑志，聚書三百餘種、九千餘卷。參互實録，考訂異同，可謂博矣。然體例舛雜，不可縷數。《學士祭酒表》已病其繁矣，乃又有《制科取士年表》，上列考官，下列會試第一人、殿試一甲三人。此以志乘之例施之國史也。《司天》《曆法》分二志，以一主占候、一主推步也。而象緯之變，既已載於《司天》，又別立一《機祥志》，不治絲而棼乎。嘉靖時更定祀典，最爲紛呶，仿《漢書》別志郊祀可也。《綸渙》一志，惟載詔令，此劉知幾之創說，史家未有用之者。循是而往，不用其載文之例不止矣。《土田》《賦役》《食貨》分三志，《服璽》《輿衛》分二志。此《通典》《文獻通考》類書之體，非史法也。所謂《記》者，蓋沿《東觀漢記》載記之名，而皇子諸王與元末群雄合爲一類，未免不倫。《世家》止列王公，其侯伯以下則別入《勳臣傳》，不知《史記》《蕭相國世家》《曹相國世家》皆侯爵也。豈王公世及，侯以下不世及歟？《列傳》分勳臣、忠節、儒林、名臣、孝義、循良、武臣、隱逸、雜傳、文學、權臣、藝術、列女、外戚、殘酷、奸回、宦官、異教、亂賊、四國、元臣二十一門。無一專立之傳，已與古體全乖。其分隸尤爲不允。《忠節傳》列遜國諸臣至盈四卷，而梁良玉、雪庵和尚、補鍋匠乃別入《隱逸傳》中。如曰以死不死爲別，則《忠節傳》中之程濟、葉希賢、楊應能固未嘗死，《隱逸傳》中之東湖樵夫又未嘗不死，是何例也？劉基不入《勳臣》，宋濂不入《文學》，以嘗仕元，均與危素等入之《雜傳》是也。納哈出元色目人，何以又入《勳臣傳》乎？張玉、譚淵以其爲靖難佐命，入之《亂賊傳》，與唐賽兒聯名，已不倫矣。朱能、邱福，事同一例，何以又入《武臣傳》中。姚廣孝首倡逆謀，尤爲亂首，何以又入《異教傳》中乎。《儒林傳》中列邱濬，《名臣傳》中列嚴震直、胡廣、徐有貞、李東陽、吕本、成基命，其於儒林名臣居何等也。嚴嵩入《權臣傳》，與張居正並列。温體仁、周延儒、薛國觀並泯其姓名。而劉吉、萬安、尹焦芳則入《奸回傳》。嵩等罪乃減於四人耶。石亨、石彪，實有戰功，但跋扈耳。仇鸞交結嚴嵩，冒功縱惡，亦未嘗得幸世宗，與馬昂、錢寧同入佞倖則非其罪。陸炳有保全善類之事，乃入之《殘酷》，而許顯純、田爾耕竟不著名。此亦未足服炳也。蓋一代之史，記載浩繁，非綜括始終，不能得其條理。而維鱗節節葉葉，湊合成編，動輒矛盾，固亦勢使之然矣。

《四思堂文集》八卷

《四庫全書總目提要》云：是集奏疏一卷，記序雜著二卷，詩五卷。所載如《更役法》《嚴巡方》《考覈諸疏》及《屯田苦民書》諸作，頗有侃直之風。至《士傳民語諸謡曲》，盡明末兵荒流離之狀。然統其全集觀之，則頗傷麤率，蓋天性耿直，直抒胸臆，不甚留意於文章云。

梁侍郎清遠《雕邱雜録》十八卷

《四庫全書總目提要》云：清遠，字邇之，號葵石，真定人。順治丙戌進士，官至吏部侍郎。是編十有八卷，卷立一名。皆隨時筆記之文。大抵雜録明末雜事及【二】真定軼聞，頗多勸戒之意。惟末年尤信修煉之説，亦間涉釋氏，至謂《心經》是古今第一篇文字。蓋禪【三】學、玄學明末最盛，清遠猶沿其餘風也。間有考證，然不甚留意。如九卷載李屏山所作《西嵓【三】集》序，稱李義山喜用僻事，下奇字，晚唐人多效之，號西昆體，殊無典雅渾厚之氣，反詈杜少陵爲村夫子。是以楊億事爲李商隱事，殆唐、宋不辨。又引黄庭堅之言，謂韓退之詩如教坊雷大使舞【四】，學退之不至，即爲白樂天。是以陳師道所評蘇軾詞、蘇軾所評陶潛詩，並誤爲庭堅評韓愈詩之詞，顛舛尤甚。

《祓園集》九卷

《四庫全書總目提要》云：是集清遠所自編，凡詩四卷，文四卷，詞一卷。其詩直抒性情，頗能蟬蛻於習俗之外，而人所應無盡無，人所應有尚未能盡有也。

校按：

【一】「及」，原誤作「乃」，今改正。
【二】「禪」，原誤作「檀」，今據《四庫全書總目提要》改正。
【三】「嵒」，原誤作「山品」二字，今據《四庫全書總目提要》改正。
【四】「舞」，原誤作「辭」，今據《四庫全書總目提要》改正。

劉都憲鴻儒《四留堂集》

鴻儒，字魯一，遷安人。順治丙戌進士，歷官都察院左都御史，祀鄉賢。

吕學士纘祖《几園集》

纘祖，字峻發，號修祉，滄州人。順治丙戌一甲二名進士，歷官弘文院侍讀學士。《津門詩鈔》：學士博學工書，夜視，兩目炯炯有光。少年文學大蘇，晚年歸於平淡。

王明府登録《梅雨軒詩草》

登録，字拱北，號退修，一號懷園，任邱人。順治丙戌進士，官江西永新縣知縣。

王鴻臚景祚《用拙山房草》

景祚，字振公，號迂叟，文安人。順治丙戌進士，歷官鴻臚寺正卿。

楊方伯思聖《且亭詩集》

《四庫全書總目提要》云：思聖，字猶龍，鉅鹿人。順治丙戌進士，官至四川布政使。申涵光所作小傳稱有《且亭詩》七集，然不著其卷數。此本乃思聖既歿，其子履吉所編，凡詩八百餘首，其入蜀諸作，刻意摹杜，而刻畫之痕未化也。

《紅豆樹館詩話》：柏鄉魏公嘗作《五君詠》，首推先生及蔚州魏敏果公，一時稱爲『楊魏』。《且亭集》近體多于古體，五律尤多于七律。申涵光稱其俊音亮節，上宗老杜，近比信陽王企堉，稱其寄託深遠，一往豪邁。皆非溢美。

郜提學煥元《猗園存笥稿》

《長垣縣誌》：煥元，字淩玉，號雪嵐，明吏部主事獻珂子。幼穎敏，十歲解屬文，十五補博士弟子員，十七舉於鄉，順治丙戌成進士，授太原知縣，涖任首葺城垣。無何有姜逆之變，所在陷没。煥元集衆歃血誓守，賊合衆來攻，竭力防禦，身不解甲者七晝夜。會大兵至，殲寇於晉祠。以功陞刑部主事。未幾，擢湖廣提學道按察使僉事，至則正文體、絶請託，所拔率成名士。甲午鄉試，自元魁以下凡得售者九十三人，一時傳爲盛事。請告歸，年纔三十餘。閒居奉親，栽花蒔竹，閒遊秦、晉、齊、魯、大梁、吴、越間。所爲詩古文辭極多，與鄧州彭而述、益都趙進美、萊陽宋琬、遵化周體觀、永年申涵光、陽武趙賓稱『江北七才子』。著有《猗園存笥稿》數十卷藏於家。

石尚書申《寶笏堂遺集》

《國朝畿輔詩傳》：申，字仲生，灤州人。順治三年進士，歷官户部左侍郎，贈吏部尚書，祀鄉賢。

李霨序：仲生氣盛才銛，不可一世。操筆爲文，幽折瑰麗，都非尋常蹊徑。詩劇鉥鏤劖，矯岸不群，洵能自成一家言。猶記初爲庶常時，閣試之典未廢，一日内院集試，擬《待漏院記》。諸人爭摹宋調，獨仲生起語云：『天子無日不視朝，宰相無日不入對。此待漏院之所由設也。』余服其老成。已而果第一。

胡尚書兆龍《息遊堂詩集》

《國朝畿輔詩傳》：兆龍，字予衮，號宛委，一號具茨，宛平人。順治三年進士，歷官吏部侍郎，卒贈尚書。

竇觀察遴奇《倚雉〔二〕集》十二卷

《四庫全書總目提要》云：遴奇，字松濤，大名人。順治丁亥進士，官至僉都禦史。是編爲其友賀應旌所編，凡文五卷，詩六卷，詞一卷。『倚雉』者，其所居堂名也。按：《國朝畿輔詩傳》遴奇作順治三年進士，歷官安徽徽寧廣德道。三年，丙戌也。科分、官階皆異，未知孰是。

孫奇逢序云：松濤宦遊不廢吟詠，恬退田里，益肆力風雅，寄情託志，往往在勳名富貴之外。

校按：

【一】『雉』，原誤作『難』，今據《四庫全書總目提要》改正。

王相國熙《文靖集》廿四卷，《附録》一卷

《四庫全書總目提要》云：熙，字子撰，一字胥廷，宛平人。順治丁亥進士，官至大學士，謚文靖。是集，爲其子克昌所編。凡奏疏二卷，頌賦一卷，詩六卷，文十五卷，以自作年譜及行狀、志銘、碑傳附録於末。前有其門人張玉書、吴震方二序，又有朱彝尊序。核其詞意，皆熙在時所作，而標題亦稱其謚，或刊版者追改也。按：《國朝畿輔詩傳》載朱彝尊《王文靖公傳》。

佘儀部一元《潛滄集》七卷【一】

《四庫全書總目提要》云：一元，字占一，號潛滄，山海衛人。順治丁亥進士，官至禮部郎中。是集卷一爲《四書解》，卷二至卷六爲雜文，卷七爲詩。其《次韻答張築夫》詩有『良知自是姚江旨，躬秉幾亭夫子傳』句。蓋其學出於陳龍正，集中所謂『幾亭師者』，龍正别號也。故其《四書解》中以小學爲格物，而深譏《朱子補傳》爲非。猶宗王守仁之説，而小變之者也。

《紅豆樹館詩話》：宋玉叔《安雅堂集》有《留别佘占一儀部》七律云：『嗚珂猶憶醉新豐，一别青門歎轉蓬。持節偶過君子里，拂衣真見古人風。書來但話山中桂，客去應憐塞上鴻。明輩霜髯君

獨早，於今衰鬢已相同。』當時玉叔已以古人相推，則儀部之風槩可想。

校按：

【一】『七卷』，《國朝畿輔詩傳》作『八卷』。

羅觀察森《麻姑山丹霞洞天志》十七卷

《四庫全書總目提要》云：森，字約齋，大興人。順治丁亥進士，官至陝西督糧道。是編因明萬曆中左宗郢志而修。第一卷爲圖者八，第二卷爲考者四，第三卷爲表者二，第四卷爲志者四，第五卷爲紀者五，其餘藝文分七卷。末則《麻源附録》一卷，《從姑附録》一卷，《育英堂附録》一卷，《姑山雜記》一卷，《詩文補遺》一卷。

郝尚書惟訥《恭定集》五卷

《四庫全書總目提要》云：惟訥，字敏公，霸州人，順治丁亥進士，官至吏部尚書。此集凡都察院奏疏八篇，刑部奏疏四篇，禮部奏疏一篇，户部奏疏九篇，吏部奏疏六篇。其《禮部請行釋奠疏》《户部税銀款目疏》，皆注『疏存部案』字。蓋當時同官公議，而惟訥具草，故仍刻之私集也。

張副使能鱗《詩經傳説取【二】裁》十二卷

《四庫全書總目提要》云：能鱗，字西山，順天人。順治丁亥進士，官至四川按察司副使。其書以豐坊僞《詩傳》爲主，而旁采申培《詩説》及《詩六帖》以發明之。宗旨先謬，其餘亦不足深詰矣。

《峨眉志略》一卷

《四庫全書總目提要》云：是書於峨眉形勝古跡，標撮甚略。末附詩文數篇，而自作乃登其二。《佛光解》一篇，命意雖善，措詞則未能免俗也。

《儒宗理要》廿九卷

《四庫全書總目提要》云：是書取宋五子著述，分類編録周子二卷、張子六卷、程子六卷、朱子十五卷。書前各有小序一首，本傳一篇，别無發明。

校按：

【一】『取』，原誤作『所』，今據《四庫全書總目提要》改正。

馬工部鳴蕭《愓齋詩草》一卷

《津門詩鈔》：鳴蕭，字和鑾，號子乾，又號乾若，青縣人。順治丁亥進士，歷官浙江湖州府推官、辛卯科鄉試同考官、工部都水司主事、提督蕪湖關抽分、工部營繕司員外郎。乾若先生任事勤敏，官主政時，監修乾清宫，暴身烈日中。上見，憫之，賜以御用雨蓋。工竣，賜表裏銀馬有差。任蕪湖鈔官，溢額二萬一千六百餘兩，部題記録，商民懷之，立《去思碑》。任員外三年告歸，游林泉，不言榮禄，惟嗜吟詠。人服其清尚。

谷提學應泰《明史紀事本末》八十卷

《四庫全書總目提要》云：應泰，字賡虞，豐潤人，順治丁亥進士，官至浙江提學僉事。其書仿袁樞《通鑑紀事本末》之例，纂次明代典章事蹟。凡八十卷，每卷爲一目。當應泰成【一】此書時，《明史》尚未刊定，無所折衷。故紀靖難時事，深信《從亡》《致身》諸録，以惠帝遜國爲實；於滇黔遊蹟，載之極詳，又不知懿安皇后死節，而稱其青衣蒙頭，步入成國公第；俱不免沿野史傳聞之誤。然其排比纂次，詳略得中，首尾秩然。於一代事實，極爲淹貫。每篇後各附論斷，皆仿《晉書》之體，以駢偶行文，而遣詞抑揚，隸事親切，尤爲曲折詳盡。考邵廷采《思復堂集·明遺民傳》，稱山陰張岱嘗輯明一代遺事爲《石匱藏書》。應泰作《紀事本末》，以五百金購請，岱慨然予之。又稱明季稗史雖多，體裁未備，罕見全書。惟談遷《編年》、張岱《列傳》兩家具有本末，應泰並采之以成紀事。據此，則應泰是編取材頗備，集衆長以成完本。其用力亦可謂勤矣。

《築益堂詩集》

馬慧裕序曰：霖蒼先生詩，意厚詞和，渢渢乎唐之遺音，而不入于纖穠流易。

校按：

【一】『成』，原誤作『來』，今據《四庫全書總目提要》改正。

郝中丞浴《中山集》四卷，文四卷，詩四卷，奏議四卷，史論二卷

浴，字冰滌，又字雪海，後更號復陽，定州人。順治六年進士，歷官廣西巡撫，祀鄉賢。梁清標爲之作傳。

彭紹升《思賢詠》：一劍拄危城，鋭氣何崷崒。觸邪儆無歸[一]，要使亂源窒。翛然遠海濱，不出尼山室。寥廓天壤間，魏公秉直筆。

校按：

【一】『歸』，《國朝畿輔詩傳》作『將』。

周觀察體觀《晴鶴堂集》十六卷

《國朝畿輔詩傳》：體觀，字伯衡，遵化人，順治六年進士，官江西參議道。

施閏章序：伯衡爲人坦直倜儻，簡脱聲利。言天下事可否、人物文章高下，軒軒然必盡吐其胸中，無所俯仰。蓋立朝若忘其官，到官若忘其家。生平誦法杜陵，其所爲《令支道中雜咏》似杜秦州諸詩。他若《感時贈友》，觸興成篇，真氣淋漓。殷璠之目浩然，所謂『半臻雅調，全削凡體』，其庶幾乎？

王士禛《香祖筆記》：周伯衡外補九南道，與施愚山同爲江西監司，又同年也，其風流好事略相似。有《過黄州》詩云：『不見當年劉克猷，西風吹淚古黄州。舊時江路能來否，落日招魂古驛樓。』

真不媿古人也。

謝忠義泰《蓼集編》《客中吟》

《國朝畿輔詩傳》：泰，字彙征，號建侯，大興人。順治六年進士，官湖廣竹山縣知縣，祀忠義祠。

盧見曾《山左詩鈔·流寓傳》。

王明府家啓《擇執録》十二卷

《四庫全書總目提要》云：家啟，字誠庵，蔚縣人。順治辛卯舉人，官廣東新會縣知縣。是書雜采嘉言善事，分三十四門。蓋鄉閭勸善之書，趙善璙《自警編》之類也。以『擇〔一〕執』爲名，過其實矣。

校按：

〔一〕本處『擇』字，原誤作『拜』，今據《四庫全書總目提要》改正。

郭學士棻《學源堂文集》十八卷

《四庫全書總目提要》云：棻，字快圃，清苑人。順治壬辰進士，官至翰林院侍讀學士。按：《國朝畿輔詩傳》作『官内閣學士』。其文頗爲華贍，惟酬應之作太多，未免失於删汰。棻曾修《畿輔志》及《保定府志》，今集内所載星野、沿革等説，皆《志》中之文，蓋用《鄂州小集》載《新安志序》之例也。

張太史溍《讀書堂詩集》十卷

《杜詩注解》二十卷

《四庫全書總目提要》云：溍，字上若，磁州人，順治壬辰進士，官翰林院庶吉士。是編乃其晚年家居所作。以《千家注》爲本，而稍節其冗複。凡稱原注者，皆《千家注》。每詩下評語及圈點，則溍所增入也。自稱起己丑迄癸丑，閲二十四寒暑，五易稿而成。其用力甚勤，然多依傍舊文，尚未能獨開生面。

趙明府吉徵《菜根堂詩選》

《國朝畿輔詩傳》：吉徵，字君孚，大興人。順治十一年舉人，官湖北應山縣知縣。

王士禛序：先生爲人慷慨，負意氣，好交游，重然諾。其詩不取妍當世，而骯髒之氣時露行墨間。

劉比部元徵《培園詩集》六卷

《國朝畿輔詩傳》：元徵，字伯誠，號夢闈，大名人。順治十二年進士，官刑部郎中。

《百家詩鈔》：夢闈詩敦厚似陳拾遺，韶秀似王汜水，沈鬱頓挫，幾比肩浣〔二〕花。

校按：

【二】『浣』，原作『院』，今據《國朝畿輔詩傳》改。

紀太守元《卧遊山房稿》

《國朝畿輔詩傳》：元，字季愷，號子湘，文安人。順治十二年進士，歷官陝西鞏昌府知府。王士禎爲之傳。

杜侍讀鎮《寶田齋草》

《國朝畿輔詩傳》：鎮，字子静，南宫人。順治十五年進士，官翰林院侍讀，祀鄉賢。

魏太僕雙鳳《南遊草》《南征紀略》

《國朝畿輔詩傳》：雙鳳，字雎伯，又字陽伯，獲鹿人。順治十五年進士，歷官太僕寺卿。

陸隴其傳：雎伯嗜讀書，穎悟非常。壬戌爲大理寺少卿，奉命祭告炎帝、虞帝二陵。有《南征紀略》行世。尋遷宗正，卒於官。

翟參議廉《宦遊偶寄》一卷

《國朝畿輔詩傳》：廉，字靜生，號棘麓，趙州人。順治十六年進士，歷官布政使參議。

井明府在《鐵潭詩集》六卷，《文集》二卷，《簏蟫[一]集》四卷，《合河署詩集》一卷，《天文纂要》八卷，《講約》六，《諭解》一卷

校按：

【一】『蟫』，原作『潭』，今據《國朝畿輔詩傳》改。

陳明府聖俞《寓甌雜詠》《歸思詩》

《國朝畿輔詩傳》：聖俞，字起哉，磁州人。順治十六年進士，官浙江永嘉縣知縣。

曹太守鼎望《楚游》《新安》二集

《國朝畿輔詩傳》：鼎望，字冠五，號澹齋，豐潤人。順治十六年進士，官陝西鳳翔府知府。

崔觀察嵂《公餘詠》

《國朝畿輔詩傳》：嵂，字蓮生，平山人。順治十六年進士，歷官陝西莊涼道。

蔣副憲弘道《來仲軒詩草》

《國朝畿輔詩傳》：弘道，字裕庵，大興人。順治十六年進士，歷官都察院左副都御史。

李酆都如滂《行素堂詩集》一卷

《四庫全書總目提要》云：如滂，字仲淵，高陽人。其祖、父明末皆死於亂，如滂間關冒死，訪遺骸於兵火之中，其行誼爲鄉黨所稱。入國朝，登順治己亥進士，官酆都縣知縣。是集如滂所自編，前有李霨序。霨，如滂諸父行也。

鄭中丞端《政學録》五卷

《四庫全書總目提要》云：端，字司直，棗强人。順治己亥進士，官至江南巡撫。是編原本吕坤、余自强兩家之書，而參酌之。内而閣、部、科、道，外而督、撫、司、道、守、令，應行事宜，咸載利弊。

《朱子學歸》二十三卷

《四庫全書總目提要》云：是書成於康熙癸亥。採摭朱子緒論，分類編輯，列爲二十三門，門爲一卷。自序稱少讀朱子《近思録》，而求明儒高攀龍所編《朱子節要》，數年不得。及此書既成，復得《節要》一册，取以相質，亦不至大相剌謬云。

《孫子匯徵》四卷

《四庫全書總目提要》云：考《孫子》十三篇舊注見於史志及諸家書目者，今多不傳，傳者亦多散見諸書，罕專家之完本。端此編匯集衆説，兼採古來談兵之言足與《孫子》發明者，附録於各句之下，頗爲詳備。然徵引太冗，如《作戰篇》『公家之費』節注内所録車馬器械之論，於車則全載《考工記》，於馬則悉引《相馬經》，於弓矢、戈戟、牌棒、鈀鐵等類則縷陳演習攻打之法。極其瑣細，亦博而不精者也。其書每卷皆標曰『孫武子集解廣義』，而端自序則又題曰《孫子匯徵》。未詳二名孰先孰後，今姑從端自序之名焉。

《日知堂文集》六卷

《四庫全書總目提要》云：是集凡奏疏二卷、文告一卷，記序、書啟、傳志三卷。其奏章公牘，大抵曲暢事理，而不以雕鐫字句爲工。第三卷中狀式七頁，乃吕坤《實政録》中全文。端爲江蘇巡撫時，刊版以示所屬，載其事於志狀則可。以前人之作，刻於文集之中，則非體例矣。

成太守克大《歷游詩》十卷

《國朝畿輔詩傳》：克大，字子來，大名人，克鞏弟。順治十七年舉人，歷官貴州鎮遠府知府。

王原序：先生詩寄情山水，流連景物，興致瀟灑，文章淋漓。其胸次空闊，直如雲海蕩潏。吟誦之下，令人神往魂悦。

鄭明府茂【一】**《竹邊樓詩草》**

《國朝畿輔詩傳》：茂，字子勉，號紫沔，永年人。順治十七年舉人，官福建武平知縣。

申涵光序：子勉深沉善下，每事必精專，乃退然如不足者。詩渾雅似儲潤州，時有精刻之思，出人意表。予好誦其『曉日當窻暖，飛塵亂隙光』一篇。

校按：

【一】『茂』下，原衍『竹』字，今據《國朝畿輔詩傳》删。

張觀察衡《聽雲閣集》二卷

《國朝畿輔詩傳》：衡，字友石，又字羲【二】文，號晴峰，景州人。順治十八年進士，歷官陝西榆林道。

周在建序：先生之詩過人者三：典由學問之博也，識由閱歷之久也，品由涵養之深也。故不必求合漢唐，莫不與漢唐肖。

《禊亭詩稿》千餘首見其子澧《先大夫行狀》。

校按：

【二】『羲』，原誤作『慕』，今據《國朝畿輔詩傳》《晚晴簃詩匯》改。

申太史涵盼《忠裕堂集》

《永年縣志》：涵盼，字隨叔，號定舫，永年人，涵光弟。順治十八年進士，官翰林院檢討。涵盼早歲師涵光，時涵光稱詩河朔，所與游者皆一時名士。涵盼力與追逐，殷、劉諸子皆目爲畏友。官翰林，鍵户著述，勢要之門未嘗一往。謝病歸，益肆力於經史。《有忠裕堂文集》《史籟》等書。

宋琬《申隨叔樂府序》：李西涯少師創爲樂府新聲，詠前史所列行事，流布當時，膾炙人口。惜其刻劃太盡，無復清廟朱紘三歎遺音。隨叔太史讀書尚友，往往别有所見。短章七十，乃其破萬卷而爲之者。言遠而旨該，論嚴而語雋，風雨晦明，一乍讀之，覺古人在几席間，不獨音節之妙琅琅作金石聲也。

蘇進士嵋《圯上吟》

《國朝畿輔詩傳》：嵋，字依巖，大興人。順治十八年進士。

魏明府裔納《逸休居詩》

《國朝畿輔詩傳》：裔訥，字觀周，一字辯若，號蘧庵，柏鄉人，裔介弟。順治十八年進士，官江南桃源縣知縣。

申涵光序：畿輔詩，魏氏一門尤盛。崑林先生爲一代風雅之宗，昆季並起，照耀河朔。辯若以射策中高第，讀其詩，嶙峋突兀，天外遥青，不爲徑草盆花、耳目近玩，蓋得太行之氣爲多。

連舍人佳樗《損齋詩草》

《國朝畿輔詩傳》：佳樗，字克昌，南宫人。順治十八年進士，官内閣中書。

《南宫縣志》：佳樗父三讓殉戊寅難事，母白氏備極孝養。博極群書，爲文古雅醇懋，學詩於鉅鹿楊猶龍，廣平申凫盟〔一〕爲作序。

校按：

〔一〕『盟』，原誤作『監』，今據《國朝畿輔詩傳》改正。

王明府維坤《漸細齋詩集》

《國朝畿輔詩傳》：維坤，字幼輿，號鵝知，長垣人。順治十八年進士，官四川梓潼縣知縣。申涵光序：幼輿詩，近體多雋語曠致、磊砢自得，歌行長篇縱横頓挫，莽莽然如萬夫敵，又何壯與？

牛太守樞《滇游草》

《國朝畿輔詩傳》：樞，字伯衡，號雙溪，元氏人。順治十八年進士，歷官浙江嘉興府知府。

杜徵君越《紫峰集》十四卷

《四庫全書總目提要》云：越，字君異，號紫峰，容城人。按：《國朝畿輔詩傳》作定興人。〔一〕前明諸生，康熙己未薦舉博學鴻詞，以老疾，未及赴試而罷。是集乃其門人楊湛等所編，凡詩四卷，詩餘附焉，雜文共十卷。越受業於定興鹿善繼，平生惟以砥礪行誼、講明道學爲事，故鄉里推爲耆宿，而文章則非所長。湛等所編，既多録應酬代筆之作，又不甚諳體例。其雜録中有《龍王廟募緣》一篇乃七言古詩，而編於文中。其所作祠聯、壁聯、書齋聯，一一備載，尤爲冗雜。《玉山雅集》載聯額别自有義，非此之謂也。

《畿輔通志》：越與孫徵君奇逢友善，互相砥礪，學成行修，不求聞達。一時名彦無遠近，咸師事之。

王餘祐《杜先生墓志》：鹿忠節倡學江村，四方景從，公首執贄，究極理奥，忠節特異之，因字曰君異。乙丙間，璫焰灼天下，偵卒如蝟，有異議者輒行羅織，范陽尤逼。璫耳目左浮邱督學畿輔，於公稱知遇。左罹璫禍，而魏忠節廓園、周忠介蓼洲兩先生亦被逮，公毅然曰：『耻不與黨，古誼豈遂絶乎？』乃同鹿封君、孫徵君倡同志，醵金納贖不少避。時廓園子學洢、蓼洲友人朱祖文俱納，廣柳匿江村，公周旋複壁間，即甘株坐如飴也。公於書無所不觀，發爲詩文，刻峭深秀，自闢堂奥。性工書，愛藏真帖，而蒼秀飛動實過之，求者戸限幾穿。戊午，開博學弘詞科，公不就試。嘗語『名最誤人』，因題壁『混蹟依鷗近，藏名應馬真』，蓋心有所深省云。

王士禎《居易録》：定興杜君異先生，鹿忠節高弟。家貧，教授生徒以給，饘粥麤糲衣〔二〕褐，苟完而已。即束脩亦不受。孺人與同志紡織佐之。與人處，油然和易，終身無疾言怒色，而剛介絶俗有壁立萬仞之概。亂後居新安，新安人化之，風俗一變，老穉婦孺，親如父兄。年八十餘，飲啖不衰。縣人高尚問以養生之術，曰：『無之，但平生未嘗嗔怒。或以此得老壽耳。』所著《紫峰集》，趙少司馬玉峰士麟爲刋行。趙云：『至聖言「過勿憚改」，若先生則無過可改。』楊常少敬庵爾淑云：『先生年八十五，未嘗一日不樂。予謂邵子居洛四十載安貧樂道，生平未嘗攢眉，先生殆庶幾矣。』

李富孫《鶴徵録》：先生志行高潔，不求聞達。家貧布衣蔬食，授徒自給。一時名彦咸師事之。薦舉至都，以老病，請於吏部，不與試，故部議不及。特旨以文行素著，與傅山俱授中書，是時年八十有四，自古未有之典也。

校按：

【一】今審雍正間《國朝畿輔通志》亦謂杜越爲容城人。

【二】『衣』，原誤作『尤』，今據《國朝畿輔詩傳》改。

王山人餘祐《五公【二】山人集》十四卷

《四庫全書總目提要》云：餘祐，本姓宓，先世爲王氏，後因不復改。字申之，一字介祺，直隸新城人。明末避亂易州五公山，因號『五公山人』。後流寓獻縣，子孫遂爲獻縣人。餘佑在前明爲諸生，受知於桐城左光斗，喜談氣節。其學則出自容城孫奇逢、定興杜越，以砥礪品行、講求經濟爲主。故立身孤介刻苦，有古獨行之風。然恒以談兵説劍爲事，又精於技擊，喜通任俠，不甚循儒者繩量。其詩文亦皆不入格，考證尤疎。如謂西洋呼月爲老瓦，杜詩『莫笑田家老瓦盆』即月盆也，如月琴、月臺之類取其形似。按歐邏巴人至明萬曆間利瑪竇始入中國，杜甫何自識其譯語？又謂古詩『爲樂當及時，焉能待來滋』，滋爲草名，又名蘩蔞，易於滋長，即藤也。案古詩本作『來茲』，字本《吕氏春秋》『今茲來茲』，猶今年明年，高誘注甚明，餘祐殆見誤本古詩『茲』字加水，因生曲説。又《題瀫水亭印藪》稱本《説文》《正譌》《玉篇》諸書。周伯琦《六書正譌》論雖偏僻，猶是篆體。顧野王、孫强【二】之《玉篇》則全是隸書，何與摹印之事？亦太不詳檢矣。

魏坤傳：山人晚年應獻陵書院之請，爲生徒講解穿穴經史，剖抉性理，皆别出新義。著有《居諸編》《乾坤大略》《諸葛陣圖》《通鑑獨斷》諸書。

李興祖序：先生博極群書，自禮樂兵刑，下至耕桑、藝植、醫藥、卜筮，無不窮析端委，極縱横上下之識。數千百年事，如燭照數計，及指陳得失，蒿目時艱，真有坐而言、可起而行者。乃巖棲谷飲，齎志以殁，不得見諸敷施，爲可惜也。先生嘗語及門曰：『詩本性情，必以忠孝爲根柢。子美入蜀，子瞻海外，忠君愛國之念，肫然於中，觸景流連，遂爲詠歌嗟歎不已。學古文，先正心術，心術正則理足氣昌，醇如董江都、愷切如陸敬輿，自無牛鬼蛇神之習。』余至今佩服不忘。

校按：

【一】『公』，原誤作『口』，今改正。

【二】『强』，原誤作『疆』，今改正。

高淵穎鐈《淵穎集》四卷

《畿輔通志》：鐈，字薦馨，清苑人。嗜古善書，得米襄陽筆法。著述甚富。詩有《陸舟》《蘆中》《依雪》《浮家》四集，雜著又有《義烈》《金蘭》等編。

《池北偶談》：淵穎嗜酒，好遊名山水，自負鎚鑿，每得句，必題石手鐫之。常游林慮，竟日忘返，聞峰下耕者喧呼，回視向所來處，乃知衙虎過也。其門人陳僖藹公編其集。

《紅豆樹館詩話》：薦馨從容城徵君游，嘗撰《義烈編》，紀甲申三月二十四日流寇陷保定死難諸人，纖細無遺。所居在白洋淀側，地多葭葦，自號『蘆中人』，蓋亦振奇慕義之士也。詩多獨造語，《春愁曲》一篇尤神似李昌谷。

申明經涵光《聰山集》十四卷

《四庫全書總目提要》云：涵光，字孚孟，一作符孟，又曰孟和，復自號曰『凫盟』，取與『符孟』字音近也。永年人，明太僕寺丞佳允之子，順治中恩貢生。是編首列年譜、傳志一卷，次文三卷，詩八卷，附《荊園小語》一卷，《荊園進語》一卷，皆所作語録也。

《池北偶談》：申凫盟同學多爲大官，申獨隱居不出。有故人自京師寄書，申報以詩云：『日日秋陰命筍輿，故人天上落雙魚。荷花未老新醪熟，爲道無閒作報書。』其簡傲如此。

劉明經逢源《積書巖詩選》無卷數

《四庫全書總目提要》云：逢源，字津逮，廣平人。與同里申涵光相倡和。是編分初集、二集，後附《前後漫興》詩各五十首。逢源生當明季，崎嶇轉徙於江、漢、淮、海之間，故幽憂之語多，而和平之韻鮮焉。

◎按：《國朝畿輔詩傳》：逢源，字資深，號津逮，曲周人。順治間貢生，有《積書巖詩》《學迂軒稿》。

周文學𩊠《葭里集》六卷，二集六卷，三集五卷

《四庫全書總目提要》云：𩊠，字若柯，南和人，順治中諸生。屢試不售，棄[一]舉業，專力爲詩。與廣平申涵光遊，故所作不失矩度，然才地頗弱，僅涉唐人之藩[二]籬。魏裔介序是集稱其詩温潤清脱，在唐人中項斯、馬戴可以伯仲，蓋舉其近似耳。

校按：

【一】『棄』，原誤作『弃』，今改正。

【二】『藩』，原誤作『藻』，今據《四庫全書總目提要》改正。

趙處士湛《玉暉堂稿》

《國朝畿輔詩傳》：湛，字秋水，號石鷗，永年人。

王士禎《漁洋詩話》：申鳧盟涵光稱詩，廣平開河朔派，其友雞澤殷岳伯巖、永年張蓋覆與曲周劉逢源津逮、邯鄲趙湛秋水皆逸民也。諸子既殁，惟秋水無恙。余丙子再使秦蜀，於褒城驛見其《登太行》一篇，信是奇作，惜不記憶其全：『太行高萬仞，絶磴霾雲間。雪壓雁門塞，冰齊熊耳山。』

馬髯癯之騋《墨隱詩草》三十卷

《國朝畿輔詩傳》：之騋，字辰次，一字元章，號『墨隱』，又號『髯癯』，東光人，諸生。有《墨隱詩草》三十卷。

張汝載序：髯癯詩不一致，或明如春，或淡如秋，或慷慨悲歌，或揖神説鬼。要之，思路清異，筆舌矜肆，有不可一世之意。

盧世㴶序：辰次詩從昌谷、退之洗削而來，天骨横空，非暖暖姝姝隨兩家呼拜者。子孔懷，號韋庵，康熙癸丑進士。著《羼提子集》，失傳。有句云：『數畝薄田惟種秫，幾間破屋只堆書。』『懷古臨風常痛哭』『論文燒燭自翻鈔』。

劉智侯六德《智侯遺集》

《國朝畿輔詩傳》：六德，字智侯，大名人。

竇遴奇序：智侯蟬蜕功名，于城西北隅搆滙園。偃仰之暇，肆力于詩，匠心獨出，無一語寄人廡下。

王茨庵炘《茨庵詩鈔》

《國朝畿輔詩傳》：炘，字濟，似號『曉巖』，一號『茨庵』，雄縣人。

潘應賓傳：先生父喬楝，以進士仕至湖廣督糧參議，載《明史·忠義傳》。先生聰慧，善屬文。

高陽孫文正公以孫女妻之。隨參議公歷官閩、浙，政務多與參酌，悉合機宜，參議公以爲有經世才。既而流寇陷武昌，參議公殉城死，先生慟哭嘔血，絶而復蘇。卜居六合之西圩，老屋三間，訓課諸子。暇時教兩女爲詩。宛平王文靖、章武劉端敏皆少年好友，官階貴盛，先生未嘗以片札走長安也。

孫七儼望雅《得閒人集》

《國朝畿輔詩傳》：望雅，字七儼，容城人，奇逢子。

馬主簿之驦《旻〔一〕徠詩集》

《國朝畿輔詩傳》：之驦，字旻徠，雄縣人。順治間貢生，官山東壽張縣主簿。

申涵光序：馬子旻徠以詩著，制行醇謹，所著《養正》諸書皆理學篤論。而詩格大雅，卓然成家。

《漁洋詩話》：近日下僚中往往多文士。江都主簿馬之驦撰詩防，後補壽張簿。又撰張秋志能詩，予禮之，每詑人曰：『吾以屈宋作衙官矣。』

校按：

【一】《畿輔國朝詩傳》、史氏《畿輔藝文考》皆空格無字。審王士禎《帶經堂詩話》卷一一引《漁洋詩話》、王氏《池北偶談》卷一一、《感舊集》卷四皆謂『馬之驦，字旻徠，雄縣人』，又清鄭方坤《經稗》卷十一《四書『有婦人焉』條亦云『馬旻徠之驦』，清李焕章《織水齋集·馬先生傳》謂『旻徠之驦名士，詩賦聲滿天下』，今據補『旻』字。

劉刺史佑《尋遠樓詩集》

《國朝畿輔詩傳》：佑，字雲麓，曲周人。順治間貢生，官山東高唐州知州。

楊明府遺白《舟瓠齋集》

《國朝畿輔詩傳》：遺白，字清源，一字卿項，磁州人。順治間貢生，官河南内黄縣知縣。

魏學博體仁《一枝堂詩集》《客吟續稿》

《國朝畿輔詩傳》：體仁，字仲一，號筠圃，南樂人。順治間貢生，官永清縣訓導。

馬明經鴻勳《醉【一】庵草初集》

《國朝畿輔詩傳》：鴻勳，字雁楚，號醉庵，靈壽人。順治間貢生。

周卜輔序：雁楚日與麴生爲伍，胸中塊壘勃勃難遏，則以酒澆之，至澆之不得，然後發爲詩歌。其辭饒倔强之氣，鮮刻削之態。

校按：

【一】『醉』字，原誤作『醨』，今據《國朝畿輔詩傳》改正。

黄明經莄若《留笏草堂集》一卷

《國朝畿輔詩傳》：莄若，字石笥，元城人，貢生。

部焕元序：石笥先生爲先朝相子，汲古好學，博極群籍。刻意爲詩，雄深雅健，不落大曆以後。吾鄉稱詩者，咸以爲首焉。今令子志伊兄弟並貴，而布衣芒屩，不異寒素。常手録先儒格言，躬自踐履。

王文學鍾岳《香草亭詩》一卷

《國朝畿輔詩傳》：鍾岳，字岱輿，號恒石，又號冰潭，正定人，順治間諸生。

張文學昕《緑肥軒詩稿》

《國朝畿輔詩傳》：昕，號遲之，南皮人，順治間諸生。

董文學昌齡《野心齋小〔二〕集》

《國朝畿輔詩傳》：昌齡，號竹坡，磁州人，諸生。

《磁人詩》：公肆力於學，所作古文不同凡響。楷法直逼鍾王，求書者無虛日。不求仕進，自適於山水間，日與王西園、劉他山彈琴賦詩，又皆以行業相勵，非徒作嵇阮清談也。

校按：

【一】『小』，原誤作『少』，今據《國朝畿輔詩傳》改。

章學博漢《貯月軒詩》六卷

《國朝畿輔詩傳》：漢，字素巖，任邱人。順治間貢生，官武邑縣教諭。

邊文學銘珣《東陵集》二卷

《國朝畿輔詩傳》：銘珣，字潤玉，任邱人，諸生。【一】

校按：

【一】原下誤附《任邱縣志》『龐克慎』小傳，今删去。

傅文學維樗《燕川漁唱詩》二卷，《植齋文集》二卷

《四庫全書總目提要》云：維樗，字培公，號霄影，靈壽人。明吏部尚書永淳之子，雖生於貴族，而恬退不求仕進，早歲即棄舉子業，以詩文自娱。跡其品度，當屬勝流。然是集所録，大抵應酬之作，罕逢高唱，豈並文章視爲粗跡歟？

成觀察光《素園詩集》

《國朝畿輔詩傳》：光，字近天，號仲謙，大名人。克鞏子，以父廕授工部員外，歷官湖南糧儲道。

《百家詩鈔》：仲謙閉門掃軌，時與郜凌玉學使、吴星若文學飲素園，草木欣榮，樓臺高聳，日月沐浴之奇，烟雲變幻之態，盡見之詩。不但無高華公子之習，並無跅弛名士之概。其古之有道者歟？

傅太守燮詷《繩庵詩稿》

《史異纂》十六卷

《四庫全書總目提要》云：燮詷，字去異，靈壽人，工部尚書維鱗子。官至汀州府知府。是書雜纂災祥怪異之事，自上古至元，悉據正史采入。凡外傳雜記皆不録。分天異、地異、祥異、人異、事異、術異、譯異、鬼異、物異、雜異十門。

《有明異叢》十卷

《四庫全書總目提要》云：是書記明一代怪異之事，亦分十類，與《史異纂》門目相同。皆從小説中撮鈔而成，漫無體例，往往一事而兩見。又有實非怪異而載者，如『事異門』内『胡壽昌毁延平淫祠而絶無妖』『任高妻女三人駡賊没水，次日浮出面如生』，『術異門』内『汪機以藥治狂癇』，『物異門』内『蕭縣岳飛祠内竹生花』，『雜異門』内『漳州火藥局災，大石飛去三百步』之類，皆事理之常，安得别神其説？至如『譯異門』内謂黑婁在嘉峪關西，近土魯番，其地山川草木禽獸皆黑，男女亦然。今土魯番以外咸入版圖，安有是種類乎？其妄可知矣。按《國朝畿輔詩傳》，燮詞以父蔭官四川邛州知州。

張別駕瀞《純白齋詩》一卷

《國朝畿輔詩傳》：瀞，字汝漸，一字大昂，磁州人，候選州同知。

魏明經裔京《致遠堂詩》

《國朝畿輔詩傳》：裔京，柏鄉人，裔介弟，順治間貢生。

魏觀察勷《玉樹軒詩草》

《國朝畿輔詩傳》：勷，字亮采，號蒼霞，柏鄉人，裔介子。以父廕補刑部員外，歷官陝西臨洮道。

王司馬涵熉《撚鬚吟》

《國朝畿輔詩傳》：涵熉，字漢珠，曲周人。官陝西榆林府神木同知。

傅明經燮雝《笠亭詩集》

《國朝畿輔詩傳》：燮雝，字鷺來，號笠亭，靈壽人，維鱗子，貢生。

陸隴其序：鷺來《感懷詩》百首，磊落纏緜，有古人風。當歌之清廟，勒之彝器。

高方伯緝睿《崇古堂詩鏡》《山閣偶存》

《國朝畿輔詩傳》：緝睿，字堯臣，號鏡庭，恒懋子，靜海人。廕生，官福建布政使。

《天津府志》：堯臣詩古文詞不作常語。

魏觀察荔彤《大易通解》十五卷，《附録》一卷

《四庫全書總目提要》云：荔彤，字念庭，柏鄉人，大學士裔介之子。官至江常鎮道。是編乃其罷官後所作，其論畫卦，謂與《河圖》《洛書》，只可謂其理相通，不必穿鑿附會。又以乾一、兑二、離三、震四、巽五、坎六、艮七、坤八，非生卦之次序。其論爻則兼變爻言之，謂占法二爻變者以上爻爲主，五爻變者占不變爻，四爻變者占二不變爻，仍以下爻爲主，餘占本爻與彖辭。至論《上經》首乾、坤，中間變之以泰、否，《下經》首咸、恒，中間交之以損、益，尤得二篇之樞紐，皆頗有所見。惟不信先儒扶陽抑陰之説，反覆辨論。大意謂『陰陽之中，皆有過不及，皆有中正和平。德皆有美凶，品皆有邪正，非陽定爲君子，陰定爲小人，陰陽中皆有君子、小人。陽之美德剛健，其凶德則暴戾。陰之美德柔順，其凶德則奸佞。陰陽之君子俱當扶，小人俱當抑。陰陽二者，一理一氣，調濟剛柔、損益、過不及，務期如天地運化均平之時。此四聖人前民之用，贊化之心，而《易》所以作也』云云。其説甚辨。然觀於乾、坤、姤、復之初爻，聖人情見乎辭矣，荔彤究好爲異論也。

《懷舫集》三十六卷

《四庫全書總目提要》云：茘彤有《大易通解》，已著録。是集凡詩十二卷，又續集詩九卷，别集詩六卷，《偶遂草》兩卷，《紀恩詩》一卷，外雜著三卷，《懷舫詞》一卷，雜曲一卷，彈詞一卷，末附《自述》一篇。蓋仿揚雄之體。然所云『手注九古經，望道窺一貫，發微言，明大義，不落前儒窠臼』云云。自負亦頗不淺矣。

包明經儀《易原就正》十二卷

《四庫全書總目提要》云：儀，字羽修，邢臺人。拔貢生。其始末無考。觀其自序，稱早年聞有《皇極經世》而無由求得其書。自順治辛卯至康熙己酉，七經下第，貧不自存，薄遊麻城，乃得其書於王可南家。至江寧寄食僧寺，玩求其旨者一年，始有所得。蓋亦孤寒之士，刻志自立者也。儀之學既從邵子入，故於陳摶《先天圖》信之甚篤。其《凡例》並謂行世《易》説，種不勝數，要皆未嘗讀《皇極經世》，無怪乎各逞私智，而總非立象盡意、觀象繫辭之本旨。其持論尤膠於一偏。然其書發揮明簡，詞意了然，乃非抛荒《經》義，排比黑白，徒類算經者可比。其謂《洛書》無與於《易》，則差勝他家之繳【一】繞。每爻皆注所變之卦，亦尚用《左氏》筮法，頗爲近古。蓋其學雖兼講先天，而實則發明《易》理者爲多。其盛推圖學，特假以爲重焉耳。

校按：

【一】『繳』字處，原空格無字，今據《四庫全書總目提要》補。

劉徵君懷志《尚書口義》六卷

《四庫全書總目提要》云：懷志，字貞儒，武强人。康熙中左都御史謙之父也。其孫自潔原跋稱爲大司空，蓋其贈官，然未詳何以贈工部尚書也。是書於經文之内注小字以貫串之，大旨悉遵蔡傳，而衍以通俗之文以便童蒙。凡蔡傳所謂錯簡者，俱移易經文以從之。凡蔡傳所謂衍文者，則徑從删薙。可謂信傳而不信經矣。

張刺史崇德《恒嶽志》三卷

《四庫全書總目提要》云：崇德，字懋修，順天人。官渾源州知州。北嶽恒山在渾源州城南二【一】十里，自漢以後皆祠於上曲陽。國朝順治十七年，以刑科都給事中粘本盛之請，改祠於渾源州。部議令山西撫司官吏詳察恒山遺跡。於時主其説者，禮部尚書王崇簡疏載所著《青箱堂集》中。據紳耆之議以上達者，即崇德也。故輯斯志，於祀典特詳。曲陽飛石之僞，亦辨之甚悉。

校按：

【一】『二』，原作『三』，今據《四庫全書總目提要》改。

顔孝子元《存性編》二【一】卷

《四庫全書總目提要》云：元，字渾然，號習齋，博野人。明末，其父戍遼東，歿於關外。元貧無立錐，百計拮據，覓其骨歸葬，故世以孝子稱之。其學主於厲實行，濟實用，大抵源出姚江，而加以刻苦，亦介然自成一家，故往往與宋儒立同異。是書爲其《四存編》之一。大旨謂孟子言性善，即孔子言性相近、習相遠，語異而意同。宋儒誤解相近之義，以善爲天命之性，相近爲氣質之性，遂使爲惡者諉於氣質，不知理即氣之理，氣即理之氣。清濁厚薄，純駁偏全，萬有不齊，總歸一善，其惡者引蔽習染耳。其以目爲譬，則謂光明能視即目之性，其視之也則情之善，視之詳略遠近則才之强弱，皆不可謂之惡，惟有邪色引動，然後有淫視。是所謂非才之罪，是即所謂習。又謂性之相近如真金，輕重多寡雖不同，其爲金俱相若也。惟其有差等，故不曰同；惟其同一善，故曰近。舉天下不一之姿，以性相近一言包括，是即性善，是即人皆可以爲堯舜。舉世人引蔽習染無窮之罪惡，以習相遠一言包之，是即非才之罪，是即非天之降才爾殊。其説雖稍異先儒，而於孔、孟之旨會通一理，且以杜委過氣質之弊，正未可謂之立異也。至下卷分列七圖以明氣質非惡之所以然，則推求於孔、孟所未言，使天地生人全成板法，是則可以不必耳。

《存學編》四卷

《四庫全書總目提要》云：是書爲其《四存編》之二，以辨明學術爲主。大旨謂聖賢立教所以别於異端者，以異端之學空談心性，而聖賢之學則事事徵諸實用，原無相近之處。自儒者失其本原，亦以心性爲宗，一切視爲末務，其學遂於異端近，而異端亦得而雜之。其説於程、朱、陸、王皆深有不滿。蓋元生於國初，目擊明季諸儒崇尚心學，放誕縱恣之失，故力矯其弊，務以實用爲宗。然中多有激之談，攻駁先儒，未免已甚。又如所稱打諢、猜拳諸語，詞氣亦叫囂粗鄙，於大雅有乖。至謂性命非可言傳云云，其視性命亦幾類於禪家之恍惚，持論尤爲有疵。殆懲羹吹齏而不知其矯枉之過正歟？

《存治編》一卷

《四庫全書總目提要》云：是書爲其《四存編》之三。大旨欲全複井田、封建、學校、徵辟、肉刑及寓兵於農之法。夫古法之廢久矣，王道必因時勢。時勢既非，雖以神聖之智，藉帝王之權，亦不能强復。强復之，必亂天下。元所云云，殆於瞽談黑白，使行其説，又不止王安石之周禮矣。

《存人編》四卷

《四庫全書總目提要》云：是書爲其《四存編》之四。前二卷一名《喚迷途》，皆以通俗之詞勸喻僧、尼、道士歸俗，及戒儒者談禪，愚民尊奉邪教。三卷爲明太祖《釋迦佛贊解》一篇。太祖本禪家機鋒語，元執其字句而解之，非其本旨，且辟佛亦不必借此贊，恐反爲釋子藉口。四卷附録束鹿張鼎彝《毁念佛堂議》，及元所撰《辟念佛堂説》《擬更念佛堂諭》。則元尋父骨至錦州，應鼎彝之請而作，時鼎彝爲奉天府尹也。

校按：

【一】『二』，原誤作『一』，今據《四庫全書總目提要》改正。

申孝廉涵煜《江航草》一卷，《敏庵集》一卷

《國朝畿輔詩傳》：涵煜，字觀仲，永年人，涵光弟，康熙五年舉人。

魏裔介序：觀仲丰骨峭秀，自命甚奇。讀《李青蓮全集》皆能上口，每思淩雲遺世。癸巳、甲午之間，嘗與余登高臯，痛飲狂歌，有陳子昂『前不見古人，後不見來者』之感。未幾發憤以去，與其兄鳧盟長嘯菰蘆中，世俗人求見其面，戛戛難之。今春隨叔捷南宮，攜其《江航草》以示。詩才之妙

之高爲劉脊虛，卑之亦不失爲隨州，固皛盟勁敵也。

王士禎《蠶尾續文》：觀仲學詩於聰山，名亞其兄。書法大令，時游戲寫蘭竹，似趙子固。

王明府元烜《三惜齋詩集》

《國朝畿輔詩傳》：元烜，字用恒，號似軒，長垣人。康熙五年舉人，官江蘇武進縣知縣。

何吏部天寵《紫來閣集》

《國朝畿輔詩傳》：天寵，字昭侯，號素園，宛平人。康熙六年進士，官吏部員外。

孔學正琦《果齋集》四卷

《國朝畿輔詩傳》：琦，字若韓，南宫人。康熙八年舉人，官開州學正。

井教授鎡《半學山房詩鈔》

《國朝畿輔詩傳》：鎡，字待庵，文安人。康熙八年舉人，官山海衛教授。

勵廷儀序：待庵先生品誼絕粹，學術弘博，包羅今古。寄興吟詠，瀟灑淡宕，音節和平，風人之旨溢於絃管。

崔侍郎徵璧《西清初學編》《東海》《金臺》《懷州》《遊梁》諸集

《國朝畿輔詩傳》：徵璧，字祀功，一字文宿，號方厓，長垣人。康熙九年進士，歷官工部侍郎，祀鄉賢。

李參政振世《裕昆堂集》

《國朝畿輔詩傳》：振世，字章六，一字章鹿，號卧衡，長垣人。康熙九年進士，歷官湖廣按察司僉事，祀鄉賢。按：《長垣縣志》：振世官湖廣按察司僉事，署臬篆，遷陝西莊凉道布政司參政，以病乞歸，著有《退食稿》。

谷明府元調《四書》《易經》疏義

《豐潤縣志》：元調，字士和，康熙九年進士，官河南寶豐縣知縣。

黃比部任《坦齋詩集》

《國朝畿輔詩傳》：任，字志伊，號遜庵，元城人。康熙九年進士，官江南六合縣知縣，欽取刑部主事。

《百家詩鈔》：坦齋詩雅不傷柔，文不傷綺，彬彬焉澤于忠厚和平之教，非輕俗寒瘦者所可幾。

王刺史鄰《問津園詩草》

《國朝畿輔詩傳》：鄰，字欽四，曲周人，體健子。康熙九年進士，官山西隰州知州。

張明府恂《二一山房稿》

《國朝畿輔詩傳》：恂，字翼夫，一字完樸，號硯齋，景州人。康熙九年進士，官江南泰興縣知縣。

王太守鄖《墨妙堂集》

《國朝畿輔詩傳》：鄖，字文益，曲周人，鄰弟。康熙九年進士，歷官廣東雷州府知府。

宮尚書夢仁《齊魯詩》

《國朝畿輔詩傳》：夢仁，字宗衮，號定庵，靜海人。康熙九年進士，歷官禮部尚書。

齊太守祖望《勉庵説經》十卷

《四庫全書總目提要》云：祖望，字望子，號勉庵，廣平人。康熙庚戌進士，官至南安府知府。是書凡《讀易辨疑》三卷、《尚書一得録》一卷、《詩序參朱》一卷、《説禮正誤》三卷、《春秋四傳偶筆》一卷、《續筆》一卷。大概《易》則辨程、朱之誤，《書》則正蔡氏之訛，《詩》多遵《小序》而攻朱注，《禮》則正陳氏之失，《春秋》則糾駁胡傳，而《左氏》《公》《穀》亦互有是非。然率以臆斷，不能根據古義，元元本本，以正宋儒之失也。

方明府峨《嵋雪集》

《國朝畿輔詩傳》：峨，字嵋雪，一字玉巖，大興人。康熙十一年舉人，官江西新建縣知縣。

姚明府昇《東巖集》

《國朝畿輔詩傳》：昇，字扶東，永年人。康熙十一年舉人，官浙江開化縣知縣。

劉明經鼎《南遊草》《淇澳草》《匪魚【一】草》

《國朝畿輔詩傳》：鼎，字禹鑄，平鄉人。康熙十一年拔貢生。

校按：

【一】『魚』，原作『思』，今據《國朝畿輔詩傳》改。

秘副使丕笈《四書鈔》十八卷

《四庫全書總目提要》云：丕笈，字仲負，故城人。康熙癸丑進士，官至陝西提學副使。是編以四子之書近世多爲新説所惑，於是纂輯《或問》及《大全》《蒙引》《存疑》等説，匯成一編。以非自己出，故以『鈔』爲名。其旁注批閲之語，則丕笈自抒所見也。

邵明府璸《情田〔一〕詞》三卷

《四庫全書總目提要》云：璸，初名弘魁，字柯亭，大興人。康熙己卯舉人。官新河縣教諭，遷昌邑知縣。其填詞之學出於朱彝尊。此集乃乾隆癸酉其子履嘉所刊也。

校按：

〔一〕『田』，原作『思』，今據《四庫全書總目提要》改。

王學博作肅《復初齋詩草》

《國朝畿輔詩傳》：作肅，字敬一，吴橋人。康熙十四年舉人，官南宫縣教諭。

張閣學榕端《海岱日記》一卷

《四庫全書總目提要》云：榕端，字樸園，磁州人，康熙丙辰進士，官至内閣學士，兼禮部侍郎。是編乃康熙丙子榕端奉命祭告所作，以是年正月出都登泰山，歷東鎮沂山、東海，往返凡四閲月，逐日記其道路所見，附以詩歌。於山川古跡，無所考證，而工於點綴景物，敘致時有可觀。其詩則已刊入《竇嗇堂集》，此爲復出矣。

《寶嗇堂詩稿[一]》四卷

《四庫全書總目提要》云：是集爲榕端官内閣學士時所刊，皆其康熙己未至己卯之詩。前有任邱龐塏序，稱『其詩和而不迫，秀而不纖，逸而不肆，宛轉纏綿，一寫其胸中之趣，而未嘗借以宣其喜怒不平之氣』，頗近其實。然婉約有餘，遂乏雄渾之氣、深湛之思。蓋其長在是，其短亦在是矣。

《河上草》二卷

《四庫全書總目提要》云：康熙庚辰，榕端以内閣學士預治河之役，至癸未，始召還。此編皆其四年之中在工次所作。前有宋犖序，稱其『泥塗輂橇，楗石枕薪，卒以塞決。乃殊不見其有歌詠勤苦之勞，而往往道其達天適性之樂』。今觀其詩雖醞釀不深，而和平恬靜，犖言蓋不誣云。

《蘭樵歸田稿》

《四庫全書總目提要》云：皆康熙甲申以後致仕歸里之作，其詩直抒胸臆，多入香山一派。蓋老境優遊，頽然自放，不復以文字爲意矣。

校按：

【一】『稿』，原作『集』，今據《四庫全書總目提要》改。

李明府聘《佘存集》二卷

《國朝畿輔詩傳》：聘，字莘起，號伊庵，長垣人。康熙十五年進士，官廣東陵水縣知縣。郜焕元序：莘起少負儁才，博貫群書，凡天官、河渠、易象、岐黄家言，無不洞矚，尤專力於

《詩》。

李澄中序：莘起令寧都兩載輒罷去，懷才藴抱，無所發攄，溢爲幽憂之旨。獨獨漉漉，大放厥詞，有伯玉之簡穆、曲江之蕭遠。

馬明府子驤《午夢堂詩稿》一卷

《國朝畿輔詩傳》：子驤，字右白，靈壽人。康熙十七年舉人，官江西樂平縣知縣。

申明經頲《耐俗軒詩集》三卷

《四庫全書總目提要》云：頲，字敬立，廣平人，副榜貢生。按《國朝畿輔詩傳》：頲，康熙十七年副貢生。明太僕寺丞佳允之孫，涵光之侄也。涵光所著《聰山集》以杜甫爲宗，頲詩則惟作古體，無近體，古體又皆五言，無七言，大抵源出阮籍《詠懷》、陳子昂、張九齡《感遇》，多托意寓言之作。而其運思取徑，又出入於黄庭堅、蘇軾之間，頗爲拔俗。然其間或有縱筆一往，傷於快縱者；或有故以波峭取姿，掩抑示意，傷於纖佻者；或有太涉理語，傷於實相者。瑕瑜互見，尚未能一一超詣也。

龐太守塏《叢碧山房集》五十七卷，附《詩義固説》二卷

《四庫全書總目提要》云：塏，字霽公，號雪崖，任邱人。康熙己未召試博學鴻詞，授翰林院檢討，降中書舍人，終於建寧府知府。是集凡文八卷、雜著三卷、《翰苑稿》十四卷、《舍人稿》六卷、

《工部稿》十一卷、《户部稿》十卷、《建州稿》五卷，皆其所手自編定也。塏爲詩主於平正沖澹，不求文飾。當王士禎名極盛時，能文之士，率奔走門牆，假借聲譽，塏獨落落不相親附，故士禎亦不甚稱之。惟記其《病足詩》『切防美人笑躄【二】者，春來不過平原門』一絶而已。然塏早歲所作，頗得深婉清微之致，晚年菁華既竭，流於枯淡。其《舍人稿》不及《翰苑》，《工部稿》不及《舍人》，《户部稿》不及《工部》，至《建州稿》以後，頽唐益甚。田雯爲作《户部稿序》，以白居易、陸遊比之，塏意頗愠，然實箴規之言也。末附《詩義固説》二卷，論亦切實，惟推衍嚴羽之説，以禪談詩，轉至於支離曼衍，是其好高之過矣。

朱彝尊序：叢碧山房詩雅而醇，奇而不肆，合乎開元、天寶之風格。

校按：

【二】『躄』，原誤作『壁』，今據《四庫全書總目提要》改正。

米侍講漢雯《漫園詩集》《始存集》

《國朝畿輔詩傳》：漢雯，字紫來，號秀巖，宛平人，壽都子。順治十八年進士，以知縣行取主事。康熙十八年，召試博學鴻詞，改翰林院編修。歷官侍講。

《香祖筆記》：漢雯，明太僕友石萬鍾孫。父壽都，字吉士，亦知名。紫來以順治辛丑登第，多技藝，工書畫。書仿南宫，尤工金石篆刻，以長葛知縣行取。適有博學鴻詞之舉，改翰林院編修，以典試罣誤。久之召入，供奉内廷。遷侍講，賜宅西華門。尋病卒。紫來少喜交游，皆海内名士，與子最相善，頗有倡和。其詩惜爲書畫所掩，亦散佚無傳矣。

《鶴徵録》：先生爲王文貞崇簡之壻，能詩善畫，頗得家法，當時呼爲小米。性放浪不羈，入翰林，曾典雲南鄉試。故事，試差復命不得過一年。先生六月朔赴雲南，事竣浪蹟江楚，至十二月猶未還。婦兄王瞿庵遣人敦迫，乃就道，及至都，自言『我爲相國押解來京』，衆咸笑歎之。

勵文恪杜訥《松喬堂詩存》

《國朝畿輔詩傳》：杜訥，字近公，號澹園，靜海人。諸生，以工書供奉内廷。康熙十八年，試博學鴻詞，特旨授翰林院編修。歷官刑部右侍郎，贈禮部尚書，謚文恪，祀賢良。

全祖望《詞科摭言》：特賜同博學鴻詞科考試者二人填入榜内，則錢塘高士奇、靜海勵杜訥二臣。以御試鍾王書法，皆久供奉南書房者。試之日，亦賦《省耕》詩一首進呈，高授侍講，勵授編修，誠千載希遇也。

張贊善烈《讀易日鈔》六卷

《四庫全書總目提要》云：烈，字武承，大興人。康熙庚戌進士。授内閣中書。己未召試博學鴻詞，改翰林院編修。歷官左春坊左贊善。是書一以朱子《本義》爲宗。謂：『易者象也，言有盡，象無窮。伏羲畫爲奇偶，再倍而三，因重而六，文、周逐卦系彖，逐畫系爻，全是假物取象，不言理，不指事，而萬事萬理畢具。』大旨在因象設事，就事陳理，猶説《易》家之不支蔓者。前有其子益孫、升孫《紀實》云：『此稿已删潤四十餘過，至易簀前數日，尚合《蒙引》《通典》《存疑》諸書，考訂「知來」、「藏往」二義，旋〔一〕加改補。』云云。則其用力亦可謂勤矣。烈之没也，門人私謚曰志道先生。

《孜堂文集》二卷

《四庫全書總目提要》云：烈篤守朱子之説，故集中多講學之文，然如《朱陸異同論》《王學質疑》，皆未免有鍛煉周内之意，不及其《賈董同異論》之持平。蓋漢學但有傳經之支派，各守師説而已。宋學既爭門户，則不得不百計以求勝，亦勢之不得不然者歟？

《王學質疑》一卷，《附録》一卷

《四庫全書總目提要》云：是書攻擊姚江之學，凡分五篇：一、辨性即理之説；一、辨致知格物之説；一、辨知行合一之説；一爲雜論、一爲總論。其附録則首爲《朱陸異同論》，次爲《史法質疑》，通論史體。次爲《讀史質疑》五篇：一、論明孝宗時閹宦之勢；一、論李東陽之巧宦；一、論《宋史》以外不當濫立道學傳，亦爲王學而發；一、論王守仁宜入功臣傳，而以明之亂亡全歸罪於守仁；一、論萬曆時爭東宮爭梃擊諸臣之非。當王學極濫之日，其補偏救弊，亦不爲無功，然以明之亡國歸罪守仁，事隔一百餘年，較因李斯而斥荀卿，相距更遠，未免鍛煉周内。夫明之亡，亡於門户。門户始於朋黨，朋黨始於講學，講學則始於東林，東林始於楊時，其學不出王氏也。獨以王氏爲禍本，恐宗姚江者亦有詞矣。至謂守仁弘治己未登第，是年孔廟災，建陽書院亦火，爲守仁所致之天變，尤屬鑿空誣蔑。是皆持之過急，轉不足以服其心者也。若梃擊一案，當以孫承宗事關國本不可不辨，事關宫闈不可深辨之説爲正。而烈以抗論諸臣多出王學，遂謂主瘋顛者爲是。殊不思福王奪嫡，途人皆知，即事關鄭妃，不能行法，亦不可無此窮究之論，坐罪於其羽翼，以陰折再發之逆萌。如其默默相容，僅以瘋顛坐張差，則彼[二]計得逞，可以坐擅天下。即計不成，不過僅損一刺客，何憚而不重試乎？故諸臣之爭，雖明知其不可行，而於事不爲無益，未可黨同伐異，顛倒天下之是非也。陸隴其跋於此條再三剖析，蓋亦深覺其失矣。夫學以克制其私也。烈所云云，於門户之私其尚有未能克制者乎？

校按：

【一】『旋』，原誤作『於』，今據《四庫全書總目提要》改正。
【二】『彼』，原誤作『淡』，今據《四庫全書總目提要》改正。

袁中允佑《雪軒集》二卷

《國朝畿輔詩傳》：佑，字杜少，號霽軒，東明人。康熙十一年拔貢生。十八年，由内閣中書召試博學鴻詞，改翰林院編修，官至春坊中允。

毛奇齡序：當在史館，與杜少分廳起草，每窗紙日落，必撤筆相對吟一詩，然後騎馬出東華門。丙子，杜少奉命主文吾浙官亭，把袂，其毛髮容齒大減於昔，然猶四顧轢落，意氣慷慨。《津亭紀程》詩若干首，其風骨峻上，與當日相對時不甚相遠。就其所經，無不以承詔品目偶佚繩檢爲兢兢也。

郜焕元序：杜少以清白吏子孫，蚤振文譽，左史百家之書，覃思精覈，著述弘富。所爲詩，率本至性，旨趣原於風雅，體幾數變，每變益工。錢、劉、李、杜、漢魏騷賦，靡不具備。往往絲竹繁會中授簡揮毫，灑灑數千言立就，而一唱三歎，歸於雋永。

陳徵君僖《燕山草堂詩》

《國朝畿輔詩傳》：僖，字藹公，清苑人。貢生，康熙十八年薦舉博學鴻詞。

《居易録》：陳僖以古文名河北。來京師弔真定梁公，示余《上谷殉節紀事》，敘述甲申流賊之變邵同知宗元、張光禄羅彥、金御史毓峒諸公事蹟，甚得太史公筆。

方象瑛《松窗筆乘》：藹公豪邁不群，自言生平不作無關繫文字。

《鶴徵録》：藹公常受業於清苑。高淵穎堯峰集中有與論文書，謂劉公盛稱其文，以爲不減古人。計甫草亦稱其所爲《邊大綏傳》等作。

紀徵君炅《桂山堂集》八卷

《國朝畿輔詩傳》：炅，字朏庵，號仲霽，文安人，諸生。康熙十八年，薦舉博學鴻詞。

王企靖序：徵君車轍馬蹟，幾徧天下，所至皆有題詠，故所傳爲最高。

李明府瑞徵《簏餘草》一卷

《國朝畿輔詩傳》：瑞徵，字中峰，容城人。康熙十五年進士，十八年薦舉博學鴻詞，官廣西荔浦縣知縣。

徐元正序：中峰負光明俊偉之氣，嘗學於孫徵君，受知於熊次侯、蔣虎臣兩先生。己未，詔舉博學鴻詞，臺中以中峰名列薦剡，乃復詘於數奇。今沈於下僚，復以宕昌調補荔邑，歷險涉【一】灘，烟嵐雨瘴，向之窮愁憤發提鼻徵吟者，愈不覺燕雲慷慨，洩露筆端。

校按：

【一】『涉』，原誤作『設』，今據《國朝畿輔詩傳》改正。

張中丞霖《遂閒堂稿》

《津門詩鈔》：霖，字汝作，號魯庵，廩貢生。歷官兵部車駕司郎中、陝西驛傳道、安徽按察使、福建布政使、署雲南巡撫。魯庵中丞天才不羈，性復慨慷。告養時，築遂閒堂、一畝園、問津園、思源莊、篆水樓諸勝，園亭甲一郡，款接大江南北名流，供帳豐備，館舍精雅，才人雲集。一時前輩如姜西溟、趙秋谷、汪退谷、吴蓮洋、洪昉思、王石谷、張石松、方百川、靈皋、陸石麟、馬長海、徐芝仙諸公及同邑諸名宿，文酒之讌無虚日。飛箋刻燭，彬雅之風，翕然丕振，而公家亦才人輩出，科第不絶，足徵重文重士之報。

何都轉林《彌年集》

《國朝畿輔詩傳》：林，字雲壑，宛平人，歷官揚州鹽運使。

崔太守岱齊《坐嘯軒瑣言》

《國朝畿輔詩傳》：岱齊，字青峙，平山人，貢生，官湖南長沙府知府。

李明府文秀《楚吴偶吟》

《國朝畿輔詩傳》：文秀，字奎瞻，易州人，貢生，官江蘇如皋縣知縣。

陳明府寅《主一堂集》

《國朝畿輔詩傳》：寅，字靖共，大興人，官知縣。

曹明經釗《鶴龕集》《剪波詞》

《國朝畿輔詩傳》：釗，字靖遠，豐潤人，鼎望子，貢生。

曹舍人鈖《瘿庵集》《黄山紀游》《扈從東巡紀略》《筆濤》《養正圖》等書

《國朝畿輔詩傳》：鈖，字賓及，號瘿庵，豐潤人，釗弟。貢生，官内知事閣中書。

曹知事鋡《雪窗詩集》

《國朝畿輔詩傳》：鋡，字冲谷，豐潤人，鈖弟。官理藩院知事。

賈學博穆《瘦仙裔人詩稿》

《國朝畿輔詩傳》：穆，字藴沖〔一〕，南宫人，官房山縣訓導，祀郎賢。

校按：

【一】『沖』，原作『仲』，今據《國朝畿輔詩傳》改。

楊貳尹自牧《潛籟軒稿》

《國朝畿輔詩傳》：自牧，字謙六，號預齋，昌平人，官江蘇華亭縣縣丞。

王教諭建衡《任庵詩集》九卷

《國朝畿輔詩傳》：建衡，字起莘，威縣人，官昌黎縣教諭。

《讀史辨惑》無卷數

《四庫全書總目提要》云：是書成於康熙四十一年。雖以讀史爲名，而考其所引，實即坊刻《鳳洲網鑑》也。

《性理辨義》二十卷

《四庫全書總目提要》云：是書分二十篇，而列目凡十有五，曰原理、原氣天、原天、原生物、原性、原命、原道、原德、原倫、原學、原鬼神、原人鬼、原祭、原妖厲、雜麗論。其第一篇與十二篇皆題曰『原理』，自注謂：『前統論天地之理，後以在物之理言。』第二篇、第三篇皆題曰『原氣』，第四篇、第五篇、第六篇皆題曰『原天』而不自言其所以分。推究其文，則原氣二篇，一言陰陽，二言五行。原天三篇，一言天行及日月，一言星辰及推算，一言風雨露雷諸事也。大旨皆復衍宋儒，而加以膠固。其原天三篇，則純述歐羅巴語而諱其自來焉。

陳通守祥裔《蜀都碎【一】事》六卷

《四庫全書總目提要》云：祥裔，本姓喬氏，號藕漁，順天人。康熙中，官成都府督捕通判，採蜀中故實，爲《碎事》四卷，雜引諸事書，或注或否，間附以考證案語及前代題詠詩文，復以所採未盡，别爲《藝文》二卷，謂之《補遺》。祥裔所自作詩，亦併列於唐宋名作之間。

校按：

【一】『碎』，原誤作『硃』，今據《四庫全書總目提要》改正。

紀六息克揚《麗奇軒易經講義》無卷數

《四庫全書總目提要》云：克揚，字武維，號六息，文安人。是編用注疏本，不録經文，但每卦約詁數條，皆略象數而談義理。詳其文義，蓋標識於經傳之上，而其後人録之成帙者也。

《麗奇軒四書講義》無卷數

《四庫全書總目提要》云：其書不録正文，每章約詁數語，大旨爲科舉而作。

弁叔庸允中《庸行篇》八卷

《四庫全書總目提要》云：允中，字叔庸，天津衛人。是書因揚州史典顧體集而參補之，皆先正格言，分門編輯，自達觀以至警醒，凡三十三類。每類採輯數十則，大都取其明白顯易，可以訓俗化愚，其立教類有允中自著讀書之法，兼論及時文，並引八股講論數條，蓋以訓其家塾子弟者也。

孫學博芝蒨《腴古齋集》一卷

《國朝畿輔詩傳》：芝蒨，字文徵，號蝶僊，磁州人，舊選訓導。

張學博橋恒《積力齋百詠》

《國朝畿輔詩傳》：橋恒，字子久，磁州人，榕端弟。康熙間貢生，官延津縣教諭。

張舍人霔《帆齋逸稿》《晉史集》《欸乃書屋集》《緑豔亭集》

《國朝畿輔詩傳》：霔，字念藝，號笨山，撫甯人，霖弟。官内閣中書。

陳義龍《東溟傳》：笨山兄爲方伯，門第甲三津，而笨山蕭然無與。嘗科頭跛履行市中，居如村舍，題曰『帆齋』。客徵其故，笨山曰：『吾所居則帆齋也，既爲帆齋，容客有常處乎？』人皆怪之，獨東溟心知其意。笨山蕭然淡泊，如山林間人。草書全得張顛神骨，詩似青蓮，天馬行空，不可羈靮。

林山人徵韓《忘餘草》一卷

《永平詩存》：徵韓，字退思，其先閩人，舊家海濱。國初，避海寇之亂，寓京師。重畿東山水，卜居昌黎禪伏山，自號禪伏山人。

邊文學汝元《漁山詩草》二卷

《國朝畿輔詩傳》：汝元，字善長，號漁山，任邱人，康熙間諸生。

《任邱縣志》：漁山和易端凝，性好積書，日飲酒賦詩，不與外事。與龐雪厓相切磋，交分在師友間，而其詩清蒼雄健，實與之埒。

《紅豆樹館詩話》：善長爲馬從之驌宅相，與龐雪厓爲姻婭，詩有淵源。句如《促織》云：『貧家無懶婦，旅館有愁人。』《春日雜咏》云：『琴罷浮心釋，詩成穩字雜。』《水漲》云：『西風禾黍鼀鼂窟，落日村墟雁鶩場。』《偶成》云：『八口曾無三日米，百年賸有一牀書。』皆朴摯可誦。

許石園維祚《六雪齋詩草》

《國朝畿輔詩傳》：維祚，字石園，順天人。

曹玉淵廣端《初暘集》

《國朝畿輔詩傳》：廣端，字子正，號玉淵，大興人。

曹梅峰廣憲《石倉集》

《國朝畿輔詩傳》：梅峰，字思原，號梅峰，大興人。

劉文學騂良《支莊詩集》一卷

《國朝畿輔詩傳》：騂良，字支莊，號六蝶，滄州人，諸生。

王士禛序：劉子詩，空谷之蘭、靜潭之月，庶幾近之。

金文學憲孫《墹園稿》

《國朝畿輔詩傳》：憲孫，字邵慶，清苑人，諸生。

李性孚經垓《東園集》七卷

《國朝畿輔詩傳》：經垓，字性孚，任邱人。

龐塏序：先生才氣奔放，一往莫禦，少加錘鍊，當與何、李並行。

李寅清曉《梧臺集》

《國朝畿輔詩傳》：曉，字寅清，宛平人。

鄧虞山林尹《雪江草》

《國朝畿輔詩傳》：林尹，字虞山，宛平人。

黄堃瑞之琮《自娱草》

《國朝畿輔詩傳》：之琮，字堃瑞，元城人。

李明經燮元《慕庵詩集》

《國朝畿輔詩傳》：燮元，字公梅，號慕庵，南宫人，起龍子，貢生。

王汲公潔《幽居山房稿》

《國朝畿輔詩傳》：潔，字汲公，大興人。

殷擴四四端《静遠居稿》

《國朝畿輔詩傳》：四端，字擴四，任邱人。

金子昇平《致遠堂詩集》四卷

《津門詩鈔》：平，字子昇，原籍山陰，遊天津，遂家焉。子昇起家鹽筴，禮賢右士，與張魯庵方伯、查天行封君同時以風雅相高。起嶺南軒、拓園亭，以館南北之彦。

張延瑕禎《懋餘草》

《國朝畿輔詩傳》：禎，字延瑕，蠡縣人。

汪搢斯黄贊《目耕堂集》

《國朝畿輔詩傳》：黄贊，字搢斯，易州人。

金文學大中《可亭集》四卷

《國朝畿輔詩傳》：大中，字馭東，號名山，天津人，平子，諸生。

劉凝焉元龍《先天易貫》五卷

《四庫全書總目提要》云：元龍字凝焉，饒陽人。是編前有康熙壬辰自序，又有雍正癸卯補序。蓋其書先成三卷，刋於江南，後又續增二卷，故兩序也。元龍自稱歷三十年乃成書。其首卷即數以言理，首《河圖》，次《洛書》，附以妙合而凝之圖。次卷即象以言理，首書卦圖，次太極圖，次儀象卦爻錯變圖，附以易貫圖。三卷即氣以言理，首變卦圖，次八卦圖、綜卦圖，附以致和格物圖。四卷、五卷即六十四卦以言理，標舉伏羲大象、孔子大象傳，附以錯卦互卦之解。蓋惟講陳、邵之學者也。

李貳尹集鳳《春秋輯傳辨疑》無卷數

《四庫全書總目提要》云：集鳳，字翽升，山海衛人。今其地爲臨榆縣。集鳳嘗官洛陽縣丞。《畿輔通志》稱其淹貫群籍，尤善《春秋》。匯先儒注解，討辨詳核，歷三十年，凡四易稿，然後成書六十五卷，名曰《春秋辨疑》。此本細字密行，凡五十二巨册，不分卷帙，蓋猶其未編之稿。以紙數計之，當得一百餘卷。《通志》所云似未確也。其書所載經文從胡【一】傳【二】，則事多主左，義多主胡，故並尊之曰『左子』『胡子』，比擬亦爲不類。其諸家所解則臚列而參考之，徵引浩博，辨論繁複，殆有『堯典二字説十四萬言』之勢焉。

《畿輔通志》：集鳳幼即端嚴，以聖賢自期。及長，淹通群籍，凡濂、洛、關、閩之書，無不究悉，尤善《春秋》。所著《春秋辨疑》，海内稱之。後官河南洛陽丞，卒官。邑人請從祀周公廟。直隸於康熙五十三年祀鄉賢。

王漁洋《蠶尾集·跋春秋集解》云：洛陽縣丞李集鳳字翽升，山海衛人，貢生。研精三傳，撰《春秋集解》四十卷。余門人汪檢討楫出守河南府，雅重其書，欲爲刻之，梓以傳。十五年，有青浦縣丞施鴻者字則威，閩候官人，以部運至京師，投余所著《史測》若干卷，論南北朝事，亹亹可聽，皆下吏之有經學者也。

◎按：翽升先生爲順治十二年拔貢生，官洛陽丞，卒於官，年六十有六。其所著《春秋輯傳辨疑》一書，或稱六十五卷，或稱四十卷。至《四庫全書總目提要》則稱五十二巨册，不分卷帙，約有百餘卷，蓋猶其未編之稿也。《志》稱是書凡四易稿，當時博收約取，或由百餘卷删成六十五卷，又由六十五卷删成四十卷。《通志》及漁洋跋緣所見之稿不同，故卷數有異。今從臨渝田蓮舫學博處訪得一部，共八函，分五十本，較《四庫全書總目提要》所稱少二本，而首尾完善，當即進呈之稿也。書中於《左傳》俱載全文，《公》《穀》故傳及先儒論説亦十載七八，然後核以已説，故不免繁複。三傳久已列在學官，人所共見，若於三傳之無疑可辨者概行删去，又於諸儒之説及已説之前後重複者酌加裁汰，便可省三分之二。漁洋謂汪檢討楫雅重是書，欲梓以傳，當是其手自删定之稿。嗣後其稿或留汪處，或卒官後爲它人攜去，俱未可知。今止存其未編之稿，遂不免瑕瑜不掩，爲《四庫全書總目提要》所批駁，介在若存若亡之間也，惜哉！

校按：

【一】『胡』，原誤作『故』，今改正。

【二】原『傳』字下有『之異同』三字，不辭，删去。審《四庫全書總目提要》作『經文從胡傳，故三傳之異同』，是《畿輔藝文考》删削不當。

李元伯京《字學正本》五卷

《四庫全書總目提要》云：京，字元伯，高陽人。是書凡例謂以小篆爲本，而正偏旁之不正者，故名『正本』。凡所根據，多得之周伯琦《六書正譌》、張有《復古編》。如《復古編》『祟』字下注云：『别作宻，俗。』不知《漢·郊祀志》曰：『封宻山。』又曰：『莽遂宻淫鬼神祀。』又《漢隸字源》載《韓良碑》亦有『宻』字，未可云俗。是書能引《郊祀志》以證其誤，頗爲近古。又於周伯琦杜撰之説時爲駁正，亦間有可采。然如《東韻》『戜』字，《復古編》謂『隸作戎』，而此書乃謂『俗作戎』。不知《泰山都尉孔宙碑》『戜』已作『戎』，與《復古編》所云『隸作戎』合。京謂之俗字，則考之不審矣。又於周氏書采摭頗備，而張氏書反多掛漏。即以『東』之一韻考之，《復古編》載『䆚』誤作『𥦬』、『𪚰』誤作『𩌏』、『䣝』誤作『𧾍』、『𡒊』誤作『稯』、『濛』誤作『霿』、『襛』誤作『秾』、『功』誤作『㓛』。此書均逸不載，亦殊疏略。且誤依《中原音韻》分部，全乖唐宋之舊法，既有變古之嫌；而以《說文》篆體盡改隸字，或窒礙而不可行，又不免泥古之過，均不可以爲訓者也。

王楚珍祚禎《音韻清濁鑑》三卷

《四庫全書總目提要》云：祚禎，字楚珍，大興人。是書以金韓道昭《五音集韻》、元劉鑑《切字玉鑰匙〔一〕》與周德清《中原音韻》合爲一書，而以己意竄改之。夫道昭書配三十六母，鑑書配內外十六攝，德清之書則北典之譜以入聲配入三聲。祚禎既狃於方音，並四聲爲三，混淆古法而乃屑屑然區分〔二〕門目，辨別等次，非今非古，非典譜，非等韻，莫喻其意將安取。其序自稱博極諸家，如楊雄《訓纂》、許慎《說文》《玉篇》《唐韻》《廣韻》《韻會》《篇海》《集韻》《正韻》、呂氏《同文鐸》《日月燈》，無不繹其論說，證其異同。《說文》《玉篇》以下，其書具在，不知楊雄《訓纂》、孫愐《唐韻》，祚禎何從見之。又稱隱侯《四聲》、宣城《字匯》《正字通》，户誦家吟，更不知祚禎何由見沈約書也。

校按：

【一】『匙』，原誤作『題』，今改正。

【二】『分』，原作『入』，今據《四庫全書總目提要》改。

張典籍璿《太學典祀匯考》十四卷

《四庫全書總目提要》云：璿，字玉衡，宛平人，官國子監典簿。是書自孔子而下，四配十哲以及先賢先儒，凡祀於太學者，悉裒其言行，各爲之傳。然意在務博，多失詳考。如子夏《易傳》、子貢《詩傳》皆後人僞作，而引作事實，概無辨正。又歷代祀典如《金石録》所載後魏太和元年立孔子廟、延興四年太上皇帝祭孔子文之類，皆佚不録。元設管勾一官，見《元文類·歐陽元序》，準此書附注《百石史卒碑》例，亦所當收，是亦不免於疏漏也。

馬炎洲瀚《唐句分韻》十五卷

《四庫全書總目提要》云：瀚，字炎洲，順天人。其書以唐人詩句分一百七韻編次，以爲集句之用。初集、二集兼取五言、七言，續集、四集則惟取七言。

孫舍人淦《擔峰詩》四卷

《國朝畿輔詩傳》：淦，字静紫，號擔峰，容城人，奇逢孫。康熙二十一年進士，官内閣中書。湯斌序：氣格高超，不作開元大歷以後彰闇語。錢秉鐙序：静紫諸作，探奇抉幽，既已漸近自然，由其讀書窮理、得於家學者素也。

《紅豆樹館詩話》擔峰爲容城徵君孫，以名進士官中翰，旋[二]請假歸。性好游覽，周歷大江南北佳山水，所至有詩，藏篋中者千餘首。今所刻《擔峰集》才十之三四耳。詩筆縋幽鑿險，而情至語尤能沁人心脾。五言如『朽傅雕漢塔，古蘚剥元碑』『鴈睡驚漁火，蘆乾閣岸霜』『遠山先見日，獨樹不藏鶯』『雲影一臺月，蟲聲滿澗秋』『園松孤衲座，懸窟老猿【二】家』『汲泉尋虎蹟，倚仗問山名』『鉢龍馴夜梵，檐鳥散晨鐘』『雲移山勢瘦，風轉鳥聲幽』，七言如『風擔簷鐸【三】聲穿樹，雨爛墻詩墨長苔』『僮聞【四】客到烹陳雪，鴉重松孤占夕陽』『蔬摘茅廚烹楝蘗，茶斟瓦鉢點槐膏』『病裹轉欣敲句穩，老來彌覺著書難』『隔城木落看山遠，夾檻烟流補屋平』『破寺瞿曇圍草薦，荒墳翁仲著苔衣』『靜中學道途防誤，老去安貧志始堅』『往事重提成昨夢，故交久别似新知』『名心不斷難甘老，冷職雖供半是閒』。視世之優孟何李、雕繪鍾譚者，殊有上下牀之别也。

校按：

【一】『旋』，原誤作『於』，今據《國朝畿輔詩傳》改正。

【二】『猿』，原作『猗』，今據《國朝畿輔詩傳》改。

【三】原脱『鐸』字，今據《國朝畿輔詩傳》補。

【四】原脱『聞』字，今據《國朝畿輔詩傳》補。

黄明府儀《灌園處近草》

《國朝畿輔詩傳》：儀，字吉羽，元城人。康熙二十一年進士，官湖南安化縣知縣。

張榕端序：三十年來河朔談風雅者必屬天雄黄子吉羽昆玉執牛耳，主盟其間。吉羽爲相國孫，余每歲過少傅公家，一日招遊少傅别墅，刻燭賦詩，吉羽振筆疾書，得句驚一座，余心折其文章意氣之厚，爲近今所罕覯。

李侍郎旭升《游南草》

《國朝畿輔詩傳》：旭升，字晴崖，蔚州人。康熙二十一年進士，官吏部。

段學博大任《莘野詩草》

《國朝畿輔詩傳》：大任，字繼衡，南樂人。康熙二十三年舉人，官任邱縣教諭。

張明府激《碣田集》五卷

《國朝畿輔詩傳》：激，字介文，景州人。康熙二十三年舉人，官河南羅山縣知縣。徐雄飛序：介文五律開爽沈鬱，在太白、少陵、襄陽間。七律宕逸温秀，如右丞嘉州。洵不愧風雅中人。

王中丞企埥《四家詩鈔》二十八卷

《四庫全書總目提要》云：企埥，字苾遠，雄縣人。康熙乙丑進士，官至江西〔二〕巡撫。四家者，清苑郭棻、鉅鹿楊思聖、任邱龐塏、文安紀炅也。所録棻《學源堂集》凡六卷，思聖《且亭集》凡八卷，塏《叢碧山房集》凡六卷，炅《桂山堂集》凡八卷，每集各爲之序。棻及塏、炅皆有集，已著於録，惟思聖集今未見，獨見於此編耳。

校按：

【一】『江西』，原誤作『江江』，今改正。

崔學博緝麟《段垣詩訂》二卷

《國朝畿輔詩傳》：緝麟，字振侯，號段垣，大名人。康熙二十九年舉人，官大城縣教諭。

李學正塨《周易傳注》七卷，附《周易筮考》一卷

《四庫全書總目提要》云：塨，字剛主，號恕谷，蠡縣人。康熙庚午舉人。官通州學正。是編大旨，謂聖教罕言性、天、乾、坤四德，必歸人事。以下屯『建侯』、蒙『初筮』，每卦亦皆以人事立言。陳摶龍圖、劉牧鉤隱以及探無極、推先天者，皆使《易》道入於無用。《參同契》《三易洞璣》諸書皆異端方技之傳，其說適足以亂《易》。即五行勝負，分卦直日，一世二世三世四世諸說，說皆於三聖所言之外再出枝節。故其說頗爲淳實，不涉支離恍惚之談。其駁卦變之說，發例於訟卦《彖詞》。駁《河圖》《洛書》之說，發例於《繫辭傳》。駁先天八卦之說，發例於《說卦傳》。其餘則但明《經》義，不復駁正舊文。其凡例論先儒辨難，卷不勝載，惟甚有關者，始不得已而辨之也。大抵以觀象爲主，而亦兼用互體。於古人多采李鼎祚《集解》，於近人多取毛奇齡《仲氏易》《圖書原舛編》、胡渭《易圖明辨》。其自序排擊諸儒雖未免過激，然明自隆、萬以後，言理者以心學竄入《易》學，率持禪偈以詁《經》，言數者奇偶與黑白遞相推衍，圖日積而日多，反置象占辭變、吉凶悔吝於不問。其蠹蝕

辭害意可矣。

經術，實弊不勝窮。塨引而歸之人事，深得聖人垂教之旨。其矯枉過直，懲羹吹齏者分别觀之，不以

《郊社考辨》一卷

《四庫全書總目提要》云：是編立論，主南北郊分祀，大致皆本之毛奇齡。

《學記》五卷

《四庫全書總目提要》云：是編乃所定家儀，一曰冠，二曰昏，三曰喪，四曰祭，五曰士相見。塨學術出於顔元，其禮樂之學則出自毛奇齡。奇齡講禮，好言諧俗，故是編亦多主簡易。其士相見禮一卷，張潮摘録於《昭代叢書》中。然天下迄無行之者也。

《論語傳注》二卷，《大學傳注》一卷，《中庸傳注》一卷[一]，《傳注問》一卷

《四庫全書總目提要》云：是編解釋經義，多與宋儒相反。蓋塨之學出於顔元，務以實用爲主，故於程朱之講習、陸子之證悟，凡不切立身經世者，一切謂之空談，而於心性之學排擊尤甚。其解《四書》亦即此旨，中惟《孟子注》未成，今傳者《論語》《大學》《中庸》耳。《論語》多用古義，亦兼取毛奇齡之説。如以『無所取材』從鄭康成作『桴材』，『偏其反』而從何晏作『反經合道之譬』，則不免故相違逆[二]，有意異同。《大學》用古本，讀『大』爲『泰』，及『親民』之『親』讀本字，皆仍舊説。其以『格物』之『物』爲《周禮·司徒》之『鄉三物』，則塨自申其學也。《中庸》不取朱子天道人道之説，一切歸於實際，證以人事，在三書之中較爲完密。《傳注問》則仿朱子《或問》之例，一一辨其去取之所以，然辭氣多不和平，徒以氣相勝而已。

《李氏學樂[三]録》二卷

《四庫全書總目提要》云：塨嘗學五音、七聲、十二律以器色相配之説於毛奇齡。作《宫調圖》

《七調全圖》及《十二律旋相爲宫隔八相生合圖》《器色七聲旋相爲宫隔八相生圖》《籥色下生上生圖》《五音七聲十二律器色七字爲七調還想爲宫隔八相生全圖》《六律正五音圖》，而皆爲之論。其説主於四、上、尺、工、六五字，除一領調字，餘字自領調一聲遞高，又自領調一聲遞低，圓轉爲用。雖於黄鐘之宫、所以爲律本者無所發明，然亦可備一家之説。是書本塨所編，以皆述其聞於奇齡者。奇齡又手定之，故後人編入《西河合集》中而題奇齡之名於首。然實非奇齡所自著。趙汸《春秋師説》未嘗題黄澤之名，古之例也。故今改題塨名，以不没其真焉。

《大學辨業》四卷，《聖經學規纂》二卷，《論學》二卷

《四庫全書總目提要》云：是編發明古《大學》之法，以辨俗學之非。大旨與其《大學傳注》同。首總論《大學》，次辨後儒所論小學、大學，次論小學，次辨後儒改易《大學》原本，次《大學》原文及全篇解，次大學之道至致知格物解，次辨後儒格物解，次其本亂至此謂知之至也解，次申論格物，次所謂誠其意者之末解，次申解全篇。其所爭在以格物爲《周禮》三物，其謂孔子之時古大學教法所謂六德、六行、六藝者規矩尚存，故格物之學人人所習，不必再言，惟以明德、親民標其宗要，以誠意指其入手功夫而已。格物一傳可不必補。其説較他家爲巧，故當時學者多稱之。《聖經學規纂》二卷，則摘録《四書五經》之言，學者申明其説。《論學》二卷則録朋友問難之語，其凡例所謂『《辨業》意有不盡者，入之《學規》；《學規》意有不盡者入之《論學》』是也。

《小學稽業》五卷

《四庫全書總目提要》云：其序謂朱子《小學》所載天道、性命上達也，親迎、朝覲年及壯强者也，以及居官告老諸條，皆非幼童事，且無分於《大學》，乃别輯此篇。卷一爲小學四字韻語，括其總綱，以便誦讀；卷二爲食食能言，六年教數方名，七年别男女，八年入小學教讓，九年教數目，十年

教幼儀諸條；卷三爲學書；卷四爲學記；卷五爲十有五學樂，誦詩辨句。大旨禮樂書數爲綱，其中如引《曲禮》『履不上堂』一節，在今日並無解履之事，引《王制》『道路男子由右，婦人由左，車從中央』，在今日亦跬步不可行。此虚陳古禮者也。又誦詩一條自造《詩譜》，辭句一條自造辭譜，此又杜撰古樂者也。惟學書一篇辨篆楷之分極爲精核，然亦非童子之所急。其郛廓正與親迎、朝覲等耳。

《恕谷後集》十卷，《續刻》三卷

《四庫全書總目提要》云：是集所作古文也，前有其門人閻鎬序，稱恕谷者，自名其具也，後集者，自康熙癸未以前俱置之，而惟存其後焉者也。集首第一篇爲《送黄宗夏序》，後有題曰：『此王崑繩改本也。恕谷初學八大家，崑繩言當宗秦、漢章法訂此。恕谷後謂宋、唐不如秦、漢，秦、漢不如《六經》，於文法一宗聖經題曰後集。』云云。崑繩者，大興王源字也。嘗撰《文章練要》，分六宗百家，談古文之法。後與塨同師顏元，塨遂從學古文，盡棄其少作。後集之名蓋别其前之所棄也。今覲其文，根柢乃出八家，但開合斷續不主故常，異乎明以來學歐、曾者，惟以紆餘曼衍爲長耳。遽曰秦、漢，曰六經，溢其量矣。塨天分本高，其學自成一家，以經世致用爲主，亦俱有根柢，然負氣求勝，其文或失之麤豪，少古人淳穆之氣。其持論又自命太高，自信太果，幾於唐、宋、元、明諸儒無人能當其意，亦未免傷於褊激〔四〕。蓋前明自萬曆以後，心學盛行，儒禪淆雜，其曲謹者又闊於事情，沿及國初猶存商俗。故顔元及塨獨力以務實相爭，存其説以補諸儒之枵腹高談，未爲無益。然不可獨以立訓，盡廢諸家，譬諸礞石、大黄，當其對證，實有解結〔五〕滌滯之功，若專服、久服，則又生他疾耳。

校按：

【一】原無『《中庸傳注》一卷』六字，今據《四庫全書總目提要》補。

【二】『逆』，《四庫全書總目提要》字作『迕』。

【三】『學樂』，原誤作『樂學』，今據《四庫全書總目提要》改正。

【四】『激』，原誤作『儆』，今據《四庫全書總目提要》改正。

【五】『結』字處，原空格無字，今據《四庫全書總目提要》補。

黄侍郎叔琳《硯北易鈔》十二卷

《四庫全書總目提要》云：叔琳，字崑圃，大興人。康熙辛未進士，官至詹事府詹事。乾隆辛未，恩加吏部侍郎銜。是篇用注疏本，以程傳本義爲主，雜採諸説附益之。中多朱墨校正商榷之處，蓋猶未定之稿也。

《宋元周易解提要》，附《易解别録》無卷數

《詩統説》三十二卷

《四庫全書總目提要》云：是編雜採諸家詩説，分類抄録，所摭頗爲繁富，而朱墨縱横塗乙未定，蓋猶草創之本也。前後無序跋，亦無目録，以其排纂之例推之，十四卷以前皆總論詩之綱領，十五卷以後乃依經文次第而論之，不列經文，惟集衆説，故以統説爲名云。

《周禮節訓》六卷

《四庫全書總目提要》云：是編名曰《節訓》，蓋節録而訓釋之也。經文既非完本，所輯注文亦

皆不著名氏。觀其自序，蓋家塾[二]私課之本，故其凡例亦曰「聊備兔園之册」云。

《夏小正注》一卷

《四庫全書總目提要》云：《夏小正》一書，原載《大戴禮》中。自《隋志》始别爲一卷。宋傅崧卿始分别經傳而爲之注。朱子沿用其例，稍加考定，附於《儀禮經傳通解》中，而未言所本。元金履祥亦未見傅氏之書，遂以爲朱子舊本，采附《通鑑前編》夏禹元年下，而句爲之注，與《傳》頗有異同。國朝濟陽張爾岐合輯《傳》《注》爲一編，附以己説。叔琳以《傳》《注》多相重複，乃汰其繁蕪，以成是注，亦以己説附之。其稱「傳」者，《大戴禮》之文。其稱「注」者，履祥之説。注中稱「張氏曰」者，爾岐説。稱「案」者，叔琳説也。其中如改「種黍菽糜」作「菽糜而下」，「菽糜」作「菽糜」；「鹿人從」引《易》「即鹿從禽」，「丹鳥、白鳥」不主螢火、蝙蝠及蚊蚋之説，以匽爲蟬，以「納卵蒜」爲二物，皆與舊説不同。至「鳴蜮」《傳》中「屈造」之屬，引《淮南子》「鼓造」之文，謂爲蝦蟆，則牽合甚矣。

《宋元春秋解提要》無卷數

《四庫全書總目提要》云：是編雜採宋元諸家之説，而不加論斷，前有總論、凡例，亦皆採集舊文。卷首有自注脱落未寫者四十二條，書中亦多空白，蓋與其《宋元易解提要》均未竟之稿也。

《史通訓故補》二十卷

《四庫全書總目提要》云：是書補王維儉所未及，與浦[三]起龍《史通通[三]釋》同時而成，而此本之出於略前，故起龍亦間摭用，所稱北平[四]本者即此書也。浦本注釋較精核，而失之於好改原文，又評注夾雜，儼如坊刻古文之例，是其所短。此本注釋不及起龍，而不甚改竄，猶屬謹嚴，其圈點批語不出時文之式，則與起龍略同。惟起龍於知幾原書多所迴護，即疑【五】古惑經之類亦不以爲非，此書頗有糾正，差爲勝之耳。

《硯北雜録》無卷數

《四庫全書總目提要》云：是書上至天文地理，下至昆蟲草木，凡經史所載，旁及裨官小説，據其所見，各爲採録，亦間附以己意。大抵主於由博返約，以爲考據之資，中多簽題黏補之處，皆叔琳晚年手自删改，蓋猶未定之本也。

《硯北叢談》無卷數

《四庫全書總目提要》云：是編卷首有魏北龍序，稱爲叔琳巡撫浙江時，罷官以後所偶録。皆雜採唐、宋、元、明及近時説部，亦益以耳目所聞見，大抵多文人嘲戲之詞，如《諧史》《笑林》之類，或著出處，或不著出處，爲例不一，亦未分卷帙。蓋憂患之中，借以遣日，而已意不在於著書也。

《文心雕龍輯注》十卷

《四庫全書總目提要》云：考《宋史·藝文志》有辛處信《文心雕龍注》十卷，其書不傳。明梅慶生注，粗具梗概，多所未備。叔琳因其舊本，重爲删補，以成此編。其訛脱字句，皆據諸家校本改正。惟《宗經篇》末附注，極論梅本之舛誤，謂宜從王維儉本。而篇中所載，乃仍用梅本，非用王本。殊自相矛盾。所注如《宗經篇》中『《書實紀言》，而訓詁茫昧，通乎《爾雅》，則文義曉然』句，謂《爾雅》本以釋詩，無關《書》之訓詁。案《爾雅》開卷第二字，郭注即引《尚書》『哉生魄』爲證，其他釋《書》者不一而足，安得謂與《書》無關？《詮賦篇》中『拓宇於楚詞』句，『拓宇』字出顔延年《宋郊祀歌》，而改爲『括字』，引《西京雜記》所載司馬相如『賦家之心，包括宇宙』語爲證。割裂牽合，亦爲未協。《史傳篇》中『徵賄鬻筆之愆，公理辨之究矣』句，『公理』爲仲長統字，此必所著《昌言》中有辨班固徵賄之事。今原書已佚，遂無可考。觀劉知幾《史通》亦載班固受金事，與此書同。蓋《昌言》唐時尚存，故知幾見之也。乃不引《史通》互證，而引『陳壽索米事』爲注，與《前漢書》何預乎。又《時序篇》中論齊無太祖、中宗，《序志篇》中論李充不字弘範，皆不附和本書。而《指瑕篇》中《西京賦》稱『中黄賁獲之疇』，薛綜繆注，謂之閹尹句，今《文選》薛綜注中實無此語，乃獨不糾彈。小小舛誤，亦所不免。至於《徵聖篇》中『四象精義以曲隱』句，注引易有四象，所以示也。又引朱子《本義》曰：『四象謂陰陽老少。』案《繫辭》，易有四象，孔疏引莊氏曰：『四象謂六十四卦之中有實象，有假象，有義象，有用象，爲四象也。』又引何氏説：『以天生神物八句爲四象，其解兩儀生四象，則謂金木水火秉天地而有。』是自唐以前均無陰陽老少之説，劉勰梁人，豈知後有邵子易乎？又『秉文之金科』句，引揚雄《劇秦美新》。『金科玉條』又引注曰：『謂法令也。言金玉，佞詞也。』案李善注曰：『金科玉條謂法令。言金玉，貴之也。』此云佞詞，不知所據何本。且在《劇秦美新》，猶可謂之佞詞。此引注《徵聖篇》而用此注，不與本意刺謬乎？其他如注《宗經篇》三墳、五典、八索、九邱，不引《左傳》，而引僞孔安國《書》序。注《諧讔篇》荀卿《蠶賦》，不引《荀子·賦篇》，而引明人《賦苑》。尤多不得其根柢。然較之梅注，則詳備多矣。

校按：

【一】『塾』，原誤作『藝』，今據《四庫全書總目提要》改正。

【二】『浦』，原誤作『補』，今據《四庫全書總目提要》改正。下同。

【三】『通』字，原誤作『之』，今據《四庫全書總目提要》改正。

【四】原『北平』下有『章』字，今據《四庫全書總目提要》删。

【五】『疑』，原誤作『終』，今據《四庫全書總目提要》改正。

趙明府炯《香魚山房詩草》

《國朝畿輔詩傳》：炯，字子藏，號鶴齋，鹽山人。康熙三十年進士，官廣西來賓縣知縣。

張舍人坦《喚魚亭詩稿》

《國朝畿輔詩傳》：坦，字逸峰，號青雨，撫寗人，霖子。康熙三十二年舉人，官内閣中書。《天津縣志》：坦原籍撫寗，祖明宇，賈天津，遂家焉。性嗜學，於書無所不讀，博覽窮搜，叩之立應。中康熙癸酉舉人，考授中書舍人，著有《履閣詩集》《喚魚亭詩文集》若干卷。幼學詩於王司寇阮【一】亭，學書於趙宮贊執信，其淵源有自云。《紅豆樹館詩話》：逸峰昆季承其父魯庵、叔笨山之學【二】問，與同時諸名士游，故所作詩皆清逸帖妥，彬彬乎質有其文。

校按：

【一】『阮』，原誤作『既』，今改正。

【二】原衍一『學』字，今據《國朝畿輔詩傳》删。

張舍人壎《秦游詩》一卷

《國朝畿輔詩傳》：壎，字聲百，撫寗人，霖子。康熙三十二年舉人，官内閣中書。

姜宸英序：張聲百同年寄余《秦游詩》。秦游者，張子覲其尊甫觀察公於西安使署之作。辭氣飄渺恍惚，若不可測。寄興所在，求之嗣宗以下，射洪、曲江以上，要各有磊磊不可磨滅者。

王或庵源《春秋三傳》無卷數

《四庫全書總目提要》云：源，字崑繩，號或庵，大興人。康熙癸酉舉人。是書本名《文章練要》，分六宗、百家。六宗以《左傳》爲首，百家以《公羊傳》《穀梁傳》爲首。然六宗僅《左傳》有評本，百家亦惟評《公羊》《穀梁》二傳而已。經義、文章雖非兩事，三傳要以經義傳，不僅以文章傳也。置經義而論文章，末矣。以文章之法點論而去取之，抑又末矣。真德秀《文章正宗》始録《左傳》，古無是例。源乃復沿其波乎？據其全書之例，當歸總集。以其僅成三傳，難以集名，姑仍附之春秋類焉。

《畿輔通志》：源流寓江淮，從魏叔子治古文。遊京師，公卿皆降爵齒與之交。與四明萬斯同訂《明史稿》，《兵志》，源所作也。年四十後，或勸應試，舉康熙癸酉孝廉第四人。所評《文章六宗》行於世。

方苞傳：崑繩父某，明錦衣衛指揮，明亡，流轉江淮，寓高郵。源少從其父，喜任俠言兵，性豪邁不可羈束。於並世人視之蔑如也，雖古人亦然，所心慕獨漢諸葛武侯、明王文成。於文章，自謂左邱明、太史公、韓退之外無肯北面者。年四十餘，以家貧父老，始遊京師，傭筆墨貴人富家。多病其不習時文，笑曰：『是尚需學而能乎？』因就有司求試，舉京兆第四人，曰：『吾寄焉，以爲不知己者詬厲也。』源以貧無資，不能不託蹟諸公間，而常以自鄙，未肯降辭色。或極飲大醉，嘲詼罵譏，中其所忌諱。諸公用是陽禮貌之，而陰擯焉。源雖好氣，與世參商，然内行篤修。其兄死，旬歲中貌若非人。其於人果有善，未嘗不降心。晚年與蠡縣李塨遊，大悦之，遂與師事博野顔習齋學禮。終日正衣冠，對僕隷，必肅恭。然自負經世之略益堅，每曰：『吾所學，乃今始可見之行事，非虚言也。』始源慨不快意，五十後葬其親，遂棄妻子，爲汗漫之游。至名山廣壑，輒淹留踰時。忽復他往，見人不自道姓名。逾六十復歸，往來金陵、淮陽間，客死山陽。著《易傳》十卷，《平書》二卷，《兵論》二卷。

李舍人暄亨《澄園詩集》《趨庭日記》《槐省雜記》《雲中節義録》

《國朝畿輔詩傳》：暄亨，字麗生，蔚州人。康熙三十三年進士，官内閣中書。

紀給諫遴宜《式綸堂集》

《國朝畿輔詩傳》：遴宜，字毅亭，文安人。康熙三十三年進士，歷官吏科給事中。

李尚書周望《論心堂詩》

《國朝畿輔詩傳》：周望，字南屏，蔚州人，旭升子。康熙三十六年進士，歷官禮部尚書。

◎按：《四庫全書總目提要》：《國學禮樂録》二十四卷，乃周望官祭酒時，與司業謝履忠同輯。

欒明府玉聲《退閒堂集》

《國朝畿輔詩傳》：玉聲，字振之，磁州人。康熙三十六年進士，官廣東瓊山縣知縣。

王學正盤《培風堂詩集》

《國朝畿輔詩傳》：盤，字孟固，號溟月，别號小漁，長垣人。康熙三十八年舉人，官延慶州學正。

趙孝廉董《修書樓詩草》

《國朝畿輔詩傳》：董，字醇庵，號桂巖，鹽山人。康熙三十八年舉人。

王觀察烘《憶雪樓詩》二卷

《國朝畿輔詩傳》：烘，字子千，一字南區，號盤麓，又號紫詮，寶坻人。康熙間貢生，歷官浙江温處道。

《寶坻縣志》：子千喜博綜，負意氣，以貢授光禄丞，晉刑部侍郎。每退食，與朱竹垞、姜西溟、趙秋谷諸公樽酒流連，揚扢風雅，一時有『華省仙郎』之目。及出守魚州，政簡刑清，攬風問俗，又與其鄉名宿梁藥亭、陳元孝游，詩境益進。觀察永甯，以憂歸。久之，再補温處副使，潔清自矢，一如守魚時。顧性耽吟癖，曰：『吾將恣遠游以自快。』禹穴、蘇臺、淮陰、陽羨，屐齒無弗歷焉。所至輒交其地之賢豪，花晨月夕，載酒揚帆，時令雙鬟按拍，唱所製新樂府，望者疑爲神仙中人也。

《紅豆樹館詩話》：子千吟嘯林麓，放情山水。家近田盤，而羅浮、豐湖又在其所治郊坰之内，其登二山也，皆搜奇剔險，最極幽杳。故其田盤、羅浮《紀游》二卷酷似酈道元《水經注》，而《荔支詞》七絶一卷尤爲膾炙人口。其他佳句，如『朝遊五岳雲生屐，夜渡三江月入瓢』『人歸市冷愁藏虎，晝静簾開好放蠅』『能詩易白愁中鬢，無酒難朱鏡裏顔』『苦茗力能消夢境，濁醪理可化愁城』『急補殘書如療疾，細嘗家釀當還鄉』『曲中易顧周公瑾，琴外難逢鍾子期』『憤深精衛思填海，遇蹇牽牛恨隔河』『胯下猶羞與噲伍，褌中豈屑共伶居』，昔人所謂『筆有餘力，詞無竭源』，子千有焉。

杜文學其旋《咏雲齋詩集》

《國朝畿輔詩傳》：其旋，字考之，號雪窗，静海人，諸生。

韓菼序：公優於德行，不爲世用，退而肆意於鶯花棋酒間。故其爲詩也，和平澹遠之中，寄託感慨。雖未能嗣音開、寶，而格律神髓擬諸李從一儔，差相彷彿。公中子蔚，遊吾門，因得晤公於家，具大儒氣象。

黄文學謙《歷下吟》《太行行草》

《國朝畿輔詩傳》：謙，字六吉，號麓蹟，别號抑庵，天津人，諸生。

《天津府志》：六吉性曠達，嗜詩，居恒以少陵集自隨，遊篋所至輒滿。與張念藝霔、梁崇此洪、僧世高結草堂社，咸推首盟。著有《桃源日記》數卷，詩若干卷。

王學博師旦《淑莘詩集》《斯文纂》《南華注》

《國朝畿輔詩傳》：師旦，字淑莘，寶坻人。康熙間貢生，官容城縣訓導。

龍東溟震《玉紅草堂集》十六卷

《國朝畿輔詩傳》：震，字文雷，號東溟，天津人。陳儀傳：東溟至性過人，而窮於所遇。發而爲詩，音悲詞婉，刺泠指微，温柔而敦厚，纏綿而悱惻，庶幾乎屈子之遺。

李學博鏗《重集堂集》

《國朝畿輔詩傳》：鏗，字天民，任邱人，經垓子，貢生，官正定府訓導。

楊布衣大年《蘅香草》

《國朝畿輔詩傳》：大年，名九長，以字行，薊州人，布衣。《寶坻縣志》：大年，漁陽詩人。遨遊山水間，情往興來，蒼茫欲絶，爲一時名流所咨賞。朱秀水《日下舊聞》、王新城《古歡録》往往採之。

褚文學爽《南村草》

《國朝畿輔詩傳》：爽，字西山，號澄嵐，鹽山人，諸生。

沈苑游起鱗《誦芬堂詩》

《國朝畿輔詩傳》：起鱗，字苑游，天津人。

童蘭風葵園《閒閒齋集》

《津門詩鈔》：蘭風居直沽南，以閒閒署其齋，日事吟咏。句如『竹窗聽雨留僧話，荷院敲棋看鶴行』『菊荒雨院蒼苔老，松冷雲門白石空』『石徑花深藏白鶴，柳塘烟暖織黄鸝』『雲從山暗疑無路，溪繞花明别有村』『竹侵名酒盃浮緑，花妬酡顔面映紅』『風霜道路一千里，煙雨樓臺十二層』，皆有風致。

成主政文昭《謇觴詩集》五卷，《二集》三卷

《大名縣志》：文昭，字周卜，號過邨〔二〕，又號鈍農，大名人，克鞏曾孫。周卜生長貴盛，纖瘦類山澤癯，嗜好殊俗，偶携所著詩走京師，一時東南譽髦咸納交恐後，後以主事注籍銓曹，未及官而卒，年三十七。

朱書序：邇來數十年詩，新城王尚書稱首，德州田侍郎扒行其間。二家之論不同，田主才識，王主氣韻，海内學爲諸詩者出二公之門爲多。周卜秉河北沈雄之氣，又嘗與田公游，故其詩不屑爲咿嚘柔媚，學兒女子態，以愉悦當世之耳目。而音諧節協，固其性有之，非强而然也。

《紅豆樹館詩話》：周卜係出相門，世其家學，嘗問詩法於德州田山姜侍郎，又與顧俠君、繆湘芷

諸公往來酬唱，所作古體勝於近體，大致以韓蘇爲宗，開闔變化，自成一家。

◎按：《古夫于亭雜録》載：門人大名成文昭以宋槧本《南唐書》見寄。則周卜亦嘗受業新城，然其詩清刻巉瘦，絶無儀形飾貌，依傍門户之習。亦未始非豪傑之士也。

校按：

【一】『邨』，原誤作『頓』，今據《國朝畿輔詩傳》《交翠軒筆記》等改正。

勵文恭廷儀《雙清閣詩稿》八卷

《國朝畿輔詩傳》：廷儀，號南湖，静海人，杜訥子。康熙三十九年進士，歷官刑部尚書，謚文恭。

張廷玉序：公詩喜自道其性情，不事雕琢，辭約而旨遠，其於風騷之原，漢、晉、唐、宋以來名家之芳潤，無不挹也。傳之後世，當與謀猷政績並垂不朽。

戴太史寬《裕庵遺稿》

《國朝畿輔詩傳》：寬，字敷在，號裕庵，滄州人。康熙三十九年進士，官翰林院庶吉士。《滄州志》：寬大司農明説族孫，幼穎悟嗜學。遊天津，學於劉公旭。年甫冠，成進士。詩文新穎秀發，有《登吴山第一峰》句云：『振策上吴峰，人在飛鳥背。吴越兩郵亭，滄洲一襟帶。何處辨齊州，蒼蒼但烟靄。』一時傳誦。以病乞假歸，年三十二卒。

胡孝廉琇《韞山堂四書講義》《易經析疑》

《國朝畿輔詩傳》：琇，字文玉，號兼〔一〕山，南樂人。康熙四十一年舉人。

校按：

〔一〕『兼』，原作『燕』，今據《國朝畿輔詩傳》改。

王太史居建《述園集》

《國朝畿輔詩傳》：居建，字霞起，號述園，開州人。康熙四十二年進士，官翰林院庶吉士。馬允剛序：述園詩筆峭拔，句有鋒稜，無平熟之病。五律原本盛唐，七律學大歷十才子，不雜宋元卑調。

牛司馬天宿《謙受堂詩草》

《國朝畿輔詩傳》：天宿，字戴薇，號青延，靜海人。康熙四十二年進士，官河南同知。

王明府企堂〔二〕《雪坡詩稿》

《國朝畿輔詩傳》：企堂，字紀遠，號雪坡，雄縣人。康熙四十四年舉人，官江蘇荊溪縣知縣。

校按：

【一】『堂』，原作『望』，今據《國朝畿輔詩傳》《晚晴簃詩匯》改。

紀學正遲宜《五芝樓集》

《國朝畿輔詩傳》：遲宜，字廷亮，號鈍翁，文安人，炅子。康熙四十四年舉人，官景州學正。

魏明府嵊《鋤經山房稿》一卷，《且齋草》四卷

《國朝畿輔詩傳》：嵊，字雲岑，號念泉，南樂人。康熙四十五年進士，官浙江錢塘縣知縣。

宫太史鴻歷《恕堂甲乙遊草》《淮壖集》

《國朝畿輔詩傳》：鴻歷，字友鹿，靜海人。康熙四十五年進士，官翰林院庶吉士。

戴明府寅《小戴詩草》

《國朝畿輔詩傳》：寅，字統人，又字東溟，滄州人，寬弟。康熙四十七年舉人，官江西定南縣知縣。

《滄州志》：寅弱冠舉賢書，隨兄官京師，與吴荊山、汪武曹、何屺瞻諸先生遊，學益進。爲文詞千言，言【二】立就。詩宗晚唐，畫仿宋元，尤工填詞，著有《黑貂裘傳奇》。令定南，以事罷歸。

校按：

【一】原『言』下衍『就』字，今删。

芮觀察復傳《衣亭詩草》一卷

《國朝畿輔詩傳》：復傳，字宗之，號衣亭，寶坻人。康熙四十八年進士，歷官浙江温處道。有《衣亭詩草》一卷。

《紅豆樹館詩話》：衣亭天才雋朗，學有本原。官錢塘時，屢司分校，所得皆知名士，嚴海珊遂成其一也。句如《遊法螺寺》云：『松老身生甲，風多閣似潮。』《登江樓懷王仲宣》云：『擇木有心纔去魏，委身何事更【一】依劉。』《感懷》云：『癡能玩世元非傲，清可傳家豈患貧。』《岳陽樓》云：『朱絃夜鼓湘靈瑟，銨纜晴看楚客舟。』皆有逸氣。

校按：

【一】『更』，原誤作『受』，今據《國朝畿輔詩傳》《順天府志》改正。

周觀察人龍《居易堂詩稿》

《國朝畿輔詩傳》：人龍，字雲上，號躍滄，天津人。康熙四十八年進士，官江西督糧道。

王明府僧慧《槐園集》

《國朝畿輔詩傳》：僧慧，字晉卿，開州人。康熙四十八年進士，官山東蒲臺縣知縣。

黄觀察叔璥《南征紀程》一卷

《四庫全書總目提要》：叔璥，號玉圃，大興人。康熙己丑進士，官至常鎮揚通道。是編乃其爲監察御使時，巡視臺灣，自京師至〔二〕閩所記。始於康熙後壬寅正月，而迄於是年六月。分日紀載。

《臺海使槎録》八卷

《四庫全書總目提要》云：兹編乃康熙壬寅巡視臺灣所作，故以『使槎』爲名。凡分三子目，卷一至卷四爲《赤嵌筆談》，卷五至卷七爲《番俗六考》，卷八爲《番俗雜記》。臺灣自康熙癸亥始入版圖，諸書紀載或疏略不備，或傳聞失真。叔璥裒輯諸書，參以己目見，以成此書。於山川風土民俗物産，言之頗詳，而於攻守險隘損制機宜及海道風信，亦皆一一究悉。於諸番情勢尤爲賅備。雖所記止於一隅，而亘古以來輿記之所不詳者，蒐羅編綴，源委燦然，固非無資於考證者矣。

《南臺舊聞》十六卷

《四庫全書總目提要》云：是書詳述御史典故，凡十三門。每事各注所出之書，頗爲詳備。其曰『南臺』者，據王士禎《分甘餘話》『今都察院可稱南臺，不可稱西臺』語也。

《廣字義》三卷

《四庫全書總目提要》云：初，宋陳普作《字義》，凡一百五十三字，孫承澤嘗爲增訂。叔璥復取陳淳《北溪字義》及程達《原字訓》裒爲一書，每條之首題原字者，普之舊題。廣義者，皆續增也。

校按：

【一】『至』，原誤作『玉』，今據《四庫全書總目提要》改正。

查解元爲仁《蔗堂未定稿》六卷，《外集》八卷

《國朝畿輔詩傳》：爲仁，字心穀，號蓮坡，宛平人。康熙五十年舉人。

鄭方坤《名家詩鈔小傳》：爲仁十九舉鄉試第一，是爲康熙之辛卯科。主試者武進司農趙恭毅公也。公故以革銅商事，與執金吾陶和氣相水火，欲甘心焉。謂榜首固富人子且少年，名不出里門，是奇貨可居，遂鈉致。以興大獄，鍛鍊既成，而心穀當死罪，長縶請室。越八年始邀矜釋。心穀固才士，既顛蹶，無生理，乃就白雲司葺板屋數間，日讀書其中，榜曰『花影庵』，張得天尚書至，稱爲唐子畏後身，而歎其有才無命。既出獄，結【二】園沽水之西。津門爲水陸交衝，去京師十舍而近。冠蓋相錯，賓至如歸，投轄贈鞭，徵詩對酒。高宗山孝廉有東山麗句：『諧絲竹北海，名賢共酒樽。』及甲部擲經，丁部史紅兒紀拍雪兒歌之，贈三復微哦，猶令人想見名士風流，太平盛世。

王昶《蒲褐山房詩話》：蓮坡先生早賦《鹿鳴》，被訐得罪。數年而後得釋，因發憤讀書，博通典故，所居天津水西莊，貯書萬卷，南北往來名士，如萬柘坡、厲樊榭、趙秋【三】谷等無不攬環結佩【三】，延至其家，相與覃研詩詞書畫其所。娶金夫人含英，亦耽風雅，人望如仙，其集中句如『地偏人跡斷，潮定水痕深』『落花寒食節，飛絮午晴天』『晚徑黃花開有色，曉程殘月落無聲』『一榻茶烟

留客話，半簾花影枕書眠』，皆中晚唐妙句也。今下世四十餘年，而莊亦改爲公廳矣。先生弟儉堂，與予交善，而子篴槎給事，爲予同年，故得其風流好事如此。

《紅豆樹館詩話》：海寧查氏代以詩名，後占籍宛平，宗風猶能不墜，蓮坡居士甚其尤著也。《隨園詩話》載其句云『風愁撼樹閭，鼠厭簸錢聲』『爲問亭邊三五樹，春來花發幾多枝』，然佳句尚不止此。五言如『坐深凉意滿，吟苦樹陰移』『夢回春樹外，花落午晴初』『斷崖松彰合，僻巷犬聲隨』，七言如『客子吟鞭隨雁後，故人歸信在梅先』『青鸞已杳難傳信，芳草多情易惹愁』『功名可笑同槐國，日月惟應入醉鄉』『晚飯香芹烹鴨腳，小池新水長魚苗』『客來共試中山酒，秋到曾無一日晴』『曲水橋通芳草外，夕陽樓倚老松顛』『小拓茶寮料倚石，別開棋閣略栽花』『時序驚心寒食近，風光轉眼少年非』『春淺蘆芽方坼蘿，日晴水髮自拖藍』『鶯老【四】花殘春寂寂，酒消香冷夜厭厭』『小艇孤燈人獨卧，秋風黃葉雁初來』『開尊北海猶初志，射虎南山感昔年』『此心住世仍忘世，過眼新人非舊人』『春色淺深簾幙外，梅花消息酒杯間』，皆清新微婉，耐人尋繹。蓋蓮坡嘗學詩於初白庵主，又與厲太鴻、杭堇浦、萬柘坡、汪西灝諸君子遊，故一洗粗獷膚廓之習，歸諸雅正。讀者可識其得力之所在矣。

校按：

【一】『結』，原誤作『孤』，今據《國朝畿輔詩傳》改正。

【二】『秋』，原誤作『飲』，今改正。

【三】『環』，原誤作『琦』，『結』處原空格無字，今據《國朝畿輔詩傳》改正。

【四】原『老』前衍『花』字，今據《國朝畿輔詩傳》刪。

張北部塏《求我堂詩》一卷

《國朝畿輔詩傳》：塏，字朗士，號霽巖，磁州人，榕端孫。康熙五十年舉人，官刑部員外。周師德序：霽巖先生覃【一】研經史，其詩冲夷恬淡，神似香山時，復兼《歸田》《劍南》諸集勝處。

校按：

【一】『覃』，原誤作『單』，今據《國朝畿輔詩傳》改正。

程明府可式《來山堂詩鈔》八卷

《國朝畿輔詩傳》：可式，字松村，香河人。康熙五十年舉人，官河南河内縣知縣。

王舍人履吉《修修齋詩草》

《國朝畿輔詩傳》：履吉，字慶旋，吴橋人，作肅子。康熙五十年舉人，官内閣中書。

舒太史大成《試墨齋詩集》

《國朝畿輔詩傳》：大成，字子展，宛平人。康熙五十一年進士，官翰林院檢討。

王明府鈞《松露堂稿》四卷

《國朝畿輔詩傳》：鈞，字爾陶，高陽人。康熙五十一年進士，官浙江青田縣知縣。

《紅豆樹館詩話》：松露堂詩近體勝於古體。五言如『魚罾懸野岸，春艇繫孤村』『入夜衆禽靜，先秋一葉知』『車輪和鳥渡，馬首破雲來』，七言如『風信過林携暮雨，濤聲浸枕入孤舟』『世味過濃難耐久，交情能淡始來真』『酒醒子夜人千里，秋入蟲聲雨一簾』，又《哭艾兒》云：『眼枯易竭分離淚，緑盡難灰父母心。』《罷官北上》云：『得比陽城書下考，老容彭澤作歸人。』置之晚唐人中，當與黄滔、杜荀鶴相伯仲。

◎按：松露諸聯自是晚唐名句擬之，以黄滔、杜荀鶴，猶未免淺之乎視松露矣。

陳方伯德榮《葵園詩集》四卷

《國朝畿輔詩傳》：德榮，字廷彦，號密山，安州人。康熙五十一年進士，官安徽布政使。周長教序：密山方伯言論醇謹，詩雄深雅健，胚胎少陵，歷官楚、黔，猶以字民未登衽席，用爲殷憂，形諸歌詠。他如懷人、吊古、賦物、攄情，皆得風人比興之義。

《隨園詩話》：密山先生人淳樸，而詩極風趣。每瞻園花開，必招余遊賞，不以屬吏待。適階下蟻鬬，公以扇拂之，作詩云：『退食展良覿，逍遥步深院。梅【一】根見群蟻，紛紛方交戰。呼僮前布席，拂以蒲葵扇。頃刻緑草根，求穴各奔竄。伊有記事臣，載筆應上殿。大書某日月，兩軍正相見。忽然風揚沙，師潰互踏踐。收隊各依壘，蓄鋭更伺便。人生亦倮【二】蟲，擾擾盈赤縣【三】。嗜欲各有求，情僞遞相煽。吞噬蠢然動，吉凶見常變。豈無飛仙人，乘鸞注遐【四】盼。』

校按：

【一】『梅』，《隨園詩話》作『樹』。

【二】『倮』，原誤作『保』，今改正。

【三】『縣』，原作『懸』，今改正。

【四】『遐』，原誤作『匿』，今改正。

魏文簡廷珍《課忠堂詩鈔》

《國朝畿輔詩傳》：廷珍，字君璧，景州人。康熙五十二年一甲三名進士，歷官兩江總督，謚文簡。

王明府士陵《易經纂言》無卷數

《四庫全書總目提要》云：士陵，字阿瞻，武邑人。康熙癸丑舉人，官翁源縣知縣。是編用注疏本，大旨以《本義》爲宗，而雜引衆説，以相印證。蓋鄉塾講章也。

紀太守容舒《唐韻考》五卷

《四庫全書總目提要》云：容舒，字遲炎，號竹厓，獻縣人。康熙癸丑舉人，官至姚安府知府。

初隋陸法言作《切韻》，唐禮部用以試士。天寶中，孫愐增定其書名曰《唐韻》。後宋陳彭年等重修《廣韻》，丁慶等又作《禮部韻略》，爲一代場屋程式，而孫氏之書漸佚。唐代舊韻遂無復完帙。惟雍熙三年，徐鉉校定許慎《説文》，在大中祥符重修《廣韻》以前，所用翻切一從《唐韻》，見於鉉等《進書表》。容舒以爲翻切之法，其上字必同母，其下字必同部，謂之音和。間有用類隔法者，亦僅假借其上字，而不假借其下字。因其翻切下一字參互鉤稽，輾轉相證，猶可以得其部分。乃取《説文》所載《唐韻》翻切，排比分析，各歸其類，以成此書。始知《廣韻》部分仍如《唐韻》，但收之字不同。有《唐韻》收而《廣韻》不收者，如《東部》『詷』字、『筧』字、『烘』字之類是也。有《唐韻》在此部而《廣韻》在彼部者，如『賨』字【一】，《廣韻》作『藏宗切』，在《冬部》；《唐韻》作『徂紅切』，則在《東部》。『瓏』字，《廣韻》作『盧紅切』，在《東部》；《唐韻》作『力鍾切』，則在《鍾部》之類是也。有《唐韻》兩部兼收而《廣韻》止存其一者，如《虞部》『疷』字之類是也。有《廣韻》移其部分而先於改其翻切，《諄部》『麕』『菌』『囷』『頵』四字移入《真部》而仍用《唐韻·諄部》翻切；《刪部》『鰥』字移入《山部》，仍用《刪部》翻切之類是也。有《唐韻》本有重音而徐鉉祇取其一者，如『規』字作『居追切』，宜在《脂部》。而證以『隓』字作『許規切』『闚』字作『去隓切』，知『規』字當有『居隨』一切，兼入《支韻》之類是也。其推尋考校，具有條理。唐韻分合之例，與宋韻改併之迹，均可由是得其大凡。亦小學家所當參證者矣。

校按：

【一】『賨』，原誤作『賔』，今據《四庫全書總目提要》改正。

紀刺史邁宜《儉重堂集》十二卷

《國朝畿輔詩傳》：邁宜，字偲亭，文安人。康熙五十三年舉人，官山東泰安州知州。紀昀序：偲亭伯少有大志，功名氣節皆不欲居古人下，而遭逢坎坷，所往輒窮，抑鬱憂愁，一寫於詩。上薄風騷，下躪宋元，無不一闖其奧。

李明府基塙《墨霞堂詩集》一卷

《國朝畿輔詩傳》：基塙，字露園，景州人。康熙五十三年舉人，官湖南永定縣知縣。《紅豆樹館詩話》：露園爲河間七子之一。錢香樹先生視學畿輔，最賞其才。句如《秋夜雜感》云：『重開非好道，善病卻名醫。』『辛苦卞和玉，炎涼蘇季金。』《對鏡》云：『邱壑惟應存庾亮，形神自解贈陶潛。』《由石門放舟》云：『便可澄懷吟鮑謝，何時好手遇荊關。』皆起雋。

李學博法顔《棗柏西林稿》

《國朝畿輔詩傳》：法顔，字愚山，任邱人。康熙五十三年舉人，官獻縣教諭。

陳學士儀《直隷河渠志》

《四庫全書總目提要》云：儀，字子翽，號一吾，文安人。康熙乙未進士，官至翰林院侍講學士，充霸州等處營田觀察使。是編即其經理營田時作，所列凡海河、衛河、白河、澱河、東澱、永定河、清河、會同河、中定河、西澱、趙北口、子牙河、千里長堤、滹沱河、滏陽河、寧晉泊、大陸澤、鳳河、牤牛河、窩頭河、鮑邱河、薊河、還鄉河、塌河澱、七里海二十五水，皆洪流巨浸也。雖敘述簡質，但載當時形勢，而不詳古跡。又數十年來，屢經皇上軫念民依，經營疏浚，久慶安瀾。較儀作書之日，水道之通塞分合，又已小殊。然儀本土人，又身預水利諸事，於一切水性地形，知之較悉。故敷陳利病之議多，而考證沿革之文少。録而存之，亦足以參考梗概也。

《蘭雪齋集》十八卷

于辰序：先生自爲童子時，已崇本力學，卓然自命。凡經史子集之編，濂、洛、關、閩之學，天文、地理、河渠、樂律之要，兵刑、錢穀之詳，坐而言、起而行者，靡勿瞭如指掌。而後以其醞釀深厚者，發爲文章。則先生之重於天下者，不徒以文，而其文之所以卓卓可傳者，亦要不外於是也。

趙明府尚友《山泉吟稿》一卷

《國朝畿輔詩傳》：尚友，字山泉，南樂人。康熙五十四年進士，官山西襄垣縣知縣。

姜廉訪順龍《采鹿堂詩稿》四卷

《國朝畿輔詩傳》：順龍，字見田，號麟玉，保定人。康熙五十六年舉人，歷官四川按察使。

魏進士述祖《靜遠軒詩集》

《國朝畿輔詩傳》：述祖，字繩孫，獲鹿人。康熙五十七年進士。

于學正振翀《重萱齋詩草》

《國朝畿輔詩傳》：振翀，字扶青，號霽亭，宛平人。康熙五十九年舉人，官蔚州學正。

王邳州植《四書參注》無卷數

《四庫全書總目提要》云：植，字槐三，深澤人。康熙辛丑進士，官至邳州知州。是書多掊擊注疏，以自表尊崇朱子之意，而掊擊鄭玄、孔穎達尤甚於趙岐、何晏、孫奭、邢昺。然先有漢儒之訓詁，乃能有宋儒之義理，相因而入，故愈密愈深。必欲盡掃經師，獨標道學，未免門户之私。譬之天文、算數，皆今密而古疏，亦豈容排擊羲氏，詆諆隸首哉？且所采多近時王廷詩、崔紀、傅泰諸人之説，在諸人研究《四書》，固各有所得，然遽躋諸鄭、孔諸儒之上，恐諸人亦未必自安矣。

《韻學臆説》一卷

《四庫全書總目提要》云：此書前列《唐韻》目、吴棫《古韻》目及所爲[二]《臆説》十條，次列『光』『官』『公』『昆』『高』『象』『鈎』『規』『過』『皆』『孤』『基』『瓜』等十三字首群字譜。大抵不知韻學因革源流，而惟恃唇[三]吻之間，以等韻辨别。猶之近日詞典之工尺而評定夔曠之樂章，其辨愈精，其説愈密，而愈南轅北轍，畢世不得其所適。其所引據不過宋吴棫、近時毛奇齡、馬自援之説，而抗詞以攻顧炎武，所見左矣。

《韻學》五卷

《四庫全書總目提要》云：音韻之學，自古迄今，變而不常，亦推而愈密。古音數變而爲今韻，歷代各殊，此變而不恒者也。今韻既定，又剖析而爲等韻，此推而益密者也。古韻與今韻音讀各異，部分亦殊。吴棫不知其故，而以音讀之異名爲叶，部分之殊注爲通轉，而古韻遂亂。今韻之定在前，等韻之分在後，實因韻字而分等，非因韻等而分字。韓道昭、熊忠不知其故，於是以字母顛倒韻字，而今韻又變。自明以來，惟陳第、顧炎武及近日江永識其源流。他若馬自援之講今韻，愈細而舊法愈失；毛奇齡之講古韻，愈辨而端緒愈淆矣。植作是書，不能從源而分流，而乃執末以議本。攻所必不能攻，而遵所必不可遵，故用力彌勤，而彌於古法未合也。

《讀史綱要》一卷

《四庫全書總目提要》云：此書紀歷代帝王年號，而附録僭僞諸國，排比舊文，有如簿籍，不足以當著書。其以西夏、遼、金並列，尤爲紕繆。

《道學淵源録》一卷

《四庫全書總目提要》云：是書取從祀孔廟先賢、先儒，條其事狀、官爵，並考其從祀世代，大約襲闕里諸書爲之。前有自序，於朱、陸流派爭之甚力。

《濂關三書》無卷數

《四庫全書總目提要》云：是書取《太極圖説》《通書》《西銘》三書，以朱子之注列於前，採諸家之説附於後，亦時參以己意，植於宋五子書，皆有注，然《皇極經世》《正蒙》其書注者差稀，故頗有所考訂。此三書，則人人熟讀，無可發揮，亦如宋以來注《孝經》者，隨文演義而已。

《權衡一書》四十一卷

《四庫全書總目提要》云：是編雜採諸書之言，而間斷以己意。分類四十一，子目一百四十九，每一類爲一卷，惟制勝分二子卷，故曰四十一卷。其曰《權衡一書》者，自序謂王充有《論衡》、蘇洵有《權書》，《論衡》《權書》皆爲一家之私意，而此一書則合古今之嘉言而爲之權衡也。然惟其爲一家之言，故其析理有定説，雖偏而不雜。植乃聚百家之言，連篇累牘，繁而無章，忽似類書，忽似説部，其病正在不主一家也。

校按：

【一】原無『爲』字，今據《四庫全書總目提要》補。

【二】『唇』，原誤作『脣』，今據《四庫全書總目提要》改正。

周明經焯《卜硯山房詩鈔》一卷

《國朝畿輔詩傳》：焯，字月東，號七峰，天津人，拔貢生。

英廉序：月東詩如澗溜忽唱【一】鳴，如籬花自落。清微蕭遠，自寫其性情所欲言，而一空撏撦規仿之習。

《蓮坡詩話》：月東賦詩務極研鍊，不肯苟爲雷同。嘗作詠物詩，推敲一字未就，語人曰：『吾爲此損眠兩夜矣。』其苦吟如此。又嘗待渡河干，時已昏暮，孤艇獨横，傍厓絶無人影。因得句云：『兩峰林俱寂，一溪月正明。呼船人不應，水應兩三聲。』且行且誦，後有同渡者見之，匿笑。月東傲兀自喜，夷然不顧。里人爭傳之。

《隨園詩話》：月東游海潮庵，得謝【二】文節公小方硯，額鐫『橋亭卜卦硯』五字，背有元人程文海銘，周珍重之，抱硯以寢。臨死，乃贈查恂叔，一時題者如雲。錢辛楣云：『眼中只有石丈人，江南更無厥養卒。』紀心齋云：『遠過一片寒陵石，留伴千秋玉帶生。』

校按：

【一】《國朝畿輔詩傳》無『唱』字。

【二】『謝』，原誤作『諭』，今據《隨園詩話》《國朝畿輔詩傳》改正。

胡文學捷《讀書軒集》

《國朝畿輔詩傳》：捷，字象三，大興人，諸生。

《蓮坡詩話》：象三幼有神童名，十歲能詩文，與余同硯席者三十年。其詩清潤和婉，時出性靈。有和余《元旦》詩云：『百歲渾消幾首詩，醉吟愁咏費相思。破正清興邊無著，飛上梅花三兩枝。』又有『高下歸鴻影，紅黃老樹村』『愛【一】閒身少累，媚俗骨無能』『山擁白雲西塞雨，霜吹紅樹秣陵秋』『貧入愁腸多曲折，秋來詩骨倍嶙峋』等句。象三爲梅宮詹之珩所拔士，與泉亭老人魏燕公尚賓爲忘年交。

校按：

【一】『愛』，原作『堂』，今據《國朝畿輔詩傳》改。

馬學博仲琛《樂儀堂稿》

《津門詩鈔》：仲琛，字佩韋，青縣人。鳴蕭孫，貢生。官奉天開原縣訓導。佩韋五言清淡，得乃祖風味。

邊孝廉睿《士苴集》一卷

《國朝畿輔詩傳》：睿，字智臨，任邱人，銘珣子。諸生，舉孝廉方正。

牛明經焜《慎思齋詩集》

《國朝畿輔詩傳》：焜，字照千，南樂人，貢生。

王明府不黨《于役草》

《國朝畿輔詩傳》：不黨，字兆棠，號雪岑，靜海人，官河南新鄭縣知縣。

黄文學聰《蒸菌書室集》一卷

《國朝畿輔詩傳》：聰，字仲達，元城人，諸生。

王文學若璉《墨癡集》

《國朝畿輔詩傳》：若璉，字墨癡，開州人，諸生。

梁僉事雍《散朗齋詩稿》

《國朝畿輔詩傳》：雍，字元肅，正定人，清標孫。歷官廣西按察司僉事。

龍夔序：元肅温其如玉，恂然謙退，若不勝衣。其詩語艷而體莊，腴中而秀外，所謂發乎情止乎禮義者。

梁太守穆《列翠軒詩》二卷

《國朝畿輔詩傳》：穆，字敬仲，號改亭，正定人，清標孫。拔貢生，官蘇州府知府。

張大受序：真定梁君生於相門，踐履寒素。其詩骨清而詞雅，氣怡而神和。

朱明經函夏《谷齋集》

《津門詩鈔》：函夏，字乾馭，號陸槎，天津人，同邑子貢生。陸槎先生讀書精專，必窮其藴，游江南，胸之所蓄發於詩，沈雄渾厚，根柢盛唐。某丞開宴黄鶴樓，文士雲集，酒酣賦詩，公詩弱冠居末座，吟至『渚宫秋色惟烟水，大别山光自古今』，合坐歎絶，齊爲閣筆。

李明經日茂《澤畔吟》一卷

《國朝畿輔詩傳》：日茂，字廓園，青豐人，貢生。

董太守樫《涉江草》《濱灤吟》《于役江干草》

《國朝畿輔詩傳》：樫，字雨若，號潤墅，豐潤人，榕弟。官湖北德安府知府。

查漢客曦《珠風閣詩草》七卷

《國朝畿輔詩傳》：曦，字漢客，天津人。

許王猷序：漢客行詣高卓，襟懷爽朗，每往來奇偉卓絶之境，以自廣其胸中之氣。《珠風客集》寄託遥深，措詞高雅，寫難狀之景，如在目前，含不盡之思見於言外。

查漢公爲政《蘭亭詩鈔》

《國朝畿輔詩傳》：爲政，字漢公，天津人。

王又樸序：查子詩多自寫其胸臆，聲調高朗，無不如格。

朱函夏序：蘭亭詩，余重其五言，如『風蟬嘶樹遠，秋水漾天長』『一雁穿雲去，千帆帶日來』『荻風吹兩袖，蘆月照孤蓑』『雪冷梅偏豔，林空鳥不啼』。七言如『雲還梵寺踈鍾遠，日照長河暮靄齊』『心向靜中禪自定，詩從淡處意偏長』『度水鐘鳴山寺月，爭林鵶噪夕陽烟』，皆秀雅。

辛明經志可《游藝園詩草》

《國朝畿輔詩傳》：志可，字登雲，元城人，貢生。

李文學才蕡《怡雲堂集》一卷

《國朝畿輔詩傳》：才蕡，字去華，號椒呰，高陽人，諸生。

《高洪鈞傳》：才蕡少有逸才，詩雄宕有奇氣，出入浣花、玉川之間，與戈給諫濤、邊徵君連室相頡頏，人目爲『燕南三子』。

紀文學恒《藤花書屋詩草》

《國朝畿輔詩傳》：恒，字任甫，號北峰，文安人，遴宜子，諸生。

馬明經爾恂《客園蟬露草》

《國朝畿輔詩傳》：爾恂，字訥宜，靈壽人。貢生，雍正五年舉孝友端方。

邊文學怡《積翠山房詩稿》二卷

《國朝畿輔詩傳》：怡，字孟友，任邱人。睿子，諸生。

尹侍郎會一《君鑑》《臣鑑》《士鑑》《女鑑》《增定洛[二]學編》《北學編》《讀禮從宜録》《三禮筆記》

《健餘詩草》三卷

《國朝畿輔詩傳》：會一，字元孚，號健餘，博野人。雍正元年進士，歷官吏部侍郎，祀鄉賢。

《紅豆樹館詩話》：先生督學江蘇，敦厲實學，至今蘇人猶俎豆之。生平講學以程朱爲宗，播諸政事，俱奏成效。理學經濟殆兼善焉。所著書十餘種，皆持擇平允，不以攻斥先賢爲事。少時與刁紹武、王雲鄉、劉今衡相倡和，人目爲『保陽四子』。今所傳《健餘草》三卷，乃其門生揚州鮑皐編次。清醇和雅，無安樂窩頭中語。

校按：

【一】原『洛』字處空格無字，今據《國朝畿輔詩傳》引方苞《尹元孚墓誌》增。

紀比部逵宜《繭甕集》八卷

《國朝畿輔詩傳》：逵宜，字肖魯，號可亭，文安人。雍正元年進士，官刑部員外。

黄叔琳序：可亭詩冥心獨造，力追古人。其客遊所歷，官蹟所經，咸於詩焉。發之大要，探源經史，茹釀漢魏以來諸大家，雋而不佻，豐而不縟，彬彬乎質有其文。

《紅豆樹館詩話》：可亭爲桂山徵君從子，兩宰劇邑政事之餘，吟詠弗倦，蓋得於家學者居多。佳句五言如『仙霞嶺云氣，通閩海闊勢』『壓越山尊獨，樹挂殘雪亂』『雅鴉爭夕陽，路盤山百轉』『雲擁樹千重，風翻鴉背雪』『石闇馬蹄冰』，七言如『倦懷抱負丁年末，隻影吟殘雨夜燈』『金骨未成辭碧落，朱顏易老溷緇塵【二】』『算來身世誰能了，說到名場我欲愁』『宿火香温知夜永，隔窗竹鬧覺秋多』『酒難撥悶辭三雅，夢擬游仙隔一塵』『蝶抱夜香和露墜，燕銜春色過牆飛』『隔水共村通略約，依山縝屋盡樓臺』『溪閣峰頭鳩婦雨，江船帆腳鯉魚風』，皆超詣流暢，使人讀之，往復流連，不能自已。尤工倚聲，有《閒雲詞》一卷。

校按：

【一】原『塵』字處空格無字，今據《國朝畿輔詩傳》補。

魏太守元樞《與我周旋集》十二卷

《國朝畿輔詩傳》：元樞，字臞庵，豐潤人。雍正元年進士，歷官山西汾州府知府。

薛寧廷序：臞庵晚歲里居，自訂其所著曰《與我周旋集》，真意流溢行間。一切塗澤雕纂之習刊落殆盡。

李司馬之嶧《秦役草》《旋晉草》

《國朝畿輔詩傳》：之嶧，號恬齋，滄州人。雍正元年進士，官山西潞安府同知。

王司馬又樸《易翼述信》十二卷

《四庫全書總目提要》云：又樸，字介山，天津人。雍正癸卯進士，官至廬州府知府。是編經、傳次序，悉依王弼舊本，而冠以《讀易之法》，終以所集《諸儒雜論》。其大旨專以《彖》《象》《文言》諸傳解釋經義，自謂篤信《十翼》，述之爲書，故名曰《易翼述信》，而以朱子所云『不可便以孔子之説爲文王之説』者爲非。其徵引諸家，獨李光地之言爲最夥，而於《本義》亦時有異同。蓋見智見仁，各明一義，原不能固執一説以限天下萬世也。至其注釋各卦，每爻必取變氣，蓋即之卦之遺法。其於《河圖》《洛書》及先天、後天皆不列圖，而敘其説於《雜論》之末，特爲有識。其《時位德》《大小應》《比主爻》諸論，亦皆恪遵御纂《周易折中》之旨，闡發證明，詞理條暢，可取者亦頗多焉。

《詩禮堂詩》七卷

《津門詩鈔》：公幼以古文受知於方望溪先生，許以力追秦漢，文名重於日下。所到之處政有惠聲，尤精水利，返瀦〔一〕爲田，江南宿儒多稱之。著有《讀史》《讀孟》《易翼》《述信》諸書。

校按：

〔一〕『瀦』，原作『豬』，今據《津門詩鈔》《國朝畿輔詩傳》改。

楊孝廉方晃《孔子年譜》五卷

《四庫全書總目提要》云：方晃，字東陽，號鶴巢，磁州人。是書中三卷爲年譜，以天、地、人分紀之。其前一卷爲卷首，末一卷爲卷尾。中間於《史記世家》《歷聘紀年》《闕里舊志》諸書頗有糾正，然注太冗瑣，皆乖體例，又參以評語。至卷首，本《祖庭廣記》作《麟吐玉書圖》，殊未能免俗。卷尾泛引雜史，爲身後異跡。如魯人泛海見先聖，七十子遊於海上，及唐韓滉爲子路轉生諸事，連篇語怪，尤屬不經矣。按：方晃貢生，雍正元年舉孝廉方正。

《雞肋集》四卷

《磁人詩》十卷

《四庫全書總目提要》云：《磁人詩》十卷，楊方晃編。皆録磁州之詩，自唐迄本朝，作者八十餘人，得詩千餘首，各繫其人之事蹟，出處甚詳，亦頗有考據。然意在表彰，未能嚴於決擇。其第八卷至十卷，悉載方晃及孫濂詩，濂亦磁州諸生，即校刊此集者也。

李明經培深《越游吟》《燕山草》

《國朝畿輔詩傳》：培深，字静滋，號芙圃，磁州人。雍正元年貢生。

《磁人詩》：公博通經史，所作詩文古詞超然不群，兼善書畫。

陳宫詹浩《生香書屋詩》六卷，《恩光集》一卷

《國朝畿輔詩傳》：浩，字紫瀾，昌平人。雍正二年進士，官詹事府少詹。

《蒲褐山房詩話》：先生少日蜚聲詞館，與趙副憲大經、李編修重華諸贇善錦齊名，兼工書法，得蘇文忠墨妙。

《紅豆樹館詩話》：紫瀾先生《恩光集》一卷，賦、頌、詩三體合編，皆應制之作。《生香書屋集》六卷，共五百餘首，前無序，後無跋，殆非定本。集中各體皆工，陶冶性靈，不卑不亢，清剛雋上，卓然名家。

陳太守鳳友《素齋詩》

《國朝畿輔詩傳》：鳳友，字鶴汀，文安人。雍正二年進士，官廣東肇慶府知府。

紀孝廉藹宜《返吴吟》

《國朝畿輔詩傳》：藹宜，字碩亭，文安人，雍正二年舉人。

張學博如鉽《蘭谷詩草》

《國朝畿輔詩傳》：如鉽，字彝伯，號蘭谷，宛平人。雍正四年舉人，官武邑縣教諭。

單太守鈺《鏤冰詩鈔》五卷

《國朝畿輔詩傳》：鈺，字亦聲，號振庵，易州人。雍正五年進士，官安徽池州府知府。紀昀序：易州單公爲人侃侃有直氣，其詩務得性情之正。揮灑自如，神骨遒上。《紅豆樹館詩話》：《鏤冰集》多佳句。《登吴山》云：『江湖仍左右，吴越幾春秋。』《途次》云：『雞聲啼曉月，人語起殘更。』《玉環雜詩》云：『風頭占舊鳥，湖信問來船。四野雨初足，前溪月又生。山形連雁巖，海邑接驪洋。千里嶼風起，滿城第屋寒。』《署齋即事》云：『帆檣漁鈎論潮水，烟火人家共島雲。』《項王廟》云：『鐵馬有靈歸鉅野，雲旗無面返彭城。』《重九》云：『尊前瘴海黄花酒，夢裏烟蓑白鷺磯。』《泛海》云：『幾點蒼山多島嶼，一行征雁伴帆檣。』《金山寺》云：

『佛火近看通鐵甕，鍾聲遥聽到爪洲。』《贈别》云：『落淡峰影含飛動，曳樹蟬聲帶别離。』皆疏越清壯，方軌錢、劉。

周中丞人驥《香遠堂詩稿》八卷

《國朝畿輔詩傳》：人驥，字芷囊，號蓮峰，天津人，人龍弟。雍正五年進士，官廣東巡撫。

常司馬青岳《晚菘堂集》二卷

《國朝畿輔詩傳》：青岳，字未山，一字雨來，交河人。雍正五年舉人，官江西南康府同知。

彭啓豐序：未山爲余同年友，爲政原本經術，寬猛相濟，裁决簿書，勾稽錢穀，明敏過人。詩清麗拔俗，肆好多風，兼有諸家之美。

張觀察冲之《素修堂詩鈔》

《國朝畿輔詩傳》：冲之，字道淵，號退圃，宛平人。雍正六年賢良方正，歷官河南南汝光道。

陳廉訪德正《葛城詩稿》

《國朝畿輔詩傳》：德正，字醇叔，號葛城，安州人，德榮弟。雍正八年進士，歷官陝西按察使。

劉學博燉若《渠陽鐸韻》一卷

《國朝畿輔詩傳》：燉若，字艾嶽，景州人。雍正十年舉人，官寶坻縣教諭。

李孝廉承恩《致遠堂詩稿》一卷

《國朝畿輔詩傳》：承恩，字紹衣[一]，灤州人，雍正十年舉人。

校按：

[一]『衣』，原作『尤』，今據《國朝畿輔詩傳》改。

張孝廉應楸《佩蘭齋集》一卷

《國朝畿輔詩傳》：應楸，字松巖，玉田人，雍正十年舉人。

田侍講志勤《業精堂詩草》

《國朝畿輔詩傳》：志勤，字崇廣，號平圃，大興人。雍正十一年一甲二名進士，歷官翰林院侍講。

羅源漢序：平圃詩沖和淡遠，端莊流麗，一字一句悉衷大雅。

何主事琇《樵香小記》二卷

《四庫全書總目提要》云：琇，字君琢，號勵庵，宛平人。雍正癸丑進士，官至宗人府主事。是編皆考證之文，凡一百二十條，論經義者居其大半，亦頗及字學、韻學。其論六書，頗與舊説異同。如謂『禿』字當從禾會意，《説文》謂『人伏禾下』固屬謬妄，即《六書正譌》改爲『從木諧聲』亦非確論。謂《説文》訓『爲』字爲『母猴』，本末倒置，當是先有『爲』字，乃借以名猴；謂『射』字從身從寸爲籀文，象手持弓形之訛；其説皆未免於獨創。至其解《春秋》『西狩獲麟』、解《周禮》『奔者不禁』、解《詩》『野有死麕』，亦時能發先儒所未發。其學問大旨，蓋出入於閻若璩、顧炎武、朱彝尊、毛奇齡諸家，故多演其緒云。

《閲微草堂筆記》：先師何勵庵先生宦途坎坷，貧病以終。著有《樵香小記》，多考證經史疑義，今著録《四庫全書》中。爲詩頗喜陸放翁。

邵太守大業《謙受堂集》十二卷

《國朝畿輔詩傳》：大業，字厚庵，大興人。雍正十一年進士，官江南徐州府知府。

《隨園詩話》：邵厚庵太守治蘇有直政，以忤大府，罷官。有口號云：『江山見慣新詩少，世味嘗深感慨多。』又『老來兒女費周旋』七字，亦頗是人情。

王太守榮勣《澄懷詩草》《周易觀象》

《國朝畿輔詩傳》：榮勣，字立亭，號澄齋，正定人。雍正十三年舉人，歷官浙江處州府知府。

王發楠《先公傳略》：公年十九頒鄉薦，乾隆十一年北河與水利，補霸州、淀河州，同於古治河諸書，詳考繪圖，經營規度，不失尺寸。升子牙通判，歷署延慶遵化州知州、天津同知。聰斷明決，奸徒斂蹟，薦升處州知府。政本仁恕，視民吏如家人。築壩壕，引水灌田數千頃，風化大行。尤精易理，刻有《周易觀象》行世。

李明府學禮《補過堂集》四卷

《國朝畿輔詩傳》：學禮，字立軒，號謙堂，任邱人。雍正十三年舉人，官廣東知縣。

《王應鯨傳》：公生而穎異，年十六受知於督學吴眉庵先生。雍正乙卯，年十九，舉於鄉。乾隆壬申，揀教廣東試用，歷任和平、饒平、定安、陽春諸邑。著有《聯經》四卷，駢體文若干卷。

董觀察榕《庚洋集》《庚溪集》《詩意集》

《國朝畿輔詩傳》：榕，字念青，號恒巖，豐潤人。雍正十三年拔貢生，官江西贛甯道。

《紅豆樹館詩話》：恒巖歷守金華、南昌、九江諸府，所在有直政。公餘，延禮名士，提唱風雅，時蔣心餘太史尚未通籍，恒巖招與讌遊。尤深投分，嘗取明女宦石砫上司秦良玉、游擊將軍沈雲英勦賊事，譜《芝龕記樂府》，以《明史》爲經，雜采諸家荅説緯之，心餘太史題詞云云。又《懷恒巖觀察》云：『纂組三朝事，芝龕唱秦青。』按恒巖撰此書時，或經心餘商訂。今有傳爲心餘自撰者，誤。

邊徵君連寶《隨園詩集》十卷，《附録》一卷

《四庫全書總目提要》云：連寶，字趙珍，今刊本作『肇畛』，乃戲以同音書之。如中涵光本字符孟，而每書『凫盟』，非其本字也。任邱人，雍正乙卯拔貢生。乾隆丙辰，薦舉博學鴻詞。辛未，又薦舉經學。是集前有乾隆丁丑戈濤序，而第四卷以下題曰『病餘草』者，乃皆戊寅以後詩，蓋續編而仍冠以原序也。附録一卷曰《禪家公案頌》，則其晚耽禪，悦讀《指月録》所作云。

戈濤序：余嘗論隨園詩以韓孟爲宗，七言歌行兼有青蓮、玉川子。今更讀之，以爲不然。隨園之詩自成爲隨園已矣。隨園詩縱横排奡，不可方物，而各有隨園者存。即其晚年，深造自得，其剛果之氣不能自没於冲夷淡寂中，此隨園之真其骨近韓，其神近孟，其氣近李，其情思近盧，惟其近之，是以似而有之，至謂其某篇學某某篇，則斷斷無有。

杭世駿《詞科掌録》：肇畛爲直隸總督彭城李公所薦，研辨經史，篤學不倦，北方學者未能或之先也。

胡明府淳《易觀》四卷

《四庫全書總目提要》云：淳，字厚庵，慶雲人。乾隆丙辰進士，授蒙自縣知縣，未上而卒。是編惟解上、下經大旨，謂聖人作《易》，使學者研究卦爻，推吉凶悔吝之由，以知進退存亡之道。故孔子稱『假年學《易》，可無大過』。至於求諸卜筮以決從違，乃爲常人設，非爲君子設也。故其説拘除

圖學，惟玩六爻，皆隨文生義，未能融會貫通。其謂《繫辭傳》『河出圖洛出書聖人則』之句爲漢儒言，讖緯者所竄入，更主持太過也。

胡明府在角《四書説注巵詞》十卷

《四庫全書總目提要》云：在角，永年人。乾隆丙辰進士，官湖北松滋縣知縣。是編雖以説注爲名，然頗因以講學，尚不似鄉塾講章，全爲時文而作。然亦未全脱坊刻之窠臼，蓋其用力之始，從講章入也。

劉學博琴《四書順義解》十九卷

《四庫全書總目提要》云：琴，字松雪，任邱人。乾隆丙辰舉人，官順義縣教諭。是編皆先標章次，而後循文以衍其意。每節之末，又雜引舊説以析之。以成於官順義時，因以爲名。前有同邑邊連寶序，稱其自雍正丁未至乾隆壬午，三十年而後脱稿，臨没猶斟酌改竄。又稱其以紫陽爲主，不敢稍背云。

蘇進士鶴成《野汀詩稿》三卷

《國朝畿輔詩傳》：鶴成，字語年，號野汀，交河人，乾隆二年進士。

邊學正中寶《竹巖詩草》四卷，《南遊壎篪集》一卷

《國朝畿輔詩傳》：中寶，字識珍，號竹巖，任邱人。乾隆三年舉人，官遵化州學正。

王錡序：竹巖先生一淡泊淳古之質，安雅淵穆之度，耄而好學，日手一編弗輟。故發爲詩也，如瑶琴石磬，逸韻鏗鏘，豐而不失諸靡，約而不失諸促，極性情之發越而體裁一歸於正。

陳步瀛《壎篪集序》：歲辛卯，霽峰觀察常鎮，隨園先生聞東南山水之勝，遂欣然與竹巖並轡南行，其唱和詩曰《南遊壎篪集》，余讀之。竹巖則直舉胸情，絶去琱飾，古質深厚，有次山篋中之遺風。隨園則豪悏奔放，寄托深遠，長篇短什，觸緒紛來，與竹巖先生不同其音節，而同其意。匠所謂波瀾各殊，體源無二者也。

魏明府大名《一簣山人詩草》四卷

《國朝畿輔詩傳》：大名，字伯啓，號復泉，南樂人。乾隆三年舉人，官廣西北流縣知縣。

蔡以成序：集中諸作，皆有得於温柔敦厚之遺，而盤鬱蒼古、渾深雄健，直欲方駕盛唐。

紀明府晉《寶樹軒詩》二卷

《國朝畿輔詩傳》：晉，字企瞻，文安人，遴宜子。乾隆三年舉人，官江南甘泉縣知縣。

劉明府元鼐《梅村詩草》

《國朝畿輔詩傳》：元鼐，字鼎臣，號梅村，枣强人。乾隆三年舉人，官廣東知縣。

徐明經金楷《步青堂餘草》

《國朝畿輔詩傳》：金楷，字端叔，號春卿，天津人，乾隆三年副貢生。

田明府志蒼《翽羽堂詩草》

《國朝畿輔詩傳》：志蒼，字東山，大興人。乾隆六年舉人，官甘肅敦煌縣知縣。

張刺史瓏《平林遺稿》一卷

《國朝畿輔詩傳》：瓏，字智珠，號平林，高陽人。乾隆六年拔貢生，歷官雲南嵩明州知州。

《紅豆樹館詩話》：平林先宦甘凉，後宦滇〔二〕洱，往來黔、蜀間，詩多寫邊徼〔三〕風土。五言如《黔中》云：『伏弩穿熊掌，縣刀斷麝臍。山嵐晴亦雨，天氣夏如秋。』《川江》云：『層灘坡走馬，急溜箭離弦。』七言如《隨永都獲校獵》云：『霜刀截腋雄狐暖，玉椀調羹野雉肥。氈廬貼地霜華白，絳節凌霄柹葉紅。琱弓斜挂天山月，班馬長嘶瀚海風。蘆花鴨緑浮春水，茜草猩紅帶夕陽。』氣韻沈雄，殊有風骨。

校按：

【一】『滇』，原誤作『鎮』，今據《國朝畿輔詩傳》改正。
【二】『徵』字處，原空格無字，今據《國朝畿輔詩傳》補。

成别駕懷祖《關西槖草》四卷

《國朝畿輔詩傳》：懷祖，字尚義，號北樵，大名人，又昭子。乾隆六年拔貢生，官陝西邠州州判。

《紅豆樹館詩話》：北樵負經世志，歷攝三水、長武、永壽、三原諸縣，皆有去思。性簡淡，不慕榮利，故浮沉冗官中十餘年，而卒在邠。嘗修公劉墓、范文正公祠，撰《邠志續筆》一書，晚始爲詩，追蹤唐賢，棱棱露爽，不拾過庭餘瀋。

王司業太岳《青虛山房集》二十四卷

《國朝畿輔詩傳》：太岳，字基平，號芥子，定興人。乾隆七年進士，官國子監司業。

《蒲褐山房詩話》：先生詩宗魏晉，下及唐人，醇古淡泊，可稱高格。生有至性，每言古來忠義事，輒爲感慨流涕，即觀劇亦如之。與邵叔山、鄭誠齋、顧密齋諸同年，以文字相劘切，才名甚著。及自雲南熊罷歸，復直四庫館，授司業，居海之太平莊，憔悴以終老。

曹學閔《書王芥子前輩涇渠志後》詩：史志重河渠，經術通治體。須用讀書人，尤貴識時士。我讀《涇渠志》，歷歷如聚米，鄭白在當年，豈不稱利美。奈何後世人，尋源不究委。古今既異宜，山川亦移徙。但知耀其名，不復問彼此。遂使好事者，披圖費條紀。嗟哉萬夫役，那堪試疑似。百萬口嗷嗷，一人功自喜。纍纍涇渠岸，巍巍豐碑峙。唐宋及元明，利害俱可指。徵引既淹雅，識力尤俊偉。上下數千年，分肌而劈理。洞達古今情，匪侈言導水。不利以爲利，其利斯大矣。我生清晏時，竊自愧愚鄙。歷考利病由，較然著前史。紛更熙豐朝，非不用周禮。清靜載甯一，其言出老子。厚實與名高，效或相倍蓰。乃知聖人言，言府何必改。勿慕匡時才，勿遺他日悔。願言爲治者，《涇渠志》誠韙。

《紅豆樹館詩話》：先生官雲南時，有功銅政甚偉，滇人思之。先是，昆明縣五華書院中祀鄂文端爾泰、楊文定公名，時尹文端公繼善、陳文勤公弘謹、李恭毅公湖明、將軍瑞爲六賢祠，至是以先生祔祀，更名七賢。蘭泉司寇爲撰碑記，蓋乾隆戊申歲也。詩五言最工，取法初唐，近體亦清蒼拔俗。

李太守棠《思樹軒詩稿》四卷

《國朝畿輔詩傳》：棠，字召林，號竹溪，河間人。乾隆七年進士，官廣東魚州府知府。

《隨園詩話》：同年李竹溪性誠慤，詩獨清超。《感懷》云：『罷官便有閒人集，才老於生後輩嫌。相逢馬上摇頭客，得句知他勝得官。』《得家書》云：『急開翻惱緘封密，朗誦顛教句讀差。』《守廣東魚州歸贈》云：『此行曾向貪泉過，留得冰心見故人。』嗚呼！竹溪真能不愧此言，故記之。

《紅豆樹館詩話》：先生少居里中，與戈給諫濤昆季結香泉詩社，所作多散失。後官江南，與袁簡齋太史交最契，時相唱和。今《思樹軒集》即簡齋太史評定本也。簡齋論詩，專主性靈。先生亦沿其流派，故多諧暢微婉之音。

田刺史志隆《研悦堂詩草》

《國朝畿輔詩傳》：志隆，字晉三，號葛侶，大興人。乾隆七年進士，官廣西全州知州。

馬明府兆鼇《醒流集》

《國朝畿輔詩傳》：兆鼇，字來雲，號醒流，東光人。乾隆七年進士，官江蘇靖江縣知縣。

劉太守炳《嘯谷詩草》四卷

《國朝畿輔詩傳》：炳，字殿虎，號嘯谷，任邱人。乾隆七年進士，歷官江西九江府知府。

紀孝廉復《寶樹新屋詩草》

《國朝畿輔詩傳》：復，字夢餘，文安人，遴宜子，乾隆九年舉人。

温給諫如玉《靜淵齋詩存》

《國朝畿輔詩傳》：如玉，字尹亭，撫甯人。乾隆十年進士，歷官刑科給事中。

王廷紹序：先生詩和平恬雅，不事叫囂，一歸醇粹。

丁進士時顯《青蜺居士集》

《國朝畿輔詩傳》：時顯，字名揚，號鵬搏，天津人，乾隆十年進士。

牛太守思凝《謙受堂詩草》

《國朝畿輔詩傳》：思凝，字方巖，天津人。乾隆十年進士，官貴州大定府知府。

李學士中簡《嘉樹山房集》十八卷

《國朝畿輔詩傳》：中簡，字廉衣，號子靜，一號文園，任邱人。乾隆十三年進士，官侍講學士，改編修。

陸耀序：嘉樹山房於漢、於楚、於齊魯、皇華、原隰歷志土風，令人如身游其境，而目擊其狀，至如詠懷諸什，温柔敦厚，原本忠孝。益歎先生志趣之正，與學養之粹。

孫星衍序：先生在詞館，與同里朱笥河先生兄弟及紀曉嵐大宗伯齊名，相切劘，一時文譽冠海内，然杜門著述，未嘗標榜。聲氣交於戈侍御濤，以古道相勗，萬死爲修。服緦禮故其爲學本之孝弟，以厲文行。視學所至，必察土風，便安陳奏章程刊布，應讀書目，以教諸生。遺文六卷，他日列文苑，以傳不朽，所謂有用之文。

《紅豆樹館詩話》：先生五古原本陳王諭客以至曲江伯、王摩詰、少陵無不深造，七古氣體宕逸，專學大蘇，蓋能不爲俗囿，多師以爲師者。近體佳句如『平原秋色裏，獨樹晚風前』『谷暖草冬緑，雲深山畫昏』『香花隨臘鼓，雨雪入春犁』『石峭全擎屋，雲低只傍船』『將愁一水曲，裹夢萬山深』『新竹緑於水，早花香到桃』『荒陂宿麥短，古驛落花多』『京口樓臺秋入夢，廣陵風雨夜題詩』『尊前夕照銜山遠，竹外寒烟聚浦多』『金馬雲開雙表出，夜郎天盡萬山平』『星河野舘囬孤夢，烟月横塘感舊游』『凉笛道秋來華浦，斷虹隔雨過雞關』『粉蝶成團菜花路，緑楊如畫雞鳴村』，皆清新遒上，卓然大雅。

朱文正珪《知足齋集》二十卷

《國朝畿輔詩傳》：珪，字石君，號南厓，大興人，筠弟。乾隆十三年進士，歷官體仁閣大學士，贈太傅，謚文正，祀賢良。

阮元序：吾師大興朱公，未弱冠入詞林，與兄竹君學生競爽，早被高宗純皇帝任使。敭歷中外，深器德量，命直上書房。講誦有甘盤舊學之義焉。師授全集，命元選訂。師之詩閎中肆外，才力之大，無所不舉。且直吐胸臆，真情至性，勃勃動人，未嘗求肖於流派而實於杜陵、昌黎爲尤近。古名臣大儒之專集，未有盛於斯者。

《蒲褐山房詩話》：公兄弟少入翰林，即以高文典册照耀蓬萊華蓋之間，爲藝林所仰，垂三十年。然其尚名教，敦清節世，或未盡知也。任山西布政使司，以方正爲巡撫所嗛，謂其不諳吏治，改爲翰林。久之，上深知公公正廉直，累擢爲巡撫，入長吏、户二部。而重才下士，士以此望而趨之。昔韓忠獻爲中正所歸，而於元祐諸賢未嘗偏徇，蔡文忠爲清流眉目，而於東林亦無私好。先生蓋深得此意者也。

邊學士繼祖《澄懷園詩集》二卷

《國朝畿輔詩傳》：繼祖，字佩文，號秋厓，任邱人。乾隆十三年進士，歷官翰林院侍講學士。

金進士振聲《觀善堂詩集》

《國朝畿輔詩傳》：振聲，字啓元，永年人，乾隆十三年進士。

汪孝廉舟《桐陰山房稿》

《國朝畿輔詩傳》：舟，字楫之，號木堂，天津人。乾隆十五年舉人。

金學博世熊《竹坡存稿》

《津門詩鈔》：世熊，字康侯，號竹坡，乾隆庚午舉人，歷官河南襄城縣知縣、直隸樂亭縣教諭。年八十餘，嘉慶庚午科，重賦《鹿鳴》。公神情雋朗，工書，知襄城以平反寬獄，活三十餘，命忤上官，改教職。蕭然無累，時作田盤之遊，卒，詩文多散失。

吴侍讀肇元《桐華書屋詩稿》十卷

《國朝畿輔詩傳》：肇元，字會照，號百藥，大興人。乾隆十六年進士，官翰林院侍讀。

蔣士銓《續懷人》詩之一：平原、信陵儔，其人生也晚。才略范少伯，三治千金産。大夫隱於聾，尚具知人眼。

戈給諫濤《坳堂詩集》十卷

《國朝畿輔詩傳》：濤，字芥舟，號蘧園，獻縣人。乾隆十六年進士，歷官刑科給事中。

李中簡傳：先生少穎異，讀書志氣激發。年十六，補邑庠生。性介持，不爲苟同。從瀋陽戴通乾學詩，受知於嘉興錢香梅先生。弱冠舉於鄉，任河南嵩縣，緣事解官，傭書養親。遊京師，五年，學益立。初用少，銀臺簿圖南先生薦，以經學徵，未屆期而館選，改官御史。數上封事，稱旨，終刑科給事中。晚年鋭意著述，古文踈宕有奇氣。著《戈氏族譜》《獻縣志》《坳堂詩集》《坳堂雜著》各若干卷。

《紅豆樹館詩話》：乾隆中，畿輔詩人，盛於河間一郡，而必芥舟先生爲巨擘。其論詩也，綺語、理語、剽竊語、靡弱，皆所切戒。故所作格律峻整，筆力磅礴，於高、岑、李、杜、王、孟、韓、蘇諸家，均登其堂，而嚌其胾焉。官給事時，有所劾奏，侃侃持論，不少撓撑。交尤巖，以文章道德相切劘者，邊徵君隨園、李學士廉衣一二人而已。古文師魏冰叔，書法張得天尚書，零縑片楮，邑人尚多藏弆云。

翁學士方綱《復初齋詩集》七十卷

《國朝畿輔詩傳》：方綱，字正三，號覃溪，大興人。乾隆十七年進士，官内閣學士，左遷鴻臚寺卿。

陸廷樞序：自漁洋先生取嚴滄浪以禪喻詩，謂『詩有别才，非關學也』，於是格調流於空靈，神韻流於寥閴矣。吾友覃溪蓋純乎以學爲詩者歟？自諸經傳疏以及史傳之考訂，金石文字之爬梳，皆貫徹洋溢於其詩，雖所服膺在少陵，瓣香在東坡，而初不以一家執也。

《詩人徵略》：先生精心汲古，弘覽多聞，於金石、譜録、書畫、碑版之學尤能剖析毫芒，如肉貫弗。生平論詩，謂漁洋論神韻二字固爲超妙，倡其弊，恐流爲空調。故特拈『肌理』二字，蓋欲以實救虚也。《復初齋集》中詩幾於言言徵實，使閲者如入寶山，心摇目炫，蓋必有先生之學，然後有先生之詩。世有空疏白腹之人，於先生之學未嘗窺及涯涘，而輕詆先生之詩，是則妄矣。

張吏部模《貫經堂詩鈔》

《國朝畿輔詩傳》：模，字元禮，號晴溪，宛平人。乾隆十七年進士，歷官吏部稽勳司郎中。

《紅豆樹館詩話》：晴溪先生主講天津問津書院，教士讀書，務爲根柢之學。生平精鑒古商周彝器，偏旁款識均能辨晰，書法南宫，嘗摹刻《貫經堂米帖》行世，亦來禽戲鴻之亞也。詩琅然清圓，不失雅音。

于進士豹文《南岡詩草》

《國朝畿輔詩傳》：豹文，字虹亭，天津人。乾隆十七年進士。

《津門詩鈔》：先生短身貌陋，天才警敏，借人書一覽即歸之，終身成誦。壬申會闈，主試者獲公卷，如得拱璧。登上選後，病膝没，里人惜之。

王明府鴻典《抱經堂集》

《國朝畿輔詩傳》：鴻典，字慎齋，雄縣人。乾隆十七年舉人，官湖北鍾祥縣知縣。

李明府湜《海天書屋詩草》

《國朝畿輔詩傳》：湜，字懷芳，天津人。乾隆十七年舉人，官河南閿鄉縣知縣。

王學博繼耀《不自收拾集》一卷

《國朝畿輔詩傳》：繼耀，字鸞坡，號澹山，大興人。乾隆十七年舉人，官贊皇縣訓導。達椿序：先生少負不羈之才，博極群書，歷游齊、豫、江、淮，涉湖、湘，走黔中，凡數千里。性嚴正高氣重義，讀書無間寒暑，詩根柢三唐，出入宋元諸大家。以神韻勝，不以刻畫爲工。

紀觀察淑曾《漢臯集》

《國朝畿輔詩傳》：淑曾，字衣孟，號秋槎，文安人。乾隆十八年舉人，歷官湖南鹽法道。《紅豆樹館詩話》：秋槎觀察湖南，王蓬心太守時爲永州司馬，時相酬唱。《漢臯集》清遠藴藉，獨標靈闇，蓋得瀟湘雲夢之氣爲多。

張教授湘《大雅堂詩集》

《國朝畿輔詩傳》：湘，字礎珊，天津人。乾隆十九年進士，官江西餘干縣知縣，改教授。

朱學士筠《笥河詩集》二十卷

《國朝畿輔詩傳》：筠，字美叔，號竹君，一號笥河，大興人。乾隆十九年進士，官翰林院侍讀學士，改編修。

《隨園詩話》：朱竹君學士督學皖江任滿，余問所得人才。公手書姓名，分爲兩種，樸學數人、才華數人。嘗云：『詩以道性情。性情厚者詩淺而意深，性情薄者詞深而意淺。』分校得老名士程思門，京師傳爲佳話。没後，張中翰塤笑以詩云：『丹旐書名前學士，青山道葬老門生。從今前輩無人笑，拚與先生淚盡傾。』

《蒲褐山房詩話》：竹君昆仲早登高第，並著才名，而君爲白眉，兼綜經史，精求古義。家積書數萬卷，金石碑版亦數千通。尤喜汲引人才，輶軒所至，必拔諸生之儁異，授業門下，家居問字者滿堂滿室。君豐頤秀目，伉伉鏗鏗，常以李元禮、范孟博自況，公卿中惟劉文正公重其學業，稱爲小友。其他貴人招之，弗往。爲安徽學政時，奏請將《永樂大典》中人間罕見之書悉爲抄録，且求天下遺書，四庫館之開，實自君發之。

紀文達昀遺集十六卷

《國朝畿輔詩傳》：昀，字曉嵐，號春帆，獻縣人。乾隆十九年進士，歷官協辦大學士，謚文達。阮元《漢學師承記》：公於書無所不通，尤深漢【一】《易》，力闢【二】《圖書》之謬。《四庫全書總目提要》《簡明目録》皆出公手。大而經史子集，以及醫卜詞典之類，其評論抉奥闡幽，詞明理正，識力在王仲寶、阮孝緒之上。可謂通儒矣。

《聽松廬文鈔》：或謂紀文達公：『博覽淹貫，何以不著書？』余曰：『文達一生精力具見於《四庫全書總目提要》，又何必更著書？今人目中所見書無多，故偶有一知半解，便自矜爲創獲，不知其説或爲古人所已言，或爲昔人所已駁，其不爲牀上之牀、屋下之屋者，蓋亦鮮矣。文達之不輕著書，正以目逾萬卷、胸有千秋故也。』或又言：『文達不著書，何以喜撰小説？』余曰：『此文達之深心也。蓋考據辨論諸書至於今已大備，且其書非留心學問者多不寓目。而稗官、小説、搜神、誌怪、談狐、説鬼之書則無人不樂觀之，故文達即於此寓勸戒之方，含箴規之意。託之於小説，而其書易行；出之以詼諧，而其言易入。然則《閲微草堂筆記》數種，其覺夢之清鐘、迷津之寶筏乎？觀者慎勿以小説忽之。』

校按：

【一】『漢』，原誤作『謹』，今據《漢學師承記》《國朝畿輔詩傳》改正。

【二】『闢』，原誤作『謬』，今據《漢學師承記》《國朝畿輔詩傳》改正。

金布衣玉岡《黄竹山房詩鈔》三十卷，《田盤記游草》一卷，《天台雁宕記游草》一卷，《粤游草》一卷

《津門詩鈔》：玉岡，字西崑，號芥舟，天津人。布衣高淡性成，慕陶弘景、林和靖之爲人，工詩善畫，自成一家。游屐偏天下，名山邃谷、縋險鑿幽，俱留題詠。晚遊羅浮，卒於邑前輩鄭公熊佳電白縣署。

《紅豆樹館詩話》：芥舟野服幅巾，江游海覽，所至佳山水，輒流連不去。津門人士至今高之。五言佳句如『殘燈秋雨驛，衰柳夕陽橋』『老傷親故盡，貧厭子孫多』『衰顔殘夢裏，孤影亂山中』『枯藤寒繫月，遠火夜燒雲』『林鴉猶未起，旅客已先行』『花陰封蝶繭，草色染蛙衣』『秋遮蟬聲苦，風梳柳意凉』『春深山寺雨，夜坐石樓燈』『捲簾通燕壘，掬米散禽糧』，俱清切新逸，不失晚唐人家數【一】。

校按：

【一】『數』，原誤作『叚』，今據《國朝畿輔詩傳》改正。

王謹儒淑向《斗室集》

《國朝畿輔詩傳》：淑向，字謹儒，若璉子，開州人。

查東軒善和《東軒詩草》

《國朝畿輔詩傳》：善和，字用咸，號東軒，宛平人，爲仁子。

趙補堂思《崠㴋集》

《國朝畿輔詩傳》：思，字五疇，號補堂，鹽山人，諸生。

周學博兆升《蘿月軒集》

《國朝畿輔詩傳》：兆升，字健南，南宫人。貢生，官昌黎縣教諭。

王文學應楔《珊瑚集》

《國朝畿輔詩傳》：應楔，號〔一〕海峰，任邱人，諸生。

《任邱縣志》：應楔少負奇志，欲徧覽山川名勝，以親在不果，後親没，竟出游不返。所爲詩，神如姚武功。

《紅豆樹館詩話》：海峰詩工五言，邊徵君、隨園嘗稱之，句如『明星懸似〔二〕月，古樹立如人』『村貧肥犬少，寺廢老槐枯』『風回花影合，水静月光圓』『揖僧殘寺角，繫馬古槐根』『野曠人影少，天清樹影齊』『百年平訟獄，十室半詩書』『孤村連樹瘦，荒草帶烟横』，風格皆在四靈、三拜之間。

校按：

【一】『虢』，原作『字』，今據《國朝畿輔詩傳》改。

【二】『似』，原誤作『如』，今據《國朝畿輔詩傳》改正。

杜諤堂昌言《浣花庳詩集》

《國朝畿輔詩傳》：昌言，字諤堂，靜海人，貢生。

曹綺莊昕《中田閒吟》一卷

《國朝畿輔詩傳》：昕，字暘谷，一字麗天，號綺莊，景州人。

紀昀序：綺莊先生詩沈思怫鬱，妙悟希微，窮意象之欲生，挾形神以俱往，加以遭家坎坷，哀時命之不猶，觸緒纏緜，畔牢愁其誰語。當其長愁善病，惟寓於詩，究以不樂生，竟瀕於死。

呂布衣淙《秋岡書屋詩箋》

《國朝畿輔詩傳》：淙，字亭育，號石莊，三河人，布衣。

王文學彥《酼吟集》

《國朝畿輔詩傳》：彥，字問駿，東光人，諸生。

趙明經松《偶存集》

《國朝畿輔詩傳》：松，字泰瞻，號雲圃，天津人，貢生。

邊明經聖照《雪舟詩稿》

《國朝畿輔詩傳》：聖照，字希魯，號雪舟，任邱人。貢生，官開州訓導。

王文學履泰《飲香草》

《國朝畿輔詩傳》：履泰，字亦安，號若村，大名人，諸生。

王明府一貫《魯齋詩稿》

《國朝畿輔詩傳》：一貫，字魯齋，大興人，一夔弟。諸生，候選知縣。

方苞序：文登令王君虞音，刻其亡弟魯齋詩，大抵遨遊於山水之間，嘯歌自適，不事剽盜。氣平而旨遠，其傳誦於閭里，固宜其行孝弟忠信。其經濟藝術，知名於時，惜乎其没也。

劉文學琯《大易闡微録》十二卷

《四庫全書總目提要》云：琯，字獻白，棗强人。先天之圖於《周易》之上别尊茂易，其傳出自陳摶，自《參同契》以外，别無授受之確證。故邵子之學，朱子以爲《易外别傳》。自元以來諸儒互有衍説，亦遞相攻擊。至國朝，黄宗炎、胡渭諸人始抉摘根源，窮究依託。渭書考究尤詳，琯未睹黄、胡二家之書，不知其僞之已破，故又因而推衍，加以穿鑿。於《月令》『天氣上升，地氣下降，閉塞成冬』及『周髀四游』之説，攻駁尤甚。大抵皆憑臆而談。其敘跋皆自命甚高，以爲聖賢所未發過矣。

紀舍人昭《毛詩廣義》無卷數

《四庫全書總目提要》云：昭，字懋園，獻縣人，乾隆丁丑進士，官内閣中書舍人。是編全載毛萇之傳，其以小序冠各篇之首，亦從毛氏，故題曰《毛詩傳》，及小序之下雜引鄭箋、孔疏及諸儒之説以發明之。大旨以毛《傳》與朱子《集傳》互相勘正，以己意斷其短長，其間不盡用毛説，故名曰《廣義》云。

《養知録》八卷

《四庫全書總目提要》云：是編乃其訓課家庭之作，雜引諸書所載嘉言懿行，而以己意發明之，分爲八門：一曰論事父母舅姑，二曰論别夫婦内外，三曰論處兄弟妯娌，四曰論教子孫，五曰論厚宗族，六曰論御奴僕，七曰論制財用，八曰通論大旨。皆爲家庭以内而設，故不及涉世之事。其曰《養知録》者，自序謂：『人爲利欲所昏、習俗所染，於是盡失其本心之明，豈人本無知哉？蓋所以喪其良心者有由然耳，特爲指其大義以養其良知、良能，故曰《養知》云。』

邊明府乂禧《述德堂詩》

《國朝畿輔詩傳》：乂禧，字子招，號次山，乾隆二十四年舉人，官湖南桂陽縣知縣。

邊孝廉嚮禧《就昀齋詩》十卷

《任邱縣誌》：嚮禧醇謹孝友，雄於詩古文詞，幼從叔連寶受詩法。己卯鄉試，本房王昶以元薦，主試者寘第四，未及會試而卒。著有《就昀齋詩草》《古今詩話》《孝經彙》各若干卷。

單明府道臨【一】《積雪山樵稿》《重日閒吟》《駢枝小草》

《國朝畿輔詩傳》：道臨，字咸初，號桂村，易州人，鈺子。乾隆二十四年舉人，官陝西雄南縣知縣。

校按：

【一】『臨』，原作『訖』，今據《國朝畿輔詩傳》改。

薛明府國琮《伊江雜詠》百首

國琮，字魯直，盧龍人，乾隆二十四年舉人。官山西樂平縣知縣，因事謫戍伊犁，放歸，卒於家。

邊明府思訥《雲鶴詩草》

《國朝畿輔詩傳》：思訥，字懷一，號雲鶴，任邱人。乾隆二十五年舉人，官山西夏縣知縣。

王刺史希曾《一梧齋詩草》

《國朝畿輔詩傳》：希曾，字省三，號愚山，晚號勤齋，天津人。乾隆二十五年舉人，官廣西象州知州。

俞學博光滏《柏園詩草》三卷

《國朝畿輔詩傳》：光滏，字伯源【一】，大名人。乾隆二十五年副貢生，官望都縣教諭。有《柏園詩草》三卷。

于敏中序：伯源詩多關山閱歷之作，淋漓慨歎，寄託遥深。

校按：

【一】『源』，原作『園』，今據《國朝畿輔詩傳》釐爲『源』。

邵教授自鎮《夷白山人行卷》一卷，《不須編》一卷

《國朝畿輔詩傳》：自鎮，字尹東，號笠塘，宛平人。乾隆二十六年進士，官大名府教授。

邵觀察庚曾《香渚詩草》《使黔草》《消寒集》《視漕》《雁門草》各一卷

《國朝畿輔詩傳》：庚曾，字南俶，號湘芷，一號象芝，宛平人，自鎮子。乾隆二十六年進士，歷官山西雁平道。

季教授炬《寶廉堂詩草》

《國朝畿輔詩傳》：炬，字洞蒼，號蓮溪，吴橋人。乾隆二十六年進士，官宣化府教授。

殷明府希文《和樂堂詩鈔》五卷

《國朝畿輔詩傳》：希文，字憲之，號蘭亭，天津人。乾隆二十七年舉人，官山西長治縣知縣。

董桂敷序：蘭亭詩直攄所見，脱去塵氛，含孕餘味，自足以傳。

崔明府述《知非集》

《國朝畿輔詩傳》：述，字武承，號東壁，大名人。乾隆二十七年舉人，官福建羅源縣知縣。

陳履和《崔公行狀》：公生平孝友廉介，讀書涉世，卓然有所樹立。仕閩多惠政，告歸，著作自娱。成《考信録》三十六卷，《翼録》十二卷，文集十六卷，遺書共三十四種八十八卷，而《考信録》一書尤爲五十年精神所專注。

劉大紳序：先生仕閩六年歸，以十餘年家居暇日肆力成書。自敘著書之旨：不以傳注雜於經，不以諸子百家雜於傳注，以經爲主，傳注之與經合者著之，不合者辨之。異説不經之言，則闢其謬而削之。

崔孝廉邁《德皋詩草》一卷

《國朝畿輔詩傳》：邁，字德皋，大名人，述弟，乾隆二十七年舉人。

董明府覲光《牧亭詩草》

《國朝畿輔詩傳》：覲光，字牧亭，寶坻人。乾隆二十七年舉人，官江西試用知縣。

李刺史廷儀《杏瓊齋詩集》六卷

《國朝畿輔詩傳》：廷儀，字石帆，灤州人。乾隆二十七年舉人，官安徽亳州知州。

潘瑛序：石帆先生詩芬芳悱惻，幽思緜邈，大抵皆發於性情之真。此古風人之旨也。

趙學正瞵《橐中稿》

《國朝畿輔詩傳》：瞵，字霽光，號曙堂，一號蟫隱，東光人。乾隆三十年舉人，官涿州學正。

馬學博其《雲亭詩》一卷

《國朝畿輔詩傳》：其，字雲亭，號南溟，雄縣人。乾隆三十年舉人，官元城縣教諭。

紀孝廉汝佶《半舫詩鈔》

《國朝畿輔詩傳》：汝佶，字御調，獻縣人，昀子，乾隆三十年舉人。

汪明府誠若《願學集》四卷

《國朝畿輔詩傳》：誠若，字繼和，號梅叶，灤州人。乾隆三十年副貢生，官四川榮昌縣知縣。

劉刺史徵泰《東村詩稿》

徵泰，字階符，號東村，臨榆人。乾隆二十八年進士，由庶常改山西繫峙縣知縣，官沁州、絳州知州。

劉觀察元吉《嵩洛吟》

元吉，字中文，號芝圃，臨榆人。乾隆三十年舉人，歷官開封府、曹州府知府，署河陝道。

李中丞殿圖《番行雜詠》

《國朝畿輔詩傳》：殿圖，字丸符，號石渠，又號露桐，高陽人。乾隆三十一年進士，歷官福建巡撫，改翰林院侍講。

《紅豆樹館詩話》：乾隆乙未會試，公充同考官，吴縠人祭酒出公門下。方公獲祭酒卷，力薦。總裁爲無錫嵇文恭公璜，賞吴制藝，而五策徵引博奥，疑有舛誤，欲擯之。公力爭，並于每條下疏其來歷，凡數紙，文恭驚服，祭酒遂獲本房首選。撤闈後，公作詩紀事，亦科場嘉話也。

李太守蔚《嵐秋山房賸稿》

《國朝畿輔詩傳》：蔚，字青岑，大興人。乾隆二十一年進士，官廣東潮州府知府。

宋孝廉赫《東野詩草》

《國朝畿輔詩傳》：赫，字東野，撫甯人，乾隆三十三年舉人。

《紅豆樹館詩話》：梅樹君録寄《永平詩》廿餘家，詩境之樸老蒼秀者，首推東野。其詩得諸欒亭諸生甯綺瀾。元灝甯云：少年時曾及見宋公之爲人，蓋骨鯁古君子也。生平一介不妄取，言行方正，與時不合。境愈窮〔二〕，詩愈工，卒抑鬱客死。

《止園詩話》：宋東野先生性耿介，不與俗諧，久困名場，以舌耕爲業。讀新會墨，有句云：『一自王維登第後，新聲都重鬱輪袍。』其懷抱之抑塞可想見矣。詩集甚富。没後多散佚。近體如：

『小立淡將夕，輕寒渾似秋。鳥歸籬外樹，人倚笛中樓。魚鱗煙水外，鹿尾雨中山，世味同僧淡，吟情與菊閒，雁聲經雨斷，帆影抱雲流。』『斷鴻雨道方呼侶，疏柳風吹尚曳秋。』絶似晚唐名家。【二】

校按：

【一】『窮』，原誤作『析』，今據《國朝畿輔詩傳》改正。

【二】《止園詩話》爲史夢蘭自著自引，非出《國朝畿輔詩傳》。

紀孝廉承曾《紫藤書屋詩草》

《國朝畿輔詩傳》：承曾，字儀祖，號群玉，文安人，乾隆三十三年舉人。

張主政虎拜《妙香閣詩集》

《國朝畿輔詩傳》：虎拜，字錫山，號嘯崖，天津人。乾隆三十四年進士，官宗人府主事。

王觀察禄朋《秋坪吟草》

《國朝畿輔詩傳》：禄朋，字翼飛，號秋坪，天津人。乾隆三十四年進士，官雲南迤東道。

《津門詩鈔》：先生少負才名，與吴念湖太守馳譽一時。工書，爲翁覃溪先生所稱。詩宗晚唐。

紀司馬曾藻《小癡遺稿》一卷

《國朝畿輔詩傳》：曾藻，字文溪，號小癡，文安人。乾隆三十五年舉人，官廣西思恩府同知。

黄世發序：小癡學富才贍，下筆千言立就，其古在氣，其俊在骨，所謂才人之作，非僅詩人之作也。

孔明府昭熺《醫俗軒詩集》

《國朝畿輔詩傳》：昭熺，號松峰，新城人。乾隆三十五年舉人，官四川大足縣知縣。

劉司馬塏《宦遊草》一卷

《國朝畿輔詩傳》：塏，字爽亭，通州人。乾隆三十五年副貢生，歷官雲南大理府同知。

包都轉愫《留香書屋小草》

《國朝畿輔詩傳》：愫，字素心，大興人。乾隆三十六年進士，歷官廣東鹽運使。

王明府鴻《紅豆山房詩》一卷

《國朝畿輔詩傳》：鴻，字青來，深澤人。乾隆三十六年舉人，官山東東原縣知縣。

趙學博人龍《抱陽山人詩稿》

《國朝畿輔詩傳》：人龍，字南陽，號亦廬，滿城人。乾隆三十六年副貢生，官内邱縣教諭。

邱方伯庭漋《芝房賸稿》

《國朝畿輔詩傳》：庭漋，字芝房，宛平人。乾隆三十七年進士，歷官山東布政使。

李司馬維寅《廉餘詩集》一卷

《國朝畿輔詩傳》：維寅，字春旭，一字欽伯，大興人，蔚子。乾隆三十九年舉人，官廣西太平府龍州同知。

德泰序：春旭刺史詩原本少陵，出入白、蘇，寄託深厚，皆有關於風教。《西隆從軍》諸篇激昂慷慨，忠義之氣與秋風爭高，非徒雕琢言語、誇多鬬靡。

湯藩序：春旭李君詩高明伉爽，激昂悲壯之氣幾於呼之欲出。雖生平仕宦功名，未竟其志，而詩則必傳無疑。

《紅豆樹館詩話》：先生官粵西，治行卓然，以詩爲餘事。然精藍巖洞，留題幾徧，多雄渾激壯之氣。《銅鼓》一歌尤波瀾横溢，具體韓、蘇。五言如『晴雲開碣石，積氣湧辰韓』『洞穿平地出，風拓衆山來』『寒峰餘翠色，野鳥自閒聲』『涼生收雨後，秋在放船時』『露光浮草白，燒影入雲青』，七言如『户外寒聲零舊雨，嶺頭歸信問殘梅』『凍雲流影分寒色，遠樹無聲鬱暝烟』『折柳亭邊頭半白，落帆江上月昏黄』『欲問青天攜謝眺，慣吟客路似王灣』『尋詩古驛苔生壁，吹角斜陽客倚樓』，皆方虚谷所謂律髓也。

沈明府峻《欣遇齋詩集》十六卷

《國朝畿輔詩傳》：峻，字存圃，號丹厓，天津人。乾隆三十九年副貢生，官廣東吴川縣知縣。

《津門詩鈔》：公謫戍新疆，釋還家居，鬻書自給，顔所居曰『隨緣』，自署曰『陶令歸來惟乞米，鄭虔老去尚箋詩』。

《紅豆樹館詩話》：先生謫官塞外，與大興龍雨樵倡和，詩名藉甚，人稱『龍沈』。旋里後，手訂其詩，分少作、宦游、塞外、歸田，總名《欣遇齋集》。令子雲巢太守先刻《宦游》《塞外》二集，餘刻未竟。兹所録皆已刊本也。先生詩出入漢魏唐宋諸名家，而不襲其貌。渾厚宕逸，於少陵、東坡爲尤近。其自序云：『宦游旅寓足蹟半天下，登臨酬答感懷紀事之什遂盈卷軸，而詠物無與焉。』觀此可知其取境之高、造詣之邃，非摹擬纖巧家所得儷也。

李中丞禮《銅鼓書堂遺稿》三十二卷

《國朝畿輔詩傳》：禮，字恂叔，號儉堂，宛平人，爲仁弟，歷官湖南巡撫。

杭世駿序：儉堂詩原本忠孝，少作已[二]自可傳，而傳儉堂者，尤在服官以後之作。儉堂身際清時，有猷有爲，不肯以虚聲竊盜，一编治譜，見於盈寸之詩，匪惟競爽蓮坡，有用于世，此其明效大驗矣。

《紅豆樹館詩話》：蓮坡居士闢水西莊，館大江南北之彥。時恂叔甫弱冠，每有倡和，出語已驚一坐。洎官京曹，輦下名士，咸與攬環[二]結佩，文酒之讌，無日無之。《銅鼓堂集》清新婉約，出入王、孟、韋、柳間者，出守粵西以前作也；登山臨水，慷慨振刷，駸駸乎闖杜陵之室者，滇蜀軍興馳驅戎馬間作也。清而能腴，雄而不肆，誠與蓮坡居士異曲同工，而驅役卷籍，刻畫性靈之處，殆欲突過伯氏。

校按：

【一】『已』，原誤作『王』，今據《國朝畿輔詩傳》改正。

【二】『環』，原作『瑜』，今據《國朝畿輔詩傳》改正。

欒文學樟《粵游草》

《國朝畿輔詩傳》：樟，字樹堂，號綠[一]起，天津人，諸生。

《津門詩鈔》：先生夫婦俱擅吟咏，極閨房唱和之雅，性愛遊，凡歷三楚百粵，遇名山大川，必眺覽留句。

校按：

【一】『綠』，原作『孫』，今據《國朝畿輔詩傳》《津門詩鈔》改正。

趙文學春熙《雙琴堂詩集》六卷

《國朝畿輔詩傳》：春熙，字緝于，易州人，諸生。

王理問毓柱《竹香樓詩》一卷，《粵遊吟》一卷

《國朝畿輔詩傳》：毓柱，字秀子，號畏堂，寶坻人，候選布政司理問。

金蓮堂永《歸與草堂集》

《國朝畿輔詩傳》：永，字永和，號蓮塘，天津人。

賈經歷炎《蕉園詩稿》一卷

《國朝畿輔詩傳》：炎，字午橋，號蕉園，故城人，候選布政司經歷。

吴錫麒序：午橋先生詩味深旨遠，未嘗有心雕刻，而秀情標舉，天骨開張。裴子野云：人皆成於手，我獨成於心。謝元暉云：『好詩圓美流轉如彈丸。』此實先生所自得處。

石韞玉序：奇章秀句，觸手生春，掃丁弘之浮豔，效夷甫之鮮明，洵足陶冶性靈、鼓吹風雅。

杜明經正灼《卧鵬樓詩草》

《國朝畿輔詩傳》：正灼，字蔭宇，號叔華，靜海人，貢生。

周文學自部《草龕詩集》

《國朝畿輔詩傳》：自部，字景洛，號大迂，天津人，諸生。

張別駕浴《子午集》一卷

《國朝畿輔詩傳》：浴，字藻泉，號對園，安州人，候選州判。

成文學誠《悔齋詩草》

《國朝畿輔詩傳》：誠，字自堂，大名人，懷祖子，諸生。

王明經璣《損廬詩存》

《國朝畿輔詩傳》：璣，字允衡，號月浦，東光人，貢生。

牛文學克敬《眠雲詩稿》

《國朝畿輔詩傳》：克敬，字聚堂，天津人，諸生。

鄧文學咸中《西園詩存》

《國朝畿輔詩傳》：咸中，字鑑湘，欒城人，諸生。

李觀察廷敬《平遠山房詩鈔》四卷

《國朝畿輔詩傳》：廷敬，號味莊，滄州人。乾隆四十年進士，官江蘇蘇松太道。

《隨園詩話》：相傳潮州六篷船人物殊勝，猶未信也[一]。後見毘陵李味莊太守《程江竹枝詞》云：『程江幾曲接韓江，水膩風微蕩小艭。爲恐晨曦驚曉夢，四圍黄篾悄無窗。』『江上蕭蕭暮雨時，家家篷底理哀絲。怪他楚調兼潮調，半唱消魂絶妙詞。』讀之，方悔潮陽之未到也。太守尤多佳句，《潞河舟行》云：『遠能招客汀洲樹，豔不求名野徑花。』《姑蘇懷古》云：『松柏才封埋劍地，河山已付浣溪人。』皆古人所未有也。

《紅豆樹館詩話》：味莊官毘陵，延禮名士，惟恐不及。東園本喬氏渡鶴樓故址，味莊拓而新之，公餘觴詠其間，題襟投轄從者如雲。卒後，令子松潭太守性復豪邁，克繼先志，以虧缺帑項，歿于滇南。清風兩世，蕩然無存，知與不知，咸深悼惜。先生詩含宫嚼徵，性靈格律，兼綜而互出之，句如『蓉湖水咽延陵墓，梅里[二]春藏泰伯宫』『塔影遥看雲際寺，梅花多在水邊樓』『嬌楊罥霧藏鸎羽，細草和烟趁馬蹄』『驟寒魚伏白蘋水，殘照烏爭紅葉山』『雲霞蒲硐長生地，鐙火珠江不夜城』『風塵鬢鬢羞窺鏡，羈旅謳吟易近騷』『歎逝每觀齊物論，感時惟寫度人經』『馬是桃花初映水，人如楊柳未成陰』『仙家豈惜金條脱，麗句難酬翠織成』『楊柳千絲渾一夢，買春費盡沈郎錢』『梨雲杏雨梅花月，一到微酡盡海棠』，皆清新緜麗，不染塵氛。

校按：

【一】原無「猶未信也」四字，今據《隨園詩話》補。

【二】「里」，原誤作「具」，今據《國朝畿輔詩傳》改正。

邱司馬桂山《依緑山房詩賸》一卷

《國朝畿輔詩傳》：桂山，字依千，宛平人，庭澍子，乾隆四十年進士。四十一年召試，授内閣中書。歷官廣東潮州府同知。

張明府晌《世德堂詩稿》

《國朝畿輔詩傳》：晌，字育萬，號春巖，安肅人。乾隆四十二年舉人，官山東阿縣知縣。

陳明府居敬《映奎堂稿》

《國朝畿輔詩傳》：居敬，字惺園，天津人。乾隆四十二年舉人，官江南奉賢縣知縣。

查郎中誠《天遊閣詩集》

《國朝畿輔詩傳》：誠，字衛中，號靜巖，一號海漚，宛平人，善和子。乾隆四十二年舉人，官郎中。

張學博太復《因樹山房詩鈔》二卷，《令支遊覽集》一卷，《晉遊草》一卷

《國朝畿輔詩傳》：太復，原名景運，字靜旃，號春喦，一號秋坪，南皮人。乾隆四十二年貢生，官浙江太平縣知縣，改遷安縣教諭。

洪亮吉序：藴蓄深厚，美兼衆長，獨往獨來，自抒胸臆，有不可籠絡之概。

張問陶序：先生曠懷逸氣，高出一時，詩跌宕深穩，神味淵永。

郭明府瑾《清貽堂賸稿》《西淮課餘録》等集

瑾，字懷琛，號玉亭，臨榆人。乾隆四十二年舉人，歷官湖北麻城、棗陽、宣城、黄梅等縣知縣。

邵都憲自昌《世麟堂詩》二卷

《國朝畿輔詩傳》：自昌，號楚帆，大興人。乾隆四十三年進士，歷官都察院左都御史。

王太守天禄《蓮芳賸草》

《國朝畿輔詩傳》：天禄，字石渠，號乙齋，大興人。乾隆四十三年進士，官福建福寧府知府。

張明府詮《東周詩草》

《國朝畿輔詩傳》：詮，字守默，號陶圃，鹽山人。乾隆四十四年舉人，官河南鞏縣知縣。

何太守夢蓮《式古堂詩集》四卷

《國朝畿輔詩傳》：夢蓮，字淨亭，號周溪，正定人。乾隆四十四年舉人，歷官陝西榆林府知府。

徐錕序：周溪先生性情肫摯，意趣高遠，無不於詩乎流露。《雞鳴》《居庸》之作，及《捕蝗》《苦雨》諸詠，直與少陵之《鐵堂》《赤谷》《新安》《石壕》接響。而《倚轎》一編，則又借間闗戎馬，以發其繾綣悱惻之隱。其兼學人、詩人而有之乎？

張太守丙震《悟蘭室詩稿》

《國朝畿輔詩傳》：丙震，字鑑庵，南皮人。乾隆四十五年進士，官浙江嚴州府知府。

吴錫麒傳：公抱負素奇，守嚴州，以簡靜治之，案牘不留，苞苴盡絶。有『百姓唤菩薩，吏胥活餓煞』之謡。

徐比部灡《硯北草》

《國朝畿輔詩傳》：灡，字東川，天津人。乾隆四十五年進士，官刑部郎中。

馮孝廉智《梅墅吟存》

《國朝畿輔詩傳》：智，字坤三，天津人，乾隆四十五年舉人。

華明府蘭《皖城集》一卷

《國朝畿輔詩傳》：蘭，字省香，號春圃，天津人。乾隆四十五年舉人，官安徽全椒縣知縣。

李刺史光謙《香國來人詩稿》一卷

《國朝畿輔詩傳》：光謙，字撝吉，號敬箴，任邱人。乾隆四十五年舉人，官四川緜州知州。

張司馬五倫《淥漪軒學吟草》一卷

《國朝畿輔詩傳》：五倫，字伯惇，號銘渠，清苑人。乾隆四十五年舉人，歷官山西潞安府同知。

鄧運判諧《百城書屋賸稿》

《國朝畿輔詩傳》：諧，字鳴岡，欒城人。乾隆四十五年舉人，歷官江南海州運判，祀鄉賢。

張司馬中正《倚雲軒詩鈔》

《國朝畿輔詩傳》：中正，字貞一，號凱園，宛平人，模子。乾隆四十五年舉人，歷官廣西慶遠府同知。

鄭學正師《晚香草》

《國朝畿輔詩傳》：師，字吉夫，號式廬，豐潤人。乾隆四十五年舉人，官湖北通山縣知縣，改通州學正。

芮明經熊占《蕉亭閒詠》一卷

《國朝畿輔詩傳》：熊占，字飛庵，寶坻人，乾隆四十五年副貢生。

陳雯序：先生詩清和淡遠，泠然而善，悠然而不盡。

李光庭序：公詩抒寫性靈，發響〔二〕天籟，出入於香山、放〔三〕翁之間。

校按：

【一】『響』，原誤作『闇』，今據《國朝畿輔詩傳》改正。

【二】『放』，原誤作『板』，今據《國朝畿輔詩傳》改正。

翁比部樹培遺詩一卷，《錢録》若干卷

《國朝畿輔詩傳》：樹培，字宜泉，大興人，方綱子。乾隆五十二年進士，官刑部郎中。

《紅豆樹館詩話》：白來泉譜，如唐封演以下諸家多不傳，傳者以宋洪遵《泉志》爲最古，第其書雖曰賅博，不無附會。宜泉前輩旁搜博采，垂十餘年，綜括成編，亦可稱專門之學矣。詩無刊本，此卷得於葉比部志詵，排奡妥帖，比之蘇氏斜川，不失長公家範。

張都轉灼《十穫齋詩稿》

《國朝畿輔詩傳》：灼，字未克，號丙齋，一號柳洲，安肅人。乾隆四十六年進士，歷官浙江鹽運使。

《紅豆樹館詩話》：先生書法出入晉唐，自成一家。梁山舟學士見之，目爲同時勁敵。畫學宋元，骨力蒼秀，於一峰老人爲近，在杭州引疾後，小住西湖，偶思故鄉山水，寫《味泉圖》見志。吴蘭雪刺史題云：『緑陰十里繞徑【一】斜，雲液清鮮泛雪芽。便飲西湖無此味，誰知南易是君家。養疴已作還【二】山計，寫照猶聞向客誇。鄉味分明吾較近，自煎寒渌【三】試新茶。』又題其《韜光庵圖【四】》云：

『雲水光中打槳還，使君風致太蕭閒，鬱林載【五】石猶嫌重，一卷惟攜畫裏山。』可以想見仙吏清風、閒官高致。

校按：

【一】『徑』，《國朝畿輔詩傳》引《紅豆樹館詩話》作『溪』。

【二】『還』，原誤作『遠』，今據《國朝畿輔詩傳》改正，下『打槳還』同。

【三】『淥』，原誤作『緑』，今據《國朝畿輔詩傳》改正。

【四】原無『圖』字，今據《國朝畿輔詩傳》補。

【五】『載』，原作『感』，今據《國朝畿輔詩傳》改。

荊刺史塏《片石山房詩稿》一卷

《國朝畿輔詩傳》：塏，字朗公，號退齋，安肅人。乾隆四十六年進士，官廣東嘉應州知州。

王學正振緒《澹園草》

《國朝畿輔詩傳》：振緒，號蕙圃，寶坻人。乾隆四十八年舉人，官蔚州學正。

劉學博昇《東溪詩草》【一】

《國朝畿輔詩傳》：昇，號東溪，高陽人。乾隆四十八年舉人，官平鄉縣教諭。

校按：

【二】原鈔本『王振緒』『劉昇』之間空一行，審上下文，恐係鈔寫時漏空，非别有深意者。

張農部德懋《石蘭堂詩》

《國朝畿輔詩傳》：德懋，字允昭，號芥洲，滿城人。乾隆四十九年進士，官户部員外。

《紅豆樹館詩話》：石蘭詩意取師心，法必摹古，清鏘排奡，一歸風雅之正。全詩分《河朔》《宣南》《古耕》《滇行》《五溪》諸集。君殁後，子縉雲明府刻于閩中者也。君詩筆捷敏，豪於飲，每飲必作詩，同時輩下名士多與往還酬倡。使天假以年，自能縱横變化，成一大家，所造固不止如是也。

張明府源《必爲軒詩稿》一卷

《國朝畿輔詩傳》：源，字問渠，號匯一，安肅人。乾隆四十九年進士，官貴州都匀縣知縣。

李孝廉景程《紅素山房詩鈔》

《國朝畿輔詩傳》：景程，字豹仲，號余山，景州人，乾隆五十一年舉人。

高刺史占魁《三味齋稿》

《國朝畿輔詩傳》：占魁，字約齋，號亭嵐，遷安人。乾隆五十一年舉人，歷官山東濟寧州知州。

李孝廉綸《賓翠軒遺稿》

綸，字春卿，遷安人，乾隆五十一年舉人。

徐舍人通復《菊圃詩草》

《國朝畿輔詩傳》：通復，字體誠，號菊圃，天津人。乾隆五十一年舉人，官内閣中書。

馬明府廷燮[一]《梅亭遺稿》

《國朝畿輔詩傳》：廷燮，號梅亭，獻縣人。乾隆五十一年舉人，官江西靖安縣知縣。

校按：

【一】『燮』，原誤作『夔』，今據《國朝畿輔詩傳》等改正。

沈孝廉嶧《鶯鳴集》

《國朝畿輔詩傳》：嶧，字東巖，號簡庵，天津人，乾隆五十一年舉人。

《津門詩鈔》：公清癯善病，人有東陽之目，嘗以『桂樹小山招隱士，桃花流水憶秦人』句得名。

龐孝廉世騮[一]《槐陰存草》

《國朝畿輔詩傳》：世騮，字漢亭，景州人，乾隆五十一年舉人。

校按：

【一】原『騮』字處空格無字，今據《國朝畿輔詩傳》補，下同。

樊明經宗浩《硯圃山房遺稿》一卷

《國朝畿輔詩傳》：宗浩，字涵輝，號曉齋，天津人，乾隆五十一年副貢生。

樊明經宗清《留餘山房詩集》二卷

《國朝畿輔詩傳》：宗清，字印山，號蔭珊，一號湘川，天津人，宗浩弟。乾隆五十一年副貢生，官四川蒲江縣知縣。

齊嘉紹序：湘川操履端淳，宅衷醰粹，性落落難合，間以吟詠自娱。所爲詩率皆隨境揮灑，流露自然，不爲藻采浮聲，而志凝聲遠，淵乎可思。

劉水部廣恕《如心堂吟草》

《國朝畿輔詩傳》：廣恕，字可亭，號耐泉，慶雲人。乾隆五十二年進士，官工部都水司員外。

劉太守廷楠《偶一草》

《國朝畿輔詩傳》：廷楠，字讓木，號雲岡，獻縣人。乾隆五十二年進士，官廣東廉州府知府。

杜中〔一〕允南棠《荔村詩稿》

《國朝畿輔詩傳》：南棠，字召亭，號荔村，贊皇人。乾隆五十二年進士，歷官春坊中允。

校按：

〔一〕『中』，原誤作『官』，案其職官，字當作『中』，今改正。

舒孝廉位《瓶水齋詩集》十七卷，別集二卷

《國朝畿輔詩傳》：位，字立人，號鐵雲，大興人，乾隆五十三年舉人。

陳文述傳：君十歲下筆成章，十四隨父官粵之永福，讀書署後鐵雲山，因以自號。安南入貢，隨父迓使者，賦《銅柱》詩相贈答。弱冠登賢書，從王朝梧觀察之黔，值南籠狆苗不靖，威勤侯勒保統兵征之，觀察身在行間，君爲治文書，勒侯見而器之，恒與計軍事。狆苗平，勒侯移督四川，與君約從遊，君以母老道遠謝歸。貧無以養，恒負米湖湘間，歲一歸省母。既又客秣陵、會稽、雲間。九上春官，皆下第，遂絶意進取。乙亥十月，在真州聞母喪，戴星而奔，不納勺飲者彌月，以哀毀卒。君性情篤摯，好學不倦，於經史古文無不讀，尤喜觀仙佛、怪誕、九流、稗官之書，一發之於詩。國子

祭酒法式善以君與嘉興王曇、常熟孫原湘爲三君，作《三君詠》。善書，各體皆工。能吹笛、鼓琴、度曲，不失分寸。所作樂府院本脱稿，老伶皆可按節而歌，不煩點竄。爲詩專主才力，每作必出新意，所著《瓶水齋詩》不沿襲古法，而精力所到，他人百思不及。非其性情篤摯所見端歟？

趙翼序：開徑如鑿山破，下語如鐵鑄成，無一意不奇，無一句不妥，無一字無來歷。是真能於長吉、玉谿、八叉之外别成一家。

法式善序：諸體之中，七古尤勝，前無古人，後無來者，非浸淫於三李、二杜者不能。

《紅豆樹館詩話》：鐵雲常論：『人無根柢學問，必不能爲詩。無真性情，即能爲詩亦必不工。』所作合騷揜雅，矜奇灑落，雖極意馳騁，而無䨻[一]駕之虞。蓋君博涉群籍，性情根柢載之以出，非枵腹從事拘牽格律者比也。君卒於嘉慶乙亥，年五十有一。誕之夕，母沈孺人夢一僧執桂花自峨嵋來，覺而生君，故又小字犀禪云。

校按：

【一】原『䨻』字處空格無字，今據《國朝畿輔詩傳》補。

王學博發楠《鴻泥書屋詩草》一卷

《國朝畿輔詩傳》：發楠，字楚良，號石萼，正定人。乾隆五十三年貢生，官永清縣教諭。

邊明府士培《延香書屋詩草》

《國朝畿輔詩傳》：士培，字滋亭，號篤之，任邱人。乾隆五十四年舉人，官山東鄒縣知縣。

邊學博志醇《十笏齋詩草》

《國朝畿輔詩傳》：志醇，字述尊，號西堂[一]，任邱人。乾隆五十四年舉人，官廣寧縣[二]教諭。

校按：

[一]『堂』，《國朝畿輔詩傳》作『塘』，民國《河北通志稿》、馬保超《河北古今編著人物小傳》從《國朝畿輔詩傳》作『塘』。

[二]原無『縣』字，今據《國朝畿輔詩傳》補。

邵司馬葆醇《韡華吟舫詩鈔》一卷

《國朝畿輔詩傳》：葆醇，字睦民，號菘疇，宛平人。乾隆五十五年進士，歷官臺灣府同知。

王廉訪定柱《鴻泥吟椒園詩賸》

《國朝畿輔詩傳》：定柱，字于一，號椒園，正定人。乾隆五十五年進士，歷官浙江按察使。《紅豆樹館詩話》：先生初選雲南師宗令，由京赴滇，著《鴻泥日録》四卷。丙寅入都，著《續録》四卷。紀山川風土，仿陸放翁《入蜀記》、樓攻媿[二]《北行日録》。保山袁文揆序之，謂：『能質有其文，情韻兼至，先生博覽好古，不廢考訂。近日餘姚翁元圻鳳西撰《困學紀聞注》，與先生參稽指畫，多所發明。』又著有《學庸古義》《老子注》《椒園文集》若干卷。

校按：

【一】『媿』，原誤作『瑰』，今據《國朝畿輔詩傳》以及相關文獻改正。

金學博紹驥《竹村吟稿》【一】

《國朝畿輔詩傳》：紹驥，字竹村，天津人。乾隆五十七年舉人，官文安縣訓導。

《津門詩鈔》：竹村書法董香光，靜默少言，風度閒遠，中年病廢。詩如《病馬》云：『此日縱教生虎脊，幾人更信是龍文。迎風無力嘶邊月，伏櫪何心踏塞雲。』《病鶴》云：『莫嫌憔悴精神減，依舊清標異衆禽。』其寄意亦可傷矣。

校按：

【一】原無題目，今據《畿輔藝文考》撰作體例增補。

王學博廷建《吹劍集》

《國朝畿輔詩傳》：廷建，字荔塘，任邱人。乾隆五十七年舉人，官固安縣教諭。

蔣司馬第《楚遊草》

《國朝畿輔詩傳》：第，字次竹，號問樵，盧龍人。乾隆五十八年進士，官山東青州府同知。

王刺史殊渥《且住爲佳軒詩》二卷

《國朝畿輔詩傳》：殊渥，字佩新，號古愚，寶坻人。乾隆五十九年舉人，官山東濟寧州知州。

《紅豆樹館詩話》：古愚詩不多作，然抒寫性靈，時多佳句，如［一］宦情閒如鶴，人意懶於春」「山枯春意晚，人少爨烟寒」「散衙［二］朝判牘，聽雨夜鈔書」「移花醒蝶夢，轉枕聽春潮」「孤鐙聞雁夜，小雨落花時」「霜從昨夜降，寒覺異鄉多」「雨昏村入畫，廟古樹生鱗」「村酒淡無色，壁鐙寒有花」，挹其風味，皆淡而彌旨。

校按：

【一】「如」，《國朝畿輔詩傳》引《紅豆樹館詩話》作「似」。

【二】「衙」，原誤作「銜」，今據《國朝畿輔詩傳》改正。

周明府廷俊《味雪廬詩稿》

《國朝畿輔詩傳》：廷俊，字子及，號茶農，宛平人。乾隆五十九年舉人，官廣西馬平縣知縣。

邊明府士圻《爽軒集》四卷

《國朝畿輔詩傳》：士圻，字芸坪，號爽軒，任邱人。乾隆五十九年舉人，官山西神池縣知縣。

施孝廉德寧《致園詩草》

《國朝畿輔詩傳》：德寧，字靜遠，號致園，靜海人，乾隆五十九年舉人。

步明府毓巖《樂飢草堂詩》一卷

《國朝畿輔詩傳》：毓巖，號蔭軒，棗强人。乾隆六十年進士，官河南泌陽縣知縣。

沈觀察樂善《黔中草》

《國朝畿輔詩傳》：樂善，字戢山，號秋雯，天津人。乾隆六十年進士，官貴州貴東道。

李太守肄頌《放鶴軒吟草》

《國朝畿輔詩傳》：肄頌，字彦三，號松潭，滄州人。乾隆六十年舉人，歷官雲南臨安府知府。

田明府籍《篤慎堂詩集》

《國朝畿輔詩傳》：籍，字千畞，號敬亭，大興人。乾隆六十年舉人，官貴州候補知縣。

楊教授開基《家塾問業》《共學編》《耄耋問》《小學知一》《琴律》等稿

開基，字亦聞，一字復庵，樂亭人。乾隆六十年進士，官奉天教授。

《止園詩話》：亦聞先生生而聰穎，讀書有奇悟，陰陽數術，無不旁通。講學以姚江爲宗。乾隆乙卯登進士，釋褐，選奉天教授。將赴官，門人請撮論學大端，留備參考。乃著《家塾問業》一編。其綱領云：『學者，學爲人而已。從《中庸》探源，而後人可識；以《大學》爲則，而後人可爲。於《論語》窺家風，於《孟子》看作手約。』得七千言。到官，作《儒學明倫篇》，普告四庠，以維世道正人心爲己任。時比之蘇湖教授焉。詩不出白沙、定山一派，然亦無太極圈兒大先生帽子高習氣。

龐明經克昌《嶺雲編》

克昌，字思聖，號花村，臨榆人，乾隆六十年附貢生。

《止園詩話》：花村明經博學好爲詩。家居授徒，成材以去者甚衆。晚年以副奉終，壽九十餘。其中副榜，有詩云：『誤中偶然同博浪，題名仍自外孫山。』極爲典切。其他佳句如《望海詞》云：『蓬島仙人境，梯航萬國舟。』《詠豆腐》云：『潔白原非染，清芬自有香。何須嫌軟弱，最好是端方。』《喜晴》云：『岫雲微帶雨，溝水遠通河。』《登高》云：『雁迷紅葉路，人醉菊花天。』《冬曉》云：『峰高遲日影，野闊淨霜痕。』《山居夏日》云：『簾開風影動，階闇雨聲來。』《晚晴》云：『煙開猶戀樹，雲霽自歸山。』《曉渡》云：『人聲喧野渡，蛩語冷秋塘。』《卧病連日陰雨》云：『蟻封槐下國，蛙坐井中天。』《小園春日》云：『褪花梅子小，冒隴豆苗肥。』《秋柳》云：『憔悴一行風際影，蕭疏幾縷月中痕。』『紅襟燕語方亂社，白項烏啼恰繞村。』『柴桑拂意歸田日，官渡傷心作賦年。』『尚可因依惟夜月，最難消受是秋風。』《落花》云：『鶯啼小苑春光暮，客散高樓夕照閒。』《竹扇》云：『得手便能消溽暑，抗懷隨處有清風。』《印臺觀海》云：『山紫千重盤遠塞，海青一片入人低。』《山房夏日》云：『寄傲有風來北牖，忘情無夢到南柯。』《卧病》云：『日當長至寒難敵，人到衰年病易生。』《重九》云：『紅葉山寒人乍到，白沙水淺雁初飛。』俱有唐音。

田都閫玉《附蓬小草》一卷

《國朝畿輔詩傳》：玉，字香泉，易州人，官浙江杭州府都司。

《隨園詩話》：田涵齋文龍宰長洲，政聲廉明。其父香泉先生就養署中，終日跨驢游虎邱、石湖間。句如《海昌塔廟思歸》云：『長魚跋浪飛寒宿，鳥鶩林墮折枝寒。』《莊旅店》云：『遥從寒水孤村外，一角青旗認酒家。』《樂安莊讌集》云：『林塘得雨鯈魚戲，麥隴連雲布穀飛。』《春興》云：『紅杏埭長回蛺蝶，緑楊牆短出鞦韆。寬杯酌酒愁心醉，大字鈔詩笑眼花。』俱有夷猶自得之趣。

孫文學鳴鐸《木齋小草》

《國朝畿輔詩傳》：鳴鐸，字木齋，天津人，諸生。

黃文學鎰《鶴陰堂詩稿》一卷

《國朝畿輔詩傳》：鎰，字敬哉，元城人，諸生。

紀文學曾華《暗香書屋詩稿》

《國朝畿輔詩傳》：曾華，字芬圃，文安人，諸生。

解文學培垍《鬲南詩草》

《國朝畿輔詩傳》：培垍，字築巖，慶雲人，諸生。

朱貳尹克振《方有齋集》

《國朝畿輔詩傳》：克振，字肇修，南宮人，官陝西曲江縣縣丞。

《南宮縣志》：克振詩學中晚唐，能自陶寫其性情，間有入盛唐者。誦韓文公《爲崔斯立題藍田解記》曰：『余方有公事，子姑去。』名其稿曰《方有齋》。

李明經美《清華堂詩鈔》一卷

《國朝畿輔詩傳》：美，字純之，號醒庵，盧龍人，貢生。

王文學企曾《西亭集》

《國朝畿輔詩傳》：企曾，字紹宗，號西亭，開州人，諸生。

查大理淳《靈渠紀略》三卷

《國朝畿輔詩傳》：淳，字梅舫，號篆仙，宛平人，歷官大理寺少卿。

王文學昭《臥隱齋詩草》

《國朝畿輔詩傳》：昭，字建中，號鹿埜[一]，天津人，諸生。

校按：

【一】『埜』，原誤作『楚』，今據《國朝畿輔詩傳》改正。

王文學彤《霞峰詩草》

《國朝畿輔詩傳》：彤，字禹城，號霞峰，東光人，諸生。

王豈匏實堅《冰雪齋詩草》

《國朝畿輔詩傳》：實堅，字豈匏，吴橋人。

魯布衣鍔《耕心堂草》一卷

《國朝畿輔詩傳》：鍔，字健庵，天津人，布衣。

《津門詩鈔》：公嘗學詩於黄竹老人，以『冷烟瘦鎖孤僧寺，春草寒依遠客槎』句得名。

梅處士履端《拙石山房詩草》一卷

《國朝畿輔詩傳》：履端，字雅村，天津人。

袁文學正瑺《蕉窗存》

《國朝畿輔詩傳》：正瑺，號瑶圃，静海人，諸生。

竇文學徵榴《征次吟》《岳陽吟草》

《國朝畿輔詩傳》：徵榴，字桂園，豐潤人，諸生。

張文學述棨《訪漁稿》

《國朝畿輔詩傳》：述棨，字訪漁，任邱人，諸生。

張別駕賜寧《黄花吟館詩集》

《國朝畿輔詩傳》：賜寧，字桂巖，號坤一，滄州人，官南河通州州判。

《津門詩鈔》：公工繪事。遊京師，與羅兩峰山人聘齊名。紀文達公昀、法大司成式善尤重之。

左明經之準《百藥堂詩稿》

《國朝畿輔詩傳》：之準，號蔭江，河間人，貢生。

沈青來銓《六琴十硯齋詩草》

《國朝畿輔詩傳》：銓，字季掌，號青來，天津人。

王文學本仁《菘香堂詩草》

《國朝畿輔詩傳》：本仁，字聚之，號梅村，東光人，諸生。

甯文學岐昌《又新堂詩稿》

《國朝畿輔詩傳》：岐昌，字鳣喈，號支山，樂亭人，諸生。

黄典簿掌綸《春俔草堂詩》一卷

《國朝畿輔詩傳》：掌綸，字展之，號吟川，大興人，官國子監典簿。

蔡本俊序：吟川于詩古文詞、書畫、篆刻，無不精妙，名重一時。論者以『文待詔』目之。

樊文學宗澄《寒竽集》

《國朝畿輔詩傳》：宗澄，字鑑塘，天津人，宗浩弟，諸生。

王文學孫蘭《晴雨軒詩草》

《國朝畿輔詩傳》：孫蘭，字紫畹，慶雲人，諸生。

金文學銓《野田存草》

《國朝畿輔詩傳》：銓，字鈞衡，號野田，天津人，諸生。

邵文學廷傑《清吟巢詩鈔》三卷

《國朝畿輔詩傳》：廷傑，字雪樵，寧河人，諸生。

穆[一] 學博得元《漸于集》

《國朝畿輔詩傳》：得元，字東軒，固安人，官延慶州訓導。

校按：

【一】『穆』，原誤作『程』，今據《國朝畿輔詩傳》改正。

趙明經庭荃《湘三詩稿》

《國朝畿輔詩傳》：庭荃，號湘三，涿州人，貢生。

戈文學昫《味餘[一] 山房詩》

《國朝畿輔詩傳》：昫，字彧蘭，號東扶，景州人，諸生。

校按：

【一】『餘』，《國朝畿輔詩傳》作『素』。

李鹺尹燧《青墅詩稿》十卷

《國朝畿輔詩傳》：燧，字東生，號青墅，河間人，官浙江下砂頭場大使。

李光雲序：先生天姿過人，幼承庭訓，工聲律。其格律老成，音調清越，無題、咏物諸體寄託深遠，復不失温柔敦厚之旨。

《隨園詩話》：同年李竹溪棠子燧，歸河間後，三十餘年，問消息不得。今年在杭州遇李壻陳鴻舉，爲仙居令，誦其近日句云：『體因慣病都忘藥，人不工詩亦自窮。』嗚呼！才則猶是也，而近狀可想矣。

《紅豆樹館詩話》：先生少侍竹溪太守官江南，袁簡齋太史一見，即奇其才，賦《佳兒歌》以贈。旋訪高未堂明府於武昌，戈太僕仙舟視學山右，復相招入幕。晚官浙西，垂二十年。其於詩也，心契神解，雖取法在晚唐，而青蒼雄肆時闖開元、大歷之奥。五言佳句如『木落千峰影，江空一笛秋』『愁心當落日，客鬢入新年』『雪明殘照冷，山壓凍雲癡』『江光翻石壁，秋影下柴門』『身閒常惹病，性癖不宜官』『海國山爲岸，漁舟網作城』『舊書經雨漬，老屋受風多』『古徑積黄葉，秋陰生緑苔』『綱收魚上市，竿引鴨隨人』『柳橋三月絮，春水一池蛙』，皆藻思清音，泠然可誦。

康明經堯衢《海上樵人稿》十二卷，《津門風物詩》四卷

《國朝畿輔詩傳》：堯衢，字道平，號達夫，天津人，貢生。

張明經頫《寒竽山房詩》一卷

《國朝畿輔詩傳》：頫，字睦庭，號仲亭，景州人，貢生。

喬文學耿甫《僑樵稿》

《國朝畿輔詩傳》：耿甫，字默公，號五橋，天津人，諸生。

《津門詩鈔》：五橋善書，神似《淳化閣帖》。能以緜濡墨，作擘窠大字，人以爲奇。性疏狂，不拘行檢。年六十餘，貧瘠以死。

喬文學樹勳《六橋詩鈔》

《國朝畿輔詩傳》：樹勳，字六橋，天津人，耿甫弟，諸生。

《津門詩鈔》：六橋與兄五橋俱有才名，五橋以書，六橋以詩，一時津門有『二橋』之稱。六橋鬢眉含古趣，嗜酒，往往醉不知人，睡臥河干大木上，霜華滿髭。過者笑之，自若也。

王文學延襄《老圃詩稿》

《國朝畿輔詩傳》：延襄，字子陽，武清人，諸生。

王文學誥《相李草堂詩稿》

《國朝畿輔詩傳》：誥，字奉聞，號丹亭，肅寧人，諸生。

邵吏部葆祺《司勳存稿》

《國朝畿輔詩傳》：葆祺，字壽民，號嶼春，大興人，嘉慶元年進士，歷官吏部稽勳司員外。

《隨園詩話》：壽民年二十四歲舉孝廉，讀余詩話，見寄云：『奇才不料人還在，妙論都如我欲言。賴有奚囊收拾盡，世間多少未亡魂。』

張問陶《贈邵壽民詩》：長爪郎，玉川子，詩中作鬧鬧不止，忽歌忽哭忘其死。當其下筆時，興會忽飈舉，離離奇奇不知作何語。或嚴如天神，或麗如好女。或如錦繡投，或如黑風雨。如鬼叫墟墓，如囚歎囹圄。興到想千秋，悲來思一炬。使人讀之欲殺欲割、疑神疑鬼，心雖不能服，聽之殊灑灑。我亦付之可解不可解，譬如然犀一照妖魔駭[二]。今人有邵五，欲敵古人古。終日遊醉鄉，詩隨酒氣吐。左三升，右一斛，閉門吃吃笑，對客蹲蹲舞。醉中往往發奇興，一句兩句頗學馬異劉叉恣笑侮。聲裂五月雷，力破千鈞弩。吁嗟狂生狂，幾于武夫武。世人咄咄痛罵呼之爲怪物，竟將揮之天外不許爲儔伍。昨日扣我門，對我氣消沮。自傷句奇語重大不理于口，欲我創爲新論大張旗幟爲之輔。不知皇天雨粟羝生乳，我爲空言亦何補？笑沽酒一壺，佐之以棗脯。勸君無太奇，太奇徒自苦。君今負此才，神勇自可賈，何不支解歌利王、大振金剛杵？禹鼎神姦亦須鑄，虞廷琴瑟亦須拊。以任華，學杜甫，援楊墨，入鄒魯。倒瀉天河澆肺腑，先使腎腸心腹歷歷清可數。然後坐拭軒轅鏡，靜照九州土，使彼五蟲萬怪攝入清光俱不腐。好句從天來，倘來亦無阻，不必手持牛耳爭作騷壇主。消遣百年身，亦足忘寒暑。胡爲乎攢眉閉目苦咽菖蒲菹，不食人間禾與黍？君詩似我詩，幾不辨爾汝。如以毒攻毒，毒大恐成蠱。願君爲麟莫爲虎，麒麟來，虎如鼠。

《紅豆樹館詩話》：壽民與張船山太守友善，船山題其詩集，比之長爪郎、玉川子。又曰：『我愛君詩無管束，忽然兒女忽風雲。』今觀君詩，頗雅令妥貼，斤斤矩矱，不甚鞭驅險句也。君先世系出浙之餘姚，二雲學士於君爲叔父行，嘗受業門下，蓋深得其指授云。

校按：

【一】『駭』，原誤作『騎』，今改正。

紀明府淦《豆花齋詩集》一卷

《國朝畿輔詩傳》：淦，字秋水，號幼海，文安人，嘉慶三年舉人，官山東萊蕪縣知縣。

《紅豆樹館詩話》：秋水在官，務行實惠，萊民德之。歿之日，士名賻送者相屬於道。性復廉介，家無餘貲。妻子流轉津門，賴梅樹君廣文時加賙恤，並爲收其遺稿。君蚤負文譽，尤工于詩。造格遒勁，出語幽潔，短律、長歌悉臻精妙。文安紀氏能詩者十餘家，必以君爲冠。

沈明府士煋《閩海詩存》

《國朝畿輔詩傳》：士煋，字堦三，號秋嬴，天津人，嘉慶四年進士，官福建上杭縣知縣。

林觀察天培《又一村吟草》

《國朝畿輔詩傳》：天培，字仲因，大興人，嘉慶四年進士，歷官廣東惠【二】潮道。

校按：

【一】「惠」，原誤作「魚」，今據《國朝畿輔詩傳》改正。

王比部廷紹《澹香齋詠史詩》一卷

《國朝畿輔詩傳》：廷紹，字楷堂，大興人，嘉慶四年進士，官刑部員外。

鮑桂星《感舊詩傳》：楷堂由庶常改授主事，滯秋曹二十年。兩與禮闈分校。陳三元繼昌出其門，以員外郎終，年五十有八。貧而負氣，傲睨一切。音吐弘亮，所至驚其座人。詩學少陵，沈著痛快。

王太守有慶《善舟吟稿》

《國朝畿輔詩傳》：有慶，字善舟，天津人，嘉慶六年舉人，官江蘇淮安府知府。

鮑學博克莊《青穆堂詩集》

《國朝畿輔詩傳》：克莊，號禮安，通州人，嘉慶六年舉人，官肅寧縣訓導。

王學博棻《吾溪詩鈔》八卷

《國朝畿輔詩傳》：棻，字香甫，一字吾溪，高陽人，嘉慶十四年進士，官順天府教授。【一】

歐聲振序：香甫喜爲古詩，聲韻璆然。其遇蹇而志鬱，然自有蕭然自得之趣，流溢于楮墨之外。

校按：

【一】原鈔本無『王學博』至『順天府』字樣，或係脱漏。今據《畿輔藝文考》體例及《國朝畿輔詩傳》增補。

李太守光里《春熙堂詩》一卷

《國朝畿輔詩傳》：光里，字勉庵，寶坻人，嘉慶十四年進士，歷官江西吉安府知府。陳運鎮序：勉庵詩多得之舟車間，大抵皇華原隰兼岵屺杕杜之思，不煩繩削，自與古會。時出雋語，領異標新。

李侍御廣滋《窗南草》《塞遊草》《閒中吟草》《雪泥鴻爪集》《保陽集》

廣滋，字卷山，欒亭人，嘉慶十四年進士，由編修歷官福建道監察御史。

《止園詩話》：李卷山侍御，西園方伯之孫。在諫垣，抗直敢言。嘉慶末東巡興役，以言事忤旨，謫戍烏魯木齊，到戍所浹旬即賜還。素性高爽脱俗，風味似晉人。放歸後益肆情觴詠，不問世事。道光初，直隸制軍蔣礪堂先生聘主蓮池書院講席，一時名士多從之遊。余題其《雪泥鴻爪集》有云『所嗟屈軼同芳草，不在堯階二十年』，蓋不獨爲先生惜也。詩古體縱横跌宕，瓣香青蓮；近體在隨州、柳州之間。佳句五言如『鳥啼深院午，雲過小窗陰』『鳥歸秋鏡裏，鐘闇暮煙中』『日束林腰紫，霞飛水面紅』『天空雲失影，船急水生棱』『老知腰腳重，貧仗友生多』『重月眠常廢，貪涼坐屢移』，七言如『花開小徑聞鶯候，雨歇迴廊見月初』『日淡四時山駐雪，地寒五月柳飛緜』『鋪地晚蕎開淡白，圍村老柳帶微黄』『依依楊柳嬌春色，草草鶯花送客程』『征途最好逢三月，宦跡無端已十年』『春如短夢醒何速，山似奔濤怒不平』『葡萄春熟千蕃醉，苜蓿秋肥萬馬閒』『野店有窗皆映雪，山屯無竈不燒松』『千里江流環塞曲，五泉山勢壓城低』『春謝殘紅沾馬足，山深嵐翠撲人衣』『去途爭似歸途好，出險寧忘入險時』『馬上名山如讀畫，輿中清課只敲詩』『三月鶯花隨逝水，五更風雨惱歸人』『芳草有心終戀雨，落花無語但隨風』『雲飛大漢寒無影，雪墜雲廬夜有聲』『輪臺萬里沙無際，戈壁千春草不生』『客爲思鄉憐月色，詩因出塞帶邊聲』，俱耐人尋味。

楊孝廉鋏《翠雨山房詩鈔》

《國朝畿輔詩傳》：鋏，字蘭皋，號澹人，涿州人，嘉慶十五年舉人。

王明府履謙《遊豫雜詠》一卷

《國朝畿輔詩傳》：履謙，字益齋，號香汀，天津人，嘉慶十六年進士，官河南通許縣知縣。

紀舍人樹棻《積雪亭稿》

《國朝畿輔詩傳》：樹棻，字桐豫，獻縣人，嘉慶十六年進士，官内閣中書。

劉明經庚《少白詩草》

《國朝畿輔詩傳》：庚，字少白，慶雲人，嘉慶十八年拔貢生。【二】

校按：

【二】原本行空行無字，今據《國朝畿輔詩傳》補。

王廉訪瑞徵《滇黔吟草》

《國朝畿輔詩傳》：瑞徵，字甫田，號紫瀾，撫甯人，嘉慶十九年進士，歷官貴州按察使。《止園詩話》：王紫瀾廉訪有折獄才。官刑部時，訊斷明決，獄無留滯，人呼爲『王一堂』。蔣礪堂相國亟器重之。詩才清麗，不染浮囂。佳句如《桃園縣夜行》云：『翠撼臨風樹，青肥飽露禾。』《邯鄲道中》云：『寒鴉爭繞樹，倦馬屢窺鞭。』《舟中早起》云：『露横江面白，天壓樹頭青。』《襄江》云：『漢臯人遠空啼鳥，峴首碑殘有牧牛。』《舟中不寐》云：『臨波捲幔窺星近，背樹開窗受月明。』《夜泊》云：『野寺鐘聲來伏枕，隣船燈影透行窩。』《常德道中》云：『芳草緑肥宵露重，遠山青暗夏雲封。船迎渡口人聲雜，燈過堤頭樹影重。』《大觀樓遠眺》云：『流水聲中船載酒，晚禾香處客登樓。』《渡烏江》云：『兩岸危峰攢碧落，一江秋水捲黄沙。』《修文縣道中》云：『金黄半染桐油樹，粉白平鋪蕎麥花。』《登黄鶴樓》云：『帆檣亂攪雲烟碎，江漢奔流天地忙。』俱足嗣響唐人。

邊教授九鰲《時齋詩草》四卷

《國朝畿輔詩傳》：九鰲，字巨峰，號時齋，任邱人，嘉慶十九年進士，官天津府教授。

陰學博振猷《庭訓筆記》《女士奇行傳》《亦愛吾廬詩文集》

《永平詩存》：振猷，字子翼，樂亭人，嘉慶二十一年舉人，歷官復州學正、平山教諭。

《止園詩話》：陰子翼先生少孤，伯父景韓公嗣爲己子。氣體素清弱，而嗜書不輟。年十六七，喜讀哀豔之文，塾師雖數規之，若性成然。作詩文務爲奇博。以《周禮》有奇字一刻，因旁求諸經，集五經奇字若干，自加詳注，殆欲兼子雲、佚芭之學。爲諸生，受知於學使吴健庵、杜石樵兩公，試必優等。丙子捷於鄉，會闈屢薦不售。筮仕初得復州學正，其地方行蓋州票，以空紙取物，農商俱困。乃作書數千言，向蓋令極陳其弊，蓋令深然之，出示嚴禁，積弊始革。訓誨生徒，文行並重。著《女士奇行傳》，以表彰節義。在任六年，以丁内艱歸，服闋，又選得平山訓導，甫抵任，遂卒於官。賦古服勁裝，不沿時調；詩好作昌谷語，其豪宕詼譎處時有冰柱雪叉風味。

李明府昌舒《掛雲山房詩草》《西行草》《西行續草》

《永平詩存》：昌舒，字坦齋，號伯度，遷安人，嘉慶二十三年舉人，官甘肅合水、環縣知縣。

《止園詩話》：坦齋明府蚤歲讀書，即以文章與名輩相馳騁，風流儒雅，時譽歸之。嘉慶辛酉，拔萃於學，至戊寅始舉鄉試，時年四十餘矣。道光丙戌大挑一等，以知縣分發甘肅，權篆合水。租賦比不登，捐俸代民完欠，積串票至數千百，念存之後必有執以取償者，而畸零小户處多僻遠，又不能家至而手付也，既去任，乃火之。丁嗣父憂歸，服闋，以本生母春秋高，遂請終養。晨夕承歡，暇則從事筆墨，格韻益高。居數年，養親事畢，補甘肅環縣。時議清隱田，官吏承風旨，以多報升科爲功。

君不肯，止報五頃，曰：『無矣。』而合水已報五百頃。使者督君令再報，繼之以怒，君不應。民有惑於繼妻，而迫其前子孀婦改適者，成訟。君召民訓飭勸導，手書一聯諭之曰：『莫聽花底鶯聲巧，應惜簾前燕影孤。』民大感愧，媳節以完。

高明府繼珩《寄泉類稿》十六卷

《永平詩存》：繼珩，字寄泉，遷安人，寄籍寶坻。嘉慶二十三年舉人，由大名縣教諭軍功保薦知縣，借補廣東博茂場鹽大使。

陶樑序略：余承乏大名，聘君天雄書院主講，並襄校《國朝畿輔詩傳》，始得讀君所著。才力閎暢，波瀾富有，性靈、風骨，兼擅所長。至其駢體之工，幾於上追徐庾，下掩章陳。

《柳堂師友詩録》：寄泉少能文，教授鄉里，講舍恒滿弟子，多掇巍科。素知兵，每飲柳堂，酒酣，論當世務，有徐文長岸幘談兵之概。座多奇士，屋滿古香，畫蘭得塵外致。詩氣韻沈雄，不愧幽燕老將。而天骨開張，波瀾壯闊，故是大家步驟。

《聽松廬詩話》：寄泉茹古涵今，才優學博，著有《培根齋詩集》《養源堂文集》《海天琴趣詞》。窮二十餘年之力，著《國朝畿輔詩傳》。爲欒城教諭時，著《欒城縣志》。爲大名教諭，奉檄防堵。咸豐四年三月，賊至冠縣，寄泉率兵勇禦之，擒獲數十名，兵民皆奮勇爭出，格殺無算。大名城獲保全，寄泉與有力焉。

《止園詩話》：高寄泉大使繼珩，約齋刺史子也。生十四歲而孤。刺史宦況清苦，殁後家無一椽。母爲寶坻王氏，遂依外家以居。少讀書聰敏，攻苦尤勤。詩古文詞，見輒通其窾竅。年甫踰冠，舉於鄉。自是寄食硯田、奔馳南北者幾三十年。一時文譽甚重。晚歲由大名教諭軍功保舉知縣，賞戴藍翎，抵選廣東博茂場鹽課大使。蒞任五年，告病歸，買宅於遷，得遂歸田之樂。方其在博茂也，鹽場故沿海，治居電白之水東，又爲海估聚會所，號稱繁富。時巨盜陳金剛率衆數萬寇高州，陷信宜，且利水東，欲取之。繼珩練團勇，修軍械，晝夜設籌防禦，水東恃以無恐。同治二年二月，繼珩以積勞致疾，上書乞免，行有日矣。賊偵知官欲去，人有懈心，發游騎數百乘宵潛至。衆大亂，莫知所爲，悉趨海舟遁。繼珩至岸，登大舟，集市人告之曰：『無水東則無高州也，無高州則無雷瓊也。海道爲賊所扼，粵東大患將不可救。今有能擊賊者，賞銀千兩。』市人皆奮，曰：『願增二千兩。』海舟人故能戰，火器悉具。令甫下，衆噪而前。賊方炊熟，不敢食，皆走。凡失水東一日而復。始，賊焚大使署，火不然，則斫壞之。繼珩葺之而後去。瀕行，士民攀泣，獻扁聯者甚衆。余記其一聯云：『煮海著賢聲，小試鹽梅手段；籌邊昭偉略，早儲兵甲胸中。』蓋非溢美也。詩以發抒性情爲主，而格調自然合拍，不沿宋派，亦不詡詡唐音。尤工於結束，每篇末俱饒有餘致，絶不作一頽唐衰颯語，足徵老福。佳句五言如『功名吐腸鼠，身世寄居蟲』『丹黄千古業，風雨十年心』『三杯和膽露，一字已腸枯』『飲水名心淡，看山俠氣平』『光陰消逆旅，寄託賦登樓』『路如螺轉殼，人似蟹爬沙』『桃花千尺水，楊柳萬條絲』『蟬聲咽暮雨，鈴語答秋風』『幽草可憐碧，晚花隨意紅』『炎消窗外雨，潤浥嶺頭雲』『早禾秋露重，密樹曉烟深』『晚霞明夕照，秋雪淡蕎花』『孤燈耿殘夢，踈雨滴高樓』，七言如《機聲》云『惜陰莫挽拋梭影，入耳難忘斷杼情』、《落花》云『命薄難逃三月劫，情癡怕聽五更風。』『何處酒杯名不落，一年春信到將離。』『人每相憐天反妬，樹猶如此我何堪』、《楊花》云『三月韶光同逝水，一生心事太纏綿。好從絮果參禪日，盼到萍蹤結實年』、《留菊》云『勤護冷香堅晚節，不爭早豔見清才』、《寄崔曉林明府山西》云『詩成尚帶幽燕氣，書到如親唐魏風』、《贈姚朗山》云『無敵才真如白也，承家風不愧元之』、《感懷》云『廿年幻夢芙蓉鏡，半月清齋苜蓿盤』、《和達經圃六十自壽韻》云

『寒梅得氣先春豔，諫果回甘後味甜』、《題藺少香詩卷》云『難忘結習惟文字，各有因緣問佛仙』、《和女德華韻》云『瑣蛣寄居身負累，文禽對語意相關。當歸有約勞投轄，遠志難酬悔出山』、《赴粵留別》云『荔子香蠔耽嶺嶠，梅花仙蝶問羅浮』、《寄王直存》云『長路崎嶇增閱歷，空山雲水證行藏』。言中有物，俱非率爾操觚。

李學博雲章《咫聞齋詩集》

《國朝畿輔詩傳》：雲章，字子文，號壽君，大興人，嘉慶二十三年舉人，官撫甯縣教諭。

葉紹本序：古體雄深，雅健嗣響，三唐律句整練高華，肩隨七子，洵詩壇射鵰手也。

方明府履籛《萬善花室駢體文集》六卷，《續集》一卷，《詩集》五卷，《詞集》二卷，《河内縣志》三十卷，《武陟縣志》三十卷，《永定縣志》二十卷皆已刊。其未刊者有《富蘅齋碑目》六卷，《伊闕訪碑》三卷，《希姓録》一卷，《泉譜》一卷。

《國朝畿輔詩傳》：履籛，字彦聞，一字术民，大興人，嘉慶二十三年舉人，官福建閩縣知縣。

《紅豆樹館詩話》：术民世爲順天人，僑居常州，人多推其駢體文。然嘗與吴山子育蒐羅金石，與張宛鄰琦討論詞學，與劉燕庭喜海考覈泉幣，其他天文、地理、氏族源流、六書、九章之法，耆闍梵策之書，皆旁通博涉。則君於學固無所不窺也。詩淵源兩漢，纂組六朝，爲其結體極高，故古色斑瞵，迥殊凡響。

楊明府際運《碧山草堂詩集》

《國朝畿輔詩傳》：際運，字士會，號小厓，涿州人，嘉慶二十三年舉人，官河南羅山縣知縣。

王明府煦《愛日堂集》

《永平詩存》：煦，字湄厓，昌黎人。道光壬午進士，官河南知縣。

《止園詩話》：王湄厓先生博學工詩，昌黎名宿也。乾隆甲寅領鄉薦，至道光壬午始成進士，困場屋者三十餘年。釋褐初，以縣令需次於豫，所至歷有循聲。去官之日，有鄉民送贈及米麪羊酒追奔數十里者。嘗作詩以紀其事，殆非夸語也。詩五律最勝，佳句如『雲消峰影瘦，風吼葉聲乾』『沙虛淹馬足，野曠斷人烟』『淖深時陷馬，裝濕急投村』『落花三徑雨，吹笛半樓風』『空翠千山合，寒松一雨青』『涼颸欺客弱，夜氣壓山平』『秋花臨水淡，樵徑入雲深』『夜涼蟲語澀，花靜露珠圓』『山寒青似黛，地鹻白於霜』『幽鳥時相喚，閒雲淡不收』『沾衣花露溼，經雨石苔腥』『民皆佳子弟，官是舊書生』，皆嗣響唐人。

傅明府德謙《四碧山房詩稿》

《永平詩存》：德謙，字柄一，號問樵，臨榆人，道光壬午舉人，官陝西府谷縣知縣。

馬學博恂《此中語集》

《永平詩存》：恂，字瑟臣，號半士，遷安人，道光壬午、壬辰兩中副車，官柏鄉縣教諭。

《止園詩話》：馬瑟臣學博，葵園明府長子也。天才卓犖，博極群書，蚤歲爲詩古文詞即欲與古人爭席。所著《此中語》，自嘉慶戊辰起至同治甲子止，共五十六年，年各一卷，或詩、或詞、或古文、或四六、或燈謎楹聯、或仙乩禪偈，有觸即作，有作即存。詞源如倒峽懸河，滔滔[一]不絕[二]；莊諧間列，駢散雜陳，不屑屑於古人著書體例。要其寶氣精光，自有不可没滅者。平生潦倒名場，未得一遇；晚年得苜蓿一席，非其志也。其自序云：『吟成矢口，躁人或誚於辭多；寫未拈鬚，文士應箴夫韻啞。望文壇而未上，敢曰升堂嚌胾？叩詩鉢而偶成，何暇磨光刮垢！或者早燕初鶯，自來原非力搆；要於揀金剖玉，求精那許才麤。性之所近，不可强也；意有所適，彌復欣然。闚觀是戒，何須人面如吾；少作具存，亦曰我心自爾。謝三都之假序，本不爭名；進雜體以同編，聊以適意。空中樓閣，時若蝶簇花團；筆底烟嵐，居然山長水遠。謝無逸慣描蝴蝶，張平子遥思桂林。紫雲無譜，秋風客鬢怕先蒼；碧月空圓，春夢婆心將共白。看萬木之爭春，病梨應賦；惜一枝之莫借，烏鳥難題。胸多塊壘，澆須十斛醇醪；眼豁虛空，掃盡千年塵土。入世之緣未解，一半情根一半名根；養生之主無多，幾分書味幾分禪味。不上選佛場，誰問他妄語戒、綺語戒、兩舌戒；但説現身法，自由我平等觀、自在觀、如是觀。底藴畢呈，非關懺悔；性情難假，有待發舒。譽則憂，笑則喜，以猶人説存也；歌有思，哭有懷，其皆弗平者乎！我用我法，幸未傍户依門；人刺人非，且勿求瘢出羽。年紀二辰，一星終矣；簡須幾乙，不日成之。攄千言於兔穎，我心惟祇與天和；汗萬卷於牛腰，此語不足爲人道。』案：此序作於庚辰，時年未滿三十，而其骯髒不平、抑鬱無聊之概已如此，亦可以知其志矣。詩寄託遥深，醖釀深厚。紀事感時諸作，可稱詩史。

校按：

【一】『滔滔』，原作『溜溜』，今據《永平詩存》改。

【二】『絶』，《永平詩存》作『竭』。

陳學博祺齡《劍花龕詩影》一卷

《國朝畿輔詩傳》：祺齡，字蓮浦，獻縣人，道光五年拔貢生，官順天府訓導。

《紅豆樹館詩話》：蓮浦爲余及門士，天才警敏，瀟灑不羈。詩學温李，纏緜幽豔，間闖長吉之室。嗜酒，醉則悲歌慷慨，四座盡驚。喜填小詞，書畫、篆刻俱工秀絶倫。以通才沈滯冷官，非其志也。年未四十，病酒，一夕卒。瀏覽遺集，不勝毀璧摧柯之痛。

李文學佛桐《愈愚蓬舍詩稿》八卷

《國朝畿輔詩傳》：佛桐，字北癡，號琴川，河間人，諸生。

邊九鼇序：琴川詩磊落嶔崎，愈和平，愈憤激，卓然有不可磨滅之氣。其餘味曲包，又在甘苦酸鹹外，不在語言文字中也。

李燧序：樸茂處似杜陵，疏散處似放翁，沖夷高古則又得力於陶、韋。是宜藏之名山，爲泉石生色，不可令長安貴人見也。

《紅豆樹館詩話》：北癡束髮耽吟，性超曠，嗜酒。中年破産，走京師，授徒自給。秋闈十餘上，終不第。復游津門，爲人司馬莢事。晚依李夢韶廉訪於洛中，病歸，卒。詩人遇蹇，視唐之貞曜、元英爲尤甚，亦可慨矣。詩陶冶性靈，質而不怪，蓋耻以餖飣摹擬見長者。

吴文學占鼇《滄厓詩草》

《永平詩存》：占鼇，字滄厓，撫甯人，諸生。

潘文學文本《石湖詩草》

自序云：願耕於西山，暇則以硯田自娱，故號『石農』。將置别墅於西山石湖之側，故亦號『石湖子』。或稱『竹伯』者，竹在本上，猶云『笨伯』也。世人皆巧我獨拙，期不失其素耳。又欲自號『鈍散漢』，鈍則以鋒利讓人，散則不受束縛，漢者欲終不失爲丈夫也。

《止園詩話》：[一]立堂幼穎悟，讀書强記不忘。束髮爲詩，出語即驚其座人。嘉慶丙寅，南皮張春巖先生司鐸遷邑，先生以詩名海内，目中少所許可。君以詩請業，先生獨奇賞之。其《題春巖師詩後》有云：『仰公不世才，慨公不得志。少爲貴公子，壯爲風塵[二]吏。无妄挂彈章，徒灑窮途淚。游蹤徧大千，都亭呵醉尉。頻頻鸒斯飛，鸞鳳終垂翅。天地既生材，何苦使鑿枘。我本鈍根人，頗識蒼蒼意。助之以江山，玉之以顛躓。詩窮而後工，於茲隆簡畀。不見浣花翁，青蓮同結契。詩能泣鬼神，均未掇一第。富貴竟何常，江漢滔滔逝。』未免以他人酒杯澆自己磊塊。《重九日遊水窪寺題壁》云：『絶塞登高騷客少，故人回首亂峰多。』二語尤多感慨。

校按：

【一】『詩話』，原誤作『筆談』，今據《永平詩存》《止園筆談》改正。

【二】『塵』，《永平詩存》作『簷』。

鄭觀察成基《東園集》十二卷

《國朝畿輔詩傳》：成基，字靜山，大興人，歷官四川建昌道。商嘉言序：靜山初宦楚，值楚氛惡，蔓延秦、豫，蜀寇亦蜂起。隨大帥轉戰，旋入蜀，運籌帷幄。險阻備嘗，發而爲詩。凡荒山窮谷可驚可愕之狀，以及士卒之甘苦、蒼赤之流離，罔弗形諸歌詠。如《守夔》《籌邊【一】》諸集，尤見經濟。安得僅以詩人目之乎？

校按：

【一】『邊』，原誤作『遥』，今據《國朝畿輔詩傳》改正。

馬文學宗濂《通江詩草》一卷

《國朝畿輔詩傳》：宗濂，字通江，河間人，諸生。

張文學招覲《雨香龕詩草掇餘》

《國朝畿輔詩傳》：招覲，字耔園，一字紫垣，景州人，諸生。段玒序：耔園才秉夙慧，今古墳籍寓目殆徧，落筆萬言，不作窠臼語。

邵布衣自祐《蕙圃詩鈔》

《國朝畿輔詩傳》：自祐，號葵露，大興人，布衣。

谷明經宗善《可亭詩鈔》

《國朝畿輔詩傳》：宗善，字可亭，蠡縣人，貢生。

劉文學錫《寫梅閣詩存》一卷

《國朝畿輔詩傳》：錫，字夢齡，號韻湖，天津人，諸生。

陳雨峰靖《讀石山房小草》【一】

《國朝畿輔詩傳》：靖，字青立，號雨峰，天津人。

《津門詩鈔》：雨峰畫嘗受學于羅克昭，羅學于張宗蒼，張學于黄尊古，黄學于王麓臺。學有淵源，得太倉之遺派。所畫千巖萬壑、一樹一石，無不入妙。

校按：

【一】原條目下無傳主文字，今據《國朝畿輔詩傳》補。

趙明經之城《琴鶴堂詩稿》

《國朝畿輔詩傳》：之城，字月川，號梅塢，安肅人，貢生。

邢處士元植《緑柳山房詩草》

《國朝畿輔詩傳》：元植，字野航，天津人。

翟文學際華《寒竽小草》

《國朝畿輔詩傳》：際華，字少華，號梅野，寧河人，諸生。

王文學城《萬里行吟草》

《國朝畿輔詩傳》：城，號金垣，寶坻人，諸生。

劉布衣栻《一石山房詩》一卷

《國朝畿輔詩傳》：栻，字柏鄰，寶坻人，布衣。

查別駕林《花農詩鈔》六卷

《國朝畿輔詩傳》：林，字松生，號花農，宛平人，官雲南州判。

史昺序：花農足蹟徧天下，其詩不主一家，沈鬱頓挫，間以流麗，讀之令人神往。

黎訥序：花農天資高邁，所學甚深，自少即聞其祖若父儉堂、梅舫兩先生之教於君家，初白老人衣鉢獨得其宗。

張鹺尹廷選《西湖雜詠》一卷，《治堂草》一卷

《國朝畿輔詩傳》：廷選，字治堂，天津人，官浙江鹽課大使。

盧劬堂廷棟《棲素山房詩稿》二卷

《國朝畿輔詩傳》：廷棟，字劬堂，任邱人。

于桂森序：劬堂先生以詩名淮浦者垂二十載。詩温温然，郁郁然，悉本性情，無所矯飾。清真之氣，流露楮墨。五律風格高超，綽有王孟遺意。

張知事瓛《容膝軒詩草》

《國朝畿輔詩傳》：瓛，字醉春，磁州人，官鹽知事。

王文學拱端《藝窗詩》一卷

《國朝畿輔詩傳》：拱端，字翼亭，清苑人，諸生。

康文學鈞《石斧集》

《國朝畿輔詩傳》：鈞，字掌卿，天津人，諸生。

孫文學超曾《海岑詩集》一卷

《國朝畿輔詩傳》：超曾，字傑園，號石溪，玉田人，諸生。

孫慰曾序：予弟石溪酷好詩，習篆、章草，秀勁可觀，畫宗倪雲林。諸子百家，皆博覽强記。爲文灑落，無羈靮。丁亥卒，年二十有二。

楊文學繼曾《拂雲軒詩草》

《國朝畿輔詩傳》：繼曾，字目軒，靜海人，諸生。

馮上舍晉《夢陶山人學吟稿》

《國朝畿輔詩傳》：晉，字西莊，天津人，監生。

《津門詩鈔》：西莊修髯偉幹，善談論，能説前輩遺事，有晉人風。嘗詠荷珠，有『所遇皆能合，無行不是圓』句，寓言深婉。

鄭理問佐《紅蕉花館詩稿》

《國朝畿輔詩傳》：佐，字伊圃，號湘芷，豐潤人，濟燾子，官布政司理問。

孔憲彝序：伊圃性孤介，工文詞。少隨父官蘇松，與孫子瀟太史、王仲瞿、舒鐵雲兩孝廉唱和，選勝徵歌，極一時之盛。

繆文學共位《青棠書屋詩稿》

《國朝畿輔詩傳》：共位，字星池，天津人，諸生。

王曉川際清《味古齋吟稿》

《國朝畿輔詩傳》：際清，字曉川，天津人。

鄭處士樸《哀吟集》一卷

《國朝畿輔詩傳》：樸，字笠艇，天津人。

鄧明經興業《萬竹山房詩鈔》

《國朝畿輔詩傳》：興業，字繩武，號蘅皋，欒城人，貢生。

馮處士嘉蘭《愛竹山房詩草》

《國朝畿輔詩傳》：嘉蘭，字耕竹，天津人。

趙文學璋《所夢集》

《國朝畿輔詩傳》：璋，字達亭，武邑人，諸生。

步文學際梅《馥香堂詩草》

《國朝畿輔詩傳》：際梅，字馥堂，棗强人，諸生。

劉文學弘煦《復亭詩稿》

《國朝畿輔詩傳》：弘煦，字復亭，棗强人，諸生。

黄文學中觀《主我堂詩稿》

《國朝畿輔詩傳》：中觀，字艮山，肅水人，諸生。

程明經玉瑲《味腴堂詩稿》

《國朝畿輔詩傳》：玉瑲，字葱衡，號聰麓，永年人，貢生。

畢明經梅《夢餘詩草》二卷，《論語説》二卷

《永平詩存》：梅，字雪莊，灤州人，恩貢生。

《止園詩話》：畢雪莊先生晚號『睡隱』。性聰敏，工詩歌，涉獵群書，所學甚博。信釋氏轉生説，人傳其未飲迷漿，然實不記前生矣。豪於酒，醉後輒幕天席地，作劉伯倫荷鍤想。坐是，晚年得手足偏枯病。嘗爲自祭文，其略云：『嗚呼雪莊，而今已矣！白雲青山，乃以酒死。一墜輪迴，刹那彈指。悵望千秋，幾人知己。生平懺悔，惟情爲累。從今了卻，拖泥帶水。贊云：可以詩人，可以酒徒。可以僻士，可以狂夫。而非造物之所喜者，不爲方領矩步、尋行數墨之儒。』觀此，則曠達之懷、牢騷之態，俱可想見。所作詩多隨手散去，故所録止此。余猶記其《詠水煙筒》云：『無人劇處能浮

白，多客粉拈似濫竽。』《食煙筒》云：『穿破紙窗鈎月影，點成曲拍傍鞵尖。』《鼻煙壺》云：『但可微吟學洛下，莫將多噓笑莊姜。』《酒篩》云：『妙悟尚知燈是火，相煎不比豆燃萁。』語雖近諧，然俱有味外味。若其《詠鴉片煙》云：『將軍紫塞宵過飲，太守黄綢曉放衙。』則所感深矣。

王上舍一翰《歸囊草》

《永平詩存》：一翰，字宗齋，灤州人，監生。

《止園詩話》：王宗齋舅氏天姿穎異，讀書有奇悟。獨不喜治經生業，既亦不試有司。素患口吃，及酒酣耳熱，議論風生，則無能挫其鋒者。少時隨從父宦遊江南，作《徽遊日記》一書，記所歷山川人物、風土事蹟，隨叙隨議，足與范石湖《吴船録》、酈湛若《赤雅》等書並傳。詩不多作，所存《歸囊草》一册，乃從日記中摘録而出，皆其少作也。句如『一縷晚煙垂岸緑，半天斜日射波紅』『日得嘉魚因困酒，時來俗客未妨詩』『日氣初蒸深緑水，湖容遠映淺藍天』『三五夜中逢地主，二千里外遇鄉人』『徘徊江上人千里，遲滯天涯月四圓』『一天星斗霜華重，滿地江湖月色涼』『嫩緑漸勻芳草徑，新紅初上海棠梢』『寂寂落花鶯不囀，閑閑庭院蝶來遊』『人來南國沾花雨，馬繫長堤趁柳風』『明月二分堪供客，珠簾十里半彈箏』，風味與樊川爲近。

李文學昌〔二〕裔《無聞集》

《永平詩存》：昌裔，字啟臣，遷安人，諸生。

《止園詩話》：李啟臣明經生而倜儻不群，爲文有奇氣。師友咸以遠大期之，啟臣亦有不可一世之慨。三試秋闈，已中式，因一字之譌被黜，遂絶意進取，人多惜之。家藏書甚富，暇則徧讀之，或寄情吟詠，每有議論，必具隻眼。先是，遭父喪，以哀毁致疾，因習岐黄之學。然不輕爲人醫之，醫必詳審再三。尤精於痘疹，凡所治無面麻者。晚精堪輿，自號『抱一山人』，著《地理徵實》一書，自述所得，語精切易曉。所作詩古文詞多不存稿，兹所存皆晚年作，自題曰《無聞集》，蓋自謙也。

校按：

【一】『昌』，原作『烏』，今據《永平詩存》改。

王户部册《浣花集》

《永平詩存》：册，字典如，號梅君，臨渝人。貢生，官户部員外郎。

《止園詩話》：王梅君農部工詩善書。余嘗見其所作屏障，字體娟秀，脱胎趙、董而别饒意趣，在近人中酷如夢樓。詩筆清麗妍緜，亦無此子塵壒氣。聞其官部曹時，公退之暇，與諸名士結文酒會，鬮題分韻，出語輒驚其座人，一時風流文雅著稱都門焉。故有崔烈之富，人不得以貲郎薄之。今讀其詩，尚可髣髴其人。

王明經一士《存我堂詩稿》

《永平詩存》：一士，字諸人，號和村，臨渝人，恩貢生。

《止園詩話》：王和村明經學問淹博，屢試高等，鄉闈七薦不售。爲制藝，法律謹嚴，尤長於議論。所選《拆襯編》，後學奉爲楷模。

温別駕序斌《六疋心聲詩集》

《永平詩存》：序斌，字石坡，盧龍人。諸生，州同銜。

梅學博成棟序略云：道光丁酉，余以司鐸來永平，埋頭苜蓿，寡所知遇。而私心窃窃，每思物色賢豪，叩之郡人，士莫不以温公石坡對。及接見，一恂恂善下、樸訥君子也。居久之，意氣頗投。間出緒論，則於儒理禪宗、天人上下之故，無不洞悉精微，剖析真僞。乃始歎[一]其有本之學。其《春陰即事》句云：『一瓢安陋巷，五斗謝華簪。適意應多趣，居山不必深。』此四言足以盡先生之平生，亦可謂工於寫照者矣。

《止園詩話》：温石坡先生，尹亭侍御之季子也。侍御公歿後，家窘甚。先生力學自勗，期紹家風。應京兆試者十三科，卒以不售，橐筆遊四方，足迹半天下。老歸故鄉，客囊如洗。年近古稀，猶不離硯田餬口。居恒不歎貧，不傷老，不論人是非，不雌黄人學問。日手一編，寒暑不輟。性喜飲，對影銜杯，陶然自得，殆所謂遯世無悶者歟？詩不矜格調，而機趣盎然，自然合拍。高魚侯方偉題其卷云：『論超由卓識，語妙見高才。不費經營處，頓從閲歷來。』頗能道其髣髴。

校按：

【一】『歎』，《永平詩存》作『服』。

李文學雍

《永平詩存》：雍，字春亭，灤州人，諸生。

《止園詩話》：李春亭博通經史，尤精研宋元理學之書。制義宗成弘，屢試不售。晚託迹岐黃，遠近稱國手焉。詩五言清徹淡遠，在諸體中最爲擅場。《送別董勳廷》云：『瀟洒官塘柳，絲絲挂落暉。』讀起十字，已令人黯然魂銷。其他佳句，如《道過雙橋寺》云：『日午鳥聲靜，山深塔影圓。』《夜行》云：『犬吠知村近，驢疲覺路長。』《曉發》云：『霜重平蕪白，星孤大漠黄。』《賣書》云：『廿年燈火供，幾日稻粱資。』《除夕》云：『問年忽已老，訪舊漸無多。』《漫興》云：『子能脱俗愚何害，婦解安貧拙亦賢。』《邵庵》云：『滿架詩書資尚友，一庭花木卜佳鄰。』《除夕》云：『貪眠最喜逢迎少，恕老何妨禮數寬。』《村居》云：『一派泉聲長在耳，四圍山色總當樓。』皆蕴籍有味。若其《咏蠹魚》有云『原來白腹無文字，也向書中過一生』，則未免劉四罵人矣。

高明經作楓《鶴鄉吟草》

《永平詩存》：作楓，字紫崖，昌黎人，歲貢生。

《止園詩話》：高明經作楓性情瀟散，學問淹通，名噪膠庠數十年。晚歲橐筆東遊，主講遼陽書院。偶有感觸，一發於詩。《鶴鄉吟草》蓋即主講時所作也，鍊句最工。《夜坐》云：『露珠團草腳，雲絮裹峰尖。』《聞笛有所思》云：『塞月詩魂冷，邊風老樹狂。』《春暮偕友水亭對酌》云：『曉風楊柳聽鶯客，春水桃花放鴨船。』《遼城度歲》云：『絶塞强斟辭歲酒，孤燈怕照憶鄉人。』《春暮遼陽懷古》云：『寒逼四圍山有雪，春回三月樹無花。管公臺圮煙蕪冷，丁令城荒夕照斜。』《送友》云：『花有情癡愁客散，柳知别苦怕人攀。驚心風雨三春冷，放眼乾坤幾个閒。』《龍泉寺》云：『亂峰泉瀉如龍鬭，窄徑雲横與鳥爭。』雅有錢郎風味。

馬學博宗沂《悟雪堂詩草》

《永平詩存》：宗沂，字春堤，盧龍人。道光乙酉舉人，官邢臺縣訓導。

《止園詩話》：馬春堤學博性情和雅，與人交，恂恂善下，未嘗少露圭角。家居授徒，大小試得雋者接踵於門。制義以先正爲宗，詩亦無塵𡏖氣。

李學博清淑《味無味齋詩草》

《永平詩存》：清淑，字小泉，樂亭人。道光辛卯舉人，歷官容城、房山訓導。

《止園詩話》：李小泉先生，卷山侍御季子也。幼承家學，詩詞書法俱有高曾矩矱。年甫踰冠，捷於鄉。風流儒雅，有玉樹臨風之概。晚終苜蓿一席，非其志也。佳句如『夕陽明淺水，黄葉下重樓』『遠山青有態，春水緑無情』『短岸鷗隨船共泊，晚山雲與日爭歸』『山留窄竅雲爭宿，樹賸空腔草寄生』『一榻青氊愁壓重，半弓素月影飛寬』『月挑凉影依簾額，風釀微寒到被池』『寒窗待雪朝醅酒，小閣圍爐夜賭棊』『判花情緒仍三月，飛絮光陰又一年』『事當難境糊塗過，人近中年感慨多』『禮法自非緣我設，衣裳亦衹爲人忙』『不堪午夜無歸夢，悔煞丁年有俠名』『添歲知憐來日少，檢囊徒喜近詩多』，在唐宋中風韻於白、陸爲近。

楊學博在汶《鋤經草堂詩草》

《永平詩存》：在汶，字魯田，樂亭人。道光甲午舉人，官邢臺教諭。

《止園詩話》：楊魯田性機警，讀書能悟。弱冠補邑庠，初應京兆試即獲售。少年清俊，頗有風流自賞之概。然體素羸弱，有痼疾，時發時愈。後以大挑二等選授邢臺縣教諭，未滿任即遭母喪。哀毁之餘，舊疾復發，遂卒於邢，年四十八。魯田幼時，夢前身爲廣平女子，有《感舊夢》詩以紀其事。詩筆宛秀明麗，亦大類子房之貌。常職卿題其詩後云：『若將好句比好女，嬝嬝婷婷十二三。』余和其《感舊夢》詩有云：『儀容不爲輪迴改，怪得留侯似婦人。』皆非戲言也。集中所録皆其傑作，其餘傑作佳句尚多。五言如《南臺晚眺》云：『城低房露瓦，橋斷路通舟。』《赴郡道中》云：『飽帆張水驛，飢馬困沙途。』《登望軍臺》云：『天低諸嶂暝，日落半城陰。』《田家》云：『秋籬圍古樹，泥壁隱疏花。』《暮登郡城》云：『四圍山氣重，萬點夜燈多。新月斜穿樹，繁星倒入河。』讀其詩俱可想見其人。

王明經一晉《鶴山詩草》

《永平詩存》：一晉，字鶴山，灤州人，道光乙未副榜。

《止園詩話》：王鶴山天姿敏捷，讀書數行並下，過目不忘。居恒從余假閲藏書，日盡數十卷，往來更换，使者疲於奔命。間或叩其大義，隨聲響答。爲文操筆立就，不煩意匠。嘗對客口占四六序文一篇，倩余代書，幾令筆無停刻。以余所見，時輩中罕有其匹。或規之曰：『君文思太速，若抑之使遲，當益有進。』先生顰蹙曰：『詩文快吾意而已。如古人研京鍊都，動經十載，吾實不耐此煩。且君不觀閉門索句陳無己，對客揮毫秦少游乎？無己之不能爲少游，猶少游之不肯爲無己，何相强爲？』規者亦無以難之。道光乙未鄉試，頭場文已中式，因後場一字之譌，抑置副車。後以家運乖蹇，抑鬱無聊，竟得狂疾，年未五十而終。公性狷介，一介不妄取與。然迂闊不解事情，見客不解寒暄，偶與俗接，輒以冷語刺人，以故所至人多姗侮之。惟與余最善。歿後詩多散失。余猶記其斷句數聯。《古廟》云：『鳥散花鋪地，僧歸月滿天。』《北河蘆絮》云：『漫天作霜雪，此地即江湖。』《無題》云：『何須落葉哀蟬曲，直是桃花薄命人。別况淒涼惟有夢，殘粧淺淡不成春。』又云：『世間癡想無如我，天下多情只見君。別意纏緜連夜雨，夢魂縹緲渡江雲。』《庚子落第留别金陵葉實生》云：『白河暮雨前村路，黄葉秋風夕照時。』又云：『封侯燕頷空存相，傾國蛾眉只自憐。』又云：『春草池邊懷謝客，桃花扇底憶香君。』《杭州懷古》云：『十萬錦衣王氣應，三千鐵弩海波消。山圍石鏡無遺影，水湧錢塘有怒潮。』《揚州懷古》云：『螢苑清游惟夜月，龍舟粉黛賸餘霞。三千殿腳紅粧掩，廿四橋頭緑枝遮。』又云：『平章夜月珍珠室，書記春風薄倖樓。』俱非率爾操觚。他如《詠水煙筒》云：『漫嫌漏滴壺中少，只覺飛灰管内多。』亦可謂工於賦物，善於使事矣。

常孝廉守方《半禪初草》《臨溟遊草》《臨溟續遊草》《昌圖遊草》

《永平詩存》：守方，字職卿，號半禪，欒亭人，道光甲辰舉人。

《止園詩話》：職卿性聰敏，善讀書。弱冠補邑庠，科歲試輒高等。計偕七次，至甲辰始魁其經，時年已三十六矣。三上公車，兩薦不售。癸丑入都應禮闈，且謁選。適粵匪大擾江南，旬日内連破三會城，畿輔震動。慨然曰：『世事如此，何營營於名利爲？』遂不終場〔一〕，同余遊田盤山而歸。性好飲，諳音律，尤工横吹，每遇佳山水或花前月下，與友朋讌集，輒手横紫竹一枝，飄飄有世外之想。詩筆清超絶俗，與余相處最久，唱和亦最多。聞遼東山水名勝，因槖筆出山海關，薄遊三載，吟詠益富。歸後，於村東闢園數畝，爲菟裘之所，顔曰『培園』。蒔花藝果，躬親抱甕其間。暇則茗椀熏鑪，與生徒坐談文藝，絶不問世間升沉事。壬戌子月十三日，余買山於昌黎城北，方擬邀之偕往相度，明日而職卿病。病時遣人囑余延醫，及醫至，而職卿氣絶矣。

校按：

【一】『埸』，原誤作『均』，今據《永平詩存》改正。

張明府堂

《永平詩存》：堂，字肅亭，灤州人。道光甲辰舉人，官陝西知縣。

《止園詩話》：張肅亭性伉爽，好藏書。論詩以格調爲主，五七言近體饒有唐音。咸豐癸丑，以大挑一等需次陝西，未補缺，卒。詩集未有完書，所存數首，乃曩日手録，屬余評點者也。佳句如『歸雲帶疏雨，老樹發秋聲』『野【二】草有生意，林鶯無住聲』『怪石頻驚馬，迷途數問人』『夕陽紅上樹，閒草緑侵階』『夜涼蟲近枕，燈暗鼠窺人』『舉杯愁緒減，開卷古人來』『星河寒夜永，松菊故園蕪』『野淀忽添水，小桃初著花』『荒村喧凍雀，落日見歸樵』『夕陽一抹帶寒色，茅屋幾間開晚晴』『多病一身還作客，經年四海未休兵』『荒城漏點寒無準，永夜燈花燦有情』『十月霜威封野重，九邊山勢劃天開』『靈運遊山原有癖，相如善病未妨吟』『絶塞風高横出雁，荒林葉脱聚寒鴉』，皆可誦。外如『四壁疏【三】燈三徑雨，一樽濁酒兩人心』，則客中與余夜話詩也，惜不記其全首。

校按：

【一】『野』，原作『盤』，今據《永平詩存》改。

【二】『疏』，原作『路』，今據《永平詩存》改。

郭孝廉天培《環翠齋詩草》

《永平詩存》：天培，字毓芝，昌黎人，道光丙午舉人。

《止園詩話》：郭毓芝孝廉，少讀書，有雋才。十四遊泮，十九登賢書，未及壯即賦玉樓。蚤歲作詩，每多憤懣激楚之音，蓋夭徵已先見矣。其《嘲村學究》有云：『屈指嘗新又及期，不須惆悵嘆斯飢。農家籌算由來妙，半犒工人半請師。』『閉户舌耕二十年，生涯只藉硯爲田。最憐歲暮多辛苦，逐日沿門自乞錢。』讀之發人笑嘆。其《偶成》云：『名必奇人方【一】解好，情非才子不能多。學因俗累靈心減，人爲家貧壯志銷。』其骯髒不平之氣亦可概見。

校按：

【一】『方』，原誤作『才』，今據《永平詩存》改正。

藺文學士元《梨雲館詩草》

《永平詩存》：士元，字臚三，臨渝人，諸生。

《止園詩話》：藺少香性蘊藉，善讀書，尤喜吟哦。體弱不勝衣，貌癯而神甚清。每科歲試，學使輒擊賞其詩賦，置之高等。年未四十，以羸疾卒。詩筆清麗妍繇，不染俗囂。所著《梨雲館詩草》曾屬余點定。没後無子，詩稿散佚。所録數首，乃從郭廉夫比部搜討而得者也，已非其全璧矣。其佳句如『樹影偎墻瘦，鑪香出院清』『花影半階月，笛聲何處樓』『秋水濯明月，荷花生夜香』『蟲語暮山靜，馬蹄秋水深』『涼風吹野草，清露洗秋花』『入世每防隨俗轉，尋詩常愛傍山居』『霞因風力裁文錦，雲截虹腰作斷橋』『學淺每防人問道，時艱方信己無才』『名士遊情宜作客，書生本色不嫌癡』『異地雲山天末友，寒窗風雨病中身』，吐囑風雅，可以想見其人。集中有詠史七律數首，其《詠李陵》云：『祖業中衰懷射虎，故人無伴目看羊。』《諸葛武侯》云：『炎漢雄文終兩表，老臣本意豈三分。』《狄梁公》云：『子房總爲韓讐出，周勃終扶漢祚傾。一老先完親骨肉，五王方立大功名。』《王安石》云：『才高偏爲周官誤，辨博翻令祖制更。一紙流民鴻雁影，半橋春水杜鵑聲。朝廷黨錮從茲起，衣鉢先傳吕惠卿。』不激不隨，持論俱極平允。

鄭比部束

《永平詩存》：束，字立甫，遷安人。同治乙丑進士，官刑部主事。

《止園詩話》：鄭立甫比部，竹軒明府子也。蚤歲才名噪甚，踰冠成進士，未及二年，以羸疾卒。詩句如『鳥隨遥棹没，山逐去帆移』『引泉通竹筧，燒葉帶松花』『野花供石【二】鼎，古蘚繡神衣』『泉流隨石曲，山影逐雲移』『秋深仍卧病，家近更依人』『天到山中仄，人從鳥上行』『瀑喧驚雨至，塔勢與雲爭』『星鋩沈水白，峰影逼天青』，皆足嗣響唐人。

再出。

校按：

【一】『石』，原誤作『不』，今據《永平詩存》改正。審《畿輔藝文考》多處『石』誤作『不』，下文逕改，不再出。

張明經九鼎《得未曾有齋詩鈔》

《永平詩存》：九鼎，字象之，號雪樵，樂亭人，歲貢生。

陰子翼先生序云：雪樵性倜儻，重氣誼。總角時爲詩，即時得驚人句。兩相隔十餘里，詩筒郵寄，余往往作壁上觀，退舍以避之。而雪樵日益肆力於古人，而又往往於世多所不可，故其慷慨抑塞、孤峭岸異、磊落跌宕之氣，時於沈鬱之中發爲孤響，而一寓之於詩。猶憶癸未冬，雪樵坐余愛吾廬中，左手持巨卮，右把卷，與余縱譚少陵《石壕吏》《無家别》，快意揮霍，酒氣拂拂然從十指中出。當其時，襟袖淋漓，燈炧欲燼，仰視明星如斗，摇摇欲墜，曾亦幾何時日！而余以一官落拓，短衣匹馬，歲馳走遼瀋。雪樵又困諸生，潦倒名場，益兀兀不得志於時。嗚呼，其亦可感也已！

梅樹君學博序云：捧讀未數首，如陳痾頓愈。向喜青石窪之勝，所謂夷曠中逢奇峭之致、幽邃中寓豔逸之觀者，一一於詩境遇之，不禁掩卷太息。

《止園詩話》：張雪樵家多藏書，博聞强識，精力一歸於詩。所著《得未曾有齋詩鈔》，各體皆工。付梓之初，有摘其《義倉行》《捕盜行》諸作，謂其訕謗時政，訟於長官者。雪樵因作《責詩》詩，自爲解嘲云：『來，汝詩！吾本不汝瑕疵，奈與我周旋，種種誤我使人疑？丈夫鬚眉原自貴，苦吟能剩幾莖髭！尋聲摘韻苦無用，破盡工夫爾豈知？華屋高官誰不愛，窮愁偏與爾相羈！盛名招忌古同慨，驚人泣鬼亦奚爲？誰知更可速人訟，鼠牙雀角爭相隨！東坡之獄結未久，吾其次矣能勿危？幸當聖世容狂瞽，不然斷送老頭皮！主人待汝情豈薄？錦囊驢背從子虧。從今誓與風騷絶，往不可諫來可追！詩聞此言難自默：以此責臣臣有辭。人生窮達皆有命，紅杏尚書知是誰？雞林曾重千金價，主司有愛一聯時。不任受德豈受怨，奈何以此來相訾？君不見《畦桑歎》《養蠶詞》，民謡公論各如斯。美刺貞淫古不廢，不聞有人相詆諆。無乃制行實有缺，罪我詩歌豈所宜？主人用是啞然笑：是誠在我非關伊。請與子釋前嫌、修舊好，花朝月夕仍相周旋不相離。』觀此亦可以想其風韻矣。其他佳句如『溪隨村勢曲，山到寺門開』『春程芳草遠，山店杏花多』『納涼臨水久，貪話舉杯遲』『客孤投店早，馬老筭程難』『病覺鄉情重，貧諳客路難』『馬病宵芻減，人歸夜話長』『路生人問店，縣古土爲城』『典慣衣多縐，賒來酒不醇』『離家身轉健，近塞雨先涼』『隣雞啼上屋，山犬吠當門』『秋憐邊地早，雨怯客窗聽』『寒山青客眼，秋色瘦詩魂』『碑缺文難讀，僧貧佛不尊』『湖光翻壁動，塔影卧階涼』『貧知柴米貴，老望子孫賢』『謝客暫容今日懶，課兒重讀少年書』『芳草緑烟千里客，杏花微雨一年春』『月影上窗涼似雪，燈光臨曉大如螢』『邊霜似雪欲封地，落月如燈遥隔村』『半湖芳草緑延客，一路好山青到門』『山嶺高低常見雪，人家三兩不成村』『殘秋日冷裘難典，絶塞官稀吏亦尊』，皆是方家吐屬。

高巡檢承基《小滄筼館詩鈔》

《永平詩存》：承基，原名銘盤，字叔新，號小滄，遷安人，寄籍寶坻。實録館議敘，候選巡檢。【一】

《止園詩話》：高小滄，寄泉先生仲子也。蚤歲能詩，不負家學。從宦粤東，以疾卒。集中讀史之作最爲擅場，其餘亦皆戛玉鏗金，不同凡響。佳句如『櫓腰隨石轉，篷背得風遲』『天寒雲化水，雨重樹皴苔』『芳草自榮悴，白雲時往還』『鸞花迎客笑，沙鳥趁潮飛』『飢寒銷壯志，風雨觸離情』『蟲聲咽微雨，鴉點亂平林』『賣漿容大隱，彈鋏起新愁』，《金陵懷古》云：『六朝花影埋幽徑，千古江山感霸才。』《葉落》云：『烟影冷埋芳草碧，晚風高捲夕陽紅。』《呈道卿師》云：『如此愛才真巨眼，最難名士肯虚心。』此類甚多。

校按：

【一】本條下原無簡介，依《畿輔藝文考》例，據《永平詩存》增補。

高順貞德華《疊翠軒詩集》

《永平詩存》：順貞，字德華，遷安人，直隸試用知縣江西劉垂蔭室。

星源女史王炳輝題其集云：前身應自廣寒來，閨閣爭傳詠絮才。料得劉晨夫婿好，也應問字到粧臺。

《止園詩話》：德華夫人，詩人高寄泉先生女也。幼聰慧，五六歲時從其父兄問字，讀《毛詩》《女誡》及《唐宋詩醇》，略皆上口。繼取其家所藏諸名家詩集，徧加繙閱。偶學拈韻，不待點訂，居然穩愜，殆夙慧歟？集中佳句甚多，五言如『風竹敲寒月，霜花勒晚香』『夢隨啼鳥散，愁逐落花飛』『柝聲繁似雨，離緒湧如潮』『君雖慣行役，妾豈願封侯』，七言如《寄懷清湘》云：『數載盟心投氣味，一從分手換年華。畫到芙蓉憐薄命，夢爲蝴蝶亦相尋。』《呈家大人》云：『驚心海内猶傳檄，謀食天涯苦抱關。兩地有親垂白髮，故鄉何處買青山。』皆有家法。

◎按：卷中袁布衣及德華，皆係見存之人。因吾鄉布衣、閨媛詩甚少，恐失此不刊，積久淹没，故先破例收之。

蔡夫人琬《蘊真軒小草》

《永平詩存》：琬，字季玉，盧龍人。綏遠將軍毓榮女，高文良公其倬繼室，誥封一品夫人。沈歸愚《別裁集》云：夫人無書不讀，諳於政治，文良奏疏、移檄等項，每與商酌定稿，閨中良友也。詩集無可覓，於選本中録取四章，皆擲地有聲者。

袁簡齋《隨園詩話》：高文良公夫人名琬，字季玉，蔡將軍毓榮之女、尚書珽之妹也。其母國色，相傳爲吴宫舊人。夫人生而明豔，嫻雅能詩。公巡撫蘇州，與總督某不合，屢爲所傾，而公卓然孤立。《詠白燕》第五句云『有色何曾相假借』，沈思未對。適夫人至，代握筆曰：『不群仍恐太分明。』蓋規之也。詩集不傳。記其《詠九華峰》云云，此爲其父平吴逆後獲咎歸空門而作也。

張裕犖序云：夫人事姑以孝，相夫以恭，訓子以嚴，御衆以和。至於身【一】處崇高、動循禮法、友愛存恤之意，不以順逆易其心，有古丈夫之風焉。

《止園詩話》：南昌劉健《庭聞録》載：八面觀音與圓圓並擅殊寵，故宗伯李明睿之妓也。宗伯老，爲給事高安所得，以奉三桂。辛酉城破，圓圓先死，八面歸綏遠將軍蔡毓榮。其曹尚有四面觀音，亦美姿容，亞於八面，歸征南將軍穆占。《隨園詩話》稱蔡夫人之母爲吴宫舊人，或即八面觀音與？

校按：

【一】『身』，原誤作『方』，今據《永平詩存》改正。

王宜人竇氏《蘭軒未訂草》

《永平詩存》：氏，字蘭軒，灤州武舉人王廷勳繼室、舉人山東知縣庚之母、進士東昌知府汝訥之祖母也。

王燿東先生昌序云：蘭軒者，姓竇氏，余宗姪武孝廉陛臣內助也。陛臣雖業騎射，而恂恂謹飭，綽有儒風。計二十年來，與余相得無間。顧蘭軒於余爲姪婦，從未相見，素聞賢明，亦不知其能詩。嘉慶己巳，余以無孫故，欲爲子承吉置側室。陛臣篤念宗誼，謀諸內，慷慨贈一侍女。既于歸，解其裝，得《送嫁》詩三絶句，始知其能詩且工也。壬申冬，余小女來歸寧，袖出《蘭軒詩》二卷，言陛臣嫂請父安並求序。蓋小女於蘭軒，固同里姻家也。余閱之，贍博得未曾有，摘其粹者，字追句琢，間寓空谷幽蘭、孤芳自賞之意。

《止園詩話》：造物忌才，而於女子尤甚。女子之有才者，率多貧夭，或早寡，或遇人不淑。求其才福相兼者，概難其人。灤州王太宜人竇氏，字蘭軒，閒靜工詩。所適武舉陛臣公，雖業騎射，而恂恂儒雅，白首相莊。其子若孫科第蟬聯，又得親見其盛，殆所謂才福兼者非耶？宜人娣蓮溪，弟桂園，皆能詩，刻有《詩庭合集》行於世。宜人佳句，如《晚景》云：『芙蓉凝冷豔，楊柳淡秋光。』《冬夜》云：『啼鴉驚夢斷，冷月入窗斜。』《雨後》云：『山含雲氣白，花映日光紅。』《夾竹桃》云：『榦留高士品，花映美人容。』《夜坐》云：『月冷千家杵，窗明一院霜。』《寄書與二弟》云：『夢斷蟬初咽，春歸鴈漸稀。』《陰烈婦挽詩》云：『吹簫天上伴，詠絮世間名。』《日暮》云：『疏簾迎淡月，小院帶斜暉。』《暮春雨後》云：『宿雲全隱岫，初月半近人。』《秋閨怨》云：『驛路馳驅征士淚，紅樓刀尺美人心。』又云：『瀟瀟風雨飛黄葉，杳杳山河隔碧雲。』《曉起》云：『四壁秋蟲驚短夢，一痕落月下疏檽。』《洞庭晚秋》云：『一鴈翅拖湘楚月，小蟲聲近枕函秋。』《送春》云：『一林緑暗三更雨，滿徑紅殘半樹風。』《春日》云：『細雨翠添三月草，微風紅落一庭花。』《白鸚鵡》云：『柳暗晶簾綃帳暖，花明珠樹玉樓春。緑衣那許誇公子，縞袂還應憶美人。』《清明邀蓮溪遠望》云：『柳梢微潤開青眼，杏蕊含苞點絳脣。』《題桂園書齋》云：『簾幕遥遮君子竹，莓苔亂落女兒花。』《清明道中》云：『東風楊柳塵隨馬，細雨桃花色映人。』《和紫埜》云：『寒山寥落横蒼靄，衰草淒迷鎖淡煙。』《看蓮》云：『花凝朝露潘妃步，葉挹清風楚客裳。』《柳》云：『斜挂東風枝嫋嫋，低垂曉露影娟娟。』皆烹鍊有法，不作小窗中喁喁口角。

鄭淑《琴亭女史殘稿》

《永平詩存》：淑，字荇洲，自號琴亭女史，灤州旗籍，翰林官河南知府李希彬室。

《止園詩話》：琴亭女史，姓鄭氏，名淑，字荇洲，豐潤人。父武精詩畫，每握管，恒依左右。親授經史詩詞，故所作古近體詩，皆有家法。年十七，歸灤州李希彬爲室，卒年二十。